Hanni Münzer
Honigstaat

HANNI MÜNZER

Honigstaat
Am Ende der Nacht

ROMAN

PIPER

Mehr über unsere Autorinnen, Autoren und Bücher:
www.piper.de

Wenn Ihnen dieser Roman gefallen hat, schreiben Sie uns unter Nennung des Titels »Honigstaat« an *empfehlungen@piper.de*, und wir empfehlen Ihnen gerne vergleichbare Bücher.

Alle Titel, die von Hanni Münzer im Piper Verlag vorliegen, finden Sie auf Seite 591.

Inhalte fremder Webseiten, auf die in diesem Buch (etwa durch Links) hingewiesen wird, macht sich der Verlag nicht zu eigen. Eine Haftung dafür übernimmt der Verlag nicht. Wir behalten uns eine Nutzung des Werks für Text und Data Mining im Sinne von § 44b UrhG vor.

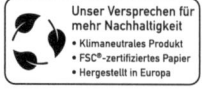 

ISBN 978-3-492-06455-2
2. Auflage 2024
© Piper Verlag GmbH, München 2024
Redaktion: Myriam Welschbillig
Satz: Uhl + Massopust, Aalen
Gesetzt aus der Adobe Devanagari
Druck und Bindung: CPI Books GmbH, Leck
Printed in the EU

DRAMATIS PERSONAE

historische Persönlichkeiten
*sind mit einem * gekennzeichnet.*

Die Bewohner von Gut Tessendorf:
Marguerite (Daisy) von Tessendorf, eine junge Frau, die die
   Wolken spüren will
Ludwig (Louis) von Tessendorf, Daisys Bruder
Violette von Tessendorf, ihre jüngere Schwester
Yvette von Tessendorf, ihre französische Mutter
Kuno von Tessendorf, ihr weltfremder Vater
Hagen von Tessendorf, Sohn Kunos aus erster Ehe
Elvira von Tessendorf, seine Frau
Sybille von Tessendorf, Patriarchin des Tessendorf-Clans,
   Großmutter von Daisy, Louis und Violette
Waldo von Tessendorf, Sybilles exzentrischer Schwager
Winifred und Clarissa von Tessendorf, Waldos ledige Schwestern
Franz-Josef, Sybilles vornehmer Kammerdiener
Hermine (Mitzi) Gotzlow, Daisys beste Freundin
Theres Stakensegel, Mitzis Tante
Stanislaus (Zisch) Krejčínejznámíjšítující, übellauniger Stallmeister
Almut, Yvettes Zofe
Anton, Chauffeur der Familie Tessendorf
Nereide, Daisys geliebte Stute
Orion, Nereides Sohn

Andere:
Henry Prudhomme Roper-Bellows, ein britischer Gentleman
Sunjay Singh, sein Freund und Fahrer
Hugo Brandis zu Trostburg, Daisys Heimsuchung
Adelaide Kulke, eine Seelsorgerin
Simon Rosenthal, Louis' Freund
Anna von Dürkheim, Daisy und Mitzis junge Freundin
Giacomo de Luca, Architekt und Heißsporn
Graf Andrasz Pocci, ein Mann mit einem Geheimnis
Joffrey Fleury, Direktor des Ritz
Bertha Schimmelpfennig, »die rote Olga«
Lotte Schimmelpfennig, ihre Schwester und angehendes Filmsternchen
Marie la Sainte, Pariser Bordsteinschwalbe
Pierre Bouchon, eine zwielichtige Gestalt
Martha E. Dodd*, Tochter des amerikanischen Botschafters in Berlin
Antoine de Saint-Exupéry*, Pilot und Schriftsteller

Reichskanzlei und Diverse
Paul von Hindenburg*, Reichspräsident
Oskar von Hindenburg*, Hindenburgs Sohn und Adjutant
Adolf Hitler*, Diktator
Martin Bormann*, Hitlers Sekretär
Benito Mussolini*, Diktator
Albert Speer*, Hitlers Architekt und Rüstungsminister
Ernst (Putzi) Hanfstaengl*, Hitlers Pressechef und Freund
Helene Hanfstaengl*, seine Ehefrau
Hermann Göring*, Wirtschaftsminister
Joseph Goebbels*, Propagandaminister

Joachim von Ribbentrop*, Außenminister
Werner von Blomberg*, Generalfeldmarschall
Hubertus von Greiff, SS-Hauptmann

Eine Biene allein ist nichts.
Eine Biene im Staat vollbringt Wunder.
Jeden Tag.
Bis ans Ende der Nacht.

Kapitel 1

Berlin, 1932

> Veritas temporis filia.
> Die Wahrheit ist die Tochter der Zeit.

Daisy lag im frühlingshellen Gras und genoss die Sonne auf ihrem Gesicht, deren unerwartete Wärme das Ende des Winters verhieß. Der Tessenbach murmelte nahebei, und auf den frischen grünen Trieben der Uferweiden schimmerte das Licht. Ringsum begannen die Bäume auszuschlagen, und bald würden Sternhyazinthen in ihrem Schatten blühen und einen violetten Teppich über den Waldboden breiten. Daisys Gedanken wanderten. »Warum schauen wir so gern zum Himmel auf?«, fragte sie ihren Bruder Louis, der neben ihr döste.

»Vielleicht, weil die Ferne unser Herz weitet?«, antwortete er träge. Kleine Wolken zogen über sie hinweg wie friedlich grasende Schäfchen.

»Ich glaube«, meinte Daisy nachdenklich, »der Himmel ist die Brücke in unsere Kindheit. Als Babys guckten wir in unseren Kinderwagen ständig zu ihm hoch.« Sie wälzte sich herum, angelte ein Stück Rosinenkuchen aus dem Picknickkorb und biss herzhaft hinein.

Louis drehte sich zu ihr. »Da ist was dran. Vielleicht verbinden wir mit dem Himmel unsere einstige Unbeschwertheit. Damals mussten wir uns nur bis zur nächsten Mahlzeit sorgen.« Er grinste schelmisch. »Wenn ich es recht bedenke, Schwesterherz, hat sich daran bei dir nicht viel geändert.«

Sie knuffte ihn. »Immer musst du mich aufziehen.«

Plötzlich schwanden Licht und Wärme, und die Farben des anmutigen Frühlingsgemäldes lösten sich auf. Verwirrt blickte sich Daisy nach Louis um. Aber ihr Bruder war verschwunden. Mit einem erstickten Schrei fuhr sie hoch und begriff, dass sie das eben alles nur geträumt hatte. Das Picknick mit Louis war nicht mehr als eine ferne Erinnerung an sorglosere Zeiten. Womöglich würde ihr Bruder den weiten Himmel über Tessendorf niemals wiedersehen, nie mehr frisches Gras riechen, den Wind auf der Haut und die warme Frühlingssonne im Gesicht spüren.

Ihr Leben hatte sich in kürzester Zeit in einen Albtraum verwandelt. Erst war ihre beste Freundin Mitzi zu Unrecht verhaftet worden, und nun saß auch Louis im Gefängnis. Beiden drohte der Tod durch den Strang. Wie es überhaupt so weit hatte kommen können, ging über Daisys Verstand. Sie war am Vorabend zu Mitzis verwaister Wohnung gefahren, um sich dort mit Louis zu treffen, und musste zu ihrem Schrecken feststellen, dass er sich in der Gewalt der Anarchisten Willi Hauschka und Bertha Schimmelpfennig befand. Plötzlich fielen Schüsse, und die Polizei war aufgetaucht!

Nun saß sie seit Stunden im Präsidium am Alexanderplatz fest. Hugo Brandis zu Trostburg, der Leiter der Politischen Polizei und zugleich ihr Ex-Verlobter, hatte sie in sein Büro gesperrt und sich bisher nicht mehr blicken lassen. Dieser Idiot betrachtete sich immer noch als mit ihr verlobt, seit sie als Sechzehnjährige in einem Anfall von Dummheit seinen Antrag angenommen hatte. Am gleichen Tag hatte sie ihre Entscheidung bereut und ihm den

Ring zurückgegeben. Den Klunker hatte er behalten, genauso wie seine Überzeugung, er sei der einzig richtige Mann für sie. Unablässig mischte er sich seither in ihr Leben und verfolgte sie mit geradezu krankhafter Besessenheit. Jetzt sah er seine Gelegenheit gekommen. Mitzi und Louis saßen in seinem Gefängnis, und er würde dies für sich zu nutzen wissen.

Endlich öffnete sich die Tür, und ein tadellos gekleideter Hugo trat ein. Heißer Ärger fuhr in Daisy. Er ließ sie hier schmoren, während er sich die Zeit nahm für frische Kleidung und eine Rasur! Es war ihr egal, wie zerzaust und schmutzig sie nach dieser grauenhaften Nacht aussah, aber zumindest Willis Blut hätte sie sich gerne abgewaschen. Sie stürzte ihm entgegen. »Du musst meinen Bruder freilassen, Hugo!«

Hugo führte sie zurück zur Sitzgruppe. »Beruhige dich.«

»Du hast gut reden! Es ist ja nicht dein Bruder, der zu Unrecht des Mordes beschuldigt wird!«

»Da du bald meine Frau sein wirst, Marguerite, und er damit mein Schwager, betrifft mich die Angelegenheit sehr wohl. Als Chef der Politischen Polizei fallen die Taten deines Bruders genauso auf mich zurück.«

Daisy schmeckte Galle. Eher würde sie in ein Kloster eintreten, als Hugo zu heiraten. »Welche Taten? Mein Bruder ist unschuldig!«

Hugo klopfte einladend neben sich aufs Sofa. Daisy setzte sich demonstrativ in den Sessel gegenüber.

Hugo lächelte, als amüsiere ihn ihr Verhalten. »Laut Polizeihauptmann von Greiff ist die Lage eindeutig. Beide Opfer wurden erschossen. Als er am Schauplatz des Verbrechens eintraf, hielt dein Bruder die Tatwaffe noch in der Hand.«

Daisy bekam schon Gänsehaut beim Gedanken an Hugos skrupellosen Stellvertreter Greiff. Der Mann schreckte nicht vor Folter zurück. »Ich leugne ja nicht, dass Greiff Louis mit der Waffe gesehen hat! Louis hat den Revolver an sich genommen, *nachdem* Willi Bertha erschossen hatte.«

Hugo nickte. »Das ist bereits der erste fragwürdige Umstand, Marguerite. Beide Tote waren bekannte Anarchisten. Was hatten sie in der Wohnung dieser Mitzi Gotzlow zu suchen? Warum seid ihr, du und dein Bruder, dort gewesen?«

»Ich wollte Louis da treffen. Als ich ankam, sah ich die aufgebrochene Wohnungstür und hörte einen lautstarken Streit. Bertha drohte, Louis zu erschießen!«

»Warum hätte die Frau deinen Bruder erschießen wollen?«

Eifersucht, wäre es Daisy beinahe entschlüpft. Stattdessen sagte sie: »Bertha hat meinen Bruder für einen Verräter gehalten.«

Hugos Augen wurden schmal. »Was hat er denn verraten?«

»Nichts, Hugo!«, erwiderte sie hitzig. »Das war nur das Hirngespinst dieser vollkommen irren Frau! Willi hat versucht, Bertha die Waffe zu entreißen, dabei löste sich ein Schuss und traf ihn in die Brust.«

»Woher willst du das so genau wissen?«, konterte Hugo. »Eben hattest du erklärt, du hättest nur gelauscht!«

»Bist du verrückt? Mein Bruder wurde bedroht. Natürlich bin ich in die Wohnung!«

»Das war höchst unvernünftig.«

»Dafür kann ich den Tathergang bezeugen. Willis Tod war ein Unfall!«

Hugos Miene vermittelte Zweifel.

»Du willst mir nicht glauben!«, rief Daisy erregt.

»Es geht nicht darum, ob *ich* dir glaube, Marguerite. Ich bin hier lediglich der Ermittler und nicht der Richter. Um es zu verdeutlichen: Du bist die Schwester des Verdächtigen, Marguerite, und das schmälert die Wirkung deiner Aussage. Wohingegen Hauptmann von Greiff bezeugen kann, Louis von Tessendorf in flagranti mit der Waffe ertappt zu haben.«

»Greiff hat die Wohnung erst nach den Schüssen betreten! Er kennt nur die letzte Szene und beurteilt sie völlig falsch!« Daisy merkte selbst ihren schrillen Tonfall. »Hör zu«, sagte sie ruhiger. »Bertha Schimmelpfennig ist an allem schuld. Diese Wahnsinnige hat sogar versucht, mich zu erwürgen! Schau…« Daisy deutete auf die blutunterlaufenen Flecken auf ihrem Hals. Die Geste hätte sie lieber unterlassen. Hugo ging vor ihr auf ein Knie und berührte leicht die Stelle. »Du darfst dich nie wieder derart in Gefahr bringen, Liebste. Hat sich unser Polizeiarzt um dich gekümmert?«

Daisy nickte.

»Ausgezeichnet. Kann ich dir sonst einen Wunsch erfüllen, Marguerite? Vielleicht einen Whisky? Oder möchtest du lieber frischen Kaffee?«

Wie wäre es mit Greiffs Kopf auf einem silbernen Tablett? »Nein, danke. Ich will nur, dass du mich zu Ende sprechen lässt, Hugo.«

»Natürlich.«

»Die Schimmelpfennig gab keine Ruhe. Louis musste sie mit einem Hieb außer Gefecht setzen, damit wir uns um den verletzten Willi kümmern konnten. Dabei entging uns, wie sie zu sich kam und sich hinterrücks mit einem Messer an Louis heranschlich. Aber Willi hat sie bemerkt! Er bekam irgendwie den Revolver zu fassen und hat die Frau erschossen, bevor sie Louis erstechen konnte.«

»Ich fasse deine Aussage zusammen, Marguerite: Bevor Hauschka an der verirrten Kugel starb, erschoss er die Schimmelpfennig in Notwehr.«

»Genau so ist es gewesen.«

Hugo nickte skeptisch: »Vier Personen vor Ort. Zwei davon tot, und die Überlebenden sind Geschwister. Der Bruder wird mit der Mordwaffe ertappt. Die Schwester sagt aus, die beiden Opfer hätten sich gegenseitig umgebracht.« Eindringlich betrachtete Hugo Daisy. »Das ist ein Fest für jeden Staatsanwalt.« Er stand auf und nahm sich einen Whisky.

»Verdammt, Hugo! Es gibt keinen Mord! Willis Tod war ein Unfall und Berthas Notwehr.«

»Trotzdem steht dein Wort gegen das eines hohen Beamten.« Hugo wollte die Diskussion sichtlich zu einem Ende bringen.

Aber Daisy hatte noch einen Trumpf in petto. »Ich war ehrlich erstaunt, Willi Hauschka plötzlich quicklebendig gegenüberzustehen. Dabei war überall in der Presse zu lesen, er sei im November hingerichtet worden. Wird sich der Staatsanwalt nicht fragen, wie mein Bruder einen angeblich Toten ermordet haben kann?«

Hugo tat, als sei ihre Bemerkung ohne Belang. Doch Daisy hatte durch ihren Freund, den britischen Diplomaten Sir Henry Roper-Bellows, erfahren, dass Hugo und von Greiff Willis Hinrichtung für die Öffentlichkeit nur vorgetäuscht hatten, um ihn als Spitzel für die Anarchistenszene anzuwerben.

Hugo stellte das geleerte Glas ab. »Wie gesagt, es ist auch in meinem Sinne, meinen künftigen Schwager vor einer Anklage zu bewahren. Aber ich gehe ein hohes Risiko ein, wenn ich mich für ihn einsetze. Ich muss Beweise verschwinden lassen und Greiff im Zaum halten.« Er sah sie an: »Bist du bereit, deinen Beitrag hierzu zu leisten, Marguerite?«

Alles in Daisy verkrampfte sich. Dennoch nickte sie. Es ging um ihren Bruder, und sie würde alles für seine Rettung tun.

Hugo strahlte. »Abgemacht! Ich werde die Verhaftung deines

Bruders unter dem Deckel halten. Habe ich dein Wort, dass du mit niemandem über die Vorfälle in dieser Nacht sprichst?«

Daisy gab es ihm, obwohl sie das Gefühl beschlich, gerade etwas Wesentliches übersehen zu haben.

»Sei unbesorgt, mein Liebes«, missdeutete Hugo ihren Ausdruck. »Ich werde nicht zulassen, dass die Schwierigkeiten deines Bruders unsere Verbindung überschatten. Das ist ein Versprechen, Marguerite.«

Versprechen? Für Daisy klang es eindeutig nach Erpressung: Du heiratest mich, und dein Bruder kommt aus dem Gefängnis frei. Als Hugo sich zu ihr beugte, um ihr einen Kuss zu stehlen, wehrte sie sich nicht. Seine Hand wanderte höher und legte sich besitzergreifend um ihre Brust. Im selben Augenblick öffnete sich in ihrem Rücken die Tür.

»Ich sagte, ich wünsche unter keinen Umständen, gestört zu werden!«, versetzte Hugo ungehalten.

»Das gilt wohl nicht für mich!«, scholl es barsch zurück.

Hugo erhob sich ohne Eile und schloss sein Sakko. »Herr Polizeipräsident! Was verschafft mir die Ehre so früh am Morgen?« Er begegnete seinem Vorgesetzten Kurt Melcher ohne jede Befangenheit – im Gegensatz zu Daisy, die sich entsetzlich schämte. Das Gefühl wich sofort der Erleichterung, als sie hinter Melcher ihre Mutter Yvette entdeckte. Daisy sprang auf und ließ sich in ihre tröstliche Umarmung fallen.

»*Ma petite*«, murmelte ihre französische Mutter. Sie löste sich kurz von ihrer Tochter, um sich Polizeipräsident Melcher zuzuwenden: »Ich bin dir sehr zu Dank verpflichtet, Kurt. Meine Herren, wir empfehlen uns.« Den Arm um Daisy gelegt, führte sie sie hinaus.

»Warte, *Maman!*« Daisy versicherte sich rasch, dass sich niemand sonst im Flur aufhielt. »Louis ist hier! Er wurde verhaftet.«

»Ich weiß, *Chérie*. Darum bin ich nach Berlin geeilt und habe Herrn Melcher um seine Unterstützung ersucht. Aber zunächst lag mir daran, dich aus 'Ugos Fängen zu befreien.«

Verwirrt schüttelte Daisy den Kopf. »Wie konntest du so rasch von der Sache erfahren, *Maman*?« Sie betraten den Paternoster.

»Unser gemeinsamer Freund 'Enry rief mich aus London an«, entgegnete Yvette leise.

Daisy fragte gar nicht erst nach, wie Henry Roper-Bellows an diese Information gelangt war. Frühere Begebenheiten hatten sie gelehrt, dass dem Briten nur sehr wenig entging. Ihre Mutter musterte sie. »Was ist los, *Chérie*? Kam dir unsere Intervention etwas ungelegen?«

»Natürlich nicht, *Maman*. Es ist nur ... Hugo hat mir angeboten, Louis' Verhaftung geheim zu halten.«

»Ich hoffe, du hast ihm im Gegenzug keine Heirat versprochen?«

»Nein, das war gar nicht nötig, *Maman*. Hugo ist sich seiner Sache auch so absolut sicher.«

»Nun ist es, wie es ist, *Chérie*. Der Polizeipräsident weiß Bescheid, und ich musste auch deine Großmutter informieren. Louis ist ihr Enkel.«

Vor dem Präsidium wartete Anton, der Chauffeur der Familie von Tessendorf, und brachte sie zum *Adlon*.

In der Suite schilderte Daisy ihrer Mutter das nächtliche Drama in Mitzis Wohnung. Als sie Willi Hauschka erwähnte, ging ihr plötzlich auf, was sie übersehen hatte. Mit Willis vorgetäuschter Hinrichtung hatte ihr Ex-Verlobter nicht nur die Öffentlichkeit, sondern auch seine Vorgesetzten hinters Licht geführt! Daher rührte Hugos Bereitwilligkeit, Louis' Verhaftung totzuschweigen! Er hatte selbst etwas zu verbergen. Hugo hatte sie hereingelegt, und Daisy ärgerte sich maßlos. Hätte sie das gleich erkannt, hätte sie Hugo eine Ohrfeige verpasst, anstatt sich von ihm küssen zu lassen!

Ihre Mutter erfasste die Wendung blitzschnell: »*Alors*, wenn Willi kein zweiter Jesus ist, wie ist er dann in Mitzis Wohnung gelangt?«

»Es war ein Handel. Willi erhielt seine Freiheit gegen Informationen über die Anarchisten.«

Yvette prustete verächtlich. »*Diable!* Verräter!«

»Sag, *Maman*, wie hast du es geschafft, den Polizeipräsidenten um drei Uhr morgens aus dem Bett zu holen?«

»Mithilfe meines guten Freundes Joachim von Ribbentrop, der ein enges Verhältnis zum Reichskanzler von Papen pflegt. Der wiederum hat Kurt Melcher für mich in Marsch gesetzt. 'Ugo schöpft Vorteile aus seiner Position – ich nutze meine Beziehungen, um meine Kinder vor Akteuren wie ihm zu schützen. Und wie ich sehen konnte, bin ich gerade zur rechten Zeit eingetroffen.«

Daisy seufzte.

»*Bon!* Und nun lass uns überlegen, wie wir deinen Bruder aus der Haft holen können.«

»Ich falle als Augenzeugin offenbar aus. Hugo erklärte, als Schwester hätte meine Aussage vor Gericht kaum Gewicht.«

»Vergiss die Wahrheit, Chérie. Hier geht es wie so oft um das, was Menschen vom Schlage 'Ugos glauben wollen, wenn sie sich davon einen Vorteil versprechen.«

Daisy seufzte abermals. »Und darum sitzt auch Mitzi im Gefängnis.«

»Ich weiß, was sie dir bedeutet.« Yvette fasste nach ihrer Hand. »Sie ist deine Seelenfreundin, und ihr habt schon so viel Gemeinsames durchgemacht. Was ich dir jetzt sagen muss…« Sie stockte.

Beunruhigt schaute Daisy auf. »Was ist, *Maman?*«

»Es geht um Bertha Schimmelpfennigs Schwester Lotte. 'Enry hat die Suche nach ihr abgebrochen. Er ist sich sicher, dass sie längst tot ist.«

»Berthas Schwester ist tot? Wie...?«, rief Daisy bestürzt. Die Schauspielerin Lotte war auf ihre Weise genauso wahnsinnig wie ihre Anarchisten-Schwester Bertha, aber gleichzeitig war sie auch Daisys letzte Hoffnung gewesen, um Mitzi vielleicht noch ihren Henkern entreißen zu können. Lottes Falschaussage zum Mord am Regisseur Jonathan Fontane hatte Mitzi erst in die Todeszelle gebracht. Eine tote Lotte konnte ihre Lüge nicht mehr widerrufen. Auch hier hatte von Greiff von Beginn an seine Hand im Spiel. Er und Mitzi waren alte Feinde. Hatte er Lotte beseitigt?

»Es tut mir so sehr leid, *Chérie*. Du musst dich darauf vorbereiten, dass deine Freundin Mitzi verloren ist. Das Gericht wird sie verurteilen. 'Ugo und seine Vorgesetzten benötigen dringend einen Erfolg gegen die Anarchisten, und Mitzi ist das ideale Bauernopfer.«

Verzweifelt wiederholte Daisy in Gedanken Henrys Worte am Tag von Mitzis Verhaftung. »*Nur ein Wunder kann deine Freundin jetzt noch retten...*« Seit zwei Wochen klammerte sich Daisy an dieses mögliche Wunder. Nun beraubte sie Lottes Tod auch dieser Hoffnung.

Yvette dauerte der Schmerz ihrer Tochter. »Ich weiß, *ma petite*. Mitzi geschieht furchtbares Unrecht, und dass wir nichts tun können, ist schier unerträglich. Ein tonnenschwerer Felsen lässt sich nicht mit dem kleinen Finger aufhalten, und manchmal bleibt einem nur, sich in das Unvermeidliche zu fügen. Wir müssen uns jetzt auf deinen Bruder konzentrieren, *Chérie*. Er braucht uns.«

Daisys Augen brannten. »Wenn es Mitzi oder Louis hilft, werde ich Hugo heiraten, *Maman*. Und, bei Gott, ich werde dem Schwein das Leben so sehr zur Hölle machen, dass er sich vor Ablauf eines Jahres freiwillig von mir scheiden lässt!«

»*Non*! Ich werde nicht zulassen, dass du dich opferst und diesen grässlichen Wichtigtuer heiratest«, erklärte Yvette kategorisch. »Weder Mitzi noch dein Bruder würden das gutheißen.«

»Was zählt das? Sie sitzen beide im Gefängnis!«

»Deine Großmutter wird ihre Beziehungen nutzen. Sie steht sich gut mit Reichspräsident 'Indenburg und wird eine Audienz bei ihm erwirken. Louis ist nicht nur ihr Enkel, sondern auch der Erbe der Helios-Werft und Lokomotive AG, eines der größten Wirtschaftsimperien im Deutschen Reich.«

»Aber Louis hat sein Erbe ausgeschlagen, *Maman*!«

»Es wurde nie offiziell gemacht. Deine Großmutter wird einen Skandal zu verhindern wissen. Wir zerren 'Ugos Machenschaften ans Licht, und Louis kommt frei.«

Yvettes Optimismus entlockte Daisy ein verzagtes Lächeln. »Hat sich Henry während eures Telefonats dazu geäußert, wann er nach Berlin zurückkehrt?« Sie hatte nichts mehr von ihrem englischen Freund gehört, seit er vor einer Woche überstürzt mit dem britischen Botschafter nach London abgereist war.

»Heute ist der 24. Dezember«, erinnerte ihre Mutter sie sanft. »Ich vermute, 'Enry wird die Feiertage bei seiner Familie verbringen.«

Weihnachten! Herrje, das hatte sie vollkommen verdrängt. Natürlich besaß Henry eine Familie. Warum hatte sie ihn nie danach gefragt? Er wusste alles über sie und sie so wenig über ihn.

Yvette hatte sich dem Fenster zugewandt. Durch einen schmalen Spalt zwischen den schweren Vorhängen sickerte frühes

Tageslicht und verlieh ihrem Gesicht eine beinahe ätherische Note. »Das erste Mal seit vielen Jahrzehnten«, murmelte sie, »treffen dieses Jahr das christliche Weihnachtsfest und das Lichterfest der jüdischen Gemeinschaft aufeinander. In dieser besonderen Nacht feiern Christen und Juden gemeinsam das Licht der Hoffnung. Das muss eine Bedeutung haben, *Chérie*.«

Für Daisy fühlte sich die Atmosphäre im Zimmer jäh an, als sei ihr jegliche Luft entzogen. »Warum sagst du das, *Maman*?«

Yvette drehte sich zu ihr. »Weil meine *Maman* Jüdin war.«

Daisy zuckte überrascht. »Das hast du bisher nie erwähnt.«

»Weil es nie wichtig gewesen ist, *Chérie*. Niemand weiß es außer deinem Vater, und für ihn besitzt es keinerlei Bedeutung. Möglich, dass auch deine Großmutter davon Kenntnis hat. Schließlich hat *le dragon* nach meiner Vermählung mit deinem Vater Informationen über mich eingeholt. Aber wir haben nie darüber gesprochen.«

»Warum erzählst du mir ausgerechnet heute davon, *Maman*?«

»Im jüdischen Glauben wird die Konfession stets von der Mutter an die Tochter weitergegeben. Herkunft ist wichtig, und ich wollte, dass du Bescheid weißt, *Chérie*. Es bleibt unser kleines Geheimnis, *oui*? Alles wird gut. Vertrau mir, Liebes. Dein Bruder kommt noch vor Neujahr frei.«

Ihre Mutter verbreitete Zuversicht, und Daisy war dafür nur allzu empfänglich. »*Maman*«, fragte sie mit frischem Eifer, »was genau hat dir Henry am Telefon über Lottes Tod erzählt?«

»Was willst du andeuten, *Chérie*?«

»Wir brauchen Lotte und ihre Aussage, um Mitzi zu entlasten. Könnte es sich bei Lottes Tod nicht um eine neuerliche Finte von Hugo handeln, um etwas gegen seinen Rivalen Hubertus von Greiff in der Hand zu haben? Womöglich ist Lotte Schimmelpfennig noch genauso am Leben wie zuvor Willi Hauschka?«

»Hauschka ist am Leben? Und wer ist Lotte Schimmelpfennig?«, tönte eine raue Stimme von der Tür.

»Großmutter!« Daisy sprang verblüfft auf.

Franz-Josef, Sybille von Tessendorfs Butler und seit Jahrzehnten ihr stiller Schatten, rollte sie in ihrem Stuhl herein. Die Vorstandsvorsitzende der Helios-Werft und Lokomotive AG verließ Stettin höchst selten. Zuletzt hatte sie Berlin am achtzigsten Geburtstag von Reichspräsident Hindenburg besucht, und das lag mehrere Jahre zurück.

Daisy umarmte ihre Großmutter. Diese hielt von solcherlei Zuneigungsbekundungen wenig, aber derart überrumpelt ließ sie es sich kurz gefallen. Schon schob sie sie energisch von sich. »Selbstverständlich bin ich gekommen! Mein Enkel wurde verhaftet! Ich erwarte einen vollständigen Bericht.«

Daisy und Yvette wechselten sich in ihrer Schilderung ab.

Am Ende nickte Sybille grimmig und versenkte sich in der Betrachtung ihres Siegelrings mit dem Tessendorf-Wappen. Ihr Blick glitt hinüber zu Daisy. »Louis hat sich böse verrannt. Er hat mit unserer Tradition gebrochen und sein Familienerbe ausgeschlagen, um die Welt von der Armut zu befreien! Nun schmort er im Gefängnis. Das geschieht, wenn man falsche Entscheidungen trifft.«

»Nein, Großmutter! Er ist seiner Liebe gefolgt und hat nichts getan. Wenn er dafür büßen muss, stimmt etwas mit dem Recht nicht.«

Ihre Großmutter lachte trocken auf. »Noch eine, die die Welt verbessern will. Aber bis es so weit ist, müssen wir nach deren Regeln spielen. Außer du hast eine Lösung für die unglückselige Lage deines Bruders parat, Marguerite. Das käme mir sehr zupass, so könnte ich Berlin sofort wieder verlassen.«

Stumm senkte Daisy den Kopf.

»Gut! Ein Rat, Marguerite. Nimm den Mund nicht zu voll. Du hast dir die Klette Hugo zu Trostburg selbst ans Bein geheftet. Bevor du Begierden weckst, solltest du dir überlegen, ob du auch bereit bist, sie zu stillen. Mit deiner unbesonnenen Verlobung hast du zur fatalen Lage deines Bruders erheblich beigetragen.«

Daisy presste die Zähne aufeinander.

»Zurück zu dieser Lotte Schimmelpfennig. Was muss ich über sie wissen?«

»Lotte Schimmelpfennig ist Schauspielerin und die Schwester der toten Anarchistin Bertha Schimmelpfennig.«

Sybille krauste die Stirn. »Das ist die Frau, die von Willi in Mitzis Wohnung erschossen worden ist?«

Daisy nickte. »Lotte Schimmelpfennig ist Hugos Kronzeugin im Mordprozess gegen Mitzi.« Daisy sprach bewusst weiter in der Gegenwartsform. Lotte durfte nicht tot sein! »Lotte hat Mitzi fälschlicherweise als Komplizin im Mord an Regisseur Jonathan Fontane beschuldigt.«

»Weshalb sollte die Frau lügen? Wurde sie dafür bezahlt?«

»Lotte ist überzeugt, Mitzi hätte ihr die Hauptrolle in Fontanes neuem Filmprojekt weggeschnappt«, erklärte Daisy.

Sybilles Augen wurden hart und schmal. »Mitzi wäre nicht die erste Frau, die wegen Eifersüchteleien unschuldig auf dem Schafott landet. Aber was zum Teufel hat das Ganze mit meinem Enkel zu schaffen?«

Daisy schaute bestürzt zu ihrer Mutter. Seit dem Eintreffen ihrer Großmutter keimte in ihr die Hoffnung, die Familienpatriarchin könne neben Louis auch Mitzi aus ihrer Zwangslage retten.

Yvette hielt es für ratsam zu vermitteln. »Deine Großmutter

bringt es vielleicht ein wenig zu drastisch auf den Punkt, *Chérie*. Aber sie hat nicht ganz unrecht. Mitzis Sache ist quasi aussichtslos...«

»Aber *Maman*, das ist es keineswegs! Wenn Henry...«

Sybille unterbrach sie mit einem Unmutslaut. »Eure Intrigen zur Rettung Mitzis interessieren mich nicht die Bohne. Das Mädchen hat ihr Schicksal selbst herausgefordert.«

»Aber Großmutter, sie...«

»Kein Aber! Tessendorf war deiner Freundin nicht gut genug, es musste ja unbedingt Berlin sein! Jetzt sitzt sie im Gefängnis, und ihre Tante Theres heult sich in der Küche die Augen aus und verwässert uns die Suppe. Schluss damit! Ich habe mich hierherbemüht, um zu verhindern, dass Louis' Angelegenheit zum Politikum gerät und unser guter Name beschmutzt wird. Um neun Uhr heute Morgen ist ein Treffen mit Oskar von Hindenburg vereinbart«, rückte sie jäh mit der Nachricht heraus.

Das schreckte Daisy auf. *Auch das noch!* Der gute Oskar, der ihr zeitweilig den Hof gemacht und schmachtende Blicke zugeworfen hatte.

»Du triffst dich mit dem Sohn des Reichspräsidenten, Schwiegermutter? *An Weihnachten?*«, entfuhr es Yvette kaum minder überrascht.

»Nein. *Wir* treffen ihn«, berichtigte Sybille. »Er kommt hierher. Ich will, dass Marguerite dem jungen Hindenburg die Angelegenheit aus ihrer Sicht schildert. Um es nochmals zu verdeutlichen«, Sybilles Drachenblick fixierte die Enkeltochter, »Mitzis Schwierigkeiten tun hierbei nichts zur Sache, und du wirst Hindenburgs Sohn und Adjutanten keinesfalls damit belästigen. Habe ich dein Wort darauf?«

Sosehr es Daisy widerstrebte, sie willigte ein.

Oskar von Hindenburg erschien pünktlich auf die Minute. Er schickte voraus, dass er sich in einem Gespräch mit Polizeipräsident Melcher und Kriminalrat Hugo Brandis zu Trostburg bereits einen ersten Überblick über die Sachlage verschafft habe. Nach Daisys Bericht wählte er seine Worte sorgfältig. »Zunächst, Komtess, möchte ich Ihnen versichern, dass ich nicht am Wahrheitsgehalt Ihrer Ausführungen zweifele. Gemäß den vorliegenden Beweisen erfolgte die Verhaftung Ihres Bruders Louis von Tessendorf dennoch rechtmäßig.«

Daisys Blick glitt zur Großmutter. Mit dieser Form von diplomatischem Eiertanz würden sie hier kaum weiterkommen. Allerdings hatte sie Hugos dreisten Versuch, sie mit der Freiheit ihres Bruders zu erpressen, gegenüber Oskar noch zurückgehalten.

Ihre Großmutter erlöste sie. »Junger Oskar, Sie sehen meine Enkelin gerade in höchster Verlegenheit«, log sie fromm. »Herr zu Trostburg ist mit einem Ansinnen an sie herangetreten, welches ich ehrenrührig nenne.« Sybille legte eine kurze dramatische Pause ein. »Er hat sich erboten, meinen Enkel Louis vom Vorwurf des Doppelmordes zu entlasten, wenn Marguerite im Gegenzug einwilligt, die Ehe mit ihm einzugehen.«

Oskars Adamsapfel hüpfte. »Das ist eine sehr schwerwiegende Anschuldigung, Gräfin.«

»Es ist die schwerwiegende Wahrheit.«

Oskar sah zu Daisy. »Falls es sich so verhält, Komtess, wäre das Benehmen von Kriminalrat zu Trostburg tatsächlich höchst unehrenhaft. Ein Beamter des deutschen Staates, der seine Position missbraucht, ist nicht tolerierbar. Der Polizeipräsident sähe sich gezwungen, zu Trostburg aus seinem Amt zu entfernen.«

So gut Daisy diese Vorstellung gefiel, entging ihr nicht das Aber in Oskars Satz. Mit ihrer Wahrnehmung stand sie nicht allein.

»Ich weiß nicht«, meinte Sybille, »welche Bedenken Sie haben. Aber ich möchte sie gerne hören.«

»Selbstverständlich, Gräfin.« Oskar neigte den Kopf. »Ich meine mich zu entsinnen, dass Sie, werte Komtess, bereits einmal einen Antrag von Herrn zu Trostburg angenommen haben?«

Jede Wette, überlegte Daisy zähneknirschend, *dass Hugo deiner Erinnerung vorhin erst auf die Sprünge geholfen hat.* Sie holte Atem. »Sie täuschen sich keineswegs, werter Oskar. Nur war ich damals erst sechzehn und habe meine Einwilligung noch am selben Tag widerrufen. Nichts lag mir ferner, als Herrn zu Trostburg damit zu kränken. Ich fühlte mich einfach noch zu jung für eine Heirat«, erklärte sie diplomatisch. Oskar, ein Könner seines Fachs, drechselte den nächsten Satz ohne Ecken und Kanten: »Womöglich unterliege ich einem Irrtum, aber soweit mir zu Ohren gekommen ist, besteht ein Zusammenhang zwischen dem Nichtzustandekommen einer Ehe mit zu Trostburg und einem gewissen Vorfall auf dem Geburtstagsjubiläum Ihrer Frau Großmutter vor einigen Jahren.«

Daisy fiel es nicht leicht, ihre Empfindungen zu verbergen. Sie erinnerte sich ungern an den Eklat, den sie damals ausgelöst hatte. Innerlich zählte sie bis drei und zwang ein Lächeln auf ihre Lippen. »Tatsächlich muss ich Sie korrigieren, Oskar. Es gibt den besagten Zusammenhang nicht, das beweist allein schon der Zeitfaktor. Zwischen meiner Verlobung im Juni 1928 und dem Fest meiner Großmutter im Oktober 1929 liegen fünfzehn Monate. Und wie eingangs erwähnt, habe *ich* die Verbindung noch am Verlobungstag gelöst und nicht etwa Herr zu Trostburg. Er hat meinen Rückzug nie akzeptiert, und er besitzt keinerlei Hemmung, mich seit Jahren mit seinen Avancen zu verfolgen.«

Oskar von Hindenburg räusperte sich unbehaglich. Mit zwei

Fingern lockerte er kurz den engen Kragen, während sein Blick von Sybille zu Yvette schweifte, um zu Daisy zurückzukehren. »Verzeihung, Komtess, ich bin wirklich bemüht, die Angelegenheit zum Wohle aller zu klären. Unglücklicherweise stellt Herr zu Trostburg den Sachverhalt völlig anders dar.«

»Selbstverständlich tut er das! Schließlich stehen sein Ruf und seine Karriere auf dem Spiel!«, entgegnete Daisy mit mühsam beherrschtem Zorn.

»Und wir wollen vor allem das Leben meines Sohnes nicht vergessen!«, warf Yvette ein.

Oskar zog eine Miene, als sei er in Feindesland geraten.

Sybille steuerte einen zischenden Laut bei, als wollte sie alle aufwallenden Gefühle in die Schranken weisen. »Was behauptet zu Trostburg?«, fragte sie forsch.

Der junge Hindenburg richtete seine Antwort direkt an Sybille: »Herr zu Trostburg vertritt die Auffassung, Ihre Enkelin habe die Auflösung der Verlobung nie verwunden und hätte ihn heute Nacht erneut zur Ehe gedrängt. Sie habe sich ihm...«, Oskar schluckte, »... Verzeihung, sie habe sich ihm angeboten, damit er im Gegenzug die Anklage gegen ihren Bruder Louis fallen lässt. Er berief sich dazu auf Polizeipräsident Melcher, der bezeugen könne, Komtess von Tessendorf in eindeutig kompromittierender Situation in zu Trostburgs Büro angetroffen zu haben. Tatsächlich hat Herr Melcher Letzterem nicht widersprochen.«

Daisy bebte vor Empörung. Angesichts Hugos schamloser Lüge verschlug es ihr die Sprache. Yvette stöhnte verärgert.

»Warum weiß ich davon nichts?«, grollte Sybille.

»Weil Hugo lügt!«, rief Daisy gepresst.

»Polizeipräsident Melcher hat also nichts beobachtet, was Sie kompromittieren könnte, Komtess?«, hakte Oskar nach.

Daisy verkrampfte die Finger im Zorn. Yvette sprang ihr bei: »'Ugo zu Trostburg stellt meiner Tochter seit Jahren nach. Sie will ihn nicht, und das begreift er als Niederlage. Heute Nacht bat ich den Polizeipräsidenten um Beistand, weil ich meine Tochter in zu Trostburgs Händen in Gefahr wähnte! Als ich mit Herrn Melcher Trostburgs Büro betrat, sah ich meine schlimmsten Befürchtungen bestätigt. Ich wurde Zeugin dessen, wie sich zu Trostburg meiner Tochter gegen ihren Willen aufgedrängt hat. Und das ist die Wahrheit!«

Sybille stieß ihren Elfenbeinstock in den Teppich. »Ich glaube meiner Schwiegertochter, junger Hindenburg. Sprechen Sie mit Ihrem Vater, bevor die Presse Wind von der Sache erhält und das Ganze eine politische Dimension annimmt, die beiden Seiten schadet. Wir arbeiten eng mit der preußischen Regierung zusammen, und Paul hat sicher nicht das geringste Interesse daran, dass die Tessendorf'sche Helios-Werft in einen Skandal verwickelt wird, der bis in die Reichskanzlei hineinreichen könnte.«

Fasziniert verfolgte Daisy die Strategie ihrer Großmutter, die ihre Enkelin geschickt aus der Schusslinie manövrierte und den Schwerpunkt auf die politischen Interessen verlagerte, die, wie Daisy wusste, stets schwerer wogen als menschliche Schicksale. Es ging um vergangene und aktuelle Rüstungsaufträge, um geheime Absprachen unter dem Radar der Versailler Verträge, um die bewährten und gängigen Allianzen zwischen Rüstungsunternehmen und Politik – Machenschaften, über die Daisy lieber keine weiteren Mutmaßungen anstellen wollte.

Oskar nickte etwas irritiert und erhob sich. Yvette begleitete ihn zur Tür, kam zurück und stöhnte: »*Mon dieu!* Jetzt beginnt das Warten. *C'est terrible!*« Sie ließ sich in einen Sessel fallen.

»Du brauchst es dir gar nicht erst bequem zu machen, Schwiegertochter. Wir fahren zurück nach Tessendorf. In Berlin ist mir die Luft zu dick.«

Daisy und ihre Mutter wechselten einen schnellen Blick. Sie wollten in Berlin bleiben. In Louis' Nähe.

Sybille entging ihr Austausch nicht. »Ihr könnt genauso gut zu Hause auf neue Nachrichten warten. Packt jetzt eure Sachen zusammen.«

Doch noch bevor Mutter und Tochter Einwände erheben konnten, läutete das Telefon. Daisy ging ran. »Hier steht ein Bote mit einer Nachricht für die Komtess Marguerite von Tessendorf«, informierte sie der Concierge.

»Am Apparat. Schicken Sie die Nachricht bitte in unsere Suite. Danke.« Daisy wollte auflegen, als der Concierge sie bat, in der Leitung zu warten. Nach kurzem Hintergrundgetuschel meldete er sich zurück. »Der Junge behauptet, ihm sei aufgetragen worden, er dürfe Ihnen den Brief nur persönlich in der Lobby übergeben.«

Yvette trat aufmerksam hinzu. »Was ist los, *Chérie*?«

Daisy hielt die Sprechmuschel zu. »Unten steht ein Bote, der mir seine Nachricht nur persönlich in der Hotellobby übergeben will. Jede Wette, dass Hugo ihn geschickt hat.«

»Oder er will dich damit in die Eingangshalle locken.«

»Fabelhaft! Ich kann es nämlich kaum erwarten, dem verlogenen Mistkerl meine Nägel durchs Gesicht zu ziehen!«

»*Chérie*...«

»Schon gut, *Maman*, ich werde mich zügeln. *Für Louis*. Bin gleich wieder zurück.« Sie gab dem Concierge Bescheid.

»Warte! Soll ich nicht lieber mitkommen?«

»Ach was, in der Lobby geht es doch ständig zu wie auf dem Opernball. In der Öffentlichkeit wird Hugo keinen Eklat riskieren.«

Daisy nahm die Treppe und hielt wenig später die Nachricht in der Hand. Sie entlohnte den Jungen und sah sich verstohlen um. Von Hugo weit und breit keine Spur. Sie öffnete den Umschlag.

Wenn Sie Ihren Bruder retten wollen, folgen Sie dem Boten. Kein Wort zu niemandem, sonst sind Sie für Louis' Tod verantwortlich.

Was hatte das wieder zu bedeuten? Misstrauisch ließ Daisy ihren Blick durch die weitläufige Hotelhalle schweifen und entdeckte den Boten am asiatischen Brunnen. Sie nahm den schmalen Burschen genauer unter die Lupe. Seine Kleidung war sauber, seine Miene hatte etwas Pfiffiges. Sie schätzte ihn auf höchstens zehn, gefährlich war der nicht. Was sollte sie tun? Hätte sie nur nicht das Angebot ihrer Mutter, sie in die Lobby zu begleiten, abgelehnt. Unbewusst bewegte sie sich auf den Concierge zu und fand sofort den jungen Boten an ihrer Seite. »Fräulein«, sprach er sie leise an. »Falls Sie nicht mit mir kommen, darf ich dann gehen?«

Daisy erwog, ihn zu entlassen und ihm dann heimlich zu folgen, verwarf die Idee aber im gleichen Atemzug. Wer immer den Jungen zu ihr geschickt hatte, rechnete sicher damit und würde ihn entsprechend instruiert haben.

Daisy war nicht wohl bei der Sache. In ihrem Kopf schrillten sämtliche Alarmglocken. Es war ein Wagnis. Und dennoch… Es ging um ihren Bruder! Die Vorstellung, die Hindenburgs ließen sie im Stich und Louis könnte etwas geschehen, während sie die einzige Möglichkeit vertan hatte, ihn zu retten, brachte die Entscheidung. Gegen jede Vernunft hörte sie sich selbst sagen: »In Ordnung! Zeig mir den Weg.«

Sie verließen das Hotel. Der Junge führte sie zielstrebig in Richtung Tiergarten. Die Parkanlage war auch am Weihnachtsmorgen entsprechend belebt, die Berliner führten ihre Vierbeiner spazieren, Kindermädchen ihre Schützlinge, und vereinzelt oder in Gruppen wurde auf den Wiesen Frühgymnastik betrieben. Zügig durchquerten sie den Park, um sich dem Gelände des Zoologischen Gartens zu nähern. Er blieb während der Feiertage geschlossen, dennoch wähnte Daisy in diesem ihr Ziel. Statt durch das Elefantentor in der Budapester Straße betraten sie ihn durch eine Nebenpforte, für die der Junge einen Schlüssel aus der Hosentasche beförderte.

Ohne Besucher und noch früh am Morgen wirkte der Zoo eigentümlich friedlich. Sie schritten flott unter jahrhundertealten Eichen dahin, und Daisy, nur in Pullover und ohne Mantel, rieb fröstelnd ihre Arme.

Ein Zoowärter kam ihnen mit einer Schubkarrenladung dampfendem Mist entgegen, aber mehr als einen kurzen Blick hatte er nicht für sie übrig.

Die Stimme des Jungen riss sie aus ihren Gedanken. »Da sind wir.« Vor ihnen erhob sich eine umzäunte Anlage mit kunstvoll angeordneten Felsen und einem ziemlich trüben Wasserbecken.

»Warten Sie hier«, sagte er und verschwand eilig. Daisy schaute ihm verblüfft hinterher. Dabei entdeckte sie ein Schild am Gehege: »*See-Elefant Roland*«. Das massige Tier ließ sich allerdings nirgendwo blicken. Vermutlich döste Roland um diese Zeit noch.

»Fräulein von Tessendorf.«

Daisy wirbelte herum. Der Mann mit der Augenklappe! »Herr von Greiff«, entfuhr es ihr erschrocken. »Was soll das? Warum locken Sie mich hierher?«

Das verbliebene Auge glitt über ihr Gesicht. »Ich habe ein Angebot für Sie«, erklärte er ölig.

Daisy fasste sich. Hugo hasste von Greiff und fürchtete, dieser könne ihm eines Tages den Rang ablaufen. Zweifellos lag es in

Greiffs Interesse, diesen Prozess zu beschleunigen. Der Gedanke ermutigte sie, und beherzt trat sie von Greiff entgegen. »Sie sehen mich verwirrt. Noch gestern trachteten Sie danach, meinen Bruder wegen Doppelmordes an den Galgen zu bringen, und nun bieten Sie mir an, ihn zu retten?«

»Es geht bei diesem Treffen nicht allein um Ihren Bruder, Fräulein. Ich nutzte ihn lediglich als Vorwand, um Sie aus dem Hotel zu locken.« Er lehnte sich neben sie ans Geländer und kreuzte die Knöchel. »Unter uns, Ihr Bruder verdiente einen Orden, falls er die beiden Subjekte Hauschka und Schimmelpfennig getötet hat. Ich habe diese Zusammenkunft anberaumt, weil uns gemeinsame Interessen verbinden. Sie wollen zu Trostburg loswerden, was exakt auch meinem Wunsch entspricht.«

»Der Feind meines Feindes ist mein Freund?«

»Wir wollen nicht gleich übertreiben, Fräulein. Nennen wir es eine Übereinkunft zweier Komplizen, um ein für beide Seiten vorteilhaftes Geschäft abzuschließen.«

»Sie klingen wie Mephisto.«

»Behalten Sie Ihre Seele. Es geht um Ihren Körper. Sind Sie noch Jungfrau?«

»*Was?*«

»Eine einfache Frage. Sind Sie noch Jungfrau?«

»Was geht Sie das an?«, fauchte Daisy.

Greiff zuckte ungerührt die Achseln. »Sie sollten zumindest wissen, was Sie tun. Grundkenntnisse in der menschlichen Biologie wären von Vorteil.«

»Wenn es darum geht: Ich bin auf einem Gut mit Tieren aufgewachsen. Ich weiß Bescheid!« Und obwohl es ihr inzwischen jedes Härchen einzeln aufstellte, zwang sie sich zu fragen: »Was muss ich tun, um meinen Bruder zu retten?«

Von Greiff erklärte es ihr.

Mit jedem Wort stieg Daisys Entsetzen. Sie wäre davon davongestürmt, hätte nicht das Leben ihres Bruders auf dem Spiel gestanden. »Wenn ich mich auf Ihren Vorschlag einlasse, welche Garantie habe ich, dass Sie sich an Ihren Teil der Vereinbarung halten?«

»Keine. Sie müssen mir vertrauen.«

Daisy schnaubte erstickt. »Erlauben Sie, dass ich lache!«

»Lachen Sie, wenn Ihnen der Sinn danach steht, Fräulein. Sie kennen mein Angebot. Es bleibt Ihnen überlassen, ob Sie es annehmen. Mit oder ohne Ihre Unterstützung, ich gelange so oder so an mein Ziel.«

Das befürchtete Daisy auch. Sie wog ihre Chancen ab. Was würde ihre Mutter Yvette in ihrer Lage tun? Oder ihre Großmutter? Das brachte sie auf einen neuen Gedanken. »Ich gehe auf Ihr Angebot ein, wenn Sie auch meine Freundin Mitzi Gotzlow retten.« Herausfordernd stellte sie sich vor ihn.

Greiff schaute auf sie herab. »Für die Gotzlow kommt jede Hilfe zu spät. Ihre Taten verdienen den Tod.«

»Welche Taten? Sie ist unschuldig«, rief Daisy hitzig.

Ungerührt fragte Greiff: »Kennen Sie einen Pierre Bouchon?«

Daisy blieb fast das Herz stehen. Bei Bouchon handelte es sich um ein übles Subjekt aus der Vergangenheit ihrer Mutter.

Greiff beugte sich ihr entgegen. »Wie ich sehe, ist der Monsieur für Sie kein Unbekannter. Ich wünschte, jeder Übeltäter besäße Ihre Unfähigkeit, sich zu verstellen.«

Noch während Daisy sich fragte, was Greiff mit der Erwähnung Bouchons bezweckte, klärte er sie auf. »Meine Männer haben Pierre Bouchon vor einiger Zeit aufgegriffen. Nach entsprechender Behandlung begann er zu zwitschern wie ein Singvogel. Erstaunlich, was er so über Ihre Mutter zu erzählen wusste.«

Daisy wurde übel vor Zorn. »Nicht ein Wort davon ist wahr! Pierre Bouchon saß wegen Totschlags in einem Pariser Gefängnis. Jetzt betätigt er sich als Erpresser.« Dabei begriff sie Greiffs Vorgehen. Sie hatte ihn provoziert, indem sie versuchte, den Einsatz zu erhöhen. Er konterte prompt und gab ihr zu verstehen, dass sie keine Bedingungen zu stellen hätte.

»Jetzt werden Sie nicht gleich hysterisch. Mein Interesse gilt nicht dieser alten Geschichte. *Vorerst*. Was ist jetzt? Wollen Sie zu Trostburg bloßstellen oder nicht?«

Natürlich wollte sie das, aber sie traute Greiff nicht. Was, wenn er sich nicht an die Vereinbarung hielt? Einmal im Leben wollte sie nichts überstürzen. »Ich bitte um Bedenkzeit.«

»Gut. Ich warte.« Er verschränkte die Arme.

»Hier?«, fragte Daisy perplex.

»Wo sonst? Ihr Kopf ist klein, es wird nicht lange dauern.«

»Aber ich muss zurück ins *Adlon!* Meine Mutter und Großmutter werden sich inzwischen fürchterliche Sorgen um mich machen.«

»So läuft das nicht, Fräulein. Indem Sie dem Boten gefolgt sind, sind Sie ins Boot gestiegen. Sie können nicht ernsthaft annehmen, dass ich Sie einfach ziehen lasse, damit Sie mich beim Polizeipräsidenten anschwärzen. Oder den Hindenburgs. Oder Ränke mit einem gewissen Briten schmieden …«

Daisy erstarrte.

»Jetzt schauen Sie nicht wie eine Kuh beim Kalben. Ich bin über jeden Ihrer Schritte im Bilde. Nein, mein Fräulein, mitgehangen, mitgefangen. Es ist alles vorbereitet, und es gibt kein Zurück. Ihre Mutter habe ich als Rückversicherung ins Spiel gebracht, um Sie zu motivieren.«

»Das nennen Sie Motivation? Es ist Erpressung!«

»Da Ihnen so viel an Weihnachten liegt, darf ich Sie erinnern, dass Ihr Bruder die Feiertage im Gefängnis fristet, während Sie auf ein fettes Stück Weihnachtsgans hoffen dürfen. Wenn Sie mitspielen, werde ich dafür sorgen, dass Ihr Bruder noch heute Abend aus dem Gefängnis freikommt.«

Damit hatte er sie. Wenn sie jetzt nicht handelte, würde sie sich das später ewig vorwerfen. Außerdem hatte ihr Greiff unmissverständlich zu verstehen gegeben, dass er sich andernfalls an ihre Mutter halten würde. Was ist schon groß dabei, übte sie sich in Selbstbeschwichtigung. Sie musste ein wenig schauspielern und ihren Ruf opfern, aber sie tat es für ihren Bruder. »Also gut«, willigte sie ein.

Im Geiste leistete sie Abbitte bei ihrer Mutter, da sie ihr mit ihrem Verschwinden weitere Seelenqualen zumutete. Aber wenn von Greiff Wort hielt, würden sie heute Abend alle wieder mit Louis vereint sein.

Kapitel 2

> Wenn ein Mann zurückweicht, weicht er zurück. Eine Frau weicht nur zurück, um besser Anlauf zu nehmen.
>
> Zsa Zsa Gabor

Hubertus von Greiff hatte seine Palastrevolte gegen Hugo zu Trostburg generalstabsmäßig geplant. Als Kulisse diente eine im Stile Ludwig XVI. eingerichtete Wohnung in der Kurfürstenstraße. In einer Orgie aus Weiß und Gold warteten eine entsprechende Garderobe auf Daisy sowie eine überschminkte Frau unbestimmten Alters, die sie in ihre Rolle einweisen sollte. Von Greiff selbst würde erst zum Finale auf der Bildfläche erscheinen. Sollte sein Plan trotz akribischer Vorkehrungen aus dem Ruder laufen, überlegte Daisy verdrossen, stünde am Ende sie allein als Intrigantin und Leidtragende da. Von Greiff würde seine Anwesenheit glaubhaft mit einem anonymen Hinweis erklären.

Das Einauge hieß sie an einem verschnörkelten Schreibtisch Platz nehmen und diktierte ihr die Nachricht an Hugo, die ihn in die Kurfürstenstraße locken sollte.

»Warum der Aufwand mit der Wohnung? Weshalb kann ich nicht einfach an seine Zimmertür im *Kaiserhof* klopfen?«

»Strengen Sie Ihren Kopf an! Es muss aussehen, als hielte von Trostburg Sie gegen Ihren Willen hier gefangen. Die Räumlichkeiten wurden unter seinem Namen angemietet.«

»Dann sollten wir Hugo keine Nachricht senden, die ihm später als Beweis gegen mich dienen könnte«, wandte Daisy ein.

Greiff winkte lässig ab. »Keine Sorge. Ihre Nachricht lasse ich rechtzeitig verschwinden.«

»Was ist, wenn zu Trostburg die Falle wittert und gar nicht erst auftaucht? Oder der Bote ihn nicht antrifft? Gilt unsere Vereinbarung trotzdem?«

Er schaute beinahe amüsiert. »In diesem Fall habe ich einen Plan B, und Sie erhalten eine zweite Chance. Folgen Sie jetzt den Anweisungen von Annabelle. Wenn Sie Ihren Bruder retten wollen, legen Sie sich ins Zeug.« Danach überließ Greiff Daisy ihrem Schicksal und der reifen Annabelle.

»Na endlich«, meinte Annabelle forsch, nachdem die Haustür hinter ihm ins Schloss gefallen war. »Der ist wirklich ein eiskalter Bursche, was? In seiner Nähe überziehen sich selbst die Wände mit Frost.«

»Kennen Sie Greiff schon länger?«

»Schätzchen, wir sollten uns duzen. Und eins vorneweg: Ich werde keine Fragen beantworten, die nicht unmittelbar meinen Auftrag betreffen.«

»Und wie sieht dein Auftrag aus?«

»Komm mit.« Annabelle ging ihr voran ins Schlafzimmer, eine plüschige Angelegenheit in Rot und Gold. Auf einem Tisch stand ein Sektkühler. »Wir sollten erst eine Flasche köpfen, damit du etwas lockerer wirst.«

Daisy stürzte das erste Glas Champagner hinunter.

Annabelle nickte. »Und nun zieh dich aus, Schätzchen. Alles.«

»Was?«, rief Daisy entsetzt.

»Ja, was dachtest du denn? Ich will dich anschauen. Ich wette, unter deinen Kleidern bist du weiß und weich.«

»Na hör mal!«

»Jetzt stell dich nicht so an, Püppchen. Du bekommst diesen

hier.« Sie griff nach einem seidenen Kimono von skandalöser Durchsichtigkeit.

»Kann ich nicht wenigstens meine Wäsche anbehalten?«, feilschte Daisy.

»Nein. Du sollst zu Trostburg verführen, und er steht nun einmal auf möglichst viel nackte Haut.«

»Und woher weißt du das so genau?«

Annabelle überging die Frage. »Greiff hat mich vorgewarnt, dass ich es mit einem adeligen Jüngferchen zu tun bekäme. Sag, erzählen sie euch Püppchen immer noch, Beine breit für Gott, König und Vaterland?«

»Ganz genau«, zischte Daisy verärgert. »Und für wen macht das Annabellchen die Beine breit?«

Annabelle lachte herzhaft und entblößte ihre kräftigen Zähne. »Na also! Du bist goldrichtig. Wir zwei werden das Kind schon schaukeln.«

Auch Daisy versuchte sich nun an einem zaghaften Lächeln.

»So ist es gut. Wir Frauen müssen zusammenhalten. Also: Stell dir vor, wir sind zwei Schauspielerinnen, die eine Szene proben. Nichts von dem, was du heute tun wirst, ist wahrhaftig. Du schlüpfst in eine Rolle, schaffst für den Mann eine Illusion und wirst so zum Sinnbild seiner Wünsche. Verstehst du das, Püppchen?«

Das verstand Daisy durchaus.

»Fabelhaft! Du musst dafür jede Scham über Bord werfen.«

Oje, das klang nicht gut. Argwöhnisch verfolgte Daisy, wie Annabelle zum Nachttisch schritt, eine Schublade aufzog und dieser eine Fotografie und Handschellen entnahm. Letztere ließen Daisys Augen eng werden. »Wozu brauchen wir die?«

»Die Handschellen sind ein Requisit. Und das hier«, Annabelle schwenkte das Foto, »veranschaulicht das Schlussbild unserer kleinen Inszenierung.«

Die Abbildung überstieg Daisys Vorstellungskraft bei Weitem. »Ich brauche mehr Champagner«, forderte sie blass.

»Nur ein Glas«, bestimmte Annabelle. »Greiff meinte, wir hätten maximal zwei Stunden Zeit für unsere Vorbereitungen. Ab da sollten wir mit zu Trostburg rechnen.«

»Augenklappe kann es wohl kaum erwarten, Hugos Kopf rollen zu sehen.« Daisy wies auf die Handschellen. »Hugo wird misstrauisch werden, wenn ich die parat habe.«

»Dummerchen«, kicherte Annabelle. »Er besitzt natürlich seine eigenen. Aber du solltest wissen, womit du zu rechnen hast. Legen wir los!«

»Warte! Ist es für meine Rolle nötig, Hugo direkt ins Gesicht zu lügen?«

»Komische Frage. Warum willst du das wissen?«

»Weil ich das nicht kann. Weil ich bei der kleinsten Schwindelei Schluckauf bekomme.«

»Ist nicht wahr!«

»Doch, ein Schluckauf in der Verführungsszene dürfte sich eher kontraproduktiv auswirken.«

»Du bist mal 'ne vornehme Marke. Ich kann dich beruhigen, Püppchen. Du hast so gut wie keinen Text. Männer wollen rammeln, nicht reden. Keine Worte, keine Lüge. Bekommst du das hin?«

»Habe ich eine Wahl?«

»Nein. Und jetzt runter mit den Klamotten.«

Daisy ließ die Hüllen fallen.

Annabelle lächelte zufrieden. »Wie ich es mir gedacht habe. Weich und rund.« Ungeniert griff sie Daisy an die Brust. Die wich sofort entrüstet zurück. Annabelle seufzte übertrieben. »Schätzchen, genau so solltest du nicht reagieren, wenn Hugo dich anfassen will. Anfangs darfst du dich ein wenig zieren, aber du musst auch die entsprechenden Signale aussenden. *Er* muss führen und *du* verführen. Letzteres ist eine Kunst, und ich kann dir in der kurzen Zeit unmöglich mein ganzes Repertoire eintrichtern.« Sie schritt mit wiegenden Hüften zur Schlafzimmertür und pochte gegen den Rahmen. »Proben wir es. Ich bin Hugo, und du bittest mich herein.«

Annabelle nahm ihre Aufgabe sehr ernst. Sie bemängelte, wie Daisy Hugo begrüßte, wie sie lächelte oder den Kimono von den Schultern gleiten ließ. Eigentlich alles. »Du bist viel zu hölzern, Schätzchen. Du sollst lächeln und nicht die Zähne fletschen. Behalte immer im Kopf, du willst zu Trostburg deinen Sinneswandel beweisen. Nervös darfst du sein, aber nicht zögerlich.«

Nach über einer Stunde wiederholter Proben meinte Annabelle: »Na also, es wird langsam. Wenn du dich ans Drehbuch hältst, Püppchen, dürfte nicht allzu viel schiefgehen.«

Daisy war sich da nicht so sicher. Ihr graute besonders vor der Schlussszene mit Hugo, wenn von Greiff mit dem Fotoapparat auf der Matte stehen würde. Annabelle verabschiedete sich nun, um in der benachbarten Wohnung auf das Zuschnappen der Venusfalle zu warten.

Präpariert wie eine orientalische Odaliske, harrte Daisy Hugos Erscheinen. Wann kam er? Sie wollte es endlich hinter sich bringen. Aber die Zeit verstrich, und er ließ sich nicht blicken. Offenbar lief etwas quer in Greiffs schönem Plan. Daisy grübelte über die möglichen Gründe nach, als jäh die Wohnungstür aufflog und Greiff seine lange Gestalt vor sie pflanzte. »Ihre Dienste werden nicht mehr benötigt. Ziehen Sie sich an, und verschwinden Sie«, schnarrte er.

»Was?«, stotterte Daisy.

»Sind Sie taub? Ich brauche Sie nicht mehr. Und kein Wort zu niemandem über heute. Ansonsten lasse ich Ihre Freundin im Gefängnis dafür büßen. Haben wir uns verstanden?«

Daisy verzichtete auf eine Antwort und sammelte ihre Kleider ein. Sie war zornig und durcheinander, aber genauso erleichtert, weil ihr Greiffs perfider Plan samt Hugo erspart blieb. Gleichzeitig sorgte sie sich um das Warum. Etwas war passiert.

Sie eilte ins Bad und zog sich an. Als sie zurückkehrte, war von Greiff verschwunden. Und Annabelle mit ihm.

Daisy verließ das Haus, hielt das nächste Taxi an und fuhr ins *Adlon*. Kaum hatte sie das Foyer durch die Drehtür betreten, da sah sie auch schon den Concierge auf sich zustürzen. »Fräulein von Tessendorf! Dem Himmel sei Dank, da sind Sie ja! Ich...«

»Nicht jetzt, bitte.« Daisy eilte zum Aufzug. Der Concierge lief ihr hinterher. »Aber ich...«

»Bitte, ich habe es eilig. Ich muss mit meiner Mutter sprechen.« Die Lifttür öffnete sich, Daisy schlüpfte in die Kabine, worauf der Concierge den Aufzug per Knopfdruck stoppte. »Bitte vielmals um Verzeihung für meine Hartnäckigkeit, Komtess. Aber die werten Damen Tessendorf sind gar nicht mehr hier. Sie haben sich in die Charité begeben.«

»Mein Gott, was ist passiert?«, rief Daisy schockiert.

»Ihr Bruder wurde in die Charité verbracht. Sind Sie selbst wohlauf, Komtess? Wir haben uns...«

In ihrer Ungeduld ließ sie den armen Mann erneut nicht zum Ende kommen. »Mir geht es bestens, danke. Wissen Sie, was meinem Bruder fehlt?«

»Bedaure, Komtess.«

Daisy war schon auf dem Weg. Verwirrt fragte sie sich, warum man Louis in die Charité gebracht hatte. Gab es im Gefängnis keine Krankenstation? Die Fahrt war kurz, doch sie reichte, um sich wegen Louis die fürchterlichsten Dinge auszumalen. Sie bezahlte das Taxi und rannte über die Treppe auf das Portal der Klinik zu und geradewegs in den Mann, der just heraustrat. Sie blickte hoch. *Hugo!*

»Marguerite, Grundgütiger, da bist du ja! Wo hast du bloß gesteckt?«, rief Hugo zu Trostburg.

Daisy unterdrückte einen Fluch. »Wieso bist du hier? Was ist mit meinem Bruder?«

Er fasste nach ihrem Arm. Sie riss sich los. »Sag mir sofort, wie es um Louis steht!«

»Gut, aber bitte bewahre Ruhe, Marguerite. Man beobachtet uns.«

»Als wenn mich das interessieren würde! Jetzt sprich!«

Hugo senkte seine Stimme: »Dein Bruder hat versucht, sich das Leben zu nehmen.«

Daisy taumelte. »Ich will sofort zu ihm. Bitte.«

»Natürlich, Marguerite.«

Vor dem Patientenzimmer im privaten Teil der Klinik stand ein bewaffneter Schupo. Er öffnete ihnen die Tür, und Hugo überließ Daisy höflich den Vortritt.

Fast die gesamte Familie hatte sich bereits um Louis' Bett versammelt. Großmutter Sybille parkte in ihrem Stuhl mit dem Rücken zum Fenster, ihre Mutter Yvette saß Louis zur Seite, hinter ihr, die Hände auf ihre Schultern gelegt, verharrte Daisys Vater Kuno, an seiner Seite ihre jüngere Schwester Violette. Sogar ihr missliebiger Halbbruder Hagen und seine Frau Elvira hatten sich noch vor ihr in der Charité eingefunden. Elviras aufgesetztes Schluchzen füllte den Raum. Als fühlte sie die Anwesenheit ihrer ältesten Tochter, wandte sich Yvette als Erste um. »*Chérie!*« Schon spürte Daisy die Arme ihrer Mutter um sich. Es war für sie die erste tröstliche Empfindung des Tages. Yvette löste sich von ihr und tastete sie förmlich mit den Augen ab. »Bist du in Ordnung, *ma petite?* Wo hast du bloß die ganze Zeit über gesteckt?«

»Mir geht es gut, *Maman*«, murmelte Daisy. Sie drängte sich zum Bett vor, zwischen Violette und ihren Vater Kuno. Letzterer rückte bereitwillig zur Seite und legte nun ihr den Arm um die Schultern, ganz so, als hätte er diesen Halt nötig. Tatsächlich wirkte er ratlos und verloren. Daisy nahm es nur bedingt zur Kenntnis, zu sehr erschütterte sie der Anblick ihres Bruders. Louis war in eine Stille gehüllt, die nicht mehr von dieser Welt schien. »Wie schlimm steht es?«, fragte sie erstickt.

»Dein Bruder hatte bereits das Bewusstsein verloren, als man ihn fand. Seitdem ist er in diesem Zustand. Er hat mehrere Bluttransfusionen erhalten.«

»Was sagen die Ärzte?«

»Was die Quacksalber immer sagen.« Ihre Großmutter rollte näher. »Abwarten, starke Konstitution, bla bla bla…«

»Der arme Junge. Warum bloß hat er das getan!« Elvira schniefte übertrieben laut. Niemand schenkte ihr Beachtung. Großmutter Sybille nahm es allerdings zum Anlass, Hagen auffordernd anzusehen. Er reagierte entsprechend, nahm seine Frau und verließ gemeinsam mit ihr den Raum.

»Sie sind ja immer noch hier!«, knöpfte sich Sybille als Nächstes zu Trostburg vor. »Hatten Sie sich nicht erst großspurig verabschiedet, um die Schuldigen ausfindig zu machen, in deren Obhut mein Enkel fast zu Tode gekommen ist?«

Hugo krümmte sich unter ihrem stählernen Blick. »Selbstverständlich, Frau Gräfin.« Es blieb ihm nur der geordnete Rückzug.

»Gottlob, den Hanswurst wären wir los«, schnaubte Sybille.

Violette hatte es nun ebenfalls eilig: »Ich sehe nach Tante Elvira.«

Sybille vollführte eine Wende mit dem Stuhl. »Dann halte gleich Ausschau nach Franz-Josef, und schick ihn herein.«

»Ist gut, Großmutter.« Violette schlüpfte hinaus.

»Wie konnte sich Louis überhaupt im Gefängnis die Pulsadern aufschneiden? Woher hatte er die Klinge?«, fragte Daisy.

Sybilles Mund wurde schmal, während sich Yvette sichtlich bewegt zurück auf die Bettkante sinken ließ. Sie nahm Louis' leblose Hand und drückte einen Kuss darauf. Niemand redete ein Wort. Kurz darauf klopfte es, und Sybilles Butler trat ein. »Franz-Josef«, sagte Sybille, »steht der Wagen bereit?«

»Jawohl, Frau Gräfin.«

»Sehr gut, wir kehren nach Tessendorf zurück.«

»Du willst nach Hause, Schwiegermutter?«

»Der Junge wird kaum schneller gesunden, wenn sich massenhaft Leute um sein Bett scharen. Es reicht, wenn seine Mutter an seiner Seite wacht.«

»Ich bleibe auch hier, Großmutter«, erklärte Daisy sofort.

Yvette verständigte sich kurz mit Kuno. Während er mit Violette und Sybille nach Tessendorf heimkehrte, blieben sie und Daisy alleine bei Louis zurück.

»*Maman*, was ist genau passiert?«, fragte Daisy sofort. »Woher hatte Louis das Messer?«

Ein erschöpfter Zug zeigte sich auf dem schönen Gesicht ihrer Mutter. »*Chérie*, dein Bruder benutzte keine Klinge. Er hat sich selbst mit den Zähnen verletzt.«

»O mein Gott!« Daisy presste ihre Faust auf den Mund. Alles

schien ihr so erdrückend, selbst die Luft um sie war schwerer geworden.

»Der Arzt sagt, es käme nicht oft vor. Aber manchmal raubt einem die Verzweiflung den Verstand.«

»Oder die Liebe tut es«, murmelte Daisy.

Die Hand ihrer Mutter tastete nach ihr. »*Chérie*, willst du mir berichten, was du nicht vor den anderen sagen wolltest? Wo bist du gewesen? Von wem kam der Bote?«

Ungeachtet Greiffs Drohung lieferte Daisy ihrer Mutter einen vollständigen Bericht. Sie begann mit Pierre Bouchon. »Greiff hat ihn verhaftet und behauptet, Pierre habe ihm alles über deine Vergangenheit erzählt.«

Die feinen blonden Augenbrauen ihrer Mutter zogen sich zusammen. »Denkst du, er hat vor, mich zu erpressen?«

»Greiff behauptete, er habe kein Interesse an dieser alten Geschichte.«

»Dennoch hat er es zur Sprache gebracht. Er ist ein Spieler und macht uns klar, dass er über ausreichend Asse verfügt. Was hat er von dir gewollt, *ma fille*?«

Daisy erzählte. Yvette war entsetzt. »Meine arme *Chérie*! Dieser Greiff ist wahrhaftig der Teufel!«

»Ja… *Chérie* hat wahrhaftig ein Talent für Schlamassel«, murmelte Louis kaum hörbar.

Beide Frauen fuhren wie gestochen zu ihm herum. »Du bist wach!«, riefen sie gleichzeitig.

Louis' Mund zuckte. »Eine Weile. Aber es war mir hier vorher zu voll«, formte er mühsam die Worte.

»Schh, *mon fils*, du musst nicht sprechen, wenn es dich anstrengt. Hast du Durst? Möchtest du Wasser?«

Louis nickte, und Yvette hielt ihrem Sohn das Glas. Nach wenigen Schlucken sank Louis mit geschlossenen Augen zurück. Seine bläulichen Lider wirkten seltsam durchscheinend.

Daisy und ihre Mutter lösten ihre Blicke von ihm und bemerkten jeweils die Verwirrung in den Augen der anderen. Sie fanden Louis' Benehmen befremdlich. Er umgab sich mit einer Normalität, als hätte er nicht eben erst einen Selbstmordversuch hinter sich. Sein Atem ging nun regelmäßig.

»Schläft er?«, flüsterte Daisy.

»Ich hoffe es. Eine von uns beiden sollte immer bei Louis bleiben.« Yvette kritzelte etwas in ihr kleines Notizbuch und reichte es ihrer Tochter. *Er wird es wieder versuchen,* stand darauf zu lesen. Daisys Herz schwamm in Tränen.

Ihre Mutter schrieb weiter. *Wir müssen ihn hier herausholen.*

»Wie?«, hauchte Daisy.

»Ich lasse mir etwas einfallen.«

Es wurde eine traurige Weihnacht. Während Yvette und Daisy an Louis' Bett wachten, feierte die übrige Welt die Geburt des Christuskinds.

Louis lag vollkommen reglos. Hin und wieder ertappten sich Mutter und Tochter dabei, wie sie auf seine Brust starrten, um sich zu vergewissern, dass sie sich noch hob und senkte – als fürchteten sie, Louis könnte sich still und heimlich aus dem Leben schleichen.

Ein Arzt schaute herein und kontrollierte mit einer Augenleuchte Louis' Pupillen, prüfte seinen Puls und rauschte wieder hinaus. Eine ältere Schwester brachte ihnen Essen auf einem Tablett. Sie fanden darauf auch einen kleinen Tannenzweig und eine Kerze. Yvette und Daisy dankten dieser mitfühlenden Seele, und Yvette folgte ihr hinaus, um das nächste Telefon zu suchen.

Allein mit ihrem Bruder beugte sich Daisy zu ihm hinab und

raunte: »Louis, kannst du mich hören?« Keine Reaktion. Sie nahm seine Hand. »Falls du mich hören kannst, bitte tu uns das nicht an. Du kannst nicht ohne Willi leben, aber genauso wenig könnte ich ohne dich leben. Bitte, Louis«, flehte sie, und eine einzelne Träne fiel auf Louis' Hand. Er rührte sich nicht.

Ihre Mutter kehrte mit einer Kanne Kaffee zurück.

Die Heilige Nacht verging.

Kapitel 3

> Nur ein Gärtner weiß im Voraus, was ihm blüht.
> Yvette von Tessendorf

Kurz vor dem Morgengrauen gönnte sich Daisy eine schnelle Zigarette im Waschraum. Sie fühlte sich schuldig. Warum bloß hatte sie damals der Verlobung mit Hugo zugestimmt? Sie könnte sich selbst erwürgen.

Bei ihrer Rückkehr erfasste Yvette ihren Zustand mit einem Blick. »*Ma petite*, hör auf, dir Vorwürfe zu machen. Es führt zu nichts und ändert nichts.«

»Ich weiß, aber was wird, wenn Großmutter keinen Erfolg bei Hindenburg hat und wir Hugo niemals loswerden…«

Auf Yvettes Gesicht zeigte sich ein blasses Lächeln. »'Ugo hat zu hoch gepokert und verloren. Er muss nun damit rechnen, dass ihm der Polizeipräsident künftig mehr auf die Finger sehen wird.«

»Nichts würde ich mir mehr wünschen«, seufzte Daisy. Sie überließ sich einen Atemzug lang der Erleichterung, doch dann schaute sie wieder betroffen zu Louis. »Wir müssen ihn retten, *Maman*.«

»Das werden wir, *Chérie*. Vertrau mir.« Yvette zog sie abermals in ihre Arme. Daisy wünschte, sie besäße die Stärke ihrer Mutter. Woraus schöpfte sie ihre Zuversicht? Warum kannte sie niemals Unverzagtheit und sah in jedem Problem schon den Ansatz einer Lösung? Die Antwort war Liebe; die Quelle allen Mutes, der

Ursprung aller Kraft. Daisy schniefte und richtete sich auf. »Was hast du vor, *Maman*?«

»Von Greiff davon überzeugen, dass es sich lohnt, das Richtige zu tun. Er giert nach 'Ugos Sessel als Leiter der Politischen Polizei. Wir werden dafür sorgen, dass Greiff ihn bekommt, indem wir im Gegenzug auch 'Ugo geben, wonach es ihn so sehr gelüstet.«

»Den Botschafterposten im Ausland?«

»Ja, so wie wir es mit 'Enry vor seinem Flug nach London besprochen hatten.«

»Aber zu diesem Zeitpunkt wollten wir damit Mitzi retten. Wenn wir diese Karte aus der Hand geben, was bleibt noch für sie übrig?«

»*Mon amour*«, meinte ihre Mutter sanft, »gestern waren wir längst so weit zu akzeptieren, dass wir Mitzis Schicksal unmöglich abwenden können.«

»Nein, *Maman*!«, rief Daisy. »Was ist, wenn Henry sich irrt und Lotte Schimmelpfennig gar nicht tot ist? Wenn wir sie ausfindig machen können und wir sie dazu bewegen, ihre Aussage zu widerrufen, besteht für Mitzi durchaus Hoffnung!«

Yvette sah davon ab, ihre Tochter auf die vielen Wenns hinzuweisen. Sie strich ihr über das kupferfarbene Haar. »Das eine schließt das andere nicht aus, *Chérie*. Wir werden nichts unversucht lassen, deine Freundin zu retten. Aber das zwischen Greiff und Mitzi ist etwas Persönliches. Sie hat seine untergetauchte Mutter jahrelang vor ihm versteckt, und das macht es doppelt schwierig.«

Daisy senkte den Kopf. So viele Sorgen und keine Lösungen. Sie hatte die verblüffende Tatsache noch längst nicht verdaut, dass es sich bei Mitzis taubstummer Mitbewohnerin am Prenzlauer Berg, die alte Frau Kulke, um die verschollene Mutter von Augenklappe Greiff handelte. Der hasste die eigene Mutter so sehr, dass er sie laut Hugo in einer Anstalt weggesperrt hatte.

Yvette blieb bei Louis, während Daisy ihrem Drang nach einer weiteren Zigarette nachgab. Sie trat aus dem Patientenzimmer, folgte dem Korridor bis zur Hintertreppe und verließ die Charité durch den Personalausgang. Sie sog die frische, kalte Morgenluft in ihre Lungen, froh, einen Augenblick dem Geruch nach Desinfektionsmitteln, Erbrochenem und menschlichem Verfall entkommen zu sein. Dafür nahm sie die Trostlosigkeit des Hinterhofs gerne in Kauf. Alles hier atmete graue Tristesse, die Fassade der Wände, die schadhaften Pflastersteine und selbst das winterwelke Kraut in den Ritzen. Auch die abgestellten Krankenfahrzeuge und der Kleinlastwagen wirkten im Morgendunst seltsam leblos und verlassen. Die graue Trübnis ihres Umfelds erfasste Daisy und mit ihr das Gefühl, dass im Schatten ihrer Zukunft etwas Dunkles auf sie lauerte.

***

Vier Tage nach Weihnachten kehrte Henry mit guten Nachrichten aus London zurück. Er verlor kein Wort darüber, wie er das Wunder bewerkstelligt hatte, Hugo zu Trostburg den ersehnten Botschafterposten innerhalb des britischen Empire verschafft zu haben. Die Verhandlungen würden im Januar beginnen, und spätestens im Frühjahr würde sich Hugo als neuer deutscher Botschafter nach Indien verabschieden. Hubertus von Greiff würde auf Hugos Posten nachrücken und im Gegenzug zu Protokoll geben, Louis sei wie seine Schwester lediglich ein Zeuge und nicht mehr mordverdächtig.

Bei aller Freude über das Erreichte war Daisy enttäuscht, dass

Henry bei seinem Besuch nicht mehr als eine Stunde für sie erübrigen konnte, da er bereits dringend in der britischen Botschaft erwartet wurde. Sicher, es brodelte in Deutschland und Europa an allen Ecken und Enden, aber war Henry der einzige Feuerlöscher? Sie hatte ihn zwei lange Wochen nicht gesehen, und als er so plötzlich vor ihr gestanden und sie in seine lächelnden Augen geblickt hatte, war ihr jäh zu Bewusstsein gekommen, wie sehr sie ihn tatsächlich vermisst hatte. Sie fragte sich, wie sie zueinander standen und wie sie reagieren würde, wenn er sich ihr erklärte. Ihre bisherigen Erfahrungen in der Liebe erstreckten sich auf kurze Tändeleien. Im Gegenzug hatte sie bei Louis hautnah miterlebt, welche Verheerungen die Liebe in den Herzen der Menschen anrichten konnte. Vielleicht machte sie das zögerlich, und Henry empfing genau dieses Signal?

Yvette unterbrach Daisys Selbstbetrachtungen. »Dem Himmel sei Dank für 'Enry! Louis ist frei, und 'Ugo verschwindet in das Land, in dem der Pfeffer wächst.«

Louis saß mit zwei Kissen im Rücken im Bett, vor sich eine inzwischen erkaltete Suppe. Nun schob er das Tablett fort und verkündete: »Es reicht.«

»Aber dein Teller ist noch nicht leer«, versuchte es Yvette mit einem aufmunternden Lächeln. Sie hatte jeden Löffel mitgezählt.

»Nein, ich meine, es reicht mir mit euch. Ihr beide beäugt mich seit Tagen, als sei ich ein Forschungsobjekt.« Er schlug die Bettdecke zurück.

»Wo willst du hin?«, fragte seine Mutter alarmiert.

»Wenn ihr gestattet, ich muss austreten. Außer ihr wollt mir auch hierbei zuschauen?« Für dieses Bedürfnis waren bisher eine Schwester und die Bettpfanne zum Einsatz gekommen.

»Aber bist du nicht noch zu schwach, um aufzustehen?«

»Verdammt, Mutter! Ich bin nicht aus Glas!«

Daisy gluckste befreit. »Endlich!«

»Was?«, blaffte Louis in ihre Richtung.

»Das ist das erste Mal, Bruderherz, dass du dich wieder wie ein normaler Mensch anhörst.«

Einen Tag nach Henrys Besuch schneite Albert Speer, Louis' Chef, mit einem monströsen Blumenstrauß, einer Flasche Bordeaux und sprühend guter Laune herein. »Ich bin nur gekommen, um zu hören, wann Sie wieder einsatzfähig sein werden, junger Freund! Auf uns wartet eine Menge Arbeit!«, begrüßte ihn Speer und begann, von seinen neuesten Projekten zu erzählen. Er war in seinem Elan kaum zu bremsen, und bevor Louis sichs versah, hatte er eingewilligt, in die Dienste als Speers Assistent zurückzukehren. Die Aussicht auf seine Stellung schien tatsächlich Louis' Lebensgeister zu wecken.

Als Speer fort war, fragte Louis: »Wo steckt eigentlich Mitzi?«

Sofort kamen Daisy die Tränen, und Yvette musste Louis über Mitzis Lage in Kenntnis setzen. Louis lauschte verstört. »Es tut mir leid, Daisy.« Beschämt suchte er ihren Blick. »Unsere Freundin sitzt im Todestrakt, während ich fast mein Leben weggeworfen hätte…«

Einen Tag nach Henrys Besuch wurde der Schupo vor Louis' Tür abgezogen, und Oskar von Hindenburg bestätigte Sybille von Tessendorf in einem Anruf, ihr Enkel sei von allen Vorwürfen entlastet worden.

Louis drängte nun darauf, das Krankenhaus zu verlassen. Als der junge Stationsarzt eine letzte Untersuchung vornahm, verließ Daisy das Zimmer für eine schnelle Zigarette. Louis war frei, nun konnte sie sich wieder voll auf Mitzi konzentrieren. Es musste eine Möglichkeit geben, sie zu retten! Auch das Schicksal von Frau Kulke bewegte sie weiterhin. In ihre Überlegungen vertieft, bemerkte sie nicht die sich ihr nähernden Schritte. »Guten Morgen, Marguerite«, säuselte Hugo. Erschrocken fuhr sie auf. Ihr ehemaliger Verlobter lächelte. »Ich habe von der Genesung deines Bruders erfahren. Er soll noch heute entlassen werden.«

»Stell dir vor, das weiß ich längst!«, blaffte sie.

Sein selbstgefälliges Lächeln geriet ins Rutschen. »Ich habe mich extra hierherbemüht, um dich wissen zu lassen, wie sehr mich das für dich freut, Marguerite.«

»Ausgezeichnet, und nachdem ich das jetzt weiß, kannst du wieder gehen.«

»Warum bist so schnippisch zu mir? Wir sind schließlich verlobt!«

Fassungslos starrte Daisy ihn an. Wie schaffte dieser Mensch es bloß, in seinem eitlen Universum alles aus seiner Wahrnehmung zu verdrängen, was nicht den eigenen Wünschen entsprach?

Ihr Verstummen missdeutete Hugo ebenso. »Du Arme, du bist ja völlig bleich! Du solltest dir unbedingt mehr Ruhe gönnen und vom Rauchen ablassen. Spätestens wenn wir verheiratet sind. Hör zu, Marguerite, ich habe gute Neuigkeiten.« Er warf sich in die Brust: »Ich werde zum Botschafter ernannt. Und du wirst Frau Botschafter sein! Der Führer persönlich hat mir eben zum Karrieresprung gratuliert!« Er lächelte breit. Daisy wurde schlecht. Sie sagte das Erstbeste, was ihr in den Sinn kam. »Ich kann dich nicht heiraten, Hugo. Ich bin längst einem anderen versprochen. Und nun entschuldige mich.« Damit schob sie sich an ihm vorbei und kehrte mit hämmerndem Herzen ins Krankenzimmer zurück.

»Was ist, *Chérie*? Hast du ein Gespenst gesehen?«

»Wenn es nur so wäre, *Maman*. Hugo ist draußen.«

Yvette fluchte auf Französisch. Selbst ohne entsprechende

Sprachkenntnisse blieb die deftige Aufforderung unmissverständlich. Der junge Arzt hielt schmunzelnd in der Untersuchung inne: »Anatomisch ist das leider kaum möglich, Madame. Außer bei besagter Person handelt es sich um einen Schlangenmenschen.«

»Pardon«, murmelte Yvette und lächelte verlegen. »Monsieur, falls gleich ein Herr einträte, wären Sie so freundlich und verweisen ihn im Sinne Ihres Patienten des Raumes?«

»Ihr Wunsch ist mir Befehl, Madame.«

Hugo ließ sich nicht blicken. Offenbar scheute selbst er davor zurück, in Anwesenheit von Daisys Mutter eine Diskussion vom Zaun zu brechen. Vielleicht heckte er auch eine neue Teufelei aus.

Der Stationsarzt beendete die Visite. Louis hielt es nun nicht länger im Bett. Er tappte zum Schrank, löste seinen Anzug vom Bügel, schnappte sich Hemd und Unterwäsche und verschwand hinter dem Wandschirm.

»Was hast du jetzt vor?«, fragte Yvette.

Louis lugte hinter dem Wandschirm hervor. »Ist das eine ernst gemeinte Frage, Mutter?«

»*Mon dieu!* Deine Wünsche liegen mir am Herzen. Wobei ich die Hoffnung hege, dass du dir noch ein paar Tage Ruhe zugestehst und nicht sofort bei Herrn Speer an die Tür pochst.«

Louis kam in Hemd und Hose zum Vorschein. »Und diese Tage voller Ruhe soll ich möglichst in Tessendorf verbringen?« Er angelte nach seiner Krawatte und trat zum Binden vor den kleinen Spiegel. Die Bewegungen seiner Finger wirkten insgesamt noch unbeholfen. Mit einem unwilligen Knurren riss sich Louis die großen Pflaster von den Handgelenken, die die Verbände abgelöst hatten. Die bläulich unterlaufenen Spuren seiner verzweifelten Selbstverstümmelung ließen Daisy schlucken. Indes kämpfte Louis weiter mit der Krawatte. Yvette und Daisy zögerten, ihm ihre Hilfe anzubieten. Sein Verhalten hatte ihnen signalisiert, dass er nicht weiter wie ein Kranker behandelt werden wollte.

Plötzlich begegneten sie Louis' belustigtem Blick im Spiegel. »Was ist los? Will niemand mir mit dieser verfluchten Krawatte helfen? Ich beiße nicht.«

»*Alors*, das ist gut zu wissen«, entgegnete Yvette trocken. Daisy nahm sich der Krawatte an und band sie geschickt zum Knoten. Dann war es vorbei mit der Zurückhaltung. Sie warf Louis die Arme um den Hals und begann, hemmungslos zu schluchzen.

Nicht nur Daisy quollen die Augen über. Anschließend wurden Nasen geputzt, sich verlegen geräuspert und die Sachen zusammengepackt.

Anton erschien und übernahm das Gepäck. Aus der sofortigen Heimfahrt wurde jedoch nichts. Als sie zur geparkten Limousine gingen, fanden sie sie mit vier zerstochenen Reifen vor. Derlei üble Scherze geschahen zuhauf in Berlin. Ihnen blieb nichts, als mit dem Taxi ins *Adlon* zu fahren, während Anton zurückblieb, um auf den Abschleppwagen zu warten.

Nach dem gemeinsamen Essen in ihrer Suite zog sich Louis zurück. Daisy nutzte die Gelegenheit, ihrer Mutter die Lüge von der angeblichen Verlobung zu beichten.

»*Diable!* Das hast du wirklich gegenüber Hugo behauptet?«

»Tatsächlich stammt die Anregung für diese Idee von dir.«

»*Alors*, hilf mir auf die Sprünge. Du hast dich nicht etwa heimlich verlobt?«

Daisy gluckste. »Ich habe mich nur an deine Worte nach meiner verkorksten Verlobung mit Hugo erinnert. Damals hast du mir gesagt, ein selbstverliebter Mann wie er könne eine Zurückweisung nur dann verkraften, wenn er durch einen anderen ersetzt würde.«

»Ist es 'Enry, *Chérie?* Hat er sich dir gegenüber inzwischen erklärt?«

»Nein«, stieß Daisy mit ihrem Atem aus.

»Aber du wünschst es dir?« Es war eine sanfte Frage.

»Ich bin mir nicht sicher, *Maman*. Meine Bekanntschaft mit Henry währt inzwischen mehr als drei Jahre. Es ist kaum zu glauben, aber ich habe nachgerechnet, dass wir uns in dieser Zeit insgesamt nur ganze sieben Mal begegnet sind. In meiner Wahrnehmung kommt es mir häufiger vor.« Sie suchte die Augen ihrer Mutter. »Ich frage mich, ob es daran liegt, dass jedem unserer Zusammentreffen entweder ein schlimmes Ereignis vorangegangen oder gefolgt ist.«

Ihre Mutter schaute ernst. »Genau das macht eure Bekanntschaft so intensiv, *ma puce*. Euch verbinden Tragödien und Gefahren, und das ließ zwischen euch eine besondere Form der Vertrautheit entstehen.«

»Aber woran erkenne ich, dass es Liebe ist, *Maman*?«

»Normalerweise würde ich antworten, dass man gar nicht erst danach fragen muss, weil das Herz die Antwort kennt. Euer Fall hingegen liegt etwas komplizierter. Mit der Durchsuchung der Werft hat 'Enry dich gleich bei eurer zweiten Begegnung furchtbar enttäuscht und über die Maßen verletzt. Du wolltest ihn nicht wiedersehen, aber die Umstände haben dich dazu gezwungen. Daraufhin lerntest du eine andere Seite von 'Enry kennen. Aber nun traust du deinen Gefühlen nicht mehr.«

»Ach, *Maman*. Manchmal glaube ich, dass ich verflucht bin! Egal was ich tue, ich ende irgendwie stets in einer Zwickmühle. Ich fürchte mich davor, dass Henry sich mir erklärt. Aber im selben Maße ängstigt mich die Vorstellung, dass er es nicht tun könnte.«

»*Mon amour*, das ist kein Fluch, das ist das Leben mit all seinen Unwägbarkeiten. Es ist nicht berechenbar. Außer man verkriecht sich in eine Höhle und kommt nur heraus, wenn es unbedingt notwendig ist. Dann kann einem wenig passieren.«

Daisy stöhnte. »Mir würde sicher ein Felsbrocken auf den Kopf fallen. Trotzdem, die Idee mit der Höhle gefällt mir. Ich ziehe mich zurück und komme erst wieder zum Vorschein, wenn Hugo endlich nach Indien abgedampft ist. Noch eine Begegnung mit ihm, und ich garantiere für nichts.«

»Vielleicht weiß ich eine andere Lösung, *Chérie*. Was hältst du davon, wenn wir 'Ugo einen Streich spielen, an dem er richtig heftig zu knabbern hat?«

Daisy mochte den spitzbübischen Ausdruck ihrer Mutter. »Woran denkst du?«

»An die Großtanten Clarissa und Winifred. Seit ich herausgefunden habe, dass sie sich für 'Ugo als Spitzel betätigen, warte ich darauf, ihre Schnüffeleien gegen sie zu wenden. Hör zu.«

Yvette erläuterte ihren Plan, und Daisy gluckste: »*Maman*, du bist genial! Lass uns damit keine Zeit verlieren.«

»Sobald wir wieder zu Hause sind, *ma puce*.«

Kapitel 4

> Sorgen ziehen Sorgen an.
>
> Theres Gotzlow

Anton hatte neue Reifen aufgetrieben, Yvette bezahlte den geforderten Wucherpreis, und so kehrten sie am folgenden Tag nach Tessendorf zurück.

In der Auffahrt stand ein Lieferwagen. Zwei Männer entluden Holzkisten, von denen sich bereits eine beträchtliche Anzahl an der Treppe stapelte. Bevor Daisy sie genauer inspizieren konnte, entdeckte sie die massige Gestalt am herrschaftlichen Portal.

»Onkel Waldo!«, entfuhr es ihr freudig. »Du bist endlich zurück!«

Weit in seinen Siebzigern war Waldo von Tessendorf das Gegenteil eines gesetzten Herrn. In jungen Jahren hatte er die Länder des Ostens kennen- und lieben gelernt. Seither zog es ihn in regelmäßigen Abständen dorthin. Waldos ewig spöttisch wirkendes Gesicht war von der Sonne des Orients tief gebräunt und von weißem Haar umwölkt. Ein ebenso weißer Bart wallte ihm bis auf die Brust. In seinen Armen hielt er eine nackte Katze.

»Himmel, was ist ihr passiert?«, fragte Daisy verdutzt.

Waldo grinste. »Nichts, kleine Bumm.« Unbeirrt gebrauchte er ihren Spitznamen, seit Daisy als Kind fast sein privates Labor in die Luft gejagt hätte. »Das ist eine Sphinx. Ist sie nicht wunderschön? Kleopatra besaß einen ganzen Stall davon.«

»*Mon dieu*, sie wird bei uns frieren.« Yvette trat näher, streckte die Hand aus und fuhr dem Tier über die hochstehenden Ohren.

»Keine Bange, schöne Schwägerin, ich halte sie warm.«

»Hat sie einen Namen?«

»Cäsar.«

»*Alors*, ein Kater!«

»Das habe ich nicht behauptet.«

»Willkommen zu Hause, Onkel Waldo!«, meldete sich nun auch Louis. Er trat neben sie.

»Onkel, was hast du da alles mitgebracht?« Neugierig beäugte Daisy die aufgetürmten Kisten.

»Die Wüste.«

»Die Wüste? Ist da etwa Sand drin?« Ihrem Onkel traute sie alles zu.

»Lass dich überraschen. Die Kamele kommen morgen.«

»Die Kamele kommen morgen...?«

»Hä? Gibt es hier ein Echo?«

Daisy grinste über das ganze Gesicht. »Onkel Waldo, du hast mir gefehlt!«

»Du mir auch, kleine Bumm.«

Auf der Treppe wurde es nun voll. Franz-Josef erschien, um sie in Empfang zu nehmen, gefolgt von Monsieur Fortuné II., Yvettes Mops, der wie eine Feuersirene jaulte und in ihre Arme hopste. Violette und Hagens Frau Elvira drängten ebenfalls heran, und selbst die alten Tanten Clarissa und Winifred hatten ihre Handarbeiten niedergelegt, um die Heimkehrer in Empfang zu nehmen. Es fehlten nur Daisys Großmutter Sybille und ihr Vater Kuno. Daisy vermutete die Großmutter in der Stettiner Werft und den Vater in seine Studien vertieft, aus denen ihn selbst eine Militärkapelle nicht aufschrecken konnte. Den Vogel schoss jedoch Mitzis Tante Theres ab. Da die Küchenmamsell viel Wert auf den Stand legte, fegte sie nicht aus dem Haupteingang, sondern vom westlichen Flügel heran. In geblümter Schürze, Wangen und Hände mehlbestäubt, stürzte sie sich auf Daisy, und ihr Heulen übertönte das von Monsieur Fortuné: »Uhh, Fräulein Marguerite«, schluchzte sie. »Meine arme Mitzi! Meine Kleine! Gott, hilf, haben Sie sie gesehen?«

Daisy nahm ihre zitternden Hände in die ihren. Theres hatte es nie verwunden, dass es ihre Nichte Mitzi ausgerechnet in das Sündenbabel Berlin gezogen hatte. Nach dem Tod von Mitzis Mutter hatte sie sie aufs Gut geholt und ihr die Stellung als Küchenhilfe verschafft. Aber Mitzi träumte von einem Leben als Künstlerin. Für Theres hingegen zählte nur die Welt, in die sie hineingeboren worden war, ihr Reich war die Küche, und über ihre Herdplatten dachte sie nicht hinaus. Erst als sie von Mitzis Anstellung im Kaufhaus Wertheim erfahren hatte, kam es zur bühnenreifen Versöhnungsszene. Fortan ließ Theres jedermann wissen, ihre Mitzi sei jetzt Verkäuferin im vornehmen Kaufhaus Wertheim. Von Mitzis abendlichen Bühnenauftritten in Strapsen ahnte sie nichts.

All das schoss Daisy durch den Kopf, als sie Theres' Hände hielt. Nein, sie würde niemals aufgeben und weiter um das Leben ihrer Freundin kämpfen! Was sie nun auch Theres versprach und den mahnenden Blick ihrer Mutter ignorierte. Mitten in der großen Eingangshalle funkelte wie in jedem Jahr eine vier Meter hohe Nordmanntanne im Glanze ihres böhmischen Weihnachtsschmucks. Der Rest des Herrenhauses war bereits für den Silvesterball dekoriert worden, der auf Wunsch von Sybille von Tessendorf wie geplant stattfinden sollte, dieses Jahr unter dem Motto Venedig. Die Ausstatter hatten die Räumlichkeiten entsprechend in den goldenen Glanz der Serenissima gehüllt. Die Decke des Ballsaales verschwand unter einem Meer an herabhängenden Girlanden und pittoresken Masken, zwei prächtige Gondeln säumten die Bühne, und die Musiker würden vor der Kulisse des Markusplatzes aufspielen. Das Fest zählte zu den gesellschaftlichen Höhepunkten in Westpommern, und eine kurzfristige Ausladung der Gäste würde nur den zahllosen Gerüchten um Louis Vorschub leisten. Sybille scherte sich sonst wenig um Gerede, aber diesmal hieß es, Schaden vom Familienunternehmen abzuwenden.

Am Abend fand ein Essen im festlichen Rahmen statt. Yvette hatte es in der kurzen Vorbereitungszeit geschafft, den Speisesalon liebevoll mit Misteln, Stechpalmen und Efeu zu schmücken. Alles erstrahlte im hellen Lichterglanz, es duftete nach heißem Wachs, Bratäpfeln und dem köstlichen Willkommensmenü, das Küchenmamsell Theres trotz ihres Kummers gezaubert hatte. Daisy griff tüchtig zu und gönnte sich einen Nachschlag vom Dessert. Ihr Bruder lehnte sich zu ihr herüber. »Beneidenswert, Schwesterherz, wie du nie deinen Appetit verlierst.« Er selbst aß wie ein Spatz.

»O bitte, mach mir kein schlechtes Gewissen. Die Mohnknödel schmecken einfach göttlich!«

»Ich gönn's dir gerne. Und Waldo auch.«

Daisy blickte zu ihrem Onkel hinüber, der sich an seiner zweiten Portion Kaiserschmarren gütlich tat. Seine Tischmanieren entstammten dem frühen Mittelalter, und als Einziger trug er keine Abendgarderobe, sondern eine seiner ausgefransten Djellabas. Als Konzession an die Festlichkeit lugten darunter glänzende Smokingschuhe hervor. Er war und blieb ein Unikum.

Der letzte Morgen des Jahres brachte eine Menge Aktivitäten und Unruhe ins Haus. Überall wuselte zusätzliches Personal umher, Lieferanten karrten frische Ware heran, und am Nachmittag trafen auch schon die ersten Übernachtungsgäste auf dem Gut ein und wurden auf ihre Quartiere verteilt. Yvette und Franz-Josef agierten gewohnt souverän im Zentrum des Trubels.

Für Daisy bedeutete der Ball einige Stunden Ablenkung, zumal auch Henry seine Teilnahme zugesagt hatte und sie dem Wiedersehen mit ihm entgegenfieberte. Den widerstrebenden Louis wusste Großmutter Sybille in einem kurzen Gespräch unter vier Augen zu überzeugen.

Henry Roper-Bellows kam nicht. Daisy erfuhr von seiner Absage wenige Stunden vor dem Fest durch Franz-Josef, der das Ferngespräch entgegengenommen hatte. Zutiefst enttäuscht fühlte sie sich von Henry zurückgestoßen – gerade, als sie dazu bereit gewesen war, ihm ihr Herz zu öffnen. Kurz entschlossen rief sie in der britischen Botschaft an, wo sie lediglich ein Telefonfräulein an den Apparat bekam, das sie weder zu Henry durchstellen noch eine Auskunft erteilen konnte. Oder wollte. Frustriert suchte Daisy ihre Mutter. Sie fand sie in ihrem Appartement mit dem Ohr an der Verbindungstür zu Kunos Schlafzimmer. »Was ist los, Maman? Warum lauschst du?«

»Dein Vater weigert sich herauszukommen.«

»Warum?«

»Er hat Angst.«

»Wovor?«

»Er meint, sie kämen ihn holen.«

»Wer?«

»Die Stimmen«, wisperte Yvette.

»Die Stimmen?«, fragte Daisy ungläubig. Sicher, ihr Vater pflegte einige harmlose Schrullen, doch es war die Zeit als Soldat im Großen Krieg, die ihn verändert hatte. Er verlor nie ein Wort über seine Erlebnisse, aber seither widmete er sich ausschließlich jenen Dingen, die ihm Freude bereiteten. Das ihm zustehende

Erbe, die Helios-Werft, gehörte nicht dazu. Er zog die Stille dem Lärm vor, die Einsamkeit dem Menschen und verbrachte viel Zeit in der freien Natur. Er züchtete Purpurschnecken, von denen er einige in einem Marmeladenglas ständig mit sich trug, und arbeitete seit geraumen Ewigkeiten an einem naturwissenschaftlichen Werk. Daisy hatte im Verhalten ihres Vaters stets das eines zerstreuten Professors gesehen. Aber nun öffnete seine Furcht vor Stimmen das Tor in eine neue, beängstigende Dimension.

»Ich weiß, *ma petite*«, seufzte Yvette, als sich ihre Augen begegneten.

Daisy fand den hilflosen Ausdruck ihrer Mutter genauso besorgniserregend wie das Benehmen ihres Vaters. Sie drückte den Knauf. »Die Tür ist abgeschlossen?«

»Ja, und er reagiert nicht auf meine Rufe.«

»Wir müssen hinein.«

»Nein, geben wir deinem Vater noch etwas Zeit. Ein gewaltsames Eindringen könnte ihn weit mehr aufwühlen.«

»Hat er sich zuvor schon einmal weggeschlossen?«

»Einmal«, gestand Yvette.

»Warum hast du mir nichts davon erzählt?«

»Was hätte das geändert? Außer, dass auch du dich grämst?«

Daisy kaute auf der Unterlippe. »Könnte der bevorstehende Ball Vaters... Anfall ausgelöst haben? Vielleicht sind ihm der Lärm und die Betriebsamkeit zu viel geworden, und er hat sich Watte in die Ohren gestopft und das Zimmer versperrt?«

Nachdenklich neigte ihre Mutter den Kopf. »Bitte sei so gut und behalte diese Episode für dich. Es reicht schon, dass die Leute sich über Louis das Maul zerreißen. Falls dein Vater heute nicht auf dem Ball erscheint, werde ich ihn mit einem grippalen Infekt entschuldigen.«

»Und wenn sich sein Zustand nicht bessert?«

Yvette klang resigniert, als sie antwortete. »Ich spreche mit Doktor Seeburger.«

»Aber, *Maman*, der alte Doktor hängt noch in der Zeit von Aderlass und Gallensäften fest!«

»Sei unbesorgt, ich kümmere mich um deinen Vater, *Chérie*.« Yvettes Tonfall machte klar, dass sie das Thema als ihre Angelegenheit betrachtete, was Daisy erst recht ins Grübeln brachte. Warum vermied es ihre Mutter, mit ihr über den Vater zu sprechen?

»Wie kann ich dir helfen, *ma puce*?«

Daisys Gedankenkarussell war noch am Kreiseln. »Warum fragst du?«

»Du hast doch etwas auf dem Herzen?«

Daisy sortierte sich rasch neu. »Es geht um Henry, *Maman*. Er hat angerufen und seine Teilnahme am Ball abgesagt. Denkst du, er geht mir absichtlich aus dem Weg?«

»Das kann ich mir beim besten Willen nicht vorstellen. 'Enry ist einfach sehr beschäftigt. Womöglich wurde er dringend zurück nach Großbritannien beordert.«

»*Maman*, was weißt du über seine Familie?«

»O *Chérie*«, ihre Mutter blickte auf ihre filigrane Armbanduhr, »es ist gerade ungünstig. Franz-Josef erwartet mich seit zehn Minuten im großen Saal.«

»Du gehst mir aus dem Weg.«

»Nein, Liebes. Aber ich möchte dich daran erinnern, dass wir dieses Thema vor Längerem schon einmal abgehandelt haben. Damals einigten wir uns darauf, dass du 'Enry selbst auf seine Familie ansprichst.«

»Hat er dir verboten, mit mir darüber zu reden?«

»Worum geht es hier, Marguerite? Wirklich um den Mann 'Enry? Oder die Hilfe, die du dir von ihm weiterhin für deine Freundin Mitzi erhoffst?«

»Warum kann ich nicht beides erhoffen?«, konterte Daisy.

»Weil du dir deiner Gefühle für 'Enry selbst nicht sicher bist. Im Grunde willst du, dass er sich für dich entscheidet, aber zuvor verlangst du von ihm, dass er für Mitzi ein Wunder wirkt.«

Daisy sah auf ihre Fußspitzen. Sie fühlte sich ertappt, und ein wenig wütend war sie auch. Bloß auf wen? Auf sich selbst? Auf Henry, der sie im Stich ließ? Oder auf ihre Mutter, weil sie sie so leicht durchschaute?

Monsieur Fortuné II. winselte. Er saß schon eine Weile zwischen den Füßen der Frauen. Yvette hob ihn auf. »Du hast ganz recht, *mon ami*«, flüsterte sie in sein Schlappohr, »wir haben genug Sorgen und müssen uns nicht zusätzlich auf die Zehen treten.«

Plötzlich öffnete sich die Schlafzimmertür, und Kuno stand auf der Schwelle. Sein Gesicht war nass, und aus seinen Haaren tropfte Wasser. Wie ein Spatz, der in einer Regenpfütze gebadet hatte, überlegte Daisy gerührt.

»Bin ich zu spät?«, fragte er.

»*Non, mon amour.*« Erfreut gab Yvette Kuno einen Kuss auf die Nasenspitze. »Wo hast du deine Brille gelassen? *Ma puce*«, wandte sie sich an ihre Tochter, »sieh bitte nach, vermutlich hat dein Vater sie auf dem Nachttisch abgelegt.«

Wenig später saß die Brille korrekt auf Kunos langer Nase, und es wurde nach dem Kammerdiener geschickt, der Daisys Vater beim Ankleiden behilflich sein sollte. Der Anfall war vorbei, die Stimmen in Kunos Kopf verstummt, und wie in jedem Jahr eröffneten Daisys Eltern den Ball am Abend mit einem Wiener

Walzer. Geschlossen trat die Familie vor die Gäste und lächelte allen Spekulationen und jeglichem aufkommenden Gerede ins Gesicht.

Mutter und Tochter brachten den Abend mit Charme und Anstand hinter sich, kümmerten sich am Folgetag noch um die Übernachtungsgäste und atmeten befreit auf, als die letzte Limousine vom Hof fuhr.

Kapitel 5

> Da kann man sich darüber aufregen, ist aber nicht dazu verpflichtet.
>
> Waldo von Tessendorf

Das neue Jahr kam, die alten Sorgen blieben.

Zunächst setzte Daisy mit ihrer Mutter den Plan um, Hugo mit der unfreiwilligen Hilfe der Großtanten Clarissa und Winifred eins auszuwischen. Den Lockvogel hierzu spielte Waldo, der sich ihrem Vorhaben nur zu gerne anschloss. Seinen älteren Schwestern einen Streich spielen? Nichts lieber als das!

Unter dem Vorwand, Clarissa und Winifred ihre Mitbringsel aus dem Orient zu überreichen, lud Waldo sie zu sich in die zweite Etage im Westflügel. Seine Räumlichkeiten waren eine wilde Mischung aus Räuberhöhle, vollgestopft mit den exotischen Souvenirs eines Globetrotters, und Laboratorium, in dem er Kräuter züchtete und Elixiere mischte. Um den Korridor zum fraglichen Zeitpunkt überwachen zu können, entwarf Waldo eine raffinierte Spiegelkonstruktion. Sobald er die Schwestern im Anmarsch sah, gab er Yvette und Daisy das verabredete Zeichen. Bei spaltbreit geöffneter Tür begannen Mutter und Tochter sodann ihren vorbereiteten Diskurs.

»Ich habe es Hugo sagen müssen, *Maman*. Es blieb mir keine andere Wahl.«

Yvette seufzte laut. »'Ugo tut mir leid. Du hast damit alle seine Hoffnungen zunichtegemacht, *Chérie*.«

»Du hättest ihn sehen sollen, *Maman*. Der Arme war völlig am Boden zerstört«, klagte Daisy.

»*Bon*, aber du hast gut daran getan, dass du ihm nicht verraten hast, wer sein Rivale ist.«

»Natürlich! Ich habe es Adi versprochen. Selbst sein engster Kreis ist nicht eingeweiht. Für Hugo wird es ein schwerer Schlag sein. Er bewundert seinen Führer sehr.«

»Wie lange wollen du und Herr 'Itler eure Verlobung noch geheim halten?«

»Adi wollte es keinesfalls vor dem Ende der Regierungsverhandlungen verkünden. Wir haben uns darauf geeinigt, es erst an seinem Geburtstag im April öffentlich zu machen, und geheiratet wird dann im Spätsommer. Adi wünscht eine Hochzeit auf Gut Tessendorf, weil wir uns hier kennengelernt haben. Ich kann es kaum erwarten, *Maman*«, erklärte Daisy erstickt, weil sie sich kaum mehr das Lachen verbeißen konnte. Der letzte Satz bildete das Stichwort für Waldo. Der riss die Tür zu seinem Wohnraum auf, und die beiden Fräuleins purzelten fast übereinander. »Die lieben Schwestern, da seid ihr ja! Herein, herein«, rief Waldo mit seiner Bärenstimme.

Sie tranken Tee, den Waldo frisch aus seinem summenden Samowar zapfte und dabei ungebeten mit einem tüchtigen Schuss Rum versah. Den hatten die zittrigen Tanten auch bitter nötig. Die Köpfe wackelten auf den dürren Hälsen, und sie kauerten wie Spinnen auf der Stuhlkante, zum Sprung bereit, um Hugo das brisante Geheimnis nach Berlin zu melden. Sofort nach der ersten Tasse verabschiedeten sie sich. So eilig hatten es Clarissa und Winifred mit ihrem Aufbruch, dass sie sich nicht einmal über Waldos Geschenk beschwerten, das aus je einem vollen Weckglas mit Wüstensand bestand.

Sobald sich die Tür hinter den beiden geschlossen hatte, war es um die Zurückhaltung der drei Verschwörer geschehen. Sie lachten, bis ihnen die Tränen kamen. Katze Cäsar hob missmutig den Kopf. Sie konnte der allgemeinen Heiterkeit sichtlich wenig abgewinnen. Lautlos sprang sie zu Boden, reckte ein Bein in die Luft und bearbeitete mit rosiger Zunge hingebungsvoll ihr Geschlecht.

Waldo zupfte an seinem weißen Rauschebart. »Die Araber haben ein Sprichwort: *Ist die Zunge zu lang, kann man leicht auf sie treten.*«

»Oder über sie stolpern«, gluckste Daisy. Sie fing Waldos Blick auf. »Was ist los, Onkel?«

Waldo griff nach dem Rum. »Vor einiger Zeit habe ich gedacht, dass die Leute beizeiten kapieren würden, wer Hitler ist und was er vorhat. Aber wie es aussieht, habe ich mich geirrt.«

Yvette musterte Waldo ernst. »Du rechnest mit 'Itler als Reichskanzler?«

Waldo kratzte sich ausgiebig die Brust. »Ich rechne nüchtern gern mit dem Schlimmsten. Aber solange die kleine Bumm den Affen nicht heiratet, bleibe ich guter Dinge. Danke für den Spaß. Und jetzt werfe ich euch raus, um mich zu besaufen.«

Kapitel 6

> Manchmal im Leben muss man das Unvermeidliche akzeptieren.
>
> Louis von Tessendorf

Der Januar brachte wenig Erfreuliches, außer dass sich Hugo nicht mehr blicken ließ. Er schien die Verlobungskröte geschluckt zu haben. Wenigstens das. Leider blieb auch Henry wie vom Erdboden verschluckt. Daisy konnte nicht verstehen, weshalb er nicht wenigstens anrief. Aus ihrer Enttäuschung wurde Groll, der langsam, aber stetig wuchs.

Mit Beginn der zweiten Januarwoche kehrte Daisy an der Seite ihrer Großmutter an ihren Schreibtisch im Stettiner Familienunternehmen zurück. Die Beschäftigung bot Ablenkung, aber in jüngster Zeit zweifelte Daisy an ihrer Bestimmung als Sybille von Tessendorfs Nachfolgerin. Sie wusste, dass sie es konnte, aber wollte sie es auch? Louis hatte sein Erbe ausgeschlagen, und ihre Großmutter hatte sie, und nicht ihren Halbbruder Hagen, vor drei Jahren für diese Position auserkoren. Hagen hatte sich damit nie abgefunden. Manchmal fragte sich Daisy, wie ihr Leben aussähe, wäre Hagen kein Querulant und Frauenheld, dem das Geld zwischen den Händen zerrann. Sie beneidete Louis, der in Berlin sein Architekturstudium wieder aufgenommen hatte und nebenher als Assistent bei Albert Speer arbeitete. Er hatte sich unweit des Promenadeplatzes eine neue Bleibe gesucht, da er mit der alten Wohnung zu viele Erinnerungen an seinen Freund Willi verknüpfte.

Während Louis langsam wieder am normalen Leben teilhatte, bescherte Daisy der Gedanke an Mitzi schlaflose Nächte. In Kürze würde ihr Prozess beginnen. In einem Akt der Verzweiflung hatte sie sich nochmals an Hubertus von Greiff, den neuen Chef der Politischen Polizei, gewandt. Sie schrieb ihm, er antwortete nicht. Sie rief an, er ließ sich verleugnen. Sie reiste nach Berlin, sprach im Präsidium Alexanderplatz vor und wurde schon am Empfang abgewimmelt. Dafür erhielt sie tags darauf einen offiziellen Behördenbrief. Darin stand, dass sie von der Zeugenliste für Hermine Gotzlow gestrichen war. Zudem würde der Prozess unter Ausschluss der Öffentlichkeit stattfinden. Was für ein abgekartetes Spiel! Mitzi war keine Mörderin. Die wahre Schuldige hieß Bertha Schimmelpfennig. Aber die Wahrheit interessierte niemanden. Daisy wusste nicht, wohin mit ihrem Zorn. Sie wollte schreien, Porzellan zertrümmern, gegen Wände treten... Schließlich wandte sie sich nochmals an Oskar von Hindenburg. Der empfing sie in seinem Büro in der Reichskanzlei. Höflich lauschte er ihren Ausführungen, warum Hermine Gotzlow die ihr vorgeworfenen Taten nicht begangen haben konnte.

»Ich habe mir erlaubt, Komtess, im Vorfeld ihres Besuchs einen Blick in die Ermittlungsakten zu werfen«, erklärte der junge Hindenburg anschließend. »Bedauerlicherweise sprechen alle Beweise gegen die Gotzlow. Das blutige Tatmesser steckte sogar noch in ihrer Tasche.«

»Weil es ihr von der eigentlichen Mörderin Bertha Schimmelpfennig untergejubelt worden war!«, rief Daisy hitzig. Sofort dämpfte sie ihre Stimme. »Hören Sie, Oskar. Mitzi hatte kein Motiv für die Morde. Sie war bereits als Sängerin Eva Dotterblume bekannt und hatte eben eine Hauptrolle im neuen Film von Jonathan Fontane ergattert. Weshalb sollte sie den Regisseur ermorden?«

Oskar faltete seine Hände und beugte sich vor. »Ich bewundere Ihre Loyalität zu Ihrem früheren Küchenmädchen, Komtess. Aber ich kann nichts für sie tun. Bitte haben Sie Vertrauen in unseren Rechtsstaat. Der Gotzlow wird ein ordentlicher Prozess gemacht, und die Wahrheitsfindung obliegt Richter und Staatsanwaltschaft.«

Und damit war Daisy entlassen. Ihre Verzweiflung wurde so groß, dass sie nochmals versuchte, mit Henry in Kontakt zu treten. Sie fuhr direkt zur britischen Botschaft im Palais Strousberg, wo man ihr beschied, Sir Henry Roper-Bellows hielte sich derzeit im Vereinigten Königreich auf. Es kostete Daisy nochmals Überwindung, Henrys Fernsprechnummer in England anzuwählen, die sie sich heimlich aus dem Telefonbüchlein ihrer Mutter besorgt hatte. Am anderen Ende meldete sich ein älterer Herr. Daisy nannte ihren Namen, und noch bevor sie ihre Frage nach Henry anbringen konnte, wurde sie barsch unterbrochen. »Hören Sie, deutsches Fräulein!«, sagte die Stimme mit unverhohlener Feindseligkeit. »Mein Sohn ist nicht für Sie zu sprechen. Rufen Sie nie wieder hier an!«

Kaum zurück in Tessendorf wurde Daisy vor ihre Großmutter Sybille zitiert. Die Patriarchin würde in zwei Jahren ihren Achtzigsten begehen. Ihr Körper war durch eine in der Kindheit erlittene Poliomyelitis geschwächt, und die Augen wurden zunehmend lichtempfindlich, aber ihre Präsenz beherrschte weiter jeden Raum. Die Vorhänge in Sybilles Direktionsbüro waren zugezogen, als Daisy es betrat. Das Bild ihrer Großmutter im Rollstuhl vor dem abgedunkelten Fenster entbehrte nicht einer gewissen Dramatik, und vielleicht, überlegte Daisy, bezweckte sie genau diesen Effekt.

»Hör mir zu, Marguerite«, begann ihre Großmutter ohne

Umschweife. »Beharrlichkeit mag sich hier und da auszahlen, aber im Falle deiner Freundin ist sie vergeudet. Mitzi hat ihr Schicksal selbst herausgefordert, und sie hat verloren.«

»Der gute Oskar hat offenbar keine Zeit verschwendet, mich bei dir anzuschwärzen.«

»Der junge Hindenburg war so aufmerksam, mir die Aussichtslosigkeit deines Anliegens nahezubringen. Ich wünsche nicht, dass du dich weiter für Mitzi engagierst. Das beinhaltet auch, dass du ihrem Anwalt keine weiteren Gelder aus deiner Firmendividende zukommen lässt. Ende der Diskussion. Und Servus.« Das Taftkleid ihrer Großmutter raschelte, als sie ihre goldene Taschenuhr hervorzog.

Daisy war nicht bereit, sich derart abbügeln zu lassen. »Es ist mein Geld, und ich tue damit, was ich für richtig halte, Großmutter. Mitzi ist meine Freundin!«

Sybille klappte die Uhr auf. »Mitzi Gotzlow ist eine angeklagte Anarchistin, und deine hartnäckige Unterstützung für sie wirft kein gutes Licht auf die Familie und unser Unternehmen. Es hat mich eine Menge Gefälligkeiten gekostet, Louis' Fehltritte unter dem Teppich zu halten. Also hör endlich auf, im Kessel zu rühren, Marguerite.«

»Ich weiß genau, wo dich der Hafer sticht, Großmutter. Es passt dir nicht, dass ich unsere ach so wertvollen politischen Beziehungen für eine Person aus dem Tiefparterre verschwende!«

Sybille blieb ungerührt. »Ich will keinen Streit mit dir, Kind. Egal, was ich sage, es fordert nur deinen Trotz heraus. Tu, was du nicht lassen kannst. Renn mit dem Kopf gegen die Wand, und hol dir deine Beulen. Aber vergiss darüber nicht deine Arbeit. Und jetzt *Servus*.« Mürrisch trollte sich Daisy.

Louis war auch keine Hilfe, er blies ins selbe Horn. »Du kannst nicht alle Stare retten«, sagte er, nachdem sie ihren Weltschmerz bei ihm abgeladen hatte.

Daisy lächelte gequält. Als Kind hatte sie versucht, die Stare vor den Landwirten zu retten. Die Vögel gingen an deren Saat, und so wurden Netze gespannt, die Nester mit den bläulichen Eiern geplündert, und selbst Gift und Schrotflinten kamen zum Einsatz. Daisy zerschnitt die Fangnetze, bastelte mehr Vogelscheuchen und händigte den Dorfjungen ihr Taschengeld aus, damit sie die Starennester nicht plünderten.

Irgendwann hatte ihr großer Bruder sie beiseitegenommen. »Du besitzt ein gutes Herz, Daisy. Aber selbst deine Herzenskraft kann hier nichts ausrichten.« Sodann hatte er sie auf die Lichtung der schlafenden Riesen gelotst, auf der eine uralte Eiche stand, und sie aufgefordert, den Baum mit dem Fuß umzutreten.

Verwirrt hatte sie den Kopf geschüttelt. »Du weißt genau, dass ich das niemals schaffen kann, Louis!«

»Und genauso unmöglich ist es, die Stare vor ihrem Schicksal zu bewahren. Manchmal im Leben muss man das Unvermeidliche akzeptieren.«

Wütend hatte Daisy trotzdem fest zugetreten. Stoisch hatte die alte Eiche das kleine zornige Mädchen ertragen.

Jetzt war das Mädchen nicht mehr klein, aber es war noch genauso zornig. »Du bist auch der Meinung, dass ich Mitzi nicht retten kann!«

»Das hat nichts mit Meinung zu tun, Daisy. Du kannst gerne weiter gegen Windmühlen anstürmen. Erreichen wirst du damit nichts.« Sie waren unterwegs zum nahen Tessensee. Dort angekommen, breitete Louis seinen Schal über einen bemoosten Findling, der ihnen schon als Kinder als Sitzplatz gedient hatte. Louis schaute in die Ferne, während Daisy missmutig mit der Spitze ihres Stiefels im flachen Schnee scharrte. Um sie herum herrschte tiefer Friede. Kein Lüftchen wehte, die Bäume schliefen, und der See ruhte still. Allein in Daisys Innerem wütete ein Sturm.

Unvermittelt fasste Louis nach der Hand der Schwester. Warm und tröstlich schlossen sich seine Finger um ihre. Überrascht schaute Daisy zu ihm. Sie hatten sich immer nahegestanden, teilten ihre Gedanken und Geheimnisse und wussten um die Wünsche und Sehnsüchte des anderen. Irgendwann, auf den verschlungenen Pfaden ins Erwachsenendasein, hatte sich das Band gelockert, und für eine Weile hatten sie einander ganz verloren. Nun knüpften sie es neu. Daisy seufzte und ließ sich gegen Louis' Schulter sinken.

»Ich weiß«, murmelte Louis, »wie furchtbar das alles für dich sein muss. Dieses Gefühl von Ohnmacht – als falle man in eine endlose Tiefe und keiner hört deinen Schrei.« Daisy spürte, wie Louis neben ihr erbebte. »Ich habe versucht, Willi vor sich selbst zu schützen. Nein, das stimmt so nicht ganz.« Louis schüttelte den dunklen Lockenschopf. »Am Anfang wollte ich so sein wie Willi und habe ihm in allem nachgeeifert, um ihm meine Liebe zu beweisen. Dabei wusste ich genau, dass das, was er tat, falsch war. Willi kämpfte für die richtige Sache, aber er tat es mit den falschen Mitteln.«

Daisy verharrte mucksmäuschenstill. Louis wollte sich weder rechtfertigen noch selbst anklagen. Er musste einfach nur sein Herz ausschütten, das vor Kummer überquoll.

»Ich wollte Willi bremsen, stattdessen musste ich hilflos mitansehen, wie er mit Schallgeschwindigkeit auf den Abgrund zuraste. Eines Tages ist mir klar geworden, dass ich ihn niemals würde retten können. Die Erkenntnis, dass ich nicht mehr kämpfen musste…«, Louis schluckte, »wirkte auf mich seltsam befreiend, und es gelang mir tatsächlich, Willi loszulassen. Nachdem er verhaftet und hingerichtet worden war, habe ich ehrlich um meinen Freund getrauert. Aber gleichzeitig konnte ich plötzlich wieder frei atmen. Willi hatte mich völlig erdrückt, und nun konnte ich mich wieder selbst spüren.«

Daisy hielt die Hand ihres Bruders. »Und gerade, als du dich mit Willis Tod abgefunden hattest, tauchte er plötzlich in Mitzis Wohnung quicklebendig auf.«

»Ich war schockiert und ungeheuer wütend. Würde nun alles von vorne beginnen? Einen furchtbaren Moment habe ich... habe ich mir gewünscht...« Seine Stimme brach.

Daisy beendete den Satz. »Du hast dir gewünscht, Willi wäre tatsächlich tot. Und deshalb fühlst du dich schuldig.«

Louis zuckte hilflos. »Nicht sofort, ich war viel zu aufgebracht, und danach ging alles rasend schnell. Berthas und Willis Tod, die Verhaftung. Ich kam erst im Gefängnis wieder richtig zu Sinnen und merkte, wie sehr ich mir selbst unerträglich geworden war. Ich wurde privilegiert geboren, das Leben bot mir jede Chance, aber ich habe nichts erreicht. Ich wollte die Welt verändern und habe große Worte geschwungen, dabei war ich nichts weiter als ein Versager. Darauf wollte ich nur noch eines: die furchtbare Last des Lebens abwerfen.« Louis hob Daisys Hand an seine Lippen und hauchte einen Kuss darauf. »Das ist es, was ich dir eigentlich mit meinem Bekenntnis sagen möchte, Schwesterherz. Schuld kann ein zutiefst zerstörerisches Gefühl sein, und wenn man sich ihr zu lange hingibt, frisst sie einen innerlich auf. Du darfst dich wegen Mitzi nicht schuldig fühlen, Daisy. Du trägst keinen Anteil an ihrem Schicksal. Manchmal kann man nichts tun, außer sich zu fügen. Das ist die Bitternis des Lebens.«

***

Mitte Januar begann Mitzis Prozess. Da keine Zuschauer in den Gerichtssaal durften, hielt Daisy engen Kontakt zu Mitzis Verteidiger. Dessen Berichte unterschieden sich auffällig von jenen in der Presse. Anfangs ließ die Politik keine Gelegenheit verstreichen, den Prozess gegen die mutmaßliche Anarchistin für ihre Zwecke auszuschlachten. Das änderte sich bald. Andere Ereignisse traten in den Vordergrund und verdrängten Mitzi von der Titelseite, erst schrumpften die Buchstaben, dann der Text.

Die Weimarer Republik erlebte ihre unruhigsten Wochen seit der Novemberrevolution 1918. In der Hauptstadt und in vielen Städten des Landes brodelte es wie in einem Hexenkessel. Vermehrt kam es zu blutigen Straßenschlachten zwischen Anhängern der KPD und Nationalsozialisten mit Toten und Verletzten. Zu Willis Lebzeiten hätten sich Louis und Willi unter die Roten gemischt. Wenigstens darum brauchte sich Daisy nicht mehr zu sorgen. Louis hatte ihr versprochen, sich künftig von Aufmärschen solcher Art fernzuhalten.

Kapitel 7

> Dummheit ist keine Meinung.
>
> Waldo von Tessendorf

Am 30. Januar 1933 fielen in Berlin die Schicksalswürfel: Reichspräsident Paul von Hindenburg ernannte Adolf Hitler zum Reichskanzler. Daisy war viel zu sehr mit Mitzis Schicksal beschäftigt, um den neuen Machtverhältnissen Beachtung zu schenken. Politiker kamen, Politiker gingen, Hindenburg, das ewige Staatsoberhaupt, blieb. Weißmähnig wie Zeus herrschte er über den Berliner Olymp und schuf die Illusion einer Konstante, an der man selbst noch im Chaos festhalten konnte.

Waldo hingegen sorgte sich, und wie stets machte er aus seinem Herzen keine Mördergrube. Als Daisy an einem der folgenden Tage den Frühstückssalon betrat, fand sie ihren Onkel beim Studium der beiden Tageszeitungen aus Stettin und Berlin, die Franz-Josef jeden Morgen aufgebügelt auf einem Tablett bereitlegte. Beim Lesen grummelte Waldo in einem vor sich hin. Seinem Appetit tat die Lektüre keinen Abbruch. Während er Unmengen in sich hineinschaufelte, stocherte Daisy lustlos in ihrem Rührei. Mitzis Urteilsverkündung stand kurz bevor.

Waldo faltete geräuschvoll die Berliner Nachrichten zusammen. »Jetzt herrschen Dumm und Blöd«, polterte er. Daisy stierte weiter in ihren Kaffee und fragte sich, ob Schwarz die Farbe der Zukunft sei.

»*Mon dieu*, Waldo!«, mahnte Yvette, die mit Daisys jüngerer

Schwester Violette den Salon betrat. »Da erzittern ja die Wände. Willst du Tote wecken?«

»Nur die Vernunft, aber ich fürchte, dieser Zug ist längst abgedampft. Guten Morgen, ihr zwei Schönsten aller Schönen!«, kratzte er seinen Charme zusammen.

In der Tat boten Yvette und Violette einen erfreulichen Anblick. Yvettes marineblaues Wollkostüm saß perfekt wie jedes ihrer ausgesuchten Kleidungsstücke, und das platinblonde Haar umschmeichelte in schimmernden Wellen ihr Gesicht. Auch Violette trug an diesem Morgen Blau. Das Kleid folgte der zarten Linie ihrer Figur, ein schmaler Gürtel betonte die zierliche Taille, und das silbern glänzende Haar hielt ein Kamm in der Form eines Schmetterlings. Umso schäbiger wirkte Daisys Erscheinung im ausgeleierten Wollpullover und den ausgebeulten Reithosen. Und sie roch nach Stall. Nächtlicher Schneefall hatte sie von ihrem Morgenritt abgehalten, stattdessen hatte sie beim Ausmisten der Stallboxen geholfen – auch wenn Pferdemeister Zisch es ungern sah, wenn sie sich in die Abläufe auf seinem Hoheitsgebiet einmischte.

Ihre Mutter maß sie mit einem verständnisvollen Blick, Violette hingegen schaute seltsam befriedigt, als hätte sie einen Wettkampf für sich entschieden. Daisy kümmerte es nicht. Ihre jüngere Schwester widmete sich dem eigenen Aussehen mit einer Hingabe, die allmählich die Dimension eines Körperkults annahm.

»Jetzt beginnen die Säuberungen«, kehrte Waldo zu seinem Thema zurück.

»Säuberungen? Jetzt?«, fragte Violette im Tonfall der Ahnungslosen. Sie ließ ihren zierlichen Eierlöffel sinken und fixierte Franz-Josef, als vermute sie einen Staubwedel in seinem Rücken. Der Butler überging höflich ihre Bemerkung.

Waldo raschelte mit der Zeitung. »Mädel, ich spreche vom

politischen Gegner. Unser neues deutsches Reich wird von einer Verhaftungswelle überrollt werden.«

Yvette gab einen winzigen Klecks Honig auf ihren Toast. »*Cher* Waldo, müssen wir uns damit schon beim Frühstück belasten?«

Die Frage ihrer Mutter oder vielmehr die wenig verhohlene Aufforderung zum Themenwechsel riss Daisy aus ihren trüben Betrachtungen. Sie forschte im Gesicht ihrer Mutter. Yvette schien Waldos Sorge zu teilen.

Waldo kam nun richtig in Wallung. »Diese Ochsen«, schimpfte er, »eröffnen die Jagd auf Marxisten, Sozialisten und jeden, den sie als *entartet* ansehen – ein grässliches Wort, das die neuen Machthaber gebrauchen, um unter seinem Deckmantel die übelsten Verleumdungen zu verbreiten. He, Franz-Josef!« Er winkte dem Butler. »Das verlangt nach etwas Stärkerem. Rück den Schnaps raus, sei so gut.« Auch zwei Stamper konnten Waldo nicht befrieden. Er hob den fleischigen Zeigefinger. »Mit den Juden werden sie ebenso kurzen Prozess machen. Sie sollen alle aus dem Staatsdienst entfernt werden.«

Yvette blies in ihre Tasse. Es wirkte, als wollte sie einen Seufzer kaschieren. »Ich hätte nicht geglaubt, dass 'Itler so schnell Ernst macht.«

»Ja, welche Ironie!« Waldo spießte ein Würstchen auf. Fett spritzte ihm auf die Brust. »Der Hitler«, Waldo schwenkte die Wurstgabel, »scheint der erste Politiker, der seine Wahlversprechen auch einlöst. Ich frage mich, wen er sich als Nächstes vorknöpft. Die Katholiken? Protestanten? Oder dürfen es wieder alle Rothaarigen sein? Bald ist niemand mehr sicher«, schloss er düster.

»Ach, du meine Güte!«, ließ sich Violette hören. »Du tust ja so, Onkel, als würden wir alle morgen verhaftet werden. Dabei sind wir doch weder Kommunisten noch Sozis oder Juden. Wir haben rein gar nichts zu befürchten.« Sie fuhr fort, ihre Apfelsine mit dem Obstmesser zu schälen, und Daisy musste neidlos anerkennen, dass jeder von Violettes Handgriffen saß wie aus dem Lehrbuch für höhere Töchter.

Waldos Augen senkten sich auf Violette, als würden sich Kanonen auf sie ausrichten. »Genau, du egoistisches kleines Gör. Was kümmern mich die anderen? Hauptsache, dir selbst geht es gut, nicht wahr?« Er erhob sich, wobei er sich schwer auf den Tisch stützte, und stapfte hinaus. Selbst sein Rücken wirkte müde.

Violette verspeiste eine Fruchtschnitte. »Immer muss er sich aufspielen. Als wenn er es sich selbst nicht gut gehen ließe. Und was tut er dafür? Nichts. Der Fettwanst frisst sich auf Kosten von Großmutter durch.«

»*Mon dieu*, Violette!«, rief Yvette mehr ungläubig als streng. »Was ist bloß in dich gefahren? Wenn du freche Bemerkungen aufschnappst, solltest du sie nicht zu deinen eigenen machen. Das ist kein guter Stil.«

Violette schob das spitze Kinn vor. »Nein, *Maman*. Ich plappere nichts nach. Onkel Waldo ist ein Flegel ohne jedes Benehmen. Er säuft, er stinkt, und seine Kleidung ist schmutzig. Alles, was er kann, ist, über andere herziehen. *Das* ist kein guter Stil!«

»Also wirklich, Violette«, kam Daisy dem Tadel ihrer Mutter zuvor. »Wenn aus dir nicht Tante Elviras Stimme spricht...«

»Was kann ich dafür, wenn sie meine Meinung teilt?«, hielt Violette dagegen.

»Tante Elvira sollte nicht unser Maßstab sein«, wies Yvette die jüngere Tochter zurecht. »Und was du für Meinung hältst, Violette, sind dreiste Anmaßungen, die dir nicht zustehen. Du weißt nichts über Onkel Waldo oder sein Leben. Es interessiert dich gar nicht, stattdessen beurteilst du ihn rein nach Äußerlichkeiten. *Alors*, ich hätte dich nicht für so dumm gehalten.«

Violettes Nasenflügel bebten, und sie senkte das Kinn. Ihre kurze Rebellion fiel so schnell in sich zusammen, wie sie aufgeflammt war. Über ihren Kopf hinweg trafen sich Yvettes und Daisys bekümmerte Blicke. Ihre Sorge galt weniger Violette als Waldos Bemerkung über die Juden.

Kapitel 8

> »Gebt mir vier Jahre Zeit, und ihr werdet Deutschland nicht wiederkennen.«
>
> Adolf Hitler, (Ver-)Führer

Daisy war gefangen in einem Chor der Stimmen. »Ein tonnenschwerer Felsen lässt sich nicht mit dem kleinen Finger aufhalten«, sagte Yvette. »Manchmal im Leben muss man das Unvermeidliche akzeptieren«, mahnte Louis. »Du musst dich damit abfinden, dass deine Freundin verloren ist«, hörte sie ihre Großmutter. »Es ist nicht deine Schuld«, flüsterte Mitzi.

Am 2. Februar wurde Mitzi des Mordes schuldig gesprochen und zum Tod durch den Strang verurteilt. Die Hinrichtung sollte am nächsten Tag in Plötzensee stattfinden.

Plötzlich stand die Welt still. Obwohl Daisy auf das Schlimmste gefasst gewesen war, blieb das Urteil ein Schock. Sie sprach mit niemandem, ging in den Stall und suchte Trost bei ihrem Pferd Nereide. Die Nacht verbrachte sie bei ihr in der Box. Zisch sah ausnahmsweise darüber hinweg, auf wundersame Weise ebenso empfänglich für Daisys seelische Erschütterung, wie er sich auf die sensiblen vierbeinigen Geschöpfe in seiner Obhut verstand. Am Morgen kehrte Daisy ins Haus zurück, kleidete sich um und begleitete ihre Großmutter in die Werft. Sie ging ihrer Arbeit mit gewohnter Routine nach, und niemand bemerkte, dass sie durch den Tag wandelte wie von Nebel umhüllt. Sollte Sybille etwas an ihrem Verhalten aufgefallen sein, so fragte sie nicht nach. Yvette wären die Nöte ihrer Tochter sicher nicht entgangen. Aber Daisys Eltern waren gemeinsam mit Violette am Sonntag zu einer Schiffstaufe nach Hamburg aufgebrochen, Louis weilte in Berlin, und Waldo hatte sich tags zuvor in seinem Laboratorium eingeschlossen und ward seither nicht mehr gesehen.

Daisy war mit ihrem Kummer allein. Am Abend blieb sie dem Essen fern und begab sich gleich nach oben. Ihr Schlafzimmer spiegelte ihr inneres Chaos wider. In einer Schamesanwandlung hatte sie dem Dienstmädchen untersagt, hinter ihr aufzuräumen. Zudem hatte Violette vor der Hamburgreise in ihrem Schrank nach Abendhandschuhen gewühlt und weitere Unordnung gestiftet. Auf dem Boden bildeten hervorgezerrte Kleidung, Tücher und Schals kleine Stoffinseln. Auf einer davon schlummerte selig der daheimgebliebene Monsieur Fortuné II. Daisy wollte sich eben von dem friedlichen Bild abwenden, als ihr an Fortunés Nest aus Samt und Seide etwas Goldenes auffiel, das unter einem Unterrock hervorblitzte. Sachte zog sie den Gegenstand heraus. Wie kam das kleine messingfarbene Jagdhorn hierher? Die Erinnerung holte sie ein. Das Horn stammte von einem Gast auf dem Geburtstagsfest ihrer Großmutter. Den Geber wie sein Präsent hatte sie damals als befremdlich empfunden, weshalb sie das Horn ins hinterste Fach ihres Kleiderschranks verbannt und schließlich vergessen hatte. Mitzi hatte sich damals über die kuriose Gabe lustig gemacht. Dabei war das Horn ebenjenes Wunder, das vielleicht das Leben ihrer Freundin retten konnte! Fieberhaft kramte Daisy nach dem Begleitbrief – falls sie ihn nicht weggeworfen hatte –, um ihn schließlich eingerollt aus dem Trichter des Jagdhorns zu fischen. Sie überflog den kurzen Text vom Oktober 1929.

Verehrte Komtess, liebes Fräulein von Tessendorf!

Bitte empfangen Sie dieses kleine Präsent als Ausdruck tiefer Verbundenheit. Ich stehe in Ihrer Schuld, und wann immer Sie ein Anliegen haben, das zu erfüllen im Rahmen meiner Möglichkeiten steht, zögern Sie nicht, meine Hilfe in Anspruch zu nehmen.

Mit Dank und Hochachtung verbleibe ich
Ihr Adolf Hitler

Kapitel 9

> Wenn die Lichter ausgehen, gehen die Fackeln an.
>
> Hermine »Mitzi« Gotzlow

Sie musste sofort mit Herrn Hitler sprechen! Daisy sah auf die Uhr. Sechzehn Stunden bis zu Mitzis Hinrichtung! Bis dahin musste sie zum frisch gekürten Reichskanzler vordringen, ihn von Mitzis Unschuld überzeugen und eine Begnadigung von ihm erwirken. Sie warf ein paar Kleider in einen Handkoffer, verstaute den wertvollen Brief samt Horn in ihrem bewährten ägyptischen Beutel und jagte im Cabriolet ihrer Mutter nach Berlin. Um halb elf Uhr abends erreichte sie die Hauptstadt. So spät in der Reichskanzlei vorstellig zu werden wäre unsinnig, stattdessen steuerte sie das *Adlon* an. Dort bat sie das Telefonfräulein, eine Verbindung zu Oskar von Hindenburg herzustellen. Er war nicht zu Hause, und eine hochnäsige Dienstbotenstimme verweigerte ihr weitere Auskünfte. Als Nächstes versuchte es Daisy bei Hermann Göring. Am anderen Ende informierte sie eine weitaus höflichere Ordonnanz, der Herr Reichsminister sei ausgegangen. »Wissen Sie, wohin?«, erkundigte sich Daisy.

»Selbstverständlich, Komtess. Er besucht mit dem Führer eine Premiere im Ufa-Filmpalast am Zoo.«

»Vielen Dank.« Ein Hoffnungsstrahl! Womöglich gelang es ihr, den Führer beim Verlassen des Theaters abzupassen! Sie stürmte zurück zum Wagen. Das Kino leuchtete ihr bereits aus der Ferne entgegen, die halbe Allee strahlte wie die Milchstraße.

Hunderte von Glühbirnen warfen in Großbuchstaben den Namen des Films *Morgenrot* in die Nacht. Daisy stieg hart in die Bremse. Die Zuwege waren verstopft, eine dunkle Limousine reihte sich an die andere, auch der Bürgersteig war zugeparkt. Daisy sah sich um. Wahre Menschenmassen scharten sich vor dem Filmpalast. Um die Schaulustigen fernzuhalten, hatten Ordnungskräfte einen Kordon um das Theater gezogen, Dutzende Presseleute tummelten sich innerhalb einer weiteren Absperrung, darüber hinaus schirmten SA und SS in Kompaniestärke den roten Teppich ab. Daisy fackelte nicht lange. Sie quetschte das Cabriolet in die letzte Lücke und warf sich ins Gefecht. Die Sorge um Mitzi setzte in ihr ungeahnte Kräfte frei, hier und da half auch ihr Lächeln weiter. Auf diese Weise stieß und rempelte sie sich durch die sensationshungrige Menge bis zur Absperrung vor. Wenn der Führer das Theater verließ, musste er an ihr vorbei! »Wissen Sie, wie lange der Spielfilm dauert?«, erkundigte sie sich bei der nächststehenden Person. Die Frau, die versucht hatte, ihr reizloses Aussehen durch ein Übermaß an Schminke zu beleben, maß Daisy mit einem mörderischen Blick. Ein älterer Herr mit Hut tippte Daisy an. »Verzeihung, Fräulein, ich konnte Ihre Frage hören. Der Film ist bereits zu Ende, aber es findet noch ein Empfang statt.«

Daisy stöhnte. Plötzlich entstand vor dem roten Teppich Bewegung. Die Presseleute rissen ihre Fotoapparate hoch, und alle Welt reckte die Hälse. Daisy zog den ihren gleich wieder ein, als sie Hugo Brandis zu Trostburg erkannte, der sich zu später Stunde anschickte, das Theater zu betreten. An seinem Arm trippelte eine Blondine, deren pralle Brüste fast aus dem goldenen Kleid hüpften. Unter den Rufen der Reporter schritten Hugo und seine Begleitung den Teppich ab, dabei kostete die Blondine jeden Zentimeter davon aus, während Hugos Blick gelangweilt über die Reihen der Anwesenden hinwegglitt. Daisy machte sich so klein wie möglich.

Hugo bemerkte sie trotzdem. Beim Kampf um einen vorderen Platz war ihr Hut verloren gegangen. Nun ergoss sich Daisys kupferfarbenes Haar verräterisch über die Schultern, und die Scheinwerfer zauberten weitere Glanzlichter hinein. Perplex hielt Hugo inne. »Marguerite? Was machst du hier?«, rief er. Daisy zwang sich ein Lächeln auf. »Hugo! Wie nett, dich zu treffen«, flötete sie. »Und in so reizender Begleitung!«

Die reizende Begleitung schoss neugierige Blicke auf sie ab und fasste Hugos Arm fester. Die Umstehenden spitzten die Ohren. Auf die Schnelle hatte Daisy keine plausible Erklärung für ihre Anwesenheit in der Runde der Führerbewunderer parat. Bevor es gänzlich peinlich wurde, tönte eine Stimme mit erkennbar bayerischer Färbung: »Sapperlot, das Fräulein von Tessendorf! Was treiben S' denn bloß hinter der Absperrung?« Der hünenhafte Sprecher griff ohne Umstände nach Daisy und hob sie mehr oder weniger über die Kordel hinweg. »Haben S' etwa Ihre Einladung vergessen?« Er lachte.

»Herr Hanfstaengl, wie nett!«, bedankte sich Daisy artig bei Hitlers Pressechef, den sie von einigen gesellschaftlichen Veranstaltungen her kannte. Sie mochte den Bayern, der zum engsten Kreis des Führers zählte und sich zu später Stunde gerne ans Klavier setzte und Wagner-Kompositionen intonierte. Ernst Hanfstaengl nahm Daisys Arm, hakte sie unter und führte sie schnurstracks ins Foyer, was Hugo und seine Dame zwang, hinter ihnen herzulaufen wie unerwünschte Statisten. »Ich muss dringend mit Herrn Hitler sprechen!«, raunte Daisy Hanfstaengl zu. Der hob etwas irritiert die buschigen Augenbrauen. »Hier«, sie holte das Jagdhorn hervor und drückte es ihm in die Hand. »Zeigen Sie das dem Führer, und sagen Sie ihm, dass ich in einer dringenden Angelegenheit hier bin.«

»Leider ist es mir unmöglich, Ihrem Wunsch zu …«

»Bitte!«, unterbrach ihn Daisy. »Es geht um Leben und Tod!«

»Eigentlich wollte ich sagen«, setzte Hanfstaengl erneut an, »dass der Führer das Theater bereits vor fünfzehn Minuten durch den Hintereingang verlassen hat.«

Daisy fluchte innerlich. »Können Sie mich zu ihm bringen?«

Hanfstaengls Augenbrauen wanderten noch ein Stück höher. Hitlers langjähriger Weggefährte und Pressechef war ein Mann der Kontraste. Alles in seinem Gesicht schien entweder zu groß oder schief geraten. Ein verschmitztes Lächeln und intelligent funkelnde Augen machten das jedoch wett, und sein dunkles Haar fiel ihm in einer jungenhaften Schmalzlocke in die Stirn. Da passte es irgendwie, dass ihm der Spitzname »Putzi« anhing, und Daisy wusste auch um Putzis Schlag bei den Frauen.

Hanfstaengl kratzte sich nachdenklich den Stiernacken. Absätze klapperten heran. Eine Dame in paillettenbestickter Abendrobe näherte sich ihnen, so rasch es ihre hohen Schuhe erlaubten. »Wo bleibst du denn so lange, Ernst? Oh, guten Abend, Fräulein von Tessendorf«, wurde Daisy von Putzis Frau Helene begrüßt, einer schönen und kultivierten Amerikanerin. Sie und den Führer verband eine enge Freundschaft, Hitler pflegte seit Jahren in ihrer Münchner Villa ein und aus zu gehen. Daisy und Helene reichten sich die Hand. Falls sich Helene über Daisys Aufmachung im Trenchcoat und mit wallendem Haar wunderte, ließ sie sich dies nicht anmerken.

Im Augenwinkel bemerkte Daisy Hugo, der sich weiter in ihrer Nähe herumdrückte. Sie wollte die heikle Angelegenheit keinesfalls vor seinen Ohren ausbreiten. Aber ihr lief die Zeit davon. »Ich bin auf der Suche nach Herrn Hitler«, trat sie die Flucht nach vorn an. »Leider haben wir uns eben knapp verpasst. Aber Ihr Gatte hat sich freundlicherweise erboten, mich zu ihm zu begleiten.« Es war eine dreiste Behauptung, und Daisy brachte sie in aller Unschuld vor. Helene warf ihrem Mann einen forschenden Blick zu. Aber Putzi verstand sich erfolgreich auf die Kunst, jede Regung aus seinem Gesicht fernzuhalten. Helene krauste die Stirn. »Was hast du da in der Hand, Ernst? Ist das ein Jagdhorn?«

»Oh, das gehört mir.« Daisy nahm es Putzi ab. »Der Führer hat es mir geschenkt. Können wir bitte los?«

Helene wandte sich an ihren Mann. »Hat es nicht geheißen, der Führer begebe sich zum Flugplatz?«

»Nein, er hat seine Pläne geändert. Er...« Hanfstaengl sah sich kurz nach etwaigen unerwünschten Zuhörern um und fuhr mit gesenkter Stimme fort: »Der Führer wollte zurück zum *Kaiserhof*.«

Daisy jubilierte innerlich. »Prächtig, fahren wir hin!«

»Ich komme mit«, erklärte Helene entschieden.

Auch vor dem *Kaiserhof* am Zietenplatz tummelten sich zu später Stunde Dutzende Schaulustige, in der Hoffnung, einen Blick auf ihr Idol zu erhaschen. Eine Rotte SA hielt mit brennenden Fackeln feierlich Wache. Zwei Männer in der schwarzen Uniform der Leibstandarte Adolf Hitlers waren ebenfalls vor dem Hotel postiert. Sie nahmen sofort Haltung an, als Putzi Hanfstaengl sie ansteuerte.

»Der Führer drin?«, fragte Putzi salopp.

»Der Führer ist noch nicht eingetroffen«, beschied ihm der Uniformierte.

Die nächste Enttäuschung. Daisys Nerven vibrierten längst wie Geigensaiten.

»Also doch Tempelhof?«, meinte Helene. Putzi zuckte mit den massiven Schultern. Er klappte ein silbernes Zigarettenetui auf, bot den Frauen davon an und gab ihnen Feuer. Daisy schnippte nervös Asche. Was, wenn der Reichskanzler tatsächlich abgeflogen war? Es galt als offenes Geheimnis, dass der Führer viel Zeit auf seinem Berghof in Bayern verbrachte. Wie viele Kilometer waren es zum Obersalzberg? Vielleicht konnte Putzi ihr einen Flug organisieren? Sie drehte sich zu ihm. »Können Sie herausfinden, ob der Führer von Tempelhof abgeflogen ist?«

Wieder tauschten die Eheleute einen Blick. Helene sah auf ihre schmale Armbanduhr. »Es ist spät, Fräulein von Tessendorf. Ist Ihr Anliegen derart dringlich, dass es nicht bis morgen warten kann?«

Putzi warf seine Zigarette fort. »Um was geht's Ihnen denn, Komtess? Vielleicht kann ich Ihnen ja helfen?«

Daisy hatte nichts zu verlieren. »Wenn Sie vor morgen Mittag zwölf Uhr eine Begnadigung für Mitzi Gotzlow erreichen, sehr gerne.«

Putzi runzelte die breite Stirn. »Augenblick! Gotzlow? Die verurteilte Anarchistin? Warum, in Gottes Namen, wollen Sie sie retten?«

»Weil meine Freundin unschuldig ist!«, erklärte Daisy mit Nachdruck.

Helene legte ihre Hand auf Putzis Arm. »Das ist Ihr Anliegen? Sie hoffen auf eine Begnadigung des Führers für Ihre Freundin?« Sie klang ruhig und sanft, aber in ihren Augen glomm es, als halte sie Daisy für eine weitere der zahllosen Verrückten, die den Führer mit ihren Anliegen belästigten. Daisy kümmerte es nicht, wie Helene von ihr dachte. »Bitte, ich muss zu Herrn Hitler. Er wird mich empfangen. Das Horn ist der Beweis.«

»Das Horn?«, fragte Helene irritiert.

Daisy beachtete sie nicht weiter, ihre Konzentration galt Putzi.

»Sie sollten dem Wunsch der Komtess entsprechen, Hanfstaengl«, erscholl plötzlich Hugos Stimme nahebei. »Ich versichere Ihnen, der Führer wird Fräulein von Tessendorf sofort empfangen.«

Putzi maß Hugo mit einem langen und geringschätzigen Ausdruck. Verflixt, durchzuckte es Daisy, die gegenseitige Abneigung der Männer würde ihr Vorhaben nicht befördern. Doch Putzi schmuggelte ihr nun ein Lächeln zu, das Helene nicht sehen konnte. Die Situation schien ihm plötzlich Vergnügen zu bereiten. »Na dann«, tönte er jovial. »Schauen wir zu, dass wir Ihnen zu Ihrem Stelldichein mit dem Führer verhelfen. Kommen S' mit.« Er eilte ins Hotel. Daisy und Helene hatten Mühe, mit ihm Schritt zu halten.

»Ist Hans Baur da?«, erkundigte sich Hanfstaengl am Empfang.

Der Concierge wählte eine Nummer und übergab Putzi den Apparat. »Hans? Hanfstaengl hier. Hat der Führer für heute oder morgen einen Flug geplant? Nein? Alles klar, schlaf weiter.« Er hängte auf. »Hans ist der Chefpilot Herrn Hitlers.«

Daisy war erleichtert. Sie würde im Hotelfoyer auf die Rückkehr des Führers warten. Hanfstaengl las ihre Gedanken. »Wenn er nicht gleich kommt, kann es dauern«, sagte er kryptisch. Er winkte einen Bediensteten heran und erklärte: »Wir plündern solange die Bar. Was hätten S' gerne, Komtess? Cognac, Whisky, Sekt?«

»Nur einen Kaffee, bitte.« Putzi bestellte. Daisy suchte sich einen Sessel am Kamin, in dem ein einladendes Feuer brannte. Helene tat es ihr gleich. Hugo war verschwunden. Oder er behielt sie aus irgendeinem Schlupfwinkel im Auge. Da er seit Monaten im *Kaiserhof* logierte, um seinem Führer nahe zu sein, war er mit der Lokalität vertraut.

Mitternacht ging vorüber, es wurde eins, es wurde zwei, es wurde drei. Hanfstaengl trank, Helene döste, und Daisy lauschte dem Hämmern ihres Herzens. Ihren Sessel hatte sie so gerückt, dass sie den Eingang im Auge behalten konnte. Wo blieb Hitler? Jede Minute, die er fernblieb, verbrachte ihre Freundin Mitzi mit der Gewissheit, sterben zu müssen. Es zerriss Daisy. Mehrfach sprang sie auf, wanderte in der prächtig ausgestatteten Halle umher, drehte den Postkartenständer neben der Rezeption und streichelte den Dackel eines Gastes, den ein verschlafener Page zu später Stunde ausführte. Sie studierte eben lustlos die Kuchenkarte der hoteleigenen Konditorei, als eine Hand nach ihr griff und sie in eine Nische zog. »Der Führer ist bereits in seiner Suite«, flüsterte Hugo. »Er hat den Geheimgang genommen, der das Hotel mit der U-Bahn-Station *Kaiserhof* verbindet. Komm, ich bringe dich hinauf.« Er zog an ihrem Arm. Daisy stemmte sich misstrauisch dagegen. »Warum kennt Hanfstaengl den geheimen Zugang nicht?«

»Weil er nie Chef der Politischen Polizei gewesen ist! Nun komm.« Daisy verstand. Hugo saß weiterhin der Mär auf, sie sei heimlich mit dem Führer verlobt, und wollte Hanfstaengls Triumph, sie ihm in dieser Nacht zuzuführen, unbedingt für sich verbuchen. Daisy konnte es gleich sein, wer sie zu Hitler brachte, Hauptsache, es geschah so schnell wie irgend möglich. Sie stiegen in den Aufzug. Oben nahmen zwei Wachen sie in Empfang. Sie kannten Hugo und ließen ihn durch. Daisy folgte ihm durch den langen Hotelflur. Kurz bevor sie Hitlers Suite erreichten, ging eine Tür neben ihnen auf, und eine junge, dunkelhaarige Frau trat heraus.

»Heil Hitler, Frau Wolf«, begrüßte Hugo Hitlers Privatsekretärin schneidig. »Frau Wolf, ich bringe Ihnen hier das Fräulein von Tessendorf.« Er schob Daisy vor sich und zwinkerte der Sekretärin vertraulich zu.

»Herr zu Trostburg?«, fragte sie verwundert. »So spät? Haben Sie einmal auf die Uhr gesehen?«

Hugo neigte sich zu ihr und raunte: »Natürlich, aber wir beide wissen, dass es im Falle von Fräulein von Tessendorf keine Bewandtnis hat.«

Daisy war es egal, in welche Nesseln sich Hugo gerade setzte. Hinter der nächsten Tür befand sich Adolf Hitler, und sie würde ihre Chance nutzen! »Ich muss dringend mit dem Führer sprechen«, erklärte sie forsch und präsentierte das Messinghorn. »Bitte geben Sie ihm das.« Sie wollte es Frau Wolf reichen, aber die hob die Hände und beäugte das Jagdhorn wie etwas Unappetitliches, das sie keinesfalls zu berühren beabsichtigte. »Was soll das, Hugo?«, duzte die Wolf ihn mit jäher Schärfe. »Warum bringst du diese Frau hierher?«

Das brachte Hugo kurz aus der Spur. Schnell erhellte sich seine Miene wieder, aber er zog den falschen Schluss. Er zwinkerte Daisy zu. »Alle Achtung, ihr beiden habt selbst Johanna getäuscht!«

Daisy lächelte bescheiden. *Glaub doch, was du willst.*

»Was soll das?«, wiederholte Frau Wolf zunehmend gereizt. »Hast du getrunken, Hugo?«

»Ich verbitte mir die Unterstellung, Johanna«, gab Hugo im selben Tonfall zurück. »Das hat schon alles seine Richtigkeit. Nun geh und teile dem Führer mit, dass seine Ver…«, er brach rechtzeitig ab, »dass Komtess von Tessendorf hier ist.«

»Der Führer hat sich gerade zur Ruhe begeben, und ich werde

ihn sicher nicht in seinem wohlverdienten Schlaf stören.« Frau Wolf verschränkte die Arme wie eine Schildwache. »Und nun gute Nacht, oder besser guten Morgen. Geh, Hugo, und nimm deine... *Dame* mit. Oder wäre es dir lieber, wenn ich die Wachen bemühe?«

Hugo sah kurz über die Schulter. Die beiden Männer in Liftnähe nahmen wachsam Anteil an der Szene vor der Führersuite.

Daisy hatte genug. Das Verhalten der Frau legte nahe, dass Hugo eine Tändelei mit ihr verband und diese in Daisy eine Rivalin glaubte. »Das ist lächerlich«, erklärte Daisy laut. Die Sekretärin fuhr zu ihr herum. »Schh, seien Sie doch still! Der Führer schläft!«

»Dann wecken Sie ihn bitte. Es geht um das Leben meiner Freundin!« Sie fasste nach Johannas Hand, um ihr erneut das Horn aufzudrängen. Die japste laut auf, als hätte Daisy sie körperlich angegriffen. Kraftvoll stieß sie Daisy von sich, die in Hugos empfangsbereite Arme stolperte.

Offenbar legte der Anblick von Daisy in Hugos Armen einen Schalter bei Johanna um. »Wache! Mörder! Gefahr!«, brüllte Frau Wolf ohne Rücksicht auf des Führers Schlaf.

Und damit geriet alles außer Kontrolle.

Die beiden Uniformierten preschten heran, aus einer anderen Tür kamen zwei weitere geschossen. Daisy wurde gepackt, desgleichen Hugo. Daisy schrie: »Herr Hitler, Herr Hitler, ich bin es, die Komtess Tessendorf!« Ein Schlag gegen ihren Kopf setzte ihrem Rufen ein Ende und schickte sie in die Dunkelheit.

***

Daisy kam zu sich. Ihr Kopf hämmerte, und ihr Körper fühlte sich an, als sei ein Zug über ihn hinweggedonnert. Sie kämpfte sich in eine sitzende Position, aber es brauchte eine Weile, bis die Welt um sie herum aufhörte, aus herabstürzenden Sternen zu bestehen. Konfus sah sie sich um. Wie kam sie in diese fensterlose Gefängniszelle? Noch während sie sich das fragte, kehrte die Erinnerung machtvoll zurück. *Mitzi!* Wie spät war es? Hugo, dieser verdammte Bastard! Ihm hatte sie dieses neuerliche Schlamassel zu verdanken. Genauso wie ihrer eigenen Dummheit. Daisy eilte zur stählernen Tür, schlang ihre Finger um die Gitterstäbe des Guckfensters und schrie: »Hallo, ist hier jemand? Hallo!« Sie schlug und trat wie von Sinnen gegen den Stahl, ungeachtet der Schmerzen, die sie sich selbst zufügte. Unvermittelt schwang die Zellentür nach außen auf, und sie stolperte über die Schwelle. Ein harter Arm fing ihren Sturz ab. *Hubertus von Greiff!* »Nein!« Sie schlug seine Hand weg und wich in die Zelle zurück.

Ungerührt streckte er die langen Finger nach ihr aus. »Kommen Sie.«

»Nein«, wiederholte Daisy mit blutleeren Lippen.

»Eben wollten Sie noch raus. Entscheiden Sie sich!«

»Was ist mit Mitzi Gotzlow?«, keuchte Daisy, der regelrecht übel vor Furcht um ihre Freundin war.

Eine schwarze Augenbraue schob sich nach oben. »Welche Mitzi?«

Er wusste es genau. Dass er sie auf diese durchsichtige Weise hinhielt, brachte Daisy zur Besinnung. Kurz presste sie die Handflächen gegen ihre Schläfen. Damit ließ sich zwar der hämmernde Schmerz nicht zurückdrängen, aber es half ihr, sich zu sammeln. Sie trat aus der Zelle. »Ist das Urteil gegen Hermine Gotzlow schon vollstreckt worden?«, fragte sie.

Ausdruckslos lag sein schwarzes Auge auf ihr. »Das entzieht sich meiner Kenntnis«, knarzte er.

»Was soll das heißen?«

»Dass ich mich nicht mit Hinrichtungen befasse.«

»Sie verdammtes Schwein!«, keuchte Daisy.

Er packte sie. Daisy wand sich und warf einen Blick zurück in die Zelle. Wo war ihr ägyptischer Beutel mit Hitlers Horn und Brief abgeblieben? »Wo ist meine Tasche?«

»Schluss jetzt!«, zischte Greiff. Er zerrte sie mit sich durch einen spärlich beleuchteten Gang, in den beidseitig Zellentüren eingelassen waren. Entlang der niedrigen Decke verlief ein Gewirr an Eisenrohren, von denen Feuchtigkeit perlte und dem grünlichen Schwamm der Wände zu reichlich Wachstum verhalf. Zwei Treppen höher erreichten sie freundliches Tageslicht.

Greiff stieß seine Gefangene voran, öffnete eine Tür, schubste sie hinein und erklärte: »Machen Sie sich frisch. Es ist alles vorhanden, was Sie benötigen.« Die Tür schlug krachend zu. Daisy verharrte verdutzt in dem Waschraum. Er war kalt und muffig, mit zersprungenen Kacheln, kalkverkrusteten Hähnen und Stockflecken an der Decke. Umso gegensätzlicher wirkten das weiche Handtuch, die duftende Rosenseife und das burgunderrote Kostüm mit Samtapplikationen, das am Bügel an einem Wandnagel hing. Zum Kostüm gehörte eine elfenbeinfarbene Seidenbluse, auf einem Hocker lagen frische Wäsche und Strümpfe, an der noch die Preisschilder des KaDeWe hafteten, und eine Haarbürste. Daisy hatte zwar schon von der berühmten Henkersmahlzeit gehört, aber nie davon, dass man die Verurteilten vorher nach der neuesten Mode einkleidete. Probehalber drehte Daisy am Hahn. Das Wasser schoss kalt und klar heraus. Sie beugte sich über das Becken und wusch sich Gesicht und Hände. Bevor sie aus ihren Kleidern schlüpfte, blickte sie sich nochmals misstrauisch um. Vermutlich gab es hier überall Gucklöcher. Doch egal, was weiter mit ihr geschah, sie würde dem wenigstens sauber gekleidet und mit ordentlichem Haar entgegentreten. Nach einem letzten selbstermutigenden Blick in den trüben Spiegel klopfte Daisy gegen die Tür. »Ich bin bereit!«

Sie verließen das Präsidium am Alexanderplatz durch einen überdachten Hinterausgang, wo eine Limousine auf sie wartete. »Wie spät ist es? Wohin bringen Sie mich?«, wollte Daisy wissen, als von Greiff sie hineinschubste.

Greiff antwortete nicht. Düster starrte er vor sich hin. Der Wagen verließ den Vorplatz, und Daisy presste das Gesicht ans Fenster, um die Zeit von der nahen Kirche abzulesen. Das Zifferblatt zeigte kurz nach zwei Uhr an. Für Mitzi kam jede Rettung zu spät … Daisys Welt löste sich in roten Schleiern auf. »Sie mieses Schwein!«, keuchte sie und begann, wie eine Furie auf von Greiff einzuschlagen. »Sie wussten es, Sie wussten es!« Sie konnte einige wenige Schläge anbringen, bevor von Greiff ihre Hände einfing, sie wie einen Hund im Nacken packte und ihren Kopf auf ihre Knie presste. »Dummes Weib! Gib Ruhe, oder muss ich dir erst Handschellen anlegen?«

Daisys Zorn fiel in sich zusammen. Mit der Hoffnung verließ sie die Kraft. Sie hatte versagt. Ein wertvoller Mensch wie Mitzi musste sterben, weil für Schweine wie Hugo und von Greiff die eigene Karriere mehr zählte als das Leben einer Unschuldigen. Daisy erschlaffte unter Greiffs Hand. Er ließ sie los und unterstrich ihre Niederlage mit einem verächtlichen Laut.

Die Limousine stoppte. Die Wagentür öffnete sich, und von Greiff stieß Daisy an. Sie stolperte aus dem Fahrzeug. Greiff schob seine lange Gestalt hinterher und umfasste ihren Oberarm mit hartem Griff, um jeden Fluchtversuch zu unterbinden.

Sie betraten ein mehrstöckiges klassizistisches Gebäude. Glänzender Marmorboden, prächtige Stuckarbeiten und Reliefs an den Wänden zeugten vom Reichtum seiner Bewohner. Auf einer mittig platzierten Säule im Foyer ruhte eine Büste Bismarcks. Von Greiff umrundete den steinernen Staatsmann, wandte sich der beidseitig geschwungenen Treppe zu und stieg mit Daisy in den ersten Stock hinauf. Auf der Etage lagen sich zwei Wohnungen gegenüber, deren gewaltige Eingangsportale selbst einem Riesen mühelos Einlass gewährten. Bronzene Löwenköpfe dienten als Türklopfer. Von Greiff strebte dem linken Eingang zu. Anstatt sich des Messingklopfers zu bedienen, drückte er auf den gleichfalls vorhandenen Klingelknopf. Ein an sich banaler Vorgang, der Daisy jedoch aus ihrer Lethargie riss. Von Greiff umgab üblicherweise eine Aura, als würden sich die Türen vor ihm automatisch auftun.

Innen wurden schwere Tritte laut. Die Tür wurde schwungvoll aufgerissen, und Daisy hatte eine Masse Mensch vor sich, um die Brust eine Serviette drapiert, in der Hand ein angebissenes Kuchenstück. »Da sind Sie ja!«, schmatzte Hermann Göring mit vollem Mund. Er zog Daisy herein. Von Greiff, der ebenfalls eintreten wollte, wurde mit einem kurz angebundenen »Sie nicht!« abgefertigt. Da Göring mit Daisy in der einen und dem Kuchen in der anderen Hand keine dritte mehr frei hatte, stieß er die Tür einfach mit dem Fuß an. Krachend schlug sie vor Greiffs Nase ins Schloss. Achtlos warf Göring den halb verspeisten Kuchen auf ein Rosenholztischchen, wischte sich die Finger an der Serviette und verkündete mit schallendem Tremolo in den Korridor hinein: »Das Fräulein von Tessendorf ist da!«

Der schmale, blasse Kopf des Propagandaministers tauchte just aus einem Nebenraum auf. Flüchtig nahm Daisy hinter ihm einen schwarz glänzenden Flügel mit einer Sammlung gerahmter Fotografien wahr. Goebbels nickte ihr freundlich zu und zog sich wieder zurück. Das Ende des langen Flurs füllte eine riesige Gestalt aus, die nun zügig auf sie zuhielt. Daisys Augen wurden rund. Putzi Hanfstaengl? So langsam artete das Ganze in ein Klassentreffen aus… Sie wusste nicht mehr, was sie denken sollte. Etwas in ihr gab nach, wie ein Damm, der dem Druck der Wassermassen nicht länger standhalten konnte. O Mitzi! Heiße, bittere Tränen stiegen ihr in die Augen. Sie drückte sie fort, aber nun saßen sie ihr in der Kehle. Putzi bemerkte es. »Aber Mädel! Es gibt keinen Grund zum Heulen.« Er drosch ihr mit der großen Schaufelhand auf die Schulter, mit der anderen fummelte er ein Taschentuch aus der Hosentasche. Göring tat es ihm flugs gleich, und Daisy sah sich mit zwei wedelnden Schnäuztüchern vor der Nase konfrontiert. »Vielen Dank, bitte bemühen Sie sich nicht. Es geht schon«, schniefte sie neutral. Die beiden Männer maßen sich kurz und steckten ihre Tücher zurück wie zwei Duellanten ihren Degen, was Daisys Verwirrung nicht minderte. Seit von Greiff sie aus der Zelle geholt hatte, fühlte sie sich wie eine Kugel, die langsam, aber sicher auf einen Abgrund zurollte. Sie wünschte sich weit fort an einen fernen Ort, wo sie allein um Mitzi trauern konnte. Aber der Zweikampf um ihre Gunst war noch in vollem Gange. »Kommen Sie, meine Liebe«, schmeichelte Göring zu ihrer Rechten und hakte sie unter. Putzi tat es ihm zu ihrer Linken gleich, und bevor Daisy protestieren konnte, wurde sie den Korridor entlanggeführt wie eine Gefangene zwischen ihren Wärtern. Ein Dienstmädchen mit Häubchen trat vor ihnen aus einem Nebenraum, erkannte die Situation, rannte zur Tür am Gangende, klopfte und riss sie noch vor dem Herein auf: »Ihr Besuch ist eingetroffen, mein Führer!«

Im offenen Kamin brannte ein Feuer, und in einem Sessel davor, die bestrumpften Füße auf einem Schemel, saß Adolf Hitler. Einen Bleistift in der Hand, einen anderen hinters Ohr geklemmt studierte er ein Redemanuskript, das von Randnotizen wimmelte. Aber Daisys Blick wurde sofort magisch von dem Gegenstand angezogen, der vor Hitler auf dem Tisch lag: das Jagdhorn! Und der nächste Gedanke: zu spät ...

Wieder wünschte sie sich weit fort, wollte nichts mehr hören und nichts mehr sehen, wollte nicht mit diesem Mann reden, wollte nicht an ihr Versagen erinnert werden.

»Da sind Sie ja endlich!«, brach eine muntere Frauenstimme in ihre trüben Gedanken. Daisy hatte Helene Hanfstaengl zunächst nicht bemerkt, die sich nun aus einem zweiten Sessel erhob. »Passt Ihnen das Kostüm? Mir stand leider wenig Zeit zur Verfügung. Aber Sie sehen darin blendend aus, meine Liebe.« Ihre rasche Musterung galt allerdings weniger Daisys Erscheinung, vielmehr nutzte sie den Moment für ein aufmunterndes Lächeln. Daisy wusste nicht, was sie davon halten sollte.

Hitler hatte sich indessen erhoben und begrüßte Daisy, als seien sie zum Nachmittagstee verabredet: »Habe die Ehre, Komtess Tessendorf«, schnarrte er mit Wiener Akzent. »Und entschuldigen Sie bitte schön die Umstände. Wie mir gesagt wurde, hat meine Sekretärin wohl ein bisserl übereifrig reagiert. Das Hannerl passt halt gut auf mich auf. Aber jetzt sind Sie ja da.« Schmunzelnd tätschelte er ihre Wange.

Daisy hätte kaum verwirrter sein können. *Umstände?* Wovon faselte der Mann? Ihr Blick flog zurück zu Helene. Aus deren munterem Lächeln wurde ein warnendes, und Daisy ging nun auf, dass man dem Führer vermutlich die volle Wahrheit vorenthalten hatte. Natürlich – alle Beteiligten, angefangen von den Hanfstaengls bis hin zu Johanna Wolf, besaßen ein Interesse daran, ihren Anteil an der irrtümlichen Verhaftung der Komtess von Tessendorf herunterzuspielen. Hitler erwies ihr seine Gunst, und alle dienten sich ihr sogleich an. Wie Hofschranzen. Daisy hatte kurz nicht zugehört und wurde erst wieder aufmerksam, als der Führer das Horn aufnahm und etwas dazu anmerkte.

»Pardon, Herr Hitler. Was sagten Sie gerade?«, fragte Daisy.

Geduldig und mit seinem charakteristischen rollenden r wiederholte er seine Worte: »Ich habe gesagt, was für ein Glück, dass ich das Horn rechtzeitig entdeckt habe.« Im Hintergrund räusperte sich geräuschvoll Putzi Hanfstaengl. »Schon gut, Hanfstaengl«, griente Hitler. »Spannen wir das Fräulein Tessendorf nicht länger auf die Folter. Die Hanfstaengls haben mir Ihr Anliegen geschildert, und ich habe ihm stattgegeben. Aber nun, Komtess, möchte ich von Ihnen selbst hören, warum Ihnen so viel an der Begnadigung dieser Hermine Guntzlow liegt.« Daisy hütete sich, den Namen zu korrigieren. »Mitzi wurde begnadigt?«, stotterte sie, während ihr Herz heftig in der Brust klopfte.

Hitler wedelte mit einem Papier vor ihrer Nase, in dem Daisy seine eigenen Zeilen erkannte. »Ich habe Ihnen damals mein Wort gegeben, und das pflege ich zu halten«, erklärte der Führer im Führerton. »Das Urteil wurde nicht vollstreckt. Vorerst steht die Guntzlow weiter unter Arrest. Brückner, wie viel Zeit habe ich bis zum Treffen mit der Generalität?«, wandte er sich an seinen Adjutanten, der sich in Wandnähe herumdrückte.

»Eine Stunde, mein Führer.«

»Ausgezeichnet.« Hitler winkte Daisy zum Sessel. »Nehmen S' Platz, und erzählen Sie mir von Ihrer Freundin, damit ich weiß, ob mein Einschreiten richtig gewesen ist. Nicht, dass ich hinterher in der Nachwelt dumm dastehe.« Er keckerte wie eine Elster.

Zuerst wusste Daisy nicht, wo sie ansetzen sollte, dann flossen die Worte von alleine. Es ging nicht nur um Mitzis Leben, sondern auch um deren Freiheit. Und dafür musste sie Hitler von der Unschuld ihrer Freundin überzeugen.

***

»Verdammte Hühnerscheiße! Da kann ich den Kerl nicht ausstehen, und jetzt verdanke ich ihm mein Leben!«, schimpfte Mitzi und schaufelte sich ein weiteres Stück Torte in den Mund. »Ehrlich«, schmatzte sie, »ich kann's noch immer nicht glauben, wie du das geschafft hast!« In Bademäntel des *Adlon* gehüllt, hockten die beiden Freundinnen auf Daisys Hotelbett.

Mit Hitlers Begnadigungsbefehl und begleitet von Putzi Hanfstaengl hatte Daisy Mitzi von der Hinrichtungsstätte Plötzensee abgeholt. In der Suite war Mitzi sofort im Bad verschwunden und hatte sich eine Stunde den Gefängnisschmutz vom Leib geschrubbt. Zum Essen hatten sie sich nichts gewünscht als die *süßeste, sahnigste und schokoladigste* Torte. Daisy hatte bestellt, und das Hotel hatte prompt geliefert.

»Komisch«, meinte Daisy, als sie zusah, mit welcher Gier sich Mitzi auf den Kuchen stürzte, »Schokoladentorte ist früher nie dein Fall gewesen.«

Mitzi schüttelte ihr feuchtes Haar. »Erstaunlich, wovon man träumt, wenn man ohne jede Hoffnung ist. Heißes Wasser, Seife und Schokotorte.«

»Noch ein Stück?«, fragte Daisy.

Mitzi fuhr sich über den eingefallenen Bauch. »Lieber nicht. Da drin rumort's jetzt schon. Ich fürchte, ich werde nicht sehr lange etwas von der Leckerei haben.« Sie seufzte. »Aber die musste jetzt einfach sein. Weißt du, von wem ich jede Nacht geträumt habe? Von meiner süßen Dotterblume.«

»Das kleine Huhn mit den verkümmerten Füßchen, das immer in deinem Bett schlafen durfte?«

»Ja, bloß dass Dotterblume in meinen Träumen völlig gesund war. Und sie konnte fliegen. Es hat mich getröstet, sie bei mir zu haben. Ich vermisse sie ganz schrecklich. Sag mal, was ist denn das da draußen für ein grässlicher Radau?«

Sie traten zum Fenster. Ein nicht enden wollender Zug Fackelträger in SA-Uniform marschierte singend durch das Brandenburger Tor und zog weiter in Richtung Tiergarten.

»Laut Concierge geht das schon seit Tagen so«, erklärte Daisy. »Die können nicht aufhören, ihren Führer zu feiern.«

»Herrje«, meinte Mitzi kopfschüttelnd. »Die laufen geradewegs in die Verblödung. Wenn die Lichter ausgehen, gehen die Fackeln an.«

Sie kehrten zu Bett und Kuchen zurück. Mit angefeuchtetem Zeigefinger pickte Mitzi letzte Kuchenreste vom Teller. Es lenkte Daisys Gedanken zurück auf Mitzis Verfassung. Sie hatte mit einer äußerlich angeschlagenen, blassen Mitzi gerechnet, aber nicht damit, wie verletzlich sie aussah, auf seltsame Weise verloren und sehr viel älter als ihre zweiundzwanzig Jahre. Die Augen ihrer Freundin irrten ständig von einem Punkt zum nächsten, als rechnete sie jederzeit mit einem Angriff aus dem Nichts. Trotzdem gab sie sich gewohnt selbstbewusst und lebenssprühend. Für jemanden, der sie nicht so gut kannte wie Daisy, wäre es eine durchaus überzeugende Vorstellung gewesen. Mitzi überspielte ihre Erlebnisse, um nicht darüber sprechen zu müssen.

Kapitel 10

> Wir werden Unruhe säen. Das Volk muss selbst um Sicherheit bitten.
>
> Hugo zu Trostburg

Adolf Hitler war seit vier Wochen Kanzler, als der Reichstag in Flammen aufging Der Täter, ein holländischer Marxist, wurde quasi noch mit dem Streichholz in der Hand an Ort und Stelle aufgegriffen. Praktischerweise rühmte er sich selbst der Tat.

Die Überreste des Reichstags schwelten noch, als das Ermächtigungsgesetz verabschiedet wurde, ganz so, als hätte es schon in einer Schublade bereitgelegen. Sein Wortlaut klebte an jeder verfügbaren Litfaßsäule im Reich, aber nur wenige Personen begriffen, dass damit faktisch ihre Bürgerrechte außer Kraft gesetzt wurden. »Damit haben uns die Braunen endgültig am Wickel«, kommentierte Sybille von Tessendorf das Geschehen, als sie im Beisein von Franz-Josef davon erfuhr.

»Sehr wohl«, antwortete Franz-Josef.

Bald waren der Jagd auf den politischen Gegner keine Grenzen mehr gesetzt. Der greise Reichspräsident Hindenburg war regierungsmüde und schritt nicht ein. Er hatte das Ermächtigungsgesetz selbst unterzeichnet und überließ Hitler und seinem Kabinett alles Übrige. Verstärkt rückte nun auch die jüdische Bevölkerung ins Visier des Regimes. Goebbels' antijüdische Propaganda sickerte wie Gift ins Bewusstsein der Bevölkerung. Wer es sich von der jüdischen Gemeinde irgendwie leisten konnte, verließ Deutschland.

Für die überwiegende Mehrheit der deutschen Bürger brachte die Machtübernahme der NSDAP im Alltag wenig Veränderung. Sie gingen weiter ihrer Arbeit nach, schickten ihre Kinder zur Schule und besuchten am Sonntag die Kirche.

Auch in der Helios-Werft und Lokomotive AG lief zunächst alles weiter im gewohnten Gang. Klug und strategisch steuerte Sybille von Tessendorf das Unternehmen durch die neue politische Landschaft. Sie verachtete die nationalsozialistische Politik und ihre Vertreter und sah sich dennoch gezwungen, mit ihnen zu kooperieren. Es war das Spiel von Macht und Manipulation, ein Spiel, dessen Regeln sie meisterhaft beherrschte.

Als ersten Schachzug lud sie den zuständigen Gauleiter Wilhelm Karpenstein zur Besichtigung der Helios-Werft ein. Diesem Besuch schickte Sybille eine detaillierte Planung voraus. Als Karpenstein eintraf, schwamm die Direktionszentrale in einem Fahnenmeer aus Hakenkreuzen, eine SA-Kapelle spielte im Hof das *Deutschlandlied*, und Abordnungen örtlicher HJ und BDM schwenkten begeistert Fähnchen. Karpenstein bekam die große Tour spendiert, die ihn gezielt in die Konstruktionsabteilung führte, wo ihn eine Auswahl legendärer Helios-Erzeugnisse in Miniatur erwartete: Schlachtschiffe, Zerstörer, Kanonenboote.

Zuletzt lenkte Sybille die Aufmerksamkeit des Gauleiters auf den Prototyp eines modernen U-Bootes. Der Chefingenieur erläuterte fachmännisch die Funktionsweise. Den Schlussakkord ihrer Inszenierung setzte Sybille, indem sie den NSDAP-Abgesandten zu einem erlesenen Mittagsmenü in ihr privates Kontor bat. Daisy nahm auf Wunsch ihrer Großmutter daran teil.

Zu dritt ließen sie sich an der Tafel nieder, prächtig gedeckt mit goldgerändertem Geschirr und Kristallglas, und zum Essen kredenzte Franz-Josef eine Auswahl edler Weine.

Sybille entfaltete ihre Damastserviette. »Sie haben nun alles gesehen, Herr Gauleiter. Mein verstorbener Mann Wilhelm und sein Vater verstanden sich als glühende Patrioten, und als solche haben sie ihr Unternehmen in den Dienst ihres Landes gestellt. Diese Tessendorf-Tradition ist auch mein Anspruch. Falls Sie jedoch Zweifel hegen...« Mit hochgezogenen Augenbrauen ließ sie ihrem Gegenüber Raum für eine Reaktion.

»Aber wo denken Sie hin, liebe gnädige Frau!«, entgegnete Karpenstein entrüstet. »Selbstverständlich setze ich vollstes Vertrauen in Ihr Wirken.«

»Ich danke Ihnen.« Sybille neigte huldvoll den Kopf und wartete, bis Franz-Josef ihre Gläser mit Wein gefüllt hatte. »Das ermutigt mich, eine Bitte an Sie heranzutragen. Für jeden Unternehmer steht der wirtschaftliche Erfolg im Vordergrund. Dazu benötigt er qualifizierte Mitarbeiter.« Sie musterte Karpenstein, ob er ihr auch folgte, bevor sie fortfuhr: »Damit ich die Helios-Werft und den Lokomotive-Bau ganz in den Dienst des Führers stellen kann, bin ich auf meine Angestellten und Arbeiter angewiesen. Jeder von ihnen versteht sein Handwerk, und ich kann auf keinen verzichten. Im Sinne einer reibungslosen Produktion für Führer und Reich hoffe ich auf Ihr Entgegenkommen, Herr Gauleiter. Am Ende zählt nur das Produkt, nicht die Hände, die es gefertigt haben.« Sybille legte eine winzige Pause ein und dämpfte ihren Ton wie ein Verschwörer. »Wir beide werden den Führer keinesfalls enttäuschen, Herr Gauleiter. Darauf haben Sie mein Wort als eine Tessendorf.«

Daisy kannte das rhetorische Geschick ihrer Großmutter, und in diesem Fall traf es mit Karpenstein den Richtigen. Er verdiente es, von ihr an der Nase herumgeführt zu werden.

Um das Verständnis des Gauleiters weiter zu vertiefen, erfuhr er einiges an materiellen Zuwendungen. Im Ergebnis blieb der Gauleiter auf dem einem Auge jüdisch blind, und jene, die im neuen Deutschen Reich zu Unerwünschten erklärt worden waren, konnten unter Sybille von Tessendorf weiterhin ihren Tätigkeiten nachgehen und damit ihre Familien ernähren, so auch der alte Doktor Weinstein, der seine Praxis seit vierzig Jahren auf dem Firmengelände betrieb. Sybille folgte ihrem Leitmotiv, dass der Zweck die Mittel heilige, und in diesem Fall bedeutete es, dass ihr jeder Politiker recht und billig war, solange er ihr gute Dienste leistete.

Kapitel 11

> If you can't beat them, join them!
> (Wenn du sie nicht besiegen kannst,
> schließ dich ihnen an.)
>
> Aus England

Frühling! Nach einem harten und schneereichen Winter mit Tagen, an denen es gar nicht mehr richtig hell werden wollte, hatte die Aprilsonne endlich den letzten Schnee von den Äckern vertrieben, und Daisy gönnte sich ihren ersten ausgedehnten Ausritt seit Monaten. Ihr Ziel war ein kleines Areal, das geschützt zwischen einem Wald und einem lang gezogenen Hügel lag. Der Flecken Erde gehörte Waldo. Auf seinen Wunsch hin hatte es ihm Sybille vor langer Zeit im Tausch gegen sein Aktienpaket der Helios-Werft und Lokomotive AG überschrieben.

Daisy kam mit Nereide gerne an diesen idyllischen Ort. Sobald der Frühling einsetzte, verwandelte sich das gesamte Tal in eine üppige und summende Wildblumenwiese, auf der sich Kaninchen tummelten und das Rotwild friedsam im Morgennebel äste.

Daisys Halbbruder Hagen hatte schon länger ein Auge auf dieses Stück Land geworfen und mehrmals versucht, es Waldo abzuluchsen, um hier seinen Traum vom eigenen Flugplatz zu verwirklichen. Bei Waldo biss der passionierte Flieger jedoch auf Granit. Hartnäckig brachte Hagen das Thema immer wieder zur Sprache. Als Hagen Waldo bei einem Familienessen erneut vorwarf, er kümmere sich nicht um sein Gelände, antwortete Waldo ihm zwischen zwei Löffeln Suppe, wozu auch, das Gras wachse schließlich von allein.

Nun entdeckte Daisy auf der Wiese einen umzäunten Bereich mit einem kleinen Verschlag. Sie zügelte Nereide, und just tauchte auf dem Weg vor ihr die imposante Gestalt ihres Onkels auf. Er führte eine Ziege am Strick.

Daisy sprang vom Pferd. »Hast du eine neue Gefährtin gefunden?« Sie musterte die Ziege.

»Sie wird die Wiese abweiden.«

»Ganz allein?«

»Sie ist jung.«

Daisy kraulte das Tier. »Wie heißt sie?«, fragte Daisy.

»Friedolin.«

»Aber es ist doch kein Bock?«

»Na und? Denkst du, sie weiß das? Ich könnte sie auch Meckermund nennen oder Hagen. Obwohl, das wäre eine Beleidigung.« Waldo öffnete das Gatter und schob das Zicklein hinein. Es tat sich sofort an den Gänseblümchen gütlich.

»Soll Friedolin allein bleiben?«

»Nein, kleine Bumm. Friedolin ist meine neue Herde. Sie ist trächtig. Du kannst dich gerne zu ihr setzen und Gras rupfen, bis ihre Meckermünder da sind.«

»Keine Zeit, ich muss zur Arbeit. Servus, Onkel!« Sie schwang sich in den Sattel.

Am Freitag nach Büroschluss fuhr Daisy zu Mitzi nach Berlin. Seit ihrer Begnadigung kämpfte Mitzi um ihren Platz im Leben. Ihre Verhaftung hatte sie ihre Anstellung im Kaufhaus Wertheim gekostet, und ihre zuvor hoffnungsvoll anlaufende Karriere als Bühnenkünstlerin wollte nicht mehr in Schwung kommen. In ihren satirischen Couplets hatte sie als Eva Dotterblume die Nazis früh aufs Korn genommen, und das hatten sie ihr nicht vergessen. Ihr früher Förderer, Friedrich Holländer, hatte Berlin verlassen und gegen Paris getauscht, und Mitzi stand wieder am Anfang. Erneut musste sie sich ihren Lebensunterhalt als Kellnerin im Aschinger Bierbetrieb verdienen. Eine Rückkehr nach Gut Tessendorf, wie es sich ihre Tante Theres erhoffte, zog Mitzi keine Sekunde in Erwägung. Sie steckte weiterhin jeden übrigen Pfennig in Schauspiel- und Gesangsunterricht. Hier und da ergatterte sie als Sängerin kurze Engagements auf kleinen Bühnen, aber zumeist verschwendete sie ihr Talent in irgendwelchen verräucherten Spelunken.

In ihrer Wohnung am Prenzlauer Berg, die zum Schauplatz grausiger Verbrechen geworden war, hatte Mitzi nicht bleiben wollen. Sie fand eine neue Behausung in Charlottenburg, und da sie nicht viel besaß, ging der Umzug schnell vonstatten. Nebst einigen kleineren persönlichen Gegenständen und ihrer Kleidung nahm Mitzi lediglich das betagte Sofa von Frau Kulke mit. Nach wie vor hofften die Freundinnen auf ihre Rückkehr, und wenn es so weit wäre, würde das geblümte Sofa auf sie warten.

Das Schicksal der liebenswerten Alten blieb nach wie vor ein Rätsel. Trotz aller Anstrengungen – Daisy hatte sogar eine Detektei beauftragt – hatten sie nicht in Erfahrung bringen können, in welcher Anstalt von Greiff seine Mutter untergebracht hatte.

Mitzi bewahrte weiterhin Schweigen über ihre Zeit im Gefängnis.

Daisy sprach mit ihrer Mutter darüber. »Jeder geht auf seine Weise mit Kummer und Schicksalsschlägen um, *ma petite*. Manchmal sitzt der Schmerz zu tief, um ihn zu teilen.«

Bei jedem Besuch in Berlin traf sich Daisy auch mit ihrem Bruder. Zur letzten Verabredung brachte Louis Albert Speer mit ins *Café Silberterrasse* unter dem Dach des KaDeWe. Speers Karriere bewegte sich unter den Nationalsozialisten in nahezu schwindelerregenden Bahnen. Er zog einen prestigeträchtigen Auftrag nach dem anderen an Land, gestaltete die Wohn- und Diensträume der Reichskanzlei für Adolf Hitler neu, vergrößerte für den Berliner Gauleiter Joseph Goebbels dessen Dienstvilla und baute das Borsig-Palais in der Voßstraße um, in dem Vizekanzler von Papen residierte.

Daisy verfolgte erstaunt Speers Ausführungen und wunderte sich gleichzeitig über ihren Bruder Louis, der zuvor nie ein gutes Haar an Hitler gelassen hatte und nun allem Anschein nach sogar direkt für den Führer arbeitete. Als Speer sich verabschiedet hatte, fragte sie Louis: »*Et tu*, Brutus?«

»Das ist kein Widerspruch, Daisy«, erklärte ihr Bruder ernst. »Ich habe mir nichts vorzuwerfen. Zumindest gehörte ich zu jenen, die versucht haben, Hitler zu verhindern.«

» Ach, so ist das… Wenn du sie nicht besiegen kannst, dann schließ dich ihnen an?«

»Manchmal muss man sich in die Höhle des Gegners wagen, um ihn zu schlagen.« Louis trank von seinem Bier und fing Daisys wenig überzeugten Blick auf. Er beugte sich vor. »Hör zu, Schwesterherz. Speer ist ein Mann, der zuhören kann. Er ist Leiter des Amts *Schönheit der Arbeit* und hat sich der Verbesserung der Arbeitsbedingungen in den Betrieben verschrieben. Auf unserer Agenda stehen Aufenthaltsräume, Kantinen und die Verbesserung der Hygiene durch Sanitäranlagen. Und das ist erst der Anfang. Speer steht dafür ein großes Budget zur Verfügung.«

»Ach«, zog Daisy ihn weiter auf, »so bist am Ende auch du dem Lockruf des Goldes erlegen. *Pecunia non olet?*«

»Hast du heute ein Lateinbuch verschluckt?«

»Du brauchst nicht grätig werden, Bruderherz«, konterte Daisy. »Ich halte dir nur den Spiegel vor, so wie du es gerne bei mir tust. *Quid pro quo.*« Sie lächelte, und Louis lächelte zurück.

Später berichtete Daisy Mitzi von der Begegnung mit Louis und seinem Mentor Speer. Mitzi kam gerade von der Arbeit bei Aschinger. Während sie Daisy lauschte, schlüpfte sie aus ihrer bierbesudelten Kleidung und wusch sich in der schuhkartongroßen Küche. »*Schönheit der Arbeit!* Was für eine Entenkacke!«, schimpfte sie. »Das können sich auch nur die Knalltüten von oben ausdenken. Arbeit ist Mühsal, keine Schönheit! Es ist Dreck, Dunkelheit und Gestank!« Sie wedelte vor Daisys Nase mit ihrer schmutzigen Kellnerschürze.

»Mag sein«, entgegnete Daisy. »Aber für Louis freut es mich, und Albert Speer bin ich dankbar. Er gibt meinem Bruder eine Perspektive, und ich brauche mich weniger um ihn zu sorgen.«

Kapitel 12

> Abusus non tollit usum.
> Missbrauch hebt den rechten Gebrauch nicht auf.

Der Jahreswechsel 1934 begann mit einem Paukenschlag.

Wie in jedem Jahr hatte Daisy den Silvesterball zeitig vor Mitternacht verlassen und ihre Abendrobe gegen Stallkleidung getauscht, um die Zeit des infernalischen Feuerwerkspektakels bei ihrer geliebten Stute Nereide zu verbringen. Der Himmel rauchte noch, als gegen halb eins ihr Bruder zu ihr in Nereides Box schlüpfte.

»Da bist du ja, Daisy!«

»Wo sollte ich sonst sein?«

Louis strich Nereide zur Begrüßung über die samtweichen Nüstern. Die streckte den langen Hals und beschnupperte seine Hosentaschen. Lachend beförderte Louis einen Apfel zutage, der ihm sofort aus der Hand gepflückt wurde.

»Genug vom Feiern?«, fragte Daisy.

»Du hast eben etwas verpasst.«

»Du weißt doch, dass ich für Silvesterböller nichts übrighabe.«

»Davon spreche ich nicht. Ich spreche davon, dass Violette sich verlobt hat ... mit *Hugo*.«

»Was?« Daisy fuhr zu ihm herum. »Du scherzt!«

»Sehe ich so aus?«

»Verdammte Brezel!«, fluchte Daisy. Warum hatte sie nichts davon bemerkt? Sie gab sich die Antwort selbst. Die Helios-Werft und Lokomotive AG war mit Aufträgen zugeschüttet, und sie hatte in den letzten Monaten von frühmorgens bis spätabends geschuftet wie ein Tier. Zudem übertrug ihr die Großmutter immer häufiger Geschäftsreisen ins Ausland. Sie hatte mehrfach Lieferanten in den skandinavischen Ländern besucht, um ihren Mehrbedarf an Eisen, Zink und Kupfer zu decken. Ihr Leben kreiste um die Arbeit, häusliche Belange gingen dabei unter. Davon abgesehen war dem kleinen Biest Violette sicher daran gelegen gewesen, ihre Liaison möglichst vor ihrer Schwester geheim zu halten. Aber warum hatten ihre Großmutter und ihre Mutter ihr nichts gesagt? Daisy fühlte den kalten Geschmack von Verrat auf der Zunge.

»Wenn du meine Meinung hören willst, das Ganze trägt Großmutters Handschrift.«

»Du denkst, sie hat Violettes Verlobung hinter dem Rücken unserer Mutter eingefädelt?«

»Es wäre *le dragon* durchaus zuzutrauen, oder?«

Daisy zupfte Stroh. »Aber was verspricht sie sich davon?«

»Vermutlich sieht Großmutter in Violettes Heirat eine Investition in die Zukunft der Werft. Es ist kein Geheimnis, dass unser greiser Reichspräsident die Staatsgeschäfte nicht mehr führen kann. Hitler hält nun alle Fäden in der Hand, und wir wissen, dass Hugo zu seinen treuesten Gefolgsleuten zählt.«

»Denkst du, das ist der Grund, warum er im letzten Moment den Botschafterposten in Indien ausgeschlagen hat?«

»Sicher verspricht er sich von seinem Führer mehr als einen Botschafterposten auf der anderen Seite des Globus. Gut möglich, dass sich Hugo Großmutters Wohlwollen mit der Zusage erkauft hat, ihr Hagen vom Leib zu halten. Mutter bemerkte vorhin, unser Halbbruder mobilisiere seine Beziehungen zu seinem alten Fliegerkameraden Göring, um Großmutter die Werft abzuluchsen.«

»Pah! Hagen versucht seit Jahren, die Werft in seine Finger zu kriegen. Solange Großmutter am Ruder ist, beißt er sich die Zähne aus. Aber weshalb trägt sie erst dazu bei, dass ich Hugo nicht zu heiraten brauche, und geht nun hin und gibt ihm Violette?« Nereide fing die Empfindungen ihrer Besitzerin auf und schnaubte nervös. Daisy grub ihre Hand in die Mähne der Stute. »Ich werde mit Mutter reden. Violette begeht einen Riesenfehler.«

Louis stöhnte laut. »Himmel, Daisy. Hugo wird am Rad drehen, wenn ihm auch die zweite Tessendorf-Schwester einen Korb gibt.«

Louis begab sich zur Abendgesellschaft zurück und überließ Daisy ihren Grübeleien. Zisch warf sie noch vor der Morgenfütterung aus seinen heiligen Hallen, und Daisy eilte schnurstracks zu ihrer Mutter. Yvette blieb immer bis zum letzten Gast auf. Ihre Zofe Almut half ihr eben erst aus dem engen Abendkleid und reichte ihr den seidenen Morgenmantel. »Guten Morgen, *Chérie!*«, begrüßte Yvette Daisy munter, obwohl sie noch keine Minute geruht hatte. »Möchtest du auch einen Mokka?« Sie wartete die Antwort gar nicht erst ab, sondern schickte Almut mit dem entsprechenden Auftrag hinaus. »Komm, *Chérie*, setz dich. Du hast von Violettes Verlobung erfahren?«

Daisy wollte sich nicht setzen. »Violette kann unmöglich Hugo heiraten! Wir müssen...«

»Schh, *ma petite*. Deine Aufregung ist verständlich, aber dazu besteht kein Anlass. Bitte nimm Platz, bevor du mir Löcher in den guten Aubusson läufst.«

Daisy hob entrüstet das Kinn. »Du hast es gewusst?«

»Ich erfuhr es erst, als es zu spät für eine Intervention war. Violette hat es wirklich sehr raffiniert angestellt, mit 'Agen und Elvira als Komplizen.«

»Zu spät? Hugo hat Violette hoffentlich nicht geschwängert?«

»Nein, das nicht. Violette ist tatsächlich in 'Ugo verliebt.«

»Ja, das, was Violette für Liebe hält«, stöhnte Daisy gereizt. »Wer weiß, was Hugo ihr alles versprochen hat. Er ist ein verschlagener Blender, der sich ausgezeichnet auf Süßholzraspeln versteht. Violette hat keine Ahnung, wer oder was Hugo in Wirklichkeit ist.«

»*Chérie, l'amour est l'amour,* und Violette ist davon überzeugt, dass es genau das ist, was sie für 'Ugo empfindet. Liebe hat nichts mit Vernunft zu tun. Und eine Einmischung bewirkt meist nur das Gegenteil von dem, was man erreichen möchte.«

»Aber *Maman*«, beschwor Daisy sie. »Nach allem, was gewesen ist, kannst du unmöglich zulassen, dass Violette Hugo heiratet!«

»Daran musst du mich nicht erinnern. Aber es ist nun einmal, wie es ist. Violette will 'Ugo unbedingt. Dein Vater hat der Verlobung bereits zugestimmt und das Aufgebot ist bestellt.«

»*Maman*«, begann Daisy sanft. »Wir beide wissen, dass Papa Violettes Verlobung mit einer Purpurschnecke zugestimmt hätte.«

Yvette seufzte leise: »Nichts bereitet mir mehr Sorge, *Chérie*.« Sie hob den Blick: »Aber egal, wie wunderlich sein Benehmen manchmal anmutet, so scheint dein Papa bei allem doch glücklich zu sein. Er widmet sich den Dingen, die ihm Freude bereiten, und Doktor Seeburger sagt, er sei für einen Mann seines Alters in guter körperlicher Verfassung.«

Daisy schaute sie ungläubig an. Yvette lächelte, eine kleine traurige Bewegung ihres Mundes. »Dein Vater liegt mir sehr am Herzen, *Chérie*.« Kurz verlor sich ihr Blick im Raum. »Wenn wir deinem Papa zu verstehen geben, dass er Hilfe braucht, könnten wir ihn damit unnötig verschrecken, und das würde einer möglichen negativen Entwicklung nur Vorschub leisten. Doktor Seeburger und ich haben uns lange dazu beraten. Da wir beide keine Befürworter von mentalen Medikamenten sind, kamen wir überein, deinen Vater in Frieden gewähren zu lassen – solange es ihm dabei gut geht und er weder sich selbst noch anderen schadet.«

Es klopfte und Almut kehrte mit einem Tablett zurück. »Danke, Almut, wir bedienen uns selbst.«

Yvette wies auf die kleine silberne Kanne. »Es ist Waldos arabische Mischung.« Sie füllte die winzigen Tassen. Bevor sie trank, berührte sie Daisys Hand. »Hör zu, *ma fille*. Wir müssen unbedingt vermeiden, dass Gerede aufkommt, dein Vater sei geistesverwirrt. Es ist ein schmaler Grat. Alles, worum ich dich bitte, ist deine Unterstützung.«

Daisy berührte den sternförmigen Leberfleck an der Wange, den ihr Vater einmal als ihren klügsten Punkt bezeichnet hatte. »Was verschweigst du mir, *Maman*?«

Yvette blinzelte. »Es ist dein Halbbruder 'Agen. Glücklicherweise verbringt er die meiste Zeit bei seinen Parteifreunden in Berlin. Er darf keineswegs von Kunos Zustand erfahren. Sonst könnte er es für seine Zwecke ausnutzen.«

»Was willst du mir sagen?«

»'Agen könnte seinen Vater für unmündig erklären lassen! Und dann nehmen sie mir Kuno und stecken ihn in eine Anstalt, wo er ohne Licht und Luft bald sterben wird.« Yvettes Atem ging merklich schneller, und ihr Dekolleté unter dem offenen Morgenmantel hatte sich gerötet. Sie hob Monsieur Fortuné II. auf ihren Schoß und drückte ihn wie einen Schutzwall an sich.

Daisy bestürzte die heftige Reaktion ihrer Mutter. »Aber *Maman!* Traust du Hagen damit nicht zu viel Bosheit zu? Es ist ihm sicher nicht daran gelegen, Vaters Tod durch eine Anstaltseinweisung zu beschleunigen.«

»Ach, meine *Chérie*... Das Letzte, woran 'Agen gelegen wäre, ist eine Genesung seines Vaters. Dein Bruder ist sein ältester Sohn und Erbe, und er hat es nie verwunden, dass er von deiner Großmutter kaltgestellt worden ist. Ist Kuno erst entmündigt, steht 'Agen nur noch deine Großmutter im Weg. Und *le dragon* ist bald achtzig!«

Durch Daisy ging ein Ruck, als ihr die Tragweite bewusst wurde. »Du und Hagen seid euch seit jeher spinnefeind. Wäre Hagen der Erbe, würde er dir den Geldhahn zudrehen. Du wärst künftig von ihm abhängig...«

Yvette kraulte Monsieur Fortunés Ohr. »Mir geht es weniger um mich, *Chérie*. Louis, du und Violette wärt genauso betroffen. Zumindest Violette wäre nach ihrer Heirat versorgt. Ich weiß, du arbeitest hart, aber *le dragon* hält dich ziemlich kurz, und Louis hat inzwischen offiziell auf sein Erbe verzichtet. Zwar bleibt euch noch die Dividende aus eurem Anteil. Aber mit 'Agen am Ruder...« Yvette schnalzte. »Wer weiß, ob er nicht eine Finte ersinnt, um euch eure Anteile abzujagen.« Ihre Miene wirkte, als wollte sie lieber gar nicht erst an die möglichen Folgen denken. »*Alors*, ich besitze kein eigenes Vermögen. Jede Rechnung wird vom Konto deines Vaters beglichen. 'Agen würde es genießen, uns zu Bettlern zu degradieren.«

»Und deshalb stellst du dich nicht gegen Violettes Heirat mit dem vermögenden Hugo, der darüber hinaus ein Parteigänger des Führers ist«, konstatierte Daisy.

Yvette stritt es nicht ab. »Damit ist wenigstens Violettes Zukunft gesichert. Und du solltest deine Schwester nicht unterschätzen, *Chérie*. Sie besitzt ihre eigene Kraft. Sie glaubt an ihre Bestimmung als Frau, und es ist ihr Wunsch, ein großes Haus zu führen, ihrem Mann Kinder zu schenken und als Gastgeberin zu glänzen.«

Daisy schnitt eine Grimasse. »Nein, sie unterwirft sich dem gesellschaftlichen Konsens, *Maman*. Violette rennt in ihr Unglück. Wie kannst du diese Heirat zulassen? Ich werde mit Großmutter sprechen. Ihr kann nicht daran gelegen sein, jemanden wie Hugo in unserer Familie willkommen zu heißen.«

»Ach, *ma puce*...« Yvettes Hände suchten Zuflucht im Fell von Monsieur Fortuné. »*Le dragon* beschäftigen derzeit andere Sorgen.«

Davon wusste Daisy nichts. Das Auftragsbuch war zum Bersten voll, das Unternehmen florierte wie in den besten wilhelminischen Zeiten, und ein Erfolg wäre selbst unter unfähigen Händen kaum zu verhindern. »Ich fürchte, *Maman,* ich kann dir nicht ganz folgen.«

»Manchmal, *ma fille*, könnte man meinen, du führtest eine Existenz auf dem Mond.«

»Seltsam! Ich sehe Hugo als reelle Gefahr und möchte verhindern, dass sich Violette in ihr Unglück stürzt, und dafür werde ich von dir als blauäugig bezeichnet?«

Yvette stand auf und entnahm einer kleinen Vitrine ein Schälchen mit kandierten Früchten. Sie knabberte eine Feige an und ließ die Katze aus dem Sack: »*Le dragon* muss befürchten, dass 'Agen ihr das Unternehmen wegnimmt und sich selbst auf ihren Stuhl setzt.«

»Das ist Unsinn, *Maman!* Großmutter will, dass ich unsere Firma übernehme. Erst kürzlich hat sie meine Aktienanteile erhöht und mich in die Geschäftsführung berufen.«

»Marguerite, selbst sie verfügt nicht über die Macht, das gesetzliche Erbrecht auszuhebeln. Sie herrscht über die Helios-Werft, weil sie zuerst die Vollmacht ihres Gemahls besaß und später die deines Vaters Kuno.«

»Heißt das, Großmutter hat mich die ganze Zeit getäuscht?«

»Nicht direkt. Sie schiebt den Gedanken an ihr Alter vor sich her, weil sie glaubt, ihr bliebe genügend Zeit, um alles zu ihrem Wohlgefallen zu regeln.«

Daisy dachte den nächsten Schritt. »Großmutter zögert, weil sie mit der Vollmacht ihre gesamte Macht in meine Hand legen würde? Was denkt sie sich? Dass ich sie aus der Firma werfe?«

»Die Werft ist ihr ganzes Leben, *Chérie*. Sie traut niemandem, und im Umkehrschluss traut sie allen alles zu.«

»Ich rede mit ihr«, versetzte Daisy entschlossen.

»Tu das, aber wir sollten dabei nicht die aktuelle Lage aus den Augen verlieren. Wir müssen alles daransetzen, eine Entmündigung Kunos zu verhindern. 'Agen darf niemals Hand an sein Erbe legen.«

»Das wird Großmutter zu verhindern wissen. Es gibt schließlich Verträge! Sich über sie hinwegzusetzen, wäre Willkür und gegen Recht und Ordnung.«

»Das war einmal in diesem Land. Jetzt sind Leute wie 'Agen an der Macht. Sie haben alle jüdischen Beamten entlassen und sie durch willfährige Emporkömmlinge mit Parteibuch ersetzt.«

Daisy nahm sich ebenfalls ein Fruchtstück aus der Schale und kaute nachdenklich. »Bei uns wurde niemand jüdischer Herkunft entlassen. Dafür hat Großmutter gesorgt.«

»Ja, indem sie ihre Beziehungen hat spielen lassen. Aber die werden schwächer. Alte Berliner Seilschaften werden durch neue ersetzt. *Le dragon* ist klug genug, das zu begreifen. Nun gut«, Yvette strich sich eine blonde Strähne hinters Ohr, »ich werde mit Monsieur Fortuné eine Runde im Park drehen und mir den Kopf auslüften. Möchtest du mich begleiten?«

»Nein, ich bin gerade in der Stimmung, mir Violette trotz

allem zur Brust zu nehmen. Ich würde es mir ewig zum Vorwurf machen, es nicht wenigstens versucht zu haben.«

Eine Minute später stand Daisy in Violettes Zimmer. Ihre Schwester posierte selbstverliebt in einem roten Mantelkleid vor dem Spiegel. Daisy hielt sich nicht mit Vorreden auf. »Ich kann nicht glauben, dass es wahr ist, Violette! Du kannst unmöglich derart töricht sein!«

»Gerne, Schwester, falls du mir verrätst, welcher Floh dich piesackt. Aber mach rasch, ich bin verabredet.« Violette nahm einen Hut vom Bett, der so klein war, dass er kaum als Kopfbedeckung taugte.

»Du weißt genau, dass ich von Hugo spreche!«

Violette trat zurück an den Spiegel und ordnete den Sitz ihres Hütchens. »Und was geht dich das an? Du hattest deine Chance.«

»Was, in Gottes Namen, soll das heißen?«

Violette wandte sich um und ließ die Maske vorgetäuschter Ruhe fallen. »Bisher hat sich ständig alles nur um dich gedreht, Daisy hier, Daisy da. Sobald du den Raum betreten hast, wurde ich unsichtbar! Du wurdest immer bevorzugt, von unseren Eltern, von Louis und selbst unsere Großmutter hat einen Narren an dir gefressen. Jetzt bin ich mal dran!«, brach es aus ihr hervor.

»Aber ...«, stotterte Daisy. »Dafür kannst du doch mich nicht verantwortlich machen! Ich habe niemals um diese Aufmerksamkeit gebeten.«

»Ich weiß, was ich weiß. Du bist bloß angesäuert, weil du nicht ertragen kannst, dass einmal ich im Mittelpunkt stehe und nicht die ach so fabelhafte Daisy«, giftete Violette.

»Unfug! Ich bin keineswegs sauer, sondern hier, um ...« *Um dich vor Hugo zu warnen*, wollte sie sagen, als ihr der Besitzerstolz auffiel, mit dem Violette den Saphir an ihrem Finger betrachtete.

Sie schalt ihre jüngere Schwester als töricht und war selbst dumm genug anzunehmen, sie könnte Violette ihre Gefühle ausreden. Sie kniff die Augen zusammen. »Sag mal, ist das etwa *mein* Ring?«

»Nein! Es ist *mein* Verlobungsring!«

Daisy lächelte honigsüß. »Weißt du was, Violette? Geh und heirate Hugo. Vielleicht seid ihr wirklich füreinander bestimmt.«

Schon auf dem Flur schämte sich Daisy ihrer Worte. Wenigstens einen neuen Ring hätte dieses geizige Schwein Hugo ihrer Schwester kaufen können!

Kapitel 13

> Der Fordernde hat nie genug.
>
> Henry Roper-Bellows

Daisy wurde sehr schnell klar, dass ihre Mutter die Lage richtig eingeschätzt hatte: Sybille von Tessendorf fürchtete um ihr Lebenswerk. All die Jahre war ihre Großmutter mit der Kraft eines Eisbrechers durch die Meere gepflügt und hatte jedes Hindernis aus dem Weg geräumt. Nun bekam es die alte Patriarchin mit einer Unwägbarkeit zu tun, die sich jeder Rationalität entzog: politischer Willkür.

Das führte Daisy vor Augen, wie lange sie sich selbst im Fahrwasser ihrer Großmutter in falscher Sicherheit gewogen hatte. Sie war in den letzten Jahren mit ihrer Arbeit verschmolzen, hatte Ideen und Verbesserungsvorschläge gesammelt, die sie umsetzen wollte, wenn sie an die Spitze des Familienunternehmens gelänge. Was bliebe von ihr übrig, wenn aus all diesen Plänen nichts wurde? Fragte sich das ihre Großmutter selbst auch? Wer sie sein würde ohne ihre Firma?

***

Die Monate vergingen, und Daisy schob das klärende Gespräch mit ihrer Großmutter täglich vor sich her. Sie fühlte sich gefangen in einem Netz aus Arbeit und Sorgen. Da war Frau Kulke, deren Schicksal nach wie vor ungeklärt blieb; Louis, der ihr gestanden hatte, sich frisch verliebt zu haben, aber gezwungen wurde, dies zu verheimlichen; ihr Vater, dessen labiler Gesundheitszustand sich allemal weiter verschlechtern konnte. Und Hagen, der jederzeit aus dem Schatten treten konnte...

»*Chérie*«, sagte Yvette eines Morgens, »du brauchst dringend einen Tapetenwechsel! Pack deine Sachen, wir fahren das Wochenende fort. Franz-Josef und Almut werden solange ein Auge auf deinen Vater haben.«

Sie fuhren nach Wien, flanierten bei schönstem Juniwetter durch Schönbrunn, besuchten die Albertina und applaudierten in der Staatsoper Elisabeth Malpran, die als *Königin der Nacht* in Mozarts *Zauberflöte* brillierte.

Als sie heimkehrten, war der Röhm-Putsch in aller Munde. Es hieß, Hitler habe mit der Führungsriege der SA gründlich aufgeräumt. Zudem sei Röhm ein entarteter Sodomit gewesen, und auch deshalb habe der Führer eingreifen müssen.

»Wie kann unser Reichspräsident diese furchtbare Willkür zulassen?«, suchte Daisy Antworten bei Louis. Sie dachte an den freundlichen alten Herrn, der vor Jahren als Gast auf Gut Tessendorf geweilt hatte, Blumen von bezopften Mädchen entgegengenommen und Stöckchen für seinen Schäferhund Rolf geworfen hatte.

»Zwischen Hindenburg und Hitler herrschte Konsens, dass die SA zugunsten der Reichswehr ausgeschaltet werden musste. Wenn es um Interessen und Machterhalt geht, spielen Menschenleben keine Rolle.« Louis hielt kurz inne. »Künftig wird man Leute wie mich gleich an die Wand stellen.«

Daisy presste die Faust auf den Mund. Schon der Gedanke brach ihr das Herz, aber sie sprach es aus: »Vielleicht solltest du mit deinem neuen Freund das Land verlassen.«

Mutlos ließ Louis die Schultern sinken. »Wohin sollen wir gehen? Wir sind nirgendwo willkommen. Diese ganze heimliche Existenz, ich weiß nicht, wie lange ich das noch durchhalten kann.«

Kapitel 14

> Blumen sind die schönste Gabe des Sommers.
>
> Yvette von Tessendorf

Yvette legte das Messer fort, mit dem sie die Rosen zugeschnitten hatte, und verteilte sie in den Vasen im Salon. Anschließend trat sie zurück und begutachtete ihr Werk. Sie hatte gehofft, die Betätigung würde ihr unruhiges Herz befrieden. Seit Tagen spürte sie eine Verdichtung der Atmosphäre, als käme etwas auf sie zu, dem sie nicht ausweichen konnte. Sie zupfte hier und da noch eine Blüte zurecht, als die Tür zum Empfangssalon aufgerissen wurde und Louis hereinstürmte. »Hindenburg ist tot!«, keuchte er und pumpte Luft, als sei er den ganzen Weg von Berlin bis Tessendorf gerannt.

»*Mon fils!*«, rief Yvette. »Ich hatte dich heute gar nicht erwartet.«

Von der Türöffnung war ein höfliches Hüsteln zu vernehmen. Ein schmaler junger Mann mit sanften Augen und einem dichten Lockenschopf wartete dort, bis er hereingebeten wurde.

Yvette schritt auf ihren Gast zu. »Ich bin Yvette, die Mutter dieses unhöflichen Burschen. Herzlich willkommen auf Gut Tessendorf.«

Louis' Begleiter verneigte sich. »*Enchanté Madame*«, sagte er mit dunkler, volltönender Stimme. »Ich bin Simon Rosenthal.«

»Simon ist Sänger an der Berliner Staatsoper. Der erste Bariton«, verkündete Louis stolz.

»Ich *war* Sänger an der Oper«, berichtigte ihn Simon sanft.
»Du bist immer noch Sänger, nicht wahr?«

Mehr Worte brauchte es für Yvette nicht, um Simons Situation zu erfassen. Sein Anzug aus gutem Tuch wies einige verdächtig glänzende Stellen auf, wie sie vom häufigen Tragen herrührten, und auch die Risse in den sauber polierten Lederschuhen deuteten darauf hin. Louis' Freund gehörte sichtlich zu jenen, die von der neuen Politik ausgegrenzt wurden mit dem Ziel, sie aus dem Land zu treiben. Aber nicht jeder konnte sich das leisten. »Ich denke«, sagte Yvette und sah von Louis zu Simon, »ihr beide habt erst einmal eine Erfrischung nötig. Wie wäre es mit einem kleinen Imbiss?«

Simon und Louis verständigten sich mit einem Blick. »Nein danke, Mutter. Wir bekämen jetzt keinen Bissen herunter.« Yvette trat zum Servierwagen, auf dem mehrere Kristallkaraffen bereitstanden.

»Für mich bitte nur ein Selters, danke«, warf Simon ein.

»Für mich gerne ein Cognac«, bat Louis. Sie setzten sich. Eine Weile schwiegen sie. Der Tod des Reichspräsidenten markierte das Ende einer Ära und kappte das letzte starke Bindeglied zum alten Wilhelminischen Kaiserreich.

»*Alors*«, brach Yvette schließlich die Stille. »Der Mann war immerhin siebenundachtzig und krank. Völlig überraschend kam das nicht.«

Louis stellte den Schwenker ab. »Dennoch ist es ein Schlag. Ich fürchte, die politischen Folgen werden...« Er brach ab, wie jemand, der sich bewusst wurde, wie oft er schon dieselben fruchtlosen Worte geäußert hatte und ihrer nun überdrüssig geworden war. Hilflos sah er zu Simon. Der fasste kurz nach seiner Hand. Yvette verfolgte ihren Austausch aufmerksam. Es bestand kein

Zweifel an der Natur des Verhältnisses der beiden zueinander, und Yvette freute sich für ihren Sohn. Gleichzeitig fürchtete sie das Unausweichliche, und dennoch stellte sie sich ihm: »Was habt ihr vor?«

Ohne zu zögern, antwortete Louis: »Wir haben vor zu emigrieren, Mutter.«

***

»Entweder hast du deine Meinung geändert, oder du hast deine Mutter belogen«, meinte Simon im Wagen.

Louis umklammerte das Steuerrad fester. Er verstand selbst nicht, warum er das zu seiner Mutter gesagt hatte. Er neigte nicht zu Spontanität. »Ich habe nicht gelogen, ich habe nur nicht...«

»Du hast nur nicht die Wahrheit gesagt?«, nahm ihm Simon die Worte aus dem Mund. Es klang resigniert. Louis vermied es, zu seinem Freund hinüberzusehen. Über sich selbst verärgert, schüttelte er den Kopf.

Simon interpretierte die Bewegung falsch. »Schade, ich hatte gehofft, du meinst es ausnahmsweise ernst. Du solltest dich endlich entscheiden.«

Louis löste kurz seine verkrampften Finger vom Lenkrad. »Eigentlich wollte ich sagen, ich habe nicht nachgedacht, bevor ich das sagte. Es ist mir herausgerutscht.«

»Du warst impulsiv? So kenne ich dich gar nicht«, spöttelte Simon.

Ein neuer Ton mit einem klaren Signal. Louis wunderte das nicht, schließlich war das Thema Emigration seit dem ersten Tag ihrer Liebe Gegenstand ihrer Gespräche. Aus Gesprächen erwuchsen Diskussionen, aus Diskussionen wurde Streit. Wenn er sich nicht bald entschied, würde er Simon verlieren! Dennoch zögerte er, Berlin zu verlassen und mit Simon nach Paris zu emigrieren, wie dieser es ursprünglich vor ihrem Kennenlernen vorgehabt hatte. Ihm zuliebe hatte Simon einen Vertrag mit der Pariser Oper ausgeschlagen. Er hatte sich *für* Louis entschieden, er hatte *für ihn* auf sein Engagement verzichtet, so lauteten seine Argumente. Aber Louis hatte eben erst sein Studium abgeschlossen, und Speer hatte ihm die Position des stellvertretenden Leiters des Amtes *Schönheit der Arbeit* zugesagt. Er plante Arbeiterwohnstätten, die diese Bezeichnung wirklich verdienten! Er könnte etwas bewegen! Simon konterte, dass Louis auch in Frankreich arbeiten könne und es dort genauso viele arme Menschen gebe, deren Lebensverhältnisse er verbessern könne. Sein eigentliches Motiv, nicht mit Simon fortzugehen, behielt Louis für sich. Denn schon einmal hatte er alle Bedenken über Bord geworfen, schon einmal war er blind seiner Liebe gefolgt. Es hatte ihn fast umgebracht. Doch Simon wusste nichts von Willi, und deshalb mussten ihm Louis' Argumente wie billige Ausreden erscheinen. Hätte er Simon gleich von Willi erzählt, würden sie nicht streiten. *Hätte, würde...* Er hatte den richtigen Zeitpunkt versäumt, und nun würde Simon es erst recht nicht verstehen. Er verstand es ja selbst nicht.

Bei nächster Gelegenheit tauschte sich Louis mit Daisy und Mitzi über seine Seelennöte aus. Mitzi bügelte ihn auf ihre Weise ab. »Herrje, typisch Louis! Du grübelst zu viel. Jeder von uns hat ein Vorleben. Erzähl Simon von Willi, und gut ist.«

»Das rate ich ihm schon seit Wochen«, meinte Daisy.

Louis zog eine Grimasse.

Mitzi setzte nach. »Wie soll Simon dich verstehen, wenn du ihm deine wahren Beweggründe nicht offenbarst? Denkst du etwa, dein Freund könnte mit deiner Vergangenheit nicht umgehen? Hat er keine? Ist er etwa vor deinen Augen aus dem Ei geschlüpft? Oder bist du einfach nur feige, weil du Angst davor hast, erneut verletzt zu werden?«

Louis presste die Lippen zusammen. Er hatte seine Antwort.

***

Louis' Herz flatterte wie ein gefangener Vogel, während er auf Simons Reaktion wartete. Er hatte bei seiner Beichte nichts beschönigt und auch von seiner Anarchistenvergangenheit erzählt. Simon verharrte am Fenster der kleinen Wohnung. Louis fixierte Simons Rücken. *Bitte, Simon, sage etwas! Ich halte das nicht länger aus!* Ich zähle jetzt bis zehn, und dann frage ich ihn. Louis kam bis neun drei viertel, als Simon sich ihm zuwandte. Louis starb, eine Sekunde, zwei Sekunden. Dann öffnete Simone die Arme: »Komm her.«

Aus Verstehen erwuchs Verständnis. Zwischen Louis und Simon gab es keine Hindernisse mehr, keine alte Liebe, keine Vergangenheit. Nur die gemeinsame Gegenwart.

Die Freunde kamen überein, dass Simon nach Paris gehen sollte und sie sich so oft wie möglich sehen würden.

Kapitel 15

> Vorsicht, was du dir wünschst, es könnte dir gewährt werden.
>
> Altes Sprichwort

Sybille von Tessendorf nahm in vorderster Reihe an Hindenburgs Staatsbegräbnis teil. Sein Tod hatte Folgen für die Werft. Seit dem Beginn von Hitlers Herrschaft hatten ihr die altgedienten Militärs im Helios-Aufsichtsrat als Bollwerk gegen die neuen braunen Machthaber genutzt, so wie ihre Verbindungen zur Aristokratie, die weiterhin einen erheblichen Teil der politischen Landschaft bildete. Hindenburgs Tod verschob die Maßstäbe. Nun würden endgültig alle Masken fallen und die hässliche Fratze der Diktatur zum Vorschein kommen. Kompetenz würde durch Unfähigkeit ersetzt, Intelligenz durch Gesinnung, Recht durch Willkür.

Sybille missfielen die neuen, unruhigen Zeiten, in denen Argwohn und Missgunst dazu führten, dass kritische Stimmen verstummten. Stillschweigend wurden die Geschehnisse hingenommen, da Anpassung leichter war als Widerstand. Das Leben auf dem Land war hart genug, jedermann hatte hinreichend mit sich selbst zu schaffen. Wenn sich in Berlin oder anderswo furchtbare Dinge ereigneten und die Politiker sich gegenseitig massakrierten, nun denn, das war ihre Angelegenheit...

Sybille konnte es den Leuten nicht verübeln, wenn sie es vorzogen, sich aus allem herauszuhalten. Sie selbst tat es ja auch, nur gab es für ihre Form der Anpassung ein klangvolleres Wort: Taktik. Schließlich oblag es ihr, ein Unternehmen zu führen und Zehntausende Arbeitsplätze zu sichern. Aber es lag nicht in ihrer Macht, den Lauf der Dinge aufzuhalten.

Das Verhängnis nahm am nächsten Tag seinen Anfang: der korrupte Gauleiter Wilhelm Karpenstein wurde abberufen. An seine Stelle trat der Fanatiker Franz Schwede-Coburg. Sybille hielt Fanatiker für die gefährlichste menschliche Erscheinungsform. Es war ihnen weder mit Vernunft beizukommen, noch konnte man sie bestechen. Nur wenige Tage nach dem pompösen Staatsbegräbnis des Reichspräsidenten wurde Sybilles schlimmster Albtraum Wirklichkeit. Seit dem Machtwechsel im Vorjahr in Berlin scharrte Hagen mit den Hufen. Hagens jahrelange Freundschaft zu seinem Fliegerkameraden und jetzigem Ministerpräsidenten von Preußen, Hermann Göring, zahlte sich nun aus und bescherte Hagen seinen Auftritt. Er tat dies mit riesigem Begleittross. Daisy beobachtete das Geschehen mit ihrer Großmutter vom Bürofenster aus. »Fehlt nur der lorbeergeschmückte Streitwagen«, murmelte sie erbost.

Wenig später marschierte Hagen in seiner funkelnagelneuen SS-Uniform, eskortiert von Gauleiter Schwede-Coburg, in Sybilles Büro ein und knallte die entsprechende Verfügung auf den Tisch. »Deine Zeit ist vorbei, Großmutter. Ich übernehme die Geschäfte mit sofortiger Wirkung.«

Sybille maß den Enkelsohn mit stählernem Blick. »Herrgott, Hagen!«, schalt sie. »Was trägst du da für einen scheußlichen Fetzen? Du siehst aus wie ein Schaffner. Komm, Marguerite«, wandte sie sich ihr zu, »wir fahren nach Hause. Ich habe Hunger.«

»Dein eigener Enkel!«, empörte sich Daisy im Wagen. »Wie konntest du nur so ruhig bleiben? Ich hätte ihm am liebsten die Augen ausgekratzt!«

»Wenigstens hast du dich einmal beherrscht. Wie oft habe ich dir das schon sagen müssen, Marguerite. Zeigst du Gefühle, stärkst du damit den Gegner.«

»Was werden wir gegen Hagen unternehmen?«

Ihre Großmutter lehnte sich zurück, schloss die Augen und war binnen Sekunden eingeschlafen. Die Heimfahrt nutzte sie stets für ein Nickerchen. Eine Antwort blieb sie Daisy damit schuldig.

Auch Direktor Goretzky und Justiziar Bertram wurden von Hagen kaltgestellt. Doktor Weinstein wurde aus der Praxis gejagt, unter Zurücklassung all seines Hab und Guts, ein junger, forscher Arzt bester arischer Abstammung nahm Platz im gemachten Nest. Der Aufsichtsrat wurde aufgelöst, ein neuer gewählt, alle besaßen das Parteibuch.

Spezialisten der Reichswehr stießen zum Unternehmen und begannen damit, die notwendige Infrastruktur für die Massenproduktion von Kriegsschiffen und U-Booten zu schaffen. Hatte Sybille noch Aufträge für Hochseefrachter und Segelschiffe angenommen, so leitete Hagen nun die Umwandlung der Helios-Werft in ein reines Rüstungsunternehmen ein.

Daisy erfüllte die Entwicklung mit Grauen.

Wenige Tage nach Hagens Machtübernahme stattete Hermann Göring der Stettiner Werft einen Besuch ab. Der preußische Ministerpräsident stolzierte in weiß-goldener Fantasieuniform über das Werftgelände und hielt vor der versammelten Belegschaft eine flammende Rede über Frieden und Völkerverständigung. Lauthals versicherte er, dass dem Führer nichts mehr am Herzen liege als die Wohlfahrt der hart arbeitenden deutschen Bevölkerung. Daisy wohnte der Versammlung aus reiner Neugier bei. »Wenn euch der Friede am Herzen liegt, was soll dann dieses ganze Aufrüsten?«, konfrontierte sie Hagen später damit.

Hagen lächelte überlegen. »Du Schaf! Verhandeln kann man nur aus der Position des Stärkeren heraus. Unsere Volkswirtschaft wird durch eine höhere Produktion und die neu geschaffenen Arbeitsplätze stabilisiert. Der Führer hält sein Versprechen, dass jeder Deutsche Lohn und Arbeit hat.«

»Ihr entlasst alle jüdischen Deutschen, um sie mit nicht jüdischen Deutschen zu ersetzen, und besitzt am Ende die Dreistigkeit zu behaupten, ihr hättet für Vollbeschäftigung gesorgt?« Fassungslos betrachtete Daisy ihren Halbbruder. Sie hatte das Gefühl, innerlich zu vereisen. »Ihr lügt und blendet, und ihr werdet nicht die Ersten sein, denen das eines Tages auf die Füße fällt«, erklärte sie verächtlich und ließ Hagen stehen. Sie betrat die Werft nie wieder.

Sybille von Tessendorf ersparte sich Görings Theaterdonner ganz. Nach der Usurpation ihres Büros durch ihren Enkel begab sie sich schon am folgenden Morgen zum Kuren nach Bad Ischl.

Hagens Niedertracht kannte keine Grenzen. Kurz nachdem er die eigene Großmutter aus dem Unternehmen gedrängt hatte, enteignete er seinen Onkel Waldo. Daisy fragte sich, ob er diesen Schritt gewagt hätte, wäre Waldo nicht erneut in den Orient aufgebrochen. Mit Sicherheit hätte Waldo den Neffen nach Strich und Faden verprügelt, ungeachtet der Konsequenzen. Aber kaum sechs Monate nach seiner Rückkehr aus Persien hatte Waldo verkündet, er wolle nicht dieselbe Luft atmen wie römisch grüßende Schreihälse, und hatte das erste Schiff nach Kairo bestiegen. Seine Katze Cäsar hatte er mitgenommen, dafür hinterließ er Daisy einen Brief, in dem er ihr nicht nur seine Ziegenherde, sondern auch das Dutzend Kamele anvertraute, die er auf seinem Land untergebracht hatte. Zum Glück fand Daisy Unterstützung durch Stallmeister Zisch, der ein reges Interesse an den genügsamen Wüstentieren entwickelte. In Waldos idyllischem Tal rückten alsbald Baumaschinen an. Die Ebene wurde planiert, eine Rollbahn angelegt und ein Hangar gebaut. Hagen kaufte eine Heinkel HE70, deren Geschwindigkeitsrekorde ihr den Beinamen »Blitz« eingebracht hatte. Sämtliche Rechnungen beglich er auf Firmenkredit.

Wenigstens Daisys größte Befürchtung bewahrheitete sich nicht. Sie hatte damit gerechnet, Hagen würde als Nächstes Stallmeister Zisch vom Hof jagen. Die beiden waren in der Vergangenheit des Öfteren aneinandergeraten, da Zisch Hagen als das behandelte, was er war: ein aufgeblasener Wichtigtuer, dem er keinen Respekt zu zollen hatte. Sicher hatte Sybille von Tessendorf hier ihre Hand im Spiel. Sie wusste Hagen davon zu überzeugen, dass die Expertise des Pferdekenners Zisch bares Geld bedeutete. Seine Zucht war über Westpommern hinaus gefragt, und er erwirtschaftete damit hohe Gewinne für das Gut.

Daisys Mutter Yvette nahm die jüngsten Entwicklungen insgesamt gelassen. Am Nachmittag nach Görings Stippvisite saßen Mutter und Tochter in leichten Sommerkleidern auf der Westterrasse und genossen den Blick in den weitläufigen Park. Unterhalb der Terrasse fiel der Garten zu einem Seerosenteich ab, und dahinter, am Rande der Baumgrenze, rechte ein einzelner Gärtner Sommerlaub. Daisys Vater stand neben dem Mann und schaute ihm interessiert bei der Arbeit zu. Kein Lüftchen regte sich, die Hitze stand wie eine Wand, und die Vögel dösten im Geäst. Franz-Josef erschien mit einem Krug geeiste Zitronenlimonade.

»*Merci*, Franz-Josef, Sie retten uns!« Yvette schenkte sich und Daisy ein. »*Alors, ma puce!* Ohne Arbeit hast du jetzt vielleicht Zeit, um dir einen guten Mann zu suchen?«

Daisys Aufmerksamkeit galt noch ihrem Vater, weshalb ihr das Schmunzeln ihrer Mutter entging. Eben zupfte Kuno etwas aus dem Gras und deponierte es in einem mitgebrachten Marmeladenglas. »*Maman*, bitte, nicht auch du! Ich habe vier Jahre im Unternehmen gearbeitet, das Ganze ohne Mann an meiner Seite, und ich muss mir auch jetzt keinen an den Hals binden. Vielleicht hätte ich mit Onkel Waldo in den Orient reisen sollen.« Daisy sah mit einem sehnsüchtigen Ausdruck zum Park, als lockte gleich dahinter die große Freiheit. Waldos Abwesenheit währte nun bald ein Jahr, und zuletzt wusste sie ihren abenteuerlustigen Onkel im Libanon, wo er mit einer Karawane quer durchs Land zog.

»Auf Kamelen reiten mit Sand zwischen den Zähnen, kalte Nächte im Zelt und dabei Skorpionen ausgesetzt? *Mon dieu*, das bist du nicht, *Chérie*.«

»Sicher, das bin ich nicht. Aber was bin ich dann? Vielleicht reise ich Onkel Waldo hinterher und finde es heraus.«

Yvettes gezupfte Brauen hoben sich einen Tick. »Du erwägst, allein in den Osten zu reisen?«

»Warum nicht? Louis hat schließlich Amerika auch allein erkundet. Und sag jetzt bitte nicht, das sei etwas anderes, weil Louis ein Mann ist.«

Yvette lächelte. »Wenn es das ist, was du möchtest, so tu es, *Chérie*. Allerdings solltest du dich ehrlich fragen, ob diese Reise einem Herzenswunsch entspringt oder lediglich einem trotzigen Entschluss.«

Daisys Nase kräuselte sich. »Warum sagst du das?«

»Weil du wegen 'Agen aufgebracht bist. Deshalb willst du fort. Aber muss es gleich der Orient sein?«

»Warum verreisen wir nicht gemeinsam?«

»Ich fürchte, *Chérie*, die Zeiten ausgedehnter Reisen sind für mich vorbei. Ich möchte deinen Vater nicht länger als zwei, drei Tage alleine lassen.«

Es war nicht gut bestellt um Kunos Verfassung, die Schwermut schritt voran, in die sich Phasen von Verfolgungswahn und Momente der Euphorie mischten. Am Morgen hatte Daisy ihren Vater aufgesucht und ihm wie früher ihr überlaufendes Herz ausgeschüttet. Statt eines Rates erhielt sie das Angebot, sie könne zu ihm in die Wildhüterhütte im Wald ziehen. Eher schweigsam als redefreudig, mehr beobachtend als bewertend, entsprach es seit jeher seiner Veranlagung, sich von allen Strömungen fernzuhalten. Aber er hatte sich stets darauf verstanden, die Dinge von allen Seiten zu betrachten, und man konnte darauf vertrauen, dass er einem die Wahrheit sagte, auch die unbequeme. Und jetzt zog er durch den Park und las Insekten vom Boden auf.

Hagens Verrat, das Leiden ihres Vaters, all das drückte auf die Stimmung im Haus. Kurz entschlossen packte Daisy ihren Koffer und fuhr nach Berlin. Sie benötigte dringend Mitzis Rat, ihre erfrischende und scharfsinnige Sicht auf die Dinge des Lebens.

Wie in alten Zeiten picknickten die Freundinnen auf Mitzis Bett und bedienten sich aus dem Schließkorb mit Theres' Leckereien. Daisy musste erst einmal wegen Hagen tüchtig Luft ablassen, der Champagner flankierte unterstützend. Nach dem zweiten Glas meinte Mitzi: »Nun reg dich mal ab, Daisy. Hagen ist die ganze Aufregung nicht wert. Gerade hat er Oberwasser, und wenn wir Glück haben, ersäuft er irgendwann selbst darin.«

Daisy pustete sich eine Strähne aus dem Gesicht. »Großmutters Reaktion ist mir ein Rätsel. Sie hat das Feld kampflos geräumt. Dabei ist sie niemand, der gerne verliert. Korrektur: Eigentlich ist sie jemand, der *nie* verliert.«

»Hmm... Ich glaube, deine Großmutter ist vor allem niemand, der aussichtslose Kämpfe anzettelt. Sie weiß, dass Hagen ein Schwein ist. Wer sich mit Schweinen anlegt, wird schmutzig dabei, und das Schwein hat Spaß. Davon kann ich ein Lied singen.«

»Du denkst, Großmutter gibt einfach so auf?«

»Warum ist es für dich so wichtig, was *sie* tut? Zieht sie deinen Karren? Ich sage nur: Achtung, was du dir wünschst, es könnte dir gewährt werden...«

»Wovon redest du?«

»Himmel, manchmal bist du echt begriffsstutzig! Du steckst im Tunnel deiner Höheren-Töchter-Erziehung und dem ständigen Geschwurbel von Pflicht und Verantwortung fest. Ich spreche von der Freiheit! *Tata!* Jetzt hast du sie. Sie ist nicht weniger wert, bloß weil Hagen sie dir verschafft hat. Das Leben ist eine Torte, aber für die Kirschen müssen wir selber sorgen.«

Daisys Augen weiteten sich.

Mitzi schnipste mit den Fingern. »Na also! Jetzt scheint der Groschen gefallen. Was hast *du* jetzt vor?«

»Mitzi, du bist unglaublich!« Daisy sprang aufgeregt vom Bett. »Stimmt, ich bin frei, ich kann tun und lassen, was ich will!« Übermütig hüpfte sie durchs Zimmer.

»Fein! Du bist raus aus der Drachenmühle. Mach was draus!«

Lachend köpfte Daisy eine zweite Flasche Sekt. »Genug von mir. Was gibt es bei dir Neues, Mitzi?«

»Du würdest vornehm sagen: Alles Brezel, aber beschissen ist noch untertrieben.« Mitzi streckte Daisy ihr leeres Glas hin. »Früher zählten primär Talent und harte Arbeit, heute muss man vor allem die richtige Gesinnung vorweisen. Und mit den Braunen kann ich einfach nicht. Schon allein daran, dass ein hirnloser Arsch wie Hagen seinen Vorteil aus dem System ziehen kann, zeigt sich dessen Verkommenheit. Stärke zieht die Schwachen an.«

»Aber du bist Schauspielerin!«, wunderte sich Daisy. »Warum tust du nicht einfach so, als ob?«

Mitzi blinzelte wie eine Eule. »Ernsthaft?«

»Der Zweck heiligt die Mittel, das ist jedenfalls die Devise meiner Großmutter. Mir ist klar, wie schwer es dir fällt, deine Klappe zu halten, Mitzi. Aber wem schadet es, wenn du dich ein bisschen zurücknimmst, um deinen Lebenstraum als Künstlerin zu verwirklichen?«

»Schon, aber ich tauge nicht zum Staatskünstler – ich will ich sein und mich nicht verbiegen müssen. Ich will spielen und mich nicht verkaufen. Wer seine Persönlichkeit unterdrückt, was bleibt von ihm übrig? Was ist das für eine Gesellschaft, die Anpassung als Gegenleistung für ein Engagement verlangt? Als Künstlerin lebe ich von der Freiheit des Wortes.«

»Oha, ich bin hier wohl nicht die Einzige, die Dampf ablassen muss«, konstatierte Daisy trocken. »Du willst dich also nicht verbiegen, selbst um den Preis, weiter Bierkrüge schleppen zu müssen, bis dein Rücken davon krumm wird?«

»Ja, das Leben beweist bisweilen einen schrägen Humor. Ich kam nach Berlin, um niemanden mehr bedienen zu müssen. Die Arbeit im Wertheim war auch kein Zuckerschlecken, neun Stunden in hochhackigen Schuhen und die Launen von Frauen aushalten, die meinen, ihnen passe auch eine Kleidernummer kleiner. Da serviere ich fast lieber durstigen Männern ihr Bier. Denen kann ich wenigstens auf die Finger klopfen, wenn sie mir blöd kommen.«

»Apropos Männer!«, rief Daisy. »Wie schaut es an der Liebesfront aus?«

»Nichts Festes. Die interessantesten Exemplare haben sich ins Ausland verdünnisiert. Ich werde wohl ewig auf ein herrliches Tier warten müssen.«

»Herrliches Tier? Früher hast du sie als Sahneschnitten bezeichnet«, unkte Daisy.

»Pah, viel zu harmlos. Ich will nicht mehr knabbern. Ich will wildern! Und bei dir?«

»Auch nichts.«

»Du wirst noch als alte Jungfer enden.«

»Selber!«

»Tja! Ich bin Arbeiterklasse und keine höhere Tochter. Da ist das kein Makel.«

»Man muss nicht verheiratet sein, um keine Jungfer mehr zu sein«, entgegnete Daisy ziemlich lahm.

Mitzis Mundwinkel hob sich. Bezüglich Männer hatte sie ihrer Freundin einen ganzen Sack an Erfahrungen voraus. Das machte sie großzügig. »Stimmt. Wie heißt es so schön? Es lohnt sich, auf den Richtigen zu warten.«

Der Richtige?, durchzuckte es Daisy unwillkürlich. Wie stellte sie ihn sich vor? Vom Kleinmädchentraum der ritterlichen Lichtgestalt hatte sie sich längst verabschiedet. Kurioserweise drängte sich Henry gerade ziemlich heftig in ihre Gedanken. Aber so richtig denken vermochte sie mit all den blubbernden Champagnerbläschen in ihrem Kopf nicht mehr.

Für Mitzi galt das nicht. »Was ist denn nun mit Henry?«, hieb sie in ebendiese Kerbe. »Sitzt er immer noch in Indien fest?«

Daisy versteifte sich. Das mit Henry war auch so eine verflixte Sache. Nach Mitzis Rettung hatte sie einen langen Brief von ihm erhalten, in dem er ihr erklärte, warum er sich nicht früher bei ihr gemeldet hatte. Seine Anstrengungen für Louis' Freilassung hatten für den Briten leider weitreichende Konsequenzen nach sich gezogen. Nachdem er sich erfolgreich für Hugo zu Trostburg als deutschen Botschafter in Indien eingesetzt hatte, machte dieser buchstäblich in letzter Sekunde einen Rückzieher und zog ein Amt vor, in das ihn sein geliebter Führer berufen hatte. Henrys Fehleinschätzung hatte höheren Ortes in London Missfallen erregt. Er wurde nun selbst vom Außenminister nach Indien entsandt, allerdings nicht als Botschafter, sondern als dessen Unterhändler. Kaum dort angekommen, hatte er sich ein böses Fieber eingefangen, das ihn wochenlang ans Bett fesselte. Sein Vater machte Daisy für die Geschehnisse verantwortlich, was die bösen Worte am Telefon erklärte. In Indien rumorte es bedenklich, immer wieder brachen blutige Aufstände aus, und die Briten hatten alle Mühe, die öffentliche Ordnung aufrechtzuerhalten. Dreimal hatte Daisy kurz mit Henry in seinem Exil telefoniert, es rauschte und knackte in der Leitung, und ihre Gespräche verliefen seltsam steif und neutral. Zwischen ihr und Henry lagen sechstausend Kilometer. Wann er zurückkehren würde, stand in den Sternen. Sie seufzte.

»Ich nehme an, dieser steinerweichende Seufzer gilt Henry?«

Daisy machte eine vage Geste. »Ich hasse Politik«, grummelte sie nicht mehr ganz nüchtern.

Mitzi rollte mit den Augen. »Da kann man fast verstehen, warum sich mancher in die Monarchie zurücksehnt. Heutzutage wird man Reichskanzler, ohne je einen Beruf erlernt zu haben. Hauptsache, man kann große Reden schwingen.«

»Wie bitte?«, lallte Daisy.

»Bist du überhaupt noch da?«

Daisys Kopf wackelte.

»Es ist spät. Gehen wir schlafen«, beschied Mitzi.

»Hier, für deinen Kopf«, meinte Mitzi am folgenden Morgen und reichte Daisy einen feuchten Waschlappen.

»Ich weiß nicht, warum der Champagner bei mir so durchschlägt«, jammerte Daisy.

»Ich habe gerade Kaffee gemacht. Zucker ist leider alle, und Milch gibt's auch keine.«

Daisy nahm den Becher mit beiden Händen entgegen. »Danke. Hauptsache, heiß«, murmelte sie.

Mitzi schnitt Schwarzbrot, holte den Rübensirup und fluchte über den traurigen Rest an Butter. Daisy zog den Schließkorb heran und beförderte eine Dose Kekse zutage.

»Was hast du jetzt vor?«, fragte Mitzi und setzte sich.

»Keine Ahnung. Vielleicht ein Spaziergang? Für später hat mich Louis zum Essen eingeladen.«

»Ich meinte eigentlich, was du mit deiner neuen Freiheit anfängst.«

Daisy hob die Achseln. »Darüber habe ich noch nicht nachgedacht. Ich könnte mir vorstellen, Kunst zu studieren.«

Mitzi nahm sich einen Keks. »Aber du kannst bereits hervorragend zeichnen. Was willst du da noch lernen?«

»Warum? Du singst doch auch sehr gut, und dennoch nimmst du Gesangsunterricht.«

»Touché!« Mitzi grinste. »Wenigstens funktioniert dein Oberstübchen trotz Kopfweh.«

»Aber vom Champagner lass ich erst mal die Finger.«

Eine Woche verging. Mitzi arbeitete, und Daisy vertrieb sich den Tag mit allerlei Aktivitäten. Morgens ging sie mit einem Mietpferd im Tiergarten reiten, später stromerte sie durch die Stadt und ihre Parks und hielt dabei das lebhafte Treiben auf ihrem Zeichenblock fest. Sie skizzierte das Berliner Schloss, Familien auf den Grünflächen und den Blick auf die Museumsinsel vom Ufer der Spree. Es war nicht von der Hand zu weisen, dass in der Hauptstadt Aufbruchsstimmung herrschte. In weniger als zwei Jahren fungierte Berlin als Gastgeber der Olympischen Spiele, und schon jetzt wurde überall gebaut, Fassaden ausgebessert und Wände gestrichen, Straßen frisch asphaltiert und mit zusätzlichen

Laternen bestückt. Einige Dreikäsehochs schauten interessiert bei der Montage einer Fernsprechzelle zu, Schuhputzjungen priesen lautstark ihre Dienste. Die Stadt summte vor Geschäftigkeit, in den Cafés musste man auf einen freien Platz warten, und in den Schaufenstern am Ku'damm konnte man die neueste Pariser Mode bewundern. Als junges Mädchen hatte Daisy davon geträumt, eines Tages in der Hauptstadt zu leben. Sie sah sich als Gastgeberin eines vornehmen Salons, zu ihren Füßen ein Dutzend schmachtender Verehrer. Sie träumte von Abenteuern – und hatte sie bekommen. Allerdings nicht von der Art, die sie sich vorgestellt hatte. Sie war in getrübter Stimmung nach Berlin gereist, aber nun kehrte die Zuversicht zurück. *Sie war frei!*

Nach einer weiteren Woche überlegte Daisy, dass Freiheit im Prinzip ja eine gute Sache sei, aber auf Dauer ging sie ihr auf den Senkel. Sie war an arbeitsreiche Tage an der Seite ihrer Großmutter gewöhnt. Jahrelang war sie morgens um fünf aus den Federn gesprungen, um spätestens um sieben Uhr in Stettin am Schreibtisch zu sitzen. Sie hatte Lieferanten und Kunden empfangen, Verhandlungen geführt, Verträge geprüft und abgeschlossen. Jeder ihrer Tage war ausgefüllt gewesen. Hagens dreiste Übernahme hatte sie aus einem fahrenden Karussell geschleudert. Was nun? Sie kannte inzwischen jeden Spielplan, jeden neuen Film, die Ausstellungen und Museen. Sie konnte nicht ewig auf Henrys Rückkehr warten, zudem widerstrebte es ihr in zunehmendem Maße, sich von seiner Entscheidung abhängig zu machen. Sie war keine Tagediebin, sie wollte selbstständig sein und ihr eigenes Geld verdienen. Wie ihr Bruder – der steckte als frischgebackener Architekt bis zum Hals in Arbeit. Sein Tag endete selten vor zehn Uhr abends und setzte sich mit den Kollegen oft in der nahen *Pfälzer Weinstube* fort. Albert Speer hatte in der Berenstraße ein ehemaliges Maleratelier mit Nebenräumen bezogen. Die Reichskanzlei lag günstig um die Ecke, was es Speer ermöglichte, in Minutenschnelle bei seinem Bauherrn Adolf Hitler zu sein, wann immer der ihn zu sich rief. Laut Louis konnte das zu jeder Tages- und Nachtzeit der Fall sein, Speer sei quasi immer auf dem Sprung, und er begleite den Führer oft auf seinen Reisen. Unterwegs knüpfte Speer fleißig Kontakte und zog neue Aufträge an Land. Es entsprach dem Bild, das Daisy inzwischen von Albert Speer gewonnen hatte: mehr dynamischer Unternehmer und Organisator als Architekt.

Heute stand ein Besuch in Louis' Büro in der Berenstraße an. Sie war neugierig auf Speers Wirkungsstätte. Schon im Treppenhaus scholl ihr die Geräuschkulisse eines geschäftigen Büros entgegen: Schreibmaschinen klapperten, Telefone schrillten, Gespräche wurden angenommen. Ein Botenjunge flog die Stufen herab, witschte an Daisy vorbei und durch die Tür hinaus.

Daisy trat ein und atmete einmal tief durch, als wollte sie die Betriebsamkeit wie eine Essenz inhalieren. Zwei junge Anzugträger kamen ihr auf dem Flur entgegen, grüßten sie eher beiläufig und verschwanden sofort in einem angrenzenden Büro. Eine ältere, bebrillte Dame tauchte aus dem rückwärtigen Teil des Korridors auf, in jeder Hand eine Kaffeekanne. Sie blieb vor dem Raum stehen, den die jungen Männer zuvor betreten hatten. Als sie versuchte, die Tür mit dem Ellbogen zu öffnen, eilte ihr Daisy zu Hilfe und erhielt als Lohn ein freundliches Nicken. Eine junge Sekretärin reckte just von gegenüber den Kopf in den Gang und rief laut: »Hat jemand Herrn Wolters gesehen? Herr Klinke ist in der Leitung!« Von irgendwoher erscholl die Antwort: »Wolters ist gerade raus, mehr Gips besorgen!« Eine andere Stimme rief: »Mir wären Zigaretten lieber!« Gelächter.

Louis hatte ihr den Weg zu seinem Büro beschrieben. Einmal der Flurbiegung folgen und danach die erste Tür rechts. Als Daisy um die Ecke bog, entdeckte sie ein blutjunges Mädchen, das sich mit einer Holzkiste abmühte. Ein feister Mann stand daneben. Anstatt ihr mit der schweren Fracht zu helfen, war er in die Betrachtung ihres schmalen Gesäßes vertieft. Völlig unvermittelt griff er zu. Das Mädchen japste empört auf, wirbelte herum und verpasste dem Grapscher eine schallende Ohrfeige. Es folgte eine Sekunde lähmende Stille.

»Du kleines Miststück!«, knurrte der Mann.

Daisy machte sich bemerkbar: »Kann ich helfen?«

Der Unverschämte drehte sich zu ihr. Daisy brauchte ihr Gedächtnis nicht erst zu bemühen. Vor ihr stand Martin Bormann, Hitlers Kanzleichef. Sie musterten sich. Bormanns kleine Augen wurden noch schmaler. Er hob den Arm: »Heil Hitler.« Daisy zollte ihm keine weitere Beachtung und bückte sich, um dem jungen Mädchen mit der geöffneten Kiste zu helfen. Zwischen Sägespänen lagerte das Marmormodell eines Tempels im griechischen Stil, das an die antike Akropolis erinnerte. »Wo soll die Kiste hin?«, fragte Daisy die junge Frau. Sie war tatsächlich noch sehr jung, höchstens fünfzehn, schätzte Daisy, und auf eine freche Art ziemlich hübsch.

»Der Führer«, antwortete die Unbekannte mit klarer Stimme, »wünscht, das Modell zu sehen, und Herr Speer meinte zu ihm am Telefon, es sei zu wertvoll, um es den Händen eines Boten anzuvertrauen. Darum hat uns der Führer Herrn Bormann geschickt, damit er es abholt.« In ihren grünen Augen blitzte es schelmisch auf, was in Daisy Zweifel weckte, ob Albert Speer das tatsächlich so gesagt hatte. Hinter Bormann lugte Louis aus seinem Büro und verfolgte erheitert die Szene. Hitlers Kanzleichef räusperte sich geräuschvoll und blickte sich um, als stünde es in seiner Macht, geeignete Lastenträger aus dem Boden zu stampfen. Louis' Kopf verschwand rechtzeitig.

»Herr Bormann«, säuselte Daisy, »Sie scheinen mir ein sehr kräftiger Mann. Für Sie dürfte es ein Leichtes sein, die kostbare Fracht für unseren Führer zu transportieren.« Sie wartete eine Erwiderung gar nicht erst ab, fasste das Mädchen am Arm und zog sie mit sich in Louis' Büro. Dieses war kaum größer als eine Fernsprechzelle und bot eben Platz für ein Schreibpult, einen Drehhocker und einen Korb mit Plänen. Die Wände verschwanden völlig unter Bauzeichnungen, schematischen Darstellungen und Aufrissplänen. Daisy und das Mädchen kicherten, als sie sich in dem Raum quasi auf die Zehen traten.

»Wie ich sehe, hast du Anna schon kennengelernt«, meinte Louis. »Anna von Dürkheim, meine Schwester Daisy.«

Anna nickte freundlich und strich sich eine brünette Locke aus der Stirn. »Danke für deine Hilfe, Daisy.«

»Gern geschehen. Puh, was für ein ekelhafter Geselle.«

»Bormann glaubt sich unwiderstehlich, weil sich ihm genügend Weiber an den Hals werfen. Der Baron sagt, er profitiere vom Dunstkreis der Macht, weil ihm im Austausch für Gefälligkeiten heuchlerisch gehuldigt wird.«

»Welcher Baron?«, fragte Daisy verdutzt.

»Mein Großvater. Er sagt, alle Nazis seien verdammte Parvenüs und Parvenü käme von Pavian. Deshalb nennt er sie Affen.«

Daisy schmunzelte. »Vielleicht sollten wir deinen Großvater mit meiner Großmutter zusammenbringen. Die beiden würden sich ausgezeichnet verstehen. Moment!« Daisy kniff ein Auge zu. »Von Dürkheim? *Der* Baron von Dürkheim? Aus dem Brandenburgischen?« Daisys Erinnerung formte das Bild eines hochgewachsenen Mannes mit Backenbart, dessen Auftreten den langjährigen Offizier verriet, selbst wenn er ohne Uniform in Erscheinung trat.

»Ebender. Aus Levkojen, um genau zu sein«, meldete sich Louis. »Im Übrigen kennen und schätzen sich Großmutter und Annas Großvater seit Langem. Anna, was hatten wir besprochen?«, fragte er ruhig und dennoch erkennbar auffordernd.

Anna rieb die Lippen aneinander. Es war bereits der Mund einer Frau, voll ausgeprägt und mit sinnlicher Färbung. »Dass mich meine Impulsivität eines Tages in Schwierigkeiten bringen wird und ich erst nachdenken sollte, zu wem ich was sage?« Sie blinzelte unschuldig.

»Ha, Anna!«, rief Daisy vergnügt. »Wenn du wüsstest, wie oft ich das schon von meinem Bruderherz gehört habe.« Sie lächelten sich zu, beide von der Ahnung berührt, dass sie gerade im Begriff standen, ein Band zu knüpfen, das über eine temporäre Komplizenschaft hinausreichte.

»Wenn du wüsstest, Anna«, imitierte Louis Daisy, »wie viele Schlamassel sich meine Schwester mit ihrer locker sitzenden Zunge eingehandelt hat. Schlamassel sind wie umherspritzendes Wasser, und selten trifft einen das Nass allein...«

»Das hast du hübsch gesagt«, gluckste Anna. »Trotzdem ist es feige und duckmäuserisch, ständig den Kopf einzuziehen!« Ihr Temperament brauste erneut auf. »Warum soll man seine Meinung nur noch vor Freunden äußern dürfen? Der Baron sagt, wer flüstert, der hat was zu verbergen.«

Louis seufzte resigniert, und Daisy fragte: »Wie alt bist du, Anna?«

»Fast fünfzehn.«

»Seit wann arbeitest du hier?«

»Ich helfe nur ein wenig aus. Eine Art Ferienpraktikum. Herr Speer baut ein Stadthaus für meinen Großonkel.«

»Anna hat ihren Onkel nach Berlin begleitet«, ergänzte Louis, »und seither sind wir sie nicht mehr losgeworden.«

»Ich liiiiebe Berlin«, bemerkte Anna enthusiastisch.

»Was wollte Bormann?«, erkundigte sich Louis nun.

»Das Modell der Deutschlandhalle abholen. Frau Kempf hatte keine Zeit, und ich bekam ihn an die Backe. Sprichwörtlich...«

Louis zog eine Augenbraue hoch. Daisy erklärte: »Bormann hat Annas Hintern betatscht.«

»Dieses Schwein«, knurrte Louis.

»Ich hab ihm eine geknallt«, sagte Anna stolz.

Louis öffnete die Tür und spähte hinaus. »Bormann ist weg. Auf, gehen wir einen Happen essen.«

Sie gaben Frau Kempf Bescheid und nahmen Anna mit ins *Chez Emile* in der Voßstraße. Das Lokal war voll besetzt. Selbstbewusst schickte Daisy nach dem Besitzer Emile. Der eilte wieselflink herbei, begrüßte Daisy wie einen Staatsgast und fand im Nu einen freien Tisch für sie.

Louis sah dem kleinen Franzosen mit der hohen Kochmütze nach, der auf seinem Weg zurück in die Küche weitere Gäste begrüßte, Salz- und Pfefferstreuer rückte und einen Kellner herbeischnipste, um leere Weingläser nachzufüllen. »Ein echter Tausendsassa«, bemerkte er amüsiert. »Ich bin beeindruckt, Schwesterherz. Du lässt die Leute springen wie unsere Großmutter.«

Bei Tisch sprudelte Anna von Plänen über. Sie habe immer nach Berlin gewollt, erzählte sie zur Vorspeise. Sie wolle Schauspielerin werden, verriet sie beim Hauptgang. Den Künstlernamen servierte sie zum Nachtisch: *Marlene Kalten*. »Ich schwärme für die Dietrich. Ist sie nicht eine fabelhafte Person?«

»Ganz fabelhaft«, meinte Louis schmunzelnd. Die Blicke der Geschwister trafen sich über Anna hinweg. *Sie ist wie du*, sagten Louis' Augen. *Nein. Sie ist, wie ich gewesen bin*, antworteten Daisys. Plötzlich fühlte sie sich alt. Sie war noch keine dreiundzwanzig, aber ihre jugendliche Unbeschwertheit hatte sie verloren.

Anna stieß unvermittelt ein »Oh« aus und starrte zum Eingang des Restaurants. »Schaut, die wunderhübsche Dame dort!«, hauchte sie verklärt. »Sie sieht fast aus wie die Dietrich!«

»*Maman!*«, entfuhr es Daisy.

Yvette lächelte strahlender als jeder Filmstar, als sie ihre Kinder am Tisch in der Ecke erspähte. Ihre elegante Erscheinung zog nicht nur Annas Bewunderung auf sich. Blicke auf einer Skala von begehrlich bis neidisch folgten Yvette, als sie sich auf Lackpumps und in einer kirschroten Kreation von Mademoiselle Chanel durch den Saal bewegte.

Emile eilte Yvette beflissen entgegen, zwirbelte verzückt sein Menjoubärtchen, küsste ihre Hand und begleitete sie unter Verbeugungen die letzten Meter bis zum Tisch. Galant rückte der Franzose ihr den Stuhl zurecht.

Anna verfolgte die Szene mit offenem Mund.

Yvette stellte ihre Krokotasche neben sich und streifte ihre hellen Handschuhe ab. Nachdem sie bei Emile Absinth auf Eis mit einem Stück Zitrone geordert hatte, stürzte er davon, um das Gewünschte zu holen.

»Frau Kempf war so freundlich, mir zu verraten, wo ich euch finde«, erklärte Yvette, nachdem Louis ihr Anna vorgestellt hatte.

»Du hast heute Morgen am Telefon nicht erwähnt, dass du nach Berlin kommst«, meinte Daisy verwundert.

»Da stand es noch nicht fest, *Chérie*. Herr Pabst hat um ein eiliges Treffen ersucht.« Während sie dies sagte, fing Daisy einen warnenden Blick ihrer Mutter auf. Anscheinend lag ihr daran, das Thema vor Anna nicht zu vertiefen.

»Pabst, der Regisseur?«, wisperte Anna mit großen Augen.

»Ebender.« Yvette lächelte. »Wie alle Regisseure ist er auf der ständigen Suche nach Financiers für sein nächstes Projekt.«

Emile erschien, servierte den Absinth und tänzelte davon.

»Sie kennen Herrn Pabst persönlich?«, wiederholte Anna. »*Die Büchse der Pandora* ist mein Lieblingsfilm!«

»Anna möchte Filmschauspielerin werden«, erklärte Daisy das Interesse des Mädchens.

Yvette richtete ihr Augenmerk nun auf das junge Mädchen. Es stellte sich Yvettes Aufmerksamkeit mit hellwachem Interesse. Daisy war es, als fließe zwischen ihrer Mutter und Anna eine geheime Energie, die sie von allen anderen im Raum trennte.

»Träume sind wichtig, Anna.« Yvette sah sie an. »Ebenso wie der Wille, dafür harte Arbeit zu leisten. Wenn es dir damit ernst ist, versuche dich zuerst am Theater.«

In späteren Jahren dachte Daisy oft an diesen Moment. Yvette musste schon damals mehr in dem zarten jungen Geschöpf gesehen haben.

Nach dem Essen verabschiedeten sich Louis und Anna zurück in die Berenstraße, und Daisy folgte ihrer Mutter ins *Adlon*. Dort saß Yvettes Zofe in einem Sessel und schmökerte in einer Modeillustrierten. »Alles in Ordnung, Almut?«, erkundigte sich Yvette als Erstes bei ihr.

»Ja, gnädige Frau. Der Graf schläft.«

»Danke, Almut. Wir lösen dich ab. Du kannst gerne einen Spaziergang unternehmen.« Almuts Gesicht leuchtete auf, sie nahm Tasche und Strohhut und verließ die Suite.

»Vater ist auch hier?«, fragte Daisy verwundert.

»Er konnte nicht auf dem Gut bleiben. 'Agen ist gestern Abend für das Wochenende mit seiner gesamten Kamarilla bei uns eingefallen. *Mon dieu*«, seufzte Yvette, »'Agen will eine Fuchsjagd veranstalten. Stell dir Zischs Reaktion vor, weil von diesen Herrschaften niemand sein eigenes Pferd mitbrachte! Heute Morgen kam es bereits zum ersten Eklat, als der Stallmeister deinem Bruder die Herausgabe der Gutspferde verweigert hat. Großmutter musste einschreiten. Daher habe ich Kuno ins Auto gepackt und ihn hierhergebracht. Das Risiko war zu groß, dass jemand zufällig über deinen Vater stolpert und neugierige Fragen stellt.«

»Und wie kommt der Regisseur Pabst hier ins Spiel?«

»Gar nicht, *Chérie*. Ich habe ihn nur als Vorwand genutzt, um mit deinem Vater nach Berlin zu fahren. Ich habe ihm vor der Fahrt einen starken Beruhigungstee gegeben. Er ist in letzter Zeit sehr still geworden. Aber heute Morgen erschien mir Kuno regelrecht verwirrt. Er hat mich nicht gleich erkannt und mich mit Luise angesprochen.«

»Himmel, er hat dich mit seiner ersten Frau verwechselt?«

»Ich fürchte, *Chérie*, Doktor Seeburger lag mit seiner Prognose richtig. Der Zustand deines Vaters verschlechtert sich in Schüben. Dein Vater leidet an mehr als nur einer wiederkehrenden Melancholie.«

Das Telefon läutete. Es war Violette, und schon nach ihren ersten Worten erhellte sich Yvettes Gesicht. »Ist das zu fassen?«, sagte sie nach Beendigung des Gesprächs. »Ich werde Großmutter… *Ich werde Großmutter*«, wiederholte sie verträumt.

Daisy blieb bei ihrem Vater, während ihre Mutter zu einem Kurzbesuch bei Violette aufbrach. Nach Yvettes Rückkehr fuhr Daisy zu Mitzi.

»O weh, das mit deinem Vater tut mir sehr leid«, sagte Mitzi. »Er hat sich oft nach Dotterblume erkundigt und mich nie wie eine Dienstmagd behandelt. Hier«, Mitzi drückte Daisy ihre angerauchte Zigarette in die Hand, »ich hole den Birnenschnaps.« Sie hievte sich aus dem durchgesessenen Sofa, das ein tiefes Knarzen von sich gab, als teilte es ihre Sorgen.

»Wie geht es jetzt weiter?«, fragte Mitzi, nachdem der erste Obstler angenehm warm in ihren Mägen glühte.

»Die Krankheit wird wohl weiter voranschreiten. Wir können nur auf Zeit spielen. *Maman* plant, künftig jedes Mal mit Vater zu verreisen, sobald sich Hagen die Ehre auf dem Gut gibt. Auf Dauer ist das keine Lösung.«

»Wie steht's mit der missgünstigen Krähe Elvira? Schleicht sie weiter um deinen Vater?«

»O, das vergaß ich ganz zu erwähnen: Violette ist schwanger!«

»Zwei Monate nach der Hochzeit? Punktlandung, das kleine Frauchen erfüllt ihr Soll. Aber was hat das mit Elvira zu schaffen?«

»Sie ist wegen des Babys völlig aus dem Häuschen und hat angekündigt, zu Violette und Hugo nach Berlin zu ziehen, um Violette in ihrer Schwangerschaft beizustehen.«

Mitzi grinste. »Dann hat Violette die Ratte im Haus, und ihr seid sie los.«

»Elvira und Hagen haben Violette schließlich mit Hugo verkuppelt. Schätze, deshalb erhebt Elvira nun Anspruch auf das Kind.«

»Tja! Wer die Geister ruft, muss sich nicht wundern, wenn plötzlich Rumpelstilzchen vor der Tür steht.«

»*Maman* sagt, ihr tue Elvira leid. Sie hat sich all die Jahre sehnlichst ein Kind von Hagen gewünscht.«

»Sieh an!« Mitzis Katzenaugen glitzerten. »Kaum wird *magnifique* Yvette Großmutter, wird sie sentimental.«

»Wenigstens befreit uns das vorerst von der drängendsten Sorge. Solange Elvira in Berlin mit Violette beschäftigt ist, kann Tantchen meinem Vater in Tessendorf nicht hinterherschnüffeln.«

Mitzi füllte die Stamper ein zweites Mal auf. Sie kippten das scharfe Gebräu und ließen sich auf dem alten Sofa zurückfallen. Die Sprungfedern jammerten. Mitzi seufzte: »Ach, unsere arme Frau Kulke…« Sie hatte auf diesem Sofa gestrickt und darauf geschlafen, quasi ihr Leben auf ihm verbracht – und es wartete hier auf ihre Rückkehr, zusammen mit ihrem Strickkorb, in dem noch ihr letzter unfertiger Schal lagerte. »Musst du ausgerechnet jetzt an sie erinnern?«, grummelte Daisy. Allein kamen sie in der Sache nicht weiter, und diese Einsicht schmerzte. Wenn nur Henry hier wäre! Ihm würde sicher etwas einfallen. Aber er weilte in Indien, und ungerechterweise machte sie das gerade sehr wütend auf ihn. »Ach, es ist alles so sinnlos«, murmelte sie düster.

»Heiliger Strohsack! Das Wichtigste ist doch, unsere Frau Kulke nicht zu vergessen und sie niemals aufzugeben.«

»Natürlich. Aber das ist es nicht allein.« Sie schaute auf. »Sieh uns an, Mitzi. Was ist bloß aus unseren großen Träumen geworden? Wir sitzen in der kleinsten Wohnung Berlins auf dem ältesten Sofa der Welt, und alles, was wir teilen, sind Sorgen.«

»Uns ist das Leben passiert, Daisy, und das besteht nun einmal aus Herausforderungen und Rückschlägen. Kein Grund, die Flinte ins Korn zu werfen.«

»Tu ich ja gar nicht.«

»Dann hör auf, dich zu bedauern. Unter jedem Dach ein Ach. Manchmal muss man das Unvermeidliche akzeptieren und seinen Weg weitergehen.«

»Ich weiß nicht, ob uns dabei Kalendersprüche weiterhelfen«, versetzte Daisy pikiert.

»Dann tritt halt wieder gegen die Eiche. Oder frag dein Vizehirn.«

»Vizehirn?«

»Na, dein kluges Sternenmal.« Mitzi griff nach den Zigaretten. Eine Weile rauchten sie schweigend. Es war spät geworden, eine Kirchturmuhr schlug Mitternacht. »Hast du schon eine Ahnung, was du künftig mit deinem Leben anfangen wirst?«

Daisy wusste es in genau diesem Moment, als hätte Mitzis Frage ihre Entscheidung herbeigeführt. »Ich möchte Kunst studieren! Gleich morgen früh gehe ich zur Universität und schreibe mich ein.«

»Am Wochenende?«, bremste Mitzi sie aus.

»Dann eben am Montag!«

***

Samstagmittag klopfte es laut an Mitzis Wohnungstür. Mitzi war zur Arbeit und Daisy selbst auf dem Sprung ins *Adlon*, um ihre Mutter bei ihrem Vater abzulösen. Sie öffnete. Ihr Bruder Louis stürmte herein. »Simon ist verschwunden!«, rief er erstickt. »Ich wollte ihn heute Morgen am Bahnhof abholen, aber er saß nicht im Zug.« Louis fuhr sich durch das wirre Haar und sah sich in dem kleinen Wohnraum um. »Verdammt, Mitzi sollte sich endlich ein Telefon anschaffen!«, beschwerte er sich zusammenhanglos.

»Beruhige dich. Simon hat sicher nur den Zug verpasst. Das wäre nicht das erste Mal, oder?«

Doch Louis hatte auch den Mittagszug abgewartet, danach

in Paris angerufen und mit der Concierge gesprochen, die ihm erzählte, Simon hätte sich am Abend mit einem kleinen Koffer bei ihr nach Berlin abgemeldet und seither sei er nicht zurückgekehrt.

»Ihm muss etwas passiert sein«, meinte Louis unglücklich. Da er seine Unruhe in der kleinen Wohnung nicht durch Umherlaufen abreagieren konnte – die Abstände von Wand zu Wand betrugen kaum mehr als die Sofalänge –, begnügte er sich mit dem Biegen und Strecken seiner Finger. »Kaffee oder Schnaps?«, fragte Daisy.

»Weder noch. Warum hast du einen Hut auf?«, fiel ihm erst jetzt auf.

»Ich wollte zu *Maman* ins *Adlon*. Komm doch mit!«

»Nein, ich muss zurück zum Bahnhof. In einer Stunde trifft der nächste Zug aus Paris ein. Könntest du in meine Wohnung fahren, falls Simon sich meldet?«

»Natürlich! Und bitte mach dir nicht gleich solche Sorgen. Es gibt sicher eine einfache Erklärung für Simons Verspätung.«

Von Louis' Wohnung rief Daisy zunächst ihre Mutter an, um ihre eigene Verspätung zu erklären. »*Mon dieu!*«, rief Yvette. »Mein armer Junge! Er war immer ein Grübler, und es genügt ihm ein Sandkorn, um daraus eine ganze Burg zu bauen.«

»Es ist ihm kaum zu verdenken, nach allem, was ihm Willi zugemutet hat. Hoffentlich taucht Simon schnell wieder auf.«

Das war weder der Fall noch rief er an. Am Sonntagmorgen war Louis mit den Nerven am Ende. Simon wurde seit sechsunddreißig Stunden vermisst. Daisy war die Nacht bei ihrem Bruder geblieben. Gleich um sechs Uhr früh klingelte Louis die Concierge in Paris aus dem Bett, die reichlich unwirsch wiederholte, sie habe Simon seit seiner Abreise nicht mehr gesehen.

»Simon ist etwas zugestoßen. Ich fühle es.« Louis nahm seine Jacke. »Ich fahre nach Paris.«

»Jetzt gleich?«, fragte Daisy.

»Soll ich etwa herumsitzen und Kaffee trinken?«

»Ich verstehe, dass du etwas unternehmen willst, aber...«

»Nichts aber!«, schnitt er sie ab. »Falls Simon überhaupt in den verdammten Zug gestiegen ist, kann ich das nur in Paris herausfinden.«

»Dann pack wenigstens ein paar Sachen ein. Geld wirst du auch brauchen.« Daisy holte ihre Börse und übergab Louis den gesamten Inhalt. »Viel ist es nicht. Vielleicht solltest du bei *Maman* vorbeifahren.«

»Das wird schon reichen. Ich habe meine letzte Lohntüte bisher nicht angetastet.« Louis zählte die Scheine ab und steckte sie in seine Brieftasche. Von der Kommode nahm er eine Fotografie mit, die Simon und ihn fröhlich winkend auf seiner kleinen Segeljolle zeigte. Daisy zog den Schrank und die Wäscheschublade auf, raffte das Nötigste zusammen und verstaute alles in seiner Reisetasche. Danach eilte sie in das kleine Bad, holte Kamm und Rasierzeug und kramte nach dem Kulturbeutel, als sie Louis rufen hörte: »Bitte bleib heute noch hier und behalte das Telefon im Auge. Ich melde mich!«

»Was?« Daisy streckte den Kopf aus dem Bad und sah nur noch die Tür ins Schloss fallen. Ihr Blick fiel auf die zurückgelassene Reisetasche. Sie seufzte. Darauf rief sie ihre Mutter an und brachte sie auf den letzten Stand.

Daisy hörte erst am späten Sonntagabend wieder von ihrem Bruder, als er sie aus Simons Wohnung anrief. Mitzi leistete Daisy inzwischen Gesellschaft. Louis hatte jeden Schaffner der Strecke nach Simon befragt und ihnen die Fotografie gezeigt. Ebenso dem Personal am Fahrkartenschalter am Gare du Nord. Niemand konnte sich an seinen Freund erinnern.

Auf einen bedrückten Abend folgte eine ebensolche Nacht. Warten war Folter. Wie mochte es erst Louis ergehen, allein in Simons Wohnung? Daisy war froh, als es endlich Tag wurde. Zum Frühstück gab es nur Kaffee. Während sie daran nippten, schrillte das Telefon. Daisy hob ab und wurde sofort durch den Apparat angeblafft: »Wo stecken Sie denn? Alle warten auf Sie!«

»Wer spricht da?«, fragte Daisy und sah verwundert zu Mitzi.

»Pardon, die Dame! Eine Verwechslung. Bitte die Störung zu...«

»Sind Sie das, Herr Speer?«, fragte Daisy.

Kurze Atempause. »Ich bin's! Und mit wem habe ich das werte Vergnügen?«

»Mit Louis' Schwester Daisy.«

»Wie nett, Sie zu hören! Wie geht es Ihnen?«

»Mir geht es ausgezeichnet, aber...« Daisy zögerte. Sie konnte schlecht mit der Wahrheit herausplatzen. Was wusste Speer? Mit Sicherheit kannte er die Gerüchte... Daisy überlegte, Speer wartete. »Leider, meinem Bruder geht es nicht gut.« Das war insofern keine Lüge, und sie musste den verräterischen Schluckauf nicht fürchten.

»Was fehlt Ihrem Bruder denn?«

Sein Freund Simon... »Nur eine Sommergrippe.« In ihrer Kehle sammelte sich Luft.

»Ist es möglich, mir Ihren Bruder kurz an den Apparat zu geben? Wir sind auf der Suche nach den Plänen zum Umbau der Führerwohnung.« Daisy schluckte. »Tut mir leid, Louis schläft gerade. Er hat die ganze Nacht kein Auge zugetan. Ich möchte ihn ungern wecken.«

»Nun ja«, räusperte sich Speer, und Daisy fürchtete, er würde darauf pochen, ihren Bruder trotzdem zu holen. Doch Speer entschied sich für die höfliche Variante. »Sagen Sie ihm gute Besserung. Und bitten Sie ihn, sich bei mir im Büro zu melden, sobald er aufwacht. Auf Wiederhören.«

»Da hat wohl jemand seine Arbeit vergessen?«, meinte Mitzi.

»Herr Speer ist auf der Suche nach wichtigen Plänen. Ich glaube, Louis hätte sie heute in der Runde präsentieren sollen.« Daisy stand bereits vor Louis' Stehpult. Darauf ausgebreitet lag eine Architektenzeichnung, die zwei Briefbeschwerer an Ort und Stelle hielten. Daisy beugte sich über die Skizze. Die eine Hälfte zeigte den Grundriss der Reichskanzlei in der Wilhelmstraße, die andere Lage und Vorschlag für den Umbau mehrerer Räume im ersten Stock. Dies musste der Plan sein, den Albert Speer suchte.

»Geh schon«, sagte Mitzi, die Daisys Gedanken erriet. »Ich halte hier die Stellung.«

Daisy schnappte sich die Pläne und sprang ins nächste Taxi.

Vor Speers Atelier kollidierte sie beinahe mit dessen Sekretärin.

»Guten Morgen, Frau Kempf! Ich habe hier...«

»Tut mir leid, ich muss rasch in die Konditorei.« Schon klapperte sie auf ihren Absätzen davon.

Daisy trat ein und wunderte sich. Kein Lärm, keine Betriebsamkeit, das gesamte Büro wirkte wie ausgestorben. Der Stille haftete etwas Unnatürliches an. Gott sei Dank tauchte am Ende des langen Korridors Anna auf. Das junge Mädchen winkte hektisch und lotste Daisy um die Ecke. »Wie geht es Louis?«, fragte sie aufgeregt. Die einzelnen Sommersprossen auf ihrer Stupsnase glühten geradezu.

»Der wird schon wieder«, wich Daisy aus. »Wo ist...?«

Atemlos plapperte Anna weiter. »Speer hat gegenüber dem Führer so getan, als läge dein Bruder auf dem Sterbebett. Oh!« Anna riss die Augen auf. »Du hast die Pläne mitgebracht? Das ist ja fabelhaft. Komm!« Sie griff nach Daisys Arm, zog sie mit sich, öffnete eine Tür und schob sie kurzerhand hindurch. Unvermittelt fand sich Daisy in einem lichtdurchfluteten Raum wieder, den ein langer Tisch in zwei Hälften teilte. An die zwanzig Personen drängten sich darin. Sie alle beobachteten sichtlich angespannt den hohen Gast an der Stirnseite des Tisches, der sich über einen Plan beugte. Selbst die Wände schienen sich dem Mann zuzuneigen. Speer sah ihm über die Schulter. Daisys Erscheinen brach den Bann. Der Führer hob den Blick, und Daisy konnte verfolgen, wie sich von seinem verkniffenen Mund ein Lächeln wellenförmig auf dem blassen Gesicht ausbreitete. »Fräulein von Tessendorf!«, begrüßte Hitler sie freudig. »Wo kommen S' denn so plötzlich her? Wollen S' wieder jemanden retten?«

Angesichts der absurden Situation konnte Daisy nicht anders, als selbst zu lächeln. »Ja, Herr Hitler. Meinen Bruder.«

Speer stand bereits neben ihr, nahm ihr die Rolle ab und gab sie weiter. Flüchtig nahm Daisy wahr, wie die Pläne in einer Art Staffellauf von Mann zu Mann bis zur Stirnseite des Tisches weitergereicht wurden. Der vorherige Plan verschwand, der neue wurde ausgebreitet. Hitler redete freundlich weiter. »Hab schon g'hört, dass der Herr von Tessendorf höchst unwohl ist. Er ist jung, das wird schon wieder. Mich freut's jedenfalls, dass er Sie g'schickt hat, Komtess. Zeigen S' her, was Sie mir Schönes mitgebracht haben. Und Speer«, sagte er, ohne hinzusehen, »schicken S' mir mal die ganzen Leute raus. Man kriegt ja keine Luft bei dem Gedrängel.«

Die Männer sammelten sich und rückten hintereinander ab wie eine dressierte Gänseschar. Daisy, der Führer und Albert Speer blieben allein zurück. Hitler nahm seine vorherige Position wieder ein und studierte mit gespitzten Lippen den neuen Entwurf.

Es dauerte. Zwischendurch huschte Frau Kempf herein und stellte eine wagenradgroße Servierplatte ab, auf der sich das halbe Sortiment einer Konditorei türmte.

Hitler nahm sich eine Cremeschnitte. Kauend meinte er: »Wir brauchen mehr Marmor. Und ich will...«, die rechte Hand wedelte, worauf ihm Speer sogleich einen Bleistift hineinlegte, »... und ich will«, wiederholte Hitler, »hier zwei Säulen«, er zeichnete mitten in den Plan, »und da einen Durchbruch«, er strichelte. Daisy runzelte die Stirn und neigte sich nun selbst tiefer über den Plan. Hitler bemerkte es sofort als Kritik. »Was haben S' denn, Fräulein von Tessendorf?«, fragte er und ließ die angebissene Cremeschnitte sinken.

Neben sich spürte Daisy Speer, dessen angespannte Körperhaltung ihr zu signalisieren schien, jetzt bloß den Mund zu halten. Daisy fand den Eiertanz lächerlich. Welchen Sinn hatte es, dem Kaiser zu seinen neuen Kleidern zu applaudieren, wenn er gar keine trug? Dies war die Realität, kein Märchen. Zudem stammte der Plan von ihrem Bruder, am Ende würde jede ungeschickte Änderung auf ihn zurückfallen. »Für mich ergibt der Durchbruch keinen Sinn, Herr Hitler. Damit haben Sie zwei Zugänge ins Badezimmer geschaffen, und die Türen behindern sich beim Öffnen gegenseitig. Wenn, dann sollten sie einander direkt gegenüberliegen, oder aber Sie vergrößern das Bad. Zum Beispiel hier.« Daisy ergriff den Bleistift und skizzierte ihren Vorschlag. Speer entließ zischend Luft, und Hitler krümmte sich über den Plan. Sein Kopf bewegte sich ruckartig darüber hinweg. Plötzlich tippte sein Zeigefinger energisch auf die von ihm gestrichelte Linie. »Das Fräulein hat recht!«, schnarrte er. »Radiergummi, Speer.« Das Gewünschte wanderte in seine Handfläche, Hitler rubbelte und setzte den Bleistift neu an. »So passt es«, murmelte er zufrieden. »Außer das Fräulein möchte weitere Einwände vorbringen?« Er beäugte Daisy.

»Nein, der Plan gefällt mir so ausgezeichnet«, erwiderte sie. Der Führer nickte, und man schied im besten Einvernehmen. Bevor Speer Hitler zurück in die Reichskanzlei begleitete, bat er Daisy, auf ihn zu warten.

»Aber ich muss…«

»Es geht um Ihren Bruder. Es ist wichtig.«

»Ihr Bruder steckt in Schwierigkeiten«, sagte Speer drei Stunden später in seinem Büro. Daisy hatte zwischendurch Mitzi angerufen, aber von Louis gab es keine Neuigkeiten. »Welche Schwierigkeiten?« Daisy blieb äußerlich ruhig, aber innerlich schrie sie auf.

»Ich nehme an, Louis wurde zusammengeschlagen?«

»Was? Nein! Wie kommen Sie darauf?«

Speer lehnte sich etwas in seinem Stuhl zurück, eine Hand locker auf dem Tisch. »Er ist vor ein paar Tagen bedroht worden. Hat er Ihnen das nicht erzählt?«

»Nein«, erwiderte Daisy beunruhigt. »Was ist passiert?«

»Wir fanden in unserem Postkasten ein anonymes Schreiben. Auf dem Umschlag stand *Für Louis Tessendorf*. Frau Kempf hat den Brief wie alle unsere Post geöffnet. Sie fand eine einzelne Patrone und einen Zettel, auf dem Ihr Bruder auf das Unflätigste beschimpft wird.« Er schob ihr das Papier über den Tisch. Daisy stach sofort das »schwule Sau« ins Auge. »O nein.« *Simon*, zuckte es ihr durch den Kopf. Warum konnte sie gerade nur an Simon denken, wo es doch um ihren Bruder ging? Das schwere Gewicht einer Vorahnung senkte sich auf sie.

Speer rührte sich. »Daisy«, Speer klang überraschend teilnahmsvoll, »was Ihr Bruder privat in seinen vier Wänden treibt, ist allein seine Angelegenheit. Für mich zählen sein Talent und seine Leistung. Trotzdem muss ich das Schreiben ernst nehmen.«

Daisy holte bebend Luft. »Natürlich, Albert.«

»Wo ist Louis?«, fragte Speer. »Ist er wirklich erkrankt?«

Daisy sah keinen Sinn darin, Speer weiter zu belügen. »Louis ist in Paris. Sein Freund Simon ist verschwunden, und er sucht dort nach ihm.«

Speers Finger trommelten nachdenklich auf der Schreibtischplatte. »Und wie lange wird das dauern?«

»Das entzieht sich meiner Kenntnis«, antwortete Daisy vorsichtig. Würde Speer Louis entlassen? Es wäre ihm kaum zu verdenken. Ihr Bruder fehlte unentschuldigt, und obschon die anonyme Drohung Louis galt, so lag sie doch in Speers Postkasten. Speer konnte das durchaus als Warnung gegen sich betrachten.

»Gut.« Speer schürzte den Mund. »Dann schlage ich vor, Daisy, dass Sie Ihren Bruder bis zu seiner Rückkehr ersetzen. Vielleicht entscheiden Sie sich danach, ganz in meine Dienste zu treten.«

»Sie bieten mir eine Stelle in Ihrem Büro an?« Das kam unerwartet.

»Der Führer hat sich heute äußerst wohlwollend über Sie geäußert. Zitat: ›Das Fräulein von Tessendorf ist eine ehrliche Person. Und sie hat ein gutes Auge!‹«

»Aber ich bin keine Architektin!«

»Ach was.« Speer hob kurz den Finger. »Louis hat mir erzählt, Sie seien das eigentliche Zeichentalent in der Familie. Sie besitzen eine kaufmännische Ausbildung und sind mit Zahlen vertraut. Das sind ideale Voraussetzungen. Oder haben Sie in nächster Zeit etwas Besonderes vor? Ist ein Ehemann in Sicht? Eine Verlobung?« Er legte den Kopf schief.

»Nein.«

»Also ist es abgemacht. Sie arbeiten für mich!«

»Aber...«

» Kommen Sie, versuchen Sie es, Daisy! Das ist Ihre Chance, an etwas teilzuhaben, was über die eigene Existenz hinausgeht. Wir stehen am Beginn einer neuen Zeit. Der Führer hat Visionen! Wir bauen eine neue Hauptstadt Berlin, die eines Tages in die Geschichte eingehen wird. In zwei Jahren sind die Olympischen Spiele! Bis dahin muss Berlin in neuem Glanz erstrahlen. Wir werden dem Ausland zeigen, wer wir sind!« Speer war aufgesprungen und unterstrich seine Worte mit dynamischen Gesten.

Sein Enthusiasmus erinnerte Daisy daran, wie jung Speer mit seinen neunundzwanzig selbst noch war und wie sehr er darin Louis glich, als er verkündete, er wähle den Beruf des Architekten, um in der Welt etwas zu bewegen. Speer hatte Großes in der Zukunft vor. Und sie? Wie sahen ihre Pläne aus? Die Helios-Werft hatte sich ihr Halbbruder Hagen unter den Nagel gerissen, ein Ehemann war tatsächlich nicht in Sicht – jetzt bloß nicht an Indien denken –, und für ein Kunststudium hätte sie sich rechtzeitig im Frühjahr immatrikulieren müssen. Was hatte sie zu verlieren?

»Du arbeitest jetzt für Albert Speer? Scheiße, dich darf man wirklich nirgendwo alleine hinschicken.« Mitzis Augen funkelten.

»Was soll das heißen?«

»Unsere Daisy hat mal wieder Ja gesagt...«

Daisy kannte ihre Schwäche selbst und wollte nichts darüber hören. »Es ist doch zunächst nur für einige Wochen auf Probe. Mit irgendetwas muss ich schließlich mein Geld verdienen. Außerdem trage ich damit bei, Louis' Arbeitsplatz zu erhalten.«

»Eben, das ist der Knackpunkt: *Irgendetwas*, und du tust es für deinen Bruder. Was ist mit dir? Was willst *du*, Daisy? Jede Wette, wenn Henry jetzt gleich zur Tür hereinspaziert und um deine Hand anhält, reichst du sie ihm mit Freuden, und alles andere ist augenblicklich null und nichtig.«

»Das ist nicht fair, Mitzi!«, entrüstete sich Daisy. »Henry kann mir gestohlen bleiben! Er ist einfach fort nach Indien, er…« *Er ruft selten an, er schreibt nicht.* Betroffen schnitt sich Daisy das Wort selbst ab.

» Ach, Daisy.« Mitzi lächelte wissend.

»Viel wichtiger ist jetzt, dass wir Simon finden«, wechselte Daisy das Thema.

»Das steht außer Frage, aber ich bin noch nicht fertig mit dem Führerscheißhaus. Was man so hört, hat unser Adolf Probleme mit der Verdauung. Wundert niemanden, es kommt ja oben eine ganze Menge Luft raus. Da ist bestimmt viel Durchzug nach unten.«

»Mitzi! Musst du immer so drastisch sein.« Daisy wollte nicht kichern.

»Stimmt, ich hätte besser Thron gesagt. *König Adolf.* Mit heruntergelassenen Hosen.« Die Ablenkung währte nur kurz.

Das Telefon schellte und vertrieb das Kopfkino. Mitzis Miene wurde schlagartig ernst, Sorge zuckte wie ein Blitz über ihr herzförmiges Gesicht. Die Freundinnen tauschten einen bangen Blick, bevor Daisy abnahm. Louis war dran. Er hatte endlich einen Schaffner ausfindig gemacht, der sich an Simon erinnern konnte. Simon hätte beim Einsteigen einer jungen Frau mit dem Kinderwagen geholfen und später ein Wiegenlied für ihren kleinen Buben angestimmt. »Leider endete die Schicht des Schaffners vor der Grenze, und er fuhr in der Gegenrichtung zurück.«

»Was ist mit der jungen Frau?«, fragte Daisy.

»Auf der Strecke zwischen Saarbrücken und Berlin liegen vier Stationen. Sie könnte den Zug überall verlassen haben. Zumindest wissen wir jetzt, dass Simon in dem Zug gewesen ist.«

»Wann kommst du nach Hause?«

»Bald. Ich werde die Strecke von Paris nach Berlin abfahren und an jeder Station Simons Bild vorzeigen. Nur so kann ich herausfinden, ob und wo er den Zug vorzeitig verlassen hat.«

Vier Tage später kehrte Louis heim. Er trug noch dasselbe Gewand wie bei seiner Abreise, und das Gesicht war gezeichnet von den Spuren seiner Verzweiflung. »Nichts«, murmelte er. »Ich bin in jeder Polizeistation und in jedem größeren Krankenhaus auf der Strecke gewesen. Es ist, als hätte sich Simon irgendwo zwischen Saarbrücken und Berlin in Luft aufgelöst.«

Louis war danach nicht mehr derselbe. Er kehrte an seinen Schreibtisch in Speers Büro zurück und suchte Ablenkung in der Arbeit. Aber die Ungewissheit über Simons Schicksal fraß ihn auf, jeden Tag ein Stückchen mehr. Seine Kreativität litt. Er zerbrach reihenweise Bleistifte, zerriss mit dem Zirkel das kostbare Papier der Pläne und schmetterte in blinder Wut das Lineal gegen die Wand. Er nannte sich einen Dilettanten, einen Kretin, die blinde Katze, die nie mehr eine Maus fangen wird.

Daisy blieb in Berlin in seiner Nähe, wohnte weiter bei Mitzi und arbeitete inzwischen in Vollzeit für Albert Speer, mit einem Gehalt von hundertzwanzig Reichsmark, nur dreißig Mark weniger, als Louis als vollwertiger Architekt verdiente. Es war beinahe absurd, wie schnell sie lernte. Vorstellungsvermögen, ein gutes Raummaß und Zahlenverständnis brachte sie ohnehin mit, dazu ihr Zeichentalent. Es dauerte nicht lange, und sie hantierte mit Geodreieck und Zirkel, als hätte sie nie etwas anderes getan. Sie unterstützte ihren Bruder, so gut sie es vermochte, fing ihn auf, wenn ihn die Verzweiflung übermannte und ihm die Hände so zitterten, dass ihm keine gerade Linie mehr gelingen wollte.

Die Wochen vergingen ohne ein Lebenszeichen von Simon. Der September verabschiedete sich mit milden Temperaturen, der Oktober tauchte die Bäume in eine Palette von Rot bis Gold. Daisy fragte sich, warum gerade der Herbst diese besondere Sehnsucht nach Tessendorf in ihr auslöste. Früher hatte sie es an fast jedem Wochenende nach Berlin gezogen, nun verhielt es sich umgekehrt. Das vertraute Tessendorf war ihr bisher zu eng erschienen, sie wollte die Weite erfahren und hatte geglaubt, sie in Berlin zu finden. Nun stellte sie fest, dass sie gar nicht mehr danach suchen musste. Die Weite war immer da gewesen, sie hatte sie nur nicht wahrgenommen. Und es gab einen weiteren Grund, weshalb sie jedes Wochenende heimfuhr: Sie vermisste ihr Pferd Nereide.

Als Beschreibung für den November genügte ein Wort: nass. Regen ergoss sich in jedweder Variation vom Himmel, gewitterartig, prasselnd, lautlos rieselnd. Die Feuchtigkeit sammelte sich überall, tropfte von Dächern und Bäumen, verwandelte frisiertes Haar in wildes Gekringel und legte sich schwer auf Kleider und Gemüt. Die Rheumageplagten wälzten sich am Morgen stöhnend aus dem Bett und fragten sich, wann Petrus endlich ein Einsehen hätte. Ende November fiel der erste Schnee.

Vielleicht wäre alles anders gekommen, wenn Daisy an jenem trüben Novembertag im Büro gewesen wäre. Vielleicht hätte sie dann als Erste mit der jungen Besucherin gesprochen. Vielleicht hätte sie die Tragödie verhindern können, die ihr Leben künftig zweiteilen würde – in ein Davor und in ein Danach. Doch sie war nicht rechtzeitig zur Stelle gewesen, und deshalb würde sie künftig mit diesem Vielleicht leben müssen.

An jenem Vormittag hatte Daisy Albert Speer auf Hitlers ausdrücklichen Wunsch in die Reichskanzlei begleitet. Die Besprechung zog sich hin, der Führer war in Redelaune, er lud sie auch zum Mittagessen ein. Zu dritt speisten sie faden Linseneintopf, und Daisy fasste den spontanen Entschluss, dem Führer ein Anliegen vorzutragen, das sie schon länger auf dem Herzen trug. Es ging um Frau Kulke. Speer hüstelte, aber Hitler reagierte sehr freundlich.

Zurück im Büro fand Daisy Louis' Büro verwaist vor. Das Stehpult bedeckte ein ausgebreiteter Plan, darauf entdeckte sie den zerknitterten Zettel in Louis' Handschrift mit seinem Namen und zwei Telefonnummern, privat und geschäftlich. Daisy fragte sich, warum ihr Bruder keine seiner Visitenkarten benutzt hatte, als hinter ihr ein »Hallo Daisy« ertönte. Freudig fuhr sie herum. »Anna! Wo kommst du plötzlich her?«

»Ich bin mit Onkel und Tante hier. Besprechung wegen ihres Stadthauses. Ich warte schon ewig. Falls du Louis suchst, der ist mit einer jungen Frau weggegangen.«

»Welche junge Frau?«

»Keine Ahnung. Nicht sehr hübsch, aber sie war Französin. Sie hatte den gleichen niedlichen Akzent wie deine Mutter.«

»Hast du zufällig auch mitbekommen, was sie von Louis wollte?«

Annas Grinsen verriet sie.

»Du hast an Louis' Tür gelauscht!«

»*Naturellement!*«, entgegnete Anna ohne jede Spur von Verlegenheit. »Allerdings habe ich den Schluss verpasst, weil Frau Kempf mich erwischt hat.«

Daisy schloss die Tür. »Was hast du gehört?«

Anna erzählte. Die Französin hatte sich Louis als jene junge Mutter vorgestellt, der Simon mit dem Kinderwagen geholfen hatte. Als sie später im Abteil von drei jungen SA-Männern belästigt worden sei, habe Simon die Männer aufgefordert, dies zu unterlassen. Darauf hätten sie gegen ihn gepöbelt. Simon und die junge Frau hätten es dann vorgezogen, den Zug in Mainz zu verlassen, um dort auf den nächsten zu warten. Die drei Männer seien jedoch kurz vor der Abfahrt aus dem Waggon gesprungen. Sie hätten Simon verprügelt und ihn davongeschleppt.

Daisys Magen zog sich bei der Schilderung schmerzhaft zusammen. Dennoch zögerte sie, ihre Mutter anzurufen. Sie wollte zuerst mit Louis sprechen, doch der versäumte auch die Nachmittagsbesprechung. Speer wurde aufmerksam. »Daisy, wo steckt Ihr Bruder? Frau Kempf sagt, er sei gegen zehn Uhr weggegangen.«

Daisy hatte bereits vergeblich in der nahen *Pfälzerstube* nach Louis gefragt und ebenso ergebnislos bei ihm zu Hause durchgeklingelt. »Bedaure, Albert, mir hat er auch nichts gesagt.«

»Dann müssen Sie in der Besprechung für ihn einspringen. Haben Sie die Pläne?«

»Natürlich.« Ihr Telefon schellte. »*Maman!*«, rief Daisy überrascht, weil Yvette sonst nie bei ihr im Büro anrief. »Hast du etwas von Louis gehört?«, fragte sie sofort.

»Nein, Chérie. Ist etwas passiert?«

»Louis hat nur einen Termin versäumt«, erklärte Daisy hastig und sah zu Speer, der noch in der Tür stand. Der meinte höflich: »Richten Sie Ihrer Mutter schöne Grüße von mir aus«, während sein Blick sagte: *Halten Sie es kurz.*

»*Maman*, ich muss zu einer Besprechung, die Leute warten schon. Ich rufe dich gleich danach zurück.« Sie legte auf. Plötzlich fühlte sie einen jähen kalten Luftzug, als hätte jemand in ihrer Nähe ein Fenster geöffnet. Sie fragte sich, ob ihre Mutter Ähnliches spürte und sie deshalb zum Hörer gegriffen hatte.

Daisy folgte Speer in den Besprechungsraum, aber es fiel ihr schwer, sich zu konzentrieren. Sie musste ständig an das denken, was Anna in dem kurzen Gespräch zwischen Louis und der jungen Französin belauscht hatte. Plötzlich konnte Daisy nicht mehr still sitzen. Sie sprang auf. »Bitte entschuldigen Sie mich.«

Sie stürmte aus dem Gebäude und fuhr zu Louis' Wohnung. Es war nichts, was man ihr sagen musste, sie wusste es einfach.

Als Daisy am Promenadeplatz aus dem Taxi stieg, fand sie die Straße durch Polizeiautos und Sanitätswagen blockiert. Sie kam zu spät. Dieses Mal hatte Louis nichts dem Zufall überlassen, dieses Mal hatte er eine Pistole gewählt. Der Schmerz fuhr in sie wie ein blendend weißer Blitz.

Wie betäubt funktionierte sie in den folgenden Stunden, identifizierte ihren toten Bruder und beantwortete Fragen. Ein Beamter brachte sie später ins *Adlon*. Von dort rief sie auf Gut Tessendorf an und erfuhr, dass ihre Mutter sich spontan nach Berlin aufgemacht hatte. Daisy begriff. Ihre Mutter trieb derselbe Impuls nach Berlin, der sie aus der Besprechung hatte fliehen lassen. Sie setzte sich in die Lobby des *Adlon*. Sie konnte nicht weinen, die Tränen saßen als dicker schmerzender Kloß in ihrer Kehle fest. Der Verlust glomm in ihr still und stetig wie ein Schwelbrand. Der Feuersturm, der sie mit sich reißen würde, würde erst später einsetzen. Als Yvette eintraf, genügte ihr ein Blick auf die Tochter, und ihr Gesicht verlor jede Farbe. Sie taumelte, die Arme erschlafften, die Handtasche glitt zu Boden. Einer der zahllosen Pagen sprang herbei und hob sie auf. »Hier, meine Dame.« Yvette sah ihn und sah ihn doch nicht. Da hakte Daisy ihre Mutter unter und führte sie zum Lift. Sie war Yvette in Schmerz und Schock um mehrere Stunden voraus.

Zunächst hielten die Erfordernisse des Augenblicks Daisy in

Atem. Die harte Schule, durch die sie bei ihrer Großmutter gegangen war, half ihr, auch die nächsten Stunden zu überstehen. Die Familie war bereits verständigt. Violette rief weinend an und wollte ins *Adlon* kommen. Sie befand sich im fünften Monat einer problematischen Schwangerschaft. Daisy sagte ihr, sie solle um Gottes willen zu Hause bleiben, da sie ohnehin nichts tun könnte. Nach Violette schluchzte Yvettes Schwiegertochter Elvira in den Apparat, konnte jedoch keine Auskunft erteilen, wo sich ihr Mann Hagen derzeit aufhielt. Als das Telefon verstummte und Daisy ihre Mutter ansah, zog sich alles in ihr zusammen. Sie litt, aber ihrer Mutter war das Herz herausgerissen worden. Yvettes Bewegungen wirkten steif und ohne Kraft – als sei ihre sprühende Lebensenergie zusammen mit Louis' Licht erloschen.

Speer erschien später am Abend im Hotel, im Schlepptau einen gemessen blickenden Bestatter in Cut und Zylinder. Der Mann hielt sich diskret im Hintergrund, während Speer den Damen sein Beileid ausdrückte und seine Hilfe anbot. Die Formalitäten seien bereits geklärt. Ein Unfall bei der Waffenreinigung, der Amtsarzt habe den Totenschein entsprechend ausgestellt. Speer ging, der Bestatter blieb und nahm die weiteren Maßnahmen routiniert in die Hand.

Daisy dachte an Mitzi, sie musste es ihr sagen. Ihre Freundin liebte Louis seit Kindertagen, er war ihre große und unerfüllte Liebe. Am Ende entschied sie, ihr noch eine Nacht in seliger Unwissenheit zu gönnen.

Am nächsten Morgen riss Mitzi die Tür auf, bevor Daisy den Schlüssel ins Schloss stecken konnte. »Wo bist du nur gewesen?«, rief sie aufgeregt. »Schau, wer hier ist!«

Daisys Augen wurden kugelrund. Frau Kulke! Im Strudel der Ereignisse hatte sie nicht mehr an die liebe Alte gedacht. Nun saß sie auf dem zerschlissenen Blümchensofa, als sei sie niemals fort gewesen. Sie trug ihren geliebten Kittel über dem Pullover, hielt ihr Strickzeug auf dem Schoß und wirkte keinen Deut verändert. Was auch immer sie erlebt haben mochte, es hatte keine sichtbaren Spuren hinterlassen. Ihre Züge wirkten wie ehedem friedsam entspannt, und sie setzte ihre Arbeit an dem geringelten Schal fort, der seit dem Tag ihrer Verhaftung im Korb auf sie gewartet hatte.

Mitzi strahlte. »Gestern Abend klopfte es an die Tür, und Frau Kulke stand plötzlich draußen. Du musst bei Heil Adolf echt einen Stein im Brett haben. Ich mach nie wieder Verdauungswitze über ihn. Ich schwör's.« Mitzi kreuzte zwei Finger, aber ihr Lächeln erlosch unmittelbar wie eine Kerze. »Sag mal, ist was mit dir? Du siehst furchtbar aus! Wo hast du dich überhaupt die ganze Nacht herumgetrieben?«

Daisy konnte nicht sprechen. Eine unsichtbare Kraft zog sie neben Frau Kulke aufs Sofa. Die taubstumme Alte nahm ihre Hand und schloss ihre Finger fest und trocken um Daisys. Sofort wurde sie von einem honigwarmen Gefühl erfasst, und die schönen Momente mit ihrem Bruder strömten ihr zu. Er hatte mit ihr gelacht und ihr bei Kummer Trost gespendet. Er hatte ihr zugehört und sie stets bestärkt. Er hatte sie gelehrt, dass es für Träume keine Grenzen gab, außer man setzte sie sich selbst. Er war immer für sie da gewesen. Die gemeinsamen Erinnerungen trippelten über ihre Seele, und sie fühlte bei allem Schmerz Dankbarkeit, dass es diese Momente mit Louis in ihrem Leben gegeben hatte. Sie schaute zu Mitzi. Ihre Freundin war wie erstarrt, die Pupillen unnatürlich geweitet. Sie sah aus, als wünschte sie sich an jeden anderen Ort, bloß nicht an diesen hier, an dem gleich ein Leid über sie hereinbrechen würde, das künftig auch ihr Dasein in ein Davor und Danach teilen würde.

Nach Louis' Beerdigung stellten sie Nachforschungen an. An mehreren einander folgenden Wochenenden fuhr Daisy mit Anna die Strecke von Berlin nach Paris und wieder zurück, in der Hoffnung, das Mädchen könnte Louis' junge französische Besucherin unter den Passagieren wiedererkennen. Sie befragten jeden Schaffner am Mainzer Bahnhof und wurden bei der dortigen Polizei vorstellig. Falls jemand etwas wusste, so zog er es vor zu schweigen. Die Suche nach der Wahrheit mündete in einer Sackgasse.

Kapitel 16

> Das Ziel im Leben ist nicht, aufseiten der Mehrheit zu stehen, sondern aus den Reihen der Wahnsinnigen auszubrechen.
>
> Marcus Aurelius

Der Tod gehört zum Leben. Aber keine Mutter und kein Vater ist je auf den unbegreiflichsten Verlust von allen vorbereitet: das eigene Kind zu verlieren. Plötzlich ist da diese Lücke, die Hände greifen ins Leere, alles erstarrt im Schmerz, selbst die Zeit, und das Einzige, was man überhaupt noch zu spüren glaubt, ist, wie sich das Ende aller Dinge auf einen herabsenkt.

Yvette zog sich nach dem Tod ihres Kindes eine Weile von allem zurück. Sie unternahm mit Daisys Vater eine Reise nach Frankreich. Rechtzeitig zu Violettes Entbindung im Frühjahr würden sie zurückkehren. Bei Kuno hatte der Verlust seines Sohnes zu einer unerwarteten Verbesserung seines Zustands geführt. Er schien wieder vollkommen klar zu sein, als wüsste er, dass seine Frau nun seiner besonderen Fürsorge bedurfte.

Sybille zwang die Tragödie um ihren Enkelsohn, sich mit der eigenen Endlichkeit zu befassen. Sie kam auf Daisy zu und übergab ihr ein Dokument. Überrascht nahm Daisy die Handlungsvollmacht für das Familienunternehmen, ausgestellt auf ihren Namen und unterzeichnet von ihrem Vater Kuno, entgegen. Die Datierung lautete auf Mai 1931! Sybille hatte die Vollmacht schon vor Jahren von Kuno erwirkt. »Warum jetzt, Großmutter?«, fragte sie.

»Weil es für dich eine Perspektive schafft, Marguerite. Mit diesem Dokument kannst du Hagen entmachten und selbst die Führung der Helios-Werft und Lokomotive AG übernehmen.«

»Wie sollte mir gelingen, woran selbst du gescheitert bist?«

Die schmalen Lippen ihrer Großmutter verzogen sich zu einem seltenen Lächeln. »Die Spatzen pfeifen es von den Dächern: Der Hitler kann dir keinen Wunsch abschlagen.«

Daisys Herz und Seele waren in der Trauer gefangen, und sie fand sich außerstande, irgendeine Entscheidung zu treffen. Sie kehrte nach Berlin zurück, wo eine sehr traurige und nachdenkliche Mitzi auf sie wartete. Auch ihre Freundin überdachte nach Louis' Tod ihr Leben neu. Sie hatte ihr künstlerisches Talent mehrfach unter Beweis gestellt, aber da ihr eine angepasste Karriere unter den Nazis widerstrebte, fristete sie ein Dasein als Kellnerin. Nun fragte sie sich, ob sie künftig auf jede Chance verzichten wollte, nur um sich selbst ihren aufrichtigen Charakter zu beweisen. Entweder sie hielt an ihren eisernen Prinzipien fest und versenkte alle ihre Träume in Hektolitern von Bier, oder sie startete neu durch.

Und das tat sie dann auch. Zunächst suchte sie nach einer neuen Bleibe. Ihre jetzige Wohnung war für zwei schon zu klein, zu dritt stapelten sie sich darin. In einer Häuserzeile im Charlottenburger Viertel wurde sie fündig. Drei kleine Zimmer im vierten Stock mit separater Küche und kleinem Balkon zur Straße. Der Vormieter hatte vergilbte Tapeten, einen mit Brandlöchern gesprenkelten Spannteppich und eine Menge Schmutz und Unrat hinterlassen. Nichts, womit der Elan zweier zupackender junger Frauen nicht fertigwürde.

Die Hardenbergstraße befand sich fest in der Hand von Exilrussen, was die relativ erschwingliche Miete erklärte.

Das erste Möbelstück, das Mitzi und Daisy in die neue Wohnung trugen, war das betagte Blümchensofa. Frau Kulke nahm es sofort in Besitz, schaute nach rechts, schaute nach links, schaute nach oben, schaute zu Daisy und Mitzi. Aufmerksam verfolgten die Freundinnen ihre Reaktion. Nun breitete sich ein zufriedenes Lächeln auf dem lieben alten Gesicht aus. Frau Kulke griff zu Nadeln und Wolle und begann ein neues Strickwerk. Sie war zu Hause.

Der Umzug und die damit verbundenen Aktivitäten brachten eine kurze Ablenkung, aber Daisy hatte eine Entscheidung zu treffen. Sie konnte den Kampf gegen Hagen aufnehmen und ihren Platz in der Werft zurückerobern. Das war das, was ihre Großmutter Sybille wollte. Oder sie setzte ihre Arbeit für Albert Speer fort, der ihr die feste Anstellung noch am Tag von Louis' Bestattung zugesichert hatte. Das war das, was Speer wollte.

Auch Henry hatte sich bei ihr gemeldet. Am Vorabend von Louis' Bestattung rief er aus irgendeinem Ort im Kaschmirgebirge an, fand tröstliche Worte für sie und bot ihr an, zu ihr zu kommen. Doch Daisys Herz war so kurz nach Louis' Freitod noch völlig von Trauer erfüllt und Henry ihr ebenso fern wie der indische Kontinent.

Daisy bat Speer um eine Auszeit. Für eine kurze Zeit löste sich darauf ihr Dasein in einem wilden Tanz auf, sie stürzte sich in das pralle Leben oder das, was sie dafür hielt. Jeden Abend zog sie los und kehrte erst am frühen Morgen heim. Sie trank zu viel, schlief zu wenig, rauchte Kette, und sie verlor ihre Unschuld – ganz unspektakulär in der Garderobe einer Bar an einen jungen Trompeter, an dessen Gesicht sie sich schon am folgenden Morgen nicht mehr erinnern konnte. Sie wollte alles sein, ein Schuh, ein Stein, ein Bild an der Wand, bloß nicht mehr die Daisy, die ihren Bruder auf derart sinnlose Art verloren hatte. Sie floh vor sich selbst, ihrer Trauer, ihrem Schmerz, dem unfassbaren Warum des Todes.

Zwei Monate später stand Henry plötzlich vor ihrer Tür, aber Daisy fühlte nichts, vielleicht war sie wirklich zu einem Stein geworden. Und so blieb Henrys Gegenwart für Daisy nicht mehr als eine schattenhafte Gestalt am Rande ihrer in graue Töne zerfasernden Welt. Henry reiste enttäuscht nach England ab. Daisy hatte erreicht, wonach sie strebte, und einen Stahlring um ihr Inneres geschmiedet, durch den keine Gefühle mehr drangen.

Mitzi sah sich das eine Weile an, dann knöpfte sie sich die Freundin vor. Erfolglos. Daisy suhlte sich in der eigenen Leere. Yvette und Kuno kehrten aus Frankreich zurück, rechtzeitig zur Geburt von Violettes kleinem Jungen. An der Seite ihrer Mutter stattete Daisy der Schwester einen Wochenbettbesuch ab. Sie fand das Kind rot und zerknautscht, ein hässliches kleines Ding, das unentwegt krähte und quengelte. Nichts berührte sie noch, selbst nicht die Abneigung gegen Hugo, der mit stolzgeschwellter Brust seinen Erstgeborenen hielt. Daisy schwankte auf dem schmalen Grat des Nichts.

Yvette, selbst von Trauer gezeichnet, versuchte, ihre Tochter zu erreichen, aber Daisy entzog sich auch ihr. Ihr Vater Kuno beschränkte sich darauf, die Tochter fest in seine Arme zu schließen. Daisy floh.

Nach Monaten des unentwegten Sturms versiegte dieser ebenso schnell, wie er über sie gekommen war. Eine Flutwelle hatte sie mitgerissen, eine andere warf sie an den Strand. Eines Morgens erwachte Daisy, Frau Kulke saß an ihrem Bett und lächelte sternengleich. Daisy fühlte sich durch ihre Seelenfülle wie in Licht getaucht. Sie erblickte sich selbst darin, und das, was sie sah, gefiel ihr nicht.

Kapitel 17

Berlin, 1936

> Wer schlau ist, weiß, was er sagt.
> Nur der Dumme sagt, was er weiß.
>
> Aus Polen

Das Aprilwetter schlug die gewohnten Kapriolen. Hagel, Schneeregen und stürmische Winde wechselten sich mit klaren Tagen ab, an denen die Sonne unschuldig vom Himmel lächelte.

Als Daisy an diesem Morgen aus dem Fenster sah, leuchtete ihr der Himmel klar und blau entgegen. Doch schon am Mittag rollten gewaltige Wolkenformationen heran, verdunkelten den Horizont, und ein weiteres heftiges Gewitter entlud sich über Berlin. Daisy stiefelte zwischen Reichskanzler Hitler und Albert Speer über das Reichssportfeld mit dem nahezu fertiggestellten Olympiastadion, eine Gruppe Ingenieure im Gefolge, als ein eisiger Regenguss auf sie herniederging. Speer war der Einzige, der einen Schirm zur Hand hatte. Daisy hatte sich längst das Staunen abgewöhnt, wie Speer in jeder Lebenslage Oberwasser behielt – sei es in Form eines charmanten Lächelns, dem griffigsten Argument oder, wie in diesem Fall, dem Rüstzeug für wechselhaftes Wetter. Beim ersten Tropfen spannte er den Schirm und hielt ihn sogleich über den Führer, der galant auf Daisy wies, um ihr den Vortritt zu lassen. Daisy winkte bestimmt ab. Das Letzte, wonach ihr der

Sinn stand, war ein Schnappschuss der allgegenwärtig lauernden Presse, auf dem sie und Hitler ihre Köpfe unter ein und denselben Regenschirm steckten. Sofort sähe sie sich wieder der Eifersucht von Fräulein Braun ausgesetzt, und an die Reaktion dieser Miss Unity Mitford wollte sie erst gar nicht denken. Die Frau hatte eindeutig einen im Tee und strebte danach, den deutschen Kanzler zu heiraten – aus purer Rivalität zu ihrer Schwester Diana, die sich den britischen Faschistenführer Oswald Mosley geangelt hatte. Unlängst hatte Unity sogar gedroht, sich das Leben zu nehmen, wenn Adolf sie nicht erhörte.

»Vielen Dank, Herr Hitler«, begegnete Daisy seiner Höflichkeit, »aber ich mag Regen.« Die gesamte Truppe flüchtete sich schleunigst ins Trockene.

Zurück im Büro fand Daisy eine Notiz vor, sich dringend auf Gut Tessendorf zu melden. *Großmutter!* Sie hatte sich kürzlich bei einem Sturz einen komplizierten Beinbruch zugezogen. Daisy war sofort aus Berlin zu ihr geeilt, weil ihre Mutter Yvette just nach Paris abgereist war und Violette sich noch von der Geburt ihres zweiten Kindes erholte. Doch nach einem Tag hatte Sybille die Enkelin wieder fortgeschickt – *danke, es genüge, wenn Franz-Josef und Theres um sie herumschlichen wie hungrige Hunde*. Überdies pflegte die Großmutter weiter ihren Groll gegen Daisy, weil sie sich vor zwei Jahren entschieden hatte, für Albert Speer zu arbeiten und ein Architekturstudium aufzunehmen, anstatt Hagen aus dem Unternehmen zu jagen! Sybilles Körper möchte Einschränkungen unterworfen sein, aber ihre Stärke und ihr Wille waren ungebrochen. *Le dragon* blieb *le dragon*, jede Schuppe mit Eisen gepanzert. Angesichts dieser Unverwüstlichkeit war Daisy erleichtert in die Hauptstadt zurückgekehrt. Nun fürchtete sie, sie könnte es bereuen. Sie ließ sich zu Franz-Josef durchstellen. »Wie geht es meiner Großmutter?«

»Ihre Durchlaucht ist wohlauf und erholt sich den Umständen entsprechend«, entgegnete er im steifen Butlerton. Daisy wollte bereits aufatmen, als er weitersprach. »Es geht um Ihre Frau Mutter, Komtess. Wir erwarteten diesen Morgen ihre Rückkunft. Anton fuhr zur Abholung nach Stettin und kehrte unverrichteter Dinge wieder.«

Daisy spürte ein warnendes Kribbeln im Nacken. Ruhig Blut und jetzt nicht an Simon denken! »Vermutlich hat *Maman* ihren Aufenthalt verlängert und versäumt, es uns mitzuteilen. Oder ihr Telegramm ging unterwegs verloren.«

»Sehr wohl, Komtess«, antwortete Franz-Josef, der seiner Herrschaft niemals widersprechen würde. »Ebendieser Gedanke veranlasste mich, im Hotel *Ritz* anzurufen, um die neuerliche Ankunftszeit von der Gräfin zu erbitten. Der Concierge klärte mich auf, dass die gnädige Frau seit gestern nicht mehr im Hotel gesehen wurde. Allerdings sei ihr Gepäck noch vorhanden, weshalb man erst einmal abgewartet habe.«

Daisys Magen flatterte. »Das Hotel vermisst seit zwei Tagen einen Gast und hält es nicht für nötig, dies anzuzeigen?«

»Höchst bedauerlich. Ich nehme an, die Komtess möchte selbst Erkundigungen im *Ritz* einholen?«

»Selbstverständlich. Ich werde mich sofort mit dem Hoteldirektor in Verbindung setzen. Erwarten Sie meinen Rückruf.«

Das Gespräch mit Direktor Fleury erwies sich als wenig erbaulich. Daisys Fragen schienen an seiner unerschütterlichen Verbindlichkeit abzuperlen, nur eine Information konnte sie ihm entlocken: Die Polizei war bisher nicht eingeschaltet worden.

»Wie bitte? Meine Mutter wird vermisst, und Sie tun ... nichts?«

»Ich verstehe Ihre Sorge, Mademoiselle. Allerdings sehe ich es als meine heilige Pflicht, stets im Sinne meiner Gäste zu handeln.«

»Was reden Sie da, Monsieur Fleury? Meiner Mutter muss etwas zugestoßen sein! Sie müssen sofort nach ihr fahnden lassen!«

Der Direktor räusperte sich. »Wie ich eben ausführte, haben die Wünsche meiner Gäste Vorrang. Ihrer Mutter wäre kaum an einer Hinzuziehung der Gendarmerie gelegen.«

Daisy packte kalter Zorn. Wie Eissplitter schossen ihre Worte durch den Äther: »Sie kennen die Wünsche meiner Mutter? Sind Sie Hellseher, Monsieur? Entspricht es nicht vielmehr Ihrem Wunsch, die Polizei von Ihrem Hotel fernzuhalten?«

»In der Tat. Niemand hat gern die Uniformierten im Haus«, erwiderte er neutral.

Daisy schloss kurz die Augen. Im Moment war der Direktor die einzige Verbindung zu ihrer Mutter, und sie konnte nicht riskieren, dass er den Hörer auflegte. Er kam ihr entgegen. »Pardon, Mademoiselle, hier liegt wohl ein bedauerliches Missverständnis vor«, tönte es aus dem Apparat. »Ihre Frau Mutter ist ein hochgeschätzter Gast, und ich versichere Ihnen, dass ich bereits Maßnahmen in die Wege geleitet habe, um nach ihr zu suchen.«

Daisy hatte es satt, sich von ihrem Gesprächspartner an der Nase herumführen zu lassen. »Verzeihung, Monsieur, aber irgendwie sprechen wir nicht dieselbe Sprache. Sie fahnden ohne Gendarmerie nach meiner Mutter?«

»*Exactement!*« Fleurys Stimme verriet ein Lächeln. »Unser Haus verfügt über einen erstklassigen Detektiv. Uns liegt stets daran, Diskretion zu wahren.«

»Sie meinen wohl eher Ihren Ruf«, ätzte Daisy.

»*Naturellement,* genauso wie den Ruf Ihrer Mutter.« Unvermittelt haftete seinem Ton etwas Konspiratives an. Er beschwor in Daisy Bilder an ihr Jahre zurückliegendes Pariser Abenteuer herauf. Damals glaubte sie ihre Mutter auf Abwegen und war ihr heimlich bis zum *Chat noir* gefolgt, einem ehemaligen Bordell. In derselben Nacht begegnete sie erstmals ihrer Großtante Marie, der jüngeren Schwester von Yvettes Mutter. »Monsieur Fleury«, fragte sie aufs Geradewohl, »kennen Sie ein Etablissement namens *Chat noir*?« Fleury ließ sich nicht darauf ein. Er erklärte lediglich, sein Detektiv sei zuverlässig und kehre sicher bald mit Ergebnissen zurück. Daisy war es lieber, er kehrte mit ihrer Mutter zurück.

Nach Gesprächsende starrte sie auf den Apparat. Sie glaubte dem Direktor kein Wort. Er wusste eine ganze Menge mehr über das Verschwinden ihrer Mutter, als er vorgab. Die Angst kroch ihr längst kalt den Rücken herauf. Sie rief Franz-Josef zurück. Als Nächstes leierte sie ihrem Chef Speer »wegen dringender familiärer Angelegenheiten« ein paar freie Tage aus der Hüfte und fuhr in die Charlottenburger Wohnung. Frau Kulke erwartete sie mit einer Tasse Kräutertee, als hätte sie gewusst, dass Daisy vor der Zeit nach Hause käme. Daisy warf einen kurzen Blick in Mitzis Schlafzimmer mit dem ordentlich gemachten Bett. Ihre Freundin schien doch zur Theaterprobe gefahren zu sein, obwohl sie sich seit Tagen mit einem Magen-Darm-Infekt herumschlug. Noch am Morgen hatte sie wie frisch durch den Fleischwolf gedreht ausgesehen. Daisy packte ihre Reisetasche, plünderte die Kaffeedose, in der sie ihre Ersparnisse aufbewahrte, und stopfte die Scheine in ihre Börse. Sie verabschiedete sich von Frau Kulke, nahm ihr Gepäck und trat aus dem Haus. Dort rannte sie direkt in ihren Schwager Hugo.

»Wohin so eilig?« Er musterte ihre Reisetasche. »Bist du auf der Flucht?«

»Wirklich, Schwager, manchmal kommst du auf die hirnrissigsten Ideen. Ich treffe mich mit meiner Mutter.«

»In Paris?«

Verdammt! »Warum nicht? Servus!« Daisy winkte einem Taxi.

»Nicht so hastig. Wo steckt deine Freundin Hermine Gotzlow?« Er stellte sich ihr in den Weg, und mit einem Mal schien sich um Daisy herum alles zu verdunkeln. Zu spät bemerkte sie die beiden Männer in Hugos Begleitung, und die Angst in ihr verdichtete sich zu einer zähen, eisigen Masse. »Um diese Zeit ist Mitzi im Theater. Seltsam, dass du überhaupt fragst, wo du doch sonst über alles so genau Bescheid weißt, Hugo.« Sorgsam mied sie die Frage, was er von ihrer Freundin wollte. Sie ahnte es ohnehin. Wann würde Mitzi endlich lernen, den Bogen nicht zu überspannen?

»Sie ist dort nicht aufgetaucht«, klärte Hugo sie auf.

Daisy bedankte sich inbrünstig bei jenem Unbekannten, der Mitzi vorgewarnt hatte. »Tut mir leid, Hugo, ich kann dir hier nicht weiterhelfen. Ich habe Mitzi seit dem Morgen nicht mehr gesprochen. Es ging ihr nicht gut, vermutlich ist sie zum Arzt gegangen. Ich muss los.« Wieder wollte sie gehen, wieder stellte er sich ihr in den Weg. »Warum fragst du nicht, was ich von deiner Freundin will?«, fragte er lauernd.

»Weil du es mir ohnehin nicht verraten würdest, Schwager. Wozu sollte ich mir eine unnötige Abfuhr einhandeln? Zumal meine Gedanken bei meiner Großmutter sind. Du hast von ihrem Unfall gehört. Es ist zu befürchten, dass sie nie mehr laufen können wird.«

»Wie tragisch! Aber sie ist ja an ein Leben im Rollstuhl gewöhnt.«

»Wie mitfühlend! Aber ich bin ja an deine Kaltschnäuzigkeit gewöhnt.«

»Ich mag es, wenn du kratzbürstig bist, *Schwägerin.*« Er lächelte klebrig. »Da du so sehr um deine Großmutter besorgt bist, solltest du nicht verreisen. Tatsächlich muss ich dich bitten, das Land nicht zu verlassen.«

Mit Daisy ging es durch. »Hast du sie noch alle, Hugo? Du kannst mir nicht verbieten zu verreisen!«

»Ich kann und ich werde. Selbstverständlich steht es dir frei, jederzeit nach Tessendorf zu fahren und dich um deine Großmutter zu kümmern. Habe ich dein Ehrenwort, dass du meinen Anweisungen Folge leistest?«

»Geh brezeln, Hugo!«

»Wie bitte?«

»Fahr zur Hölle.«

»Nicht ohne dich«, erklärte Hugo liebenswürdig. »Ich kann auch anders, Marguerite. Dich zum Beispiel hier und jetzt in Sicherheitsverwahrung nehmen.«

»Das wagst du nicht!«

»Und ob. Gib mir einen Grund.«

Wortlos nahm Daisy ihr Gepäck und kehrte ins Haus zurück. Mitzis Untertauchen machte es erforderlich, dass sie zuerst Frau Kulke nach Tessendorf brachte und der Obhut von Mitzis Tante Theres übergab. Derzeit war es unklar, wann sie oder Mitzi zurückkehren würden, und sie konnten ihre taubstumme Frau Kulke nicht alleine in der Wohnung zurücklassen.

Ihr Schwager war ihr mit seinen Männern ungefragt hinein gefolgt. Unverzüglich machten sich die zwei daran, die Räumlichkeiten auseinanderzunehmen. Schränke und Schubladen wurden durchwühlt, Stühle umgeworfen, aus der Küche kam das Geräusch zerbrechenden Geschirrs. Daisy ignorierte ihr rohes Treiben. Je früher sie ihr Werk abschlossen, umso eher war sie die Blödmänner los. Hugo breitete sich indes im einzigen Sessel aus. Daisy sank neben Frau Kulke aufs Blümchensofa. Sie hatten dem alten

Möbel neue Sprungfedern spendiert, und dennoch beglückte es seine Besitzer weiterhin mit philosophischen Seufzern.

»Plaudern wir«, sagte Hugo. »Kennst du eine Dame Annabelle? Obwohl...« – er entdeckte einen pflegebedürftigen Fingernagel – »ich sie kaum als Dame bezeichnen würde.«

Daisy saß wie auf Kohlen, dachte an nichts anderes als an ihre Mutter und den nächsten Zug nach Paris, und jetzt grub Hugo diese olle Kamelle mit Annabelle aus! »Warum fragst du mich nach dieser Nicht-Dame?«

»Weil sie sehr redefreudig ist, seit unser gemeinsamer Freund von Greiff in Ungnade ist. Hast du von ihm gehört?«

»Warum sollte ich?«

»Weil er dir die Schuld anlastet, dass seine unaufhaltsame Karriere einen schweren Rückschlag erleiden musste. Er wurde degradiert.«

»Oh, danke für die gute Nachricht!«

»Ich habe Greiff für meine neue Abteilung angefordert. Zur Bewährung habe ich ihn kürzlich mit Aufgaben im Osten betraut. Lass es mich wissen, falls er sich dir nähern sollte. Ich kann dich schützen.«

Daisy ignorierte Hugos Geschwafel. Sie musste das Rätsel um ihre Mutter lösen und Mitzi beistehen. Um ihre Freundin vor Hugos Zugriff zu bewahren, musste sie ihr die Flucht ins Ausland ermöglichen. Dazu war ein ganzer Batzen mehr Geld nötig, als ihre Börse gerade enthielt.

»Was hast du da in deiner Tasche? Gib sie mir!« Hugo wackelte auffordernd mit den Fingern.

Verdammt! Sie presste ihren Beutel an sich. »Nein! Dazu hast du kein Recht!«

Hugo musterte sie hämisch. Einer seiner Schinder nahm eben

die bescheidene Bibliothek auseinander. »Otto«, meinte Hugo leise und ruckte mit dem Kopf zu Daisy. Der Hüne trat sofort zu ihr.

»Das wagst du nicht, Hugo«, knirschte Daisy.

Gib mir einen Anlass, sagte seine Miene.

»Denkst du, ich habe da drin Mitzi versteckt?«

»Wenn du nichts zu verbergen hast, kann ich auch einen Blick hineinwerfen. Oder du ziehst eine Leibesvisitation durch Otto vor. Wir können auch mit der verrückten Alten auf dem Sofa beginnen. Mal sehen, was sie unter ihrem Kittel verbirgt. Mehr Stricknadeln?« Er lächelte sardonisch. Es bereitete ihm Vergnügen, auf Hubertus von Greiffs Malheur anzuspielen, dessen linkes Auge einst Bekanntschaft mit der Stricknadel seiner Mutter gemacht hatte. »Also, Marguerite, wen soll sich Otto zuerst vornehmen?«

Daisys Wut war ein lautes Kreischen in ihrem Kopf, das jede Vernunft übertönte. »Das ist alles, was ihr Helden könnt, oder?«, höhnte sie. »Zu dritt zwei unschuldigen Frauen Gewalt androhen! Du bist erbärmlich, Hugo!« Sie hätte sich auf ihn gestürzt, wenn sich nicht Frau Kulkes Hand, warm und beruhigend, auf die ihre gelegt hätte. Daisy kam zur Räson. Mit ihrem Widerstand vergeudete sie nur wertvolle Zeit. Sie kippte den Inhalt ihres Beutels auf den Couchtisch. Klappbörse, Zigaretten, Lippenstift, Bleistift, Taschentuch, Pfefferminzbonbons, ihr Talisman, ein Hufnagel ihres Ponys Fee, und jede Menge Krümel purzelten heraus.

Hugo schnappte sich sofort die Börse, in die Daisy zuvor ihr Erspartes gestopft hatte. Er ließ die Scheine durch seine Finger gleiten. »Das sind über tausend Reichsmark. Was hattest du damit vor? Das Geld deiner Freundin bringen? Zusammen mit dem Gepäck?«

»Kompliment, Sherlock! Wenn du das annimmst, warum fängst du mich dann hier ab, anstatt mir heimlich zu folgen?«

Hugo stopfte das Bündel in die Innentasche seines Sakkos. »Das Geld ist beschlagnahmt, Marguerite. Und bilde dir nicht ein, der Führer würde wegen Mitzi erneut Milde walten lassen!« Damit winkte er seinen Finstermännern. »Wir gehen.«

Daisy musste sich Geld von Speer leihen, um die Fahrscheine für sich und Frau Kulke nach Stettin bezahlen zu können. *Verdammter Hugo!* Anstatt längst im Zug Richtung Paris zu sitzen, musste Daisy erst ihrer Großmutter Rede und Antwort stehen, warum sie so plötzlich mit Frau Kulke in Tessendorf auftauchte. Ihre Großmutter überraschte sie. »Deine Freundin Mitzi lernt es wohl nie«, lautete ihr lapidarer Kommentar. Aus ihrer Schatulle versorgte sie Daisy mit ausreichend Barmittel, und sie beauftragte den Direktor der Deutschen Bank in Stettin, Geld auf die Pariser Filiale anzuweisen, das Daisy vor Ort zur Verfügung stehen würde. »Du hättest gleich zu mir kommen sollen, Marguerite. Stattdessen planst du eine überstürzte Fahrt nach Paris. Und jetzt sieh nach deinem Vater. Kuno verhält sich unruhig wie lange nicht mehr.«

Wie so oft erwies sich die friedvolle Seelenfülle Frau Kulkes als ein Segen. Sie setzte sich zu Daisys Vater, packte ihr Strickzeug aus, und das rhythmische Klappern der Nadeln ließ ihn alsbald die Augen schließen und in einen geruhsamen Schlaf sinken.

Daisy selbst fand in der Nacht vor ihrer Abreise keine Ruhe. Wie sollte sie ihre Mutter ohne fremde Hilfe aufspüren? In Direktor Fleury und seinen Detektiv setzte sie wenig Vertrauen. Sie würde ihre Großtante Marie um Hilfe bitten, allerdings hatte sie keine Adresse. Yvette und die Schwester ihrer Mutter hatten sich nie sonderlich nahegestanden. Ein anderer Name drängte sich ihr auf, jemand, auf dessen Diskretion und Hilfe sie und ihre Mutter unbedingt zählen konnten. *Henry...* Er hatte sich von ihr zurückgezogen, nachdem sie ihn damals nach Louis' Tod so heftig vor den Kopf gestoßen hatte. Sosehr Hugo sie seit Jahren mit krankhafter Hartnäckigkeit belästigte, so wenig drängte sich ihr Henry auf. Es hatte Tage gegeben, an denen sie kurz davor gewesen war, zum Hörer zu greifen, um ihm zu erklären, dass die Trauer sie verrückt gemacht hatte. Dass sie aus sich selbst herausgeschlüpft war, um nicht völlig den Verstand zu verlieren. Einige Wochen nach Louis' Tod hatte sie von Henry einen wundervollen Brief erhalten, indem er sie wissen ließ, dass er jederzeit für sie da sei, wenn sie einen Freund brauche.

Seine Zeilen hatten sie tief beschämt, und sie hatte die Beantwortung vor sich hergeschoben. Bis sie eines Tages feststellen musste, dass seit Henrys Brief viele Monate vergangen waren. Da hielt sie es für peinlich, ihm nach so langer Zeit noch zu antworten. *Daisy, Daisy... Egal in welche Worte du deine Ausflüchte kleidest, es läuft auf das eine hinaus: Du hast dich feige verhalten.* Damit war jetzt Schluss! Am Morgen wählte sie die Nummer der britischen Botschaft in Berlin, fragte nach Sir Henry Roper-Bellows und erfuhr, er sei schon des Längeren nicht mehr unter dieser Nummer zu erreichen. Daisy versuchte es als Nächstes direkt bei Henry zu Hause, auch wenn ihr wieder eine Abfuhr durch Henrys Vater drohte. Glücklicherweise nahm ein näselnder Butler ihren Anruf entgegen. Bereitwillig rückte er damit heraus, dass seine Lordschaft Henry die Champagne bereise. Henry war in Frankreich! Daisy konnte ihr Glück kaum fassen und setzte zu einer wild improvisierten Geschichte an, um Henrys Diener zu bewegen, ihr seinen genauen Aufenthaltsort zu verraten. Offenbar war sie überzeugend, da er ihr eine Telefonnummer in Frankreich durchgab. Sie wählte. Eine Frauenstimme meldete sich: »*Oui?*«

»Ich möchte gerne Sir Henry Roper-Bellows sprechen«, bat sie auf Französisch.

»Wer spricht bitte?«

»Eine Kundin aus Stettin.«

»Stettin? Liegt das nicht in Deutschland?«

Daisy filterte den Argwohn heraus. Himmel, lass es keine französische Patriotin sein, die noch eine Rechnung mit dem Reich offen hatte. »Ja, aber ich halte mich nur zeitweilig dort auf. Ist Sir Roper-Bellows zugegen, und könnte ich ihn bitte sprechen?«

»Bedauere, er ist außer Haus«, kam es kurz angebunden zurück.

»Könnten Sie bitte einen Rückruf veranlassen? Ich gebe Ihnen meine Nummer in Tessendorf.«

»Tessendorf? Eben sagten Sie noch, Sie seien aus Stettin.«

Wie misstrauisch kann man sein? Daisy blieb freundlich. »Gut Tessendorf liegt bei Stettin, Madame. Bitte sagen Sie Sir Roper-Bellows, es sei dringend.«

»Gern, wenn Sie noch die Liebenswürdigkeit besäßen, mir Ihren Namen zu verraten?« Ihrer Stimme fehlte jede Liebenswürdigkeit.

»Mylady Daisy von Tessendorf.«

»Ich richte es meinem Mann aus, *Mylady*.« Sie hängte auf.

Kapitel 18

> Manchmal wird ein Schatz erst gefunden,
> wenn man gar nicht nach ihm sucht.
>
> Yvette von Tessendorf

Henry war verheiratet! Was hatte sie erwartet? Dass er sich auf ewig kasteien würde? Sie hatte keinerlei Anspruch auf ihn. Im Gegenteil, sie war es gewesen, die ihn nach Louis' Tod fortgeschickt hatte. Warum fühlte es sich dennoch an, als hätte ihr Herz einen tödlichen Schlag erlitten? Daisy presste ihre Stirn gegen die Scheibe ihres Zugabteils. Sie war unterwegs nach Paris. Eben durchquerten sie die Rheinebene, vorbei an saftigen Wiesen, Auen und Hügeln, auf denen Weintrauben in endlosen Reihen unter der Sonne reiften. Auf den Anhöhen überschauten schöne alte Villen, Schlösser und zinnenbewehrte Burgen das fruchtbare Land mit seinem mächtigen Strom. Aber für Daisy blieb die vorbeigleitende malerische Landschaft nicht mehr als ein flüchtiger Eindruck in Grün und Blau. Ihr Blick war auf ihr Inneres gerichtet. Sie wusste, ihre Reaktion auf Henrys Heirat war lächerlich angesichts ihrer realen Sorgen – die Mutter verschollen und ihre beste Freundin untergetaucht. Aber sie war machtlos gegen ihre Enttäuschung, und stundenlange Grübeleien allein im Zug machten es nicht besser. Endlich fuhr der Zug in den Gare du Nord ein. Als eine der Ersten stieg sie aus und bahnte sich ihren Weg durch die Menge der Reisenden. Sie überholte einen Gepäckträger, der sich mit gleich vier Koffern abmühte, und ignorierte den hartnäckigen Blumenverkäufer, der ihr einen Strauß Vergissmeinnicht andrehen wollte. Lautsprecher verkündeten blechern Informationen, die in der Kakofonie aus Signalen und Pfiffen untergingen. Daisy eilte weiter. Von hinten griff jemand nach ihrer Schulter. Sie wirbelte abwehrbereit herum, und plötzlich stand die Welt still. *Henry?* War er es wirklich oder nur sein Trugbild, hervorgerufen durch ihre intensiven Gedanken an ihn? Nein, er war genauso echt wie das Leuchten in seinen Augen. Er nahm ihre Reisetasche, bot ihr seinen Arm und sagte: »Komm.«

Henry dirigierte sie zu seinem Rolls-Royce. Neben dem Wagen wartete ein dunkelhäutiger Mann in heller Seide und leuchtend rotem Turban. »Sunjay!«, begrüßte Daisy freudig Henrys indischen Chauffeur und Freund. Sunjay verstaute Daisys Gepäck, und Henry hielt ihr die hintere Tür auf. »Sophie erzählte mir heute Morgen im Hotel von deinem Anruf«, erklärte Henry unaufgefordert, »und durch deine Großmutter erfuhr ich von Yvettes Verschwinden und deiner Ankunftszeit in Paris. Ins *Ritz*, Sunjay«, wandte sich Henry an seinen Chauffeur. Während der Fahrt wurde sich Daisy Henrys körperlicher Gegenwart beinahe schmerzhaft bewusst. Henrys gebräunte Hand lag locker auf seinem Oberschenkel, und sie brauchte nur ihre Finger auszustrecken, um sie zu berühren. Die Sehnsucht überfiel sie wie ein jäh aufflammendes Feuer. Von der Heftigkeit ihrer Gefühle überrascht, kämpfte Daisy den Drang nieder, Henry nach Sophie zu fragen. Sie hätte ihm zu seinem Glück gratulieren sollen. Aber sie schwieg, weil ihre Stimme sie sonst verraten hätte.

Als sie vor dem *Ritz* aus dem Wagen stiegen, fanden sie den Portier in ein Wortgefecht mit einer verwahrlosten Frau verstrickt. Sie keifte und zeigte ihm eine wütende Handbewegung, als wollte sie den Hotelangestellten mit einem Fluch belegen. Darauf wandte sie sich brüsk ab, hielt jedoch nach wenigen Schritten inne. Sie musterte erst Daisy, dann Henry und zuletzt den Rolls-Royce, aus dem Sunjay das Gepäck lud. »Da haben wir ja die Tochter der Hure!«, rief die Frau unverhohlen feindselig. Daisy hätte ihre Großtante Marie fast nicht wiedererkannt. Die vergangenen sieben Jahre hatten es nicht gut mit ihr gemeint. Sie war sehr gealtert, die Haut grau und schlaff und das dünne Haar schlecht gefärbt.

»Marie!« Lächelnd trat Daisy auf sie zu. »Schön, dich wiederzusehen!« Sie streckte ihr die Hand entgegen.

Marie übersah die Geste. »Lass die Heuchelei! Ich scher dich und deine feine Mutter doch einen Dreck! Wo steckt meine Nichte Yvette? Im *Ritz* lässt sie sich verleugnen. Ich bin ihr wohl peinlich.«

»Sicher nicht! *Maman* ist ...«

Henry fiel ihr ins Wort. »Tut mir leid, meine Dame«, beschied er Marie mit einem Grad an Hochnäsigkeit, den Daisy von dem Briten bisher nicht kannte, »aber die Komtess und ich sind leider sehr in Eile.« Er hakte Daisy fest unter und zog sie mit sich. Daisy war derart verblüfft, dass sie gar nicht an Gegenwehr dachte.

»Ja, so sind die feinen Herrschaften«, schrie Marie in ihrem Rücken. »Hüllen sich in teure Kleider und glauben, sie könnten damit die Gosse abschütteln, aus der sie stammen. Hure bleibt Hure! Deine Großmutter war eine Hure, deine Mutter ist eine Hure, und du bist die Tochter einer Hure!« Maries Gebrüll verfolgte sie bis ins Foyer.

»Was soll das?«, fragte Daisy. »Warum hast du verhindert, dass ich mit ihr spreche?«

Er dirigierte sie in die Nähe einer Fächerpalme. »Sunjay wird ihr folgen. Vielleicht führt sie ihn direkt zu deiner Mutter.«

»Aber du hast Marie gehört! Sie sucht selbst nach *Maman!*«

»Oder es handelt sich um eine geschickte Finte. Vielleicht wollte sie nur herausfinden, ob nach Yvette gefahndet wird.«

Direktor Fleury empfing sie und führte sie in Yvettes Suite.

»Brezel, was ist hier passiert?« Daisy musterte das Chaos aus verstreuter Kleidung und Taschen. Sämtliche Schubladen und Schränke standen offen, und das Bett war bis zum Sprungrahmen auseinandergenommen.

»In der vergangenen Nacht wurde hier eingebrochen. Das Mädchen bemerkte es gegen neun Uhr früh«, erklärte Monsieur Fleury. »Wir ließen Madames Zimmer bewusst in diesem Zustand, man kann ja nie wissen.« Er ließ die letzte Bemerkung im Raum stehen.

Daisy griff sie auf. »Heißt das, Sie glauben jetzt an ein Verbrechen, Monsieur?«

Er wedelte abwehrend mit einem Finger. »*Non, non*, Mademoiselle. Ich habe lediglich entschieden, Ihr Eintreffen abzuwarten, um die weiteren Maßnahmen Ihnen zu überlassen.«

»Sie erweisen sich wahrhaft als Hellseher, Monsieur Fleury«, versetzte Daisy süßlich. »Ich hatte mit keinem Wort erwähnt, dass ich beabsichtige, nach Paris zu kommen.«

»Aber verehrte Mademoiselle! Sie sind die Tochter Ihrer Mutter! *Naturellement* habe ich mit Ihrer Ankunft gerechnet.« Monsieur Fleury zeigte ein Lächeln.

»Danke, Monsieur«, ließ sich nun Henry vernehmen. »Das wäre vorerst alles. Die Mademoiselle und ich werden uns nun beraten. *Au revoir.*«

Fleury glitt davon und schloss die Tür.

»Warum hast du ihn fortgeschickt, Henry? Er weiß mehr über Mutters Verschwinden, als er sagt.«

»Er hätte nichts verraten. Direktor Fleury ist ein schlauer Mann und hält sich alle Optionen offen. Seine Taktik ist es herauszufinden, was und wie viel *wir* wissen. Unsere Fragen hätten ihm genau das verraten.«

Irritiert hob Daisy die Schultern. »Und was gewinnen wir dadurch, indem wir ihn *nicht* befragen?«

»Es zwingt ihn, darüber nachzugrübeln, was wir wissen – und ob wir ihm damit schaden könnten. Fleury ist kein unrechter Mensch. Ich denke, er verhält sich so, weil er versucht, sowohl sein Hotel als auch deine Mutter zu schützen.«

Daisy bekam heiße Wangen. »Was geht mich sein dummes Hotel an? Meine Mutter ist seit drei Tagen verschwunden! Ich werde ganz sicher nicht warten, bis *Monsieur le directeur* sich bequemt, sein Wissen mit uns zu teilen.«

»Natürlich«, entgegnete Henry ruhig. »In diesem Durcheinander«, er wies vage ins Zimmer, »werden wir kaum einen Hinweis finden. Wo würdest du mit deiner Suche ansetzen, Daisy?«

»Im *Chat noir*«, antwortete sie prompt.

Henry kniff die Augen zusammen. »Im ehemaligen Etablissement, das der Mutter von Pierre Bouchon gehörte?«

Daisy horchte auf. »Was weißt du darüber?«

»Wenig. Pierre Bouchons Mutter wurde vor ungefähr dreißig Jahren ermordet. Vor einigen Jahren tauchte plötzlich ihr Sohn Pierre unter dem falschen Namen Gaston Charlemagne bei deiner Mutter in Tessendorf auf und versuchte sich als Erpresser. Die Hintergründe dazu sind mir allerdings unbekannt.«

»Weil du *nicht* gefragt hast?«

Henrys Antwort beschränkte sich auf ein schiefes Grinsen.

Daisy gab sich einen Ruck. Henry war hier, um zu helfen, dafür schuldete sie ihm im Gegenzug die Wahrheit. »Die Mutter meiner *Maman*«, aus irgendeinem Grund fiel es Daisy schwer, sie als ihre Großmutter zu bezeichnen, »hat damals für Madame Bouchon gearbeitet. Meine *Maman* hatte mit dem Bordell nichts zu schaffen. Sie wurde von ihrer Mutter Joséphine auf ein Internat fernab von Paris geschickt und kehrte nur in den Sommerferien zurück. Als sie eines Tages vor dem *Chat noir* auf Joséphine wartete, traf gerade ein Fürst aus dem Morgenland ein. Er war von *Maman* verzaubert. In der irrigen Annahme, *Maman* sei eines von Madame Bouchons *filles légères*, bot er der Bouchon zehn Kilo Gold an, wenn sie sie ihm überließe.«

»Hölle! Dieser Fürst wollte der Bouchon Yvette abkaufen?«

»Die Bouchon ging auf den Handel ein. Sie kassierte noch am selben Tag die Anzahlung: fünf Kilo Gold. Am folgenden Morgen fand man die Bouchon tot, und das Gold war verschwunden.«

»Also ein Raubmord.«

»Täter und Gold wurden nie gefunden. Pierre Bouchon hingegen behauptete, dass *Maman* wüsste, wo das Gold versteckt ist, und versuchte, sie mit der Bordell-Vergangenheit ihrer Mutter Joséphine zu erpressen. Er hat gedroht, die Geschichte der Presse zuzuspielen, sollte *Maman* nicht auf seine Forderung eingehen. Sie schickte ihn dennoch fort. Er versuchte es darauf bei mir, auf diese Weise erfuhr ich von dem Gold. Am Ende geriet Pierre in die Hände von Hubertus von Greiff.«

Henry lehnte sich an eine Kommode. »Woher hast du diese Information?«

»Von Greiff selbst. Aber das liegt schon einige Zeit zurück. Seither haben wir nichts mehr von Pierre Bouchon gehört.«

»Hm.« Henry rieb sich das Kinn. »Er könnte also ebenso gut tot sein.«

»So oder so glaube ich nicht, dass er etwas mit *Mamans* Verschwinden zu tun hat.«

»Warum willst du dann ausgerechnet zum *Chat noir*?«

»Weil ich sonst keinen anderen Anhaltspunkt habe. Nenn es ein Gefühl.«

Henry löste sich von der Kommode. »Ich fahre in die britische Botschaft.«

»Was?«, fuhr Daisy auf. »Ich dachte, wir fahren gleich zum *Chat noir*?«

»Das werden wir, zuvor muss ich ein paar Anrufe tätigen.«

»Du willst erst telefonieren? Aber...« Verwirrt brach Daisy ab.

»In der Botschaft sind wir ungestört. Wir wissen nicht, womit wir es hier zu tun haben und inwieweit Direktor Fleury in die Angelegenheit verwickelt ist.«

Ungläubig suchte Daisy seinen Blick. »Du befürchtest, man könnte uns im Hotel abhören?«

»Auf jeden Fall halte ich jede Form der Vorsicht für angebracht. Komm!« Er reichte ihr den Arm. Aber Daisy wich vor ihm zurück. »Ich glaube, ich habe gerade ein Déjà-vu. Du verhältst dich wie Monsieur Fleury. Was verschweigst du mir, Henry?«

»Ich verschweige nichts, ich wiege nur Vermutungen und Fakten gegeneinander ab, Daisy.«

Männer. *Diplomaten!* Immer mussten sie um die Wahrheit herumschwänzeln. Sie hatte es so satt. »Verdammt, Henry! Rück endlich mit der Sprache heraus!«

Er blinzelte. »Ich störe mich daran, dass es eine Verbindung zwischen Hubertus von Greiff und Pierre Bouchon gibt. Und darum muss ich telefonieren.«

Daisy rang mit der Wahrnehmung, das Zimmer würde sich verdunkeln, seit Henry Greiffs Namen erneut ins Spiel gebracht hatte. »Vor meiner Abreise hatte ich einen Zusammenstoß mit meinem Schwager Hugo. Er sagte, er hätte Greiff in den Osten geschickt.« Sie gab das Gespräch wieder.

Henrys Miene zeigte den Ausdruck konzentrierter Nachdenklichkeit. »Wir müssen unbedingt herausfinden, was aus Pierre Bouchon geworden ist«, wiederholte er. »Die Botschaft liegt ohnehin auf dem Weg nach Saint-Germain-des-Prés. Wir werden also kaum Zeit verlieren. Vertrau mir.«

Das würde Daisy nur zu gerne, aber leider war es gerade sein *Vertrau mir*, das sie schmerzlich an Henrys Status als verheirateter Mann erinnerte. Henry spürte ihr Zögern. »Es kostet mich nur ein, zwei Anrufe, um zu erfahren, ob Pierre Bouchon noch in einem Berliner Gefängnis schmort.«

»Du glaubst, es könnte noch immer um das verschwundene Gold gehen?«

Henry zuckte mit den Schultern. »Gier überdauert die Zeit.«

Sie traten aus dem Hotel, um sich ein Taxi zu nehmen, als plötzlich Sunjay auftauchte. »Es tut mir leid, mein Freund«, sagte er zu Henry. »Ich bin der französischen Dame in die Tuilerien gefolgt. Sie war sehr vorsichtig, und mit einem Mal war sie verschwunden.«

Daisy seufzte frustriert. Statt mit dem Taxi ging es nun mit dem Rolls-Royce zur britischen Botschaft. Innerhalb einer Stunde lagen Henry die gewünschten Informationen vor: Es hatte nie einen Pierre Bouchon in einem Berliner Gefängnis gegeben. Vermutlich hatte von Greiff ihn unter einem anderen Namen eingebuchtet, damit waren sie so schlau wie zuvor.

»Bist du ein Spion, Mr Darcy?«, fragte Daisy, als sie die Botschaft verlassen hatten. Mit der Anrede knüpfte sie an frühere, vertrautere Zeiten an.

»Warum fragst du?«

»Warum weichst du mir aus?« Sie studierte sein Profil. Henry wirkte von der Seite weicher als von vorne. »London hat ein Auge auf die Aktivitäten der Gestapo-Spitze um Reinhard Heydrich«, erklärte Henry neutral. »Eine Weile sah es danach aus, als sei von Greiff der kommende Mann.«

Sunjay fuhr einen recht flotten Stil. Er hupte und schlängelte sich durch die Straßen Saint-Germain-des-Prés' und nutzte jede Lücke, um schneller voranzukommen. Soeben scherte er aus, überholte ein anderes Fahrzeug und schlitterte im buchstäblich letzten Moment in eine Gasse mit Kopfsteinpflaster. Das gewagte Manöver schleuderte Daisy gegen Henry. Den Rest der Fahrt klammerte sie sich an den Haltegriff über dem Fenster, um jeden weiteren Körperkontakt zu vermeiden.

Sie hielten vor dem *Chat noir*. Der Platz erinnerte in Form und Größe an eine antike römische Arena. Daisy sah sich um. An den umstehenden grauen Gebäuden bröckelte die Fassade, und die trostlose Häuserzeile, in der sich ein Etablissement ans nächste reihte, wirkte nahezu ausgestorben. Sie wandte sich dem *Chat noir* zu. Vom Schriftzug über dem Türstock waren nur noch die Buchstaben *oir* übrig, und die schief herabbaumelnde Laterne drohte jederzeit dem nächsten Passanten auf den Kopf zu plumpsen. Fenster und Eingangsportal waren mit Brettern verrammelt. An der Tür teilte ein amtliches Schreiben mit, dass bei widerrechtlichem Betreten des *Chat noir* eine hohe Geld- und Haftstrafe drohte. Henry rüttelte probehalber an den Brettern der Tür. Sie saßen bombenfest.

Im Haus nebenan wurde ein Laden aufgestoßen, und eine Matrone mit Lockenwicklern blaffte: »Verschwinden Sie! Wir wollen hier keine Scherereien!« Ein fetter roter Kater besetzte das Fensterbrett.

Henry lüpfte höflich seinen Hut und bat die Madame im besten Französisch vielmals um Pardon. Ob Madame vielleicht wüsste, wem das Haus gehörte? Er sei Notar und wegen einer Erbschaftsangelegenheit auf der Suche nach Monsieur Pierre Bouchon. »Ich wäre Ihnen für jede Auskunft dankbar, Madame.« Henry lächelte gewinnend und zückte seine Brieftasche. Die Nasenflügel der Madame blähten sich merklich. Sie sah nach rechts, dann nach links, und Henry verstand ihre Aufforderung, näher zu treten. Ein Fünfzigfrancschein wechselte flink den Besitzer. »Hab den Burschen ewig nicht gesehen, aber...«, die Madame rieb Zeigefinger und Daumen in unmissverständlicher Geste aneinander, und ein weiterer Schein wanderte in ihren Besitz, »vor einer Woche rückte er plötzlich hier an und hat die Tür zugenagelt. He, Pierre, hab ich gerufen, hör mit dem Krach auf, und kümmere dich lieber mal um dein Haus! In deinen Wänden steckt der Schwamm, und der kriecht schon zu mir rüber, weil dein Dach durchlöchert ist wie ein Käse, an dem die Mäuse waren! Sie müssen wissen, Monsieur« – sie beugte sich so weit aus dem Fenster vor, dass Daisy fast fürchtete, ihr gewaltiger Busen könnte sie vorneüberkippen lassen – »erst kürzlich hätte mich ein herabfallender Ziegel fast erschlagen! Mein seliger Alain hat immer gesagt, die alte Bouchon spuke in dem Gemäuer. Demnächst wird das ganze unglückselige Gebäude einstürzen! Seit Tagen kann ich hören, wie es nebenan knackt und knirscht und der Holzwurm sich durch den Boden klopft. Ich sage, es gehört abgerissen! Ich habe schon die Behörden verständigt, aber diese Faulpelze rühren keinen Finger! Mein seliger Alain hat immer gesagt...«

»Danke, Madame«, unterbrach Henry den Redefluss. »Können Sie mir sagen, wo Monsieur Bouchon sich derzeit aufhält? Wie erwähnt, es wartet eine nicht unerhebliche Erbschaft auf ihn.«

Henry lockte mit einem dritten Schein, und ihr Blick folgte gierig der Bewegung. Henry gab ihn ihr, und er verschwand flugs in ihrer Schürze wie die zwei zuvor.

»Leider«, sagte sie, »ich weiß nicht, wo er wohnt. Aber fragen Sie mal gegenüber im *Moulin Bleu* nach.« Der Fensterladen klappte zu.

Sie wandten sich um. Das *Moulin Bleu* war eine ziemlich missglückte Nachbildung des berühmten *Moulin Rouge* am Place Pigalle. Ein Teil der vorgetäuschten Mühlenkonstruktion fehlte, weshalb es nun eher wirkte, als baumelte ein Wagenrad von der Fassade. Daisy hielt bereits auf das Gebäude zu.

»Warte!«, bat Henry. »Ich habe eine andere Idee.« Er umfasste locker ihren Ellbogen, um sie zurück zum Wagen zu dirigieren. Daisy entzog sich ihm. »Aber wir haben die erste richtige Spur!«

»Lass uns im Rolls darüber sprechen. Wir sollten nicht noch mehr Aufsehen erregen.«

»Aufsehen? Ich will meine Mutter finden, und im *Moulin Bleu* gibt es vielleicht Antworten.«

Henry erfasste mit einem schnellen Blick die Umgebung. Auf dem großen Platz verloren sich höchstens ein Dutzend Passanten. Er drosselte dennoch seine Stimme. »Unsere redselige Madame hat uns womöglich mehr verraten, als ihr bewusst ist. Pierre Bouchon taucht auf, vernagelt die Tür, und darauf beginnt es im alten *Chat noir* zu knacken, zu knirschen und zu klopfen«, zählte er auf. »Das hört sich für mich an, als würde dort jemand nach etwas suchen.«

Daisy stöhnte. »Dieses verdammte Gold soll der Teufel holen!« Sie nahm die Fassade des *Chat noir* ins Visier. »Wie lautet dein Plan?«, fragte sie.

»Wir verschaffen uns Zutritt und sehen nach. Aber zuerst rüsten wir uns entsprechend dafür aus.«

Zurück am Wagen erläuterte Henry Sunjay kurz ihr Vorhaben, worauf dieser den Motor startete. Sie fuhren vom Platz, um sich der Gebäudezeile von der anderen Seite zu nähern. Sunjay parkte den auffälligen Rolls-Royce in einer Nebenstraße. Vor dem Aussteigen entnahm Henry einem Seitenfach eine Pistole. Sunjay drehte sich zu ihm um und fragte: »Mein Freund, soll ich dich begleiten?«

»Nein. Bitte warte hier, und gib auf Mylady acht.«

Daisy fuhr hoch. »Nein, vielleicht ist meine Mutter da drin. Ich komme mit!« Sie griff nach der Tür. Henry beugte sich hinüber und legte seine Finger über ihre. »Daisy«, bat er, »ich weiß nicht, was mich dort erwartet. Es könnte gefährlich werden.«

»Umso besser ist es, wenn wir zu zweit gehen. Du hast sicher noch eine andere Waffe. Gib sie mir. Ich kann damit umgehen.«

»Bitte, Daisy. Ich muss mich frei bewegen können. Wenn du dabei bist, werde ich nur daran denken, dass dir nichts zustößt.«

»Ich kann sehr gut auf mich selbst achtgeben!«

Henry schloss kurz die Augen. Vielleicht suchte er nach einem überzeugenden Argument, vielleicht zählte er auch nur bis drei.

»Du kannst mich nicht daran hindern mitzukommen!«, legte Daisy nach.

Henry öffnete die Lider. Der Ausdruck in seinen Augen besagte, dass er das sehr wohl konnte…

Daisy ließ sich nicht einschüchtern, sie starrte entschlossen zurück.

»Sunjay«, meinte Henry, indem er Daisys Blick erwiderte, »eine Waffe für Mylady.«

Sunjay entnahm dem Handschuhfach das Gewünschte. Nachdem Henry Daisy kurz mit der Pistole vertraut gemacht hatte, steckte er eine Stablampe ein, und sie verließen den Wagen.

Die Häuserzeile mit dem *Chat noir* war Teil eines riesigen Gebäudekomplexes. Eine überbaute Zufahrt führte in den u-förmigen Hinterhof, ein zweihundert Meter langer, kaum dreißig Meter breiter Schlauch. Diese Enge zwang Häuser und Hinterhof zu einem ewigen Schattendasein, selbst das Unkraut in den Pflasterritzen führte einen aussichtslosen Kampf um Licht und Leben. Henry blieb vor der Einfahrt stehen. »Warte bitte«, sagte er. »Ich will mich nur rasch umsehen, um nicht gleich in die nächstbeste Falle zu tappen. Ich bin sofort zurück, okay?« Daisy nickte.

Das Sofort dauerte geschlagene zehn Minuten. Daisy hatte sich gerade eine zweite Zigarette angesteckt, als Henry zurückkehrte. »Der Hintereingang zum *Chat noir* ist zugemauert worden. Wir müssen unser Glück über den Keller versuchen.«

Daisy folgte Henry in den Schatten der tunnelartigen Einfahrt. Schlagartig hatte sie das Gefühl, als wäre die Temperatur um mehrere Grad gesunken, und das änderte sich auch nicht, als sie ihren Fuß in den tristen Hinterhof setzte. Die Bewohner nutzten ihn augenscheinlich als Parkplatz und Müllhalde. Bis auf einige Hunde, die in den Abfällen stöberten, und zwei verhutzelte Greise, die wie vergessen auf einer alten Holzbank hockten, war an diesem frühen Mittag niemand zu sehen.

Henry wies Daisy zur Kellertreppe an der Westseite. Die ausgetretenen Betonstufen endeten vor einer Stahltür. Henry stieß sie auf. Es gab keinen Lichtschalter. »Bleib dicht hinter mir«, sagte er und zückte seine Stablampe. »Wir folgen dem Hauptgang. Von ihm führen Gänge zu den jeweiligen Treppenhäusern der Vordergebäude. Das *Chat noir* ist das sechste Haus.« Daisy klappte den Kragen ihres Trenchcoats hoch, die kalte Feuchtigkeit ließ sie frösteln. Leise bewegten sie sich weiter, stets dicht an der massiven Außenmauer zu ihrer Rechten, links huschte Henrys Lichtkegel über Reihen abgesperrter Holzverschläge. Nach jeweils zehn Verschlägen stießen sie auf einen Gang. Sie passierten eben die fünfte Abzweigung, als sich von dort ein schwankendes Licht rasch auf sie zubewegte. »Monsieur?«, rief eine brüchige Männerstimme und schwenkte die Taschenlampe. »*On s'est trompé de passage. Monsieur, Madame*«, Henry lächelte freundlich, das ältere Paar nickte grüßend zurück und strebte an ihnen vorbei. Henry schob Daisy weiter. Sie bogen in den sechsten Gang, wo ihnen eine brandneue und abgeschlossene Stahltür den Zutritt ins Treppenhaus versperrte. Auch hier warnte ein Schreiben der Stadt Paris vor einer hohen Strafe bei widerrechtlichem Betreten des *Chat noir*. Henry untersuchte interessiert das Schloss, Daisy musterte zweifelnd die massive Tür. »Du hast nicht zufällig Dynamit eingesteckt?«, fragte sie.

»Ich habe das!« Henry beförderte ein ungewöhnliches Taschenmesser zutage, das zu seiner Klinge weitere aufklappbare Werkzeuge vorwies. Er machte sich ans Werk. Daisy hielt die Lampe. Einmal hörten sie Schritte auf dem Hauptgang, und Daisy knipste rasch das Licht aus. Nach wenigen Minuten hatte Henry das Schloss geknackt. »Ich werde sie jetzt öffnen. Bleib hinter mir.« Henry zückte seine Waffe und drückte gegen die Tür, die überraschend leise aufschwang. Die schlecht vernagelten Fenster oben im Treppenhaus ließen etwas Tageslicht ein und machten die Stablampe überflüssig. Henry steckte sie in den Hosenbund. Stufe für Stufe nahmen sie die steinerne Kellertreppe zum Treppenhaus im Erdgeschoss. Daisy überlegte, was sie von ihrer Mutter über das *Chat noir* wusste. Es galt in seiner Blütezeit als das erste Haus am Platz, mit Kunden aus den höchsten Adels- und Regierungskreisen. Der einstige Prunk war lange verblasst. Eine dicke Staubschicht bedeckte den kreuz und quer von Trittspuren durchzogenen Boden, Stuck bröckelte von der Decke, und es stank nach Mäusepisse.

Eine schadhafte Holztreppe wand sich zu einer Empore mit lückenhafter Brüstung hinauf. Daisy vermutete, dass die Galerie einst Madame Bouchons Mädchen diente, um ihre möglichen Freier in Augenschein zu nehmen. Eine überdimensionierte Flügeltür führte vom Foyer in den großen Saal. Die Tür wies fingergroße Löcher auf. *Einschusslöcher?*, fragte Daisys Blick Henry. Der nickte vage. Er horchte angestrengt. Bis auf die von außen hereindringenden Geräusche herrschte Stille. Falls im *Chat noir* die Geister oder, wie der selige Alain geglaubt hatte, die gemeuchelte Bouchon umging, dann tat sie das nur nachts. Daisy wagte nun ebenfalls einen Blick in den großen Salon, in dem das *Chat noir* seine Kunden empfangen hatte. Die Umrisse der langen Theke und die ehemalige Bühne waren noch gut zu erkennen. Ansonsten war der Raum ein Trümmerfeld zerbrochener Spiegel und Lampen, aufgeschlitzter Polster und zerschlagenen Mobiliars. Nach dem Salon inspizierten sie die Küche, die an die Bar anschloss. Dort stießen sie auf das gleiche Bild der Verwüstung und schließlich auf den zugemauerten Hinterausgang. Henry wisperte: »Sehen wir uns oben um.«

»Was ist, wenn…?«

Henry hob die Hand. »Hast du das gehört?«

Daisy schüttelte den Kopf.

»Da ist jemand am Kellereingang!«, raunte Henry. Sie eilten zurück in den Salon und nahmen hinter der Flügeltür Deckung. Ein Schlüsselbund klirrte, gefolgt von zögerlichen Schritten auf der Treppe. Sekunden später rief eine männliche Stimme. »Hallo? Ist da wer? Hier ist der Hausmeister. Die Tür war nicht abgeschlossen! Zeigen Sie sich, und ich werde Sie gehen lassen! Ich will keinen Ärger!«

Aufgeregt zupfte Daisy an Henrys Ärmel und zog ihn an ihr Ohr: »Das ist Pierre Bouchon!«

Henry nickte. »Hoffentlich ist er allein gekommen.«

Eine Weile rührte sich nichts, dann knirschten Schritte. Daisy fragte sich, warum Bouchon nicht einfach abhaute. Er brauchte nur die Stahltür unten abzusperren, um gefahrlos zu verschwinden. Durch die Einschusslöcher beobachteten sie Bouchon, der sich mit vorgestreckter Waffe umsah. »Hallo, ist hier jemand?« Er klang nervös, und die Waffe in seinen Händen zitterte. Er schien sich ziemlich zu fürchten, und Daisy fragte sich, wovor.

»Was schreien Sie herum?«, erscholl es plötzlich von der Empore. Das Französisch klang passabel, jedoch mit hartem Akzent, als rollten dem Mann Steine über die Zunge. Daisy krallte ihre Finger in Henrys Arm. Sie erkannte auch diese Stimme!

»Sie sind das!«, entgegnete Bouchon und ließ die Waffe sinken. »Sie haben vergessen, die Stahltür abzusperren!«, ergänzte er vorwurfsvoll.

»Was?« Stiefel polterten herab. »Sie irren! Ich habe sie verschlossen!«

»Nein, Sie irren, Monsieur von Greiff. Sie …« Weiter kam er nicht. Von Greiff hatte ihn am Kragen gepackt. »Keine Namen, Sie Narr!«, knurrte er und stieß Bouchon von sich. Nun war er es selbst, der sich misstrauisch umsah. Henry hielt seine Pistole parat, Daisy tat es ihm gleich.

»Sie bleiben hier und passen auf«, herrschte von Greiff Bouchon an und zog seine Waffe. Ihr Lauf war ungewöhnlich lang. Daisy spürte, wie sich Henry neben ihr unmittelbar anspannte.

Bouchon schwenkte seine Pistole ziellos herum, während von Greiff die Treppe zum Keller hinabtrabte. Bouchon stand nun mit dem Rücken zur Flügeltür, und Henry nutzte die Chance. Während von Greiff unten an der Klinke der Stahltür rüttelte, war der Brite mit einem langen, schnellen Schritt hinter Bouchon, umfing gleichzeitig Brust und Mund, um jeden Laut zu ersticken, hob den Strampelnden an und trug ihn in den Salon. Mit einem gezielten Hieb gegen den Kopf setzte Henry den Franzosen außer Gefecht und ließ ihn zu Boden gleiten. Er löste seine Krawatte und warf sie Daisy zu. »Fessle ihn«, flüsterte er, »und nimm ihm den Schlüssel ab.« Er huschte zurück zur Flügeltür.

»He, Mann?«, tönte Greiffs Stimme. »Hier unten hat sich tatsächlich jemand am Schloss zu schaffen gemacht!« Von Greiff erschien wieder im Foyer. »Bouchon, wo sind Sie? Melden Sie sich gefälligst.« Argwöhnisch bewegte sich von Greiff auf die Galerietreppe zu, ohne die Flügeltür aus dem Blick zu lassen. Daisy stand dicht neben Henry. Sie konnte seine Anspannung spüren, aber sein Atem ging ruhig.

Von Greiff hatte begriffen, dass etwas faul war. »Sie sind ein toter Mann, wenn Sie versuchen, mich hereinzulegen!« Er setzte den Stiefel auf die erste Stufe zur Empore, sicherte nach oben und nach unten. »Ich werde es langsam tun, Mann, im weißen Zimmer. Du erinnerst dich sicher an diesen Raum, Bouchon, mein Freund?« Es klang auf widerwärtige Weise lockend, als teilte er mit Pierre die Erinnerung an einen Ort der Freude. »Also gut!«, zischte von Greiff Sekunden später. »Was auch immer du planst – die Stahltür ist zugesperrt. Du würdest nicht einmal in ihre Nähe kommen, und es gibt keinen anderen Ausgang. Zeig dich! Das ist deine letzte Chance!« Er ließ einige Atemzüge verstreichen. »Ah, ich verstehe, Bouchon ... Du bist nicht allein ... Wer ist bei dir?«

Henry und Daisy tauschten einen schnellen Blick. Sie verhielten sich weiter still.

Inzwischen hatte von Greiff die Empore erklommen. »Ich habe eine Geisel!«, rief er unvermittelt.

Daisy zuckte erschrocken zusammen. »*Maman?*«, wisperte sie kaum hörbar. Henry drückte beruhigend ihren Arm. Er setzte weiter auf Schweigen, um vielleicht mehr aus von Greiff hervorzulocken. Es war eine harte Geduldsprobe. Minutenlang verharrten sie in vollkommener Stille. Auch Greiff rührte sich nicht. Henry schaute mehrmals nach Bouchon, der keinen Mucks tat. Daisy hatte ihm geistesgegenwärtig sein Halstuch in den Mund gestopft.

»Ihr Schweigen«, knarzte Greiff über ihnen, »verrät mir einiges über Sie. Von der Polizei sind Sie jedenfalls nicht. Sagen Sie mir, was Sie wollen, umso schneller können wir das hier beenden.«

Henry nickte Daisy zu, er würde nicht länger warten, sondern handeln. »Wer ist Ihre Geisel, Monsieur?«, rief er in perfektem Französisch.

»Sie sind also im Salon! Wer sind Sie?«

»Unwichtig! Wer ist Ihre Geisel?«

»Ich denke, das wissen Sie.«

»Soll das ein Ratespiel werden?«

»Meine Partie, meine Regeln. Noch einmal, wer sind Sie?«

»Ich bin Detektiv im Hotel *Ritz*«, log Henry. »Direktor Fleury vermisst einen Gast. Ist dieser Gast Ihre Geisel?«

»Was haben Sie mit Bouchon angestellt?«

»Er ruht sich ein bisschen aus.«

»Verschwinden Sie, Monsieur *le détective*. Das hier geht Sie nichts an.« Eine Börse flog von oben herab. »Hier, nehmen Sie, für Ihre Bemühungen. Das *Ritz* wird Sie nicht annähernd so gut belohnen.«

»Auf diese Weise werden Sie mich nicht los.«

»Sie sind gierig!« Ein Bündel Scheine in einer Geldklammer flog herab.

»Behalten Sie Ihr Geld.«

»Es geht Ihnen tatsächlich um die Geisel. Bedeutet Sie Ihnen etwas?«

»Ich bin lediglich ein Mann mit Prinzipien.«

»Verschonen Sie mich. Niemand ist unbestechlich.«

»Und Sie verschwenden meine Zeit, Monsieur. Ich will die Geisel. Was wollen Sie?«, kehrte Henry den Spieß um. Sein Arm umschlang die zitternde Daisy.

»Nichts. Vergessen Sie die Geisel, und verschwinden Sie, solange Sie das noch können. Mein letztes Angebot.«

Sie drehten sich im Kreis. Von Greiff hatte auf der Empore den Vorteil auf seiner Seite, und wenn es zutraf, dass er Yvette als Geisel besaß…

»Wie wäre es mit einem Tauschhandel? Mich anstatt Ihrer Geisel?«, bot Henry an.

»Ah! Ein Mann mit Prinzipien *und* ein Held obendrein…« Greiff keckerte höhnisch. »Spielen Sie nicht den Helden, Monsieur *le détective!* Noch können Sie gehen. Sie wissen nicht, mit wem Sie es zu tun haben. Aber wenn Sie mir weiter in die Quere kommen, lernen Sie mich kennen. Ich werde nicht nur Sie töten, sondern Ihre gesamte Familie auslöschen. Nehmen Sie das Geld oder auch nicht, aber verschwinden Sie. *Jetzt.*«

Henry schaute zu Daisy. So kamen sie nicht weiter. Es war ein Patt, und er wusste nicht, wie er es lösen konnte. Daisy zeigte auf Bouchon. Henry verstand. »Wir haben auch eine Geisel. Bouchon…«

»Wir?«

»Denken Sie etwa, ich sei allein gekommen?«

»Ich bin sicher, dass Sie alleine sind, und Ihr bisheriges Verhalten zeigt mir, dass Sie Skrupel haben! Sonst hätten Sie erst Bouchon erledigt und danach mich, solange Sie noch das Überraschungsmoment auf Ihrer Seite hatten. Sie haben Ihre beste Chance vertan, und jetzt sitzen Sie in der Falle.«

»Sie streiten also nicht ab, Bouchon zu kennen?«

»Behalten Sie den Mann.«

Hinter ihnen rührte sich Bouchon wie auf Bestellung. Er sah sie und begann, zu zappeln wie ein Fisch.

Von Greiff verbuchte Henrys ausbleibende Antwort als Sieg. »Der Vorteil liegt bei mir. Falls Sie die Geisel nicht in Einzelteilen wiederhaben möchten, gehen Sie.«

»Was sollen wir tun?«, flüsterte Daisy. Sie bebte. Irgendwo dort oben war ihre Mutter gefangen!

»Greiff blufft. Er will uns nur hervorlocken. Sobald wir das Treppenhaus betreten, wird er das Feuer auf uns eröffnen. Er hat eine Waffe mit Schalldämpfer. Damit riskiert er es nicht, die Nachbarn zu alarmieren.«

»Vielleicht sollten wir auch bluffen«, raunte Daisy. »Ich könnte behaupten, ich wüsste, wo das Gold ist. Das verschafft uns Zeit. Bisher haben Greiff und Bouchon es nicht gefunden, sonst hätten sie *Maman* nicht entführt.«

Plötzlich pochte es dumpf gegen die Stahltür. »Pierre, Pierre, ich bin's! Lass mich rein.« Die Stimme einer Frau!

Daisy zuckte herum. »Das könnte Tante Marie sein«, hauchte sie. Pierre traten beinahe die Augen aus den Höhlen. Daisy beugte sich zu ihm. »Ist es Marie? Dann blinzle einmal!« Pierre blinzelte. »Weiß sie von Greiff?« Pierre schüttelte den Kopf.

Marie klopfte weiter. »Pierre, hörst du mich? Pierre?«

Von Greiff verhielt sich still.

»Ich habe eine Idee«, flüsterte Daisy. Während Marie hartnäckig rief, klopfte und allgemein ihre Nerven strapazierte, versuchte Daisy, Henry von ihrem Plan zu überzeugen. Er hielt ihn für zu gefährlich, lenkte aber am Ende ein, da ihm selbst nichts Besseres einfiel. Nach minutenlangem Krawall gab Marie endlich auf, und es kehrte wieder Ruhe ein. Um ganz sicherzugehen, wartete Henry noch einige weitere Minuten ab, bevor er von Greiff rief. »He, Monsieur! Ich weiß, dass Sie nach dem Gold der Madame Bouchon suchen! Im Austausch für Ihre Geisel verrate ich Ihnen das Versteck. Zuvor verlange ich, Ihre Geisel zu sehen, um mich ihrer Unversehrtheit zu versichern.«

»Sie bluffen. Sie spielen auf Zeit, weil Sie hoffen, diese lästige Frau ruft die Gendarmen.«

»Nein!«, rief Daisy laut auf Deutsch. »Ich kenne das Versteck!«

»Wer ist das? Zeigen Sie sich!«

Daisy trat vor und stellte sich unter die Empore, gerade so weit, dass es von Greiff zwang, sich ein Stück über die baufällige Balustrade zu beugen, um einen Blick auf sie werfen zu können. »Das Fräulein von Tessendorf! Stets ein Vergnügen«, knurrte er von oben. Henry gab Daisy das verabredete Zeichen. Sie hechtete zurück, und Henry feuerte sein gesamtes Magazin auf jene Stelle ab, wo von Greiff zuletzt gestanden hatte. Daisy verharrte mit der Pistole im Anschlag im Türsturz zum Salon. Henry ließ die Waffe sinken. Sie lauschten. War von Greiff getroffen? Da, ein leises Stöhnen! Sie blieben in Deckung, da es sich genauso gut um eine Finte von Greiff handeln konnte, um sie ihrerseits hervorzulocken. Henry hatte zwischenzeitlich ein frisches Magazin eingesetzt und die Stablampe angeknipst. Er begann, den Unterboden der Empore nach Einschusslöchern abzusuchen. Daisy fasste nach Henrys Arm. »Ist das Blut?«

Tatsächlich tropfte es von oben. Henrys Lichtkegel richtete sich auf den Bretterboden, wo sich rasch eine kleine Lache bildete. Erneutes Stöhnen, das in einen Fluch überging, gefolgt von einem schleifenden Geräusch.

»In der Küche lagern noch ein paar gusseiserne Pfannen«, flüsterte Henry Daisy zu. »Schnapp dir die größte davon, und bring sie her. Da, nimm die Lampe mit.«

»Wozu brauchst du eine Pfanne?«, wisperte Daisy verwundert.

»Für den Fall, dass Greiff noch imstande ist zu schießen, ist sie ein guter Brustschutz.«

Es sah wenig heldenhaft aus, als Henry, mit der einen Hand die Pfanne vor den Leib gedrückt und in der anderen die erhobene Waffe haltend, Stufe für Stufe die Treppe hinaufschlich. Er war kaum Daisys Blicken entzogen, als plötzlich mehrere Schüsse fielen! Es folgte eine kurze, schreckliche Stille. Danach rummste es laut. »Henry!«, schrie Daisy wie von Sinnen.

»Ich bin okay«, erscholl es von oben. »Das war bloß die Pfanne. Greiff ist erledigt.«

Erleichtert flog Daisy die Treppe hinauf. Von Greiff lag zusammengesackt an der Wand. Henry trat ihm eben die Pistole aus der Hand, entfernte den Schalldämpfer und steckte beides ein. »Mindestens eine Kugel hat ihn durch den Boden erwischt.« Henry wies auf die blutige Schleifspur, die von der Balustrade zu Greiff führte.

Sie fanden Daisys Mutter gefesselt und geknebelt in einem Raum unter dem Dach. »*Maman!*«, rief Daisy und stürzte zu ihr. Gemeinsam mit Henry lösten sie die Stricke und halfen ihr auf. Yvette hielt sich nur mühsam auf den Beinen, ihr Gesicht war von Schlägen gezeichnet, trotzdem versuchte sie sich an einem Lächeln. »Es geht schon, *Chérie*. Ich habe zu lange gelegen.«

»Du zitterst, *Maman*.«

»Es ist nur die Kälte.«

Henry zog sein Jackett aus und legte es um Yvettes Schultern.

»Wie geht es Kuno?«, erkundigte sich Yvette sofort.

»Er war unruhig, *Maman*. Aber seit Frau Kulke bei ihm ist, geht es ihm besser.«

»Frau Kulke? Was ist mit Mitzi?«

»Sie musste untertauchen. Gott sei Dank ist sie rechtzeitig gewarnt worden.«

»*Mon dieu!*«, seufzte Yvette. »Wann hört das auf…?«

Henry hob die Hand. »Horcht!« In der Ferne waren Sirenen zu hören. »Wir sollten verschwinden!« Sie nahmen Yvette in ihre Mitte.

»Wartet«, bat Daisys Mutter. »'Enry, sei so gut, und nimm die beiden Hanteln unter dem Bett mit.« Besagtes Bett bestand nur noch aus Sprungrahmen und Lattenrost. Am Kopfende, inmitten einem Wust dreckiger Lumpen, waren die Umrisse zweier kleiner Hanteln zu erkennen.

»Hanteln?«, fragte Henry, während er sich anschickte, das Bett wegzurücken.

»Später«, antwortete Yvette.

Auf der Empore erwartete sie eine böse Überraschung. Von Greiff war verschwunden. Vorher hatte er Pierre Bouchon noch die Kehle aufgeschlitzt.

Kapitel 19

> Die Arme der Menschen sind zu kurz,
> um sich an die eigene Nase zu fassen.
>
> Yvette von Tessendorf

Enry, ich brauche Ihr Messer«, bat Yvette im Wagen. Sie hielt eine der Hanteln auf dem Schoß.

»Was hast du vor, *Maman*?«, fragte Daisy, während Henry sein Messer aufklappte.

»Madame Bouchon hasste Sport«, murmelte Yvette und strich wie abwesend über die glatte Oberfläche. Daisy hatte eben erst aufgeatmet, nun zog sich erneut alles in ihr zusammen, als würden sich die Geschehnisse weiter zuspitzen, anstatt abzuschwächen. »*Maman*?«, flüsterte sie unsicher.

Yvette sah wehmütig auf. »So lauteten die letzten Worte meiner Mutter Joséphine: *Madame Bouchon hasste Sport.*« Ihre Finger krampften sich um das Taschenmesser. »Zwei Tage habe ich während meiner Gefangenschaft auf diese dummen Hanteln gestarrt. Bis ich es begriffen habe …« Yvette begann, mit der Klinge über das eiserne Mittelstück zu schaben. Sie legte etwas frei, was auf den ersten Blick wie gelbe Farbe anmutete. »*Et voilà*, da haben wir das Gold!«, rief Yvette. »Es ist die ganze Zeit über da gewesen.«

Daisy stieß erleichtert Luft aus. Sie hatten das Gold gefunden, und das bedeutete das Ende dieser unsinnigen und hässlichen Jagd nach einem Schatz, der zwei Menschen das Leben gekostet und das ihrer Mutter beinahe für immer zerstört hatte. »Somit ist Madame Bouchons Mörder leer ausgegangen«, bemerkte Henry. »Er hat sie für nichts getötet. Aber wie hat Ihre Mutter Joséphine von dem getarnten Gold wissen können?«

»Meine Mutter hat lange im Haus der Bouchons gelebt. Vermutlich hat sie die Hanteln vor dem Handel mit dem Fürsten nie zuvor gesehen. Sie müssen ihr später aufgefallen sein, und sie wird sich gewundert haben, wozu die Bouchon sich Derartiges anschaffte, wenn sie nichts von körperlicher Ertüchtigung hielt und dafür bekannt war, keinen Schritt zu viel zu gehen.«

Yvette ließ sich im *Ritz* verarzten, nahm ein Bad, ruhte sich zwei Stunden aus und empfing darauf Direktor Fleury. Allein. Daisy fragte sich, was die beiden zu bereden hatten. Auch sie wollte unter vier Augen mit ihrer Mutter sprechen, aber bisher hatte sich keine Gelegenheit dazu ergeben. Es hatte fast den Anschein, als hätte ihre Mutter dies absichtlich so eingerichtet. Henry entging keineswegs die Spannung zwischen Mutter und Tochter, und er entführte Daisy kurzerhand in die Bar des *Ritz*. Statt mit ihrer Mutter fand sie sich nun mit Henry allein. Ihr verräterisches Herz schlug schneller in Henrys Gegenwart. Gleich würde er ihr von seiner Heirat mit Sophie erzählen. Warum sonst sollte er sie hierhergebracht haben? Daisy schwenkte den Inhalt ihres Glases, horchte auf das Klirren der Eiswürfel und wünschte, irgendetwas würde passieren, um den Moment hinauszuzögern. Ein Feueralarm, ein Erdbeben, ein neuer Sturm auf die Bastille. Solange sie ihm nur nicht zuzuhören brauchte… »Ich würde euch gerne mit meinem Wagen nach Tessendorf heimbringen«, vernahm sie Henrys Stimme wie durch einen Dunstschleier.

Daisy stellte das Glas auf dem Tresen ab, ohne getrunken zu haben.

»Du bist heute sehr schweigsam, Mylady«, versuchte es Henry.

Daisy warf ihm einen vagen Blick zu. *Weil ich darauf warte, dass du über Sophie sprichst...* Vielleicht sollte sie Henry selbst zur Rede stellen? Sie könnte ihn fragen, warum er keinen Ehering trug. Sie könnte ihn zur Heirat beglückwünschen und ihn beiläufig nach Sophie fragen. *Deine Frau Sophie,* würde sie im Plauderton sagen, *scheint sehr reizend zu sein. Hoffentlich nimmt sie es mir und Maman nicht übel, dass wir die Zeit ihres Ehemannes beansprucht haben.* Sie würde lässig an ihrem Whisky nippen und Henrys Reaktion beobachten. Schöne Fabel! Sie besaß keinerlei Begabung für Verstellung und bekam schon bei der kleinsten Notlüge Schluckauf. Am Ende riskierte sie es damit, von Henry die Geschichte seiner Liebe aufgetischt zu bekommen. Nein danke! Sie leerte ihr Glas. Besser, sie fand sich damit ab, ohne weiter die Trommel zu rühren. »Entschuldige, Henry. Ich muss an die frische Luft.«

»Ich komme mit.« Er griff nach seinem Hut.

»Nein, ich brauche ein wenig Zeit für mich allein. Aber ich hätte eine große Bitte. Es geht um Mitzi. Vermutlich musste sie wegen ihres Liebhabers Arvid Harnack untertauchen. Er wurde kürzlich wegen ›volkszersetzender Umtriebe‹ verhaftet. Könntest du über deine Kontakte mehr herausfinden?«

»Dieser Harnack ist im politischen Widerstand?«

Daisy bejahte.

»Und Mitzi?«

»Sie hält sich politisch zurück. Sie sagt, sie hat von Gefängnissen die Schnauze voll.«

»Verständlich... Ich werde mich umhören«, versprach Henry.

***

»Setz dich, *Chérie*. Wir müssen uns unterhalten. Aber nimm zuerst einen Schluck.« Yvette füllte ein Glas.

»Was ist das? Cognac?« Skeptisch betrachtete Daisy die dunkle Flüssigkeit.

»Zwanzig Jahre alter Armagnac. Ein Geschenk von Monsieur Fleury.«

»Ein spendabler Mann, dieser Monsieur Fleury. Und so überaus diskret… was dich betrifft«, sagte Daisy betont.

»*Bon*, was möchtest du wissen?«

»Was verbindet dich mit ihm?«

»Joffrey ist ein alter Freund.«

Daisy fuhr mit dem Finger den Glasrand nach. Sie wusste, dass ihre Mutter das eine oder andere Geheimnis umgab, und war entschlossen, heute wenigstens eines davon zu lüften. »*Ein Freund?*«, fragte sie betont. »In etwa wie André François-Poncet, der französische Botschafter in Berlin, durch den du auch Henry kennengelernt hast?«

»*Chapeau, Chérie.*«

Daisy nahm einen Schluck und ließ die samtige Flüssigkeit durch ihren Mund gleiten. Den Rest leerte sie in einem Zug. Ihre Mutter schenkte ungefragt nach.

»Du musst mich nicht betrunken machen, *Maman*.«

»Pardon. *Ich* brauche den zweiten Brandy.« Yvette stürzte ihn hinunter wie einen Stamper Schnaps. »Ah, das tut gut! 'Enry verriet mir, ihr seid meiner Tante Marie begegnet«, begann sie ohne Überleitung.

Daisy stieg in den Sattel. »Marie nannte mich die Tochter einer Hure, die aus der Gosse stammt.« Sie hatte erwartet, ihre Mutter würde es sofort abstreiten. Stattdessen erklärte Yvette: »Nun ja, nach Maries Maßstäben trifft das wohl zu.«

Daisys Gefühle holperten über ein Feld aus Verblüffung und Misstrauen. »Was soll das heißen?«

»Die Wahrheit, *ma puce*, hat selten nur eine Seite. Heute soll alles auf den Tisch. Du hast Fragen. *Alors,* stelle sie...« Es hörte sich an, als gäbe Yvette die Bühne frei.

Daisy folgte der Einladung. »Was wolltest du mitten in der Nacht vor sieben Jahren im *Chat noir*?«

»Mich mit meiner Mutter Joséphine treffen.«

»Das hättest du jederzeit bei Tag tun können!«

»*Naturellement!* Aber sie hat mich selbst in einer Nachricht darum gebeten. Mutter war da, aber wir merkten schnell, dass wir beide mit einer fingierten Notiz dorthin gelockt worden waren. Wir hatten sofort Marie im Verdacht. Bloß tauchte Marie selbst nicht zu ihrem nächtlich arrangierten Stelldichein auf.«

Daisy kannte die Auflösung. »Weil Marie damals auf dem Weg ins *Chat noir* in eine Polizeirazzia geraten ist.«

»*Bon,* es war ein dummer Zufall.«

»Warum wollte Marie euch ausgerechnet im *Chat noir* treffen?«

»Es ging ihr um das Fürstengold.«

Daisy stöhnte. Immer wieder dieses verfluchte Gold!

»Tante Marie«, fuhr Yvette fort, »wurde von der fixen Idee getrieben, meine *Maman* hätte die Bouchon damals ermordet, um meinen Verkauf an den Fürsten zu verhindern.«

»Das glaubte sie von der eigenen Schwester? Marie muss verrückt sein!«

»Maries Verstand, *Chérie*«, versetzte Yvette traurig, »war durch das Gold vergiftet. Sie war überzeugt, *Maman* hätte die fünf Kilo der Anzahlung verschwinden lassen.«

»Aber Joséphine und Marie waren doch Schwestern!«

Daisy traf ein tiefer Blick. »Und man möchte meinen, das habe etwas zu bedeuten, *n'est-ce pas?*«

Daisy verstand. *Violette.* Auch sie waren Schwestern und einander fremd geworden. Daisy dachte ungern an den hässlichen Streit mit Violette am Tag nach deren Verlobung mit Hugo. Wenn sie seither bei gelegentlichen Familienanlässen aufeinandertrafen, so behandelten sie einander höflich wie Fremde. Aber wie mochte es ihrer Mutter damit gehen? Sie hatte drei Kinder geboren, eines davon verloren, und ihre beiden Töchter verstanden sich nicht.

Yvette sprach weiter: »Nach der Ermordung der Bouchon wurden meine Mutter, Marie und sämtliche Mädchen der Bouchon verhaftet. Huren sind im Gefängnis Freiwild, und es kam zu einigen scheußlichen Übergriffen. Die Frauen, angefeuert von Marie, gaben meiner Mutter und mir die Schuld an allem, obwohl es die Gier der Bouchon gewesen war, die ihnen das eingebrockt hatte. Sie sagten alle gegen uns aus, auch Marie. *Maman* und ich wurden des Mordkomplotts bezichtigt, und es drohte uns der Strang.«

»Du bist damals auch verhaftet worden?«

»Nein, ich hatte Glück, und es gelang mir, mich rechtzeitig zu verstecken. Aber die Polizei fahndete nach mir.«

»Und darum machst du bis heute einen riesigen Bogen um die Gendarmen, und unser Monsieur *le directeur* Fleury weiß das natürlich.«

Yvettes bestätigte dies durch eine kleine Geste.

Daisy ließ das so stehen. »Was ich bis jetzt nicht verstehe, ist, was sich Marie davon erhoffte, dich und deine Mutter damals ins *Chat noir* zu locken.«

Yvettes Blick verschleierte sich. »Meine Mutter war damals an Tuberkulose erkrankt. Sie hatte mir ihren Zustand verschwiegen, aber Tante Marie wusste Bescheid. Sie fürchtete, dass meine Mutter bald sterben könnte, und fädelte das Treffen im *Chat noir* ein. Sie war überzeugt, Mutter hätte das Gold nach dem Mord an der Bouchon dort versteckt. Sie hoffte, Joséphine würde ihr Geheimnis nicht mit ins Grab nehmen wollen. Mich wollte Marie dabeihaben, da sie glaubte, Mutter und mich gegeneinander ausspielen zu können.«

Daisy konnte nur verständnislos den Kopf schütteln. »Was ist mit deinem Vater?«

»Den habe ich nie gekannt. Meine Mutter hat sich zeitlebens über ihn ausgeschwiegen.«

»Hast du deshalb wegen deiner Herkunft gelogen?«

»Ich war blutjung, als ich deinen Vater Kuno kennenlernte, und mein Gewerbe gehörte nicht zu jenen Tätigkeiten, die man laut herausposaunte.«

»*Gewerbe?*« Daisy erfasste ein taubes Gefühl.

Yvettes Finger spielten mit ihrer Kette aus gefärbten Perlen. »Ich habe dir erzählt, wie es damals gewesen ist und welche Rolle dein Onkel Waldo in dem Drama spielte. Als meiner Mutter der Strang drohte, schrieb ich dem Fürsten, dass ich in den Handel einstimmte, wenn er im Gegenzug meine Mutter rettet. Als ich nach einem knappen Jahr freikam«, bekannte sie leise, »fand ich meine Mutter krank und mittellos vor. Sie hauste in einem winzigen zugigen Loch und hustete sich die Seele aus dem Leib.«

»Marie hat sich nicht um ihre Schwester gekümmert?«

»Nein, sie überließ Joséphine dem Elend, um sie auf diese Weise zu zwingen, ihr das Goldversteck zu verraten. Meine Rückkehr machte Marie einen Strich durch die Rechnung. Ich besaß keinen Sou, und Mutter bedurfte dringend ärztlicher Behandlung. Die einzige Möglichkeit, um rasch genügend Geld zu verdienen, bestand darin, meinen Körper zu verkaufen.«

Daisy hörte Maries böses Echo in ihrem Kopf: *Du bist die Tochter einer Hure!* »Also hat Marie nicht gelogen? Du bist Vater in einem Bordell begegnet?«

»Nein!«, wehrte sich Yvette. »Wir begegneten uns erstmals während eines Spaziergangs im Bois de Boulogne. Ein Fremder hatte mich damals belästigt, und dein Vater eilte mir galant zu Hilfe. So begann unsere Liebe.«

»*Liebe?* Du hast ihm verschwiegen, dass du dein Geld als Hure verdientest! Warum hast du nicht Onkel Waldo gebeten, dich und deine Mutter zu unterstützen?«

»Er hatte schon so viel für mich getan, sogar sein Leben für mich riskiert. Ich war jung, erst siebzehn, und diente bereits ein Jahr lang einem alternden Fürsten als Spielzeug. Ich besaß nichts außer meinem Stolz. Ich wollte beweisen, dass ich mein Leben selbst meistern konnte.«

Daisy sprang auf. »Du warst zu stolz, Waldo um Geld zu bitten, aber nicht zu stolz, um deinen Körper zu verkaufen?«

»Ich verstehe, dass du deswegen aufgebracht bist. Aber …«

»Ich bin nicht aufgebracht, ich bin nur …« Sie fand nicht die richtigen Worte für ihre Gefühle. Mit zitternden Fingern steckte sie sich eine Zigarette an.

»Ich verstehe deine Erregung, *ma fille*. Dennoch erstaunen mich deine Vorurteile. Was hast du gegen Huren?«

»Ich habe nichts gegen Huren!«

»*Bon*, du hast nichts gegen Huren, außer deine Mutter ist eine?«

»Ich habe etwas gegen Lügen, *Maman*. Du hast Vater belogen! Uns alle!«, brauste Daisy auf.

»Ach, und woher nimmst du dein Wissen?«

»Weshalb muss ich mich jetzt erklären? Du bist diejenige, die zu ihrer Herkunft aus der Gosse gelogen hat!«

»Hörst du dir eigentlich selbst zu, Marguerite?«, konterte Yvette scharf. »Die Gosse ist niemals eine Schande. *Niemals,* hörst du! Kein Kind sucht sie sich aus. Und auch der Hurenberuf ist keine Schande. Frauen geben ihren Körper, aber sie bewahren sich ihre Würde. Die Männer bezahlen uns mit Geld, die Frauen strafen uns mit Verachtung. Ich hätte nie geglaubt, dass meine eigene Tochter dazugehört.«

Daisy drückte ihre halb gerauchte Zigarette aus. »*Maman,* bitte ... Ich ...«

»Lass gut sein, *Chérie,* es war ein schlimmer Tag. Aber eines will ich noch klarstellen: Ich liebe Kuno. Er ist klug, freundlich und anständig, und ich könnte mir keinen besseren Mann wünschen als deinen Vater. Und er kennt die Wahrheit. Am Tag seines Antrags habe ich ihm alles gestanden. Kuno wollte mich trotzdem haben.« Auf Yvettes misshandeltem Gesicht zeigte sich ein verträumtes Lächeln. »Fast wäre ich es gewesen, die daraufhin einen Rückzieher gemacht hätte.«

»Warum hättest du das tun sollen?« Daisy war verblüfft.

»Weil dein Vater viel zu gut ist für diese, wie nennst du es sonst gerne, *Chérie? Brezelige* Welt? Und nun lass uns das Chaos in diesem Zimmer beseitigen und morgen früh nach Hause fahren.«

Daisy hatte völlig vergessen, Henrys Angebot, sie zu fahren, zu erwähnen. Als das Telefon klingelte, hob Yvette ab, wechselte einige Worte mit Henry und übergab Daisy den Hörer. »Ich habe Mitzi gefunden«, vernahm sie die erlösenden Worte aus seinem Mund.

»Geht es ihr gut?«

»Ja, mach dir keine Sorgen. Ihre Schwierigkeiten hatten nichts mit der Gestapo zu tun.«

»Aber, Hugo ...?«, stotterte Daisy verwirrt.

»Mitzi will dir alles selbst erzählen. Ich habe veranlasst, dass man sie nach Tessendorf bringt. Du kannst sie dort erreichen.«

»Hab vielen Dank für deine Hilfe, Henry. Ich weiß nicht, was wir ohne dich getan hätten. Bis bald! Ich melde mich wieder.« Daisy legte rasch auf. Mochte Henry sie ruhig für unhöflich halten. Sie sah ihr bleiches Gesicht im Spiegel über der Kommode. Die Erleichterung über den glimpflichen Ausgang von Mitzis jüngstem Abenteuer und die Rettung ihrer Mutter wich nun tiefer Erschöpfung. Der Tag voller Angst, Lügen und Geständnisse forderte seinen Tribut. Dazu kam die Enttäuschung über Henrys Heirat. Er hatte es bis jetzt nicht für nötig gehalten, es ihr zu sagen, und aus Feigheit hatte sie ihn nicht gefragt, um sich keinem weiteren Schmerz auszusetzen. Er kam billig weg, und sie blieb allein zurück. Daisy wurde sich bewusst, dass ihre Mutter sie beobachtete. »Nein, *Maman*, das ist eine Sache zwischen mir und Henry.« Rasch wandte sie sich ab, um vor ihr das verräterische feuchte Glitzern ihrer Augen zu verbergen. Sie griff zum Telefon und ließ sich vom Concierge mit Gut Tessendorf verbinden. Franz-Josef stellte sie zu Mitzi durch.

»Hallo, Daisy«, begrüßte Mitzi die Freundin. »*Merci*, dass du mir deinen weißen Ritter zu Hilfe gesandt hast. Wie steht es in Paris?«

»Erzähl ich dir alles, wenn ich wieder zu Hause bin. Wie geht es dir? Alles in Ordnung?« Daisy fragte, weil sie Mitzi lange genug kannte, um aus ihrer Stimme herauszuhören, dass bei ihr nichts in Ordnung war.

»Alles fein. Tante Theres erstickt mich mit Fürsorge, und Frau Kulke strickt mir dicke Wollsocken.«

»Du klingst angeschlagen. Hast du noch mit der Magengrippe zu kämpfen?«

»Kann man so sagen.«

»Du weichst mir aus, oder?«

»Wann kommst du zurück?«

»*Maman* und ich nehmen morgen früh den ersten Zug.«

»Fein, dann bis morgen Abend. *Au revoir.*« Mitzi legte auf. Pikiert sah Daisy zu ihrer Mutter.

Die nickte. »Anscheinend bist du nicht die Einzige, *Chérie,* die heute kurz angebunden ist...«

Mitzis Verhalten hatte Daisys Neugierde geweckt, und gleichzeitig machte sie sich Sorgen um ihre Freundin.

Kaum auf Gut Tessendorf angekommen, flog sie die Treppe hinauf. Sie fand Mitzi im Bett sitzend, den Rücken mit einem Berg Kissen gepolstert, ein Tablett auf dem Schoß.

»Himmel, Mitzi!«, entfuhr es Daisy erschrocken. »Du siehst aus wie eine Leiche auf Urlaub!«

»Danke! Du wirkst auch ziemlich zerknautscht.« Mitzis Lächeln war ohne Kraft.

»Was ist denn passiert?« Daisy ließ ihre Handtasche fallen, warf den Hut von sich und pflanzte sich in den Sessel neben dem Bett.

»Hast du eine Zigarette? Theres hält mich kurz.«

Daisy musterte Mitzis Essen. Ihre Freundin hatte weder die Hühnersuppe noch das Omelette angerührt.

»Nimm es weg«, bat Mitzi.

Daisy sparte sich eine Bemerkung, befreite sie vom Tablett und kramte nach ihren Zigaretten. Mit geschlossenen Augen nahm Mitzi den ersten Zug. Ihren blassen Lippen entstieg bläulicher Rauch. Außer dem Grün ihrer Augen besaß Mitzis Gesicht keine Farbe mehr. Sie glich dem bemitleidenswerten Wesen, das sie vor drei Jahren buchstäblich im letzten Moment ihren Henkern in Plötzensee entrissen hatte.

»Denkst du gerade an die Schokotorte?«, fragte Mitzi. Sie beobachtete ihre Freundin unter halb geöffneten Lidern.

»Vielleicht?« Wenigstens war Mitzis Verstand hellwach. »Willst du mir nicht sagen, was genau passiert ist? Warum bist du untergetaucht?«

»Ich bin nicht untergetaucht. Ich hatte einen Braten im Ofen und musste ihn loswerden.«

»Was?«, rief Daisy.

»Reich mir den Unterteller.« Mitzi inhalierte.

»Was?«, wiederholte Daisy konfus.

»Als Aschenbecher.« Mitzi winkte mit der Zigarette, und Asche fiel aufs Bett. »Mist«, sagte sie.

Daisy fing sich. »Wer ist der Vater? Arvid Harnack?«

»Ist doch jetzt egal.« Mitzi blies den Rauch aus, als wollte sie sich hinter seinem Schleier verschanzen. Es war wie damals, als sie nicht über sich oder ihr Erlebnis sprechen wollte. Sie sah so elend aus, dass Daisy sie in Ruhe ließ. »Weiß es Theres?«

»Heiliger Strohsack, nein! Sie würde mich glatt erwürgen. Sie glaubt an eine Fischvergiftung.« Mitzi drückte den Stummel aus. Schweiß perlte auf ihrer Stirn, und sie ließ sich gegen die Kissen sinken. »Nun guck nicht so, Daisy. Das wird wieder. Ich habe nur ein bisschen viel Blut verloren.«

»Du solltest was essen.«

»Du klingst wie Theres.«

»Die Hühnersuppe sieht lecker aus.«

»Dann iss du sie doch.«

»Mitzi, was ist los?«

»Nichts. Die Engelmacherin hat mich nicht umgebracht, aber wenn das so weitergeht, sterbe ich an Theres' Fürsorge!«

» Ach, Mitzi, wenn es dich nicht schon gäbe, man müsste dich schnitzen. Nur eins: Muss ich mir wegen Hugo um dich Sorgen machen?«

Mitzis Miene verschloss sich, als klappte eine Kiste zu. »Nein, das ist geklärt.«

Ihre Blicke begegneten sich. Es versetzte Daisy einen Stich, dass ihre Freundin offenbar Geheimnisse vor ihr hatte. Mitzi schob sich eine feuchte Strähne aus der Stirn und atmete einmal tief aus. »Ich erzähl's dir, Daisy, wenn ich so weit bin. Einverstanden?«

Daisy kaute auf ihrer Unterlippe. Die ganze Sache hatte einen beunruhigenden Beigeschmack, nicht zuletzt wegen Hugo. Aber sie fügte sich Mitzis Bitte. »Also gut.«

»Fein! Erzähl mir, was in Paris passiert ist.«

»Nur, wenn du deine Suppe isst«, sagte Daisy streng.

»Na, bravo«, seufzte Mitzi. »Noch eine Zuchtmeisterin.« Mitzi löffelte brav, und Daisy schilderte ihr gesamtes Abenteuer im *Chat noir*. Lediglich Henrys Frau ließ sie unerwähnt, sie tat nichts zur Sache.

Das Erste, wonach Mitzi fragte, als Daisy endete, war: »Was ist denn nun mit deinem Henry?«

»Das«, erwiderte Daisy spitz, »erzähle ich dir, wenn *ich* so weit bin.«

Kapitel 20

> Was dem Schwarm nicht nützt,
> das nützt auch der einzelnen Biene nicht.
>
> Marcus Aurelius

Brezel«, fluchte Daisy. Schon halb acht! Bei der Arbeit vergaß sie ständig, auf die Uhr zu sehen. Nun war Eile angesagt, wenn sie rechtzeitig zu ihrer Verabredung mit Mitzi und Anna kommen wollte. Sie würden im *Chez Emile* essen und danach ausgehen und sich amüsieren! Trotz ihrer knapp bemessenen Zeit rollte Daisy die Blaupause mit Sorgfalt ein und steckte sie in die Schutzhülle.

Sie entnahm dem Garderobenschrank ihr Kleid aus bronzefarbener Seide, schlüpfte hinein und tauschte die bequemen Halbschuhe gegen schicke goldene Sandaletten. Sie löste ihr Kupferhaar aus der simplen Hochsteckfrisur, um es zu bürsten, bis es ihr in glänzenden Wellen über die Schultern wogte. Zuletzt zog sie ihre Lippen nach, befestigte Clips an den Ohren und streifte ein klimperndes Ensemble von Goldreifen über das Handgelenk. Sie war bereit für einen vergnügten Abend. Rasch stopfte sie das Wichtigste in ihr funkelndes Abendtäschchen, warf sich im kleinen Spiegel selbst eine Kusshand zu und stieß mit Schwung die Tür auf. Fast hätte sie damit Speer ein blaues Auge verpasst. Er wich rechtzeitig aus und rief: »Hiergeblieben, goldene Göttin!«

»O nein«, hauchte Daisy.

»O doch!«, antwortete Speer. »Der Führer gibt uns bis morgen früh neun Uhr Zeit, um die Pläne zu überarbeiten.«

Daisy informierte Mitzi, und das raffinierte Kleid wanderte zurück in den Schrank.

Speer und sie arbeiteten die ganze Nacht hindurch, tranken literweise Kaffee, und am Morgen ging es zur bestellten Zeit und im üblichen Laufschritt in die Reichskanzlei. Daisy trug zwei Rollen unter dem Arm, Speer den Rest. Sie betraten die kühle Marmorhalle, Speer rief sein dynamisches »Zum Führer« in die Runde und hielt auf die Freitreppe zu, als eine Ordonnanz ihn stoppte. »Bedauere, Herr Speer. Der Führer hat sich überraschend zum Obersalzberg begeben.« Speer wechselte einige Worte mit dem Offizier, während Daisy sich abwandte, um verstohlen hinter der Hand zu gähnen. Müde löste sie die beiden Haarkämme, schob sich die Locken aus dem Gesicht und fasste sie hinter den Ohren wieder zusammen.

»Kommen Sie«, sagte Speer und nahm ihren Ellbogen.

»Wohin?«

»Nach Tempelhof. Der Führer stellt uns eins seiner Flugzeuge zur Verfügung. Wir sollen ihm die Pläne bringen.«

Als Daisy mit Speer auf dem Obersalzberg eintraf, winkte sie die Haushälterin gleich weiter auf die große Aussichtsterrasse. Dort fanden sie den üblichen Hofstaat an der Balustrade versammelt. In ihrer Mitte stand der Führer in seiner Krachledernen und zeigte mit ausgestrecktem Finger auf irgendetwas, das sich vor oder unter ihm befand, weshalb die halbe Entourage sich weit über die Brüstung beugte und Speer und Daisy ihre Hinterteile entgegenstreckte. Speer strebte sofort auf die Gesellschaft zu, während sich Daisy die Zeit nahm, das fantastische Bergpanorama in sich aufzunehmen und dabei tief durchzuatmen. Ihr Magen befand sich noch immer im freien Fall. Bloß nie wieder fliegen! Ihr Unwohlsein steigerte sich noch, als sie im Augenwinkel Martin Bormann auf sich zusteuern sah. Verflixt und zugenäht! Jetzt wären Flügel doch angebracht! Auf der Suche nach einem erdnahen Ausweg machte sie in der Nähe Joseph Goebbels auf einem Rasenstück aus. Den grünen Fleck teilte er sich mit einem Freiluftstall, in dem sich ein Dutzend weiße Kaninchen tummelten.

Der Propagandaminister hatte es sich auf einem Liegestuhl bequem gemacht und schmökerte im Schatten eines Sonnenschirms in einem Buch. Der kleine blasse Joseph nahm es als Frauenheld durchaus mit Hitlers Vorzimmerzerberus auf, aber er besaß nicht dessen Unverfrorenheit, ihr den Busen wegzustarren. Überdies schuldete sie ihm noch Dank für seine Intervention in der Presse. Goebbels war die Presse, und er hielt sie ihr vom Leib. Diesen Vorteil wollte sie pflegen. Die Reichskanzlei war ein tiefer Sumpf aus Neid und Missgunst, in dem verschiedene Lager ihre politischen Fallstricke spannten, um potenzielle Gegner zu Fall zu bringen. Daisy wollte sich vor niemandes Karren spannen lassen und hielt es nach wie vor für eine kluge Sache, nicht gemeinsam mit dem Führer abgelichtet zu werden. Inzwischen konnte sie Pressefotografen wie ein Jagdhund wittern und ging sofort auf Tauchstation. Dem aufmerksamen Goebbels war ihr Treiben schließlich aufgefallen. »Nanu, Fräulein von Tessendorf?«, hatte er sie angesprochen. »Alles drängt in die Nähe des Führers, und Sie verstecken sich?« Ihre Erklärung, diese Art der Aufmerksamkeit sei ihr unangenehm, nahm Goebbels scheinbar mit Humor. »Erfrischend!«, tönte er. »Jedes mir bekannte Frauenzimmer drückt in die Presse und drängelt zum Film, die reinste Keilerei! Machen Sie sich keinen Kopf, Komtess. Ich gebe die Parole aus, dass man Sie in Frieden lässt. Und sollte Ihnen wider Erwarten jemand auf die Pelle rücken, melden Sie sich bei mir.«

Daisy näherte sich Goebbels, und Bormann drehte enttäuscht

bei. Wie günstig, dass die beiden braunen Diven sich nicht sonderlich grün waren.

Neugierig warf Daisy einen Blick auf Goebbels' Lektüre: *Aus dem Leben der Bienen*. Hatte er etwa vor, sich als Imker zu betätigen? Wohlweislich hütete sie sich, ihn darauf anzusprechen. Der Propagandaminister eiferte zunehmend den ungebremsten Wortgewalten seines Führers nach. Wer eine Frage stellte, riskierte einen Vortrag, was beim Führer schon einmal zwei Stunden dauern konnte. Wenn man Glück hatte. Goebbels startete seine übliche Charmeoffensive. »Fräulein von Tessendorf! Wie schön, Sie zu sehen!« Er sprang auf und neigte sich über ihre Hand. »Ist das Wetter nicht herrlich? Früher sagte man Kaiserwetter dazu, heute heißt es Hitlerwetter. Dem Führer ist diese ganze Verehrung fürchterlich peinlich. Er ist zu bescheiden! Kommen Sie, setzen Sie sich zu mir!« Er zog einen zweiten Liegestuhl heran, und Daisy nahm auf der Kante Platz. Kurz betrieben sie Konversation. Nach der Abhandlung von Wetter und Familie inklusive Goebbels' wachsender Kinderschar deutete Goebbels auf seine Lektüre. »Bienen sind ein unglaubliches Volk! Man kann niemals eine einzelne Biene halten! Sie funktionieren nur als Volk. Sie sind ein Gedanke und ein Gehirn. Haben Sie gewusst, dass Bienen ein Erdbeben Tage im Voraus spüren können?«

»Oh? Wann hat es denn das letzte Erdbeben gegeben?«, fragte Daisy sofort.

Goebbels schwenkte neckisch den Zeigefinger. »Jede einzelne Biene folgt vom Tag ihrer Geburt an nur einer Bestimmung: der Königin zu dienen und ihren Staat zu schützen. Wabenbau, Fortpflanzung, Nahrungssuche, Verteidigung – die einzelnen Bienen mögen unterschiedliche Aufgaben erfüllen, aber erst ihr perfektes Zusammenspiel ermöglicht das gemeinsame Überleben als Volk.

Der Honigstaat funktioniert wie ein einziger Organismus. Sehen Sie die Analogie, Fräulein von Tessendorf?«

Daisy wusste, was von ihr erwartet wurde: »Der Führer ist die Königin?«

Goebbels zeigte sein breites, feixendes Lachen. »Ich mag es, wie Sie denken, Fräulein von Tessendorf.«

Du weißt nicht, was ich denke… Daisy lächelte lieblich wie Blütenhonig.

Speer winkte sie zu sich. Er und Hitler verschwanden in den großen Wohnraum mit dem versenkbaren Panoramafenster. »Pardon, Herr Goebbels, die Arbeit ruft!« Sie nahm ihre Pläne und folgte den beiden hinein.

Kapitel 21

> Wie Cäsar fürchte ich nicht die Fetten,
> sondern die Mageren!
>
> Yvette von Tessendorf

Es war eine typisch deutsche Angelegenheit, aus allem einen Wettstreit zu machen und der Erste zu sein, koste es, was es wolle. Mit Stiefel und Sporn, mit Hauen und Stechen, mit Pauken und Trompeten. Der Triumph der Berliner Olympiade begann eben in der Welt zu verblassen, als Speer Anfang 1937 von einem Treffen mit dem Führer aus der Reichskanzlei zurückkam. »Packen Sie Ihren Koffer, Daisy. Wir fahren zur Weltausstellung nach Paris!« Also hatte der Führer das Modell des Pariser Pavillons abgesegnet und erwartete nicht weniger von Speers Truppe, als dass sie den ersten Preis im Wettbewerb der Länder erringen würde.

Was wie die Ankündigung einer Vergnügungsreise klang, bedeutete knochenharte Arbeit. Neben Fleiß fußte Erfolg auf guter Organisation. Statt ihres Koffers packte Daisy zunächst wochenlang Kisten mit Arbeitsmaterial, brütete über Plänen, fertigte seitenlange Listen und dirigierte eine ganze Kompanie an Helfern. Der deutsche Pavillon sollte die Sensation der Weltausstellung werden, die ausgegebene Parole lautete *Sieg oder Schmach*. Schlaf gewöhnte man sich besser ab, die Anspannung wuchs mit jedem Tag genauso wie das Reisefieber. Mitarbeiter, die Paris noch nie gesehen hatten, träumten von der französischen Hauptstadt, und jene, die die Stadt der Liebe bereits kannten, auch. Ein stiller Seufzer hing in der Luft.

Speer, Daisy und die beiden leitenden Architekten nahmen Logis im *Ritz*, der Rest der Mitarbeiter wurde auf bescheidenere Hotels verteilt.

Daisy weilte bereits einen Monat in der französischen Hauptstadt, als ihre Mutter zu ihrem üblichen Frühjahrsbesuch in Paris eintraf. »*Alors*, da muss ich extra nach Paris reisen, um einmal meine Tochter umarmen zu können«, begrüßte Yvette Daisy, die sich freigenommen hatte, um ihre Mutter am Gare du Nord zu empfangen.

»Aber *Maman*, wir haben Weihnachten gemeinsam in Tessendorf verbracht und auch Ostern«, warf Daisy ein.

»Zum Glück gibt es Feiertage! Erinnere mich daran, dass ich Zisch danke, dass er Nereide nicht herausrückt, so kommst du wenigstens nach der Schneeschmelze zum Reiten heim. Aber ich mache dir keinen Vorwurf, da ich weiß, wie sehr dich Herr Speer vereinnahmt.«

»Es liegt nicht allein an Speer, *Maman*. Ich arbeite gerne für ihn. Albert hat stets ein offenes Ohr für meine Ideen und...«

»Ich verstehe, *ma fille*. Du wirst um deinetwillen geschätzt und nicht, weil du zufällig eine Tessendorf bist. *Le dragon* lässt dir übrigens schöne Grüße ausrichten.«

»Wie geht es Großmutter?«

»*Ta grand-mère* ist unverwüstlich. Sie hält auf dem Gut alle tüchtig auf Trab, und wie man hört, steigert sie jedes Jahr den Ertrag. Inzwischen hat sie sogar wieder einen Fuß in der Werft, weil 'Agen jede Form von Arbeit als persönliche Belästigung betrachtet und lieber seinen *Amusements* nachgeht.«

»Und Papa?«

Ihre Mutter lächelte warm. »Dein Papa ist bei unserer Adelaide Kulke in allerbesten Händen. Sie ist ein wahrer Schatz, ein Engel! Nebenbei versorgt sie ganz Tessendorf mit Wollsocken und Schals, selbst Zisch läuft neuerdings mit einem gelb-schwarz gestreiften herum. *Mon dieu,* er sieht damit aus wie eine mürrische Hummel!«

»Es ist so ein Segen für Papa, dass Frau Kulke auf dem Gut bleiben wollte – aber Mitzi vermisst ihre liebe Alte sehr.«

»Oh, ich soll dich auch von Mitzi grüßen, sie verbringt gerade ein paar Tage bei uns. Theres ist selig.«

Daisy erkundigte sich auch gleich nach Violette, da ihr Interesse ihre Mutter freuen würde. Violette erwartete wieder ein Kind, ihr drittes, und Yvette hoffte nach zwei Jungen auf eine Enkeltochter. »Übrigens, *Chérie,* ich habe uns für den Abend einen Tisch im *Jacques* bestellt und dazu ein paar Freunde eingeladen. Heute denkst du nicht an Pläne und Beton, du sollst ein wenig entspannen, *d'accord?* Aber nun lass uns ins Hotel fahren.« Sie winkte dem schmächtigen Pagen, der sich sofort mit dem Handwagen hochgestapelter Vuitton-Koffer in Bewegung setzte. Daisys Augen weiteten sich. »*Maman,* wie lange hast du vor zu bleiben?«

»Nur eine Woche. Ich habe dir auch ein hübsches Kleid mitgebracht. Sicher hast du nichts Adäquates für das *Jacques* eingepackt, weil du nur an Bleistifte und Zirkel denkst. Ich hoffe sehr, dein Albert gibt dich frei, damit du deine arme *Maman* zu Mademoiselle Chanel begleiten kannst.«

»Er ist nicht mein Albert, *Maman*«, seufzte Daisy.

»*Maman*«, meinte Daisy eine Stunde später im *Ritz,* »warum können wir nicht einfach nur schön gemeinsam zu Abend essen, und du gehst später alleine aus? Ich bin in Paris, um zu arbeiten, mein Tag beginnt morgens um sechs.«

»*Alors!*« Daisy traf ein kurzer neckischer Blick. »Da muss ich dich wohl künftig *petite dragon* nennen.«

Yvette setzte den grazilen Fuß auf einen Hocker, um den Riemen ihrer silbernen Sandalette zu schließen. »Du bist wie deine Großmutter, *ma puce*. Arbeit, Arbeit, Arbeit! Und bevor du dich umschaust, wirst du ein alter, freudloser *dragon* sein. Das Leben wartet nicht!«

Aha! Da lag der Hase im Pfeffer. Fünfundzwanzig Lenze und weder Mann noch Liebschaft in Sicht. Daisy ging ihr nicht in die Falle. »Aber das Leben kann doch sicher diesen einen Abend warten?«

»In Paris? Du scherzt. Spring über deinen müden Schatten, tu deiner alten Mutter diesen winzigen Gefallen, *oui?*« Yvette tauschte das silberne gegen ein feuerrotes Paar und betrachtete die Wirkung im Wandspiegel.

Daisys Blick wurde weich. »Von wegen alt, *Maman!* Sieh dich an, du siehst keinen Tag älter aus als dreißig. Was ist dein Geheimnis?«

Ihre Mutter schenkte ihr das strahlende Lächeln, das jeden Drachen, ob groß oder klein, weichklopfte. »*Amusement, mon amour.* Man muss das Leben genießen, und zwar jeden Augenblick, den es uns gewährt. Heute Abend werden wir uns köstlich amüsieren!« Zack, die Falle schnappte zu.

»*Maman*, ist dieser Aufwand wirklich nötig?«, fragte Daisy eine halbe Stunde später reichlich genervt.

»Wenn eine Frau ausgeht, muss sie sich schön fühlen!«, entgegnete Yvette unbeeindruckt und fuhr fort, Abendroben unter Daisys Kinn zu halten und sie wieder zu verwerfen. Sie landeten allesamt auf dem Bett, wo bereits ein Wasserfall an Farben und Stoffen schäumte. »*Et voilá*«, rief Yvette. »Probier das hier an.« Daisy atmete auf. Die Kreation aus schillerndem Smaragdgrün gefiel ihr auf Anhieb. Der Stoff fiel weich und in einem raffinierten Farbverlauf, von der Hüfte abwärts wurde er stetig dunkler, und der tief sitzende Gürtel aus Pfauenfedern umschmeichelte ihre Taille. Daisy begutachtete ihr Spiegelbild. Sie hatte zuletzt etwas an Babyspeck verloren, aber Paris und der damit verbundene Mehrkonsum an Croissants hatten ihre Taille wieder aufgepolstert. Yvette angelte aus ihrem Schmuckkästchen das passende Geschmeide: goldgefasste Aquamarine für die Ohren und ein dreireihiges Collier für das gewagte Dekolleté in Herzform. »*Quelle grâce*«, erklärte sie zufrieden, »du siehst aus wie eine Wassernixe.«

Sie selbst kleidete sich in ein tiefes Rot mit schwarzen Applikationen. Das ärmellose, miederähnliche Oberteil saß perfekt, und der lange, in Falten gelegte Rock fiel hinten zu einer kleinen Schleppe ab. »Und du, *Maman*«, erklärte Daisy, »siehst aus wie ein kleines Teufelchen, das etwas im Schilde führt.«

»*Formidable!*«, rief Yvette entzückt. Der aufs Zimmer bestellte Coiffeur klopfte. Er formte aus Yvettes blondem Haar eine raffinierte Hochsteckfrisur, die er mit einem schwarzen Gebilde aus Spitze schmückte, Daisys lange Locken nahm er auf einer Seite zurück und versah ihr Haar passend zu ihrem Gürtel mit einer einzelnen Pfauenfeder. Daisy griff nach ihrem orientalischen Beutel.

»*Non, arrête!* Nicht dieses alte Ding.« Yvette stöberte bereits in ihrem Modearsenal. Triumphierend präsentierte sie ein paillettenbesticktes Abendtäschchen in Nixengrün. Daisy öffnete ihren Beutel und kippte seinen Inhalt in das Täschchen mit Klappverschluss. Es regnete Brösel.

»*Bon sang!*«, rief ihre Mutter. »Ist das ein totes Macaron?«
Ertappt! Daisy schaute verschämt.
»*Bien*. Und nun«, in Yvettes Lächeln lag Vorfreude, »*que la fête commence!* Lasst das Fest beginnen!«

Yvette nannte dem Taxifahrer ihr Fahrtziel am Boulevard St. Jacques. Der Mann nickte: »*Oui*, Madame. Montparnasse.« Sein harter Akzent verriet den Exilrussen, die inzwischen mehrheitlich das Pariser Taxigeschäft in die Hand genommen hatten.

Yvette verwickelte den Mann sofort in ein Gespräch, Daisy widmete sich dem vorübergleitenden Paris. Die beleuchteten Umrisse von Notre-Dame kamen in Sicht. Das mächtige Bauwerk erhob sich in der Nacht, als würde es über den Wassern der Seine schweben.

Ihr Fahrer manövrierte geschickt durch schmale Straßen und Gassen. Die Reklamelichter des *Jacques* blinkten ihnen bereits einladend entgegen, als ein rotes Sportcabriolet pfeilschnell vorbeischoss, vor ihnen haarscharf einscherte und die letzte Parklücke besetzte. Das rücksichtslose Manöver zwang ihren Taxifahrer, abrupt in die Bremsen zu steigen. Yvette und Daisy wurden in ihren Sitzen nach vorne geschleudert. Ihr russischer Fahrer fluchte und stieß wütend die Tür auf. Der Sportwagenlenker ignorierte ihn völlig. Er schwang sich über die geschlossene Tür seines Cabriolets elegant hinweg, um mit wehendem weißem Schal im *Jacques* zu verschwinden.

Yvette entlohnte den Fahrer, und nach einem Umweg über den Puderraum, um ihre Frisuren zu richten, betraten sie den voll besetzten Saal des *Jacques*. Schwarze Säulen unterteilten den Raum geschickt, linker Hand schlängelte sich eine verspiegelte Theke fast über seine gesamte Länge. Auf einem halbkreisförmigen Podium nahm eben ein farbiges Sextett im weißen Smoking seine Instrumente auf – blitzende Trompeten und Saxofone. Das versprach Jazz! Neben der Bühne führte eine gusseiserne Wendeltreppe auf eine Galerie, die über der Bühne schwebte wie ein Balkon. Alle Tische waren rund, weiß beschürzt und mit einer schmalen Vase geschmückt, aus der eine einzelne Rose blutete.

Ein Ober mit exaktem Mittelscheitel im pomadig glänzenden Haar begleitete sie zu ihrem Tisch am Rande der Tanzfläche. Dort saß bereits ein einsamer Gast und sprang bei ihrer Ankunft höflich auf. »*Enchanté*, Sie wiederzusehen, meine verehrte Yvette«, begrüßte er Daisys Mutter und beugte sich tief über ihre Hand. Darauf wandte sich Henry Roper-Bellows Daisy zu.

Verdammt, so hatte sie sich ihr Wiedersehen nicht vorgestellt! Genau genommen hatte sie sich gar keines vorgestellt. Das gemeinsame Paris-Abenteuer lag ein Jahr zurück, und seither hatte sie jeden Kontaktversuch seitens Henrys erfolgreich abzublocken gewusst. Sie kam nicht dazu, ihre Mutter mit einem bösen Blick zu strafen, weil Henry sie bannte. Er sah sie an, als sei er in einem Augenblick tiefster Verzauberung gefangen. Die unerwartete Begegnung brachte Daisys Herz ins Stolpern, und gerade rechtzeitig fiel ihr Henrys Status als verheirateter Mann ein. Er sollte sie wirklich nicht auf diese verbotene Weise ansehen! Sie bemerkte seine Rasur und suchte darin Zuflucht. »Wo hast du deinen Bart gelassen?«

»In Indien, Mylady«, erwiderte Henry lächelnd. Belustigung blitzte in seinen grauen Augen auf, als kenne er Daisy besser als sie sich selbst.

Sie setzten sich, Henry rückte Yvette und Daisy die Stühle zurecht. Kurz kamen seine Hände dabei mit Daisys nackten Schultern in Berührung, und seine Wärme auf ihrer Haut zu spüren sorgte für einen verwirrenden Schauer. Nein. *Nein!* So sollte sie nicht fühlen! Der Kellner brachte die Weinkarte. Daisy orderte einen Pernod auf Eis. Sie brauchte jetzt den herben Geschmack von Anis auf der Zunge. Während Henry die Weinkarte studierte, nutzte Daisy die Gelegenheit, ihrer Mutter zuzuflüstern: »Du hättest mir das mit Henry ruhig sagen können, anstatt mich vor ein *fait accompli* zu setzen!«

»Aber, *Chérie*, dann wäre es keine Überraschung gewesen.«

»*Diablesse*«, murmelte Daisy. *Teufelin*.

Ihre Mutter lachte fröhlich auf. »Sieh nur, da sind Jacqueline und André!«

Nach und nach trudelten die Freunde Yvettes ein. Einige Namen und Gesichter kannte Daisy bereits. Sie begrüßte die Malerin Jacqueline Lamba und ihren Mann, den Dichter André Breton. Jean Cocteau, den Filmemacher mit dem markanten Gesicht und nach hinten gewelltem dunklem Haar. An seinem Arm hing eine verblüffend winzige Person mit bleistiftdünnen Augenbrauen, die er ihnen als *chère amie* Edith vorstellte. Pablo Picasso trat auf und zog einen Schweif an Verehrern hinter sich her. Picassos neuestes, kolossales Meisterwerk *Guernica* feierte schon jetzt Triumphe und würde den spanischen Pavillon der Weltausstellung krönen. Yvette kannte den berühmten Maler seit seinen Zeiten als armer Schlucker inmitten der Masse der Maler am Montparnasse. Picasso küsste ihr zärtlich die Hand. Der Literat Joseph Roth ließ sich durch seinen Freund Morgenstern als unpässlich entschuldigen – die höfliche Umschreibung dafür, dass der arme Mann, der seinen Kummer über die deutsche Politik im Alkohol ertränkte, vermutlich wieder einmal sturzbetrunken in seinem Pariser Hotelzimmer lag. Daisy stieß einen Freudenschrei aus, als sie ihren einstigen Retter Antoine de Saint-Exupéry auf ihren Tisch zusteuern sah. Sie stürzte sich sofort in das Gespräch mit dem Franzosen. Es ermöglichte ihr, Henry, der ihr zur anderen Seite saß, auszuklammern. Saint-Exupéry bat sie um Pardon, falls er gähnen sollte. Er sei eben erst von einer mehrwöchigen Reise aus Spanien zurückgekehrt, von wo er im Auftrag des *Paris Soir* über Francos Bürgerkrieg berichtet habe. Daisy überfiel Unbehagen. Während sie hier unbekümmert saß, trank und schmauste, herrschte Krieg in Spanien. Antoine berührte ihren Arm. »Verzeihen Sie, Mademoiselle Daisy, aber ich glaube zu wissen, woran sie denken. Ich muss gestehen, es erging mir ähnlich, als ich heute vor dem Spiegel meine Smokingschleife band.«

»Und zu welchem Schluss sind Sie gekommen, Monsieur Antoine?«

»Dass es unsere Pflicht ist, das Leben zu feiern. Es ist unser wertvollstes Geschenk, und wir sollten es nicht wissentlich vergeuden. Die Freude ist eine heilende Kraft.«

»Sie sind sehr weise, Monsieur.«

»Nein, Mademoiselle.« Exupéry atmete hörbar aus, als schulterte er eine Last. »Ich habe im Großen Krieg gedient. Wer im Alltag eine Ameise entdeckt, tritt allenfalls darauf. Wer im Schützengraben liegt, den rührt selbst das Schicksal der winzigsten Ameise an. Damals habe ich mir gewünscht, selbst zur Ameise zu werden, mich in die kühle Erde zu wühlen und Stille vor den Menschen zu erfahren. Es ist eine einfache Wahrheit, Mademoiselle: Sie, ich, wir alle sind den Fliehkräften eines ewigen Gegensatzes ausgeliefert: Stets ist es der Tod, der uns den wahren Wert des Lebens schätzen lehrt. Wir schöpfen aus dem Leid, weniger aus dem Glück.«

Daisy griff seinen Gedanken auf. »Jede Kraft hat eine Gegenkraft. Das Leid ist bewusstes Erleben. Dagegen ist Glück so flüchtig wie eine Wolke im Wind.«

»Vielleicht ist Glück die Abwesenheit von Schmerz«, sinnierte Saint-Exupéry weiter. Sie lächelten sich in stillem Einverständnis zu und wurden erst wieder Teil der Tischgesellschaft, als eine junge Frau das Podium betrat. Im Saal kehrte beinahe schlagartig Ruhe ein. Als lenkte die eintretende Ruhe ihre Aufmerksamkeit, wandte Daisy leicht den Kopf. Zwei Tische weiter bemerkte sie einen Mann, der sie ansah. Er fiel eindeutig unter Mitzis Kategorie »herrliches Tier«. Schwarzes, nackenlanges Haar, ein breiter, sinnlicher Mund und dunkle Augen, die wie Kohle glühten. Der Blick des Fremden ließ jeden Anstand missen, er wanderte von ihrem Gesicht abwärts, verharrte auf ihrem Dekolleté und kehrte zu ihren Augen zurück. Er schien sie gleichsam zu berühren. Wie eine Stichflamme stieg Hitze in Daisy auf. Seine sinnlichen Lippen verzogen sich zu einem Lächeln, und er neigte grüßend den Kopf. Als hätte er ihr ein Kabel zugeworfen, das sich um ihren Körper schlang, floss ihr eine elektrisierende Botschaft zu: *Ich kann dir jede Sinnenfreude bereiten, du musst einzig Ja sagen…*

Kurzes Luftschnappen ihrerseits und Flucht in Empörung. Was für ein unverschämter Bursche! Dennoch besaß sein Selbstbewusstsein eine enorme Anziehungskraft, und es war gerade die Direktheit des Unbekannten, die ihr Blut zum Summen brachte. Erst Henry und nun dieser Fremde. Es machte sie nervös, wie empfänglich sie auf beide Männer reagierte. Was war bloß an diesem Abend mit ihr los? Als sei eine neue Form von Energie in ihr erwacht. Unter ihrer Haut pulsierte es, als schlügen winzige Trommeln einen neuen, unbekannten Rhythmus. Es musste an dem verflixten Paris liegen. Die Stadt hatte sie mit dem Vergnügungsvirus infiziert!

Gottlob setzte nun tosender Begrüßungsapplaus ein und brach

den Bann. Erst jetzt erkannte Daisy in der kleinen Sängerin auf der Bühne Cocteaus *chère amie* Edith.

Schon bei den ersten Tönen offenbarte sich Ediths Kunst. Himmel, dachte Daisy, sie singt nicht, sie vertont Gefühle! Es war Daisy ein Rätsel, aus welchen Tiefen dieses schmale Persönchen diese kraftvolle Stimme schöpfte. Als Edith nach ihrem grandiosen Vortrag inklusive der geforderten Zugabe die Bühne verließ, Beifall und Hochrufe langsam abebbten und das Sextett sein Spiel wieder aufnahm, drängte der Fremde zurück in Daisys Bewusstsein. Würde er kommen und sie zum Tanz auffordern? Sie fühlte eine köstliche Schwäche, die Lust, sich ins Unbekannte fallen zu lassen. Einige Paare strebten bereits der freien Fläche vor dem Podium zu, aber es war Henry, der sich plötzlich neben ihr verbeugte und sie um einen Tanz bat. Verstohlen riskierte Daisy einen Blick in die Richtung des Fremden: Lässig wie ein römischer Tribun, einen Arm auf der Lehne drapiert, sah er zu ihr herüber. Daisy fühlte sich ertappt, und dieser selbstverliebte Kerl hatte es bemerkt! Es verleitete sie, Henry ihr strahlendstes Lächeln zu schenken. Sie legte ihre Hand in seine und ließ sich von ihm aufs Parkett geleiten. Sie tanzten. Henry führte sie sicher über die Fläche, und es fühlte sich erstaunlich gut an, in seinen Armen zu liegen. Daisy schmiegte ihre Wange an seine Brust und atmete seinen Geruch, eine Mischung aus herbem Eau de Cologne und etwas Unbekanntem, das ihren Körper erschauern ließ. Er verstand es als Aufforderung. Sein Arm schloss sich fester um ihre Taille, und er zog sie eng an sich. Daisy genoss seine Berührung, davon überrascht, wie muskulös sich sein warmer Körper anfühlte. »Warum bist du hier, Mr Darcy?«, murmelte sie in sein Ohr.

»Ich wollte die schönste Frau der Welt wiedersehen.« Er roch an ihrem Haar.

»Ach? Meine Mutter hättest du jederzeit auch in Stettin besuchen können«, kokettierte Daisy.

»Du machst es mir nicht leicht, Mylady.«

»Hast du es gerne einfach, Mr Darcy?«

»Nicht, wenn es um dich geht. Ich danke dir im Übrigen«, murmelte er rau, während seine Lippen wie beiläufig ihr Ohrläppchen streiften.

»Wofür?«, hauchte Daisy und ließ sich in den Augenblick fallen.

»Dafür, mich darauf hinzuweisen, dass sich der Wert der Dinge daran misst, in welchem Grad wir uns für sie einsetzen.«

Die Musiker beendeten das Stück und begannen ein neues. Daisy und Henry verständigten sich Körper an Körper darauf, dass sie weitertanzen wollten. Als Nächstes wiegten sie sich zur Melodie von *Valentine*. Sein Atem an ihrer Wange, die Hand warm an ihrer Hüfte. In dieser Nacht war ihr Körper auf seltsame Weise zu einem eigenständigen Leben erwacht. Warum sich gegen seine Empfindungen wehren?

»Ich wollte dich um Verzeihung bitten«, flüsterte Henry.

»Wofür?«, wiederholte Daisy etwas atemlos.

»Dass ich mich von dir habe fortschicken lassen.«

»Tust du immer, was eine Frau dir befiehlt?«

Er ließ die Fragen offen, und seine Lippen strichen warm über ihr Ohr. Daisy genoss den Flirt zunehmend. Schließlich lag es in ihrer Macht, es jederzeit zu beenden. Ein Wort genügte: *Sophie*.

Henry wechselte beschwingt die Richtung, und Daisys Blick streifte zufällig den Tisch des herrlichen Tieres. Er war fort. Sie wandte den Kopf, aber in dem herrschenden Gewühl konnte sie ihn nirgendwo entdecken. Sie fragte sich, ob er gegangen war, weil er sie mit Henry flirten sah. War sie erbärmlich oder bloß verwirrt? Vielleicht hätte sie auf den zweiten Pernod verzichten sollen.

»Was ist?«, fragte Henry.

»Was soll sein?«

»Habe ich dich erschreckt, Mylady?«

»Nein, ich habe nur Durst.« Daisy fuhr sich mit der Hand über ihr erhitztes Dekolleté. Fehler! Henrys Blick folgte der Bewegung mit einem hungrigen Ausdruck. Himmel! Paris war definitiv eine Droge für die Sinne. Alles potenzierte sich. Daisys Herz schlug schneller, ihr Körper pulsierte, und auf ihrer Haut züngelten Flammen. Sie kicherte unkontrolliert, und Henry brachte sie zurück zu ihrem Tisch. Daisy stürzte das nächstbeste Getränk hinunter, ein Glas Weißwein, das warm und schal schmeckte. Sie ließ sich frischen nachschenken, genoss seine Kühle. Der nächste Menügang wurde aufgetragen, vor Daisys Nase schwebte ein Teller ein. Sie beäugte die papierdünne Scheibe rosa Braten auf einem Bett aus Gemüse, garniert mit einem Tupfen Geschäumtes. Meerrettich. Sie inhalierte seine Schärfe. Ihr Laster war Süßes, aber gerade verlangte es sie nach etwas Deftigem. Sie tauchte ihre Gabel in den Schaum und schluckte den Meerrettich pur hinunter. Ohne innezuhalten, hüpfte ihre Gabel hinüber zu Henrys Teller und stibitzte sich auch seine Portion des scharfen Gewürzes.

Henry beugte sich herüber. »Mundraub?«

»Ein Tausch, Mr Darcy«, erklärte sie. »Du bekommst mein Fleisch dafür.« Die Doppeldeutigkeit ihres Angebots entging ihr. Henrys Augenbrauen hoben sich amüsiert, als Gentleman hielt er sich mit einer Bemerkung zurück. Was nicht bedeutete, die Gelegenheit ungenutzt zu lassen: »Es gibt nur einen Tausch, den ich ersehne, Mylady.«

»Und welcher wäre das?«

»Ein Kuss.«

»Ich warne dich, Mr Darcy«, erwiderte Daisy mit tiefem Augenaufschlag und reichlich beschwipst, »er könnte nach Meerrettich schmecken.«

»Eine gewisse Schärfe nehme ich jederzeit in Kauf.«

Sie setzten die Plänkelei den ganzen Abend fort, als hätten sie das Spiel neu erfunden. Zwischendurch tanzten sie. Daisy spielte bewusst mit dem Feuer, aber es würde Henry sein, der sich daran verbrannte.

Das herrliche Tier blieb dauerhaft verschwunden. Umso mehr Aufmerksamkeit ließ Daisy Henry angedeihen.

Zu vorgerückter Stunde verfolgten sie beide amüsiert Cocteaus Bemühungen, die sturzbetrunkene *chère* Edith davon abzuhalten, vom Tisch zu purzeln, auf den sie sich kurzerhand geschwungen hatte. Die puppenhafte Sängerin taumelte barfuß über die Tischfläche, stieß Gläser und Dekoration um und stiftete allgemeines Chaos. Kurzerhand steckte sich Cocteau Ediths Schuhe rechts und links in die Smokingtasche, lud sich das Fliegengewicht auf die Schulter und trug sie unter dem Applaus der übrigen Gäste aus dem Saal.

Henry ergriff die Gelegenheit. »Darf ich dich nach Hause begleiten, Mylady?«

»Falls du vorhast, mich ebenfalls wie einen Teppich abzutransportieren, muss meine Antwort Nein lauten.«

»Die Wahl der Mittel überlasse ich selbstverständlich dir«, erwiderte Henry galant.

»Wie dir nicht entgangen sein dürfte«, erwiderte Daisy geziert, »bin ich mit meiner Mutter gekommen.« Es enthob sie jeder Entscheidung.

»Sehen wir uns wieder?«, erkundigte er sich leise an ihrem Ohr, während er ihr die Seidenstola um die bloßen Schultern legte. Seine Hände ruhten etwas länger als nötig auf ihrer Haut. Unwillkürlich spulte Daisys Erinnerung Jahre zurück zu einem Abend in einer Stettiner Bar, als er sie in der Garderobe ähnlich umfasst hatte. Warum, fragte sich Daisy, fühlte sich die Berührung eines Menschen, den man gerne hatte, so verdammt gut an? Besaß die Haut ein Gedächtnis?

Damals hatte Henry sie ebenso charmant umschmeichelt, dabei steckte der Durchsuchungsbefehl für die Helios-Werft längst in seiner Jackentasche. Vermutlich verwahrte er nun seinen Ehering am selben Ort, da sie keinen an ihm sah. Der Gedanke sorgte für Ernüchterung, und er machte vergessen, wie oft Henry ihr in der Vergangenheit zu Hilfe geeilt war. Sie entzog sich ihm mit einer brüsken Bewegung und folgte ihrer Mutter hinaus zum wartenden Taxi. Henrys verblüfftes Gesicht nahm sie mit.

***

Als Daisy und Yvette am nächsten Morgen den Frühstückssaal des *Ritz* betraten, winkte ein einzelner Gentleman sie an seinen Tisch. *Henry.*

»Du hast gestern nicht erwähnt, dass du ebenfalls im *Ritz* logierst«, meinte Daisy.

»Tatsächlich nächtige ich nicht im Hotel. Der britische Botschafter war so freundlich, mich in seine Pariser Residenz einzuladen.«

Daisy fischte nach einem Croissant und tat sich reichlich Erdbeermarmelade auf den Teller. »Und die Gastfreundschaft des Botschafters erstreckt sich nicht auf ein Frühstück, weshalb du im *Ritz* speisen musst?«

»Ich wollte keine Minute länger auf ein Wiedersehen mit dir warten«, erklärte Henry so freimütig wie galant und wandte sich zu Yvette: »Mit Ihrer Erlaubnis würde ich Ihnen Ihre Tochter heute Abend gerne entführen.«

»Nur zu!« Yvette lächelte vielsagend in ihren Café au Lait. Daisy wurde aus ihrem Manöver nicht schlau, und bevor sich das Knäuel in ihrem Kopf weiter verheddern konnte, willigte sie charmant in das Rendezvous mit Henry ein.

***

In einer Woche sollte der französische Premierminister Léon Blum die Weltausstellung mit einem feierlichen Festakt eröffnen, und nichts war fertig. Auf hundert Hektar Messegelände tobte das Chaos. Überall wurde noch hektisch gebaut, Lkw karrten Waren heran, Arbeiter wuselten wie Ameisen umher. Dazwischen stürzten sich Fahrradfahrer todesmutig in das Tohuwabohu aus Menschen, Fahrzeugen und Material. »*Mon dieu!*«, entfuhr es Yvette angesichts des wimmelnden Durcheinanders zu Füßen des Eiffelturms. »Wie hast du deinen Chef überredet, dir den Tag freizugeben?«

»Gar nicht. Ich erwähnte lediglich deine Ankunft.«

»*Alors*, womit fangen wir an? Wo steht der deutsche Pavillon?«

Daisy wies auf das andere Seineufer. »Siehst du die beiden großen weißen Gebäude? Das höhere links ist unsere Halle, und direkt gegenüber haben die Russen die ihre errichtet.«

»*Mon dieu!*«, wiederholte Yvette. »Wie hoch ist euer Turm? Will Speer etwa den Eiffelturm übertrumpfen?«

»Sicher – wenn man ihn gelassen hätte...«, schmunzelte Daisy. »Möchtest du unseren Pavillon besichtigen? Bis auf Kleinigkeiten und eine fehlende Skulptur sind die Arbeiten abgeschlossen.«

Yvette hob die linke Augenbraue: »Hattest du beim Frühstück nicht erwähnt, jedermann sei im Verzug und nichts zur Eröffnung bereit?«

»Richtig, aber wir werden es rechtzeitig schaffen«, erklärte Daisy nicht ohne Stolz. Sie hatte für diesen Erfolg monatelang rund um die Uhr geschuftet.

Ausgerechnet Yvette hieb in die Kerbe. »Da scheint die deutsche Gründlichkeit durchzuschlagen.«

Daisy nahm es sportlich. »*Oui*. Aber die Russen sind uns dicht auf den Fersen.« In der Tat hatten sich Speer und sein russischer Gegenpart Boris Iofan einen mörderischen Wettbewerb geliefert. Das ließ Daisy lieber unerwähnt. Am Ende zählte das Resultat. »Den deutschen Pavillon heben wir uns auf«, bestimmte sie nun. Sie fürchtete zu Recht, dort aufgehalten zu werden.

»*Bien*, aber vergiss es nicht, *Chérie*. Ich möchte gerne sehen, was meine Tochter geschaffen hat. *Voilà*, was haben meine Landsleute zu bieten?«

»Zwei Dutzend Pavillons plus ein kleines Dorf zwischen *la France profonde* und *la France moderne*. Einer der größten Bauten ist ganz der Mode gewidmet.« Daisy wählte ihre Route mit den Höhepunkten der Messe sorgfältig, ein Muss bei vierundvierzig teilnehmenden Ländern. Sie besichtigten den gläsernen Palast der Lüfte und den Pavillon des Lichts und schlenderten weiter in das nachgestellte französische Dorf. Alles wirkte täuschend echt. Um den Platz mit Dorfbrunnen und Steinofen gruppierten sich Häuser und Ställe, Letztere beherbergten Federvieh und Ziegen, und in einem Pferch grunzte ein geflecktes Schwein. Eine Taverne hatte bereits den Grillofen angeworfen und lockte mit köstlichem

Bœuf bourguignon. Daisy und Yvette teilten sich hungrig einen Teller, tunkten ihr Baguette in die herrliche Sauce und aßen frittierte Kartoffeln, die so heiß waren, dass sie sich die Finger daran verbrannten. Sie tranken dazu eisgekühlte Limonade mit Minze und beschlossen ihr Mahl mit einem Erdbeersorbet. Gestärkt setzten die Damen ihre Tour fort. Das Beste hatte sich Daisy bis zum Schluss aufgespart. Sie führte ihre Mutter in den spanischen Pavillon mit Picassos *Guernica*, das schon jetzt als Jahrhundertwerk gehandelt wurde.

»Es... es ist *formidable!* Überwältigend!«, stammelte Yvette, während Tränen ungehindert über ihre Wangen strömten. Auch Daisy, die das Gemälde bereits vorab bewundern durfte, traf der Anblick aufs Neue ins Herz. Jeder Pinselstrich erzählte von Wahnsinn und Unrecht, von Leid und Schmerz und verlieh dem Schrecken des Spanischen Bürgerkrieges ein weinendes Antlitz. In die Betrachtung versunken zuckten sie zusammen, als eine große braune Hand zwischen sie fuhr und mit einem blütenreinen Taschentuch wedelte. Sie drehten sich um, und Daisy hob es fast aus ihren Schuhen. *Das herrliche Tier!* Wo kam es so plötzlich her? Viel mehr konnte sie nicht denken. Wie am Abend zuvor erlitt ihr Gehirn einen Kurzschluss.

Ihre Mutter nahm das Taschentuch mit freundlichem Dank entgegen, und der Unbekannte stellte sich ihnen als Giacomo de Luca vor. Wie sich beim anschließenden Gespräch herausstellte, waren Daisy und Giacomo Kollegen, de Luca zeichnete als Architekt verantwortlich für den Bau des italienischen Pavillons, aber die Kunst, betonte er, sei seine große Leidenschaft. Dabei taxierte er Daisy mit einer Glut, als sei sie der fragliche Gegenstand, dem er seine Leidenschaft zu widmen gedachte. Daisy nahm die Botschaft mit einem inneren Beben entgegen. Seine Augen verrieten ihr, dass dieses Wiedersehen keinem Zufall entsprang und der gestrige Abend nur der Auftakt gewesen war, eine kleine zahme Ouvertüre, um die Spannung auf das Kommende zu erhöhen. Daisy bekam wenig von der Unterhaltung zwischen Yvette und Giacomo mit, weil das Rauschen ihrer eigenen wirbelnden Gedanken alles andere übertönte. Giacomo sagte etwas zu ihr, seine Lippen bewegten sich, aber ihr Verstand kam nicht rechtzeitig in Gang. Zum Glück besaß sie ein Vizehirn, das ihr nun verlässlich zur Seite sprang: »Ich esse gerne Petits Fours.«

Der Italiener ließ ein tiefes, kehliges Lachen hören, das kleine Flämmchen über Daisys Körper jagte. »Signorina, Sie sind fantastica!« Er wandte sich an Yvette: »Ihre Tochter erinnert mich auf charmante Weise an die Etikette. Darf ich deshalb Sie, Madame, um Ihre Erlaubnis ersuchen, Ihre Tochter am Abend auszuführen?«

»Meine Tochter ist erwachsen und frei in ihren Entscheidungen«, erwiderte Yvette mit einem winzigen Lächeln und sah dabei zu Daisy. Der Blick irritierte sie. Offenbar würde es ihre Mutter vorziehen, sie lehnte die Einladung des Italieners ab.

Giacomo wartete. Seine dunklen Augen bannten Daisy mit hypnotischer Kraft. Sie sagte zu. Giacomo verabschiedete sich mit dem Lächeln eines Siegers. Auch Daisy lächelte, allerdings nur kurz.

»Du solltest 'Enry rasch Bescheid geben.«

»Was?« Die Bemerkung ihrer Mutter versetzte Daisys Verstand zurück in den Normalbetrieb. *Himmel und Hölle*, sie hatte den Abend längst Henry versprochen!

»*Alors, Chérie*«, sagte Yvette und klang eindeutig amüsiert. »Willkommen im Reich der Sinne. Du hast dich eben verhalten wie eine kopflose Jungfrau.«

Ratlos sank Daisy auf eine Sitzbank.

»Du hast dich selbst in diese Lage gebracht. Du kannst nicht auf ein Pferd steigen und in beide Richtungen losreiten.«

»Ach, warum bloß in aller Welt hast du Henry gestern ins *Jacques* eingeladen«, seufzte Daisy.

»Pff! Stiehl dich nicht aus der Verantwortung, *ma fille*. Die richtige Entscheidung zu fällen ist selten einfach, aber es lohnt sich in jedem Fall, vorher den Kopf einzuschalten.«

»Hinterher ist man immer schlauer«, stöhnte Daisy.

»Ich denke, damit ist unser Vorrat an Lebensweisheiten ausgeschöpft«, meinte Yvette trocken. »Komm, gehen wir.«

Daisy zögerte einen Moment. Solange sie hier saß, brauchte sie sich der Wirklichkeit nicht zu stellen. Wie konnte ihre Welt derart schnell aus den Fugen geraten? Sie hatte sich in den letzten Jahren ein eigenes, unabhängiges Leben aufgebaut, in dem sie sich bestens zurechtfand und nichts vermisste. Wenn ihr junger Körper ab und an Bedürfnisse anmeldete, gab es willige Männer im Überfluss. Nach der Liebe hatte sie nie Ausschau gehalten – erst recht nicht nach der Enttäuschung durch Henry. Nach den tragischen Ereignissen um ihren Bruder Louis empfand sie die Liebe im Grunde auch ein Stück weit als beängstigend. Giacomo vermittelte ihr erstmals eine Vorstellung davon, wie es sich anfühlte, wenn man von der Macht der Leidenschaft mitgerissen wurde und das Wollen des Körpers den Verstand ausschaltete. Besaßen Sinne ihren eigenen Willen? War Liebe unbeherrschbar? Louis hatte jede Entscheidung seines Lebens der Liebe untergeordnet und am Ende für sich den Tod gewählt. Fast wünschte sich Daisy, sie wäre Giacomo nicht begegnet. Der Italiener hatte ihre Illusion, die Kontrolle über ihre Gefühle zu haben, innerhalb weniger Sekunden ausradiert. Giacomo bedeutete Gefahr. Ihre Gefühle für Henry hingegen blieben für sie beherrschbar, schon allein, weil sie von seiner Frau Sophie wusste. Daisy kehrte mit ihrer Mutter ins Hotel zurück, ihre Grübeleien setzte sie fort. Zwei Männer, zwei Einladungen. Eine Entscheidung. Am Ende war es einfach. Sie hüpfte aus der gerade eingelassenen Wanne, warf sich einen Bademantel über und lief nach nebenan, um es ihrer Mutter mitzuteilen. Ohne anzuklopfen, platzte sie in Yvettes Zimmer. Zwei Personen fuhren auseinander. Hagen und ihre Mutter! Daisy war so entsetzt, dass ihr schlagartig übel wurde. Hagen grinste, als sei die Situation ganz nach seinem Geschmack. Ausgerechnet Hagen! Es hob ihre ohnehin wankende Welt vollends aus den Angeln.

»Ich weiß, das ist schwer zu verstehen, *Chérie*«, erklärte Yvette, während sie ihre Kleidung ordnete.

Daisy klang ihre eigene Stimme fremd: »Dann sei so gut, *Maman,* und klär mich auf, wie zum Teufel ich das verstehen soll!« Anklagend ruckte ihr Kopf zu Hagen. Das Grinsen klebte weiter in seinem Gesicht. Yvette packte ihn und schob ihn energisch zur Tür. »Verschwinde!«

»Wie kannst du nur, *Maman!*«

»Du kannst mich entweder anhören oder mit Vorwürfen bombardieren.« Yvette wies zur Sitzgruppe. Widerstrebend nahm Daisy auf der vordersten Kante Platz, als sei der Sessel mit Nägeln gespickt.

»*Alors!*« Yvettes veilchenblauer Blick fixierte Daisy. »'Agen erpresst mich seit Jahren. Was du gerade beobachtet hast, war sein neuerlicher Versuch, über mich zu verfügen.«

»Was«, sagte Daisy schneidend, »hat Hagen gegen dich in der Hand, womit er dich erpressen könnte?«

»Erinnerst du dich, als 'Ugo Louis das erste Mal verhaftete und wir unsere Hoffnung auf 'Ermann Göring setzten?«

»Natürlich. Aber was hat das mit heute zu tun?«

»Göring erklärte mir damals, er sehe keine Veranlassung, in Louis' Angelegenheit zu intervenieren. Das Ganze erwies sich als abgekartetes Spiel zwischen Göring und 'Agen. Es zwang mich, deinen Halbbruder um seine Hilfe anzuflehen. Erst danach machte Göring seinen Einfluss als Reichstagspräsident geltend, und Louis kam aus dem Gefängnis frei. Im Gegenzug für seine Hilfe verlangte 'Agen eine Nacht mit mir.«

»O mein Gott!« Daisy saß und glaubte dennoch zu fallen. »Du hast mit Hagen…?«

Yvette hob kämpferisch ihr Kinn: »Eine Mutter ist zu allem bereit, wenn sie dadurch eines ihrer Kinder retten kann.«

Daisys Magen krampfte sich erneut zusammen. »Bist du dir sicher, dass du Hagen nicht ein wenig… ermutigt hast?«

»Gehässigkeit steht dir nicht, *Chérie*.«

»Dir steht Ehebruch nicht.«

»Das ist eine Sache zwischen mir und deinem Vater.«

»Und, weiß er es?«

»Natürlich nicht. Es würde ihm das Herz brechen.«

»Und damit bist du fein raus, *Maman*. Denn sollte ich es ihm sagen, wäre ich diejenige, die ihm das Herz bricht. Sei unbesorgt. Ich werde schweigen.«

»Ach, *Chérie*«, erwiderte Yvette sanft. »Du leidest, und das bricht *mir* das Herz.«

»Du irrst. Ich leide nicht, ich bin nur verdammt wütend!«

»Das verstehe ich, aber du musst dich beruhigen. Ich muss mit dir noch über etwas anderes reden.« Yvette trat zur kleinen Bar, goss Cognac in zwei Schwenker und gab Daisy ein Glas.

»Mein geliebtes Frankreich«, begann Yvette bedrückt, »ist ein zerrissenes Land, nicht mehr als eine bloße Fassade mit einem ausgehöhlten Inneren. Es wankt, und ich fürchte seinen Sturz. Italien steckt fest in Mussolinis Griff, Franco hat in Spanien einen blutigen Bürgerkrieg angezettelt, Stalin terrorisiert sein eigenes Volk, und in Deutschland... verzeih, *ma fille*, dass ich das so sage, da ich weiß, dass wir diesem Mann die Rettung von Mitzi und Frau Kulke zu verdanken haben, aber in Deutschland regiert ein Irrer, der von Krieg träumt.«

»Seit wann interessierst du dich für die europäische Politik?«

Ihre Mutter zögerte. Neue Spannung baute sich auf.

Daisy hakte nach. »Was ist es, *Maman*, worüber du mit mir reden willst?«

»*Chérie*, das Folgende ist tatsächlich nicht einfach für mich...« Während sie sprach, schlich Yvette zur Tür und riss sie unvermittelt auf. Der Gang war leer. Yvette schloss die Tür und fixierte Daisy, die das Treiben ihrer Mutter verdutzt verfolgte. »Versprich mir, *ma fille*, dein Temperament zu zügeln und nicht sofort wie von wilden Furien gejagt aus dem Zimmer zu stürmen.«

»Jesus, hast du etwas Unrechtes angestellt?«

Yvette schluckte ihren Cognac und rückte ihren Sessel direkt vor Daisy: »In meinen Augen nicht, obwohl die deutsche Regierung durchaus dieser Auffassung sein könnte.«

Daisy glaubte, einen Klick zu hören, als ihr Verstand an der richtigen Stelle einrastete. Irgendwie hatte sie es geahnt, und es erklärte auch die enge Verbindung ihrer Mutter zu Henry. »*Die Durchsuchung der Werft!* Du hast damals Henry den Tipp gegeben! Großmutter hatte dich durchschaut, aber ich wollte es nicht wahrhaben. Ich dachte, sie sieht Gespenster. Warum in aller Welt hast du das getan, *Maman*?«

Von einer Sekunde zur anderen schien sich ihre Mutter in eine Unbekannte zu verwandeln. Stolz und hart zugleich. »Als Französin war mein Handeln ehrenhaft. *Le dragon* hat mit ihrem Unternehmen gegen den Versailler Friedensvertrag verstoßen und verbotene Kriegsschiffe gebaut.«

Für Daisy war das schwer verdauliche Kost. »Es heißt also *ihr* und nicht *wir*? Zählen wir als deine Familie weniger als dein Land?«, versetzte sie frostig.

»Recht und Unrecht fragen nicht nach Nationalitäten. Die Moral gilt unabhängig davon.«

»Und wie sieht es mit Loyalität aus? Hast du vergessen, dass das Tessendorf-Vermögen deine Reisen bezahlt? Deine Chanel-Couture? Die bunten Gemälde von Monsieur Picasso? Geld, das wir mit unserem Unternehmen verdienen! Moral mag unabhängig sein, *Maman,* aber was du betreibst, ist Doppelmoral. Es ist Heuchelei!«

Yvette nickte beifällig. »*Chapeau, Chérie!*«

»Dir scheint es egal, was ich sage!«, rief Daisy erbost.

»Nein, in Anbetracht dessen, was ich dir zumute, bist du…«

»Richtig, es ist eine Zumutung!«, fiel Daisy ihr ins Wort. »Du hast unsere Familie an Henry verraten, und der ist *Brite*! Sicher wurden deine Dienste von den Engländern gut entlohnt. So viel zu deinem Patriotismus.«

»Du verwechselst Ursache und Wirkung, Marguerite. Ich habe nicht unsere Familie verraten, sondern betrügerische Geschäftspraktiken. Und ich tat es, weil ich für die französische Regierung arbeite. Unentgeltlich. Meine Währung ist der Frieden. Europa braucht keinen weiteren Krieg.«

Daisys Magen tat einen Satz. »Du bist eine Spionin?«, flüsterte sie und las die Antwort in Yvettes Gesicht. »Ist… Henry auch einer?«

»Warum fragst du mich das?«

»*Du* wolltest mit mir reden, *Maman!*«

»*Oui* ... soweit es mich betrifft. Das heißt nicht, andere dadurch in Gefahr zu bringen.« Yvette wollte nicht lächeln und tat es dennoch. Auf eine ergebene Weise. »Nach dem Krieg stand 'Enry offiziell in den Diensten der Alliierten. Mehr kann ich dazu nicht sagen.«

»Mehr möchtest du dazu nicht sagen«, hielt Daisy fest. »Wie viel weiß eigentlich Hagen?«

»Pah!« Yvette winkte ab. »Der hat keine Ahnung. 'Agen hält alle Frauen für beschränkt.« Sie zögerte kurz: »Wirst du mir verzeihen, *Chérie?*«

Daisy schluckte. »Hatte Marie recht? Hat deine *Maman* Joséphine Madame Bouchon ermordet?«

Yvettes Hände zuckten über den Kostümrock. »Ich weiß die Antwort nicht, aber ich kenne die Frage: Wie weit geht eine Mutter, um ihre Kinder zu schützen? Schau mich an«, bat Yvette, und als Daisy die Augen hob: »Fürwahr, *Chérie*. Du erweist dich heute als unerbittlich.«

»Was erwartest du, *Maman?* Erst erwische ich dich in flagranti mit Hagen, dann erfahre ich, dass du ...«

»Schh ...« Yvette griff nach Daisys Finger. »Du besitzt eine unbeirrbare Moral, Marguerite. Das erfüllt mich mit Stolz. Aber mein Herz brennt, weil ich heute einige deiner Gewissheiten zertrümmert habe. Wirst du mir verzeihen?«, wiederholte sie.

Daisy fühlte sich noch nicht bereit für den Ölzweig. Das Leben ihrer Mutter war eine Lüge! Seit Louis' Tod war ihr Innerstes nicht mehr derart aufgewühlt worden. Ihr brannte noch eine Frage auf der Zunge. »Wenn Vater von deinem Vorleben weiß, *Maman* ... Hat er auch Kenntnis von deinem ... *Patriotismus?*«

Erneut hing der Raum voller Dolche. Yvettes Miene wurde

schlagartig kantig. »Nein, das hat er nicht, und das soll auch so bleiben.«

»Also hast du auch ihn belogen.«

»Ich habe deinen Vater nie belogen. Du kannst mir höchstens vorwerfen, dass ich es ihm nicht gesagt habe – weil dieses Wissen brandgefährlich ist.«

»Ach?«, warf Daisy eine sarkastische Klinge. »Dein Schweigen dient nur dazu, Vater zu schützen?«

»Daran ist nichts falsch. Angesichts seines Zustandes habe ich so entschieden.«

»Wann?«

Yvette seufzte, alles an ihr wurde sanft und weich, ihr Blick, ihre Züge, ihre Haltung. »Ich verstehe deine Enttäuschung. *Oui*, ich habe den richtigen Zeitpunkt versäumt, es deinem Vater zu sagen. *Oui*, ich war feige, und, *oui*, ich war zögerlich. Zu meiner Verteidigung sei gesagt, ich bin auch nur ein Mensch.«

Der Knoten in Daisys Magen befand sich längst in Auflösung. Yvette war ihre Mutter und nicht ihr Gegner. Nur eines gab es noch zu klären. »Ich will dir gerne verzeihen, Maman – sofern du mir eine letzte Frage beantwortest.«

»Natürlich, *Chérie*.«

»Warum Henry?«

Yvette lachte hell auf. »Weil er der beste unter allen Männern ist, denen ich bisher begegnet bin. Dein Vater ausgenommen, *naturellement*, und vielleicht Saint-Exupéry. Aber der ist vergeben.«

Ungläubig schob sich Daisy eine Locke aus dem Gesicht. »Warum ist dir nicht bekannt, dass auch Henry längst vergeben ist?«

»*Quoi?*«, entfuhr es Yvette verblüfft.

»Seine Frau heißt Sophie. Ich habe es im letzten Jahr erfahren. Und leider hat es der *beste aller Männer* bis heute versäumt, mir das mitzuteilen.«

Yvettes Hand legte sich sanft auf Daisys Knie. »Ich weiß nicht, woher du deine Information beziehst, aber sie ist falsch. 'Enry ist sicher nicht verheiratet. Er hätte es mir gesagt.«

»So wie du Vater erzählt hast, dass du dich… für Frankreich betätigst?«

»*Touché!* Das habe ich jetzt verdient, *ma puce*.«

»Warum werde ich das Gefühl nicht los, dass sich hinter deinem Verkupplungsversuch mehr verbirgt?«

»Es stimmt«, gestand Yvette mit einem Lächeln, das rasch einem besorgten Ausdruck wich. Sie erhob sich und wanderte durchs Zimmer. »Es raubt mir seit Jahren den Schlaf, dass du mit Albert Speer in der Reichskanzlei ein und aus gehst. Du bist von Gestalten umgeben, die nichts Gutes im Schilde führen. Ich fürchte um dich, *Chérie*.«

»Du übertreibst, *Maman*«, entgegnete Daisy leicht befremdet. »Was soll mir groß passieren? Ich halte mich von jeglicher Politik fern, in erster Linie geht es mir um meine Arbeit. Herr Hitler begegnet mir in geradezu väterlicher Manier, und mit Ekelpaketen wie Bormann werde ich durchaus allein fertig.«

»Ach, *ma fille*, das ist nicht der Punkt. Die politische Lage wird sich zuspitzen, und ich möchte dich unter allen Umständen aus der Schusslinie wissen.«

Daisy reckte das Kinn. »Prima, dazu hätte ich auch einen Vorschlag, *Maman*: Du lässt deine *Tätigkeit* künftig sein…«

Yvettes Augen verdunkelten sich. »Das kann ich nicht. 'Itler plant den Krieg, und es gilt, den Mann mit allen Mitteln aufzuhalten.«

Daisy durchfuhr es kalt: »Ihr habt vor, den Führer zu töten? Als du von *Schusslinie* sprachst, meintest du das wortwörtlich? *Merci* für den zusätzlichen Schock!«

»*Pardon*, mein Fehler«, bekannte Yvette. »Sicher träumen einige ausländische Nachrichtendienste von diesem Coup, aber ich versichere dir, ich bin nicht involviert. Mir geht es einzig um dich. In 'Itlers Umfeld befindest du dich in permanenter Gefahr.«

»Und deshalb planst du meine Heirat mit einem Briten, damit er mich in sein fernes Inselreich entführt? Eine Frage: Ist Henry… *involviert?*«

Yvette zeigte sich ehrlich erschrocken. »*Mon dieu!* Wo denkst du hin! 'Enry Roper-Bellows ist unbestritten von dir verzaubert…«

»Dann habe ich schlechte Neuigkeiten für dich, Maman. Ich werde ihm für heute Abend absagen.«

»Oh, bitte tu das nicht! Dieser Italiener ist sicher absolut verführerisch, aber niemals ein Mann, mit dem eine Frau auf Dauer glücklich werden kann.«

»Das kannst du nach einem Treffen mit ihm so einfach beurteilen?«, fragte Daisy provokant.

»Du begehrst ihn, *Marguerite,* und Begehren ist die Lust auf das Unbekannte. Ein Abenteuer sollte man nicht mit Liebe verwechseln.«

Daisy fühlte sich inzwischen wie leer gepumpt. Ihr Innerstes war auf links gedreht und gründlich durchgeschüttelt worden, und nicht alles hatte sich bisher wieder am richtigen Platz eingefunden. »Dann wird es dich sicher freuen zu hören, dass ich nicht vorhabe, heute überhaupt auszugehen. Mit keinem von beiden. Ich bleibe auf meinem Zimmer, mit nichts als meiner Migräne zur Gesellschaft.«

Ihre Mutter atmete befreit aus. »*Bien!* Eine gute Entscheidung. Wenn du erlaubst, werde ich 'Enry und Giacomo jeweils eine Nachricht per Boten zukommen lassen.«

***

Am folgenden Morgen wartete erneut ein Besucher im Frühstücksraum auf sie. Diesmal war es Giacomo. Sein strahlendes Lächeln hob sofort Daisys Laune. Er verstand es meisterhaft, sie zu becircen, und bevor Daisy sichs versah, hatte sie ihm schon den kommenden Abend versprochen. Die Augenbrauen ihrer Mutter tanzten, und als der Italiener sich alsbald verabschiedete, sparte sie nicht mit *Mon dieus*. Daisy war das gerade herzlich egal. Sie laborierte weiter am gestrigen Gespräch mit ihrer Mutter, das sie um den Schlaf gebracht hatte. Was nutzte das ganze Grübeln, wenn man im Chaos der eigenen Gefühle trieb? Nun konnte sie sich wenigstens auf den Abend freuen.

Zuvor stand ein zäher Arbeitstag auf dem Plan. Das Prunkstück des deutschen Pavillons, Kurt Schmid-Ehmens neun Meter hohe bronzene Adlerskulptur, sollte auf den Kopfbau gehievt werden. Ein Manöver, das Präzision und einen Kran erforderte. Ausgerechnet jetzt befanden sich die Franzosen im Generalstreik, und Daisy hatte quasi ihre Seele verkaufen müssen, um das Gefährt trotzdem herbeizuschaffen. Unglücklicherweise wollte Schmid-Ehmen bei der Aktion zugegen sein. Der Künstler mit dem sperrigen Charakter ließ Daisy bei jeder Gelegenheit spüren, dass er Speers Vertrauen in ihre Fähigkeiten nicht teilte. Daisy fragte sich, wie der gute Kurt reagieren würde, falls die Verankerung tatsächlich reißen würde und sein Adler in die Tiefe rauschte. Ihn auffangen wie Sterntaler? Toter Vogel, toter Bildhauer? Sie seufzte.

»Ich hoffe, dieser Seufzer galt nicht deinem *Giacomo*«, bemerkte ihre Mutter und rührte in ihrem Café au lait.

Wenigstens sagte sie nicht mehr »dein *Albert*«. »Nein, *Maman*. Kurt Schmidt-Ehmen gibt sich auf der Baustelle die Ehre.«

»*Bon sang*, da bist du nicht zu beneiden.«

»Du kennst ihn? Ach, was frage ich überhaupt.«

»Seine Werke treffen nicht ganz meinen Geschmack«, erklärte Yvette diplomatisch.

Daisys Mund zuckte. »Du hältst Schmid-Ehmen für einen Opportunisten, der sein Schaffen dem Kunstverständnis der herrschenden Klasse anzupassen weiß und daraus seinen Nutzen zieht.«

Yvette blinzelte vornehm. Daisy schob ihren Stuhl zurück. »Ich muss zur Arbeit. Viel Vergnügen bei Mademoiselle Chanel, *Maman*.«

***

Daisy musste ständig an Giacomo denken. Die pulsierende Erwartung führte zur Verlangsamung der Zeit, als liefe sie rückwärts.

»Daisy, wo sind Sie gerade?«

Daisy schreckte auf. Sie stand neben Albert Speer und Kurt Schmid-Ehmen vor dem deutschen Pavillon. Der Pavillon, ein Bau von hundertsechsunddreißig Meter Länge, war fast fertiggestellt. Daisy sagte ihrem Giacomo-Tagtraum Adieu und wandte sich dem mit dicken Tauen gesicherten Bronzeadler zu. Schmidt-Ehmen gebärdete sich wie eine besorgte Diva und bezweifelte, dass die Reichweite des Krans genügen würde, um sein Meisterstück auf den siebzig Meter hohen Kopfbau zu heben. Nun stand die Arbeit still. Der leitende Statiker sowie zwei Ingenieure hielten vorsichtshalber Abstand und überließen es Daisy, die Situation zu klären. Sie schielte zu Schmidt-Ehmen. Der Bildhauer saß im Präsidialrat der Bildenden Künste, zeichnete verantwortlich für das deutsche Staatsemblem »Adler mit Hakenkreuz« und erfreute sich schon deshalb der hohen Gunst des Führers. Der Kranfahrer, ein Korse, hatte seine Kabine verlassen und rauchte gleichmütig eine Zigarette. Neidisch wünschte sich Daisy, sie könnte sich eine anstecken und Schmid-Ehmen den Rauch ins Gesicht blasen. Der missdeutete ihren Blick. »Diesem Mann mangelt es eindeutig an Arbeitsmoral!«, mokierte er sich. »Es entzieht sich ohnehin meinem Verständnis, warum dieser bedeutsame Auftrag einem Franzosen anvertraut wird. Sie werden doch einen geeigneten Deutschen dafür auftreiben, Herr Speer?«

Albert Speers Position als Generalbauinspektor umfasste Wesentlicheres, als sich um Kranfahrer zu kümmern. Das war Daisys Aufgabe, und der anhaltende Streik der Franzosen machte es nicht leichter. Auch gegenüber am sowjetischen Pavillon spielten sich Dramen ab. Wera Muchina, Schmid-Ehmens herbes russisches Gegenstück, umkreiste händeringend ihre Monumentalskulptur *Arbeiter und Kolchosbäuerin*, fünfundzwanzig Meter hoch, sechzig Einzelteile. Das gigantische Paar musste ebenfalls aufs Dach gehievt werden, und weit und breit kein Kran in Sicht. Angesichts der gigantischen Ausmaße von Muchinas Werk brachte Daisy durchaus Verständnis für Schmid-Ehmens Nervosität auf. Gemessen an der Sowjetskulptur nahm sich sein Reichsadler geradezu mickrig aus, in etwa im Verhältnis Hahn zu Küken. Zumindest würde der Adler noch heute den Kopfbau schmücken, während die Muchina vergeblich auf ihren Kran warten würde. Daisy fragte sich, wie die temperamentvolle Russin reagieren würde, erführe sie, dass sie ihr das Gerät sozusagen vor der Nase weggeschnappt hatte. Wegen des Hebekrans machte sich Daisy keine Sorgen, der war auf weit höheres Gewicht ausgelegt. Dem erfolgreichen Abschluss des Auftrags stand nichts im Wege – ausgenommen Schmid-Ehmen selbst. »Herr Schmid-Ehmen«, gurrte sie vertraulich und führte ihn ein paar Schritte vom Schauplatz fort. »Selbstverständlich haben Sie mit allem recht! Es ist gleich Mittag. Kennen Sie unser schwimmendes Restaurant auf der Seine? Unser Koch feiert bereits große Erfolge mit seiner deutschen Küchenkunst. Warum gehen Sie und Herr Speer nicht eine Kleinigkeit essen, und in der Zwischenzeit besorge ich einen neuen Fahrer und Kran.«

Speer schmuggelte ihr ein beifälliges Lächeln zu, nahm den Künstler mit, und Daisy winkte den Kranfahrer heran. Der Korse verstand sich auf sein Geschäft, und als ihr Chef zwei Stunden später mit dem Bildhauer erneut aufkreuzte, hockte der Adler längst auf seinem Turm.

Gegen sechs Uhr stopfte Daisy die wichtigsten Papiere in die Aktentasche, streifte den Arbeitskittel ab und freute sich auf ein Bad. Da tauchte just Speer in dem kleinen Raum auf, der ihr als Kommandozentrale diente. »Daisy, was haben Sie und Ihre Mutter heute Abend vor?« Zu Daisys Leidwesen hing Schmidt-Ehmen an seinem Rockzipfel. Verflixt! Sie ahnte, was ihr blühte.

»Bedauerlicherweise bin ich heute Abend unabkömmlich«, erklärte Speer, »aber ich habe Herrn Schmid-Ehmen verraten, dass sich Ihre charmante Mutter Yvette in Paris aufhält.« Hinter der Unabkömmlichkeit Speers verbarg sich die Hauptattraktion des Pigalle, eine Schönheit mit üppigem Busen, die unbeschreibliche Dinge mit einer Federboa anstellen konnte und Speer seit Wochen den Feierabend versüßte.

»Ich bin mit Ihrer verehrten Frau Mama bekannt«, meldete

sich Schmid-Ehmen ungewohnt anschmiegsam, »und es wäre mir eine Ehre, Sie und Ihre Mutter heute zu einem gemeinsamen Abendessen einzuladen.«

»Ausgezeichnet!« Speer rieb sich vergnügt die Hände. »Dann überlasse ich Sie beide Ihrem Schicksal.« Auf diese Weise das unliebsame Paket losgeworden zog Daisys Chef beschwingt von dannen.

Daisy nahm sich wohl oder übel Schmid-Ehmens an. Der Bildhauer logierte gleichfalls im *Ritz*, und sie teilten sich ein Taxi. Auf der Fahrt quälte er Daisy mit einer Eloge über den westlichen Neoklassizismus, der sich aus zweitausend Jahren Antike speise und dem sozialistischen Klassizismus jederzeit überlegen sei. Daisy wollte diese eitle Plage von Mann schnellstmöglich an ihre Mutter loswerden. Vom Concierge erfuhr sie, Madame sei ausgegangen und eine Nachricht habe sie nicht hinterlassen. Was nun? Daisy wünschte, sie könnte ihre Mutter herbeizaubern. Oder Schmid-Ehmen wegzaubern. Ein Fingerschnippen, und der Bildhauer säße oben auf dem Adler wie Münchhausen auf der Kanonenkugel. Schönes Traumgebilde. Sie sehnte sich nach einem Bad, wollte den Staub aus ihren Haaren waschen und sich für den Abend mit Giacomo schön machen. Stattdessen klebte ihr der Adlermann an der Backe. Wäre er aus Bronze, sie hätte ihn eingeschmolzen. Offenbar sandte sie ein entsprechendes Signal aus. Schmid-Ehmen gab sich galant. »Sie möchten sich sicher frisch machen, Fräulein von Tessendorf. Was halten Sie davon, wenn wir um acht Uhr in der Hotelbar einen Aperitif zusammen nehmen? Es ist zu hoffen, dass zwischenzeitlich auch Ihre Frau Mama zurück sein wird.«

Daisy verabschiedete sich darauf mit echter Liebenswürdigkeit von ihrem menschlichen Ballast. Ihr würde schon etwas einfallen, wie sie Schmid-Ehmen entkommen und den Abend mit Giacomo verbringen konnte.

***

Daisy hatte den perfekten Plan. Eine Minute vor acht Uhr schlich sie sich in voller Takelage die Treppe bis zum ersten Stock hinab. Verschanzt auf der Empore, hielt sie Ausschau nach Giacomo. Sie würde ihn rasch in der Lobby auflesen und sich mit ihm vom Acker machen. Für Schmid-Ehmen hatte sie ein Billett verfasst, dass eine jähe Unpässlichkeit sie auf ihrem Zimmer hielt. Das Briefchen würde sie beim Concierge hinterlegen. Und wo blieb eigentlich ihre Mutter?

»Madame, ich habe eine Nachricht für Sie.« *Himmel!* Der Page war unbemerkt an sie herangetreten. »Geben Sie sie mir, bitte.«

Der Page schüttelte den Kopf. »Madame, der Monsieur hat sie mir mündlich aufgetragen.«

»So sprich.«

»Monsieur erwartet Sie in der Bar, Madame.«

»Das weiß ich längst. Merci.« Sie kramte ein paar Sous aus ihrer Tasche. Der Page verneigte sich und ging.

Fünf nach acht, und Daisy wurde zunehmend ärgerlich. Ein Herr ließ eine Dame nicht warten.

Zehn nach acht und sie erwog, beim Concierge nachzufragen, ob eine Benachrichtigung von Giacomo vorlag, mit der er seine Verspätung ankündigte. Ihr kam ein neuer Gedanke. Warum sich nicht zu Schmid-Ehmen in die Bar gesellen? Wenn Giacomo dachte, sie würde brav auf ihn warten, so hatte er sich getäuscht. Sie setzte die Marke bei halb neun. Sollte sich Giacomo bis dahin nicht eingefunden haben und er für seine Verspätung keine wirklich gute Erklärung vorweisen können, so würde sie das herrliche Tier für alle Zeiten abhaken. Sie schritt die Treppe hinab ins Hotelfoyer und näherte sich dem Eingang der Bar. »Mylady«, sprach eine Stimme fast in ihr Ohr, »Sie rauben mir den Atem.«

Daisy wirbelte herum. *Henry, verdammt!* Gestern hatte sie ihm das Abendessen formlos abgesagt, und heute erwischte er sie in großer Robe. Verlegen zupfte sie an ihrer Pelzstola, als ihr seine Garderobe auffiel. Der Brite trug einen weißen Schal über dem Smoking und einen Zylinder in den Händen. Er war ebenfalls verabredet! »Kommst du oder gehst du?«, erkundigte sich Daisy.

»Ich muss leider zu einem langweiligen Empfang in der britischen Botschaft. Für morgen Abend hingegen«, Henry deutete einen Diener an, »möchte ich dich um die Ehre bitten, dich ausführen zu dürfen.«

»Warum so förmlich, Mr Darcy?«, fragte Daisy.

Henry ließ sich nicht aus dem Konzept bringen, im Gegenteil, sein Ausdruck wurde noch feierlicher: »Weil ich dir morgen etwas Wichtiges mitzuteilen habe.«

Seit einem Jahr hatte sie auf den Moment gewartet, dass ihr Henry von seiner Heirat mit Sophie erzählen würde, und nun stellte sie fest, dass sie keinen Wert mehr auf das Gespräch legte. Aber, sagte sie sich, wenn es schon sein musste, warum es bis morgen vor sich herschieben? »Bemühe dich nicht, Henry«, beschied sie ihm leichthin. »Ich weiß schon, was du mir zu sagen hast.«

Henry schnitt eine kleine Grimasse. »Mylady«, schmunzelte er, »dir fehlt jeder Sinn für Romantik.«

»Ach wo. Romantik ist nur eine Form von Vernebelungstaktik, mit der man Frauen und Bienen schläfrig macht, um sie leichter in den Bau zu locken.«

Henrys Haltung veränderte sich kaum merklich, der Kopf ein

wenig schiefer, die Augen etwas schmaler. »Es lag nicht in meiner Absicht, dein Missfallen zu erregen... Allerdings frage ich mich, wo das so plötzlich herkommt?«

Das fragte sich Daisy gerade auch. Sie hatte ihren Groll wegen Henrys Täuschung überwunden geglaubt, dabei hatte dieser nur weiter still vor sich hin geblubbert. Tatsächlich hatte sich heute einiges auf dem Konto summiert, was Männer Frauen zumuteten. Speer hatte ihr den Wichtigtuer Schmidt-Ehmen aufgehalst, Giacomo schien sie versetzt zu haben, und Henry... Henry hielt sie seit Jahren hin. Erst versprach er ihr die Sterne, um sie danach zutiefst zu enttäuschen. Er war ihr in Momenten der Verzweiflung und der Not stets zu Hilfe geeilt, er hatte sie geküsst und sie angesehen, als gäbe es für ihn keine andere Frau. Geheiratet hatte er eine andere. Ihr Groll brach sich Bahn: »Ich habe nicht die Absicht, jemals zu heiraten! In meinem Leben gibt es keinen Platz für einen Mann. Und nun entschuldige mich, ich bin verabredet.« Damit ließ sie Henry stehen und entfloh in die Bar. Der gut besuchte Raum im Art-déco-Ambiente war tüchtig verqualmt, ein Pianist im Schwalbenschwanz mühte sich im Hintergrund ohne jede Chance gegen den Lärmpegel ab. Kellner streiften mit Tabletts umher und servierten Aperitifs, eine junge Frau bot aus ihrem Bauchladen Rauchwaren feil. Daisy Blick schweifte durch die schummrig beleuchtete Bar. Jäh stutzte sie. Das war jetzt nicht wahr! In trauter Behaglichkeit lümmelten Schmidt-Ehmen und Giacomo an der Theke, schmauchten Zigarren, schlürften Cognac. Eben gesellte sich zu den beiden Männern eine ausgesprochen attraktive Frau in einem silbernen Kleid. Der dünne Stoff zeichnete jeden Zentimeter ihrer perfekt verteilten Rundungen nach. Katzengleich schmiegte sich die Silberdame an Giacomo. Der ließ sich nicht lange bitten und schlang den Arm um ihre Wespentaille.

Daisy fühlte sich wie mit Eiswasser übergossen. Sie zog sich zurück und ließ sich an der Rezeption Stift und Zettel reichen. Ihre Lippen und Hände zitterten, als sie für Giacomo eine gleich lautende Botschaft verfasste wie zuvor für Schmid-Ehmen. Sie gab beide Nachrichten einem Pagen und erklärte ihm, wo er die namentlichen Herren antreffen würde.

Während sie in ihrem Zimmer ihre Kleider abstreifte und unter das kühle Seidenlaken schlüpfte, stellte sie sich den Moment vor, wenn Schmid-Ehmen und Giacomo realisierten, dass sie von ein und derselben Dame versetzt worden waren.

Kapitel 22

Die Küken zählt man erst im Herbst.

Hermine »Mitzi« Gotzlow

Yvette schlief noch, als Daisy am nächsten Morgen früh um sieben den Frühstückssalon betrat. Verdutzt hielt sie an der Tür inne. Was war hier los? Die gesamte Örtlichkeit versank in Margeriten. Sie wogten in Vasen auf den Tischen, ergossen sich zu Dutzenden aus Körben, und als sei der floralen Invasion nicht genug, eilte Gustave, der Oberkellner, mit fliegenden Rockschößen heran, um ihr einen schweren Strauß langstieliger Rosen zu überreichen. Darin steckte eine Karte Giacomos mit einer glühenden Liebesbotschaft. »Der Monsieur ist nicht zufällig hier?«, erkundigte sich Daisy gedämpft und blickte sich um, als könnte der Italiener plötzlich wie ein Schachtelteufel zwischen den Blumen hervorspringen.

»Nein, Madame, die Lieferung erfolgte durch Boten.«

»Eine Bitte, Gustave. Falls der Monsieur nach mir fragt, erklären Sie ihm, die Dame wünsche ihn nicht zu sehen.«

»Sehr wohl, Madame«, erklärte Gustave und zog sich diskret zurück. Daisy zerriss Giacomos Karte in kleinste Fetzen.

Als sie am Ende eines langen Tages müde und staubig ins *Ritz* zurückkehrte, erhob sich Giacomo aus einem der Fauteuils im Foyer. »Schönste aller *fiori!* Bitte erhöre mich und gehe heute Abend mit mir aus.« Daisy ließ sich nicht von ihm erweichen. Sollte er doch die Dame im Silberkleid ausführen! Giacomo hatte offensichtlich nicht vor, sich eine noch deutlichere Abfuhr zu holen, und entfernte sich. Aber der Ausdruck seiner Augen verhieß, dass er die Jagd nicht aufgeben würde.

Am folgenden Morgen versank der Frühstückssaal in roten Rosen. Mittags wirbelte Giacomo in den deutschen Pavillon, betörte die beiden weiblichen Schreibkräfte und versuchte, Daisy zu einem gemeinsamen Essen zu überreden. Nur ein Souper, eine Mahlzeit, ein Imbiss!

Daisy schlug seine Einladung weiterhin aus. Darauf sank Giacomo theatralisch auf ein Knie und flehte: »Nur eine Stunde, *mio fiore, meine Blume!* Ich kann keinen Atemzug mehr tun, ohne an dich zu denken.«

Auf jeden Fall hat er einen langen Atem... Daisy seufzte. Sie wusste nicht, ob sie Giacomos Auftreten peinlich finden oder darüber lachen sollte. Albert Speer erlöste sie. »Bedaure, werter Kollege de Luca, aber Fräulein von Tessendorf ist gerade unabkömmlich. Wir sind hier nicht zu unserem persönlichen Vergnügen. Aus reiner Neugierde: Wie weit sind Sie mit der Fertigstellung Ihres Pavillons? Man möchte doch meinen, Sie hätten dort noch ausreichend Betätigung?«

»Nicht als Sklaventreiber, werter Kollege Speer.« Giacomos Raubtieraugen funkelten. »Meine geschulten Mitarbeiter sind durchaus imstande, eine Stunde ohne mich auszukommen. Ein jeder muss essen. *Mangiare!* Außer Sie haben vor, Fräulein von Tessendorf verhungern zu lassen?«

»Von Verhungern kann keine Rede sein«, wehrte Daisy ab.

»Ihre Entscheidung, Fräulein Tessendorf«, erklärte Speer förmlich. Er wandte sich ab und kehrte in sein Gespräch mit dem Innenarchitekten Brinkmann zurück. Daisy zog Giacomo beiseite, außer Reichweite der gespitzten Ohren der beiden schmachtenden Sekretärinnen.

Wenig später stieß sie wieder zu ihrem Chef.

»Sie sind noch da? Ich wähnte Sie bereits auf halbem Weg nach Italien«, nahm Speer ihre Anwesenheit schmunzelnd zur Kenntnis.

»Ja, aber es ist denkbar knapp gewesen. Herrn de Luca scheint die Bedeutung des Wortes Nein völlig unbekannt zu sein.«

»Vermutlich hat er es im Leben bisher zu selten gehört.«

Giacomo ließ nicht locker. Anders als Hugo mangelte es dem Italiener nicht an romantischen Einfällen, und mittels seiner unbekümmerten Art schaffte er es, dass Daisy ihm nie richtig zürnen konnte.

Am Abend desselben Tages rückte er mit mehreren italienischen Musikern an, die er irgendwo in Paris aufgelesen hatte, und brachte Daisy vor dem Hoteleingang eine Serenade. Im Nu zog er eine große Zuhörerschaft an. Hätte Giacomo einen Hut herumgereicht, die Münzen wären nur so hineingeklimpert. Daisy blieb standhaft. Wenigstens hatte sich der Frühstückssaal nicht erneut in ein Blumenmeer verwandelt. Den Tag über sah und hörte sie nichts von dem Italiener. Das giacomofreie Intermezzo währte gerade bis zum nächsten Morgen. Mit Speer und dem leitenden Innenarchitekten Brinkmann verließ Daisy das *Ritz*. Sie trat durch die Drehtür, stutzte, und hinter ihr sagte Speer verwundert: »Nanu?«

Wo sonst Taxis ihre Fahrgäste aufnahmen, parkte an diesem Morgen eine prächtige vergoldete Kutsche. Vor sie waren vier Schimmel mit wippenden Federbüschen gespannt, auf dem Bock hielt ein wie zu Lebzeiten Ludwig XIV. kostümierter Mann die Zügel. Das prunkvolle Gefährt zog reihum die Blicke auf sich. Auch Daisy musterte die Attraktion und verfing sich unmittelbar in Giacomos breitem Grinsen. Lässig in Rüschenhemd, engen Hosen und schenkelhohen Reitstiefeln lehnte er am Wagenschlag. Die Kleidung eines Kavaliers war ihm wie auf den Leib geschneidert. Daisy hörte neben sich eine Dame seufzen, als ihr ein vorfahrender Rolls-Royce Phantom auffiel, der hinter dem Prinzessinnengefährt stoppte. Die rückwärtige Tür ging auf, Henry kletterte heraus und half einer jungen blonden Frau beim Aussteigen, die sich sofort vertraulich bei ihm einhakte. Sie schaute zuerst in Daisys Richtung. Daisys Lippen formten den Namen: *Sophie*. Nun bemerkte auch Henry Daisy und sah zu ihr herüber. Sie hatte das Gefühl, als würde ihr Blut langsamer fließen, und sie wollte diesem Schlüsselmoment entfliehen, da eine Tür in ihrem Leben endgültig zuschlug. Giacomo bot ihr den Ausweg, den Trümmern ihrer Hoffnung zu entkommen. Sie neigte den Kopf und streckte ihm die Hand entgegen. Unter den Vivat-Rufen der Zuschauer hob der Italiener Daisy in den Vierspänner.

Von Entfliehen konnte keine Rede sein. Statt einer rasanten Kutschfahrt über das Kopfsteinpflaster zuckelte das Gespann gemächlich über den Place de Vendôme, wo die Reise am Rande des Jardin des Tuileries endete. Dort parkte Giacomos roter Maserati. Daisy hatte sich schon gefragt, wie lange sie wohl in dem schaukelnden Gefährt bis Versailles brauchen würden. Giacomo klemmte sich hinters Lenkrad, und die restlichen zwanzig Kilometer legten sie im flotten Sportwagen zurück. Der Italiener hatte den Tag perfekt geplant. Der Verwalter persönlich stand bereit, um ihnen das Traumschloss des Sonnenkönigs zu zeigen. Den schieren Ausmaßen geschuldet, beschränkten sie sich auf die Paradezimmer. In den Appartements der französischen Könige und Königinnen begegneten sie unvorstellbarer Pracht, jeder Zentimeter war mit Gold und Ornamenten verziert, die Betten

Tempel aus Samt, die Decken bemalt, die Wände mit kostbarer Seide bespannt. Sie schritten über Böden aus glänzendem Marmor und durchquerten Säle, die von den bedeutendsten Künstlern ihrer Zeit gestaltet wurden. So zu leben, in einer Kulisse aus Glanz und Prunk! Unter dem Eindruck ihres verwundeten Herzens spürte Daisy, dass es den Räumlichkeiten am Wichtigsten mangelte: der Seele. All der Luxus war nichts wert, wenn die Liebe fehlte. Kein Wunder, dass die Geschichte der Bourbonen tragisch geendet hatte.

Daisys Verehrer zog auch in den Folgetagen alle Register eines romantischen Casanovas. Daisy hatte inzwischen dazugelernt. Hugos Hartnäckigkeit hatte ihr viel zugemutet, und sie hütete sich, Giacomo zu ermuntern. Sie entzog sich ihm geschickt und überstand seinen Eroberungsfeldzug ohne Blessuren. Von Henry hörte sie nichts mehr. Fraglos hatte sie ihn mit ihrer Ansage im *Ritz* und ihrer Kutschszene mit Giacomo verjagt. Trotzdem war sie auf Henry wütend. Sie wünschte, Henry hätte in der Vergangenheit ein Mal, ein einziges Mal!, seine vornehme Zurückhaltung abgelegt und um sie gekämpft.

Yvette reiste noch vor der großen Eröffnungszeremonie ab. Unter den teilnehmenden Nationen hatten es nur Deutschland und die Sowjetrepublik geschafft, ihre Pavillons rechtzeitig fertigzustellen. Die beiden verantwortlichen Architekten, Albert Speer und Boris Iofan, wurden von Premierminister Blum mit einer Goldmedaille ausgezeichnet. Die Ausstellung lief bis November, aber die Hauptarbeit war getan, und Daisy reiste Ende Juni zurück nach Berlin.

Kapitel 23

> Eine Frau wird zweimal verrückt. Wenn sie verliebt ist und wenn sie grau wird.
>
> Aus Polen

In Berlin stürzte sich Daisy wieder in ihre Arbeit und das Studium. Im September begann das neue Semester, und wegen der Pariser Weltausstellung gab es für sie einiges nachzuholen. Sie büffelte in jeder freien Minute und saß gerade über einer Zeichnung, als sich Speer telefonisch aus Nürnberg bei ihr meldete. »Daisy, bitte seien Sie um fünf Uhr in der Reichskanzlei. Nehmen Sie die neuen Pläne mit. Der Führer wünscht Sie zu sehen. Haben Sie die Kopien fertig?«

»So gut wie.«

»Prächtig. Ich stoße direkt von Nürnberg hinzu.«

Daisy prustete. Freitagnachmittag vom Führer einbestellt, das hieß stundenlanges Schwelgen in germanischer Städteplanung und Monologe bis drei Uhr früh. Da war nichts zu machen ... Sie fuhr nach Hause in die Charlottenstraße, um die Pläne für die neue Reichskanzlei nochmals in aller Ruhe durchzugehen und ihr Kostüm zu wechseln, das sie sich mit Tintenflecken bekleckert hatte. Wie meist vergaß sie über der Arbeit die Zeit. Als sie das nächste Mal auf die Uhr schaute, war es halb fünf. In Windeseile schlüpfte sie in frische Kleidung, schob die Pläne in die Kartonrolle und rannte auf die Straße, um ein Taxi anzuhalten. Erneut bestätigte sich Daisys These, dass man nur Taxis sah, wenn man keines brauchte. Wohl oder übel nahm sie die Beine in die Hand. Atemlos meldete sie sich Punkt fünf Uhr Glockenschlag in der Wilhelmstraße 77. Eine athletische Ordonnanz mit dem Gesicht eines Filmstars holte sie ab. »Wir müssen leider die Treppe nehmen, Fräulein von Tessendorf. Der Führeraufzug hat Wartung.« Er nahm ihr die Aktentasche ab, sie selbst behielt die Paketrolle mit den Plänen.

Nach der selbst verschuldeten Hektik und einem Spurt durch die Innenstadt in dampfender Augusthitze empfand Daisy die angenehme Ruhe und Kühle in den heiligen Hallen als Wohltat. Tatsächlich versank die künftige alte Reichskanzlei an diesem Freitag in ungewohnter Dösigkeit. Ein einsames Dienstmädchen wedelte eher nachlässig Staub von Büsten und Goldgerahmtem, ihm war sichtlich mehr daran gelegen, Daisys Begleitung glutvolle Blicke zuzuwerfen. Eben reichte ihr Begleiter am Treppenabsatz ihre Aktentasche an den Nächsthöheren weiter. Dieser Vorgang wiederholte sich noch zweimal, wobei sich die Anzahl der Abzeichen auf der Brust ihrer Eskorte jeweils verdoppelte. Auf dem ellenlangen Flur der Führeretage, die neben Hitlers Arbeits- und Empfangsräumen auch seine Wohnung inklusive einem separaten Zimmer für das geheime Fräulein Braun beherbergte, herrschte mehr Betrieb. Eine weiß gekleidete Ordonnanz kam ihnen mit einem Tablett schmutzigen Geschirrs entgegen, eine andere überholte sie im Express mit einem Paar karierter Pantoffeln, eine dritte führte einen Schäferhund an der Leine, der just ein Bein am Treppengeländer hob und sich dort mit einem Bächlein verewigte. Ein Geschäft, das auf keinen Tadel stieß.

Im Vorzimmer des Vorzimmers bearbeiteten sechs junge Damen, so blond wie adrett, ihre Schreibmaschinen. Bormanns Gardemädchen. Ihre Aufgabe war die Korrespondenz und Bormann in mancher stillen Ecke bei Laune zu halten. Schenkte man den Gerüchten Glauben, rekrutierte Hitlers feister Sekretär sie direkt aus dem Wartesaal der UFA. Wie ein fetter Schatten tauchte Bormann nun vor ihnen auf. »Heil Hitler, Fräulein von Tessendorf. Sie können gleich rein zum Führer. Er bespricht sich noch mit der Diätköchin.« Er übernahm Daisys Aktentasche von ihrer letzten Eskorte und geleitete sie ins eigentliche Vorzimmer. Bormann hielt es mit der Opulenz. Die Ausstattung hätte für drei Räume gereicht, und überall hingen, standen, lagen Fahnen, Standarten und Wimpel. Von der Wand starrte feierlich der Führer, darunter lümmelte auf einer Bank ein zwei Meter langer Leibwächter. Bei Daisys Erscheinen kam er hastig auf die Beine, grüßte knackig, um darauf seine sitzende Untätigkeit wieder aufzunehmen.

»Wo steckt der Kamerad Speer?«, fragte Bormann.

»Der Generalbauinspektor wurde in Nürnberg aufgehalten«, erklärte Daisy.

Knarzend öffnete sich die Flügeltür zu Hitlers Empfangszimmer, und eine hochgewachsene Frau trat heraus. Rückwärts gewandt rief sie: »Komm, Bürschi, komm!«

Aus den Tiefen des Raumes erklang des Führers Stimme in breitem ostmärkischem Dialekt: »Ach, lassen S' ihn ruhig da, Frau von Exner...« Der Führer tauchte nun selbst im Türrahmen auf, leger gewandet in Lederhosen, jägergrüner Joppe und karierten Pantoffeln. »Ja, das Fräulein von Tessendorf! Kommen S' rein in meine gute Stube«, rief er aufgeräumt. »Wo haben S' denn den Speer gelassen?«

»Er wird jeden Moment eintreffen, Herr Hitler.«

Ein kleiner Foxterrier schoss just zwischen den Führerpantoffeln hervor, beschnüffelte Daisy, hieß sie schwanzwedelnd willkommen, um gleich darauf Bormann anzuknurren, der so tat, als bemerke er es nicht. Daisy holte sich von ihm ihre Aktentasche zurück und folgte Hitler hinein zu einer moosgrünen Sitzgruppe. Auf dem Couchtisch stand eine Kanne, die den feinen Duft nach Apfeltee verströmte. Hitler umrundete den Besprechungstisch mit dem großen Gipsmodell der neuen Reichskanzlei, zog eine Schublade seines Schreibtischs auf und entnahm ihr eine Schale mit Konfekt. »Die hab ich vor der Exner versteckt, sonst hätt sie sie mir konfisziert«, schmunzelte er. »Bormann! Besorgen Sie uns noch ein Schmalzgebäck, aber lassen S' sich nicht von der Exner erwischen.«

So richtig ernst, überlegte Daisy, schien es dem Führer mit der Diät nicht zu sein.

Die schwere Tür schloss sich hinter Bormann. Der Foxterrier visierte den Führer an und setzte sich vor ihn, während sein Stummelschwanz stakkatoartig über den Teppich fegte. Heerscharen von Staatsmännern hatten weit weniger Spuren darauf hinterlassen als die Hunde des Führers. Hitler stemmte die Hände auf die Knie, sah auf Bürschi hinab und schmeichelte: »Ja, wo ist er denn der Bürschi, ja wo ist er denn?«

Bürschi beäugte ihn und schien mit schief gelegten Kopf zu antworten: *Ja, da sitzt er doch, ja, da sitzt er doch!*

Daisy hielt ihr Gesicht unter Kontrolle.

Hitler ließ sich in die Couchgarnitur sinken, und Daisy wählte den Sessel ihm gegenüber. Er wies auf die Schale. »Nehmen S', Fräulein. Die sind mit Marzipan gefüllt.«

Da sagte Daisy nicht Nein. Sie kauten einträchtig ihre Pralinen, während Bürschi jede ihrer Bewegungen mit Bettelblick verfolgte.

»Was haben S' mir Schönes mitgebracht?«, fragte der Führer mit Schokolade zwischen den Zähnen.

Daisy stand auf, um die großformatigen Pläne aus der Rolle zu holen. Das Pergament raschelte, und Bürschi reckte hoffnungsvoll den Hals. Die Hände voller Pläne trat Daisy auf den sitzenden Führer zu, als Bürschi seine Chance gekommen sah. Wie ein Springbock erhob er sich in die Lüfte und flog mitten in die Papiere hinein, als gelte es, einen Feuerring zu durchqueren. Daisy japste überrascht auf, strauchelte und verlor das Gleichgewicht. Der Länge nach landete sie auf dem Führer. Sie waren beide erschrocken, als sie sich so unversehens Nase an Nase, Körper an Körper wiederfanden. Verlegen suchten sie sich jeder für sich aufzurappeln, wussten beide nicht so recht, wohin mit ihren Händen, und rollten daher erst recht übereinander. Das Knarzen der Tür lenkte ihre Blicke dorthin. Bormann, natürlich. Und Speer. Des Führers Sekretär hätte nicht verblödeter dreinschauen können, während Speers Grinsen immer breiter wurde.

Hitler vertiefte noch das amouröse Missverständnis. »Menschenskind, Bormann, können S' denn nicht anklopfen?«, blaffte er.

Daisy schaffte es endlich, sich vom Führer zu lösen und vom Sofa hochzustemmen. Sicher nicht ihre eleganteste Einlage, aber der enge Tweedrock schränkte ihre Bewegungsfreiheit ein.

»Mein Führer«, stammelte Bormann, der weiter seine Gesichtszüge einsammelte, »das habe ich.«

»Reden S' keinen Schmarren. Hätten S' geklopft, hätt ich's gehört.«

»Jawohl, mein Führer!« Bormann ergab sich der zwingenden Führerlogik und stand stramm.

Der Führer stand nun ebenfalls auf den eigenen Beinen. Er zog die Joppe straff und sah prüfend an sich hinab, als wollte er sich vergewissern, dass sich noch alles an seinem Platz befand. Ein

Pantoffel fehlte. Daisy hielt Ausschau nach dem nächsten Mauseloch.

»Und jetzt schaffen S' das Schmalzgebäck herbei, Bormann. Und Kaffee für Speer«, bellte der Führer.

»Jawohl, mein Führer.« Des Führers Flaschengeist entschwand. Daisy wünschte, sie könnte sich ebenso verflüchtigen.

»Jetzt schauen S' nicht wie das weiße Kaninchen, Fräulein von Tessendorf«, sagte der Führer ganz Führer. »Ist doch nix passiert, und schuld ist der kleine Racker da g'wesen.« Er sah sich nach Bürschi um, der den erbeuteten Führerpantoffel zwischen den Pfoten hingebungsvoll einsabberte.

Speer hatte sich inzwischen der verstreuten Pläne angenommen, sie aufgehoben und sortiert. Nun machte er Meldung wie ein Militär: keine Schäden bis auf einen Riss, der leicht behoben werden konnte.

Kaffee und Gebäck wurden aufgetragen, und zu dritt beugten sie sich über die Bauzeichnungen. Die Stunden verrannen. Der Führer gebar unentwegt neue Ideen, und sie kreisten so oft um das Gipsmodell der künftigen Neuen Reichskanzlei, bis es Daisy davon schwindelte. Ihre Füße schmerzten, Hitler konferierte, und Speer versprach pünktliche Fertigstellung des Prunkbaus. Bürschi machte dem Führerpantoffel den endgültigen Garaus.

Gegen vier Uhr früh rief Hitler erstaunt: »Ist das die Möglichkeit? Schon vier? Da zeigt es sich wieder, Albert«, er tätschelte Speer die Schulter, »wie die Zeit verrinnt, wenn man gut zusammenarbeitet!« Hitler wünschte ihnen einen guten Morgen und setzte sich in die bereitstehende Limousine, die ihn nach Tempelhof bringen sollte. Dort würde er in ein Flugzeug steigen, um das Wochenende auf seinem Berghof bei Berchtesgaden zu verbringen.

Während dem Führer frische Luft und Erholung winkten, wartete auf Daisy und Speer ein arbeitsreiches Wochenende, um die Pläne den Änderungswünschen des Führers anzupassen. Speer fuhr Daisy in seinem Wagen nach Hause. Sie verabredeten, dass Speer sie Samstag früh um neun abholte. Ihr Gespräch versandete. Entgegen seiner Art verhielt sich Speer ausgesprochen wortkarg. Daisy ahnte, woher der Wind wehte. Der Generalbauinspektor galt als einer der engsten Vertrauten und wenigen Duzfreunde des Führers. Als Speers Assistentin war ihre Position bisher klar definiert gewesen, und nun haftete ihr mit einem Mal die besondere Gunst des Führers an. Sie roch sogar nach dessen Kölnisch Wasser! Speer fürchtete, sie liefe ihm gerade den Rang ab. Mit Befindlichkeiten dieser Sorte konnte Daisy noch nie etwas anfangen. Aber ihr lag an einem guten Arbeitsklima. »Hören Sie zu, Albert...« Daisy schilderte ihm das Zustandekommen der Szene.

Speers Erleichterung verwandelte ihn augenblicklich zurück in den generösen Freund und Ratgeber. »Sehen Sie darin das Positive, Daisy. Sobald das die Runde macht, wird Sie niemand mehr belästigen, am wenigsten Bormann. Keiner kommt dem Chef ins Gehege.«

»Aber das ist es, was ich befürchte! Ich habe keinerlei Ambitionen, mich hinter Fräulein Braun und der verrückten Unity Mitford einzureihen. Nicht einmal gerüchteweise!«

»Versuchen Sie gar nicht erst, gegen Gerüchte anzukämpfen. Nichts wäre sinnloser. Dieser Form von Gerücht begegnet man am besten mit einem Lächeln.«

Auch Mitzi lachte. So sehr, dass sie daran zu ersticken drohte, als Daisy ihren jüngsten Fauxpas beichtete. »Heiliger Bimbam!«, japste sie zwischen zwei Salven. »Was für ein Aufstieg! Im Deutschen Reich kann es keine höhere Position geben, als auf dem Führer zu liegen! Damit wirst du in die Geschichte eingehen, Daisy!«

»Ach ja?«, meinte Daisy pikiert.

»Überleg mal! Weißt du noch, als du daheim in Tessendorf eines Nachts über den schlafwandelnden Hindenburg gestolpert bist? Nun kannst du dich in diesem Jahrhundert als einzige Frau rühmen, sowohl auf Hindenburg wie auf Hitler gelegen zu haben!« Mitzi kringelte sich weiter wie eine Spirale. »Da wäre ich zu gerne dabei gewesen!«

»Und ich hätte gerne darauf verzichtet«, grummelte Daisy als Gegenstand von derart unbekümmerter Heiterkeit.

***

Zu wissen, dass der Schlaf kurz bemessen sein würde, führt in der Regel dazu, dass man gar nicht erst einschlafen kann. Daisy wälzte sich in den Laken und grübelte über Speers Rat nach. Sie fürchtete, es würde nicht reichen, das Gerücht einfach wegzulächeln. Sie dachte dabei an Martin Bormann, Hitlers bösen Flaschengeist. Bisher war es ihr gelungen, sich innerhalb Speers Dunstkreis verborgen zu halten, indem sie ihre Unauffälligkeit quasi zur Kunstform erhoben hatte. Nun würde sie ins Visier der von Raffgier und Ehrgeiz zerfressenen Sphäre Bormanns rücken. Man würde ihr ungefragt Gefälligkeiten erweisen und Gegenleistungen erwarten. Die Welt um sie herum würde sich verändern. Und sie konnte nichts dagegen tun.

Wie gerädert stieg sie um acht unter die Dusche und gönnte sich zum Frühstück eine halbe Tafel Schokolade. Zur Hölle mit ihrer Figur! Als es unten Punkt neun klingelte, nahm sie ihre

Tasche und verließ die Wohnung. Als sie hinaustrat, war von Speers dunkler Limousine weit und breit nichts zu sehen. Dafür versperrte ein knallroter Sportwagen den Bürgersteig. An seiner Tür lehnte Giacomo und lächelte Daisy wie die aufgehende Sonne entgegen.

Daisy verharrte wie festgewurzelt. Auch das noch!

Giacomo sank nun vor ihr auf ein Knie und sah mit hungrigem Blick zu ihr auf.

Grundgütiger, durchfuhr es Daisy heiß, er wollte ihr doch nicht hier und jetzt einen Antrag machen? Diesem verrückten Italiener traute sie alles zu.

»Schönste aller *fiori!*«, säuselte Giacomo weich wie Samt. »Erhöre mein Flehen, und komm mit mir!«

Die ersten Passanten blieben interessiert stehen.

Daisy räusperte sich verlegen. *Wohin sollte sie mitkommen?*

»Ich möchte dir alle *miracoli* der Welt zeigen! Bitte sag *sí!*«, lockte Giacomo.

»Giacomo«, sagte Daisy mit wiedergefundener Stimme. »Was tust du hier? Bitte steh auf.« *Wo blieb Speer?*

Giacomo legte beide Hände auf sein Herz. »*Mio cuore!* Ich werde so lange vor dir knien, bis du *sí* gesagt hast.«

Daisy wand sich. »Bitte, Giacomo. Ich muss zur Arbeit.«

»Arbeit, Arbeit!«, rief er. »Wo bleibt da das Leben? Nur *amore* zählt. Bitte sag *sí!*« Seine Augen glühten.

Die Gruppe der Schaulustigen wuchs. Eine verzückte ältere Dame rief: »Jetzt sag schon *sì,* Mädchen!«

Speers Wagen rollte heran. Er stieg aus und verharrte neben der Tür. Über den knienden Giacomo hinweg trafen sich ihre Blicke. Plötzlich glaubte Daisy, hinter ihrem Chef den Schatten von Martin Bormann zu erkennen. Sie brauchte nur *sì* zu sagen und konnte Hitlers Kanzleichef und seine gesamte heuchlerische Bande hinter sich lassen.

Giacomo ließ sie nicht aus den Augen. Er schien ihr Wanken zu spüren. »Komm mit mir, *mio fiore*. *Ti amo*. Sag *sì!*« Er streckte ihr die Hand entgegen.

Speer schüttelte den Kopf. Bormanns Schatten wuchs ins Riesenhafte. Daisy sagte: »*Sì*.«

Da sprang Giacomo auf, riss sie in die Arme, eroberte ihre Lippen, murmelte verrückte Koseworte, küsste ihre Stirn, ihre Nase, ihre Wangen, ihre Ohren, ihren Hals. Ließ sie los, wirbelte sie mit dem Lachen eines Eroberers herum, bis ihr schwindelte, stellte sie ab, küsste sie erneut, bis sie japsend nach Luft rang. Die Zuschauer klatschten Beifall und ließen sie hochleben. Giacomo verbeugte sich wie ein Bühnendarsteller, hob Daisy auf und setzte sie in seinen offenen Sportwagen. Er führte sie heim wie seine Braut. Sechsunddreißig köstliche Stunden verbrachten sie in seinem Hotelzimmer. Auf der einsamen Insel ihres Bettes rückten Daisy alle ihre Ängste und Zweifel fern. Sie lebte den Moment. Warum denken, wenn man lieben konnte?

Zumindest ein Gedanke ließ sich nicht abstreifen. Sie musste Albert Speer anrufen! Sie setzte sich auf.

»Wo willst du hin, *mio fiore*?«, fragte Giacomo. Er glitt hinter sie und küsste ihre nackte Schulter.

»Ich muss Herrn Speer anrufen.«

»Das ist längst erledigt, *amore mio*. Er weiß, dass du bei mir bist. Komm wieder ins Bett.«

Zwei Tage später brach sie mit Giacomo in seine Heimat auf. Zuvor war sie in ihre Wohnung gefahren, um das Nötigste in einen kleinen Koffer zu stopfen und Mitzi Bescheid zu geben, dass sie... Ja, was eigentlich? Eine Spritztour unternahm? Ein Abenteuer erleben würde? Heiraten? *Heiraten?* Wozu hatte sie genau *sì* gesagt? Verflixt und zugenäht, darüber war sie sich selbst nicht im Klaren. Giacomo hatte sie quasi überrumpelt. Aber vor Mitzi wollte sie das nicht zugeben. Das war auch gar nicht nötig, denn ihrer Freundin konnte sie ohnehin nie etwas vormachen. Mitzi wusste auch so, wie der Hase lief. Nichtsdestotrotz wünschte sie Daisy von ganzem Herzen Glück.

Daisy hatte auch mit ihrer Mutter telefoniert. Nur das Gespräch mit Speer zögerte sie hinaus. Ihr Chef würde Fragen stellen, auf die sie derzeit selbst keine Antworten hatte. Später, beschwichtigte sie sich selbst, sie konnte ihn später aus Rom anrufen… Durfte sie nicht auch einmal ein Abenteuer genießen? Nicht auf Abruf bereitstehen und sich die Nächte um die Ohren schlagen, wenn der Führer wieder neue Ideen hatte? Einmal nicht die Marionette sein…

***

Daisy hatte ein Seidentuch um ihr Haar geschlungen und hielt ihr Gesicht in den frischen Fahrtwind. Wann immer es Verkehr und Straße erlaubten, drückte Giacomo aufs Gaspedal, und der Maserati schoss wie ein Pfeil dahin. Fast die gesamte Fahrt über lag seine Hand auf ihrem Knie, als wollte er Daisy nicht mehr loslassen, nun, da sie endlich ihm gehörte. Sie kamen gut voran. In München verließen sie die fast fertiggestellte Reichsautobahn, die Berlin mit der bayerischen Hauptstadt verband. Die Voralpenstraße führte durch ausgedehnte Wälder, vorbei an hügeligen Weideflächen und abgeernteten Feldern, schlängelte sich durch pittoreske Dörfer, durchquerte Täler und überquerte Schluchten. Der Sportwagen schraubte sich die engen Kurven der Brennerstraße hinauf und auf der anderen Seite wieder hinunter. Hin und wieder stoppte Giacomo, allein um des Vergnügens willen, Daisy zu küssen, bis ihre Lippen brannten. Dann und wann zog er sie während der Fahrt zu sich heran, um ihr einen schnellen Kuss zu rauben. Einmal wäre es fast ihr letzter Kuss gewesen. Der Wagen kam von der schmalen Alpenstraße ab, ratschte Funken sprühend an der flachen Straßenbegrenzung entlang, und Daisy sah bereits in den Abgrund. Giacomo riss das Steuer herum, lenkte gegen, und der Maserati kam schlingernd zum Stehen. Während sich Daisy zitternd in den Sitz stemmte, lachte Giacomo wie ein Freibeuter, der dem Tod jeden Tag ins Auge blickte. Er beugte sich herüber und forderte heiser: »*Facciamo amore.*« Machen wir Liebe.

Daisy, weit weniger abgebrüht, wenn es darum ging, Hunderte Meter in die Tiefe zu stürzen, fand sich nicht in Stimmung. »Bist du verrückt?«, rief sie entsetzt.

Doch der erfahrene Giacomo hielt sie fest an seinen harten Körper gedrückt, küsste und streichelte sie so lange, bis ihr Verlangen erwachte und sie unter seinen Händen nachgiebig wurde. In den beiden vorangegangenen Nächten hatte er Daisys Körper in Leidenschaft entflammt. Dieser Verräter erinnerte sich nun gewisser Wonnen, und eine innere Stimme flüsterte: *Warum nicht...?*

Sie ließen das Tor nach Italien hinter sich und erreichten die Ausläufer der Po-Ebene. Unter ihnen funkelte der Gardasee wie eine tiefblaue Perle. In Riva del Garda teilte sich die Straße, und Giacomo folgte dem Westufer auf der erst kürzlich fertiggestellten Gardasana occidentale. Der See lag nun zu ihrer Linken, Segelboote glitten über seine Oberfläche, und Giacomo schmetterte aus vollem Hals ein neapolitanisches Liebeslied.

Hinter Gargnano, dessen Häuser sich malerisch an die felsige

Küste klammerten, bog Giacomo in eine von Zypressen gesäumte Allee. Sie kamen zu einer kleinen Landzunge. Ein schmiedeeisernes Tor tauchte auf. Daisy reckte neugierig den Hals. Zwischen ausladenden Pinien konnte sie ein Gebäude mit rotem Dach ausmachen. »Wo sind wir hier?«, fragte sie.

»Wir besuchen einen Freund.« Giacomo schwang sich aus dem Sportwagen und zog an einer Glocke.

Es verstrichen mehrere Minuten, bis ein betagter Diener des Weges kam, an seiner Seite trottete ein nicht minder betagter Jagdhund. Als der Mann den Besucher erkannte, trat ein freudiges Lächeln auf sein zerfurchtes Gesicht: »Signore Giacomo! Da wird sich der Herr Graf aber freuen!« Er entriegelte das Tor.

»Buon giorno, Vittorio!« Giacomo klopfte Vittorio herzhaft auf die gebeugte Schulter, was diesen fast in die Knie zwang.

Giacomo fuhr den gekiesten Weg entlang, während Vittorio das Tor verschloss. Die kurze Fahrt führte sie zwischen blühenden Oleanderbüschen und silbern schimmernden Olivenbäumen hindurch bis vor ein bezauberndes kleines Schloss. Clematis und Kletterrosen überwucherten malerisch die Fassade, an einem Eckturmchen knatterte die italienische Flagge fröhlich im Wind. Das Anwesen erhob sich anmutig über dem Seeufer, und fast erweckte es den Eindruck, als stiege es aus seinen blauen Wassern empor. Was für ein magisches Fleckchen Erde, dachte Daisy. Putzig fand sie die unzähligen frei laufenden Hühner, die sich ihnen von allen Seiten näherten und sie neugierig beäugten.

Ein älterer Herr erschien nun in der Eingangstür, sommerlich elegant gekleidet in einem weißen Anzug und Panamahut.

»Nonno Poc!«, rief Giacomo und eilte ihm mit ausgestreckten Armen entgegen. Sie begrüßten sich mit Überschwang. Der zierliche Graf nahm sich geradezu puppenhaft winzig aus an Giacomos breiter Brust. Nun zog Giacomo Daisy in seinen Arm: »*Mio fiore,* darf ich dir Graf Pocci vorstellen? Nonno Poc, das ist Contessina Margarita von Tessendorf. Meine künftige Gemahlin.« Er sprach deutsch.

Daisy war klug genug, den Zusatz mit der Ehefrau zu ignorieren und sich auf ein »Hocherfreut, Sie kennenzulernen, Graf Pocci« zu beschränken und ihrem Entzücken über die zauberhafte Örtlichkeit Ausdruck zu verleihen.

Der Graf verbeugte sich. »*Contessina,* herzlich willkommen im Haus *Sognoretto.* Da muss sich unsere italienische Sonne aber tüchtig ins Zeug legen, um mit Ihrer strahlenden Schönheit mitzuhalten«, erklärte er charmant.

Verblüfft stellte Daisy fest, dass er mit dem vertrauten Akzent ihrer Großmutter Sybille sprach. »Oh, Sie stammen aus Wien, Herr Graf?«

»Schuldig, *Contessina.* Aber am liebsten bin ich unterwegs. Schöne Orte ziehen mich an. Reisen, das ist die wahre Freiheit, net wahr?« Er zwinkerte ihr verschmitzt zu. Daisy fasste spontan Zuneigung zu dem reizenden älteren Herrn.

An seiner Seite trat sie in die lichte, hohe Halle. Säulen mit den Marmorbüsten bekannter Denker wechselten sich mit großen, bemalten Vasen ab, dazwischen noch mehr Hühner. Helle Fliesen markierten den Weg durchs Haus wie ein steter, ruhiger Fluss und führten in direkter Linie zu weit geöffneten Terrassentüren, die den Blick schon vom Eingang aus auf den saphirfarbenen See lenkten. Sie folgten Graf Pocci hinaus auf die Terrasse mit dem Schatten spendenden Portico, unter dem gemütliche Korbmöbel zum Verweilen einluden. Während Daisy und Giacomo zur Balustrade traten, um das grandiose Panorama zu betrachten, erschien der alte Diener zurück auf der Bildfläche.

»Viktor, da bist du ja wieder«, bemerkte ihn der Graf. »Bring uns etwas Erfrischendes zum Trinken, sei so gut. Und bitt das Nannerl, sie mag uns dazu einen Mokka brühen und ein paar Stückerl von ihrem Apfelkuchen dazugeben.«

Während Viktor gemächlich davonschlurfte, ließ sich der alte Jagdhund mit einem Seufzer unter dem Tisch nieder, wo bereits ein Huhn in weißem Federkleid döste.

Kaum eine Minute später stürmte eine kleine runde Dame mit grauem Haarknoten auf die Terrasse, schrie ekstatisch: »Giacomo, *ragazzo mio!*«, und hüpfte förmlich in seine Arme. Giacomo fing sie auf, rief: »Nannerl«, und hielt sie an ausgestreckten Armen in die Höhe, bis sie strampelnd protestierte und er sie zurück auf ihre Beine stellte. Auf Zehenspitzen gereckt zog sie ihn unsanft an seinen Haaren herab und drückte ihm zwei herzhafte Schmatzer auf die Wangen. Darauf stemmte sie ihre Hände in die Hüften und ließ eine Schimpfkanonade auf ihn herniederprasseln. Daisy verstand, dass es dabei um eine treulose Seele ging, die eine arme alte Frau schmählich verlassen und vergessen hatte.

Giacomo entschuldigte sich gestenreich und überschüttete sie mit den blumigsten Komplimenten, bis die Frau am Ende verlegen wie ein junges Mädchen kicherte. Daisy rückte nun in ihr Visier. »Und wer ist die *ragazza?*«, fragte das Nannerl mit Augen schmal wie Striche. Die kleine, energische Köchin schüchterte Daisy gehörig ein. Ohne jeden Zweifel reichte ihr Herrschaftsbereich über die Küche hinaus, und in diesem verwunschenen Dornröschenschloss oblag ihr das Kommando.

Giacomo strahlte und schob Daisy direkt vor sich. »Nannerl, das ist Margarita, meine Verlobte.«

»Deine *fidanzata?*« Sofort fand sich Daisy einer kritischen

Musterung ausgesetzt. Sie ertappte sich bei dem brennenden Wunsch, dass Nannerl sie gut leiden möge.

»Nun«, fällte Nannerl ihr Urteil, »immerhin scheint sie mir ein Mädchen zu sein, das eine anständige Mahlzeit zu schätzen weiß!« Worauf sie bewundernswert elastisch in die Knie ging, das weiße Huhn mit geübtem Griff einsackte und entschwand.

Daisy bedankte sich im Stillen bei ihren Hüftröllchen und fragte sich gleichzeitig, ob heute Huhn auf dem Speiseplan stand...

»Machen Sie sich keine Gedanken, *Contessina*«, meldete sich der Graf. »Unser Nannerl liebt ihre Hühner wie Kinder. Drum haben wir so viele. Bei uns gibt es viel Ei und niemals Huhn. Jetzt, wo der alte Hahn gestorben ist, tu ich wohl keinen mehr her. Aber wie ich unser Nannerl kenne, wird sie mir bald wieder einen jungen Gockel anschleppen.«

Daisy dachte an Mitzi und Dotterblume und konnte die Hühnerliebe sehr gut nachvollziehen. Viktor kehrte mit einem schauerlich quietschenden Servierwagen zurück. An der Tür stellten sich die Rollen quer, und er rumpelte gegen den Rahmen, dass es nur so schepperte und klirrte. »Pardon«, murmelte Viktor zerstreut, und Giacomo eilte ihm zu Hilfe, bevor die mitgebrachten Köstlichkeiten Schaden nehmen konnten.

»Das Nannerl meint es gut mit uns«, schmunzelte der Graf mit einem Blick auf den frisch gebackenen Apfelkuchen und die anderen Leckereien. Sie tranken Mokka, aßen Kuchen und kosteten danach den Wein, der im Glas eine zarte rosa Färbung zeigte. »Das ist ein Chiaretto. Selbst gekeltert«, erklärte der Graf. »Am See gedeihen Reben mit einer sehr feinen Note.«

»Nonno Poc ist berühmt für seine Roséweine«, bemerkte Giacomo. Zum eleganten Wein kosteten sie reifen Trombea und milden Formaggella. Angenehm satt gab Daisy ihrer Neugierde nach: »Wie haben Sie und Giacomo sich kennengelernt, Graf Pocci?«

Die beiden Männer tauschten einen Blick, wie man es nur tat, wenn man gemeinsam viele Erinnerungen teilte.

»Giacomos Großvater Ernesto hat mein Palais in Wien gebaut und dieses hier am See. Ernesto hat damals seinen kleinen Enkel Giacomo häufig mit auf die Baustelle gebracht. Zum großen Entzücken vom Nannerl. Sie hat ihn wie einen Sohn aufgenommen und leider nach Strich und Faden verwöhnt. Manchmal war's ein bisschen des Guten zu viel, nicht wahr, Giaco, mein Gockel?« Der Graf schnalzte.

Giacomo hob sein Glas und beschränkte sich auf ein breites Lächeln. Daisy dachte an Speers Rat. Giacomo verstand sich offenbar bestens auf die Kunst, Unliebsames fortzulächeln.

Zwischenzeitlich leistete ihnen auch das Nannerl Gesellschaft mit einem anschmiegsamen Huhn auf ihrem Schoss.

»Und Sie, *Contessina* Margarita«, wandte sich der Graf ihr zu. »Wo sind Sie dem Giaco begegnet? Warten Sie, wenn ich raten darf: Sie haben sich bei der Arbeit getroffen, nicht wahr? Sie üben einen künstlerischen Beruf aus?«

Daisy blickte zu Giacomo. Der hob in einer Unschuldsgeste die Schultern: »Ich habe ihm nichts verraten.«

Der Graf schaute wie ein Schelm. »Ich seh's an den Farbfleckerln an Ihrer linken Hand, Signorina. Sie sind vermutlich Malerin. Stimmt's?«

Daisy warf einen hastigen Blick auf ihre Hände. Sie konnte noch so gründlich schrubben, etwas Farbe oder Tinte blieb immer haften. »Sie haben ein gutes Auge, Herr Graf. Malen Sie auch?«, erkundigte sie sich interessiert.

»Ein paar bescheidene Landschaften hab ich hier und da auf

die Leinwand gekleckst, aber eher so zum Zeitvertreib.« Er hüstelte.

Giacomo brachte sich zurück ins Gespräch. »*Margarita*«, betonte er, »ist wie ich Architektin, und sie arbeitet direkt für den deutschen Führer.«

Daisy hatte schon bemerkt, dass Giacomo ihrem Kurznamen wenig abgewinnen konnte, doch gerade störte sie sich an seiner Erklärung. »Ich bin als Architektin bei Albert Speer angestellt«, berichtigte sie. »Aber tatsächlich hole ich in meiner Freizeit sehr gerne Palette und Staffelei hervor.« *Daisy, du flunkerst... Wann hattest du das letzte Mal einen Pinsel in der Hand? Und welche Freizeit?*

»Das ist schön. Wir alle leben von der Leidenschaft, nicht wahr?« Pocci zwinkerte schalkhaft.

Seine Worte trieben die Hitze in Daisys Wangen. Ihre Lippen brannten seit Tagen von Giacomos Küssen, und in ihrer Körpermitte schnurrte ein köstliches Gefühl der Fülle. Entweder der Graf besaß eine Vorliebe für unterschwellige Botschaften, oder sie reagierte gerade über die Maßen empfindsam. Graf Pocci spann den Gesprächsfaden fort. »Meine Familie besitzt noch ein Palais in Berlin. Aber da halt ich mich nicht mehr so gerne auf. Ist mir in der Stadt nach dem Krieg ein wenig zu krawallig geworden. Vor dem Krieg ist es in Berlin noch ein wenig gemütlicher zugegangen. Wie schaut's denn aus in meinem Berliner Palais? Tröpfelt's schon durchs Dach?«, erkundigte sich der Graf, und bevor Giacomo zu einer Antwort ansetzen konnte, erklärte er Daisy: »Ich hab den Giaco dorthin geschickt, damit er nach dem Rechten sieht.«

Daisy horchte auf. Da hatte ihr der Graf zum Wein eine interessante Information serviert. Die Erkenntnis, nicht der alleinige

Grund für Giacomos Berlin-Besuch gewesen zu sein, versetzte ihr den feinen Stich der Enttäuschung.

Giacomo versicherte dem Grafen, in seinem dortigen Domizil stünde alles zum Besten, worauf dieser bat: »Nun erzählt. Was führt euch junge Leute in mein einsames Refugium?«

»Wir sind auf der Durchreise nach Rom, und ich wollte mir die Gelegenheit nicht entgehen lassen, dir meine zukünftige Frau vorzustellen, Nonno Poc.« Giacomo legte den Arm besitzergreifend um Daisy, die sich weiterhin darin übte, sein Heiratsgerede zu überhören.

»Ach, ihr wollt in Rom heiraten?« Der Graf sah von Giacomo zu Daisy, und sie wettete, dass er auf das Genaueste durchschaute, wie viel Unbehagen ihr das Thema bereitete. Der Graf mochte sich den Anschein eines gemütlichen älteren Herrn geben, ein Connaisseur, der seinen Lebensabend zu genießen wusste, dabei war er mit allen Wassern gewaschen.

»*Così*«, reagierte Giacomo begeistert auf Graf Poccis Bemerkung und hob sein Glas. »Mit der ganzen *famiglia, tutti quanti*! Das wird das größte Fest Roms seit Cäsars Krönung!«

»Ach, es ist so schade, dass dein verehrter Herr Papa und deine liebe Frau Mama dein großes Glück nicht mehr erleben dürfen«, erklärte der Graf betrübt.

»*Sì, molto triste*«, murmelte Giacomo. Seine Mundwinkel sanken herab, und in seine Augen traten Tränen. Verblüfft verfolgte Daisy den jähen Stimmungswechsel ihres Liebhabers. Diese Fähigkeit kannte sie nur von Schauspielern. Mit einiger Verspätung ging ihr auf, wie wenig sie über Giacomo wusste. Innerhalb einer Stunde hatte sie mehr vom Grafen über ihn erfahren als von ihm selbst. Unsicher sah sie zu Graf Pocci. Der blinzelte ihr verschwörerisch zu, als wollte er ihr versichern, alles halb so wild, kein Grund zur Sorge.

Daisy flüchtete in ein anderes Thema. »Was ist mit Ihnen, Herr Graf. Haben Sie Kinder?«

Der Graf neigte den Kopf, und kurz verlor sich sein Blick in Trauer. Diese Wirkung hatte Daisy am wenigsten beabsichtigt, aber das Gesagte konnte sie nicht mehr zurücknehmen.

Der Graf seufzte und nahm kurz den Panamahut ab, um sich mit einem Taschentuch die Stirn zu tupfen. »Ich bin schon lange Witwer, doch es vergeht kein Tag, an dem ich nicht an mein Joseferl denke.« Die Kopfbedeckung wanderte zurück. »Viel zu früh ist sie von mir gegangen und hat das kleine, neugeborene Putzerl mitgenommen. Unser Maderl hat halt bei ihr sein wollen. In der gleichen Minute sind sie gestorben. Das ist für mich immer ein großer Trost gewesen – dass beide nicht allein gewesen sind. Grad heuer ist es fünfzig Jahre her.«

Daisy hätte sich selbst ohrfeigen können. »Sie sehen mich untröstlich, Herr Graf«, sagte sie leise. »Ich wollte nicht an alte Wunden rühren.«

»Jetzt haben Sie mich nicht ganz verstanden, *Contessina*. Ich denk gern an mein wunderbares Joseferl. Auch wenn es im Herzen zieht. Was wäre die Liebe ohne den Schmerz? Die Erinnerung ohne die Sehnsucht? Tränen haben durchaus ihren Sinn. Sie zeigen uns den Wert von Glück.«

Daisy beugte sich ein wenig zu ihm vor. »In Paris traf ich kürzlich einen lieben Freund wieder, Antoine de Saint-Exupéry. Er stellte sich die Frage, ob Glück die Abwesenheit von Schmerz ist.«

»Saint-Exupéry? Der sagt mir was.« Der Graf kramte sichtlich in seinem Gedächtnis.

»Er ist Journalist und Schriftsteller. Und Pilot. Ein echter Abenteurer.« Neben ihr funkte Giacomo Unmut. Unverkennbar behagte ihm die Wendung des Gesprächs nicht. Daisy rückte ihre

Schulter noch ein wenig vor, sodass ihr Freund vollständig aus ihrem Blickfeld verschwand.

Der Zeigefinger des Grafen fuhr durch die Luft. »Saint-Exupéry, stimmt, von dem hab ich schon gelesen! Ein Mann mit klugen Gedanken. Wissen Sie, junge Margarita, bei Gefühlen hat der Mensch wenig Spielraum. Die sind in uns drin, und das macht uns alle gleich. Kein Mensch ist besser oder schlechter als der andere. Und wenn wir das irgendwann einmal in unsere Köpfe bekommen, dann findet auch das gegenseitige Bekriegen ein Ende. Das ist wohl einen Trinkspruch wert!« Er streckte sich nach der Flasche im Kühler.

»Wer ist dieser Saint-Exupéry?«, grollte Giacomo.

»Geh, Giaco, du wirst doch jetzt nicht eifersüchteln. Mach dich lieber nützlich, und schenk uns noch vom Chiaretto ein. *La vita è bella!*« Der Graf lächelte Daisy zu.

Nach einem vorzüglichen Abendessen, für das Nannerl viel Lob einheimste, wollte Giacomo unbedingt noch mit Daisy ausgehen. Er entführte sie nach Desenzano, wo sie sich in eines der zahllosen Lokale an der Promenade setzten. Der Mond ergoss sich groß und orange in den See, und entlang der Ufer funkelten Lichtpunkte wie herabgestiegene Sterne. In dieser lauen Sommernacht schien es keinen nach Hause zu ziehen. Musiker spielten zwischen den Tischen, und während die Erwachsenen palaverten und schmausten, rannten ihre Kinder lärmend umher.

Daisy ergab sich dem Zauber dieser Nacht. An ihrer Seite saß Giacomo, ein Apoll unter den Männern, der die Blicke der Frauen auf sich zog, aber der nur Augen für sie hatte. Sie bestellten Amaro und naschten schwarze Oliven zu duftigem Weißbrot, gingen anschließend Hand in Hand im Mondschein spazieren, und Giacomo blieb immer wieder stehen, um Daisy Küsse zu stehlen.

Gegen drei Uhr kehrten sie ins Schlösschen *Sognoretto* zurück, wo ein riesiges Himmelbett ihrer harrte, so weich, dass man glaubte, in Wolken zu versinken. Giacomo hielt auch in dieser Nacht nichts von Schlaf. Kaum hatten sie ihr Zimmer betreten, streifte er ihr die Kleider vom hitzigen Körper.

Zum Frühstück servierte ihnen das Nannerl auf der Terrasse Milchkaffee und warme Butterhörnchen. Daisy hatte in der kurzen Zeit eine tiefe Zuneigung zu den drei alten Leuten gefasst, die in der Villa *Sognoretto* miteinander lebten wie eine untrennbar verbundende Schicksalsgemeinschaft. Der Graf lud sie am Morgen ein, länger in seinem paradiesischen Refugium am See zu verweilen, und Daisy war versucht, das Angebot anzunehmen. Jeder Mensch braucht einen Ort zum Träumen, und *Sognoretto* war ein solcher Seelenort. Aber Giacomo drängte es in seiner rastlosen Natur weiter.

Am späten Nachmittag erreichten sie Rom. Giacomo steuerte den Wagen durch ein Gewirr aus engen Gassen und hielt mitten im Centro storico, unweit der Fontana di Trevi vor einem großen, straßengrauen Palazzo mit bröckelnder Fassade. Er griff Daisys Hand und führte sie stolz hinein.

Daisy wähnte sich zunächst im falschen Haus, als sie das riesige Atrium betrat. Es war vollgestopft mit einem Sammelsurium an Antiquitäten. Rostige Ritterrüstungen erhoben sich neben ägyptischen Sphinxen, und mittendrin versperrte ein archaischer Thron aus Holz den Weg. Es gab Ständer mit bewimpelten Lanzen und Ständer mit angesengten, fleckigen Fahnen, dazwischen waren Kanonenkugeln aufgeschichtet. An den Wänden reihten sich Möbel der verschiedensten Epochen aneinander, darüber teilten sich goldgerahmte Gemälde überwiegend flämischen Ursprungs den Platz mit schartigen Schwertern und sonstigem

Kriegsgerät. Giacomos Domizil wirkte mehr wie ein Depot für ausgemusterte Museumsstücke als ein Zuhause, und die fingerdicke Staubschicht machte es nicht einladender. Daisy sehnte sich nach langer Fahrt und fünfunddreißig Grad Außentemperatur nach einem Bad und befürchtete, in diesem Chaos keine Wanne auftreiben zu können.

»Es ist schön«, sagte sie neutral und legte die Hand auf seinen Arm. »Zeigst du mir unser Schlafzimmer?«

Giacomo schlug sich gegen die Stirn. »*Maledetto!*«, fluchte er. »Ich habe meine Dienstboten in Urlaub geschickt, weil ich ursprünglich eine spätere Rückkehr geplant hatte. Ich werde sie herbeitelefonieren.« Im Laufschritt verschwand er in einem dunklen Flur und überließ es damit Daisy, sich mit den unbekannten Räumlichkeiten vertraut zu machen. Giacomo hatte ihr von einer Dachterrasse erzählt, auf der angeblich immer ein kleines Lüftchen ging, weshalb sie die breite Marmortreppe über drei Stockwerke erklomm. Dort stieß sie auf eine verwitterte Tür. Sie musste sich mit ganzer Kraft dagegenstemmen, bis das verzogene Holz nachgab. Ihr Aufstieg wurde mit einer halb überdachten Terrasse belohnt, die einen unbezahlbaren Blick auf das Kolosseum und den Palatin bot. Das versprochene Lüftchen wehte nicht.

In den folgenden zwei Wochen schleppte Giacomo Daisy überallhin mit, stellte sie seiner riesigen Familie und einer nicht enden wollenden Reihe von Freunden vor. Die de Lucas entsprangen altem römischem Adel, und Daisy staunte jeden Tag aufs Neue, wie weit Giacomos Verquickungen mit der Welt der Aristokratie, der Politik und Kunst reichten. Am Ende der ersten Woche nahm Giacomo Daisy in die Villa Torlonia mit, damit sie seinen alten Freund Beno kennenlernte. Leider hatte es Giacomo im Vorfeld versäumt, sie darüber aufzuklären, um wen es sich bei besagtem

Beno handelte. Und so ließ Daisy völlig verblüfft den Handkuss des feisten Duce Benito Mussolini über sich ergehen, während dessen aktuelle Geliebte Clara sauertöpfisch lächelnd danebenstand.

Erst im Juni war bekannt geworden, dass sich Benito Mussolini im September im Berlin mit dem Führer treffen würde. Es wäre der erste ausländische Staatsbesuch des Duce seit zwölf Jahren, und die Ankündigung hatte weltweit Aufmerksamkeit in der Presse erregt. Staatsbesuch und Politik beherrschten auch in der Villa Torlonia die Gespräche. Daisy unterdrückte ein Gähnen und bemerkte, dass auch andere Damen damit zu kämpfen hatten. Als die Herren nach dem opulenten Mahl in den Rauchsalon übersiedelten, stahl sich Daisy hinaus in den weitläufigen Park. Entlang gepflegter Rasenflächen und Blumenbeete schlängelten sich gekieste Wege, die sich zu Statuen und Springbrunnen hin öffneten, doch Daisy zog es zu einem Pinienwäldchen, das etwas Kühle versprach. Ganz Rom dampfte unter der Augustsonne, und das erste Mal an diesem Tag hatte Daisy das Gefühl, der Hitze ein wenig zu entrinnen. Als sie sich neugierig dem Teil des Geländes näherte, das als Baustelle gekennzeichnet war, wurde sie von zwei Schwarzhemden aufgefordert, sich zu entfernen.

Beim Verabschieden von Mussolini ereignete sich eine Szene, die Daisy gerade so überspielen konnte und die sie noch lange beschäftigen würde. Spontan hatte der Duce sie an sich gezogen. Was nach außen wie eine herzhafte Geste öffentlich zelebrierter Zuneigung wirkte, hatte der Gastgeber dazu genutzt, um heimlich die Rundung ihres Busens zu ertasten. In Giacomos Gegenwart hatte sie sich nichts anmerken lassen, zunächst selbst viel zu verdutzt, um Mussolinis Verhalten richtig einzuordnen. Der Duce und Giacomo waren enge Freunde, und da ein kleiner Zweifel blieb, wollte sie keine Zwietracht zwischen den beiden Männern säen.

Am Morgen nach dem Fest rang sich Daisy zu ihrem überfälligen Anruf bei Albert Speer durch. Nachdem sie ihn nicht erreichen konnte, hinterlegte sie bei Frau Kempf die Bitte um Rückruf. Zwei Tage wartete sie vergeblich, bis sie selber erneut zum Hörer griff. Diesmal bekam sie ihren Chef an den Apparat. »Daisy! Wie ist das Wetter in Italien?«, scholl es durch den Äther.

»Danke, es ist sehr heiß. Ich wollte mich melden, weil...«

Speer fiel ihr in den Satz. »Leider, ich bin gerade sehr beschäftigt. Ich freue mich, dass es Ihnen gut geht. Wiederhören!« Aufgelegt.

Sprachlos starrte sie auf die Hörmuschel. Sie konnte sich an keinen Tag ihrer Zusammenarbeit erinnern, an dem Albert Speer ihr je unhöflich begegnet wäre. Ihr Chef musste gerade mächtig unter Druck stehen, wenn er sie auf diese Weise abfertigte. Sie ärgerte sich über sich selbst. Sie hätte Albert gleich von Berlin aus anrufen müssen, anstatt erleichtert zu reagieren, weil Giacomo das für sie erledigt hatte. Daisy seufzte. Wer das Unvermeidliche hinausschob, musste auch die Konsequenzen tragen. Das gestörte Verhältnis zu Speer belastete sie, und es lag ihr daran, es in naher Zukunft geradezurücken. Vorerst ließ sie sich weiter von Giacomo durch die Gegenwart treiben. Er betätigte sich als unermüdlicher Reiseführer und führte sie kundig durch die Sehenswürdigkeiten Roms. Innerhalb weniger Tage besichtigten sie das Forum Romanum, Pantheon, Piazza Navona, Terme di Caracalla und das mit dem einst von den Juden geraubten Gold erbaute Kolosseum. Sie schlürften in gefühlt jeder zweiten Bar Espresso, saßen auf der Spanischen Treppe und genossen im Schatten der Basilica Trinità dei Monti köstliches Eis. Nachdem sich die primären Attraktionen des Centro storico erschöpft hatten, unternahmen sie Ausflüge in die Umgebung: Sie schwammen im Lago di Bolsena, saßen an der Uferpromenade des alten Hafens von Rom und besichtigten Tivoli, das schon die alten Römer und ihre Kaiser zum Kuren schätzten. Daisy hätte sich für all diese Sehenswürdigkeiten und Ausflüge ein wenig mehr Zeit gewünscht, aber Giacomo hielt bestenfalls für einen Caffè, einen Vino oder ein kurzes Essen inne. Manchmal hatte Daisy noch gar nicht richtig ausgetrunken, schon streckte er wieder die Hand nach ihr aus, um sie weiterzuziehen. Giacomo vertrug weder Stillstand noch Ruhe. In Rom traf er in jedem Restaurant Freunde, ihr Tisch füllte sich im Nu mit Menschen, und statt trauter Zweisamkeit wurde jedes gemeinsame Essen von lautstarkem Palaver begleitet. Mit Giacomo gab es keine Langeweile, aber auch keine Muße. Dolce Vita? Nicht mit Giacomo. In der dritten Woche schien Giacomos Enthusiasmus erstmals zu erlahmen, und ein paar Tage später kehrte er zu seiner Arbeit als Architekt zurück. Als Daisy ihn nach seiner Baustelle fragte, wurde ihr ansonsten so kommunikativer Freund plötzlich wortkarg. »Es ist eine ganz banale Sache, *mio fiore*. Kaum mehr als eine Baugrube.«

»Hattest du nicht vor einiger Zeit erwähnt, du würdest für den Duce arbeiten? Ist es die Baustelle auf dem Gelände der Villa Torlonia?«, bohrte sie weiter. Er winkte demonstrativ ab, für ihn war das Thema damit abgeschlossen.

In der Nacht widmete er sich Daisy mit unverminderter Leidenschaft. Er trank ihre Haut und ihre Lippen, verlangte, dass sie ganz ihm gehörte, ihr Körper, ihre Gedanken, ihre Seele.

An einem Morgen im September, sie hatten das Bett eben erst verlassen, und Daisy fahndete nackt nach ihrem Morgenrock, meinte Giacomo, dass er sie am liebsten in ein kleines Vögelchen verwandeln würde, um sie in seine Brusttasche zu stecken und sie tagsüber nah an seinem Herzen zu tragen. »Am Abend verwandele ich dich dann zurück in die verführerische Odaliske und *facciamo amore* die ganze Nacht. Du bist mein, *mio fiore*, meine Blume.« Er verschlang sie mit Blicken, während sie in ihren Morgenrock schlüpfte. »Du bist so wunderschön«, raunte er, »du solltest die ganze Zeit nackt gehen!«

»Oh, heißt das, ich brauche heute nichts anzuziehen? Wenn es wieder so heiß wird wie gestern, käme mir das sehr gelegen.«

Er lachte heiser. »*No, amore mio.* Du sollst nur für mich nackt sein. In meinem Haus. *In mia casa.*« Plötzlich kniete Giacomo vor ihr: »*Ti amo.* Werde meine Frau. Sag *sì*!«

Das kam zu plötzlich. Seit ihrem Besuch bei Graf Pocci hatte Giacomo das Thema nicht mehr berührt. Erneut fühlte sich Daisy überrumpelt. Alles, was ihr über die Lippen kam, war: »Ohne Ring?«

Giacomo kam wieselflink auf die Beine. »Du bekommst den schönsten Ring der Welt, *mio fiore!* Einen Diamant von der Größe meiner Liebe!«, rief er freudestrahlend. Obwohl sie gerade erst aus dem Bett kamen und Daisys Lippen und Schenkel noch von den vorangegangenen Stunden brannten, hob er sie auf und trug sie zurück zwischen die Laken. Sie hatte nicht *sì* gesagt. Aber auch nicht Nein …

Das mangelnde *Sì* schien Giacomo nicht zu stören. Gewohnt selbstsicher setzte er es voraus. Vermutlich kam es ihm gar nicht in den Sinn, eine Frau könnte Nein zu ihm sagen oder sich ihm verweigern. Und sie, Daisy, hatte ihn in diesem Glauben bestärkt. Giacomo war in ihr Leben getreten wie ein Sturmwind, der die Blätter von den Bäumen fegte. Es war verführerisch und enorm anziehend, sich dieser Urkraft hinzugeben, da es auch für Daisy ein Stück weit die Utopie der Unbesiegbarkeit schuf. Das machte das Leben leicht. Aber das war es nicht. Eine Illusion blieb eine Illusion. Für Giacomo gab es nur Giacomo, und Daisy war sein Besitz. Sie hatte seine Träume zu teilen, seine Wünsche, seine Gedanken. Ihre Beziehung beruhte auf seinen Bedürfnissen. Und ihrer Leidenschaft. Ja, sie begehrte ihn. Aber Liebe bedeutete mehr. Neue Gedanken bewegten Daisy, und sie begann immer mehr, die Dinge infrage zu stellen. Auch der angekündigte Ring ließ auf sich warten. Darüber war Daisy nicht unfroh. Ganz und gar nicht.

Kapitel 24

> Findet ein Armer ein Rubelchen, so ist es bestimmt ein falsches.
>
> Aus Russland

Am Abend nach Daisys Abreise mit Giacomo ging Mitzis Türglocke. Sie öffnete, sah die roten Rosen in der Hand ihres Besuchers und rief: »Henry, verdammt noch mal!«

Henry neigte den Kopf. »Komme ich sehr ungelegen?«

»Nein, aber zu spät. Komm rein.«

Henry folgte ihr in den Flur, und Mitzi nahm ihm die Blumen ab. »Daisy ist nicht da.«

»Wann kommt sie zurück?« Es klang hoffnungsvoll und zaghaft zugleich, und das verriet Mitzi alles. Sie riss den Küchenschrank auf, holte die Vase heraus und stellte sie nicht eben sanft auf dem Tisch ab.

»Bist du wütend auf mich?«, bemerkte Henry etwas ratlos.

»Gegenfrage. Hast du einen Ring in der Tasche?«

Henrys Gesicht verlor jede Farbe. »Was ist passiert, Mitzi?«

»Sagen wir so: Wäre Zuspätkommen eine sportliche Disziplin, wärst du Weltmeister.« Mitzi vergaß die Rosen und sank Henry gegenüber auf den zweiten Stuhl. »Daisy ist heute Morgen mit Giacomo durchgebrannt.«

»Der Schönling aus Paris?«

»Ebender.«

»Verflucht!« Henry hieb auf den Tisch. Die Vase hüpfte.

»Warum bist du nicht früher gekommen? So ein, zwei Jahre wären gut gewesen«, klagte Mitzi.

Henry fiel in sich zusammen. »Weil ich auch Weltmeister in der Disziplin Feigheit bin. Ich war schon einmal verheiratet.«

Mitzi erkannte den tiefen Schmerz in seinem Gesicht. »Du bist Witwer?« Henry senkte die Augen und nickte. »Sie ist ertrunken. Alle sehen in ihrem Tod einen Unfall, aber ich weiß, dass Priya freiwillig aus dem Leben geschieden ist. Es war meine Schuld. Ich habe ihr das angetan. Ich habe sie aus ihrer Familie und Kultur gerissen und in ein fremdes Land entführt.«

»Du hast deine Frau Priya entführt?«, fragte Mitzi ungläubig. Es passte nicht zu dem Henry, den sie kannte.

Henry richtete sich auf, kurz schien es, als würde er die Luft anhalten. Dann brach es aus ihm heraus: »Es war kurz nach dem Krieg, und ich wurde nach Indien versetzt. Ich habe Priya durch meinen Freund Sunjay kennengelernt, sie war seine jüngere Schwester. Ich habe mich Hals über Kopf in sie verliebt und wollte sie unbedingt heiraten. Priyas Eltern waren strikt dagegen, und sie wollte nicht gegen ihren Willen handeln.« Henry stand auf, er wirkte gequält. »Aber ich habe einfach nicht lockergelassen. Ich war jung und wollte Priya unbedingt für mich. Am Ende habe ich sie dazu gebracht, mit mir nach England durchzubrennen.«

»Und dann ist sie... gestorben?«, fragte Mitzi leise.

»Wir haben lange um unsere Ehe gerungen. In meinem Egoismus hatte ich nicht bedacht, wie versnobt die englische Gesellschaft ist und wie viel Ablehnung Priya in meiner Heimat entgegenschlagen würde. Sie war erst sechzehn und innerhalb ihrer Familie sehr behütet aufgewachsen. England, die fremde Umgebung und Kultur waren für sie ein Schock. Meine Mutter und ich taten unser Möglichstes, aber mein Vater machte alle unsere

Bemühungen zunichte. Es wäre ihm egal gewesen, wenn ich mir zehn indische Geliebte gehalten hätte, aber man heiratete sie nicht!« Henry kippte den Birnenschnaps, den Mitzi ihm wortlos gereicht hatte. Während er weitersprach, bat er sie mit einer Geste, das Glas nachzufüllen. »Priya und ich hofften, wenn wir erst Kinder hätten, würde es einfacher. Aber Priya wurde in all den Jahren nicht schwanger. Die Ärzte konnten uns nicht helfen. Mit der Zeit versteifte sich Priya darauf, dass Unfruchtbarkeit ihre Strafe sei, weil sie dem Willen ihrer Eltern zuwidergehandelt hatte. Sie wurde immer schwermütiger. Eines Tages war sie fort. Sie hinterließ mir nur einen kurzen wirren Brief, in dem sie mir mitteilte, sie wolle nach Hause und sich reinwaschen.«

»Sie wollte zurück nach Indien?«

»Nein, das ging nicht, ihre Eltern hatten sie verstoßen. Ich habe sofort nach ihr gesucht und sie auch gefunden. Nahe ihrer Lieblingsstelle am See. Es war zu spät. Sie war bereits tot. Mir blieb nur noch, sie zu begraben.«

Mitzi berührte Henrys Arm. »Es tut mir sehr leid für dich. Wie lange ist das jetzt her?«

»Neun Jahre, zwei Monate und vier Tage«, antwortete Henry prompt.

Mitzi nippte an ihrem Schnaps. Über das Glas hinweg fixierte sie Henry: »Und nach Priyas Tod hast du beschlossen, dich nie wieder fest zu binden? Vielleicht hättest du das Daisy gleich zu Beginn eurer Bekanntschaft sagen sollen?«

»Ich wollte ihr Freund sein«, erklärte Henry schwach.

Mitzi prustete. »Das bist du. Wir konnten uns stets auf dich verlassen, und du hast mehr als einmal die Kastanien für uns aus dem Feuer geholt. Deshalb verstehe ich nicht, wie ein so mutiger Mann wie du sich derart feige verhalten kann. Daisy ist nicht

Priya. Sie ist eine starke, selbstbewusste Frau, und falls ihr dein Vater dumm kommen sollte, wird sie ihm tüchtig den Marsch blasen.«

Henry lächelte schief. »Mit dir ist immer alles so einfach, Mitzi.«

»Weil es Unfug ist, ewig auf demselben Knochen herumzukauen. Das führt nur zu Stillstand und Missverständnissen und in diesem besonderen Fall zu einem Umweg über Rom.«

Henrys Kinn ruckte hoch. »Du meinst, ich soll Daisy aus Rom zurückholen?«

»Gott bewahre!« Mitzi hob die Hände. »Das hätte allenfalls Sinn, wenn sie vorhätte, dich mit Giacomo eifersüchtig zu machen. Ich kenne Daisy. Sie ist einem Strohfeuer erlegen. Bis zum Herbst wird es ausgebrannt sein.«

»Ich soll so lange warten?«

Mitzi zeigte sich unerbittlich. »Du hast Jahre gewartet, mein Bester. Da wirst du noch die paar Wochen länger leiden können.«

»Aber...«

»Du kannst ihr natürlich trotzdem nachreisen«, schnitt sie ihn ab. »Ich weise dich nur darauf hin, dass es zu früh sein könnte. Wenn du jetzt bei ihr in Rom auftauchst, wird sie ziemlich wütend auf dich reagieren. Ich bin es ja auch gewesen, und ich bin nicht in dich verliebt, Henry. Hab noch ein wenig Geduld, und lass es am Ende ihre Entscheidung sein.«

Henry zog eine Grimasse.

Mitzi interpretierte sie falsch. »Nur zu, Henry. Tu, was du nicht lassen kannst. Fahr zu ihr. Aber ich rate dir, lass die Rosen weg. Du läufst sonst Gefahr, dass sie dir die Blumen um die Ohren schlägt.«

»Das ist es nicht. Daisy ist schon in Paris während der Weltausstellung auf mich wütend gewesen. Ich wollte sie um ihre Hand bitten, aber sie hat mich abblitzen lassen, noch bevor ich ihr die Frage stellen konnte. Sie meinte, sie habe nicht die Absicht, jemals zu heiraten.«

Mitzi stöhnte. »Herrje, ihr beiden habt euch wirklich verdient.« Sie prostete ihm zu. »Also abgemacht. Ich gebe dir Bescheid, sobald Daisy bei mir reinschneit. So lange werde ich schweigen wie ein Grab. Es ist deine Sache, sie zu überzeugen, dass du ihr weißer Ritter bist.«

Kapitel 25

> Idealisten neigen zu törichten Handlungen.
>
> Hermine »Mitzi« Gotzlow

Zum Haushalt Giacomos gehörte wie bei Graf Pocci ein älteres Ehepaar, Maria und Roberto. Damit hörten die Gemeinsamkeiten schon auf. Roberto fegte, putzte, reparierte, er wusch Giacomos Wagen und sprang auf seinen kurzen dicken Beinen herbei, sobald Marias Ruf »Robeeeerto« durch die Flure scholl. Maria behandelte Daisy wie einen Eindringling und wachte eifersüchtig über Giacomo, den sie wie einen Gott verehrte. Zu Daisys Leidwesen kannte ihre Zuneigung keine andere Ausdrucksform als ihre Kochkunst. Das Frühstück blieb mit Caffè und Cornetto noch überschaubar, aber zu Mittag brachte Maria ein komplettes Menü auf den Tisch, vor dem Daisy überwiegend alleine saß, weil Giacomo entgegen seiner Versicherung nicht zum Essen heimkehrte. »Ich wette, die Hexe mästet mich, um mich eines Tages zu schlachten«, erklärte Daisy Mitzi düster am Telefon. »Und Giacomo ist nicht besser als sie. Kaum kommt er gegen acht nach Hause, will er schon wieder ausgehen! Wir sind in zwei Monaten nicht einen Abend daheim geblieben«, setzte Daisy ihre Klage fort.

Dafür hatte sie das Malen neu für sich entdeckt. Staffelei, Leinwand und Farben waren schnell besorgt, und die Dachterrasse wurde zu ihrem Atelier. In der Stadt ging sie auf Motivsuche. Es gab so vieles zu entdecken, Rom war wie eine riesige

Theaterbühne. Es gab grandiose Wunder wie Kirchen, Palazzi, Parks und Brunnen und versteckte kleine Wunder wie filigran gemeißelte Reliefs über verwitterten Eingangstüren, Fresken und Dachverzierungen lang vergessener Künstler oder Hinterhöfe, in denen scheinbar wahllos Blumentöpfe arrangiert waren und die zusammen dennoch ein vollkommenes Kunstwerk bildeten. Nach Daisys drittem und ausgiebigem Streifzug durch die Stadt bemerkte Giacomo beim Abendessen in der Trattoria: »Es wäre mir lieber, du gingst nicht allein aus, Margarita.« Er schob sich eine Gabel *pasta e fagioli* in den Mund.

Daisy setzte sich misstrauisch auf. »Wie darf ich das verstehen?«

»Eine schöne junge Frau allein unterwegs in Rom schickt sich nicht.«

Daisy legte ihr Besteck weg. »Ist das dein Ernst?«

Entweder entging Giacomo ihr Ton, oder er ignorierte ihn. Er schüttete reichlich Pfeffer auf seine Nudeln. »Du bist hier fremd, *mio fiore*, und Rom ist eine gefährliche Stadt.«

»Ach«, Daisy legte den Kopf schief, »hattest du nicht erst kürzlich geprahlt, der Duce habe gründlich mit allen kriminellen Elementen aufgeräumt?«

Er sah von seiner Pasta auf. »Rom birgt genügend andere Gefahren.«

»Dann klär mich bitte auf«, sagte Daisy und schob ihren Teller zur Seite.

»Schmeckt es dir nicht?«

»Mir schmeckt nicht, was du da andeutest.«

Giacomo setzte seine Mahlzeit fort. »Ich deute nichts an, ich will dich nur schützen, *tesoro mio*.«

Daisys Ärger entzündete sich primär an seiner Ruhe. »Welche

Sorte Gefahr schwebt dir da so vor? Dass ich unter die Räder eines dieser verrückten römischen Taxis geraten könnte oder mir ein antiker Mauerstein auf den Kopf fällt?«

Er konnte ihren Ton nicht länger überhören. Sein Wangenmuskel zuckte. Er legte seine Gabel nieder.

Über den Tisch hinweg funkten ihre Augen: *Na los, versuch es! Versuch, mir meine Freiheit zu nehmen!* Es empörte sie zutiefst, was er andeutete. Was glaubte er? Dass sie sich mit dem nächstbesten Mann einließe?

Giacomo berührte ihre Hand. »*Mio fiore*, lass uns nicht streiten. *Sorridi*, lächle! Es ist so ein schöner Abend!« Er goss ihr von dem kühlen Wein nach und winkte dem Kellner. Ihre Teller wurden abgeräumt, der nächste Gang gebracht: Miesmuscheln in Kräuterweißweinsud. Daisy hielt ihren Blick auf ihr Glas gerichtet – ein wenig sollte Giacomo schon schmoren. Dann lächelte auch sie wieder. Sie hatte von Giacomo gelernt. Ein Lächeln beendete Diskussionen, ein Lächeln wendete Gespräche. Aber in ihrem Fall bedeutete es noch lange kein Einverständnis…

Am nächsten Morgen zog sie erneut mit ihrem Skizzenblock los. Während sie auf die Straße trat und die Hitze sie in ihren glühenden Atem hüllte, fragte sie sich, ob es wirklich erst wenige Wochen her war, seit sie *sí* zu Giacomo gesagt hatte. In ihrer Wahrnehmung kam es ihr viel länger vor.

Der unscheinbare Mann fügte sich nahtlos in den gesichtslosen Strom der Passanten ein, und er wäre Daisy viel später oder gar nie aufgefallen, wenn sie nicht ständig nach einem lohnenden Leinwandmotiv Ausschau gehalten hätte. Nachdem sie ihn ein zweites Mal in der Menge ausgemacht hatte, fahndete sie bewusst nach ihm. Als sie ihn am Folgetag erneut entdeckte, konnte sie nicht mehr an einen Zufall glauben. Sie hütete sich, Giacomo von dem Mann zu erzählen. Das wäre bloß Wasser auf seiner Mühle. Andererseits wollte sie auch nicht ihr Schicksal herausfordern, weshalb sie einige Tage auf einsame Ausflüge verzichtete und sich der Fertigstellung ihres Gemäldes von Nereide widmete. Sie vermisste ihr Pferd schmerzlich.

Giacomos Palazzo mochte riesig sein, aber selbst das größte Gebäude erzeugte ein Gefühl von Enge, wenn man es nicht verlassen konnte. In der Woche darauf startete Daisy ihren nächsten Erkundungszug durch die Stadt. Zunächst gelüstete es sie nach einem Eis von *Giolitti*, Roms ältester und bester Eismanufaktur. Auf ihrem Weg passierte sie den Trevibrunnen, in dem Kinder übermütig planschten, überquerte die verkehrsreiche Via del Corso und betrat die weitläufige Piazza Montecitorio, wo im gleichnamigen Palazzo das Parlament zu tagen pflegte. Sie schwenkte nach links und hielt auf die schmale Gasse der Via Uffici del Vicario mit *Giolitti* zu. Daisy konnte sich auf die Schnelle für keine Sorte entscheiden und ließ einem korpulenten Italiener den Vortritt. Nach ihm traf sie ihre Wahl und trat mit ihrer Waffeltüte dicht hinter dem Italiener aus dem Laden. Ihre Entdeckung war eher zufällig – kaum mehr als die überhastete Bewegung eines Mannes im Augenwinkel, der sich in einem Hauseingang duckte, und dennoch hatte Daisy ihren Verfolger sofort wiedererkannt. Der Zorn fuhr in sie wie eine rote Stichflamme. Wieso stellte ihr der Typ ständig nach? Wie konnte sie ihn loswerden? Die Gendarmen konnte sie nicht um Hilfe ersuchen, weil sonst Giacomo davon erfahren würde. Plötzlich hatte sie eine Eingebung. Gedacht, getan. Sie stolperte, ließ ihr Eis fallen und kehrte ins *Giolitti* zurück. Dort steckte sie der Giolitti-Tochter fünfzig Lire zu und bat sie, ihr den Hinterausgang zu zeigen, weil sie einem hartnäckigen Verehrer ein Schnippchen schlagen wollte. Eine Minute später fand sich Daisy in der Parallelgasse wieder. Ein Stück geradeaus, zweimal nach links und sie traf wieder auf die Via Uffici del Vicario. Vorsichtig linste sie um die Ecke. Ihr Verfolger presste sich weiter in den Hauseingang und behielt das *Giolitti* im Auge. Eine Mütze beschattete sein Gesicht. Daisy wartete. Der Mann steckte sich einen Glimmstängel an. Nach drei Zigarettenlängen zeigte er Anzeichen von Ungeduld. Er warf den Stummel zu den anderen in den Rinnstein, steckte die Hände in die Hosentaschen und setzte sich in Bewegung. Er betrat das *Giolitti* nicht sogleich, sondern lehnte sich an die Fassade und spähte durch das Fenster. Dann ging er hinein. Er kehrte bald zurück, schaute sich aufmerksam um, aber Daisy duckte sich hinter einen Lieferwagen. Nun entfernte sich der Mann in Richtung Piazza Montecitorio. Daisy nahm ihrerseits die Verfolgung auf. Vielleicht konnte sie herausfinden, wo er wohnte, und dieses Wissen in einem anonymen Brief an die Polizei weitergeben. Im dichten Nachmittagsverkehr folgte sie ihm über die Via del Corso. Von dort nahm der Mann direkten Kurs auf den Trevibrunnen. Tatsächlich führte er Daisy auf demselben Pfad zu Giacomos Palazzo zurück, den sie zuvor in umgekehrter Richtung genommen hatte. Verdammt, der Kerl wusste, wo sie wohnte! Fast gegenüber von Giacomos Haus bezog er Position vor einer kleinen Kapelle, deren Eingang mehrere Stufen tiefer lag und sich bestens als Beobachtungsposten eignete. Frustriert verharrte Daisy am Rand der Gasse. Sie wog noch ihre Möglichkeiten ab, als Giacomo mit seinem roten Maserati am anderen Ende der Gasse auftauchte und vor dem Tor zum Innenhof stoppte. Er stieg aus, doch nicht, um das Tor zu öffnen, sondern um geradewegs die kleine Kapelle anzusteuern!

Daisys Verfolger gab nicht etwa Fersengeld, nein, er blickte

Giacomo entgegen und begrüßte ihn mit einem Nicken. Darauf begannen die beiden Männer ein Gespräch. Daisy beobachtete, wie Giacomo dem Mann den Zeigefinger in die Brust stach. Stritten sie? Giacomo wandte sich nun abrupt ab, schritt an seinem Wagen vorbei zum Tor und stieß es auf. Der Unbekannte blieb auf seinem Posten. Ihr schwante Übles. Sie rannte auf Giacomo zu, der sich eben hinters Steuer klemmen wollte. »Sag, hast du mir den Mann auf den Hals gehetzt?« Wütend wies sie zur Kapelle.

»*Mio fiore!*«, sagte Giacomo. Er wollte sie in die Arme schließen.

Daisy wich vor ihm zurück. »Antworte mir!«

»Lass uns erst hineingehen, *tesoro mio*.« Er lächelte. Daisy trat noch einen Schritt zurück. »Ich will, dass du mir antwortest!«, beharrte sie.

Er hob die Hände. »*Margarita,* amore, beruhige dich. Mein Freund sollte lediglich ein Auge auf dich haben, damit dir nichts zustößt.« Er schaute sie auf eine Art an, als erwartete er Dankbarkeit für seine Umsicht.

»Ich brauche keinen Aufpasser! Deinen Wachhund habe ich im Übrigen abgeschüttelt. Hat er dir davon erzählt?«

Offenbar nicht. Giacomo schoss einen finsteren Blick über die schmale Straße. »Verschwinde«, zischte er. Der Mann machte sich hurtig davon.

Inzwischen hatte sich in der Gasse eine kleine tuschelnde Menschentraube gebildet. Giacomo ließ Daisy ohne ein weiteres Wort stehen, um seinen Wagen in den Innenhof zu fahren. Daisy verschwand im Palazzo. Dort wartete sie auf Giacomo, aber der geruhte erst nach vier Stunden wieder aufzutauchen. Sein Atem roch nach Alkohol, und Daisys Zorn war längst am Überkochen. Sie wollte streiten, Giacomo wollte Liebe machen. Sie schenkten sich nichts. Er riss sie in seine Arme und küsste sie, Daisy biss ihm in die Zunge, bis sie sein Blut schmeckte. Sie jagten sich durchs Schlafzimmer. Daisy warf mit jedem Gegenstand nach ihm, den sie greifen konnte, er fing das meiste davon auf, um es selbst gegen die Wand zu schleudern. Sie bearbeitete Giacomo mit den Fäusten, doch er schien ihre Schläge zu genießen. Sie zerkratzte ihm die Wangen, und als ihm das Blut in den Mundwinkel lief, leckte er es mit der Zunge auf und lachte wie ein irrer Pirat. Er lachte über sie! Zornesblind stürzte sich Daisy erneut auf ihn, sie kämpften, rissen sich an Kleidern und Haaren, schnitten sich an Scherben, beschmierten sich gegenseitig mit Blut. Irgendwann lagen sie nebeneinander auf dem Fußboden, beide Luft pumpend, und keiner konnte sich als Sieger betrachten. Und dann brachen sie in Lachen aus, weil sie begriffen, wie absurd ihr Treiben war. Sie liebten sich inmitten der Trümmer ihres Schlafzimmers. Am Ende der Nacht nahm Daisy Giacomo den Schwur ab, dass er für sie keine weiteren Aufpasser engagieren würde.

An einem späten Nachmittag in der Woche darauf platzte Giacomo auf die Dachterrasse, wo Daisy eben frische Farbe für die Leinwand anrührte. »*Amore!* Zieh dein schönstes Kleid an! Wir gehen in die Oper!«

»Oh, was wird denn gegeben?«

»*La Traviata.*«

»Ich wusste gar nicht, dass du die Oper magst.«

»Ich liebe die Oper!«, rief Giacomo enthusiastisch und ergänzte: »Der Duce hat uns in seine Loge eingeladen.«

Daisy versteinerte. Mit dem Duce stundenlang auf engem Raum? Schon der Gedanke ließ ihr Herz trommeln. Sie konnte nur beten, dass ihr der italienische Führer nicht wieder auf die Pelle rückte wie beim Abschied in der Villa Torlonia.

Das Opernhaus war hell erleuchtet und thronte auf dem Viminal, dem kleinsten der sieben Hügel Roms. Mit Spannung wurde auf die Ankunft des Duce gewartet. Eine Ordonnanz führte Giacomo und Daisy in die königliche Loge. König Viktor Emmanuel III., flüsterte ihr Giacomo zu, sei nach wie vor inthronisiert und unterstütze die Regierung des Duce, aber der Monarch befinde sich derzeit nicht in Rom. Auf ihren Stühlen fanden sie Programmhefte und Operngläser, ein befrackter Ober servierte Champagner und Appetithäppchen. Daisy nahm das Fernglas und glitt damit über die Logen hinweg. Als persönliche Gäste des Duce wurden auch Giacomo und sie von allen Seiten neugierig in Augenschein genommen. Der italienische Diktator hielt pompös Einzug, und zu Daisys Verdruss ohne weibliche Begleitung. Mussolinis maßgeschneiderte Paradeuniform saß so eng, dass er darin wie eingenäht wirkte. Er begrüßte Daisy mit Handkuss, Giacomo mit dem italienischen Bruderkuss. Darauf trat der Duce an die Brüstung. Der ganze Opernsaal stand, tobte und spendete stürmischen Applaus, das Orchester spielte die Nationalhymne, und das teigige Gesicht des Duce strahlte. Er gab dem Dirigenten ein Zeichen, und die Musik setzte mit der Ouvertüre ein. Der rote Vorhang hob sich und gab die Kulisse von Violettas Wohnzimmer frei, in dem eben ein prächtiges Fest im Gange war. Daisy lauschte ergriffen der Musik, Giacomo und der Duce führten leise murmelnd ein Gespräch. Nach dem ersten Akt begaben sie sich in einen kleinen Vorraum, wo auf sie Erfrischungen warteten. Giacomo drückte kurz Daisys Schulter: »Ich bin gleich zurück«, und verschwand unmittelbar durch die Tür zum Gang, womit er Daisy keine Möglichkeit zu einer Reaktion ließ. Falls ihren Freund kein akutes Verdauungsproblem quälte, argwöhnte Daisy, hatte er sie gerade absichtlich mit dem Duce allein gelassen. Der Duce winkte nun auch den Ober hinaus. Obwohl sie den Vorraum nun für sich zu zweit hatten, schien er in Daisys Wahrnehmung zu schrumpfen. Mussolini reichte ihr ein Glas Champagner und ließ zunächst eine Salve Komplimente auf sie niederprasseln. Daisy blieb auf der Hut. Mussolini ging zum Angriff über, anders als erwartet: »Ich fahre demnächst nach Berlin und treffe mich mit Ihrem Reichskanzler. Giacomo erwähnte, Sie stünden sich gut mit dem Führer? Wie geht es meinem alten Freund Adolfo?«

Daisy hatte Schwierigkeiten, die Frage einzuordnen. »Soviel ich weiß, geht es ihm gut, vielen Dank«, entgegnete sie vage.

»Hegt Adolfo weiterhin eine Vorliebe für Süßspeisen?« Der Duce beträufelte eine Auster mit Zitrone, legte den Kopf in den feisten Nacken und schlürfte geräuschvoll seine Muschel. Er bot Daisy von der Platte an, aber allein der Anblick bescherte ihr Magengrimmen. »Danke, mit Austern kann man mich jagen«, entschlüpfte es ihr unbedacht. Der Duce quittierte ihre Bemerkung mit einem vergnügten Laut. »Als Adolfo und ich uns vor Jahren in Venedig trafen, konnte er an keinem Gebäck vorübergehen. Ich prophezeite ihm, wenn er so weitermache, würde er es eines Tages bereuen.« Unbekümmert klopfte sich Mussolini auf den kaum gewölbten Bauch. Er kokettierte sichtlich mit seiner kräftigen Statur und war stets darauf bedacht, in der Zeitung bei sportlichen Betätigungen wie Springreiten, Fechten oder Schwimmen abgebildet zu werden. Seine Miene wurde wieder ernst. »Er scheint ein bisschen empfindsam zu sein, Ihr Führer.«

Worauf wollte der Duce hinaus? Und wo blieb der verdammte Giacomo? Wider besseren Wissens sagte sie: »Der Führer erfreut sich bester Gesundheit.«

»Sicher!«, pflichtete ihr der Duce bei. »Aber ich hatte den Eindruck, ihm mit meiner Anspielung zu nahe getreten zu sein.«

Mussolini senkte das Kinn. »Adolfo beäugte mich, wie Sie gerade die Austern betrachtet haben, Signorina Margarita.«

Aha, dachte Daisy, daher wehte der Wind! Mussolini machte sich Gedanken, ob ihm »sein alter Freund« Adolfo die Bemerkung in irgendeiner Weise nachtrug und Daisy davon Kenntnis hatte. Herrgott, was für krude Befindlichkeiten! Das war ja wie beim Weiberkränzchen… »Herr Präsident«, erklärte Daisy förmlich, »ich sehe mich für eine Auskunft außerstande. Staatsgeschäfte und Politik sind nie Gegenstand einer Unterhaltung zwischen mir und Herrn Hitler gewesen. Wir sprechen ausschließlich über Architektur.«

Der Duce verspeiste eine weitere Auster und wischte sich Mund und Finger an einer Serviette. »Sie sollten wissen, Signorina, dass Politik zu oft an einer einzigen Bemerkung festgemacht wird. Sie verfolgt einen über die Jahre wie eine klebrige Substanz, die sich nicht lösen lässt. Schlussendlich wird die Beziehung zweier Länder zueinander immer auch durch das Verhältnis zwischen ihren Führern beeinflusst.«

Offenbar mangelte es Daisys Ausdruck an Verständnis, weshalb sich der italienische Führer zu einer weiteren Erklärung veranlasst sah: »Das ist wie in einer Ehe, Signorina. Ein im Zorn gesprochenes Wort, eine ungeschickte Äußerung oder ein bloßes Missverständnis kann zu anhaltenden Turbulenzen führen, indem sie bei jedem nachfolgenden Streit erneut als verbale Waffe herangezogen wird. Woran ist es zwischen Ihnen und Führer Adolfo gescheitert?«

Daisys Magen hob sich mit einem jähen Gefühl der Leere. Wovon redete der Mann? Sie überbrückte ihre Verblüffung, indem sie ihr Champagnerglas in einem Zug leerte. Der Duce setzte nach. »Wie ich hörte, waren Sie und der Führer kurzzeitig verlobt?«

Der Schlag saß, Daisy verschluckte sich im Nachhinein. Wie

zum Teufel hatte er nur davon erfahren können? Sie hatte das Gerücht, das sie und ihre Mutter selbst in die Welt gesetzt hatten, bei Hugo sicher geglaubt, da es in seinem ureigenen Interesse lag, die Blamage unter dem Deckel zu halten. Und nun hatte sie ihre kleine Notlüge in Italien eingeholt. Himmel! Wusste auch Giacomo davon?

Mussolini betrachtete sie listig. »Seien Sie ganz unbesorgt, Signorina Margarita, das bleibt *unser kleines Geheimnis*.«

Sein Blick und die Betonung waren unmissverständlich. Ebenso hätte er sagen können: *Eine Hand wäscht die andere. Sie sagen mir, was ich wissen soll, und Giacomo erfährt nichts von Ihrem Techtelmechtel mit dem deutschen Führer.*

Daisy entschied, dem Duce zu sagen, was er gerne hören wollte. »Der Führer sieht in Ihnen nach wie vor ein Vorbild und bewundert Ihr politisches Werk, Signor Presidente. Sie besitzen sein Wohlwollen.« Im Hintergrund rief der Gong die Gäste zurück an ihren Platz. Daisys Gespräch mit dem Duce hatte gerade zehn Minuten beansprucht, aber sie war davon schweißgebadet. Die golddurchwirkte Seide klebte an ihrem Körper wie ein feuchter Lappen. »Ich verstehe nicht, warum meine Einschätzung für Sie so wichtig ist«, wagte Daisy die Frage, obwohl sie kaum mit einer Antwort rechnete. Sie irrte.

»Weil ich demnächst in Berlin eine heikle Mission zu erfüllen habe.« Mussolini wippte auf den Ballen.

»Weil Sie den Frieden erhalten wollen?« Daisy hatte durchaus einige der jüngsten Gerüchte aufgeschnappt, die mit Mussolinis Besuch in Berlin einhergingen.

»Ich glaube nicht an dauerhaften Frieden, Signorina. Krieg ist für den Mann wie Mutterschaft für die Frau. Aber Europa ist noch nicht bereit für einen neuen Krieg.«

Daisy bedauerte ihre Frage. Mussolinis Worte machten ihr Angst. Unter der freundlichen Maske der Jovialität ging von dem italienischen Staatsmann eine latente Aggressivität aus. Dieser Mann liebte die Gewalt. Plötzlich riss er sie in seine Arme. Er presste sie an sich, zweifellos in der Absicht, sie sein steifes Geschlecht spüren zu lassen. Es drückte gegen ihre Hüfte, und Daisy stieß einen erstickten Protestlaut aus. Der Duce küsste sie, seine Zunge stieß gegen ihre Zähne. Daisy schmeckte Demütigung und das Salz der Meeresfrüchte. Mit aller Kraft stemmte sie die Hände gegen seine Brust, aber ebenso hätte sie versuchen können, eine Mauer wegzuschieben. Der zweite Gong ertönte. Der Duce ließ sie so unvermittelt los, dass Daisy gegen die Wand taumelte. Er zog an seiner Uniformjacke und öffnete die Tür. Giacomo trat sofort ein. Auf Daisys Lippen brannte der Kuss des Duce, als hätte er ihr seinen Stempel aufgedrückt. Ihr Kopf schwamm, und sie ballte die Fäuste in blindem Zorn. Was tun? Die Attacke des Duce lähmte ihre Gedanken. Der zweite Akt setzte ein. Noch vor der zweiten Pause flüsterte Daisy: »Bitte, Giacomo bring mich von hier fort. Mir sind die Austern nicht bekommen. Ich möchte sie dem Duce ungern vor die Füße spucken.«

Daisy lag die ganze Nacht wach und sah zu, wie der Schatten des Mondes durchs Zimmer wanderte. Neben ihr schlief Giacomo, einen Arm besitzergreifend auf ihrer Brust. Daisy schob den Arm fort, was Giacomo mit einem leisen Grunzen quittierte. Sie stand auf, streifte ein leichtes Nachthemd über und stieg barfuß zur Dachterrasse hinauf. Vor ihr lagen die Lichter der ewigen Stadt. Sie fühlte sich beschmutzt und gedemütigt durch das, was sich der Duce ihr gegenüber herausgenommen hatte. Es war eine Machtdemonstration gewesen. *Sieh! Ich bin es gewohnt, zu bekommen, was ich will.* Und sei es die Freundin meines Freundes. Für

Daisy bestand kein Zweifel, dass Giacomos kaum verhohlene Eifersucht auch vor dem Duce nicht haltmachte. Nicht auszudenken, welches Drama sie ausgelöst hätte, wenn sie in ihrer ersten Empörung den Übergriff seines Freundes angeprangert hätte! Daisy hockte sich unter das Portico und schlang die Arme um die Knie. Die Lage war verzwickt. Erzählte sie es Giacomo, würde es der Duce entweder abstreiten oder, was dem eitlen Fatzke durchaus zuzutrauen war, es reuelos zugeben. Im Resultat würde der italienische Führer Giacomo von ihrer angeblichen Verlobung mit Hitler erzählen. In jedem Fall wäre die Folge Zwietracht. Zu schweigen bot sich tatsächlich als beste Lösung an. Künftig würde sie jedoch alles daransetzen, dem Duce nicht mehr alleine zu begegnen.

Im Oktober kam Yvette für eine Woche nach Rom. Sie kannte die Stadt und ihre Attraktionen von früheren Besuchen, weshalb sich die übliche *tour de force* durch das antike Rom erübrigte. Giacomo war fast ein wenig enttäuscht, dass er nicht in der Rolle des Fremdenführers glänzen durfte, dafür holte er sein gesamtes Charmearsenal hervor, um Daisys Mutter bei den gemeinsamen Abendessen zu betören. Tagsüber nutzten Daisy und Yvette die Zeit für Schaufensterbummel und Gespräche, zwischendurch stärkten sie sich mit Espressi, Straßenpizza und Eis von *Giolitti*.

Sie legten eine Rast im Park der Villa Borghese ein. Es war der Vortag von Yvettes Abreise. Daisy setzte sich auf eine steinerne Bank und streifte ihre Schuhe ab. Befreit wackelte sie mit ihren Zehen. Ihre Mutter setzte sich neben sie. »Du bist ein bisschen rundlich geworden, *ma puce*.«

»*Merci, Maman*, das weiß ich selbst.« Daisy seufzte herzerweichend. »Du konntest dich gestern ja selbst davon überzeugen, wie Maria mittags aufkocht. Mit diesen Mengen könnte sie mühelos eine Schulklasse verköstigen Und wehe, ich esse nicht genug, dann heißt es sofort, es schmeckt mir nicht, und es folgt eine Litanei ihrer Mühen, um diese gute Mahlzeit auf den Tisch zu bringen. Mit ihrem Basiliskenblick bringt sie mich jedes Mal dazu, noch einen Schöpfer mehr zu nehmen. Das ist sicher auch der Grund, warum mir in letzter Zeit des Öfteren übel ist. Und jeden Abend schleppt mich Giacomo zum Essen ins Restaurant, wo mir weitere segensreiche Speisen blühen.«

»*Chérie*, die Rundungen gehören zu dir.«

»Natürlich, *Maman*, und Giacomo gefalle ich genau so, wie ich bin. Aber ich fühle mich damit selbst zunehmend unwohl. So schlank wie du werde ich nie sein, aber ich hätte gerne mein Gewicht von vor drei Monaten zurück. Ich werde ab sofort Diät halten!«

»Ich fürchte, mit deiner Diät wird es in nächster Zeit nichts werden, Liebes.«

»O doch, *Maman*. Ich bin durchaus der Disziplin fähig. Warte nur, wenn ich Weihnachten nach Tessendorf komme, dann kannst du dich selbst vom Ergebnis überzeugen.«

Die Hand ihrer Mutter legte sich leicht auf Daisy Bauch. »Du bist schwanger, *Chérie*.«

»Was?«, rief Daisy völlig entgeistert. Sie sprang auf die Füße, ohne die spitzen Kieselsteine zu bemerken, die sich schmerzhaft in ihre nackten Sohlen bohrten. »Aber...«, stotterte sie, »ich habe aufgepasst!«

»Das, *Chérie*«, ihre Mutter berührte sie leicht mit dem Fächer aus weißer Spitze, »ist wohl die am häufigsten geäußerte Bemerkung nach der Entdeckung einer Schwangerschaft.«

Schwanger! Wenn sie es recht bedachte, so richtig achtgegeben hatte sie nicht – bei einem heißblütigen Liebhaber wie Giacomo wäre das ohnehin zu viel verlangt. Ihre Verhütung hatte sich vielmehr auf eines beschränkt: das Undenkbare nicht zu denken...

Zu Hause streifte sie sich als Erstes die Kleider ab und stellte sich nackt vor den Spiegel. Sie betrachtete ihren Bauch wie einen Fremdkörper. Da wuchs etwas heran, das sich aus ihr und Giacomo zusammensetzte und derzeit kaum größer als ein Daumen war. Sie streckte ihre Hand aus und betrachtete ihren Daumen, stellte sich vor, wie ihm Ohren sprossen, zwei Augen, eine Nase und ein Mund, und am Ende sah es aus wie Giacomo. Das Kind band sie an ihn. Spürte sie deshalb eine Hemmung, Giacomo von seinen künftigen Vaterfreuden zu erzählen? Zumal ihr die Schwangerschaft eine Entscheidung aufzwang, die zu treffen sie sich bisher nicht bereit gefühlt hatte. In ihrem Inneren wuchs ein kleines, schutzbedürftiges Lebewesen heran, und sie konnte keine Freude empfinden. Was stimmte nicht mit ihr?

Neben ihren Schuldgefühlen plagten Daisy regelmäßige Übelkeitsanfälle. Das erste Mal in ihrem Leben verlor sie ihren Appetit, und sie fragte sich, ob sie je wieder welchen haben würde. Sie war schwanger, aber solange das Kind in ihr war, konnte sie es mit einer gewissen Distanz betrachten, etwas, das erst später ihrer Aufmerksamkeit bedurfte. Das ganze Dasein erschien Daisy plötzlich so unbestimmt, ihr Leben entglitt ihr, und es gab nichts, was sie dagegen tun konnte. Und nun reiste auch noch ihre Mutter ab. Sie sah ihr beim Kofferpacken zu.

»Ich kann deine Gedanken hören, *Chérie*.« Yvette schloss ihr Schmuckkästchen und wandte sich ihrer Tochter zu. Daisy saß zusammengesunken auf der Bettkante. »Mein Liebes«, sagte Yvette sanft, »die erste Schwangerschaft ist beängstigend. Alles gerät durcheinander, der Kopf, der Körper und die Gefühle. Wenn du dein Kind erst im Arm hältst, zählt für dich nur noch das Wohl deines Babys. So ist es bei mir gewesen.«

Daisy hob das blasse Gesicht. »Das Später ist mir gerade sehr fern, *Maman*. Ich fühle mich *jetzt* schlecht. Heute Nacht träumte ich davon, über dem Abgrund an einem Seil zu hängen, das von Giacomo festgehalten wird.«

»Du fürchtest deine künftige Abhängigkeit, *ma fille*. Dabei hast du ein großes Stück deiner Unabhängigkeit in dem Moment aufgegeben, als du Giacomo nach Rom gefolgt bist.«

Daisy senkte die Lider. »Ich weiß, und jede Entscheidung hat Konsequenzen.« Ihre Augen füllten sich mit Tränen. »Louis hat das oft zu mir gesagt. Vermutlich lacht er sich auf seiner Wolke krumm über mich.«

»Nein, *Chérie*.« Yvette lächelte wehmütig. »Er freut sich, dass er Onkel wird.«

»So wie du dich auf deinen neuen Enkel freust.« Daisy zog eine Grimasse. »Siehst du, was ich meine, *Maman*? Alle freuen sich, bloß ich nicht. Ich bin ein Muttermonster.«

Yvette strich ihrer Tochter über die kupferfarbenen Locken. »Es gibt da noch etwas, das ich dir sagen möchte, *Chérie*«, eröffnete sie ernst.

Daisy setzte sich erschrocken auf. »*Maman*? Ist es Vater?«

»Nein, es ist nichts Schlimmes. Es geht um 'Enry. Er ist nicht verheiratet.«

»Aber ich habe es von ihr selbst bei einem Telefonat erfahren! Und in Paris habe ich Henry und Sophie zusammen gesehen!«, begehrte Daisy auf.

»Die Frau in Paris war die Tochter des englischen Botschafters, und sie ist gleichzeitig 'Enrys Cousine. Sophie ist im Übrigen ein Deckname. 'Enry befand sich mit ihr auf einer Mission in der Champagne, und dafür war es notwendig, als Ehepaar aufzutreten. Du hast einfach die falschen Schlüsse gezogen, *ma puce*. Warum hast du 'Enry nicht einfach nach Sophie gefragt?«

Darauf gab es viele Antworten. Verletzte Gefühle, Stolz, Dummheit. Und nun war es zu spät, weil sie das Kind eines anderen Mannes unter dem Herzen trug. »Warum sagst du mir das ausgerechnet jetzt, *Maman*?«, wisperte Daisy und kam sich reichlich töricht vor. Wie diese Jungfrauen in Groschenromanen, die ständig wütend aus Zimmern stürmten, den Helden niemals ausreden ließen und dreihundert Seiten lang dem eigenen Glück im Wege standen. Früher hatte sie sie belächelt, dabei gehörte sie zum Club …

Yvette spielte mit ihrem Ehering. »Bon, ich muss dir ein Geständnis machen, *ma fille*. Bei unseren letzten Gesprächen hatte ich den Eindruck gewonnen, du beginnst dein Rom-Abenteuer zu bereuen. Tatsächlich rechnete ich mit einer baldigen Heimkehr. Womit ich nicht rechnete …«

»… ist ein Kind. Mir geht es nicht anders, *Maman*«, beendete Daisy den Satz kläglich. »Darum hast du dir das mit Henry bis jetzt aufgehoben. Du wolltest dich erst überzeugen, ob ich trotz deiner Bedenken mein Glück mit Giacomo gefunden habe.«

Yvettes Mund zuckte. »Das auch. Aber ich möchte dir vor allem sagen, dass es dein Leben ist und deine Entscheidung, *Chérie*. Selbst wenn du ein Kind von Giacomo erwartest, musst du nicht bei ihm bleiben. Wenn du ihn verlassen willst, nehme ich dich heute mit nach Hause.«

Das kam überraschend. Zu überraschend für Daisy. Sie nahm Yvettes Hände. »*Maman*, ich danke dir für dein Angebot. Ich verstehe, dass du mir über die Hürden helfen möchtest, aber ich muss mein Leben selbst in die Hand nehmen. Ich brauche ein wenig Zeit, um mir über alles klar zu werden.«

Während Daisy noch mit ihrer Entscheidung rang, sorgte Maria für Klarheit. Sie war nicht blind und noch weniger zu täuschen. Wenn einer jungen Frau einmal, zweimal beim Frühstück speiübel wurde, brauchte es nicht allzu viel kombinatorische Intelligenz, um zu erkennen, dass aus eins und eins drei geworden waren. Maria servierte es brühwarm Giacomo. Der reagierte mit einem wahren Begeisterungssturm. Er hob Daisy hoch und schwenkte sie jauchzend herum wie eine Puppe, um sie unvermittelt und mit einer Vorsicht vor sich abzustellen, als bestünde sie aus feinstem Porzellan. Er klemmte sich ans Telefon, um die Nachricht über den Äther zu verbreiten, damit auch noch der letzte Cousin am fernsten Punkt des italienischen Stiefelabsatzes von seinen Vaterfreuden erfuhr. Mit demselben Elan widmete er sich der Einrichtung des Kinderzimmers. Er füllte es mit tonnenweise Spielzeug und erwarb den teuersten Kinderwagen, den er auftreiben konnte. Er engagierte den renommiertesten Arzt Roms, dazu eine Hebamme und ein Kinderfräulein, und er bestellte den örtlichen Pfarrer wegen der Taufformalitäten ins Haus. Er überließ nichts dem Zufall, und angesichts seiner wirbelnden Aktivitäten sah sich Daisy veranlasst zu sagen: »Aber das Kind darf ich schon noch selbst austragen?«

»Natürlich, *mio fiore!*« Er strahlte. »Mein Sohn wird auch Giacomo heißen!«

»Unser Sohn!«, warf Daisy ein. »Wenn es überhaupt einer wird. Und zwei Giacomos im Haus, herrje, mir reicht schon der eine…« Sie stöhnte zum Gotterbarmen.

»Du wirst dich dran gewöhnen, *amore.*« Er zog sie an sich, küsste sie herzhaft und nahm seine Aktentasche, um auf seine aktuelle, nach wie vor geheime Baustelle zu verschwinden.

Daisy gefiel der Gedanke an den doppelten Giacomo nicht, und seine blinde, überschwängliche Freude machte ihr zu schaffen. Er war sich so sicher. Er wollte sie und das Kind. Was sie selbst wollte, spielte keine Rolle. Am Abend kehrte Giacomo mit einem Ring zurück, und er hatte Wort gehalten: Der Diamant, den er ihr überstreifte, war riesig und nahm sich schwer an ihrem Finger aus. Weit schwerer lastete er auf ihrem Gemüt.

Giacomo plante die Hochzeit für den Neujahrstag. Für ihn war die Welt vollkommen. Seine Ekstase über seine künftige Vaterschaft hielt genauso an wie seine nächtliche Leidenschaft für Daisy. Er liebte sie mit der Unbekümmertheit eines Eroberers, er trug sie auf Händen, sorgte sich um ihr Wohlergehen, fragte nach ihren Wünschen, zeigte ihr jeden Tag seine Liebe. Er ging ihr auf die Nerven. Daisy kämpfte mit Übelkeit und geschwollenen Beinen, mit Verzweiflung und Unlust; Giacomos anhaltend guter Laune begegnete sie mit Streitlust. Giacomo konnte ihr nichts mehr recht machen, so wenig wie sie sich selbst etwas recht machen konnte. Sie schimpfte über ihre fertiggestellten Gemälde, fand sie allesamt furchtbar, deckte sie ab, zerbrach ihre Pinsel und ließ das Malen sein. Giacomo floh alsbald vor Daisys anhaltendem Verdruss und tauchte fortan allein im nächtlichen Rom unter. Er tröstete sie und vermutlich auch sich selbst mit den Worten: »Wenn das Kind erst da ist, wird es dir wieder gut gehen, *mio fiore*.« Daisy bezweifelte stark, dass es ihr je wieder gut gehen würde. Sie verkroch sich ins Bett und schwor bei allen Heiligen, nicht mehr aufzustehen, bis die Wehen einsetzten, sie endlich das Kind aus sich herauspressen konnte, um das allseits prophezeite Wunder der Liebe zu erfahren.

Mitte November stürmte Giacomo früh am Nachmittag in ihr Zimmer. »Steh auf, *mio fiore,* und mach dich hübsch. Beno will dich sehen!«

Daisy stützte sich benommen auf und strich sich eine verschwitzte Strähne aus dem Gesicht. Sie hatte erst vor einer Stunde ihr Mittagessen erbrochen und fühlte sich furchtbar elend. »Ich will den Duce nicht sehen«, erklärte sie matt. Giacomo hörte sie nicht, da er längst weiter ins Badezimmer geeilt war, wo er Wasser in die Wanne laufen ließ. Daisy schlug die Decke über ihren Kopf. Sie wollte weder baden noch ausgehen. Sie wollte sterben.

Mit einem Ruck zog Giacomo ihr die Decke fort, hob sie hoch, ignorierte ihr wütendes Strampeln und stellte sie in der Badewanne ab. Er versuchte, ihr das Nachthemd abzustreifen, aber Daisy wehrte sich erbittert. Giacomo riss das Leinen kurzerhand entzwei. »Bist du verrückt? Lass mich«, giftete Daisy und mühte sich, seinen Arm abzuschütteln, der sie eisern festhielt, damit sie in der Wanne nicht ausglitt.

»Jetzt stell dich nicht so an, du hast dringend ein Bad nötig. Du riechst nicht gerade wie eine Blume, *mio fiore*.« Daisy versuchte weiter, aus der Wanne zu entkommen. Aber er drückte sie ohne jede Mühe nieder, damit sie sich endlich setzte. »Du Schwein«, keuchte Daisy, als er nach der Brause griff. Ihr war ein wenig schwindelig von dem ungleichen Kampf. Sie fühlte sich nicht bereit für eine Begegnung mit dem Duce, den sie seit dem unseligen Opernbesuch nicht mehr getroffen hatte. »Mir geht es schlecht, Giacomo«, jammerte sie.

»Nach dem Bad wird es dir gleich viel besser gehen. Vertrau mir, *amore*.« Er kniete vor der Wanne, drückte ihren Kopf leicht nach unten, träufelte Shampoo in seine Handfläche und begann Daisys Kopfhaut sanft zu massieren. Es tat richtig gut, und Daisy ließ ihn gewähren. Sie würde sich später überlegen, wie sie der Einladung des Duce entgehen konnte. Giacomo spülte ihr langes Haar aus, anschließend wusch er Daisy mit einem Schwamm, rieb ihr den Rücken, hob sie aus der Wanne und hüllte sie in ein großes, weiches Badetuch. Er legte seine braune Hand zärtlich auf ihren blassen, erst leicht gewölbten Bauch, murmelte »mein Sohn« und zerstörte damit Daisys wohltuende Illusion von temporärer Entspannung. Es fühlte sich an wie ein Schnitt mit dem Messer, und mit dem Gedanken an ihre Schwangerschaft drängte auch der Duce zurück an die Oberfläche. »Bitte, Giacomo, triff dich allein mit deinem Freund. Mir ist fast pausenlos übel, und ich kann kaum mehr als ein paar Schritte tun.«

»Unsinn! Der Arzt sagt, deine Schwangerschaft verläuft absolut normal. Übelkeit gehört nun einmal zu den Begleiterscheinungen.«

»Ja, in den ersten drei Monaten! Aber ich bin jetzt bald im fünften, und nichts hat sich gebessert.«

Giacomo wollte davon nichts wissen. »Ich habe dir bisher deinen Willen gelassen. Aber heute wünsche ich, dass du mich zum Duce begleitest. Er hat ausdrücklich nach dir verlangt, und ich habe nicht vor, meinen Freund zu enttäuschen.«

»Du hast mir meinen Willen gelassen? Du wünschst?«, grollte Daisy. »Was ist mit meinen Wünschen?«

»Andere Frauen sind auch an der Seite ihrer Ehemänner. Ich weiß nicht, warum du dich so anstellst. Eine Einladung beim Duce ist eine Ehre.«

»Ich verzichte auf diese zweifelhafte Ehre, hörst du! Er ist ein verdammter Heuchler, und ich lege keinen Wert auf seine Gegenwart.«

»Wie redest du von meinem Freund?« Giacomo zeigte erste Anzeichen von Unwillen.

»Er ist *dein* Freund, Giacomo, nicht meiner, und ich will ihm nicht mehr begegnen. Basta!«

Giacomos Ausdruck wurde wachsam. »Was ist in der Oper geschehen?« Die Frage traf sie völlig unvorbereitet, und Daisy raffte das Handtuch enger um ihren Körper. »Nichts«, wehrte sie ab.

»Wegen *nichts* benimmt man sich nicht derart störrisch. Sag's mir.«

»Du willst die Mutter deines Sohnes zwingen auszugehen, obwohl es mir nicht gut geht, und besitzt die Unverfrorenheit, mich störrisch zu nennen? Du bist unbarmherzig!«, warf sie ihm bebend entgegen.

»Sei nicht hysterisch. Ich durchschaue dich. Du nimmst die Schwangerschaft zum Vorwand, um deinen Willen durchzusetzen. Wenn du streiten kannst, kannst du auch mit zum Duce kommen.«

»Nein!«

Giacomos Miene war die eines Mannes, der die Grenzen seiner Geduld erreicht hatte. *Na los, schüttele mich, schrei mich an*, forderte Daisys funkelnder Blick. Aber ihr Verlobter nahm den Fehdehandschuh nicht auf. »Ich fürchte, du hast keine Wahl, *mio fiore*. Der Duce ist ein Freund, aber er ist auch unser Staatsoberhaupt. Wir schulden ihm Respekt. Er wünscht, uns als Paar zu sehen, und ich wünsche, dass wir seiner Bitte Folge leisten.«

»Respekt ist keine Bringschuld. Respekt muss man sich verdienen«, entgegnete Daisy kalt.

»Was ist denn heute bloß in dich gefahren? Warum bist du so widerspenstig? Ich erkenne dich nicht wieder.« Er schien wirklich erstaunt zu sein. Seinem Ausdruck haftete fast etwas unfreiwillig Komisches an, aber Daisy erkannte auch die Tragik dahinter. Offenbar hatte Giacomo wie sie die Zeit ihrer Beziehung in einer Art goldener Blase verbracht. Ihre eigene war am Abend in der Oper geplatzt. Sie hatte es nur nicht gleich gemerkt, weil die Luft nur allmählich entwichen war. Daisy erlag dem drängenden Bedürfnis, Giacomos Blase ebenso zum Bersten zu bringen.

»Dein Freund besitzt keine Manieren«, blaffte sie ihn an.

»Was soll diese Bemerkung?« Giacomo verschränkte die Arme. Zwischen ihnen erwuchs etwas höchst Negatives, etwas Zerstörerisches. Daisy spürte es deutlich, aber sie scheute nicht davor zurück. Im Gegenteil. Sie schob ihr Kinn vor. »Ich sage nur, dass es für unser aller Verhältnis besser ist, wenn du heute Abend alleine zum Duce gehst.«

»Unser Verhältnis?« Giacomo schüttelte verärgert den Kopf. »Ich weiß nicht, was in dir vorgeht, Margarita, aber meine Freundschaft zum Duce besteht schon sehr lange. Keine Frau könnte daran etwas ändern. Beno weiß, dass du mir gehörst. Und jetzt Schluss mit der Widerrede. Zieh dich an, ich warte unten.« Giacomo machte Anstalten, das Bad zu verlassen.

»Was fällt dir ein? Ich lasse mir von dir nicht den Mund verbieten!« Der Zorn gab ihr die nächsten Worte ein: »Der Duce ist ein lüsterner alter Molch, der seine Finger nicht bei sich behalten kann!«

Giacomo erstarrte an der Tür. »Beno ist dir in der Oper zu nahe getreten? Ist es das, was du mir damit sagen möchtest?«

Er las die Antwort in ihrem Blick. »Was hast du getan?«, fragte er gefährlich ruhig.

»Nichts. Er hat mich gepackt und geküsst. Ich konnte nichts dagegen tun.«

»Du hast ihn nicht geohrfeigt?«

»Ich wollte es, aber er hielt mich fest gepackt. Als der Gong erklang, ließ er mich los und öffnete sofort die Tür.«

»Gut!«

»Gut, was?«

»Dass du ihn nicht geschlagen hast.«

»Was soll das bedeuten?«

»Beno reagiert darauf äußerst empfindlich.«

Daisy war völlig konsterniert. »Ich verstehe nicht...«

Giacomo packte sie bei den Schultern, Daisy entglitt das Handtuch, aber das war nicht der Grund, warum sie fröstelte. Es waren Giacomos Worte, die einen eisigen Schauer durch ihren Körper jagten: »Der Duce ist unser Staatsoberhaupt. Niemand, hörst du, niemand legt Hand an ihn. Schon gar nicht meine künftige Frau.« Sie spürte das Zittern seiner Hände.

»Und wenn der Duce weiter gegangen wäre, wenn er meinen Körper verlangt hätte? Wie hättest du darauf reagiert?« Ihre Stimme hörte sich an wie die einer Fremden. Kraftlos, leise, wie betäubt.

»Der Duce ist unser Staatsoberhaupt«, wiederholte Giacomo unbeirrt, und mehr brauchte Daisy nicht zu wissen. Giacomos Blase blieb unversehrt wie am ersten Tag.

Eine Aufführung von *La Traviata* vor neun Jahren drängte sich in ihre Gedanken. Damals hatte Henry sie gefragt, ob auch sie vom Weg abgekommen sei. Heute wäre ihre Antwort ein eindeutiges Ja. *Sì*. Aber es war noch nicht zu spät, um auf den richtigen Weg zurückzukehren. »Es ist gut, Giacomo«, sagte sie. »Ich begleite dich.«

»Das ist *mio fiore*.« Giacomo lachte, als sei nichts gewesen, presste sie an sich, eroberte ihren Mund, ohne zu merken, dass sie den Kuss nicht erwiderte, und wiederholte: »Ich warte unten auf dich.«

Daisy brachte den Abend beim Duce mit eisernem Willen hinter sich. Nach außen hin strahlend und in ihrem Inneren versteinert. Am nächsten Tag packte sie ihren Koffer und ging. Den monströsen Ring ließ sie auf Giacomos Kissen zurück.

***

»*Mylady!* Daisy!«

Daisy erstarrte für eine Sekunde und wandte sich dann langsam um. Eben erst war sie in Berlin-Tempelhof gelandet. »Henry? Was tust du hier?«, fragte sie und verfluchte gleichzeitig die wahrhaft boshafte Natur des Schicksals, das ihr den britischen Freund über den Weg schickte, kaum dass sie ihren Fuß wieder auf deutschen Boden gesetzt hatte.

Er hob den kleinen Koffer. »Wonach sieht es aus?«, fragte er lächelnd. Er sah sie mit einer Wärme an, die Daisy wie eine kleine wohltuende Flamme erfasste. Alles, bloß das nicht, dachte sie. Sie hatte gerade erst Rom und Giacomo den Rücken gekehrt, fühlte sich verletzlich und angreifbar und hegte nur den einen Wunsch: sich wie ein waidwundes Tier in eine Höhle zurückzuziehen, um in Ruhe ihre Wunden zu lecken. Sie war seit mehr als vierundzwanzig Stunden auf den Beinen, ihre Augen vom Weinen und durch Benzindämpfe verquollen, und der Schmutz der Fahrt haftete an ihr wie eine böse Schicht. Darüber hinaus bot ihr die lange, von Verspätungen geprägte Heimreise ausreichend Zeit, um über vergangene Fehler zu brüten.

»Bist du zurück?«, fragte Henry. *Hast du ihn verlassen?*, erkundigten sich seine Augen.

»Ja«, antwortete Daisy knapp.

»Ich freue mich, dich zu sehen.« Er behielt sein warmes Lächeln bei. Es schien sich noch zu vertiefen, als wollte er sich mit aller Kraft über ihre abwehrende Haltung hinwegsetzen.

Daisy ignorierte seine Signale. »Kommst du gerade an, oder fliegst du ab?« *Bitte, flieg ab…*

»Ich bin auf dem Weg nach London. Aber ich…«

Eine Lautsprecherstimme erwachte blechern zum Leben, rief die Passagiere nach London auf und verschluckte Henrys Worte.

»Dein Flug«, sagte Daisy laut.

Automatisch griff Henry nach seinem abgestellten Koffer. Doch er ließ ihn gleich wieder los und fasste spontan nach Daisys Händen. »Komm mit mir!«

»Was?«

»Komm mit mir nach London, Daisy. Werde meine Frau. Heirate mich. Ich liebe dich! Schon immer. Du bist alles für mich. Bitte sag Ja!« Er kniete vor ihr auf dem Flugfeld.

Genau diesen Moment suchte sich das Kind in ihrem Inneren aus, um sich das erste Mal zu regen, als wollte es sie an seine Anwesenheit erinnern. Aus Daisys Kehle löste sich ein erstickter Laut. Die Duplizität der Ereignisse ließ sie taumeln. Vergangenes und Gegenwärtiges vermischten sich und wurden eins. Über Henrys Gesicht legte sich jäh das von Giacomo, und Daisy ergriff die Gelegenheit, jene Antwort zu geben, die sie in Rom vermieden hatte. »Nein. Ich kann dich nicht heiraten.« Sie wandte sich ab.

Zum zweiten Mal innerhalb kurzer Zeit verließ sie einen Mann, der ihr gesagt hatte, dass er sie liebte. Henrys enttäuschtes Gesicht nahm sie in ihrem Herzen mit.

***

»Da bist du ja wieder!«, sagte Mitzi, als sie Daisy die Tür öffnete. »Und sogar früher als gedacht. Hast du deinen Schlüssel verloren?«

Später, nachdem Daisy endlich das ersehnte Bad genommen

hatte, fragte sie ihre Freundin: »Woher hast du es gewusst, Mitzi?« Wie in alten Zeiten picknickten sie gemütlich zusammen im Bett.

Mitzi wackelte mit den rot lackierten Zehen. »Guck mal, ist diese Farbe nicht himmlisch? Sie nennt sich *rouge amour*. Aus Paris!«

»Jetzt lenk nicht ab.«

»Sag es!«

»Was?«

»Dass ich recht hatte.«

»Du hattest recht.«

»Ach, das ist besser, als in geschmolzener Schokolade baden!« Mitzi tirilierte und schob sich ein Stück Nougat in den Mund. »Dein Giacomo war pures Feuer. Und jedes Feuer brennt mal aus. Deshalb schmeckt Liebe oft nach Asche. Das habe ich in diesem Scheißleben gelernt.«

Die Begegnung mit Henry in Tempelhof behielt Daisy vorerst für sich. Im Nachhinein bestürzte sie ihr eigenes Verhalten. Sie hätte ihn niemals einfach so stehen lassen dürfen, nicht, nachdem er sich ihr gegenüber endlich erklärt hatte. Henry war immer ihr Freund gewesen, und nun hatte sie ihn verloren. Sie glaubte nicht, dass sie ihn wiedersehen würde. Das Schicksal hatte ihnen diese zufällige Begegnung auf dem Flugfeld gewährt. Es würde sich nicht wiederholen.

Mitten in der Nacht schreckte das Schrillen der Türglocke die Freundinnen aus dem Bett. Sie trafen sich im Flur. »Giacomo?«, flüsterte Daisy. Sie war bleich, aber das mochte auch an der trüben Flurbeleuchtung liegen.

Mitzi schob Daisy energisch zurück in ihr Zimmer. »Bleib da drin, ich mach das.« Die Klingel schrillte erneut.

»Wer ist da?«, fragte Mitzi.

»Ich bin's, Anna. Lass mich rein.«

»Anna?« Mitzi entriegelte die Tür. »Wo kommst du so plötzlich her? Du hast uns einen Schrecken eingejagt. Und was zum Teufel hast du mit deinen Haaren angestellt?«

Anna fasste sich verlegen in den kurzen, orangefarbenen Schopf. »Kleiner Unfall. Daran ist Großvater schuld.«

»Der Baron hat dir die Haare gefärbt? Du veräppelst mich!«

Daisy trat hinzu.

»Oh, Daisy!«, rief Anna. »Du bist zurück!« Schluchzend warf sie sich in ihre Arme.

Daisy strich ihr über den Rücken. »Was ist denn passiert?«

»Nichts darf ich. Großvater verbietet mir alles. Ich bin ja sooo unglücklich.« Annas Stimme brach.

»Bist du wieder von zu Hause ausgebüxt?«, erkundigte sich Mitzi.

Das junge Mädchen schniefte und hob den Kopf. »Kann ich bei euch bleiben?«

»Was habe ich verpasst?«, fragte Daisy.

»Die eine große Liebe.« Das kam von Mitzi.

»Ach was, das ist vorbei«, erklärte Anna.

»Na dann...« Mitzi verkniff sich ein Schmunzeln. »Wie heißt dein neuer Auserwählter?«

»Warum muss es immer ein Mann sein?«, rief Anna bockig.

»Neue Frisur, insofern man dieses karottenrote Desaster überhaupt so nennen kann, und du hast Streit mit deinem Großvater.«

»Nein, es geht um mehr. Etwas völlig anderes. Etwas Wichtiges!«

Daisy und Mitzi verständigten sich mit einem stummen Blick. Mitzi hob ergeben die Schultern. »Fein, ich koche uns Kaffee, und dann darfst du uns gerne aufklären.«

Als alle vor dampfenden Tassen saßen, meinte Mitzi: »Also, was hast du angestellt?«

»Nichts!«, empörte sich Anna. »Ich habe es bloß nicht mehr ausgehalten. Großvater verbietet mir alles.«

»Ja, das sagtest du schon.«

»Aber er selber tut, was er mir untersagt.«

Daisy umfasste die Hand des Mädchens. »Vielleicht liegt es daran, dass deinem Großvater Dinge erlaubt sind, die einer kaum Achtzehnjährigen noch nicht zustehen?«

»Widerstand ist keine Frage des Alters!« Rote Flecken sprenkelten Annas Wangen.

»Wovon redest du?«

»Mein Großvater«, erklärte sie kämpferisch, »paktiert mit dem Widerstand, um die Nazis zu stürzen. Er schimpft auf den Hitler, aber mir will er den Mund verbieten. Da hat er sich aber geschnitten! Ich tue, was ich will!«

»Und deshalb bist du aus Levkojen weggelaufen?«

Anna hob ihre Tasse und verkündete feierlich: »Ich bin hier, um mich dem Widerstand anzuschließen.«

Daisy schaute ratlos zu Mitzi. *Du bist dran,* kommunizierte sie in Lippensprache. Mitzis Augen blitzten. »Fabelhafte Idee, Anna! Das erspart uns die Antwort auf deine Frage, ob du bei uns bleiben kannst. Du wohnst ganz einfach beim Widerstand!«

Anna ließ sich nicht aus dem Konzept bringen. Sie sagte nur: »Du bist wie Großvater. Du nimmst mich nicht ernst.«

»Was sagt denn deine Großmutter dazu?«, fragte Daisy.

Anna schlug die Augen nieder, bevor sie murmelte: »Sie ist an der Ostsee und kuriert eine Lungenentzündung aus.«

»Warum hast du sie nicht dahin begleitet?«

»Ich habe doch Schule!«

»Tss, schöne Ausrede«, meinte Mitzi. »Du solltest sie anrufen. Sie macht sich sonst Sorgen.«

Anna seufzte. »Schon gut, ich melde mich bei ihr. Aber das ändert nichts an meinem Entschluss.«

»Wolltest du nicht Schauspielerin werden und dich in Marlene Kalten umbenennen?«

»Natürlich! Das wird meine Tarnung sein. Mata Hari hat es genauso gemacht. Ich weiß alles über sie.«

»Mata Hari war eine exotische Tänzerin. Sie wurde als Spionin an einen Pfahl gebunden und erschossen«, versetzte Mitzi hart.

»Du hast keine Ahnung, Mitzi!«, eiferte sich Anna. »Du kennst nur den Film mit Greta Garbo. Ich habe mich ernsthaft mit Mata Haris Leben befasst! Sie ist für die Gerechtigkeit gestorben.«

»Hübscher Spruch für einen Grabstein. Nur aus Interesse: Wie wird man das, Spionin?«

Annas Antwort erfolgte forsch und prompt: »Ich sammle Informationen und leite sie weiter.«

»An wen?«

»An dich, Mitzi. Du kennst die richtigen Leute!«

»Das schlag dir mal schön aus dem Kopf.« Mitzi sprach ruhig, aber Daisy merkte ihre Anspannung. Auch Anna schien zu spüren, dass sie Mitzis Geduld gerade ein wenig überstrapazierte. Sie sah zu Daisy, und ihr freches Grinsen hätte sie warnen müssen. »Ich kann auch euren Freund Henry um Hilfe bitten.« Anna blinzelte, als hätte sie die Unschuld gepachtet.

»Was? Woher kennst du Henry?« Daisys Blick flog zu Mitzi.

Mitzi seufzte resigniert. »Henry hat mich besucht und zum Essen ausgeführt. Den ganzen Abend hat er übrigens nur von dir geredet, und als er mich nach Hause brachte, hockte Anna auf der Treppe.«

»Du hast mir gar nichts von Henrys Besuch erzählt.«

»Er hatte mich darum gebeten«, entgegnete Mitzi knapp, während ihre Augen Daisy die Botschaft *Lass uns später reden* übermittelten.

»Also kann ich bleiben?«, meldete sich Anna in die Unterhaltung zurück.

Mitzi schwang zu ihr herum. »Bis morgen früh. Dann löse ich dir eine Zugfahrkarte nach Hause. Und bis dahin will ich kein Wort mehr von deiner Schnapsidee mit dem Widerstand hören.«

»Ich hätte nie gedacht, dass du so feige bist!« Anna bebte.

Mehr Spannung baute sich auf, und Daisy überlegte, die Wogen zu glätten, als Mitzi anhob: »Ich habe dich bisher für ein schlaues Mädchen gehalten, Anna. Aber gerade frage ich mich, wann du deinen Verstand an der Garderobe abgegeben hast.«

»Hör auf, mich zu beleidigen. Du weißt, dass ich recht habe!«

»Darum geht's nicht. Du tanzt hier mitten in der Nacht an, schwafelst über eine künftige Karriere als Spionin und glaubst, wir klatschen in die Hände, wenn du uns da mit reinziehst? Du hast nicht den blassesten Schimmer, worauf du dich einlässt!«

»Wer hat den schon? Zumindest habe ich den Mut, mich gegen das Unrecht aufzulehnen!« Anna sprang auf. »Es war ein Fehler, euch um Hilfe zu bitten. Ich brauche euch nicht. Ich gehe in den Untergrund!«

»Mit karottenroten Haaren?«

Anna, schon auf halbem Weg zur Tür, fuhr herum. »Das ist jetzt nicht fair! Das ist bloß passiert, weil Großvater kein Geld für den Friseur herausrücken wollte.«

»Und sie hat keinen Pfennig in der Tasche...« Mitzi schielte zur Decke.

Daisy war aufgestanden und auf Anna zugegangen. »Komm, Anna, bleib hier. Du kannst bei mir schlafen, und morgen früh bringen wir als Erstes dein Haar in Ordnung.« Daisys Blick warnte Mitzi, jetzt den Mund zu halten. Mitzi hob die Arme. »Ich schweige wie ein Grab. Meine Lippen sind versiegelt. Macht, was ihr wollt. Ich leg mich wieder schlafen.«

»Was hast du jetzt vor?«, fragte Mitzi Daisy am Morgen beim Frühstück. Anna verkroch sich noch im Bett.

»Keine Ahnung.« Daisy butterte Brötchen. Ausnahmsweise ging es ihrem Magen an diesem Morgen gut. Sie konnte nur hoffen, dass sie mit Giacomo auch ihre Übelkeit zurückgelassen hatte. »Ich werde mich erst einmal in Tessendorf sehen lassen. Und dann würde ich gerne wieder in meinem Beruf arbeiten.«

»Zurück zu Speer?«

»Warum nicht? Ich habe sehr gerne für ihn gearbeitet.«

»Gearbeitet? Du hast wie eine Sklavin für ihn geschuftet!«

»Ich weiß, dass du ihn nie leiden konntest, aber Albert hat mich stets unterstützt und gefördert.«

»Was hast du eigentlich in Rom den lieben langen Tag getrieben?«

»Ehrlich gesagt, wenn mich Giacomo nicht gerade auf Trab gehalten hat, bin ich ziemlich träge gewesen. Ich musste mich auch erst an die brütende Hitze gewöhnen. Die meiste Zeit verbrachte ich mit Malen und Streifzügen durch die Stadt.«

»Und mit der italienischen Küche!« Mitzi grinste schelmisch. »So pfundig, wie du aussiehst, hast du es dir schmecken lassen.«

Daisy sah seufzend an sich hinab. »Ich weiß. In Italien wird gefühlt den ganzen Tag gegessen. *Mangia, mangia!* Maria lauerte mir ständig mit einem Teller Köstlichkeiten auf.«

»Maria?«

»Giacomos hauseigene Theres.« Daisy holte Luft. »Aber das ist es nicht allein. Ich bin schwanger.«

»Verdammt.« Mehr sagte Mitzi erst einmal nicht, und Daisy war ihr dafür dankbar.

»Bisher weiß es nur Mutter«, schob Daisy hinterher.

»Was ist mit Giacomo?«, fragte Mitzi leise.

»Der auch.«

»Wie weit bist du?« Mitzi schielte ihr auf den Bauch.

»Vierter Monat.«

»Hmpf. Und dein feuriger Italiener hat dich einfach so ziehen lassen?«

Mitzi entnahm die ganze Geschichte Daisys gequältem Ausdruck. Sie legte den Kopf schief wie ein Vogel. »Na, bravo. Der wird bald hier aufkreuzen.«

»Das fürchte ich auch.«

»Fein, dann versteck dich erst einmal in Tessendorf. Falls Giacomo dich hier sucht, schicke ich ihn auf die falsche Fährte. Vielleicht nach … *London?*«

»Himmel, untersteh dich, Giacomo von Henry zu erzählen!«, rief Daisy.

»Jetzt guck nicht wie ein verschrecktes Kaninchen. Henry ist auch mein Freund. Aber ich denke mir in jedem Fall eine harte Nuss aus, an der Giacomo zu knabbern hat.«

»Und was stellen wir jetzt mit Anna an?«

»Die überlass getrost mir. Ich werde ihr den Karottenkopf zurechtrücken, und dann setz ich sie in den Zug nach Levkojen.«

»Sie hat Mut«, murmelte Daisy in ihre Kaffeetasse.

»Nein, sie ist impulsiv und denkt nicht an die möglichen Folgen«, konterte Mitzi.

»Vielleicht ist das ja die Definition von Mut.« Daisy trank.

»Aber ich meinte etwas anderes. Anna stellt sich gegen ihren Großvater, und der ist ein wirklich harter Knochen. Soldat alter Schule. Der verbreitet eine Aura, die einen beinahe dazu zwingt, vor ihm strammzustehen.«

»Hände an der Hosennaht? Wie ein männlicher *le dragon?*«

»In etwa ... Ich könnte Anna mit nach Tessendorf nehmen«, überlegte Daisy laut.

Mitzi griff nach dem Tablett. »Keine gute Idee. Anna ist auf Krawall gebürstet. Du riskierst, dass sie bei euch Hagen oder Hugo über den Weg läuft. Besser, wir verfrachten sie weit weg zurück in Großvaters Arme. Soll der auf sie aufpassen. Wir sind nicht ihre Kindermädchen.«

»Wir sind ihre Freundinnen.«

Mitzi ließ das Tablett sein. »Fein«, sagte sie ergeben, »dann lass deinen Vorschlag hören.«

»Ich habe keinen, aber ich werde nochmals mit Anna reden. Sie hat Ideale, und ...«, Daisy beendete den Satz mit gesenktem Kopf, »und ich frage mich gerade, wann uns die eigenen abhandengekommen sind.«

»Idealisten neigen zu törichten Handlungen.«

»Seit wann klingst du wie eine abgeklärte Lady, Mitzi?«

»Seitdem mir das Leben einige Zähne gezogen hat ...«

Plötzlich liefen Daisy die Tränen.

»Was ist denn jetzt los?«, fragte Mitzi verblüfft.

»Keine Ahnung, das passiert einfach so, seit ich schwanger bin«, schniefte Daisy.

»Tante Theres sagt, Schwangere seien immer ein wenig verrückt.«

»Hast du noch mehr Weisheiten auf Lager?«

»Nein, aber ein Taschentuch.« Es wurde ihr gereicht.

Die Türglocke schrillte und schreckte beide auf. »Giacomo?«, hauchte Daisy. Schon klopfte es energisch gegen die Tür. »Jemand hat ihn schon unten hereingelassen!«, flüsterte Daisy.

»Ich gehe«, sagte Mitzi.

»Warte!« Daisy tupfte sich mit dem Taschentuch die Augen und zog den Gürtel ihres Morgenrocks straffer. »Ich muss meine Kämpfe selbst ausfechten.« Sie schritt zur Tür, öffnete und fand sich einem weit größeren Schrecken gegenüber als Giacomo. »Sie?«, stotterte Daisy und taumelte zurück. Alle Luft wich aus ihren Lungen.

»Wen haben Sie erwartet? Ihren italienischen Liebhaber?« Greiffs verbliebenes Auge musterte ihren Aufzug. Daisy fühlte sich, als würde sie ein eisiger Strahl lähmen. Sie verharrte still im Angesicht ihres leibhaftigen Albtraums. Eine warme Hand flocht sich in ihre. *Mitzi.* »Was wollen Sie?«, blaffte sie den gemeinsamen Erzfeind an.

»Ah, die Freundin!«, meinte er schleppend.

Daisy fand ihre Stimme wieder. »Was machen Sie hier?«

»Sie fragen sich, warum ich noch lebe?« Er lächelte wie ein Totenkopf. »Dazu braucht es mehr als ein paar britische Kugeln. Ich habe Freunde in Paris. Aber genug geschwafelt.«

»Sie schwafeln!«, sagte Mitzi scharf. »Was wollen Sie?«

»Nichts. Ich habe ein Auge auf Sie.«

»Sie machen Witze!« Anna stand plötzlich neben ihnen.

Greiff fuhr zu ihr herum, wie eine Schlange, die ein neues Opfer anvisierte. »Wen haben wir denn da? Wenn das nicht die kleine von Dürkheim ist.«

»Sie kennen mich?«

»Ich kenne Ihren Großvater. Fotografien sind eine gute Sache.« Sein Blick schwenkte weiter zu Mitzi und blieb auf Daisy haften.

»Auf Wiedersehen!«, sagte Greiff ungewohnt vergnügt. Er drehte auf dem Stiefelabsatz um, der lange Ledermantel schlug ihm um die Knöchel, und Einauge verschwand wie der böse Geist, der er war.

»Was war das für ein Gestapo-Ekelpaket?«, fragte Anna laut.

»Was war das für ein Auftritt?«, fragte Daisy.

»Das Schwein ist wieder da, und er will, dass wir das wissen«, antwortete Mitzi.

Am selben Tag löste Daisy eine Fahrkarte nach Stettin. Sie sehnte sich seit Monaten nach Tessendorf, auch wenn die Begegnung mit Greiff ihrer Vorfreude einen herben Schlag versetzt hatte. Andererseits hatte sein beängstigender Auftritt dazu beigetragen, dass sie Anna nun doch zur Heimkehr nach Levkojen bewegen konnten, auch um ihren Großvater zu warnen, dass ihn die Gestapo im Visier hatte.

Am Bahnhof wartete auf Daisy ein redseliger Chauffeur Anton. Er ließ sich über den bisher viel zu milden Winter aus, brachte sie auf den neuesten Stand bezüglich Geburten und Todesfälle und schwärmte von den neuen modernen Maschinen, die der gnädige Herr Hagen angeschafft hätte. Die größte Sensation bewahrte Anton bis zum Schluss: ein riesiger Keiler, der kürzlich im Park und in der Orangerie der gnädigen Frau Gräfin gewütet, dort seltene Zwiebelpflanzen gefressen und den Rest zertrampelt habe. Am Morgen sei zur großen Jagd auf das Urvieh geblasen worden.

Daisy lauschte nur mit halbem Ohr. Sie presste ihr Gesicht an die Scheibe und saugte die Eindrücke der vorübergleitenden Landschaft in sich auf. Es fühlte sich an, als sei sie Ewigkeiten fort gewesen. Sie war geradezu rührselig und verdrückte mit Mühe ein paar Tränchen. Sie erreichten die Abzweigung, die zum Gut führte. Vorbei an den hohen Backsteinsäulen mit dem schmiedeeisernen Tor und eingelassenen Tessendorfwappen, folgten sie der von Baumriesen gesäumten Allee, die nach einer sanften Biegung in einer Auffahrt vor dem Hauptgebäude endete.

Es war nicht die ersehnte Rückkehr in Ruhe. Auf dem Vorplatz wimmelte es von Forstfahrzeugen und Menschen. Während zwei Männer einem dritten von einer Ladefläche halfen und den Verletzten stützten, hoben zwei andere eine Bahre mit einer abgedeckten Gestalt von der Ladefläche eines weiteren Wagens.

»Heiliger Strohsack!«, entfuhr es Anton erschrocken. Er sprang aus dem Wagen, machte einen Satz auf die Männer zu, besann sich seines Passagiers, drehte sich um, aber Daisy hatte die Tür bereits selbst geöffnet. Auch sie schaute bang zu der Gestalt unter dem blutigen Tuch. Wer war es? Die Träger stellten die Bahre auf dem Boden ab. Daisy schob sich durch die Umstehenden bis zur Bahre vor und schlug das Kreuzzeichen. Die Männer nahmen ihre Mützen ab.

»Da war nix mehr zu machen«, murmelte einer. »Das Sauvieh hat ihm das ganze Gedärm herausgerissen.«

»Halt den Mund, Erwin.« Sein Nebenmann stieß ihn an.

»Ich mein ja nur, damit das gnädige Fräulein weiß, warum es so scheußlich stinkt.«

»Wer ist es?«, erkundigte sich Daisy leise.

»Hans Mischke«, antwortete ihr Förster Gisbert.

»Der Jagdaufseher?«

»Ja«, übernahm wieder Erwin. »Er hat das Sauvieh ablenken wollen, als es den Martin erwischt hat. Dann hat's ihn selbst erwischt. Wir konnten's nicht sehen, haben nur das Gebrüll gehört. Wir sind sofort hin. Das reinste Gemetzel!«

»Das reicht, Erwin.« Gisbert schob Erwin aus dem Kreis.

Anton fragte: »Was ist mit dem Keiler?«

»Nix, das Sauvieh ist ab durch die Büsche.«

Daisy war hundeelend. Was für eine furchtbare Sache! Der arme Hans Mischke. Sie dachte an seine Frau Ute. Als Kinder saßen sie und Louis oft bei ihr in der Küche, um Kakao zu trinken. Sie musste zu ihr! Der Himmel wurde schwarz. Daisy schwankte und fand plötzlich ihre Mutter an ihrer Seite. »Komm, *ma petite.*«

Den Arm um die Taille ihrer Tochter geschlungen, führte Yvette sie auf ihr Zimmer. Sie orderte Tee und blieb bei Daisy, bis sich ihr Schwächeanfall gelegt hatte. Um Daisy abzulenken, plauderte Yvette über Kuno. »Deinem Vater geht es weitgehend gut. Er freut sich über die geringsten Dinge, einen Marienkäfer, eine blühende Rose und seine Purpurschnecken. Unsere Frau Kulke ist immer an seiner Seite, sie ist das Beste, was uns passieren konnte.« Yvette lächelte versonnen. »Seit Neuestem übt er sich im Stricken. Aber das wirklich Erstaunliche ist«, fuhr Yvette fort, »dass dein Vater immer dann am klarsten ist, wenn 'Agen zu Besuch kommt. Als wüsste er, was auf dem Spiel steht.«

»Wo steckt eigentlich Großmutter?«

»In der Werft, *naturellement. Le dragon* hat wieder das Kommando über die Helios-Werft und Lokomotive AG, weil 'Agen sich nur noch um Geschäftsbeziehungen kümmert und um seine diversen anspruchsvollen Geliebten.«

»Und Elvira betätigt sich weiter als Kinderfrau bei Violette in Potsdam?«

Yvette bejahte. »Allerdings ist Elvira derzeit auf Kur. Sie versucht, ihr Gewicht wieder unter Kontrolle zu bekommen. Sag, Liebes«, begann Yvette ungewöhnlich verzagt, »planst du später eine Rückkehr unter die Schwingen von *le dragon?*«

Daisy verstand, was ihre Mutter mit später meinte: die Zeit

nach der Geburt ihres Kindes. »Nein, mit der Werft habe ich endgültig abgeschlossen.«

Eine Pause entstand. Ihre Mutter sah davon ab, sie nach dem Baby zu fragen, wofür ihr Daisy dankbar war. Es half ihr, wenigstens noch eine Weile die Illusion aufrechtzuerhalten und jeden Gedanken an ihre Zukunft vor sich herzuschieben.

Der nächste Weg führte Daisy in die Küche. Dort waren die Vorbereitungen für das Abendessen in vollem Gange, und es brutzelte und zischte auf den Herdplatten. Kaum hatte Theres ihren Liebling Daisy erblickt, da ließ sie ihren Kochlöffel fallen und schloss sie herzhaft in ihre Arme.

Daisy freute sich auch auf das Wiedersehen mit ihrem Onkel Waldo. Er war erst im Oktober von einer Rundreise durch das Osmanische Reich heimgekehrt. Der alte Weltenbummler steuerte nun auch schon auf die achtzig zu, und dabei wirkte er unverwüstlich wie eine alte Eiche. Daisy fragte ihn nach seinen Reisen, aber sie konnte Waldo nicht mehr entlocken als: »Du hast einiges verpasst, kleine Bumm.« Auch er schloss sie in seine Arme. Daisys Willkommen in den Stallungen fiel weniger herzlich aus. Pferdemeister Zisch behandelte sie wie Luft, Nereide reagierte beleidigt auf ihren Besuch und verschmähte sogar die Apfelgabe, und deren Sohn Orion wich geradezu verstört vor Daisy zurück, als erkenne er sie nicht wieder. »Ihr habt ja recht«, murmelte Daisy. »Ich habe euch im Stich gelassen.« Sie fühlte sich ganz elend, da ihr die Pferde ihre Treulosigkeit vor Augen führten. Sie verblieb die nächsten Stunden bei ihnen und bemühte sich um ihre Aufmerksamkeit, und vermutlich hätte sie auch die Nacht bei ihnen in der Box verbracht, hätte Zisch sie nicht hinausgeworfen.

Am dritten Tag klingelte für Daisy das Telefon. Zu ihrer großen Freude entpuppte sich der Anrufer als Graf Andrasz Pocci. »Ich wollte mich nach Ihrem Befinden erkundigen, Contessina Tessendorf«, erklärte er liebenswürdig.

»Mir geht es ausgezeichnet. Wie geht es Ihnen?«

»Danke, Contessina. Ich bin gerade in Rom und habe mich gestern mit Giacomo getroffen. Da er Sie nicht von sich aus erwähnte, hakte ich nach und erfuhr, Sie hätten Rom verlassen. Planen Sie eine Rückkehr, Contessina?«

»Nein, das wird nicht passieren«, entgegnete Daisy bestimmt. Dass das die reine Wahrheit war, wurde ihr erst in dieser Sekunde bewusst. Ihre Abkehr von Giacomo war endgültig.

»Fein, fein. Das habe ich mir schon so gedacht. Vielleicht interessiert es Sie zu erfahren, dass Giacomo der festen Überzeugung anhängt, es sei nur eine Angelegenheit von Tagen, bis Sie zu ihm zurückkehrten. Darum hätten Sie auch alle Ihre Sachen zurückgelassen, insbesondere Ihre Ölgemälde und Aquarelle. Giaco hat sie mir vorgeführt und erklärt, ein Künstler lasse nie seine Arbeit zurück. Wirklich sehr eindrucksvoll, Ihr Talent. *Complimenti, Contessina!*«

Daisy bedankte sich für die netten Worte, blieb jedoch vorsichtig.

»Wenn Sie es wünschen, *Contessina*«, fuhr Graf Pocci fort, »lasse ich Ihre Bilder einpacken und zu Ihnen aufs Gut schicken.«

»Das könnten Sie veranlassen?«

»Natürlich.«

»Und Giacomo?«

»Den lassen Sie meine Sorge sein.«

Daisy konnte den alten Grafen im fernen Rom förmlich schmunzeln sehen. »Lieber Graf Pocci, ich wäre Ihnen sehr verbunden, falls Sie dies ermöglichen könnten.«

Eine Weile leistete sich Daisy weiter den Luxus, nicht über ihre

Zukunft nachzudenken. Sie verbrachte viel Zeit mit ihren Eltern, und Frau Kulke und ging jeden Tag in den Stall, um sich Nereides und Orions Vertrauen zurückzuerobern. Am Tag nach der Beisetzung des Jagdaufsehers verkündete Sybille beim Abendessen: »Gisbert hat mich vorhin aufgesucht. Sie haben den Keiler im Wald bei Ohlendorf erwischt.«

Yvette stieß einen hörbaren Seufzer aus. »*Mon dieu!* Ich bin froh, dass die Jagd ein Ende hat. Nun werden sich die Gemüter hoffentlich beruhigen.«

Daisy war aus anderen Gründen erleichtert. Endlich konnte sie wieder Nereide satteln. Zisch hatte bisher jeden Ausritt unterbunden, solange der Keiler in der Nähe sein Unwesen trieb. In seiner ureigenen unnachahmlichen Art ließ er keinen Zweifel daran, dass diese Maßnahme dem primären Schutz der Pferde diente. Zisch würde sich nie ändern, und Daisy überlegte, dass jeder Konstante etwas Tröstliches innewohnte.

Das Wetter an diesem Morgen bot ideale Bedingungen. Es war zwar weiterhin sehr kalt, aber keine Wolke trübte den Himmel. Gleich nach dem Frühstück schlüpfte Daisy in ihre Reitkluft und schlich sich aus dem Haus. Sie mied die Begegnung mit ihrer Mutter, die den Reitwunsch ihrer Tochter nicht eben positiv aufnahm und sie gebeten hatte, erst nach der Geburt wieder auf den Rücken eines Pferdes zu steigen.

Tatsächlich war es nicht ihre Mutter, die ihren Ausflug mit Nereide unterbinden wollte, sondern Zisch. »Du trächtig wie Stute«, sagte ihr der Tscheche auf den Kopf zu. »Nicht reiten.«

»Woher...?«

»Woher, woher!«, unterbrach er sie rüde. »Ich wissen, wenn Samen in Ei geschlüpft ist. Nix Unterschied zwischen Pferd und Mensch.«

Niemand stellte Zischs Intuition für Pferde infrage, am allerwenigsten Daisy. Dabei hatte sie sich so sehr auf den Ausritt gefreut! »Bitte, Zisch, ich habe nicht mehr vor als einen kurzen, gemütlichen Ritt. Ich werde höchstens ein bisschen traben, versprochen!«

Zisch musterte sie auf eine Art, die alles bedeuten konnte. »Ich komme mit«, erklärte er unvermittelt.

»Was?«, entfuhr es ihr verblüfft. »Aber wir...« Erinnerungen an ihre Kindheit wurden wach, die eng mit Zisch verknüpft waren. Zisch, der sie zum ersten Mal auf ein Pony gehoben hatte. Zisch, der sie nicht nur das Reiten gelehrt hatte, sondern auch, dass Liebe allein nicht genügte, um die sensiblen Geschöpfe zu verstehen, sondern vor allem Respekt dazugehörte. Zisch, der in Pferden lesen konnte wie in einem Buch, und das funktionierte offenbar auch bei ihr. Während sich Daisy noch sammelte, übernahm es Zisch, Nereide die Trense anzulegen und zu satteln. Sorgfältig prüfte er Gurt und Sattel, bevor er seinen eigenen Sattel auf Orion hievte. Er nahm beide Pferde am Zügel und führte sie durch die Stallgasse hinaus. Daisy folgte ihm perplex. Er hielt ihr den Steigbügel, und als Daisy fest im Sattel saß, passte er nochmals den Gurt und die Länge der Steigbügel bei ihr an, bevor er sich auf Orion schwang. Er schnalzte, und Orion, der für sein überschäumendes Temperament bekannt war und am liebsten den ganzen Tag über die Weide jagen würde, benahm sich unter Zisch lammfromm. Gemächlich setzte er sich in Bewegung, Daisy folgte ihm. Der Forstweg, auf den Zisch sie lenkte, war breit genug, um nebeneinander herzureiten, doch sie blieb zunächst hinter Zisch zurück. Er ritt in perfekter und zugleich lässiger Haltung, eine Hand auf dem Oberschenkel, die andere an den Zügeln. Daisy fragte sich weiterhin, warum Zisch sie begleitete, als er sein Pferd neben sie zurückfallen ließ und in seinem gebrochenen Deutsch sagte: »Du nicht glücklich wie eine Mutter.«

Daisy schwieg befangen.

»Pferde«, redete Zisch unbeirrt weiter, »machen sich keine Gedanken über neues Leben. Sie folgen Natur und Instinkt. Wenn Fohlen kommt, sie für es sorgen. Das ist normal. Warum ist es für dich nicht normal?«

Verflucht!, durchfuhr es Daisy. Wie kam es, dass sie das Gespräch, das sie eigentlich mit ihrer Mutter hätte führen sollen, nun mit Zisch hatte? Sie stieß Atem aus. »Es ist, wie du sagst, Zisch. Wahrscheinlich mache ich mir zu viele Gedanken. Vielleicht bin ich noch nicht bereit dafür, vielleicht ist es der falsche Zeitpunkt, vielleicht …« Daisy stockte, weil sie die Antwort selbst nicht kannte.

Dafür hatte Zisch sie: »Nix *vielleicht*. Es ist der falsche Hengst. Leben wäre einfacher, wenn Samen nur Samen wäre.«

»Leider sind wir nicht alle Pferde, Zisch.«

»Leben viel einfacher, wenn wir alle Pferde wären.«

Zisch hatte noch nie so viele Worte am Stück mit ihr gewechselt. Daisy fühlte sich zunehmend unbehaglich. Zisch schien alle ihre Ängste zu bündeln und warf sie ihr vor die Füße. Nereide spürte die Unruhe ihrer Herrin. Ihre Ohren zuckten nervös, gleichzeitig hob Zisch den Arm und befahl: »Halt!« Orion stand sofort, Daisy zügelte Nereide. »Was ist denn los?«, fragte sie.

»Schh«, zischte Zisch und hob sich etwas aus dem Sattel. Aufmerksam glitt sein Blick über die Büsche und Bäume der Umgebung hinweg. Der Weg vor ihnen zog sich beinahe schnurgerade durch den Wald. Im Sommer spendeten die belaubten Bäume herrlich Schatten, aber zu dieser Jahreszeit ragten die Äste kahl wie Finger in den Himmel. Nereide und Orion wandten einander die Köpfe zu und schnaubten beunruhigt. Daisy fasste die Zügel fester. In der gleichen Sekunde rief Zisch: »Weg hier!«, und hieb mit der flachen Hand auf Nereides Flanke. Er selbst sprang vom Sattel. Orion stieg und raste davon, Nereide machte einen Satz und wollte Orion hinterher. Aber es war zu spät. Ein gewaltiger Keiler schoss aus einer versteckten Kuhle seitlich auf den Weg, preschte unter Nereides Bauch hindurch, die in Panik schrie und ebenfalls stieg. Daisy hob es in hohem Bogen aus dem Sattel, und alles verlangsamte sich, die Welt, die Zeit, ihr Herzschlag. »Jetzt passiert es«, dachte Daisy und wunderte sich, wie klar sie alles wahrnehmen konnte: den Keiler, der trotz seiner Masse blitzschnell wendete und zurück auf Nereide zuraste, Zisch, der sich mit ausgebreiteten Armen vor die Stute stellte, wild mit den Armen ruderte und brüllte. Der schreckliche Aufprall, die entsetzlichen Schreie von Mensch und Tier in höchster Not, während Daisys Körper jäh in Flammen aufging und der Schmerz wie ein Blitz jede weitere Wahrnehmung auslöschte. Dann war da nichts mehr außer Schwärze.

Kapitel 26

> Appeasement bedeutet, das Krokodil zu füttern, in der Hoffnung, dass man als Letzter gefressen wird.
>
> Winston Churchill

Sie trieb schwerelos dahin. Alles fühlte sich leicht an. Sie mochte diesen Zustand. Manchmal ist es hell, manchmal ist es dunkel. Manchmal glaubt sie, in die Tiefe zu sinken, aber sie spürt keine Angst. Manchmal ist Nereide bei ihr. Nereide ist Licht. Aber immer öfter dringen Stimmen in ihre Ruhe und stehlen ihr dieses Licht. Es ist nicht mehr hell und weiß, sondern es zerfließt in Farben, wird zu einem wirbelnden Sog, und nun fürchtet sie sich doch. Sie wird die Stimmen nicht mehr los, sie sind nun auch in ihrem Kopf. Dabei sehnt sie sich zurück in die Stille.

Es war wieder dunkel. Keine Stimmen mehr. Aber ein neues Geräusch. Leise, rhythmisch und sanft, als pochte ein Vogel gegen eine Fensterscheibe. Mit jedem Laut zog es sie mehr ins Licht. Es war ein anderes Licht, keines, in dem sie still schweben konnte, sondern eines, in dem sie in Bildern sah, wo Farben und Töne nicht mehr schmerzten und in dem es Gerüche gab. Ihre Augen öffneten sich wie Fenster, die in eine neue Welt schauten, und sie zeigten ihr ein gütiges altes Gesicht an ihrem Bett, mit Händen, die sich auf und ab bewegten, die Maschen durch Schlaufen auf Stricknadeln zogen und dabei jenes wohltuende Geräusch erzeugten, das sich mit dem Takt ihres Herzens verband.

Frau Kulke schenkte ihr ein Lächeln und setzte ihr Strickwerk im selben ruhigen Rhythmus fort. Daisys Lider schlossen sich wieder. Das Licht war noch immer da, aber es befand sich nicht mehr außerhalb ihres Körpers. Es war nun in ihr drin, gewoben aus einem Lächeln.

Neue Empfindungen. Eine warme Stimme und ein feuchtes Gesicht, das sich an das ihre drückte. Ihr Herz begriff viel schneller als ihr Verstand. »*Maman*«, flüsterte sie, und es war ihr erstes Wort seit langer Zeit.

»*Chérie*, oh, mein Liebes, mein Liebstes«, schluchzte Yvette, und noch mehr Nässe benetzte Daisys Gesicht. Yvette löste sich nun von ihr, um jemand anderem Platz zu machen. »*Papa*«, hauchte Daisy und ließ sich von seinen Armen umfangen. Daisy atmete den erdigen Geruch seiner Kleidung, von Blättern und Moos, mit einem Hauch Pfeifentabak und sehr viel Vaterwärme. Sie erkannte ihre Großmutter, die Daisys Hand in ihre nahm. Auch Mitzi war da. Daisy sank zurück in einen erholsamen Schlaf, während ihre Lieben über sie wachten.

Mit jedem Tag kehrte Daisy mehr ins Leben zurück. In ihrem Gedächtnis jedoch klaffte eine riesige Lücke. Ihre letzte Erinnerung war ihre Ankunft auf dem Gut. Insgesamt fehlten ihr sechs Wochen, in denen sie um ihr Leben gekämpft hatte. Sie war zurück, aber sie fürchtete sich vor den offenen Fragen. Dennoch war Daisy nicht vollkommen ahnungslos. Ihre Hände suchten oft ihren Bauch. Das kleine Wesen war fort, kein zweiter Herzschlag mehr, der dem ihren antwortete. Nun konnte sie ihrem Kind nie mehr ihre Liebe beweisen. Sie fühlte eine überwältigende Schuld, die sie niemals würde abtragen können. Aber eines konnte sie tun: sich ihren Ängsten stellen. Als ihre Mutter den Tabletttisch mit ihrem Mittagessen brachte, fasste Daisy nach ihrer Hand. »Wir müssen uns über die Geschehnisse unterhalten, *Maman*.«

Yvette zog den Sessel näher ans Bett, setzte sich und faltete die schmalen weißen Hände im Schoß. »Bist du wirklich schon bereit dazu, *Chérie*? Es sind erst fünf Tage, seit du ... aufgewacht bist.«

Daisys Brustkorb hob und senkte sich, als fiele ihr das Atmen schwer. Ihre Mutter bot ihr den Ausweg, das Unvermeidliche noch ein wenig hinauszuzögern. Sie schüttelte den Kopf. »Es spielt keine Rolle, ob wir heute oder morgen darüber sprechen, *Maman*. Es würde nichts an meiner Schuld ändern.«

»Schuld? Wovon sprichst du?«

»Dass ich mein Kind nicht habe lieben können.«

»Aber ... Das hat doch rein gar nichts mit dem zu tun, was dir zugestoßen ist, *ma petite*.«

»Vielleicht. Aber es ist das, was ich fühle, *Maman*.«

Ihre Mutter nickte und schaute kurz auf die gefalteten Hände, bevor sie den Blick ihrer Tochter suchte. Yvettes violette Iris verdunkelte sich mit jedem gesprochenen Wort, als würden Schatten in sie einsickern: »Zisch und du wurdet bei einem Ausritt von einem wilden Keiler angegriffen. Du bist vom Pferd gestürzt und hast dein Baby verloren. Nereide ist tot. Auch Zisch wurde böse verletzt, aber seine Wunden heilen gut. Es tut mir so sehr leid, mein Liebstes.«

Daisy drückte ihre Faust auf den Mund, als wollte sie einen Schrei zurückhalten. Plötzlich waren Trauer und Schmerz real. Sie pflügten durch sie wie ein glühendes Eisen. In einer heftigen Bewegung stieß sie das Tablett um, und heiße Flüssigkeit ergoss sich auf die Decke. Sie merkte es nicht einmal. Sie glitt aus dem Bett, als könnte sie der furchtbaren Wahrheit entfliehen. Nach Wochen des Liegens knickten die Beine unter ihr weg wie Zweige.

Ihre Mutter hob sie auf, setzte sie in einen Sessel und klingelte um Hilfe. Das Bett wurde frisch hergerichtet und Daisy wieder hineingelegt. Die junge Frau überließ sich dem Tun ohne eigenen Willen. Alles war Leere, und die Schatten lockten. Sie zog sich erneut in die Dunkelheit zurück, den einzigen Ort, an dem sie sich sicher glaubte. Doch die Schuldgefühle verfolgten sie auch dort. Weil sie ihr Kind nicht hatte lieben können, hatte das Schicksal sie auf diese Weise bestraft. Sie verweigerte das Essen, wurde noch weniger, vergrub sich in ihre Kissen, wollte niemanden sehen.

Irgendwann zog ihr jemand die Bettdecke fort: »Beweg endlich deinen dürren Arsch aus dem Bett, Daisy von Tessendorf!«

Daisy wimmerte. Sie fasste nach der Decke, aber kräftige Arme packten sie, zwangen sie in eine sitzende Stellung und stopften ihr ein Kissen in den Rücken. Eine Hand hielt ihren Kopf, die andere führte eine warme Flüssigkeit an ihre Lippen. »Hier, trink, und wenn du es nicht freiwillig tust, flöße ich dir die Suppe gewaltsam ein. Egal wie«, drohte Mitzi.

Daisy zweifelte nicht, dass es ihrer Freundin ernst damit war. Die Brühe schmeckte nach nichts, als sei ihre Zunge zwischenzeitlich taub geworden. Sie konnte nur beten, dass dies auch auf ihre Gefühle zutraf.

»So ist es fein. Komm, noch ein Löffel...« Mitzis Ton war derselbe, mit dem sie früher ihre Hühner anzulocken pflegte. Sie setzte die leere Tasse ab. »Hör zu«, sagte sie wieder streng. »Was dir geschehen ist, ist schrecklich. Aber so kann es nicht weitergehen. Du bist nicht allein! Andere Menschen haben auch Gefühle. Die, die dich lieben, leiden ebenso wie du. Denkst du, es wird besser, wenn du dich langsam selbst zerstörst? Du musst dich jetzt entscheiden. Draußen wartet übrigens jemand, der mit der sprechen will.« Ohne Daisys Einverständnis abzuwarten, ging Mitzi die Tür öffnen. Daisy horchte auf die eintretenden Schritte. Es klang, als würde beim Gehen ein Stock eingesetzt werden. *Großmutter...* Daisy sehnte eine Erdspalte herbei, durch die sie entschwinden könnte. Wie ein kleines Kind kniff sie die Augen zu, als könnte sie damit ihrer Strafpredigt entrinnen. Aber es war nicht ihre Großmutter.

»Wärst du Pferd«, grollte Zisch wie Gottes Stimme hinter der Wolke, »ich würde dir Gnadenschuss geben. Pferde kennen kein Selbstmitleid. Pferde niemals nutzlos im Heu herumliegen und dicke Tränen vergießen. Du wieder aufstehen.«

Erneut war das Tocktock eines Stocks auf dem Boden zu hören, aber Daisy weigerte sich weiter, hinzusehen. Als sie es schließlich doch tat, hatte Zisch ihr Zimmer verlassen. Dafür verfing sie sich nun in Mitzis Blick. »Er hat ein Bein verloren. Wenn Zisch weitermachen kann, so kannst du das auch.«

»Du verstehst nicht«, flüsterte Daisy.

»Oh, ich verstehe dich besser, als du denkst«, erwiderte Mitzi ungerührt. »Ich weiß, du hast dein Kind verloren, und du hast deine Nereide sehr geliebt. Du bist durch die Dunkelheit gegangen, aber jetzt bist du zurück. Du lebst! Aber du verkriechst dich im Bett. Was sollen Menschen wie ich sagen?«

»Wovon redest du?«, stotterte Daisy unsicher. Das Bett fühlte sich plötzlich hart wie ein Brett an, das Kissen in ihrem Rücken schmerzte, als sei es mit Nadeln gespickt, und ihr Atem ging schneller, weil sich die Luft jäh dünn anfühlte.

»Du genießt das Privileg, umsorgt zu werden! Ist dir bewusst, dass die Ärzte in der Charité zwei Wochen um dein Leben gekämpft haben? Dass deine Mutter Tag und Nacht nicht von deinem Bett gewichen ist? Und du dankst es ihnen, indem du herumlotterst und dein Leben verschwendest! Ich an deiner Stelle wäre längst gezwungen, aufzustehen und weiterzumachen.«

In Daisy regte sich Widerstand. »Das kannst du mir nicht zum Vorwurf machen.«

»Ich mache dir keine Vorwürfe, Daisy, ich weise dich nur darauf hin, dass andere weniger begünstigt sind als du. Sie können es sich nicht leisten, sich nach einem Schicksalsschlag mit Selbstmitleid im Bett zu suhlen, während das Fräulein Komtess einen Rundum-Service genießt, mit täglich drei warmen Mahlzeiten! So sieht's aus!«

Die Sperre in Daisys Verstand löste sich, und plötzlich ging ihr auf, was Mitzi da gerade tat. Ihre Freundin hatte sie auf ihre übliche und geschickte Weise in eine Diskussion gelockt. Sie hatte reagiert. Es war die Wende.

Mit derselben Verbissenheit, mit der sie sich beinahe selbst zerstört hätte, kämpfte sich Daisy zurück ins Leben. Von Giacomo hörte sie in der ganzen Zeit nichts. Ein Telefonat mit Graf Pocci verschaffte ihr Klarheit. Giacomo hatte vom Verlust des Kindes erfahren, das auch das seine gewesen war. Aber anstelle ihr beizustehen, bestrafte er sie, indem er sie in ihrem Kummer allein ließ. Denn hätte sie ihn nicht verlassen, wäre das alles nicht passiert…

»Da meint man, einen Menschen zu kennen, aber wie der Giaco sich jetzt benimmt, nein, das krieg ich nicht in meinen Schädel«, klagte der alte Graf am Telefon. »Er ist ein dummer, nachtragender Gockel. Wäre er nicht so ein riesiges Mannsbild, ich hätte große Lust, ihn übers Knie zu legen.«

Daisy war tatsächlich nicht unfroh über Giacomos empörendes Verhalten. Mit einem Mann, dessen Ego größer war als sein Verstand, hätte sie niemals ihr Leben verbringen können. Nun brauchte sie nicht mehr zu befürchten, der Italiener könnte ihr vielleicht nachreisen, um sie zur Rückkehr zu bewegen.

Und so machte sie ihren Frieden mit Rom und ihrem Sternenkind, das sie nie in ihren Armen wiegen, aber für immer in ihrem Herzen mit sich tragen würde.

Im Frühjahr war Daisy wieder so weit hergestellt, dass sie sich zu langweilen begann. Wenn sie in Rom etwas über sich selbst gelernt hatte, dann, dass sie für das süße Nichtstun nicht geschaffen war. Sie brauchte Beschäftigung, aber Malen allein in der Stille füllte sie nicht aus. Sie vermisste ihre Arbeit. Sie vermisste Mitzi, sie vermisste Berlin. Tagelang rang sie mit sich, ob sie Albert Speer einige Zeilen schreiben oder besser gleich persönlich anrufen sollte. Sie zögerte die Entscheidung hinaus, als würde sie auf etwas warten. Wenigstens fühlte sich die Luft endlich wie Frühling an. Der April war viel zu kalt und unbeständig gewesen, und wenn es nicht gerade regnete, schneite es, und man hatte schon am Morgen keine Lust, überhaupt aus dem Fenster zu schauen. Der Mai versöhnte die Menschen wieder mit Petrus, brachte wohltuende Wärme und eine Explosion an Farben und Fülle.

Und dann kam Henry. Daisy saß mit ihrem Skizzenblock im Garten unter einer ausladenden Ulme und versuchte sich an einer Zeichnung von Orion. Nereides Sohn rupfte ganz in ihrer Nähe Gras, und in den Ästen über ihr hatten es die Vögel furchtbar wichtig, sie zwitscherten und lärmten, während sie emsig ihren Nachwuchs versorgten.

Daisy spürte Henrys Anwesenheit. Sie hob den Kopf und sah ihm entgegen, als er langsam über das helle Frühlingsgras auf sie zuschritt. Ihre Blicke verbanden sich, und als er sich zu ihr setzte, war es nur natürlich, dass er ihre Hand nahm und sich auch ihre Finger miteinander verbanden. Lange Zeit saßen sie nur da und sprachen beide nichts, weil es keiner Worte bedurfte, um sich das zu sagen, was sie einander waren.

»Ich habe dich gesehen«, brach Daisy das Schweigen. »Bis gerade habe ich noch geglaubt, es sei nur ein Traum gewesen. Aber jetzt weiß ich es. Du hast mich im Krankenhaus besucht.«

Er führte ihre schmale Hand mit den verschlungenen Fingern an seinen Mund und hauchte einen Kuss darauf. »Ich hätte dich damals in Paris niemals gehen lassen dürfen«, murmelte er.

Daisy reagierte auf die eigentliche Botschaft. »Du hast dir nichts vorzuwerfen, Henry. Es ist meine Schuld. Ich war verletzt und habe dir keine Chance gelassen. Ich war überzeugt, du seist verheiratet und hättest es mir verschwiegen. Deshalb wollte ich nichts mehr mit dir zu tun haben.«

Das Lächeln in seinen Augen wuchs, er rutschte vom Gartenstuhl und ging auf ein Knie. »So frage ich dich mit deinen eigenen Worten, Mylady von Tessendorf: Willst du ab heute mit mir zu tun haben, für immer und ewig?«

Keine Antwort war ihr je so leichtgefallen, keine Entscheidung hatte sie je mit mehr Glück erfüllt: »Ja, Mr Darcy.«

Am selben Abend klopfte es an Daisys Tür, als sie gerade aus dem Bad kam. Sie warf sich rasch ihren Morgenrock über und öffnete lächelnd die Tür in der Annahme, es sei Henry. Stattdessen stand Franz-Josef vor ihr. Er verbeugte sich auf seine stocksteife Art und erklärte: »Ihre Durchlaucht wünscht Sie zu sprechen, Komtess. Sie erwartet Sie in der Bibliothek.« Die formelle Einladung ließ Daisy aufhorchen, obwohl sie eine ziemlich genaue Vorstellung davon hatte, worüber es in dem Gespräch gehen würde. Seit ihrer Genesung waren sie beide auf diesen Moment zugesteuert, und nun, mit Henrys Ankunft, wollte sich die alte Patriarchin Gewissheit verschaffen. Sie war ein zäher alter Drachen, und vermutlich würde es nicht ohne ein wenig Feuerspeien abgehen.

In Hose und einem leichten Wollpullover zog Daisy ins Gefecht. In der Bibliothek war es kalt und dunkel. Der Raum wirkte schon im Tageslicht durch die Holztäfelung dämmrig, aber ihre Großmutter hielt zusätzlich die Vorhänge geschlossen. Erst als Daisy eintrat, knipste Sybille die Schreibtischlampe an. Sie empfing sie dahinter, tiefschwarz gewandet wie eine trauernde Witwe. Vor ihr lag eine dunkle Mappe aus Leder, auf der sich ihre bleichen Hände wie Fremdkörper ausnahmen. Die ganze Inszenierung bestätigte Daisys Ahnung. Sie straffte ihren Rücken. Nicht weil sie die Konfrontation fürchtete, sondern weil sie ihrer Großmutter ein für alle Mal begreiflich machen musste, dass sie mit dem Familienunternehmen endgültig abgeschlossen hatte. »Guten Abend, Großmutter«, grüßte Daisy. Sie zog einen Clubsessel heran und nahm ohne Aufforderung Platz.

»Ich denke, wir können uns jede Einleitung sparen. Du bist wieder gesund, was hast du jetzt vor?«, fragte Sybille.

Darauf gab es eine lange und eine kurze Antwort. Daisy entschied sich für keine von beiden. »Wir werden sehen«, entgegnete sie neutral.

»Mach dir keine Illusionen über den Briten«, griff Sybille überraschend an. »Er mag amouröse Absichten hegen, aber sie dienen nicht deinem Glück.«

Das irritierte sie. »Seit wann sprichst du in Rätseln?«

»Während du dich verkrochen hast, hat sich die Welt weitergedreht. Hitler hat meine frühere Heimat Österreich annektiert. Die Nazis nennen sie jetzt *Ostmark*.«

»Soviel ich weiß, haben die Österreicher den Anschluss mehrheitlich bejubelt.«

»Sieh an, du hast also doch etwas von der Außenwelt mitbekommen.«

»Das lässt sich kaum vermeiden, wenn man dieser Tage mit Onkel Waldo frühstückt. Er ersetzt jede Zeitung. Warum hast du das über Henry gesagt?«

»Weil die Briten in Panik sind. Im Februar 1936 haben sie nichts unternommen, als Hitlers Truppen die entmilitarisierte Zone des Rheinlands besetzten. Später haben sie zugesehen, wie in Spanien Diktator Franco mit der Unterstützung Deutschlands in den Sattel gehievt wurde. Dann Hitlers Schulterschlüsse mit Mussolini! Nun hat sich der Hitler Österreich geschnappt. Und der nächste Bissen, das Sudetenland, liegt schon auf seinem Teller.«

Daisy berührte ihr Muttermal an der Wange. Worauf wollte ihre Großmutter hinaus? »Das Rheinland betrifft in erster Linie Frankreich, oder? Und die politische Krise scheint kaum von Dauer gewesen zu sein, sonst hätten Franzosen und Briten die Olympischen Spiele boykottiert.«

»Weil es diesen Hampelmännern in Paris und London an Weitsicht und Rückgrat mangelt! Jetzt haben sie den Salat und zittern vor dem nächsten großen Krieg.«

»Großmutter, was ist los? Ich kann nicht glauben, dass du mich hergebeten hast, um mit mir über europäische Politik zu debattieren. Insbesondere, da gerade die Helios-Werft und Lokomotive AG enorm von der deutschen Aufrüstung profitiert. Die Taler fließen nur so herein.« Daisy meinte, Sybilles Beweggründe zu durchschauen. »Ich verstehe«, sagte sie und lehnte sich mit einem schmalen Lächeln zurück. »Du fürchtest, Henry könnte die Nähe zu mir nutzen, um seine Nase in deine Geschäfte zu stecken.«

»Ach was, ich habe nichts zu verbergen«, wiegelte Sybille ab. »Überdies ist die Schnüffelnase deiner Mutter lang genug, ganz zu schweigen vom Säuferzinken meines Schwagers Waldo.«

Daisy überging die Bemerkung und erhob sich. »Tut mir leid, Großmutter. Aber ich denke, dieses Gespräch führt zu nichts.«

»Setz dich!«, scholl es zurück. Und kaum milder: »Bitte!«

»Wozu? Du ergehst dich in Anschuldigungen und Andeutungen gegenüber Menschen, die ich liebe, und bleibst gleichzeitig jede Erklärung schuldig. Warum sollte ich mir das länger anhören?«

»Weil es dich betrifft.«

Trotz ihres Unwillens ließ sie sich erneut nieder. »Ich bin ganz Ohr, Großmutter.«

»Henry Roper-Bellows ist hier, weil er Order hat, dich dazu zu bewegen, in die Dienste Speers und damit Hitlers zurückzukehren.«

Daisy ließ sich die Bedeutung der Worte durch den Kopf gehen. Sie ließen nur einen Rückschluss zu. »Du glaubst, Henry will mich als britische Agentin gewinnen?«

»Es ist nichts, was ich glaube, sondern etwas, was ich weiß.«

»Ach, hast du neuerdings auch einen Spion in Whitehall sitzen?«

»Lass den Sarkasmus. Es ist ernst. Wenn du für die Briten schnüffelst, wird das über kurz oder lang deinen Untergang bedeuten.«

Das war in der Tat eine Wendung, mit der Daisy kaum gerechnet hatte. »Großmutter, worum geht es hier eigentlich? Deine Sorge um mich hat nicht zufällig damit zu tun, dass eine Enttarnung meinerseits tiefgreifende Auswirkungen auf das Familienunternehmen haben könnte? Zum Beispiel eine Beschlagnahmung der Helios-Werft durch die SS?«

Als seien Daisys Worte unerheblich und ihre Spionagetätigkeit eine längst beschlossene Sache, erklärte Sybille mit einem Achselzucken: »Tu, was du nicht lassen kannst, Marguerite. Aber sage nicht, ich hätte dich nicht gewarnt.«

»Vielleicht interessiert es dich zu hören, dass Mutter mich lange vor dir gewarnt hat, mit Albert Speer und damit zwangsläufig im Umkreis des Führers zu arbeiten.«

»Deine Mutter mag vieles sein, aber sie ist alles andere als eine dumme Frau, und sie kennt das Risiko. Und es wächst mit jedem Tag. Wenn du dich offiziell mit dem Briten einlässt...« Sybille überließ es Daisy, weitere Schlussfolgerungen zu ziehen.

Sie sahen sich einen überlangen Moment an, bis die Stille zu einem Geräusch wurde, das sie nicht mehr ignorieren konnten. Sybille hob zwei gespenstisch weiße Finger und wedelte ihre Enkelin hinaus. »Das ist alles, Marguerite«, verkündete sie. »*Servus.*«

Dieses Rausschmiss-Servus hatte Daisy seit jeher auf die Palme gebracht. Sie riss die Tür auf, schluckte ihren Feueratem hinunter, schaffte es gerade so, sie nicht krachend zuzuwerfen, und prallte nun direkt in ihren Schwager Hugo. *Verdammt!* Wo kam der so plötzlich her? Und wie viel hatte er gehört? Sie glaubte nicht an einen Zufall. Er musste von Henrys Anwesenheit auf dem Gut erfahren haben. Aber Hugo konnte sie getrost Henry überlassen, denn ab sofort trug sie die Last nicht mehr allein. Ein beruhigender Gedanke. Er zauberte ein Lächeln auf ihre Lippen, Hugo mochte es für Freundlichkeit halten. »Guten Tag, Hugo! Tritt ruhig ein. Großmutter ist guter Laune«, erklärte sie. Und damit ließ sie ihn stehen und eilte flugs die Treppe hinauf. Das Gespräch mit Henry duldete keinen Aufschub. Sie klopfte an seine Tür und sagte: »Komm mit.«

»Gerne. Wohin?«

»Ein Spaziergang.«

Henrys linke Augenbraue stieg. »Pistole oder Degen?«

»Nur ein Wortduell.«

Kaum im Park angekommen sagte Daisy: »Großmutter behauptet, du seist nach Tessendorf gekommen, um mich als Spionin für dein Land anzuwerben.«

Henry stieß einen kurzen Pfiff aus. »*Hölle!* Ich sollte deine Großmutter auf meinen Vater ansetzen. Er fände in ihr wahrhaftig seinen Meister.«

»Interessant, aber ich hätte gerne eine Antwort.«

Henry stoppte und zwang Daisy, ihn anzusehen. »Ich bin nach Tessendorf gekommen, um dich zu bitten, meine Frau zu werden.«

»Das ist alles?«

»Ich finde, das ist sehr viel.« Henry lächelte schief. Aber das war nicht die ganze Wahrheit. Sie wusste es und wartete darauf, dass er sich ihr mitteilte. Henry straffte sich, sein Kiefer wurde kantig: »Es ist Hubertus von Greiff. Mitzi hat mir von seinem unerfreulichen Besuch erzählt.«

»Über ihn wollte ich auch mit dir reden. Wieso ist er Mitzi und mir wieder auf den Fersen?«

»Hätte ich die Sache damals nur beendet«, sagte Henry zerknirscht. »Ich war davon überzeugt, er sei tot. Er hatte keinen Puls, jedenfalls keinen, den ich fühlen konnte, und er hat nicht mehr geatmet.«

»Wie ist das möglich?«

»Indem er die Luft anhielt. Es gibt Menschen, die mit etwas Training minutenlang unter Wasser durchhalten können. Ich hätte damit rechnen müssen.«

Daisy merkte Henrys Haltung an, dass er noch mehr über Greiff vor ihr zurückhielt und dass diese Nachricht sie weit schlimmer treffen würde. »Was ist es, was du mir sagen musst?«, fragte sie bange.

»Die junge Anna von Dürkheim ist verschwunden.«

Daisy erschrak. »Anna? Seit wann?«

»Drei Tage. Mitzi hat mich gestern informiert. Ich habe meine Leute sofort auf die Sache angesetzt«, erklärte Henry knapp.

Daisy musterte sein Gesicht, und das, was sie darin las, ließ sie erzittern. »Du denkst, Greiff hat mit der Sache zu tun?« *O Anna, warum hast du nicht auf uns gehört?*

Henry nahm ihren Arm und führte sie tiefer in den Park hinein. Sie tauchten in den Schatten der knospenden Bäume. »Es geht nicht um sie, sondern um ihren Großvater«, erklärte er. »Dürkheims Aktivitäten sind der deutschen Regierung schon lange ein Dorn im Auge. Der alte Baron und General a. D. hat nie einen Hehl aus seiner Abneigung gegen den Nazi-Staat gemacht. Er gibt der britischen und amerikanischen Presse unverblümte Interviews, in denen er gegen Hitlers Expansionspläne wettert. Kürzlich hat er den britischen Botschafter in Berlin aufgesucht und ihn gewarnt, Hitler schwöre das Militär auf einen neuen Krieg ein.«

Daisy überlegte. »Anna ist sehr spontan. Vielleicht hat sie irgendwo eine Bemerkung fallen lassen und wurde denunziert?«

»Ich schließe nichts aus. Aber in diesem Fall halte ich es für einen Schachzug der Gestapo. Der alte Dürkheim wurde mehrfach vorgewarnt und einmal verhaftet. Einflussreiche Freunde aus Armeekreisen wie Kriegsminister Werner von Blomberg setzten sich für ihn ein. Offenbar wollten die Herren aus Selbstschutz verhindern, dass die Angelegenheit innerhalb der Wehrmacht allzu sehr hochkocht und die Gestapo sich näher mit dem Umfeld des Barons befasst.«

»Du glaubst, von Greiff nutzt die Enkelin als Druckmittel gegen den Großvater?«

Henry nickte. »Das entspricht dem Stil der Gestapo. Eine weitere Verhaftung des alten Barons würde derzeit viel Staub im Ausland aufwirbeln. Der Anschluss Österreichs hat die Westmächte in Alarmbereitschaft versetzt, und die diplomatischen Drähte zwischen Frankreich, England und den USA laufen derzeit heiß. Ausgenommen Frankreich und Polen üben sich alle in Beschwichtigung, insbesondere die USA und Großbritannien. Roosevelt und Chamberlain ziehen ihre Köpfe ein.« Henry stockte, als überlegte er, was oder wie viel er noch sagen konnte.

»Aber du siehst das anders?«

In Henrys Gesicht zuckte es. »Vielleicht mache ich mir zu viele Gedanken.« Er lächelte verhalten, dann ging ein Ruck durch ihn. »Nein«, stieß er ungewohnt heftig aus, »ich teile die Auffassung meines Premiers nicht. Abwarten und Teetrinken ist der falsche Weg. Es ist ein Fehler, tatenlos zuzusehen, wie Hitler Europa in blinder Machtgier zerstückelt. Die Frage ist doch: Wohin soll das noch führen? Was plant Hitler als Nächstes? Churchill tut sein Möglichstes, um die Briten aufzurütteln, aber der Prophet gilt nichts im eigenen Land.«

Daisy hatte Henry selten so erregt erlebt. Er verhielt seinen Schritt. Kurz verlor sich sein Blick im Schatten der Bäume. Sein gesamter Körper war angespannt, als er sich ihr zuwandte. »Eine Wahrheit, die Angst macht, will keiner hören«, sagte er eindringlich. »Es ist ein Muster: Die Leute verdrängen das Schlimmste, bis das Schlimmste eingetreten ist. Dann ist es zu spät. Vor jedem Krieg hat es mahnende Stimmen gegeben, und geradezu reflexartig erklärt man diese Personen zu Vaterlandsverrätern. Niemand soll ihnen zuhören, niemand soll über ihre Worte nachdenken.«

»Tötet den Boten«, murmelte Daisy. »Aber warum?«, fragte sie mehr an sich selbst als an Henry gerichtet.

Er gab ihr dennoch die Antwort. »Weil hinter jedem Krieg

Menschen stehen, die den Krieg wollen. Er lässt viele Kassen klingeln. Die drei primären Ziele eines Krieges sind Landgewinn, Machtgewinn und Bodenschätze. Man unterwirft ein anderes Land und plündert es aus. In Hitlers Fall kommt noch ein vierter Punkt hinzu: Rache. Er träumt davon, die Schmach des verlorenen Krieges auszulöschen. Rache ist Hitlers große Triebkraft.«

Daisy fühlte sich erschöpft. Von dem Gehörten und dem, was es implizierte. Sie dachte an jenen Adolf Hitler, den sie kannte. Der ihr stets mit freundschaftlicher Väterlichkeit begegnet war und ihre Arbeit wertschätzte, der ihr Pralinen schickte und dem sie nicht zuletzt Mitzis Begnadigung und Frau Kulkes Befreiung aus der Wittenauer Anstalt verdankte. Dem stellte sie das Bild gegenüber, das Henry von ihm zeichnete: das eines machthungrigen Kriegstreibers und von Rache zerfressen. *Wer auf Rache sinnt, der gräbt zwei Gräber.* Wer hatte das gesagt? Waldo? Sie war nicht naiv. Auch wenn einige ihrer bisherigen Lebensentscheidungen das vermuten ließen. Die meisten Menschen besaßen zwei Gesichter. Sie sagten das eine und meinten das andere, und oft belogen sie sich selbst. Daisy nahm sich davon nicht aus. Jahrelang hatte sie in ihrem Elfenbeinturm der Arbeit gelebt, dessen dicke Mauern sie vor den Realitäten der Berliner Politik schützten. Und Hitler war nun einmal in erster Linie Politiker, über die Louis oft gesagt hatte, die Fähigkeit der Täuschung gehörte quasi zum Rüstzeug einer politischen Karriere. Dabei konnte niemand dem deutschen Führer vorwerfen, er hätte seine wahren Absichten verschleiert. Aber das hatte selbst ihren Bruder Louis nicht davon abgehalten, für Albert Speer und damit auch für den Führer tätig zu werden. Louis hatte argumentiert, da er Hitler nicht von außen bekämpfen konnte, bliebe ihm nur, das System von innen heraus zu ändern, und sie, Daisy, war in die Fußstapfen ihres Bruders getreten, um sein Werk fortzusetzen. Mit den besten Absichten. Nun fragte sie sich, ob sie es sich damit zu einfach gemacht hatte. Waren Louis' Fußstapfen nicht vielmehr ein gut bereitetes Nest gewesen, in das sie sich gesetzt hatte? Dabei kannte sie Hitlers Ambitionen seit neun Jahren. Schon damals bei seinem Besuch auf Gut Tessendorf hatte er über die Deutschen als sein künftiges Volk gesprochen und seine heilige Pflicht, Sorge dafür zu tragen, dass es jedem Menschen in seinem Land gut gehe. Das waren eindrucksvolle Worte für einen Politiker, der von der Macht träumte. Aber was geschah, wenn er diese Macht in die Hände bekam? Warf er seine Überzeugungen in dem Moment über Bord, wo er in der Lage wäre, sie zu verwirklichen? Auf der anderen Seite, spann Daisy ihre Überlegungen fort, wenn man immer nur anderen das Steuer überließ, bestimmten diese auch die Richtung. Sie wollte nicht länger nur Mitfahrerin sein. Es gab viele Wege, um Verantwortung zu übernehmen. Daisy dachte an die verschwundene Anna, und plötzlich wusste sie, was sie zu tun hatte.

Kapitel 27

> Die dümmsten und unerklärlichsten Dinge geschehen aus Liebe.
>
> Yvette von Tessendorf

Daisy entlohnte den Taxifahrer, der sie vom Anhalter Bahnhof in die Charlottenburger Lindenallee gebracht hatte. Dort hatte Albert Speer größere Büroräume bezogen. Sie nahm sich kurz Zeit, die eindrucksvolle Fassade des Gebäudes zu mustern. Seit gestern raste ihr Puls. Auf der gesamten Fahrt hierher hatte sie an nichts anderes denken können als an ihre Auseinandersetzung mit Henry. Er hatte auf ihr Vorhaben mit Entsetzen reagiert und nichts unversucht gelassen, um es ihr auszureden. So viel zur Vermutung *le dragons*, Henry sei nach Tessendorf gekommen, um Daisy als britische Agentin in die Reichskanzlei einzuschleusen. Sie selbst hatte es vorgeschlagen: für die Briten zu spionieren – im vollen Bewusstsein, dass sie für dieses gefährliche Handwerk die denkbar schlechtesten Voraussetzungen mitbrachte. Die Kunst der Verstellung? Fehlanzeige! Ob Schwindeln, Mogeln, die Unwahrheit sagen... es kam auf das Gleiche heraus: Sie war dafür völlig unbegabt und bekam sofort Schluckauf.

Henry hatte sich den Mund fusselig geredet, auf ihre Unerfahrenheit hingewiesen und das Risiko der Folter, sollte sie enttarnt werden. Ihre Mutter argumentierte ähnlich. Yvette hatte sogar geweint und sie närrisch genannt. Daisy verstand ihre Sorge. Sie selbst fürchtete sich kaum weniger, und sie war alles andere als lebensmüde. Vermutlich musste man ein Stück weit närrisch sein, um im Angesicht der Furcht zu handeln. Und womöglich war es das, was allgemein als Mut bezeichnet wurde. Nun, sie würde es herausfinden.

Am Ende hatten Henry und ihre Mutter vor ihrer Entschlossenheit kapituliert. Da ihnen Daisy keine Wahl ließ, versprachen sie, ihr in jedweder Form Beistand zu leisten. Zunächst bedeuteten Daisys Pläne, dass ihre Verlobung mit Henry geheim gehalten werden musste. Eine Konsequenz, die Daisy nicht bedacht hatte, ihren Entschluss dennoch keine Sekunde ins Wanken brachte. Sie zog sich mit Henry für den Rest des Tages zurück – nicht, um sich der Liebe hinzugeben, obgleich Henry ihr den einen oder anderen Kuss abluchste. Primär diente Henry ihre Zusammenkunft, um Daisy zumindest die Grundregeln der Spionage nahezubringen. »Vergiss, was du aus Kinofilmen kennst!«, warnte er. »Spionage bedeutet nicht, mit einer Taschenlampe bewaffnet in fremden Büros in Schubladen zu wühlen und Akten zu fotografieren. Es heißt, Augen und Ohren offen zu halten, und dabei lautet die elementarste Überlebensregel: Unauffälligkeit. Du darfst dir nie deine Gefühle anmerken lassen. Niemand in Hitlers Umfeld oder er selbst darf je an deiner Loyalität zweifeln.«

Der wichtigste Teil der Schulung betraf die Nachrichtenübermittlung. Henry erklärte Daisy die Funktionsweise der toten Briefkästen und wie der Austausch vonstattengehen würde. Er lehrte sie, wie man Nachrichten codierte und entschlüsselte. Probehalber gab er Daisy einen Text und erlebte sein blaues Wunder, als sie diesen in Rekordzeit verschlüsselte. Ungläubig schüttelte er den Kopf: »Ich habe nie zuvor jemanden erlebt, der in einer solchen Geschwindigkeit das Gelernte umgesetzt hätte. Wer bist du, Mylady?«

Daisy freute das Kompliment. »Ich lerne schnell. Mein Gedächtnis funktioniert dabei wie ein Fotoapparat. Ich kann mir eine Buchseite oder eine Zahlenkolonne nur vom Hinsehen einprägen und genauso wiedergeben. Großmutter besitzt die gleiche Fähigkeit.«

»Davon abgesehen, dass ich dich liebe und sich mir der Magen beim Gedanken der dir drohenden Gefahren verknotet, ist deine Begabung eine hervorragende Voraussetzung für eine Agentin.«

»Danke«, sagte Daisy. »Jetzt muss ich bloß noch lernen, wie man schwindelt, ohne rot zu werden oder einen Schluckauf zu bekommen.«

Henry schnaubte durch die Nase. »Das ist leider etwas, was ich dir nicht beibringen kann.« Er fixierte sie. »Willst du es dir nicht nochmals überlegen? Du musst das nicht tun.«

»Und wer soll es tun? Du hast dich über Roosevelt und Chamberlain beschwert, weil sie die Köpfe einziehen. Du verlangst, dass sie handeln, aber möchtest nicht, dass ich es tue. Warum? Weil es dich persönlich betrifft! Wenn jeder darauf wartet, dass andere die Dinge in die Hand nehmen, wird sich nie etwas ändern, und ein Krieg folgt dem nächsten.«

Henry studierte das Muster des Teppichs. »Es ist nur so, dass sich meine Mutter schon sehr darauf gefreut hat, dich kennenzulernen.«

»Du hast ihr von mir erzählt?« Daisys Brauen zuckten überrascht in die Höhe.

»Natürlich. Mutter kann ein Geheimnis bewahren.«

»Wie sieht es mit deinem Vater aus? Weiß er es?« Auch zwei Jahre nach dem Telefonat hallte der barsche Ton des alten Roper-Bellows unschön in ihrer Erinnerung nach.

»Nein. Mein alter Herr ist ein anderes Kaliber.«

»Heißt das, du beabsichtigst, ihn vor vollendete Tatsachen zu stellen?« Der Gedanke behagte Daisy wenig.

»Es tut mir leid«, kam Henry ihrem Einwand zuvor. »Du verdienst die Wahrheit. Ich habe es meinem Vater nicht gesagt, weil...«, er stockte kurz, »... weil er ein streitsüchtiger alter Esel ist, der in der Vergangenheit lebt, und man ihm nicht einmal deutschen Wein vorsetzen kann, ohne ein mittleres Erdbeben auszulösen.«

Daisy kräuselte die Nase. »Also ist ihm alles Deutsche verhasst? Und wie gedenkst du dies...?«, auch sie rang nach dem passenden Vokabular. Aber es wollte ihr nichts einfallen als »Problem«, und sie hatte keineswegs vor, sich selbst oder ihre Herkunft als solches zu benennen. Henry wirkte ehrlich betroffen. »Ich kann dir nicht versprechen, dass es einfach wird. Aber ich verspreche dir, dass ich immer an deiner Seite sein werde, Daisy.«

»Das ist ein wenig dünn, oder? Wenn ich dir als deine Frau nach England folge und du deine diplomatische Tätigkeit beibehältst, wirst du viel auf Reisen sein. Wie ich das sehe, wird diese Aufgabe weniger zu unserer als zu meiner werden. Herrje!« Daisys Mund verzog sich zu einer komischen kleinen Grimasse. »Wir sind noch gar nicht verheiratet und werden es in absehbarer Zeit nicht sein, aber dein Vater mogelt sich schon jetzt als Schreckgespenst in unsere Gespräche. Wie soll es da erst später werden?«

»Später ist später. Zunächst müssen wir dich erst einmal lebend über die nächsten Monate bringen.«

Daisy neigte den Kopf zur Seite, als wollte sie die Angelegenheit aus einer anderen Perspektive betrachten. »Also gut, Mr Darcy. Vertagen wir deinen Vater auf später.«

Henry hob erleichtert die Mundwinkel und verblüffte sie mit dem nächsten Satz. »Wollen wir jetzt unseren Streit besprechen, Mylady?«

»Kann es sein, dass du es darauf anlegst, mich zu irritieren?«

»Nein, aber ich mag unser Geplänkel. Und ich finde dich hinreißend, wenn du irritiert bist. Dann zeigt sich ein Grübchen an deinem Kinn, und dein Finger streicht über die Wange.«

»Ich konsultiere meinen Leberfleck. Er hilft mir, mich auf das Wesentliche zu fokussieren«, erklärte Daisy würdevoll.

Henry betrachtete sie liebevoll. Immer tiefer tauchten ihre Blicke ineinander ein, und je länger ihr Kontakt andauerte, umso nachgiebiger wurden Daisys Beine. Die Süße dieses Augenblicks wurde dadurch verstärkt, dass sie einander erst seit Kurzem gefunden hatten und eine erneute Trennung kurz bevorstand. Henry zog sie in seine Arme. Sie küssten sich. Lange. Länger. Und waren beide atemlos, als sie sich voneinander lösten. Draußen schlug eine Autotür, und vom Korridor drangen Schritte. Es erinnerte sie daran, dass sie nicht allein waren, auch wenn es sich in ihrem Universum gerade so angefühlt hatte.

Henry erläuterte Daisy, was er mit dem vorgeschlagenen Streit bezweckte. Er diente als Inszenierung für Hugo, in dessen Verlauf Daisy Henry erbost fortschicken sollte. Und genauso war es gestern abgelaufen. Sie hatte ihre Tränen nicht einmal vortäuschen müssen.

Nun stand sie vor Speers Büro, bereit, Verantwortung zu übernehmen. Entschlossen trat sie durch die Tür.

Nach wie vor herrschte Speers loyale Sekretärin Annemarie Kempf über sein Vorzimmer. Die Telefonistin wies Daisy den Weg. Auch Frau Kempf hatte der Umzug eine größere Wirkungsstätte verschafft. Sie verfügte nun über ihr eigenes kleines Reich. Ein halbes Dutzend Schreibkräfte gingen nebenan, durch eine verglaste Wand von ihr getrennt, ihrer Arbeit nach.

Frau Kempf blickte von ihrer Schreibmaschine auf. Daisy begrüßte Speers treue Privatsekretärin warm und trug ihr Anliegen vor. Die griff nach frischem Papier, legte Kohlepapier dazwischen und zog das Ensemble durch die Walze. »Herr Speer«, erklärte die Kempf gepresst, »hat keine Zeit. Schönen Tag noch.« Sie begann, energisch zu tippen, und die schwungvolle Bewegung, mit der sie die Walze am Zeilenende nach links anstieß, hob selbige fast aus ihrer Verankerung.

Hoppla! Daisy war durchaus vorbereitet gewesen, nicht gleich in offene Arme zu laufen, mit dieser Schmallippigkeit hatte sie trotzdem nicht gerechnet. Sie studierte das verkniffene Profil der Sekretärin. »Und wann hätte Herr Speer bitte Zeit?«, erkundigte sie sich betont freundlich.

»Ich kann Ihnen keinen Termin geben.« Frau Kempf hielt den Kopf beharrlich gesenkt und hieb ohne Unterbrechung auf die Tasten ein.

»Was ist denn los? Warum sind Sie so kühl zu mir, Frau Kempf? Wir haben uns in der Vergangenheit stets gut verstanden«, versetzte Daisy unverblümt.

Abrupt schwenkte Frau Kempf auf ihrem Stuhl herum. »Na, Sie besitzen vielleicht Nerven, Fräulein von Tessendorf! Erst verschwinden Sie von einem Tag auf den anderen und ohne ein Wort der Entschuldigung, und dann tauchen Sie Monate später wieder hier auf, als sei nichts gewesen, und verlangen, den Chef zu sprechen!«

»Aber... ich habe doch mit Herrn Speer telefoniert! Und Herr de Luca hat mir versichert, dass er Herrn Speer noch von Berlin aus angerufen und um meine Freistellung gebeten hat«, erklärte Daisy unsicher.

»Von einem Anruf Herrn de Lucas kann keine Rede sein. Uns hat niemand Bescheid gegeben. Sie hätten Herrn Speer gleich selbst anrufen sollen und nicht erst eine Woche später«, erwiderte Frau Kempf spitz.

So gehörte auch der angebliche Anruf Giacomos bei Albert Speer zu den vielen kleinen Schwindeleien ihres Liebhabers, was auch Speers kurze und kühle Reaktion auf ihren Anruf aus Rom erklärte. Giacomo hatte ihre Wünsche ignoriert und sich nicht an Absprachen gehalten, wenn sie ihm nicht in den Kram passten. Nicht nur ihre Liebe zu ihm war eine Illusion gewesen, die größte Illusion war Giacomo selbst. Und sie war auf ihn hereingefallen.

»Sie haben vollkommen recht, Frau Kempf. Ich hätte mich sofort selbst melden sollen. Ach, ich bin ja so dumm gewesen!« Daisy sank auf den Besucherstuhl und barg ihr Gesicht in den Händen.

Frau Kempf warf einen langen Blick auf die junge Frau. Sie stieß einen Seufzer aus. »Wissen Sie was, Fräulein von Tessendorf? Es kann nicht schaden, wenn ich wenigstens bei Herrn Speer nachfrage.«

***

Daisy erhielt ihre Audienz beim Chef. Er empfing sie mit distanzierter Höflichkeit, dabei blickte er demonstrativ auf seine Armbanduhr. Was immer sie zu sagen hatte, sie sollte sich kurz fassen. Daisy entschuldigte sich für ihr Verhalten, gab zu, ihn treulos im Stich gelassen zu haben, und beteuerte, es würde sich nicht wiederholen. Speers Miene blieb unbewegt, sie fand darin nicht die Spur der üblichen Jovialität, die der erfolgreiche Architekt ansonsten zur Schau trug. Erstmals fürchtete Daisy, sie könnte mit ihrem Anliegen scheitern. Ihr Chef war nicht zu unterschätzen. Trotz seiner Jugend war er ein gewiefter Menschenkenner, der sein Gegenüber intuitiv erfasste. Daisy hatte ihn mehr als einmal in Aktion erlebt und beobachtet, wie er scheinbar mühelos jene Personen für sich gewann, die ihm von Nutzen sein konnten. Daisy begriff ihren Fehler. Sie hatte nicht mit einer Ablehnung gerechnet, hatte gedacht, mit einer Entschuldigung sei es getan und alles wäre wieder im Lot. Wer zu Kreuze kroch, musste sich krumm machen, und sie trug ihre Nase eindeutig zu hoch. Sie lächelte verschämt beim Gedanken, wie sie zuvor Frau Kempf dazu gebracht hatte, ihr Schützenhilfe zu leisten – einzig, indem sie ihr ehrlich und unverfälscht ihr törichtes Verhalten eingestanden hatte. Gegenüber Albert Speer war sie zu sehr auf das Ziel fixiert gewesen, ihre Stellung zurückzuerobern, und hatte dabei außer Acht gelassen, wie lange sie beide sich schon kannten. Sie hatte sich bei ihrem Arbeitgeber Speer entschuldigt und es gleichzeitig versäumt, den Freund Albert um Verzeihung zu bitten. Daisy rutschte auf dem Stuhl nach vorn. »Es tut mir leid, Albert«, erklärte sie vertraulich. »Sie sind meinem Bruder und mir stets ein loyaler Freund gewesen. Sie haben mich in meiner Berufswahl bestärkt und jahrelang gefördert. Sie haben mir vertraut und mir Verantwortung übertragen. Und ich gehe hin und brenne wie ein unreifes Schulmädel mit dem erstbesten Mann durch. Sie haben jedes Recht, von mir enttäuscht zu sein. Ich verstehe selbst nicht, was da in mich gefahren ist. Giacomo hat es geschafft, mich wie ein Kleinkind mit einem Wiegenlied einzulullen, und ich bin viel zu spät aus meinem falschen Traum aufgewacht.« So viel hatte sie gar nicht preisgeben wollen. Nicht einmal Mitzi hatte sie sich auf diese Weise anvertraut. Aber die Worte waren einfach über den Rand ihres übervollen Herzens geschwappt. Und offenbar waren sie der Schlüssel, um Speers zugeknöpfte Miene zu lösen. Er lächelte wie ein gutmütiger Pfarrer, der die Sünden seiner schwachen Schäfchen kannte: »Nun sitzen Sie nicht da wie ein verschrecktes Huhn auf der Stuhlkante. Hinterher ist man immer klüger. Jeder hat mal Watte im Hirn.«

Und damit ließ Albert Speer Gnade vor Recht ergehen, wie er es selbst ausdrückte, und Daisy fand erneut Aufnahme in seinen Kreis. Nahtlos knüpfte sie an ihr altes Leben an und wurde sogleich in einen Strudel an Tätigkeiten gezogen. Albert Speer sammelte weiterhin Aufträge, Funktionen und Ämter wie andere Leute Briefmarken, und immer mehr Fäden liefen in seiner Hand zusammen. Der Führer hatte ihm zur Neugestaltung Berlins unter anderem den Bau des Oberkommandos der Wehrmacht, die Erweiterung des Reichstags, den Führerpalast, den Südbahnhof und den Triumphbogen übertragen. Als Generalbauinspektor vergab Speer munter Millionenaufträge an befreundete Architekten und Künstler und schuf sich ein loyales Netzwerk. Dabei trat er anderen Leuten wiederum auf die Füße. Wie Hermann Göring, mit dem er sich in einem fortlaufenden Kompetenzgerangel befand.

Von diesen Hintergrundgeräuschen ahnte Daisy zunächst nichts, als sie sich zurück in ihre Arbeit stürzte. Ohnehin lag es in ihrem Interesse, sich aus den ständigen Querelen herauszuhalten. Früher hatte sie alles ausgeklammert, was nicht unmittelbar ihre Arbeit betraf, war blind für die Politik und die manchmal aufgeladene Stimmung um sie herum geblieben. Nun gab sie vor, dasselbe zu tun, bloß, dass sie jetzt die Ohren spitzte. Während sie auf Informationen horchte, die lohnten, eingefangen zu werden, fieberte sie dem Moment entgegen, wenn Speer sie das nächste Mal in die Reichskanzlei mitnehmen würde. »Halte dich zurück, Daisy«, hatte Henry sie bei ihrem letzten Treffen in Tessendorf gewarnt. »Frage nicht bei Speer nach. Er muss dich selbst dazu auffordern, ihn zu eurem Führer zu begleiten.«

»Aber Albert hat mich vorher fast zu jedem seiner Termine bei Hitler mitgenommen. Hitler hat es so gewünscht.«

»Eben. Deinen eigenen Worten zufolge hast du Speer selbst nie darum gebeten. Oder habe ich dich hier missinterpretiert?« Stirnrunzelnd hatte er sie betrachtet.

»Nein«, musste Daisy einräumen.

»Du darfst dein Verhalten nicht ändern, Daisy. Beim geringsten Verdacht würde sich Speer daran erinnern, dass du die Initiative ergriffen hast.«

Sie konzentrierte sich in der Folge ganz auf ihre Arbeit, dankbar für die Fülle an Aufgaben, die sie in Atem hielten. Wenn den Kollegen gelegentlich auffiel, wie sie mit ihren Gedanken abschweifte und mit schwerem Blick in die Ferne starrte, stießen sie sich an und murmelten: »Liebeskummer.« Daisy beließ sie nur allzu gerne in dem Glauben. Wenigstens diesen Nutzen konnte sie aus dem desaströsen Intermezzo mit Giacomo ziehen.

Acht Tage vergingen, und es tat sich nichts. Auch von Henry kam keine Nachricht. Das bedeutete, ihr geheimer Verlobter hatte keine Neuigkeiten zu Anna in Erfahrung bringen können. Das Warten zerrte an Daisys Nerven. Nachts fand sie kaum Schlaf, und tagsüber bekämpfte sie ihre Müdigkeit mit literweise Kaffee. Und dann war da noch Mitzi. Etwas stimmte nicht mit ihr. Sie schien plötzlich Geheimnisse vor ihr zu haben. Daisy vermutete, dass ein neuer Mann dahintersteckte, und obwohl sie bereits mehrfach bei ihrer Freundin nachgebohrt hatte, wollte Mitzi die Katze nicht aus dem Sack lassen. Das Wochenende über war sie ganz verschwunden gewesen und erst am frühen Montagmorgen heimgekehrt. Daisy hatte wach gelegen, eine Autotür gehört und war ans Fenster geeilt. Mitzi entstieg einem Taxi. Daisy erwartete sie gleich im Flur: »Wo kommst du her?«

Mitzi schob sich an ihr vorbei. »Wer bist du? Meine Tante Theres?« Sie klang amüsiert, was Daisy erst richtig in Rage brachte: »Wie kannst du dich nur vergnügen, während unsere Freundin Anna womöglich gerade von Greiff gefoltert wird?«

Mitzi löste ihr seidenes Kopftuch und knöpfte ihren leichten Mantel auf. Sie trug darunter ein erstklassig geschnittenes Kostüm aus feinem Wolltuch. Auch Mitzis restliche Garderobe hatte zuletzt eine auffällige Aufwertung erfahren. Daisy stemmte die Hände in die Hüften. »Du hast dir einen reichen Liebhaber zugelegt, gib es zu!«

»Und wenn es wahr wäre? Was wäre daran so verwerflich?«

»Nichts, aber wir haben immer alles miteinander geteilt, und plötzlich schließt du mich aus.«

»Du willst meinen Liebhaber mit mir teilen?« Mitzi entledigte sich ihrer Pumps, tauschte sie gegen bequeme Pantoffeln und schlappte in ihr Schlafzimmer. Daisy folgte ihr auf den Hacken. »Jetzt sei doch mal ernst!«, schimpfte sie. »Wir sind Freundinnen! Warum redest du nicht mit mir?«

»Gut, reden wir! Ob du es glaubst oder nicht, das hatte ich heute sowieso vor. Ich muss dir etwas sagen.« Mitzi legte ihr Kostüm ab und schlüpfte in einen Morgenrock aus cremefarbener Seide, sündhaft schön und sündhaft teuer. Daisy erkannte die Wäschemarke des KaDeWe. Mitzi setzte sich aufs Bett, kramte ein zerknautschtes Päckchen aus der Nachttischschublade und hielt es ihrer Freundin hin. Daisy griff zu. Es war ein Ritual. Zum Reden gehörten Zigaretten. Mitzi gab ihr Feuer.

Daisy inhalierte. »Ich höre.« Sie stieß die Worte mit dem Rauch aus.

»Heiliger Bimbam, da ist jemand wirklich sauer.«

»Falsch! Ich bin nicht wütend, sondern enttäuscht.«

»Wie ich das sehe, bist du nicht nur wütend, sondern auch spitzfindig.«

»Und du weichst mir aus. Nicht nur jetzt, sondern schon die ganze Zeit, seit ich wieder hier eingezogen bin.«

»Und du?«

»Was soll die Frage? Was meinst du?«

»Du verbirgst auch etwas vor mir, *Freundin*.«

»Wovon sprichst du?« Ihre Gegenfrage entsprang einem reinen Verteidigungsreflex. Daisy spürte ihr Gesicht heiß werden.

Mitzis Lippen kräuselten sich. »Mir kannst du nichts vormachen. Du bist doch nicht in Speers emsigen Schoß zurückgekehrt, um dem Führer ein neues lauschiges Klohäuschen zu bauen. Gib es zu, du willst ein bisschen in der Nazischeiße schnüffeln!«

Sinnlos, es abzustreiten. »Henry hat…«

»Henry hat dir verboten, darüber zu sprechen? Was sonst…?«, grollte Mitzi.

»Jetzt bist du wütend.«

»Natürlich! Auf Henry! Der Mann muss von allen guten Geistern verlassen sein, dich in diese Schlangengrube zu schicken! Du bist als Spionin in etwa so geeignet, wie ich zur Jungfrau tauge!«

»Du irrst! Er hat mich nicht geschickt, es ist allein meine Idee gewesen. Henry hat alles darangesetzt, es mir auszureden!«

»Gott sei Dank, ich dachte schon, unser Freund hat nicht mehr alle Latten am Zaun. Hör auf ihn, hör auf mich, Daisy, und lass die Finger davon! Du wirst enttarnt sein, bevor du überhaupt die erste Nachricht absetzen kannst!«

»So also denkst du von mir? Die kleine, unfähige Daisy, der nichts zuzutrauen ist?« Daisy hätte nicht geglaubt, dass Mitzis Worte sie so treffen würden.

Mitzi zog den Aschenbecher heran und drückte ihre Zigarette

aus. Die Heftigkeit ihrer Bewegung verriet den Grad ihrer Erregung. »Das habe ich weder gesagt noch gemeint. Du bist einfach durch und durch eine ehrliche Haut. Sieh dich an, Daisy, du kannst ja nicht einmal für dich selbst lügen! Ein kleiner unschuldiger Goldfisch, der im Haifischbecken nichts verloren hat.«

»Schöne Worte, aber letztendlich drücken sie dasselbe aus: Du traust es mir nicht zu.«

»Nein, aber ich weiß, dass du auch Annas wegen zurück zu Speer gegangen bist. Du hast vor, Hitler um ihre Freilassung zu bitten, und hoffentlich, hoffentlich hast du damit Erfolg. Aber lass bitte um Himmels willen davon ab, für die Briten zu spionieren!«

»Ich weiß genau, warum du mich angreifst, Mitzi. Du willst von deinem Liebhaber ablenken!«

»Das stimmt so nicht ganz. Ich bin nur deinem Vorwurf begegnet, ich hätte dich ausgeschlossen. Während du eben einmal so beschließt, dein Leben aufs Spiel zu setzen, ohne mir ein Sterbenswörtchen zu verraten. Nein, meine Freundin, du hast mich zuerst ausgeschlossen.«

»Vielleicht wollte ich mir ja eine neue Predigt ersparen.«

»Nicht jeder verträgt die Wahrheit.«

»Und die Wahrheit ist, dass du mir die Spionin nicht zutraust!«

Mitzi wackelte mit dem Kopf und schloss kurz die Augen. »Du bist furchtbar störrisch, was? Sicher, dass ich es dir nicht ausreden kann?«

»Nein. Aber du kannst dich gerne hinter Henry und *Maman* einreihen.«

»*Oui, Chérie!* Hätte mich auch gewundert, wenn *la formidable* Yvette nicht in dein Vorhaben eingeweiht wäre.«

Daisy zuckte zusammen. Sie hatte unwissentlich etwas preisgegeben. Henry hatte sie gewarnt. Fallstricke lauerten überall.

Mitzi angelte sich eine frische Zigarette. »Weißt du«, sagte sie versöhnlich, »im Grunde ist es gar nicht wichtig, ob ich es dir zutraue. Wichtig ist allein, dass du es dir zutraust.«

Daisy merkte interessiert auf. »Woher kommt das jetzt?«

Mitzi ließ das Feuerzeug aufschnappen. »Ich habe dich noch nie so entschlossen erlebt.« Kurz folgten ihre Augen dem Rauchfaden und kehrten zu Daisy zurück: »Wir sind beide keine jungen Mädchen mehr.« Das hörte sich eher wie ein Geständnis an als eine bloße Feststellung. »Jugendträume«, sinnierte Mitzi weiter, »sind wie Seifenblasen. Sie zerplatzen, wenn sie auf die Realitäten des Alltags prallen. Älter zu werden bedeutet Wandel, und der bringt neue Einsichten mit sich.«

Daisy war verblüfft. Hatte Mitzi gerade das Gleis gewechselt? »Ist das die Überleitung zu deinem spendablen Liebhaber?«

Mitzi ließ die Bombe platzen: »Ich werde heiraten.«

Kapitel 28

> Schlimmer, als arm zu sein, ist, daran gewöhnt zu sein.
>
> Hermine »Mitzi« Gotzlow

Die Trauung fand schon am folgenden Mittag im Festsaal des Kriegsministeriums im kleinen Rahmen statt. Ohne den Standesbeamten zählte die Gesellschaft gerade einmal fünf Personen, umso illustrer nahmen sich ihre Teilnehmer aus. Der Führer und Staatsminister Hermann Göring gaben sich höchstpersönlich die Ehre als Trauzeugen.

Für Daisy haftete der gesamten Szenerie etwas Unwirkliches an. Es mochte an der Plötzlichkeit des Ereignisses liegen und an der unverhofften Wiederbegegnung mit dem Führer, aber vor allem am Bräutigam. Mitzis Wahl war niemand Geringeres als Werner von Blomberg, Hitlers oberster Heerführer und Kriegsminister. Er hatte aus Hitlers Hand den Marschallstab erhalten und trug damit innerhalb der neuen Wehrmacht den höchsten militärischen Dienstgrad. Protokollarisch gesehen galt er, und nicht Hermann Göring, als zweiter Mann im Staat. Und nun war er Mitzis Ehemann. Ein Teil von Daisy freute sich über Mitzis Glück, der andere befand sich noch in einer Art Schockstarre. Sie betrachtete das Brautpaar, das eben die Glückwünsche des Führers entgegennahm. Mitzi, ganz Dame im schicken blauen Kostüm, ein keckes Schleierhütchen auf dem gewellten Blondhaar, und neben ihr den hochgewachsenen, weißhaarigen Werner von Blomberg. Er sah gut aus, eine vitale Erscheinung mit der durchtrainierten Statur eines passionierten Reiters. Daisy war dem Feldmarschall bereits bei früheren Gelegenheiten begegnet, nicht zuletzt in der Reichskanzlei. Er genoss allgemein den Ruf eines geistreichen und kultivierten Mannes, pflegte ausgezeichnete Beziehungen zu ausländischen Militärattachés und Botschaftern, und er veranstaltete privat gerne Liederabende mit bekannten Größen aus Oper und Film.

Gestern wäre Daisy nach Mitzis Eröffnung fast vom Stuhl gekippt. »Was?«, hatte sie gekeucht. Und: »Wen?« Worauf Mitzi die zweite Bombe geworfen hatte: »Werner von Blomberg.«

Da war Daisy endgültig die Spucke weggeblieben. »Von Blomberg? Eva Dotterblume heiratet einen Nazigeneral?«

Mitzi rieb die Lippen aneinander. »Stimmt, ich wollte mich weder fest an einen Mann binden noch etwas mit den Nazis zu schaffen haben. Und nun gehe ich hin und heirate den Kriegsminister. Voilà! Ich bin die Königin des Widerspruchs.«

»Bist du in Blomberg verliebt?«

»Eine typische Daisy-Frage.«

»Und?«

»Ich mag Werner sehr gern, und er betet mich an. Es ist schön, wenn die Augen eines Menschen zu leuchten beginnen, nur weil man den Raum betritt. Ich bin nicht dagegen gefeit, mich gut fühlen zu wollen. Wir geben beide. Was ist, warum schaust du so skeptisch?«

»Ich denke nach.«

»Worüber?«

»Weil ... na ja«, druckste Daisy. »Das klingt alles so ... schrecklich nüchtern. Wie jemand, der seine Träume aufgibt.«

Mitzi lächelte schwach. »Weil ich mich nicht nach Glöckchen und Schalmeienklang anhöre? Ich nicht vorgebe, als hörte ich die Englein singen?«

»Du bist immer so unerschütterlich gewesen. Und jetzt...«

»Jetzt wechsle ich die Seiten? Und das findest du heuchlerisch.«

»Nein, so habe ich...«

»Es ist gut«, fiel ihr Mitzi erneut ins Wort. »Ich bin nicht gebrochen, aber ich habe genug. Eine wie ich hatte doch so oder so nie eine Chance. Einmal als Querschläger im System aufgefallen, und du bist bis an dein Lebensende gebrandmarkt. Wofür soll ich noch kämpfen? Für das Gute? Was ist das Gute? Sieh dir das neue Deutschland an. Derzeit hält sich die Mehrheit für die Guten, aber duckt sich weg, wenn Juden oder anderen Mitmenschen Unrecht geschieht. Ich habe es so satt, ständig gegen Mauern zu laufen.«

»Du gibst also auf?«

»Ich will leben! Wenn ich weitermache wie bisher, ende ich über kurz oder lang in Greiffs Folterkeller. Mein Tod nützt niemandem, er verschafft höchstens einem Mörder wie ihm Genugtuung. Es wird immer Schäfer und Schafe geben. Ich wurde als Schaf geboren, eingehegt von gesellschaftlichen Normen, und hatte nie wirklich eine Möglichkeit, dem zu entkommen. Werner bietet mir die Chance, über den Zaun zu springen.«

»Bevor der Wolf dich frisst.«

Nach der Zeremonie, dem keine Feier, sondern nur ein kurzer Umtrunk folgte, verabschiedeten sich die Frischvermählten in die Flitterwochen ins thüringische Oberhof. Die Braut wollte lediglich zuvor in etwas Bequemeres für die Reise schlüpfen. Daisy begleitete ihre Freundin in ihr neues, vorläufiges Zuhause, von Blombergs Privatwohnung im ersten Stock des Kriegsministeriums. Praktischerweise lag sie gleich neben seinen Diensträumen am Tirpitzufer. Daisy folgte Mitzi ins Schlafzimmer, eine Sinfonie aus

Mahagoni, in der Mitzis Kleiderschrank eine ganze Wand einnahm. Ein Nerz am Bügel zeugte vom neuen Wohlstand. Eine Tür gab den Blick ins angrenzende moderne Bad frei. Das Dienstmädchen hatte die Garderobe für die neue Hausherrin schon herausgelegt, und Mitzi verabschiedete es mit den Worten: »Danke, das wäre alles.«

Daisy warf sich mit Schwung aufs Himmelbett. »Hmm, eine eigene Zofe, ein Pelzmantel und eine herrlich weiche Matratze. Du hast dich gut gebettet, Mitzi.«

Ihre Freundin nahm den Hut ab, schlüpfte aus ihren Pumps und grub ihre bestrumpften Zehen mit Genuss in den dichten Teppichflor. »Und nie mehr billige Auslegeware, durch die man nach dem ersten Ausklopfen durchschauen kann«, frohlockte sie. »Ich bin jetzt Frau Feldmarschall!«

»Und? Was hast du jetzt vor als vornehme und vermögende Dame?«

Mitzi schnippte mit den Fingern. »Das, was alle reichen Damen tun! Ich werde als Wohltäterin arme Leute heimsuchen.«

Daisy kicherte und wurde schnell wieder ernst. »Da fällt mir ein, dass du einmal versprochen hast, mir mehr über die Zeit zu erzählen, bevor du ins Waisenhaus gekommen bist.«

»Brezel, Daisy! Dieses Versprechen ist ewig her!«, rief Mitzi entgeistert.

»Seit wann haben Versprechen ein Verfallsdatum?«

Mitzi knöpfte ihre Kostümjacke auf. »Da gibt's nicht viel zu erzählen. Es gab nur mich und meine Mutter.«

»Und dein Vater?«

»Mutter meinte, er sei tot, und dies sei noch das Beste, was man über ihn sagen könne. Meine Mutter hat sich in einem Waschsalon buchstäblich zu Tode gearbeitet, um uns beide über Wasser zu halten.« Mitzi lächelte wehmütig. »Komisch, ich habe heute Nacht von meiner Mutter geträumt. Ihr Gesicht ist inzwischen fast völlig verblasst, aber seltsamerweise erinnere ich mich noch gut an ihre von der Lauge ständig entzündeten Hände. Als sie starb, warf mich der Vermieter noch am selben Tag aus dem Zimmer. Eine Weile habe ich in der Gosse gelebt, bis ich aufgegriffen und ins Waisenhaus gesteckt wurde.«

»O Mitzi!«, rief Daisy mitfühlend. »Wolltest du deshalb nie darüber reden?«

»Ach was. Millionen Kinder in diesem Land erfuhren dieses Schicksal. Ich halte alles aus außer Scheinheiligkeit.«

»Darf ich dich nicht einmal bedauern?«

»Wozu? Das ist Jahre her. Willst du den Rest der Geschichte hören oder noch ein wenig mit mir leiden?«

»Mmpf«, machte Daisy.

»Einmal im Monat besuchte uns eine feine Dame. Für uns Waisen war sie gleichbedeutend mit dem Weihnachtsmann. Wir mussten uns in einer Reihe vor ihr aufstellen, und sie verteilte an uns Spielsachen und Süßigkeiten – und dazu ein paar Pfennige, die uns die Nonnen gleich wieder weggenommen haben. Die Süßigkeiten stopften alle sofort in sich hinein, bevor die Großen sie den Kleinen stehlen konnten.«

»Und du? Zu welcher Sorte Kind zähltest du? Zu den Großen oder den Kleinen?«

Mitzi fixierte einen Punkt hinter Daisys Schulter. »Ich«, erklärte sie, »war das Mädchen, das sich fragte, warum die Dame nur einmal im Monat vorbeischaute und nicht jede Woche. Warum brachte sie nicht mehr Süßigkeiten mit? Irgendwann begriff ich, dass diese Dame wenig daran interessiert war, etwas an unserem Elend zu ändern. Sie kam, verteilte ihre Almosen, die sie weniger kosteten als ihr Federhut, und kehrte in ihr verwöhntes Leben zurück. Sie schwelgte in unserer Freude und verschaffte sich selbst ein gutes Gewissen. Wir Waisenkinder haben ihr mehr gegeben als sie uns.«

Betroffen dachte Daisy an das Waisenhaus ihrer Großmutter. Dort war *sie* die reiche Dame gewesen, die von Mal zu Mal einige Dienste ableistete und sich danach wieder in ihr bequemes Leben verabschiedete. *Mit gutem Gewissen.*

Mitzi durchschaute ihre Gedanken. »Spar dir das *mea culpa*, Daisy. Ich bin dieser Dame durchaus dankbar. Sie hat mir die Augen geöffnet, ebenso wie die Nonnen. Anstatt uns anzuspornen und zu bestärken, hielten sie uns klein. Sie pflegten das Wesen der Armut, anstatt es zu beseitigen.«

»Willst du damit behaupten, wenn wir uns zu sehr um die Armen kümmern, hören sie auf, sich um sich selbst zu kümmern?«

»Ich bin arm gewesen, und Armut bedeutet nicht allein Hunger, Krankheit, Kälte und Schmutz. Sie birgt ebenso die Gefahr, sich mit dem eigenen Schicksal abzufinden. Schlimmer, als arm zu sein, ist, daran gewöhnt zu sein.« Mitzi schlängelte sich aus ihrem engen Rock und trat vor den Spiegel. »Im Waisenhaus«, sagte sie, »wurde mir das Gefühl vermittelt, ich hätte mein Schicksal verdient. Nichts spricht gegen das Lindern von Leid. Wer Kindern wirklich helfen will, sollte eine Schule gründen und sie lehren, dass sie alles erreichen können, egal woher sie stammen.«

»Weißt du, Mitzi, im Grunde steckt in dir auch eine Revolutionärin.«

»Nein, ich denke selbst und folge keinen Parolen. Aber ich fürchte, es ist noch ein langer Weg, bis die gesellschaftlichen Schranken in den Köpfen fallen werden.«

»Hm, ich glaube, du ärgerst dich nach wie vor über deine Tante Theres, weil sie dir den Umzug nach Berlin verbieten wollte.«

»Ach wo, sie weiß es eben nicht besser. Zeitlebens wurde ihr eingetrichtert, ihr gottgewollter Platz sei in einer dampfigen Küche, und sie verteidigt diese Ordnung mit Klauen und Zähnen. Sie hält sich selbst klein. Das ist das größte Verdienst der Leute eures Standes.«

»Leute meines Standes? Wärmsten Dank auch für die Beleidigung.«

»Wieso Beleidigung? Du kennst es ja auch nicht anders. Die gottgewollte Ordnung ist keine Einbahnstraße. Dir wurde als Kind eingebläut, du seist etwas Besseres – eine feine Dame, die ein feines Herrchen heiratet, Söhne für das Vaterland wirft und ihre Fischgräten unauffällig in die Serviette spuckt.«

»Tja, meine liebe Frau Feldmarschall.« Daisy breitete die Arme aus: »Herzlich willkommen im vornehmen Club der spuckenden Damen!«

Mitzi reagierte nicht. Daisy empfing ein beunruhigendes Signal. »Was hast du?«, fragte sie sofort.

»Anna«, antwortete Mitzi.

Daisys Hände wurden kalt. Plötzlich fiel ihr ein, was Henry in Tessendorf über Kriegsminister Blomberg zu ihr gesagt hatte: Er hätte sich für die Freilassung des Baron Dürkheim eingesetzt. »Hast du deinen Mann gebeten, sich nach Anna umzuhören?«

»Natürlich. Werner hat ein wenig herumgeforscht. Es ist schwierig, weil die Wehrmacht und die Gestapo sich einen andauernden Kampf um die Gunst des Führers liefern.«

»Ja, und?«, japste Daisy. »Was hat er herausgefunden?«

»Nichts. Die Gestapo leugnet jede Beteiligung an Annas Verschwinden.«

Daisys Gedanken gerieten durcheinander. »Was hat das zu bedeuten?«

»Entweder Anna ist tot, und die Gestapo will das verschleiern. Oder Anna ist aus anderen Gründen verschwunden.«

Kapitel 29

> Politik ist das Wettrennen trojanischer Pferde.
>
> Stanisław Jerzy Lec

Anna war weder tot noch hatte die Gestapo mit ihrem Verschwinden zu tun.

Zwei Tage nach Mitzis Hochzeit stand sie plötzlich abends vor Daisys Wohnungstür. Daisy zog sie herein, umarmte sie, hielt sie an den Schultern von sich, stammelte: »Gott, du bist es wirklich!«, und presste sie erneut an sich.

»Was ist denn los? Willst du mich ersticken?«, beschwerte sich Anna und befreite sich aus Daisys Armen.

»Ich bin nur so froh, dass du wieder da bist!«, schniefte Daisy.

»Wieso? Ich war doch bloß ein paar Tage fort!« Anna warf ihren Rucksack ab. Daisy stutzte. »Wo bist du gewesen?«, fragte sie jäh misstrauisch.

»Nur ein wenig mit Freunden im Mecklenburgischen zelten«, sagte Anna leichthin. »Hast du was zu futtern da? Ich habe einen Mordshunger.«

Daisy explodierte. »Hast du völlig den Verstand verloren, einfach ohne ein Wort zu verschwinden?«

Anna verzog verständnislos den Mund. »Warum regst du dich so auf? Es ist gar nichts passiert.«

»Du verdammte kleine Egoistin! Wir sind vor Sorge um dich fast verrückt geworden. Wir dachten, die Gestapo hätte dich verhaftet!«

»Ich war doch bloß ein paar Tage fort!«, wiederholte sie beharrlich.

Daisy hätte Anna am liebsten geschüttelt. »Zwei Wochen! Du bist zwei Wochen verschwunden gewesen! Hast du ein einziges Mal an deine armen Großeltern gedacht? Wie kann man nur so selbstsüchtig sein!«

Zumindest mühte sich Anna um ein betroffenes Gesicht. Daisy zeigte auf das Telefon. »Ruf jetzt gleich deine Großmutter an, und dann pack deinen Kram. Ich setze dich in den nächsten Zug nach Hause.«

»Du wirfst mich raus?«

»Das tue ich!«

»Bitte, Daisy, es tut mir leid. Ursprünglich wollten wir nur übers Wochenende wegfahren, und dann haben wir uns verlaufen, und ich wollte ja anrufen, aber es gab weit und breit kein Telefon. Bitte, ich habe nicht nachgedacht. Wir sind doch Freundinnen!«

»Eben. So geht man nicht mit Freundinnen um! Du kannst zu Hause in Levkojen darüber nachdenken.«

In der Woche darauf schellte in Daisys Büro das Telefon. Seit dem Morgen brütete sie über der schematischen Darstellung des Treppenhauses der Neuen Reichskanzlei. Die Statiker forderten eine Nachbesserung. Sie löste sich nur ungern von der komplizierten Aufgabe, aber Plan und Zahlen waren sogleich vergessen, als Mitzis Stimme durch den Apparat drang: »Kannst du gleich zu mir in die Wohnung kommen?«

Daisy machte sich sofort auf den Weg. Mitzi öffnete ihr die Tür. Ihre Freundin sah verweint aus. »Was ist denn passiert?«, fragte Daisy erschrocken.

»Werners Mutter ist gestorben.«

»Das tut mir leid.«

»Mir tut es für Werner leid. Ich bin der alten Frau von Blomberg nie begegnet. Sie war neunzig und schwer krank.«

»Wieso weinst du dann, wenn du sie nicht gekannt hast?« Mitzi führte Daisy ins Wohnzimmer.

»Es gibt Ärger.«

»Geht es ums Erbe?«

Mitzi zückte ein silbernes Zigarettenetui. Auch Daisy bediente sich.

Mitzi stieß den Rauch aus. »Nein. Sieh dir das an.« Sie zog eine umgeschlagene Zeitung vom Tisch und tippte auf ein Foto. Daisy beugte sich vor. »Das bist du mit Werner. Wo ist das?«

»Im Leipziger Zoo, vor dem Affenhaus. Plötzlich war da dieser Fotograf, der eine Aufnahme von uns geschossen hat. Er muss Werner erkannt und es an die Presse weitergeleitet haben. Nun gibt es Gerüchte.«

»Was denn für Gerüchte?«

»Ich sei eine ehemalige Pornodarstellerin und Prostituierte. Für Werner ist es eine absolute Katastrophe, und es kann ihn seine Karriere kosten. Wir haben in aller Stille und ohne jedes Aufsehen geheiratet, weil Werner einer Gesellschaftsschicht angehört, von der gewisse Verhaltensweisen gefordert werden. Schon eine Scheidung kann einen Offizier Stellung und Renommée kosten, und das ist nichts gegen eine unstandesgemäße Brautwahl.«

»Aber das Gerücht stimmt nicht!«

»Na und? Jetzt ist es in der Welt, und jeder, der einmal gegenüber Werner von Blomberg karrieremäßig den Kürzeren gezogen hat, wird sich nun daran erinnern und seinen Vorteil daraus ziehen. Außerdem...« Mitzi presste die Lippen in einer Weise aufeinander, die Daisy augenblicklich in Alarmbereitschaft versetzte. »Was hast du getan?«

»Es gibt da gewisse Fotos von mir, die…« Der Rest des Satzes erübrigte sich.

»Um Himmels willen, Mitzi!«

»Der Himmel hat damit nichts zu tun. Sondern Greiff und Hugo.« Mitzi drückte kurz die Handflächen auf ihre geschwollenen Augen, ein erschütternder Akt der Resignation. Daisy durchlief ein Frösteln. Mitzis Hände sanken herab. Ihr Blick wanderte durchs Wohnzimmer, als führte sie eine Bestandsaufnahme durch, und blieb schließlich auf Daisy haften. »Ich bin es müde, ständig für die Schweinereien anderer zu bezahlen. Und nun wird es auch Werner treffen.«

»Wie viel weiß dein Mann von deinem… Vorleben?«

»Alles, was er wissen muss… Bis auf die Fotos.« Sie sog an ihrer Zigarette und atmete in einem Schwall aus. Kurz verwischte der wabernde Rauch ihre Gesichtszüge.

»Warum hast du die Aufnahmen von dir machen lassen?«, fragte Daisy das Naheliegende.

»Das habe ich nicht, Daisy. Jedenfalls nicht freiwillig. Bis zum gestrigen Tag wusste ich nicht einmal, dass sie existieren. Wie soll ich eine Sünde beichten, die ich nie begangen habe?«

»Aber wie…?«

»Die Fotos sind zu der Zeit entstanden, als Greiff und Hugo mich verhaftet hatten. Einmal während eines Verhörs wurde mir Alkohol eingeflößt. Als ich wieder nüchtern war, schmerzte mein Arm. Hugo hat mir damals etwas gespritzt, das mich willenlos gemacht hat.«

»Wieso kannst du dich plötzlich an diese Einzelheit erinnern?«

»Hugo tauchte gestern bei der Beerdigung von Werners Mutter in Eberswalde auf. Er hat mir von der Droge erzählt, die Fotos gezeigt und ein Geschäft vorgeschlagen.«

»Was denn für ein Geschäft?«

»Hugo schnüffelt jetzt für Goebbels.«

»Den Propagandaminister?«, fragte Daisy baff. »Ich dachte, dein Werner und Josef Goebbels seien gut befreundet?«

»Seit Werners zögerlicher Haltung zur Unterstützung von Francos Rebellion und seiner offiziellen Englandreise anlässlich der Krönung von König Georg IV. hat sich das Verhältnis der beiden abgekühlt. Goebbels missfällt das diplomatische Ansehen, das Werner im Ausland genießt. Seither stichelt diese eifersüchtige kleine Krähe bei Hitler gegen Werner, er sei zu ›anglophil‹. Deshalb hätte er auch seine Tochter Sybille zum Studium nach Oxford entsandt. Weil ihm deutsche Universitäten nicht gut genug seien…«

Daisy begriff den Umfang der Erpressung. »Hugo verlangt von dir, deinen eigenen Mann auszuspionieren, sonst spielt er ihm deine Nacktaufnahmen zu. Und um deine Bereitschaft anzuheizen, hat er gleich ein paar Gerüchte in die Welt gesetzt. O Mitzi, was für eine verzwickte Lage. Was kann ich tun?«

»Nichts. Ich habe mich geweigert und Hugo zum Teufel geschickt.«

Daisy riss die Augen auf.

»Jetzt schau nicht wie ein geschorenes Schaf. Ich habe Werner noch am Abend von den Aufnahmen erzählt und ihm die Annullierung unserer Ehe angeboten.«

»Es tut mir so leid, Mitzi. Das muss schwer für dich gewesen sein.«

»Im Gegenteil, es war ziemlich leicht, weil mir durch Hugos jüngste Sauerei klar geworden ist, dass die Hoffnung auf eine Welt in Frieden und Harmonie eine Illusion ist. Weil es immer Menschen wie Greiff und Hugo geben wird. Sie sind wie eine Hydra. Du schlägst einen Kopf ab, zwei wachsen nach. Aber diesmal hat sich Hugo geschnitten. Ich werde ihm nicht nachgeben.«

»Und wie hat Werner reagiert?«, fragte Daisy behutsam.

Ein Lächeln zeigte sich auf Mitzis Gesicht, doch es wirkte verloren. »Er war zunächst schockiert, hat aber schnell begriffen, woher der eigentliche Wind weht, und zeitnah das Gespräch mit Goebbels gesucht.«

»Und warum ziehst du eine Miene, als wäre dir Werners Beistand nicht recht?«

»Weil es nichts ändert. Die Intrige ist in der Welt, Goebbels macht einen auf entrüstet und weist jegliche Beteiligung daran von sich.« Mitzi drückte ihren Stummel aus. »Ich kann dir genau sagen, wie die ganze Scheiße ausgehen wird«, sagte sie hitzig. »Am Ende wird Hitler entsetzt sein, weil er sich als Trauzeuge ›missbrauchen‹ ließ. Und die lachenden Dritten werden Hermann Göring und Wilhelm Keitel sein, den Göring an Werners Stelle an der obersten Heeresspitze bevorzugt. Die sind alle wie Hyänen. Wenn einer schwächelt, fallen die anderen über ihn her.«

»Du glaubst, dass sich auch Göring gegen deinen Mann stellen könnte?« *Trotz ihrer Freundschaft?*, lag Daisy auf der Zunge, um es sich rechtzeitig zu verkneifen.

Mitzi schien ihr Echo dennoch gehört zu haben. »Du kennst doch Göring. Wenn er sich zwischen Freundschaft und Macht entscheiden muss, was würde er wohl wählen?«

Daisy winkte ab. »Wieso bist du so gut informiert?«

»Ich höre zu. Ich lese Zeitungen. Ich beobachte.«

»Hugos Machenschaften sind das Letzte, aber im Ansatz hat er gut gewählt. Du gäbest eine ideale Spionin ab.«

»Nein, ab sofort halte ich mich aus allem raus. Apropos, wie steht's mit Henry?«

»Wir treffen uns demnächst in der französischen Botschaft. Soll ich mit Henry über Hugos Erpressung reden?«

»Henry ist längst im Bilde. Werners Heirat mit einer wie mir hat ein Beben im politischen Berlin ausgelöst. Aktuell sortieren sich die beteiligten Akteure, und danach werden die Karten neu gemischt.«

»Wann kommt dein Mann aus Eberswalde zurück?«

»Übermorgen. Wir werden die Entwicklungen zunächst abwarten. Dabei könnte ich mir vorstellen, dass Hugo mächtig von mir angepisst ist und in Kürze meine Nacktfotos von Berliner Dächern regnen lässt.«

Daisy dachte nach. »Ein Skandal, der die neue Frau von Blomberg in den Schmutz zieht, wäre nicht in Hitlers Sinn. Goebbels weiß das, und er wird Hugo jede weitere Aktion untersagen.«

»Falsch«, widersprach Mitzi mit einem Seufzen. »Hitler ahnt bisher nicht einmal, dass Goebbels involviert ist. Dazu ist der Propagandaminister viel zu schlau.«

»Aber du weißt doch Bescheid!«, warf Daisy ein.

»Ja, weil sich Hugo in seiner dämlichen Siegesgewissheit indirekt verraten hat. Dabei ist übrigens dein Name gefallen.«

Daisy ärgerte sich. Hugo blieb der giftige Stachel in ihrem Fleisch. »Was hat der Fiesling denn gemeint?«

»Dass es dir zwar gelänge, deine Fotos aus der Presse fernzuhalten, ich in diesem Fall jedoch nicht auf deine Unterstützung rechnen sollte. Hugos Pfeilspitze zielte eindeutig auf Goebbels. Du solltest dich besser vorsehen, Daisy«, mahnte ihre Freundin.

»Du musst mich nicht warnen. Ich kenne das Risiko.«

»Ich rede nicht von deiner Tätigkeit für die Briten, sondern von

Hugo. Sooft er es versucht hat, dieser Narzisst hat stets gegen dich verloren. Der wird niemals lockerlassen und dir so lange Prügel zwischen die Beine werfen, bis du stürzt.«

»Das ist mir klar«, stöhnte Daisy. »Der krankt ebenso an einem Machtkomplex.«

»Hugo ist ein gefährlicher Irrer, und du solltest bei ihm auf alles gefasst sein, Daisy. Wenn er dich nicht haben kann, dann auch kein anderer.«

Kapitel 30

> Das ist die Sehnsucht: Wohnen im Gewoge und keine Heimat haben in der Zeit.
>
> Rainer Maria Rilke

An der Seite ihrer Mutter betrat Daisy die französische Botschaft. Nach der offiziellen Begrüßung blickte sie sich verstohlen nach Henry um, konnte ihn jedoch nirgendwo entdecken. Ohnehin würden sie sich den Abend über aus dem Weg gehen und sich erst um Mitternacht in einem geheimen Raum treffen, in den man durch einen Spiegel im Puderraum gelangte. Yvette stand ihr als Komplizin zur Seite. So weit ihr Plan. Womit Daisy nicht gerechnet hatte, war, dass Henry in Begleitung einer Blondine erscheinen würde. Das war gleich der erste Dämpfer. Der zweite: Daisy hatte für den Abend ebenfalls eine grüne Robe ausgesucht. Na wunderbar, zwei Froschdamen und ein Prinz!, schoss es ihr durch den Kopf. Sie kannte die Frau an Henrys Arm: Martha Dodd, die Tochter des amerikanischen Botschafters. Hinter Marthas eher unscheinbarem Äußeren verbarg sich ein männermordender Vamp, der zahlreiche Affären nachgesagt wurden. Darin reihten sich der frühere Gestapochef Rudolf Diels und Fliegerheld Ernst Udet ebenso ein wie Egon »Putzi« Hanfstaengl, der sich im Olympiajahr wegen der unsäglichen Unity Mitford mit seinem Duzfreund Hitler überworfen hatte und mittlerweile nach London geflohen war. Zeitweilig ging das Gerücht, die Dodd solle mit Hitler verkuppelt werden. Daisy nahm sich ein Glas Sekt vom Tablett eines Kellners.

»Schlau von 'Enry, die junge Dodd mitzubringen«, raunte Yvette Daisy zu und nippte am eigenen Glas.

»Hast du Hugo schon irgendwo bemerkt?«, fragte Daisy leise.

»Nein, André ließ mich vorhin wissen, 'Ugo hätte kurzfristig abgesagt. Aber er hat sicher einen seiner Späher eingeschleust. Wir bleiben bei unserem Plan. Nichts darf auf eine enge Verbindung zwischen dir und 'Enry hinweisen.«

Die Gesellschaften des französischen Botschafters André Poncet und seiner Frau galten als die glanzvollsten Berlins, und jedermann amüsierte sich auf das Prächtigste bei handverlesenen Weinen und exquisiten Köstlichkeiten. Außer Daisy. Sie litt die Qualen der Sehnsucht und zählte die Minuten bis Mitternacht. Endlich war es so weit, und sie begab sich mit ihrer Mutter in den Puderraum. Dort trafen sie ausgerechnet auf Martha Dodd. »Ach, Gräfin von Tessendorf und die junge Komtess!«, schnurrte sie auf Deutsch mit amerikanischem Akzent. »Ist es nicht ein wundervoller Abend? André und seine Frau haben sich wieder selbst übertroffen.« Mit Schwung platzierte sie einen Fuß auf der Bank vor besagtem Spiegel mit dem geheimen Zugang und entblößte Straps und Strümpfe. Sie strich über die Seide, prüfte Sitz und Halterung, wechselte zum anderen Bein und wiederholte die Prozedur.

Daisy zückte ihre Puderdose und betupfte halbherzig ihre Nase mit dem Schwämmchen. Ihre Mutter zupfte an ihrer perfekt sitzenden Frisur.

»Sie müssen meine Neugier verzeihen«, Martha sprach nun zu Daisy, »aber ich hörte, Sie arbeiten für Mr Speer. Sagen Sie, sind Sie eine echte Architektin?«

Daisy war sehr versucht zu fragen, ob es in den Staaten unechte Architekten gäbe, beließ es aber bei einem schlichten: »Demnächst schließe ich mein Studium ab.«

»Oh, Sie müssen mir unbedingt mehr erzählen!« Martha hatte die Inspektion ihrer Strümpfe beendet und zog einen Lippenstift aus dem Abendtäschchen. Sie malte ihre Lippen vor dem Spiegel sorgfältig nach und wirbelte zu Daisy herum. »Trinken wir ein Glas zusammen! Henry ist vorhin verschwunden. Er betreibt sicher wieder irgendwo Diplomatie im stillen Kämmerlein. *Männer!*«, Martha verdrehte effektvoll die Augen mit den falschen Wimpern, »immer haben sie etwas auszukungeln. Aber dieser Brite ist ganz anders, als ich ihn mir vorgestellt habe. Tatsächlich wurde ich gewarnt, er sei furchtbar langweilig und ich solle bloß die Finger von ihm lassen. Aber ich verrate Ihnen etwas: Ich finde ihn *très charmant!*« Sie kicherte etwas schrill. Daisy hätte sie umbringen können.

»Sagen Sie, Komtess, sind Sie verlobt?« Martha klemmte sich ihre Tasche unter den Arm und streckte die Finger nach ihr aus. »Kommen Sie! Dann können Sie mir alles erzählen.«

»Gehen Sie nur voraus, Fräulein Dodd«, meldete sich Yvette liebenswürdig. »Ich muss noch kurz die Hilfe meiner Tochter in Anspruch nehmen. Ich fürchte, ein Träger meines Unterkleids ist gerissen.«

»Oh, das ist mir auch schon passiert. Deshalb …«, eifrig kramte Martha in ihrem Täschchen. »Sehen Sie!« Sie hielt ein Nähaccessoire hoch. »Ich trage stets eines bei mir. Los, zeigen Sie mir den Übeltäter«, sagte sie forsch.

»Bitte bemühen Sie sich nicht. Ich müsste vorher auch noch für Damen.« Yvette griff nach der Klinke einer Kabine. Daisy tat es ihr gleich und schlüpfte vorsichtshalber gleich hinein, bevor sie dem Impuls erlag, Martha mit ihrer Tasche eins überzubraten.

»Wie Sie meinen.« Martha zuckte gleichmütig die Schultern und wandte sich zum Gehen. »Bis gleich!«

Endlich! Yvette eilte zur Tür, Daisy schoss aus der Kabine und betätigte den Mechanismus am Spiegel. Sekunden später zog Henry sie in seine Arme. Ihr Kuss dauerte ewig. Bis Henrys Lippen weiterwanderten und ihre empfindliche Stelle am Schlüsselbein fanden. Daisy beugte sich mit einem Seufzer zurück. Seine Hände streiften ihr das Kleid herab, fanden ihre Brust. Henry tastete sich behutsam voran, aber sein schnellerer Atem verriet seine Lust. Dennoch fand er die Kraft, den Kopf zu heben und mit einem fragenden Blick ihr Einverständnis einzuholen. Daisy wollte, dass es hier und jetzt passierte. Ihnen stand nur wenig Zeit zur Verfügung, und sie kosteten jede Sekunde davon aus. Und so widerfuhr Daisy die denkbar romantischste und intensivste Erfahrung ihres Lebens. Liebe und Erfüllung, Haut an Haut, Lippen an Lippen, ihr Atem in dem seinen. Erst später meinte Henry mit einem kleinen, verlegenen Lächeln: »Ich hätte dir gerne mehr geboten als das hier.«

»Mehr als einen engen, fensterlosen Raum und einen Diwan, der dringend einer neuen Federung bedarf? Du scherzt, ich finde es ganz wunderbar.« Daisy rekelte sich in seinen Armen wie eine zufriedene Katze. Sie genoss die neue Vertrautheit. Sie küsste ihn. Er küsste sie zurück, ihre Zungen trafen sich und begannen die gegenseitige Erforschung neu. Sie vergaßen, wo sie waren, der kleine Raum wurde zur sicheren Kapsel, in der es keine Gedanken gab und keine Vernunft und auch keine Zeit, nur das fordernde Geräusch ihres Blutes. Bis ein anderer Laut sie unsanft aus ihrer Liebesblase holte. Zunächst ein Pochen, gefolgt von Yvettes gedämpfter Stimme: »*Mon dieu*, Daisy, 'Enry...«

Hastig ordneten sie ihre Kleider. »Ich muss dir noch etwas sagen«, fiel Daisy ein und angelte nach einem ihrer Schuhe unter dem Diwan. »Speer hat eine Organisation Todt erwähnt. Sie soll den Westwall ausbauen. Und Mitzi wird von Hugo erpresst. Es geht…« Henry versiegelte ihre Lippen mit einem Kuss. »Ich bin bereits über beides im Bilde.« Er band seine Smokingschleife. »Mitzis Heirat mit dem Feldmarschall könnte sich zu einem Skandal auswachsen. Da ist eine üble Sache in Bewegung geraten, mit kaum vorhersehbaren Auswirkungen.«

Daisy horchte auf und verknüpfte Henrys Worte mit dem, was sie von Mitzi gehört hatte. »Also trifft es zu, dass Werner von Blomberg ein Freund Großbritanniens ist und einen Konflikt vermeiden möchte?«

Henry versteifte sich. »Hör zu. Mitzi und du solltet ab sofort nur noch oberflächliche Gespräche in Blombergs Wohnung führen.«

»Heißt das, man könnte uns dort abhören?«

»Gut denkbar bei den Akteuren, die hier im Spiel sind.« Henry zog sie erneut an die Brust. »Wir sollten jetzt gehen, Darling.«

»Wann sehen wir uns wieder?«, murmelte Daisy und schmiegte sich ein letztes Mal an seine Brust. Seine Lippen strichen über ihr seidenweiches Haar. »Bald«, murmelte er. »Ich lasse dir eine Nachricht zukommen. Sei vorsichtig.« Sie trennten sich. Henry verschwand durch eine zweite, als Bücherregal getarnte Tür.

Kapitel 31

> Da traf die Sense auf den Stein.
>
> Aus Polen

Am folgenden Tag begleitete Daisy Speer das erste Mal wieder in die Reichskanzlei. Zwar hatte sie Hitler bereits auf Mitzis Hochzeit begrüßt, aber er hatte sich gleich nach der Zeremonie verabschiedet, und ihre Begegnung blieb flüchtig.

Seit ihrem Entschluss, sich als Agentin für das Britische Empire zu betätigen, hatte sich Daisy gefragt, wie es sein würde, erneut den Fuß in Hitlers Allerheiligstes zu setzen. Sie rechnete mit Nervosität und Herzklopfen, und sicher würde es auch nicht ohne Gewissensbisse abgehen. Woran sie nicht gedacht hatte, war ein Schweißausbruch. Plötzlich klebte ihr die Bluse am Körper.

Adolf Hitler machte es ihr leicht. Er kam ihr im Arbeitszimmer mit gewohnter Leutseligkeit entgegen: »Ja, das Fräulein von Tessendorf! Schön, dass Sie Berlin nicht vergessen haben. Hat Ihnen Italien doch nicht so zugesagt, wie Sie gemeint haben?«

Das, überlegte Daisy, war vermutlich die zutreffendste Beschreibung ihres Abenteuers mit Giacomo, das auf trügerischen Gefühlen beruht hatte. Schon drängte sich Henry in ihre Gedanken und wie wahrhaftig sich alles mit ihm anfühlte. Der Führer wartete auf ihre Antwort. »Manchmal, Herr Hitler«, erklärte Daisy, »ist es geboten, eine falsche Entscheidung rückgängig zu machen.«

»Wohl gesprochen. Mich freut's jedenfalls außerordentlich,

dass Sie wieder da sind, genauso wie den Speer. Stimmt's, Professor Speer?«

»Da kann ich nicht widersprechen, mein Führer«, erklärte Speer aufgeräumt.

Hitler rieb sich die Hände. »Wie ist es um meine neue Reichskanzlei bestellt?«

Daisy registrierte, dass Speer unwillkürlich Haltung annahm wie ein Soldat, der Meldung erstattete: »Die Gebäude Voßstraße 8 bis 19 und die Hermann-Göring-Straße 15 sind abgerissen. Inzwischen steht der Rohbau für den ersten Bauabschnitt der Voßstraße 2 bis 5. Das umfasst den Ehrenhof, die Vorhalle, Mosaik- und Speisesaal.«

»Ausgezeichnet. Wann können wir Richtfest feiern?«, setzte Hitler nach.

»Im August, mein Führer«, antwortete Speer prompt.

Daisy fand das sportlich. Man musste schon blind sein, um die kolossalen Schuttberge und die beträchtliche Anzahl Lücken in Voß- und Wilhelmstraße zu übersehen. Bagger und Abrissbirnen hatten dort ganze Arbeit geleistet, und teilweise muteten die Straßen eher wie ein Kriegsschauplatz an als eine Baustelle.

Obschon der Führer das Bauchaos täglich vor Augen hatte, nahm er Speers Aussage für bare Münze: »Ausgezeichnet«, wiederholte er. »Zeigen Sie mir die neuen Pläne!«

Im Nu drehte sich das Gespräch um Fassaden- und Rückansichten, die verschiedenen Gebäudekomplexe und deren Nutzung. Hitler war geradezu detailversessen und bestimmte über alles: Baumaterialien und Ausstattung, Raumhöhen und Türgrößen. Er wollte es gewaltig und gebrauchte das Wort ständig. Allein die Flügeltür, die von der Marmorgalerie im Großen Empfangssaal in sein Arbeitszimmer führte, sollte fünf Meter hoch und drei Meter breit werden. Davor würden sich die Ehrenwachen wie Spielzeugsoldaten ausmachen! Aber die Wirkung sollte *gewaltig* sein – der gemeißelte Fußabdruck nationalsozialistischer Schaffenskraft für nachkommende Generationen. Daisy merkte, dass sie abgeschweift war, und konzentrierte sich wieder auf die Planung. Hitler verlangte überall Marmor, bevorzugt roten und braunen, für Böden, Decken und Wände und insbesondere für sein gigantisches Arbeitszimmer. Dreihundertfünfzig Quadratmeter, vom Boden bis zur Decke mit dunklem Marmor verkleidet. Was sollte das werden?, fragte sich Daisy. Ein Mausoleum? Und erst der Krach, wenn die Männer stiefelknallend über den kalten Stein rumpelten! Sie machte sich im Kopf eine Notiz zu Teppichen.

Die Stunden verrannen, und Daisy musste ihr Gähnen unterdrücken, während Speer und Hitler nicht müde wurden, immer neue Details auszuhecken. Ein Gartenportal zum Führerarbeitszimmer mit Ausblick auf den weitläufigen Park. Ein Becken mit Wasserspielen. Ein Gewächshaus für exotische Pflanzen am Ende der Blickachse. Letzteres fand des Führers besonderen Beifall, weshalb er sogleich entschied, sein Freund Mussolini solle ihm ein Dutzend Zitrus-, Orangen- und Olivenbäume senden – was sich ein eingedeutschter Binnenösterreicher eben unter Exotik so vorstellte. Eine Sekretärin wurde herbeizitiert, und Hitler diktierte ihr einen entsprechenden Brief an den Duce. Wunderbar, dachte Daisy, eine Information, für die sich Henry brennend interessieren wird: Der Führer ordert Pflanzen! Daisy wünschte, Hitler würde sich wieder dem Regieren zuwenden. Der Schreibtisch gab nichts her, wie ein vorsichtiger Blick ihr gleich zu Beginn gezeigt hatte. Was hatte sie erwartet? Einen Stapel Akten mit der Aufschrift »Streng geheim«? Einzig Zeichenmaterial lag im Überfluss herum, Lineale, Stifte und eine Auswahl Papierblöcke. Dazu die unvermeidlichen Pralinenschachteln. An diesem ersten Tag zurück in Hitlers Dunstkreis gab es für Daisy nichts zum Spionieren. Dafür braute sich über Mitzi eine dunkle Wolke zusammen.

Kapitel 32

> »Das ist ja entsetzlich! Das Unheil wächst drohend heran. Ich bin vollkommen erledigt. Da gibt es keinen Ausweg mehr. Da hilft nur noch die Pistole!«
>
> Josef Goebbels zur Akte Generalfeldmarschall von Blomberg

Seit das Foto der frischvermählten Blombergs in der Presse aufgetaucht war, verselbstständigten sich die Gerüchte. Aus einer Frau aus dem Volke, die als Sängerin in der Weimarer Republik kurzzeitig einen gewissen Ruhm erlangt hatte, wurde eine »Dame der Halbwelt«, die sich als Prostituierte verdingt hatte. Die Berliner Dirnen feierten in diesen Tagen wahre Jubelfeste über den märchenhaften Aufstieg einer der Ihren.

Daisys Schwager Hugo zu Trostburg heizte die Geschichte weiter an. Er ergänzte die 1932 angelegte Polizeiakte zu Hermine Gotzlow mit den pikanten Aufnahmen und spielte sie dem Verwaltungschef der Sicherheitspolizei, Werner Best, zu. Der machte sich damit unverzüglich auf zum Polizeipräsidenten, Wolf Heinrich Graf Helldorf. Der wiederum eilte zu Wilhelm Keitel, Chef des Wehrmachtamtes und in dieser Funktion Werner von Blombergs nächster Mitarbeiter. Keitel sollte Mitzi auf dem Foto identifizieren, wozu er sich außerstande sah, da er der neuen Gemahlin seines Chefs nur einmal kurz und tief verschleiert auf der Beerdigung von Blombergs Mutter begegnet war. Graf Helldorf forderte, sofort von Blomberg aufzusuchen, um Klarheit in die Angelegenheit zu bringen, bevor die Wehrmacht Schaden nähme. Unglücklicherweise war von Blomberg nicht greifbar, da er sich wegen Erbschaftsangelegenheiten noch in Eberswalde aufhielt. Keitel wollte nicht warten. Anstatt diese brisante Geschichte innerhalb der Wehrmacht zu halten, schlug er vor, Helldorfs Vorgesetzten, den preußischen Innenminister Hermann Göring, aufzusuchen. Als Blombergs Trauzeuge sei er bestens geeignet, die Braut zu identifizieren.

Göring wurden die anstößigen Fotos vorgelegt, und er erkannte in der freizügigen Person zweifelsfrei jene Dame wieder, deren Trauung mit dem Kriegsminister von Blomberg er vor gerade einmal neun Tagen gemeinsam mit dem Führer bezeugt hatte. Auch für Göring bedeutete dies einen Schlag, zumal außer Frage stand, wessen Schmiede die Ablichtung des Paares entstammte. Keinesfalls konnte er seinem ewigen Rivalen Josef Goebbels die Initiative im Fall Werner von Blomberg überlassen! Zudem sah er die Möglichkeiten, die ihm diese Affäre bot. Er musterte Wilhelm Keitel. Der General hatte sich an ihn gewandt, aber wie war sein Handeln einzuschätzen? Fraglos hatte Keitel gegen die ungeschriebenen Gesetze der Wehrmacht verstoßen und selbst gegen die eigene Familie gehandelt, da sein Sohn Karl-Heinz in Kürze die jüngste Blombergtochter Dorothee heiraten würde. Gleichzeitig hatte der General damit unter Beweis gestellt, dass seine unbedingte Treue ihm und dem Führer galt. Göring zündete die nächste Eskalationsstufe. Er zeigte die Akte Adolf Hitler.

Kapitel 33

> Wenn die Menschen wüssten, wie Würste und Politik gemacht werden, sie könnten nachts nicht mehr schlafen.
>
> Waldo von Tessendorf

Und alles nur wegen eines lahmenden Pferdes!«, rief Mitzi mit einem Ausdruck, als würde sie am liebsten gegen die Wand treten. Sie hatte eben ein Telefonat mit ihrem Mann beendet, als Daisy bei ihr in der Wohnung am Tirpitzufer eintraf.

»Wovon redest du?«

Mitzi ließ sich in einen Sessel fallen. Sie war sorgfältig zurechtgemacht, aber das Make-up konnte nicht über ihre Blässe hinwegtäuschen. »Werner und ich hätten uns nie kennengelernt, wenn sein Pferd Misanthrop an jenem Morgen nicht gelahmt hätte. So entschloss er sich zu einem Spaziergang im Tiergarten. Dort sind wir uns zuerst begegnet.«

»Wäre es dir denn lieber, ihr hättet euch nie getroffen?«

»Ach, was weiß ich. Ist ja auch müßig. Es ist, wie es ist. Es tut mir vor allem für Werner leid. Ich bin Kummer gewohnt. Irgendwie hatte ich sogar damit gerechnet, dass mein Glück nur von kurzer Dauer sein würde. Dass es jedoch nicht einmal die Flitterwochen überdauern würde...« Mitzi hob gleichmütig die Schultern, aber die Geste wirkte aufgesetzt. »Wie ich sagte, es ist, wie es ist, und nun nicht mehr zu ändern.«

»Glaubst du, dein Mann lässt sich von dir scheiden?«

»Wenn er klug ist … Hast du Zigaretten? Meine sind alle.«

»Nein, ich versuche, mir das Rauchen abzugewöhnen.«

»Egal, dann trinken wir uns das Leben eben schön.« Mitzi schenkte aus einer bereitstehenden Karaffe ein und reichte ihrer Freundin den Schwenker.

»Dein Mann kommt morgen zurück?«, erkundigte sich Daisy.

»Ja, nach seinem Termin beim Notar.«

»Soll ich die Nacht über hierbleiben?«

»Nein, fahr du ruhig nach Hause. Ich werde mich betrinken.«

»Das geht auch prima zu zweit.«

»Schon, aber du musst morgen früh raus, um für Führer und Vaterland zu buckeln, während ich mich nochmals gemütlich in meine Decke kuscheln kann. Vergiss nicht, ich bin jetzt eine Dame und kann mich dem süßen Nichtstun hingeben.« Mitzi zog eine Grimasse. »Zumindest noch bis morgen.«

***

Daisy dachte an Mitzi, mit einigen Gedankenschlenkern hin zu Hugo, den sie hätte erwürgen können. Warum mussten sich Menschen immer in das Leben anderer einmischen? Woher stammte dieser unbedingte Wille, andere zerstören zu wollen? Sie hielt bis zum nächsten Mittag durch, dann fuhr sie zu Mitzi und prallte vor dem Gebäudeeingang direkt in Werner von Blomberg, der eben aus Eberswalde eintraf. Er trug einen dunklen Anzug, hielt sich gerade wie ein Soldat und wirkte alles in allem gefasst. Trotzdem verrieten die Schatten unter seinen Augen, dass auch der Generalfeldmarschall innerhalb von zehn Tagen die gesamte Gefühlsskala durchlebt hatte. Auf dem Höhepunkt seiner Macht hatte der langjährige Witwer ein neues Lebensglück mit Mitzi gefunden, seine geliebte Mutter begraben, und nun stand seine gesamte berufliche Karriere auf dem Spiel.

Daisy erbot sich sofort, die Eheleute alleine zu lassen. Werner von Blomberg lehnte überraschend ab und bat sie freundlich herein. Mitzi kam ihnen auf dem Korridor entgegen. Erleichtert sah Daisy, dass von Blomberg seine Frau in den Arm nahm und küsste. Vorerst sah es nicht danach aus, als habe er vor, Mitzi vor die Tür zu setzen. Dabei entsprach es nicht Mitzis Wesen, die kommende Entwicklung passiv abzuwarten. Sie löste sich von ihrem Mann, suchte seinen Blick und sagte: »Ich kann noch heute meinen Koffer packen.«

Von Blomberg schüttelte den Kopf. »Nein. Das lasse ich nicht zu. Es käme einer Kapitulation ohne Kampf gleich. Mit Hitler und Göring verbindet mich eine langjährige Freundschaft. Das muss doch einen Wert haben.« Er zwang ein Lächeln in seine müden Züge. »Mach dir keine Sorgen, mein Schatz. Wir werden diese Zerreißprobe überstehen.«

Sie wechselten in das Gesellschaftszimmer, und das Dienstmädchen servierte Erfrischungen. Mitzi und Daisy besetzten das Sofa, während von Blomberg Posten vor dem Kamin bezog. Er ließ sich den Humidor bringen, entnahm eine Zigarre und kappte die Spitze, die er in die kalte Asche schnippte. »Ihr erlaubt?«, besann er sich höflich, bevor er zur Zündholzschachtel griff.

»Wann triffst du dich mit Hermann Göring? Steht das schon fest, Werner?«, fragte Mitzi.

Blombergs Augenbrauen hoben sich fragend. »Du hältst es für besser, wenn ich zuerst beim Führer um ein Treffen nachsuche?« Daisy fand diesen ersten Austausch ziemlich aufschlussreich. Dieses Paar führte eine Beziehung auf Augenhöhe.

»Du nicht?«, spielte Mitzi den Ball zurück. »Der Führer war ebenso unser Trauzeuge, und er ist die höhere Instanz.«

Mitzis Mann sog an seiner Zigarre und ließ sich ihre Worte durch den Kopf gehen. »Fürwahr«, meinte er und zog den Aschenbecher auf dem Kaminsims heran, »bei dieser infamen Intrige könnte es um mehr gehen als meinen Verstoß gegen den Heiratskodex des Offizierscorps. Vielleicht können wir Göring nicht wirklich ausschließen, trotzdem fällt es mir schwer zu glauben, dass er mir derart schmählich in den Rücken fallen würde. Hermann ist Soldat und Ehrenmann. Nein«, betonte er mit Nachdruck, »diese Angelegenheit trägt Goebbels' Handschrift.«

»Aber wir wissen es nicht, Werner. Was wir hingegen mit Sicherheit sagen können, ist, dass keinesfalls der Führer dahinterstecken kann.«

»Natürlich nicht. Er hat keinen Grund, einen Skandal an der Spitze der Wehrmacht zu provozieren. Meine Damen, Sie entschuldigen mich, aber ich muss eine Unterredung mit dem Führer vereinbaren.« Er legte seine Zigarre ab und verließ das Zimmer, um zu telefonieren. In diesem Moment klopfte es an der Wohnungstür, und Werner von Blomberg kehrte mit Hermann Göring ins Gesellschaftszimmer zurück. Göring begrüßte beide Damen gleichermaßen charmant mit Handkuss. Sofort nach dem Austausch dieser Höflichkeiten meinte Göring zu von Blomberg: »Werner, ich möchte dich gerne unter vier Augen sprechen.«

»Wenn es dir nichts ausmacht, Hermann, hätte ich meine Frau gerne dabei. Die Angelegenheit betrifft uns gemeinsam.«

Daisy erhob sich. »Ich warte nebenan.«

»Nein, Fräulein von Tessendorf«, hielt sie der Feldmarschall gleichfalls zurück. »Bleiben Sie, bitte. Meine Frau hat keine Geheimnisse vor Ihnen, und ich schätze Ihre Freundschaft.«

Göring straffte das Doppelkinn. »Gut, das, was ich zu sagen habe, Werner, wird deine Zeit nicht lange beanspruchen.« Es klang schroff, und es verursachte einen jähen Temperatursturz im Raum. Mitzi und ihr Mann tauschten einen schnellen Blick.

Görings Aufmerksamkeit galt allein Werner von Blomberg. »Wie dir bekannt ist, sind ... gewisse Dinge deine Frau betreffend wieder aufgetaucht. Ich muss dir leider sagen, dass dies ernste Folgen für dich hat. Du wirst deiner Stellung enthoben und sofort aus der Armee entlassen. Du wirst Deutschland für die Dauer eines Jahres verlassen. Und du wirst unverzüglich von deiner Frau geschieden werden.«

Werner von Blomberg sah aus, als hätte ihn der Schlag getroffen. Dennoch wusste er sich als langjähriger Offizier auch im wildesten Schlachtgetümmel schnell zu orientieren. Er straffte sich, wuchs geradezu in die Höhe: »Aber ich werde doch wohl ein wenig Freiheit bei der Wahl meiner Ehefrau in Anspruch nehmen dürfen!«, konterte er.

Kühl entgegnete Göring: »Du kannst hinsichtlich deiner Ehe gerne nach Belieben verfahren, Werner, aber die Entlassung ist endgültig. Ich empfehle mich. Meine Damen.« Göring stiefelte hinaus.

Mitzi trat zu Werner. Sie sagte nichts, sondern führte ihn zum nächsten Sessel und reichte ihm einen doppelten Cognac. Er schluckte ihn mit geschlossenen Augen. Als er die Lider öffnete, flackerte sein Blick zu einem gerahmten Bild. Es zeigte ihn beim Handschlag mit dem Führer. Ein Messingschild hielt das Datum fest: 20. April 1936. Führers Geburtstag und gleichzeitig der Tag der Ernennung von Blombergs zum Generalfeldmarschall. Die Farbe kehrte in sein Gesicht zurück. »Nichts ist endgültig!«, erklärte er energisch. »Ich werde mit dem Führer sprechen.«

Die Kraft der Bilder, überlegte Daisy. Mitzis Fotos leiteten den Skandal ein, ein anderes brachte Werner von Blomberg die Fassung zurück.

***

Die Unterredung zwischen dem Reichskanzler und seinem Generalfeldmarschall fand zwei Tage später in Hitlers Privatzimmer statt. Nach Werners Rückkehr meldete sich Mitzi bei Daisy. Die nahm sich den Nachmittag sofort frei.

»Da ist nichts zu machen«, empfing Mitzi ihre Freundin. »Der Führer schaltet auf stur.« Daisy folgte ihr ins Schlafzimmer. Beim Anblick der offenen Schranktüren und aufgeklappten Koffer fuhr sie zu Mitzi herum: »Du ziehst aus?«

»Nein, Werner und ich verreisen für ein Jahr. Der Führer hat ihm eine Weltreise geschenkt und fünfzigtausend Reichsmark.«

»Das hört sich doch nicht übel an. Nach einem Jahr ist Gras über die Sache gewachsen, und ihr kehrt zurück.«

»Wenn du mich fragst, ist das der goldene Handschlag. Werner musste heute seinen Abschied nehmen. Vor der Audienz in der Reichskanzlei empfahl ihm Göring, in Zivil vor den Führer zu treten, und als er die Reichskanzlei verließ, entboten ihm die Wachen schon nicht mehr den militärischen Gruß. Diese fehlende Geste hat Werner schwer getroffen. Umso mehr klammert er sich an das Führerversprechen, ihn nach einem Jahr Auslandsaufenthalt wieder als Berater hinzuziehen und im Kriegsfall selbstverständlich sofort zurückzuholen.« Mitzi zog eine Schublade auf.

»Kriegsfall?«, rief Daisy alarmiert und vergaß völlig Henrys Warnung, sie könnten abgehört zu werden. »Was soll das heißen? Die planen bereits den Krieg? Gegen wen?«

Mitzi wühlte in ihrer Wäsche und legte einen kleinen Stapel in den Koffer. Sie ließ sich Zeit, als gelte es, ihre Worte sorgfältig zu wählen. »Warum heißt es Kriegs- und nicht Friedensministerium?«, fragte sie leise. »Werner hat die Reichswehr zu einer hochgerüsteten Wehrmacht aufgebaut. Hunderttausend waffenstarrende Männer. Denkst du, die werden die nächsten Jahre in der Kaserne Däumchen drehen?«

In Daisys Magen breitete sich ein bleiernes Gefühl aus. »Ist das deine Meinung, oder hat sich Werner diesbezüglich geäußert?«

Mitzi ließ den Koffer sein und sank aufs Bett. Das veranlasste Daisy, vor ihrer Freundin in die Hocke zu gehen und ihre Hand zu nehmen.

Mitzi lächelte geisterhaft. »Weißt du, wie ich mich gerade fühle, Daisy? Wie Helena von Troja. Paris hat sich verliebt, und die Folge war ein schrecklicher Krieg.«

Daisy schwieg verwirrt und wartete auf Mitzis Erklärung.

Die starrte auf ihre Hände mit den langen, kräftigen Fingern, die es gewohnt waren, schwere Bierkrüge zu schleppen. »Werner macht sich selbst etwas vor. Er ist ein intelligenter Mann, aber nicht klug genug, um zu erkennen, dass er kaltgestellt wurde, weil er den kriegslüsternen Parteien im Wege steht. Weißt du, was Goebbels kürzlich zu Werner gesagt hat? *Der Führer will den Krieg, und wir werden ihm die Gründe dafür liefern.* Werners Fehler ist es gewesen, dass er dem Propagandaminister widersprochen hat. Er hätte sich niemals auf eine Diskussion mit Goebbels einlassen sollen. Das, was jetzt geschieht, ist die Folge dieses dummen Disputs. Meine Fotos lieferten Goebbels nur den Vorwand, den er brauchte, um einen Keil zwischen Hitler und Werner zu treiben.«

»Was hat dein Mann genau zu Goebbels gesagt?«, wollte Daisy wissen.

»Ein provozierter Krieg sei nicht ehrenhaft. Auch könne er sich nicht vorstellen, was das Deutsche Reich zu gewinnen hätte, wenn es die Fehler des Weltkriegs wiederhole. Worauf Goebbels erwiderte, Werner solle aufpassen, sich nicht als Hemmschuh zu erweisen, denn in der Wehrmacht sei nur Platz für Männer in Knobelbechern.«

»Das ist harter Tobak.«

»Besonders in Anbetracht von Goebbels' eigenem plumpem Schuhwerk...« Mitzi kicherte nervös. »Hör nicht auf mich, das ist nur der Galgenhumor. Ich packe lieber weiter. Wie viele Koffer werde ich für ein Jahr im Exil brauchen?«

Die Bemerkung brachte Daisy wieder zu Bewusstsein, dass Mitzi noch heute fortgehen würde. Sie würde ihre engste Freundin verlieren! »Willst du überhaupt fortgehen?«, fragte sie.

»Was spielt es für eine Rolle, was ich will? Werner hat alles riskiert, indem er mich geheiratet hat. Schon deshalb könnte ich ihn niemals im Stich lassen. Er braucht mich. Erst recht in dem Moment, wenn er begreift, dass sein geliebter Führer ihm gegenüber sein Wort nicht halten wird.«

Daisy schluckte. »Denkst du wirklich, es könnte zu einem neuen Krieg kommen?« Seit Mitzis Bemerkung über die Möglichkeit eines Kriegsfalls schwirrte dieser Gedanke wie ein dunkler Schatten durch ihren Geist. Krieg. KRIEG! Das bedeutete gegenseitiges Dahinmetzeln von meist jungen Männern, bis eine Seite keine Soldaten mehr ins Feld schicken konnte, die für irgendetwas sterben sollten, das ihnen im Moment des Todes sowieso scheißbrezelegal sein würde. Und der nächste Krieg würde sich nicht mehr allein auf den Boden beschränken, künftig bräche er auch aus der Luft über Soldaten und Zivilbevölkerung herein. Daisy schauderte es, wenn sie an die neuen Bomben dachte, von denen

Hagen so gerne schwärmte. Nichts zermürbte den Soldaten an der Front mehr, als wenn seine Lieben zu Hause starben, zu deren Schutz er eigentlich zur Waffe gegriffen hatte. Daisy wusste, dass viele gute Männer wie Henry im Ausland daran arbeiteten, einen neuen Krieg zu verhindern. Und auch sie würde alles daransetzen! Wenn von Blomberg eine Schlaufe in dem Netz war, das derzeit in der Welt gegen den Krieg geknüpft wurde, dann wusste sie, was sie zu tun hatte.

»Ist es sicher, dass ihr noch heute abreisen werdet?«, erkundigte sie sich.

»Werner hat den Wagen zum Bahnhof für fünf Uhr bestellt.«

»Gut, bis dahin bin ich zurück. Ich muss zuvor noch etwas erledigen. Bis später!«

»Daisy!« Mitzi stoppte sie an der Tür. »Bitte tu nichts Unüberlegtes.«

»Du kennst mich doch.«

»Darum sag ich's ja!«

***

Zunächst besorgte sich Daisy das nötige Requisit aus ihrem Büro und begab sich damit umgehend in die Reichskanzlei. Forsch trat sie dem Wachhabenden im Foyer entgegen: »Komtess von Tessendorf in einer dringenden Angelegenheit für den Führer.« Sie schwenkte ihre Eintrittskarte, eine dicke Rolle Baupläne, und wurde unverzüglich bis zu Bormanns Büro durchgereicht. Auf dem langen Flur begegnete ihr Magda Goebbels. Als sich ihre Blicke im Vorübergehen kreuzten, nickte Magda ihr mit rot verheulten Augen zu und stöckelte rasch weiter. Laut jüngstem Gerücht herrschte zwischen den Eheleuten Goebbels Krieg wegen seiner

Affäre mit der bildschönen tschechischen Schauspielerin Lída Baarová. Daisy fragte sich, wie es sich anfühlen musste, mit einem Mann verheiratet zu sein, den der Volksmund *Bock von Babelsberg* nannte. Derzeit wartete die braune Elite gespannt, wann die allseits bekannte Prüderie des Führers ihn ein Machtwort sprechen ließ. Offenbar hatte Magda heute beschlossen, das höchste Schiedsgericht vorzeitig anzurufen. Fast wäre Daisy umgedreht. Als zweite Bittstellerin des Tages sah sie ihre Chancen sinken. Zu spät. Ihre Begleitordonnanz hielt ihr höflich die Tür zu Bormanns Büro auf. Bormann selbst blieb unhöflich sitzen. Er ging so weit, Überraschung zu heucheln, obwohl ihm Daisys Ankunft vom Empfang angekündigt worden war. »Sieh an, das Fräulein von Tessendorf! Herein in meine gute Stube. So ganz allein unterwegs? Wo brennt der Schuh?« Den Papierrollen in ihrer Hand schenkte er keine Beachtung. Mit Unbehagen registrierte Daisy die verwaiste Bank, auf der üblicherweise ein Mann der Leibgarde Hitlers saß. Der leere Platz verstärkte das nervöse Flattern ihres Magens. »Ich muss bitte kurz mit dem Führer sprechen.«

Bormann erhob sich, setzte sich vor sie auf die Schreibtischkante und ließ ein Bein baumeln. »Schickt Sie der Kamerad Speer?«

Verdammt... Das fiese Frettchen wusste genau, wie er ihre Bitte um eine Unterredung mit Hitler einzuordnen hatte. Dieses Gefecht konnte sie nur mit Ehrlichkeit gewinnen. »Nein, Herr Bormann. Ich bin in eigener Sache hier. Es ist wichtig.«

Bormanns Augen glommen. »So wichtig, dass Sie sich erkenntlich zeigen werden?«

Daisy schmeckte Galle. Entschlossen schluckte sie den Ärger hinunter, weil sie Bormann das Vergnügen ihrer Empörung nicht gönnen wollte. Stattdessen dachte sie an Speers Rat, unliebsame Situationen mit einem Lächeln zu begegnen. Unglücklicherweise interpretierte Bormann ihre Freundlichkeit als Aufforderung. Er rutschte vom Schreibtisch, schlang die Arme um sie und presste sie an seinen schwammigen Körper. Ihr blieb gerade Zeit, den Kopf zur Seite zu drehen, sodass Bormanns Lippen lediglich ihre Wange streiften. Sie stemmte sich mit aller Kraft gegen ihn, als hinter ihr eine Stimme peitschte: »Bormann! In der Reichskanzlei wird nicht herumpoussiert!« Bormann ließ Daisy so rasch los, dass sie ins Taumeln geriet. Sie fing sich, aber ihr Atem ging hektisch. Bormann hatte sie in eine unmögliche Situation gebracht!

»Fräulein von Tessendorf?«, entfuhr es Hitler ungläubig. »*Sie sind das?*«

Das fängt ja gut an! Daisy strich sich eine Haarsträhne aus dem erhitzten Gesicht. Sie räusperte sich, ihr Mund fühlte sich an wie ausgedörrt. »Bitte, Herr Hitler, ich muss Sie dringend sprechen.«

Hitler musterte sie, was es auch Daisy ermöglichte, ihn zu betrachten. Der Führer sah schlecht aus, grau und eingesunken, die eisblauen Augen trüb. Daisys Mut sank. Wenn er mich jetzt abweist, dachte sie, ist alles verloren. Aber er winkte sie beinahe resigniert in sein Arbeitszimmer. »Kommen Sie rein.«

Sie setzten sich jeder für sich in einen wuchtigen Polstersessel, zwischen ihnen ein Tisch mit der unvermeidlichen Schale Konfekt. Hitler grub seine Hand hinein und stopfte sich eine Praline in den Mund. Daisy ließ ihn kauen, von einer jähen Hemmung befallen, das Gespräch zu eröffnen. Der Stuhl bewahrte noch die Wärme einer anderen Person, vermutlich saß Frau Goebbels eben noch darauf. Hitler schob die Reste der Praline in die Backentasche und sagte leicht nuschelnd: »Sie wissen, dass der Bormann verheiratet ist und Vater von sechs Kindern?«

»Natürlich. Allerdings scheint Herr Bormann das vergessen zu haben.«

Hitler kratzte sich im Nacken. Er stieß ein Brummen aus. »Schon recht, ich kenne meine Pappenheimer. Dem Bormann gehört der Marsch geblasen, und nicht nur ihm allein. Ich werde nicht zulassen, dass aus der Reichskanzlei ein Sündenbabel wird!«

Zu spät, überlegte Daisy. Die Reichskanzlei galt als das größte Bordell Berlins. Eine Karnickelkolonie direkt unter des Führers Augen. Der Gedanke wirkte so erheiternd, dass Daisys Anspannung nachließ. Vielleicht wirkte sich das auch auf Hitler aus, zusammen mit der Schokolade.

»Was haben Sie denn auf dem Herzen?«, fragte Hitler, nachdem er sich auf seine Rolle als Gastgeber besonnen hatte und auf den Tablettwagen mit Erfrischungen wies. Daisy lehnte das Angebot ab. Der Führer schlürfte Fencheltee.

»Ich bin hier in der Angelegenheit meiner Freundin Hermine Gotzlow, die neue Frau von Blomberg.«

Hitler nickte. Er stellte die Tasse ab, und Daisy bemerkte ein vages Zittern seiner rechten Hand. »Sie haben mein vollstes Verständnis, Fräulein. Ich bin ebenso erschüttert. Aus ganzem Herzen habe ich dem Feldmarschall Blomberg als Trauzeuge gedient und ihm sein spätes Glück gegönnt. Und dann sticht er mir mit dieser Mesalliance den Dolch in den Rücken!« Hitlers Lippen bebten, und jedes seiner Worte war mit Tragik getränkt. »Keine Enttäuschung wiegt so bitter, wie von einem Freund verraten zu werden, dem man jederzeit sein Leben anvertraut hätte.«

Das erwischte Daisy auf dem falschen Fuß. Ihre Gedanken schlitterten und fanden zunächst keinen Halt. Sie griff in die Konfektschale, sie kaute und schluckte. Sie fasste sich ein Herz. »Ich bin zu Ihnen gekommen, Herr Hitler, um für meine Freundin und ihren Mann zu sprechen.«

Hitler, dessen Haltung Niedergeschlagenheit ausdrückte, lächelte kraftlos. »Und das spricht für Sie, Fräulein. Seltsam, wie wir an alten Freundschaften festhalten, weil wir den Menschen für besser halten, als er ist.«

Und es lief weiter unrund... »Es gibt keinen Verrat, Herr Hitler. Mitzi hatte keine Kenntnis, dass...«

»Mitzi? Wer ist das?«, unterbrach der Führer stirnrunzelnd.

»Hermine von Blomberg. Mitzi ist ihr Spitzname.«

»Stimmt, der Göring hat erwähnt, wie lange Sie beide sich schon kennen. Tragisch.« Er rutschte tiefer in den Sessel.

»Bitte, Mitzi wusste nicht, dass von ihr... diese kompromittierenden Aufnahmen existierten. Weshalb sie ihrem künftigen Gemahl auch nicht...«

»Ist schon recht, Fräulein«, fiel er ihr abermals ins Wort. »Sie verteidigen Ihre Freundin. Ein jeder vergisst gerne seine Jugendsünden, aber diese... diese... Pardon, Sauerei ist unentschuldbar!« Hitler hieb auf die Sessellehne. Er sprang nun auf, fuhr sich über den Scheitel und schimpfte erregt: »Dafür müssen die Blombergs die Konsequenzen tragen!«

»Aber so ist es ja gar nicht gewesen! Herr Hitler, bitte hören Sie mich an!« Auch Daisy kam auf die Beine und stellte sich ihm in den Weg. »Mitzi ist damals unter Drogen gesetzt und zu den Aufnahmen gezwungen worden. Sie entstanden gegen ihren Willen! Erst nach der Hochzeit, als sie mit den Fotos erpresst wurde, erfuhr sie überhaupt von deren Existenz. Sie ist das Opfer, nicht der Täter! Deshalb ihrem Mann den Ruhestand aufzuzwingen, um ihn danach aus Deutschland zu verbannen, erscheint mir ungleich hart.« So, nun war es heraus. Leider hatte sie sich wieder einmal von ihrem Temperament hinreißen lassen. Schweiß schoss ihr aus allen Poren.

Hitler marschierte wie ein Zinnsoldat durch den Raum. Nun

blieb er stehen, verschränkte die Arme vor der Brust und bedachte Daisy mit einem langen, forschenden Blick. Daisy fürchtete, er würde sie auffordern zu gehen, weil er ihr keine Erklärung für seine Beschlüsse schuldig sei, als Hitler schnarrend loslegte: »Es gibt immer Gründe und Erklärungen, junges Fräulein! Aber das spielt bei meiner Beurteilung der Angelegenheit keine Rolle. Der Generalfeldmarschall von Blomberg ist, *war*«, berichtigte er sich, »Oberbefehlshaber der Wehrmacht. Diese verantwortungsvolle Position erfordert zu jeder Zeit umsichtiges Handeln und ehrenhaftes Verhalten. Seine Heirat mit dieser Person ist eine Mesalliance, und sie verstößt gegen jeden Ehrenkodex eines Offiziers der Wehrmacht. Es geht hier nicht um die Frage, wer wie viel gewusst hat, sondern darum, wie mein Kriegsminister als Oberbefehlshaber meine Armeen anführen soll, wenn er sich schon von diesem halbseidenen Frauenzimmer hat überlisten lassen! Was gibt's denn, Bormann?«, fuhr Hitler plötzlich auf dem Stiefelabsatz herum.

Daisy hatte weder Bormanns Klopfen noch sein Eintreten bemerkt.

»Minister Goebbels ist hier, mein Führer! Und Professor Speer.« Noch während der Ankündigung schob sich der Propagandaminister an Bormann vorbei durch die Tür. Speer folgte ihm auf dem Fuße. Beide sahen interessiert von Hitler zu Daisy. Sie hätte sich selbst ohrfeigen können, als sie erkannte, wie falsch sie die Lage eingeschätzt hatte. Zweimal hatte ihr der Führer einen besonderen Gefallen erwiesen, indem er Mitzi begnadigt und Frau Kulke aus der Anstalt geholt hatte. Aber die Causa Blomberg betraf Hitler persönlich. Er fühlte sich durch den angeblichen Verrat seines Freundes Werner hintergegangen. Nun blieb ihr nur, wenigstens für einen guten Abgang zu sorgen. »Vielen Dank, Herr Hitler, dass Sie es mir erklärt haben. Auf Wiedersehen.« Sie streckte ihm die Hand entgegen, und Hitler ergriff sie ohne Zögern. »Schon gut, Fräulein«, er tätschelte altväterlich ihre Wange, »die Freundschaft ist ein hohes Gut, nicht wahr?«

Nach Mitzis Abreise sandte Daisy eine Nachricht an Henry. Er reagierte umgehend. Sie arrangierten für das folgende Wochenende ein Treffen auf Gut Tessendorf in einem verlassenen Forsthaus. Daisy würde auf Orion hinreiten, was es quasi unmöglich machte, ihr unbemerkt zu folgen. Aber sie rechnete nicht wirklich damit. Als sie dort ankam, erwartete Henry sie bereits ungeduldig. Sie fielen sich in die Arme. In Orions Satteldecke gewickelt, lagen sie anschließend eng umschlungen auf dem Boden. Er vergrub sein Gesicht in ihrem Haar. »Du riechst nach Pferd«, murmelte er.

»*Wir* riechen nach Pferd«, kicherte Daisy und lüpfte kurz Orions Decke. Henry bearbeitete nun ihr Ohr. Daisy genoss seine Küsse, aber nachdem der erste Hunger gestillt war, drängten die vergangenen Ereignisse zurück an die Oberfläche. Mit ihrem unüberlegten Überfall auf Hitler hatte sie ihrer eigenen Sache womöglich einen Bärendienst erwiesen. Erreicht hatte sie nichts, dafür würde Goebbels künftig ein wachsames Auge auf sie haben. Sie schauderte, als sie an seinen abschätzigen Blick dachte. Sie war dem kleinen Mann mit den großen Plänen in die Quere gekommen, und so, wie er sie taxiert hatte, schien er sich nicht ganz schlüssig zu sein, ob ihrem Handeln Raffinesse oder ein Anfall von Dummheit zugrunde lag. Daisy konnte nur beten, dass er sich mit Letzterem begnügte. Falsch läge er damit nicht, sie stellte sich dasselbe Zeugnis aus. Henry fielen dazu sicher auch ein paar Takte ein. Sie seufzte, umschlang ihn mit Armen und Beinen und drückte sich an ihn, als wollte sie direkt unter seine Haut kriechen. Sie sog seinen Geruch aus herbem Rasierwasser und Mann in sich auf. Nie hatte sie sich glücklicher gewähnt als in diesem Moment mit Henry auf dem morschen Bretterboden einer verlassenen Hütte. Warum konnte es nicht immer so bleiben? Weil es Menschen gab, die weder Liebe noch Freude kannten und beides anderen missgönnten... Daisy öffnete den Mund, um Henry von den jüngsten Ereignissen zu erzählen, stattdessen quollen aus den Tiefen ihres Bewusstseins zuerst ihre Ängste hervor: »Glaubst du, es wird Krieg geben? Werner von Blomberg scheint der festen Überzeugung zu sein.«

Henry, der mit einer Locke ihres Haares spielte, stützte sich auf den Ellenbogen. Liebevoll forschte er in ihrem Gesicht. »Was hast du erfahren?«

Daisy schönte nichts in ihrem Bericht. An sein Ende gekommen suchte sie in Henrys Miene zu lesen. Er war kein Mann des Donnerwetters, er würde seinen Tadel über ihre unbedachte Intervention bei Hitler auf milde Art anbringen. »Mach dir keine Vorwürfe, Darling«, sagte er und küsste sie auf die Nase. »In der Affäre Blomberg geht es nicht um die Wahrheit. Mitzis anstößige Fotos sind nicht der Grund für die Entlassung Blombergs, sie sind der Vorwand. Daher musste jedes deiner Argumente bei Hitler von vorneherein abprallen. Du hast dir nichts vorzuwerfen.«

Daisy war verwirrt. Sie hatte mit einer Vorhaltung gerechnet und Trost erhalten. »O Henry«, murmelte sie und ließ sich gegen ihn sinken. Er drückte seine Lippen in ihr Haar. »Hat sich Mitzis Mann zu Generaloberst von Fritsch geäußert?«

»Den Oberbefehlshaber des Heeres? Nein. Warum fragst du?«

»Weil die Gestapo ihn kassiert hat und seit Tagen verhört. Er steht unter Verdacht, ein Sodomit zu sein.«

»Von Fritsch?« Sie überlegte. Der Mann war unverheiratet und galt allgemein als ein wenig kauzig. Wenn das allein ihn bereits verdächtig machte, würden die Gefängnisse bald überquellen.

»Was hat das zu bedeuten, Henry?«

»Dass sich das Komplott nicht auf von Blomberg beschränkt. Das, was wir gerade erleben, ist eine Verschwörung zur Herbeiführung einer Personalrochade an der Spitze der Wehrmacht. Sie ist die letzte verbliebene staatliche Institution, die unter Hitler noch nicht völlig gleichgeschaltet worden ist. Schon allein deshalb haben die beteiligten Akteure ein Interesse daran, dass der Skandal so lange weiterköchelt, bis jeder seinen Vorteil daraus gezogen hat. Blombergs Tabubruch und der Verdacht gegen Generaloberst von Fritsch bieten Hitler die einmalige Möglichkeit, die Wehrmacht ihrer beiden führenden Köpfe zu berauben.«

»Aber warum sollte Hitler das tun? Von Blomberg ist sein Freund und ein wichtiger Berater. Fritsch ebenso. Schadet er sich damit nicht in erster Linie selber?«

»Vermutlich, aber seine Eigeninteressen machen ihn dafür blind. Indem er diese Männer ihrer Kommandos enthebt, räumt er für sich den Weg frei, den Oberbefehl der Wehrmacht zu übernehmen. Der kleine Gefreite aus dem großen Weltenbrand überreicht sich quasi selbst den Marschallstab.«

Daisy schmerzte die Erkenntnis, wie überflüssig ihr spontanes Eintreten für die Blombergs gewesen war. Sie hatte auf die Sympathien gesetzt, die der Diktator zweifellos für sie hegte. Sie hätte es besser wissen müssen. Und Hitler hatte es ihr selbst gesagt: *Seltsam, wie wir an alten Freundschaften festhalten, weil wir den Menschen für besser halten, als er ist.*

Dennoch blieb ein loser Faden. Kein Wort von Henry zu ihrem impulsiven Handeln? Immerhin war sie Hals über Kopf in die Reichskanzlei gebraust. Nicht, dass sie für Henrys unverhofftes Verständnis nicht dankbar gewesen wäre, aber irgendwo in seinem Windschatten versteckte sich ein Hintertürchen. Doch den Versuch, sich gedanklich heranzutasten, wusste der nackte Mann an ihrer Seite zu durchkreuzen, indem er seine warme Hand an ihrer Taille hinabgleiten ließ und nun die Rundung ihrer Hüfte erkundete. Neuerliche Liebesseufzer erfüllten die Hütte. Irgendwann und viel zu früh kam die Zeit der Trennung. Sie kleideten sich an, und die Süße ihrer Liebe hing noch in der Luft. »Wir sehen uns bald wieder«, beteuerte Henry. »Kanzler Chamberlain hat mich in seinen offiziellen Beraterstab berufen. Das macht mich in meinen Bewegungen freier. Nächste Woche findet ein Empfang in der britischen Botschaft statt. Ich lasse dir und deiner Mutter eine Einladung zukommen.« Er zog sie an sich, und ihre Lippen vereinigten sich zu einem weiteren innigen Kuss.

»Danke, dass du mich für meinen Vermittlungsversuch nicht verurteilst.«

Henry lächelte aufmunternd. »Warum, mein Darling? Deine Intervention bei Hitler hat eher zur Festigung deiner Position beigetragen.«

Blitzartig erkannte Daisy die Hintertür, sie schlug ihr geradezu ins Gesicht. »Willst du etwa andeuten, dass ich Hitler und Konsorten auf meine naive Art demonstriert habe, wie wenig Ahnung ich vom Spiel der Macht habe?«

Henry federte ihre Verärgerung gelassen ab. »Ich finde, es spricht eher für dich, Darling, wenn du die Gier nach Macht und ihre verschlungenen Schachzüge nicht vorhersehen kannst. So schlecht, wie andere handeln, kannst du nicht ansatzweise denken.« Er legte ihr die Hände auf die Schultern und blickte sie liebevoll an. Doch sein Mund blieb ernst: »Vielleicht solltest du es dir nochmals überlegen, ob du dich wirklich an diesem gefährlichen Spiel beteiligen möchtest.«

»Versuchst du gerade, die Situation dazu zu nutzen, um mich einmal mehr von meinem Vorhaben abzubringen?«

»Davon kann keine Rede sein. Ich liebe dich, und du musst mir wenigstens zubilligen, dass ich jede Minute um dich in Sorge bin.«

»Ach ja? Und was ist mit meiner Sorge? Ist sie weniger wert als deine?« Daisys Augen blitzten. »Ich mache dir hier und jetzt einen Vorschlag, Mr Darcy: Du lässt von deiner Agententätigkeit ab, und ich werde das Gleiche tun. Wir können noch heute nach England aufbrechen.« Sie las die Antwort unmittelbar in seinem Gesicht. »Das kannst du nicht, und das ist die Wahrheit«, konstatierte sie. »Weil dir nichts wichtiger ist als dein Britannien.«

»Falsch, mir ist nichts wichtiger als der Friede, Darling. Eine Welt in Frieden ist das, was ich meinen zukünftigen Kindern bieten möchte. Und darum muss dieser Verrückte in der Reichskanzlei unbedingt aufgehalten werden.«

Ein kleiner Schatten fiel so auf ihre letzten gemeinsamen Minuten. Henry küsste sie, und Daisy ließ es zu. Aber sie brachte es nicht fertig, seinen Kuss zu erwidern. Dafür war sie zu aufgewühlt. Zwischen ihr und Henry klaffte der Abgrund männlichen Überlegenheitsdenkens. Wie oft wurden mutige Zeitgenossinnen von der patriarchalischen Gesellschaft in diesen Abgrund gestoßen? Wie oft waren sich die Frauen aber auch selbst der größte Feind, indem sie ihren Zeitgenossinnen in den Rücken fielen und sie daran hinderten, aus dem Alten auszubrechen? Wenigstens in einem wirkte sich die Blomberg-Affäre für Daisy positiv aus: Sie verspürte keinerlei Gewissensbisse mehr. Sie hatte hinter dem Gesicht des privaten Hitler endlich das politische hervortreten sehen, und es machte ihr Angst.

Kapitel 34

> In früheren Zeiten bediente man sich der Folter.
> Heutzutage bedient man sich der Presse. Das ist gewiss
> ein Fortschritt.
>
> Oscar Wilde

Als Reichshauptstadt war Berlin Mittelpunkt ausländischer Gesandtschaften und Tummelplatz für Agenten. Hunderte Augen und Ohren waren ständig auf die Reichskanzlei gerichtet, und es blieb nicht verborgen, dass es in Berlins Machtgefüge knirschte. In der Auslandspresse trieben die Spekulationen alsbald wunderliche Blüten. Jeden Tag brachte Propagandaminister Goebbels seinem Führer die neuesten, immer fantastischeren Presseauswüchse zu Gehör: Zwanzig Offiziere und drei Generäle seien in die Schweiz geflohen, vierzehn Generäle suchten mit der Leiche (!) des Weltkriegshelden General Ludendorff Schutz in Prag, Flucht des Exkronprinzen, Meuterei im pommerischen Stolp und im masurischen Allenstein, Offizierserschießungen und deutsche Grenzsperren. Die polnische Presse wusste gar von Straßenkämpfen in Berlin und München zu berichten. »Es ist die pure Lust, meine Regierung scheitern zu sehen!«, geiferte der Führer.

In der Öffentlichkeit verurteilte Hitler die Ergüsse der ausländischen Journaille mit aller Schärfe »*als die Fehlleistungen armseliger Tröpfe, die den Frieden untergraben und die Verständigung zwischen den Völkern hintertreiben*«. Insgeheim amüsierten sich er und Goebbels über den allgemeinen »Kaiserschmarrn«.

Vier Tage nach Blombergs Verabschiedung bereitete Hitler aller Spekulation ein Ende und tauschte die Spitzen der Wehrmacht aus. Das Wehrmachtsamt im Reichskriegsministerium wurde umbenannt in Oberkommando der Wehrmacht, den Oberbefehl übernahm Hitler, so wie es Henry vorhergesagt hatte. Chef des neuen OKW wurde Keitel, der Judas in der Causa Blomberg. Von Brauchitsch übernahm das Heer. Göring erhielt den lang ersehnten Marschallstab. Vierzehn Generäle wurden in den vorzeitigen Ruhestand verabschiedet, vierzig Kommandostellen umbesetzt. Auch Außenminister von Neurath musste seinen Hut nehmen. Den durfte sich der ehemalige Sekthändler von Ribbentrop aufsetzen, der zu diesem Zweck von seinem Botschafterposten aus London abberufen wurde.

Das nächste Wiedersehen zwischen Daisy und Henry fand wenige Tage später in der britischen Botschaft im Tiergartenviertel statt. Auch dieses Mal war Yvette als Daisys Begleitung vorgesehen, aber sie sagte am selben Morgen ab, weil sie »Flöhe hüten müsse«. Daisy wusste Bescheid. Ihre Schwester Violette pflegte die Angewohnheit, überraschend mit ihren drei lebhaften Rangen in Tessendorf aufzutauchen und den ganzen Betrieb durcheinanderzuwirbeln.

Daisy sehnte sich nach Henry. Sie hatte sich für diesen Abend extra ein neues Kleid bei Tietz bestellt, ein Traum aus schäumendem rotem Chiffon. Zu ihrem großen Ärgernis lief sie bei ihrer Ankunft in der Wilhelmstraße unmittelbar Hugo in die Arme. »Liebe Schwägerin!«, rief er überschwänglich. »Du siehst bezaubernd aus! Wie eine englische Rose! Darf ich dich hineinbegleiten?« Er bot ihr den Arm, und wohl oder übel zog Daisy an seiner Seite in die Botschaft ein. Sie wurden von Botschafter Neville Henderson und seiner Frau im hell erleuchteten Foyer begrüßt, tauschten einige Sätze, schon rückten die nächsten Gäste nach. An der freischwingenden Treppe war eine kleine Bar aufgebaut worden, an der sich die frisch Eingetroffenen einen Aperitif holen konnten, bevor sie weiter in den Ballsaal schlenderten. Dort entdeckte Daisy Henry im Gespräch mit einem schmalen älteren Herrn, in dem sie zu ihrer Freude Graf Pocci erkannte. Eben gesellte sich Martha Dodd den zweien hinzu. Hugo stoppte. »Hast du ihn gesehen?«

»Wen?«

»Roper-Bellows natürlich.« Er lächelte auf eine Weise, die Daisy warnte. Sie entgegnete: »Er ist britischer Diplomat. Weshalb sollte er nicht hier sein?«

»Das beantwortet nicht meine Frage.«

Daisy stierte übertrieben in Henrys Richtung. »Jetzt habe ich ihn gesehen. Zufrieden?«

»Und schon reagiert sie schnippisch. Habe ich da etwa einen Nerv getroffen?«

»Weißt du was, Hugo?« Daisy entwand sich ihm brüsk. »Lass mich einfach in Frieden. Dann könnte ich den Abend heute vielleicht noch genießen.«

Hugo behielt sein Lächeln bei und sagte durch die Zähne: »Du wirst schön dableiben und dich gefälligst benehmen. Ich bin hier, um dich vor Bormann zu warnen. Du hast dir seinen Unmut zugezogen.«

»Das Schwein wollte mir an die Wäsche!«

»Na und? Er belästigt jeden hübschen Rock. Eine kluge Frau sollte wissen, wie man einen Mann auf Abstand hält, ohne ihn zu verärgern. Jetzt hat er jemanden von der Gestapo auf dich angesetzt.«

Daisy gab sich unbefangen. »Merkwürdig. Wieso warnst du

mich, anstatt Bormanns Handlanger zurückzupfeifen? Ich dachte, du bist selbst ein hohes Tier bei der Gestapo. ›Sonderaufgaben‹, richtig?«

»Wer behauptet das? Dein Brite?«

»Nein. Und er ist nicht mein Brite. Verschone mich mit deinen Vermutungen.«

»Du bist eine schlechte Lügnerin. Glaubst du, ich wüsste nicht über euch beide Bescheid? Roper-Bellows ist immer dort zu finden, wo du bist. Ich hatte euch schon damals im Verdacht, als die Helios-Werft wegen Verstoßes gegen das Versailler Waffenabkommen durchsucht wurde. Vermutlich hast du selbst ihm den Tipp dazu gegeben.«

Daisy hob die Schultern. »Denk doch, was du willst.«

»Natürlich.« Hugo lächelte siegesgewiss. »Diesen Abend gehörst du jedenfalls mir. Glaub nicht, dass ich dich auch nur in die Nähe von Roper-Bellows lasse.« Er griff erneut nach ihrem Arm, Daisy stieß seine Hand entschieden fort.

»Belästigt dich dieser Mann, Margarita?«, tönte jäh eine tiefe Stimme.

Erschrocken wirbelte Daisy herum. »*Giacomo?*« Sie hätte kaum weniger perplex reagiert, wäre der Koloss von Rhodos hinter ihr aufgetaucht. Der Italiener schob sich zwischen sie und Hugo und schirmte ihren Schwager mit seinem breiten Rücken vor ihr ab. Feindseligkeit stieg wie eine Wolke über den Männern auf. Verdammt, sie wollte keine Szene! Daisy besann sich, schließlich war sie bei der Besten in die Lehre gegangen: ihrer Mutter. Sie knipste ein charmantes Lächeln an, wechselte ihre Position und legte den beiden je eine Hand auf den Arm. »Warum nehmen wir nicht gemeinsam einen Drink?«

»Eine prima Idee«, gurrte Martha, die unvermittelt neben

Daisy glitt und Giacomo anschmachtete wie ein Heiligenfresko in der Kirche. Daisy dankte dem Himmel.

»Komtess, wollen Sie mir diesen schönen Mann nicht vorstellen?« Martha ließ den Blick nicht von Giacomo, und die Signale, die sie aussandte, blieben nicht ohne Wirkung. Giacomo lächelte sein Raubtierlächeln. Daisy hätte ihn und Martha am liebsten in die nächste Besenkammer geschubst, damit sie das tun konnten, was als Wunsch in ihren Augen zu lesen war. Aber das hätte ihr Problem mit Hugo nicht gelöst. Auch wenn Giacomo sich durch Marthas Avancen kurz ablenken ließ, galt seine Aufmerksamkeit dennoch ihr.

Hugo gab Daisy mit einem gezischten »Was macht dein Liebhaber hier?« zu verstehen, dass er über Giacomos Rolle in ihrem Leben bestens informiert war. Und so sah sich Daisy nicht nur mit zwei Bewachern konfrontiert, sondern auch mit deren Rivalität. Ihr graute vor dem weiteren Verlauf des Abends, schon jetzt fühlte sich der Boden unter ihren Füßen an, als stünde er in Flammen. Neben ihr am Buffet kicherte Martha. Sie hatte eindeutig schon einen Kleinen sitzen. Eben führte Giacomo ein Löffelchen Kaviar an Marthas Mund, und sie öffnete die Lippen auf eine sinnliche Weise, als wollte sie etwas anderes aufnehmen als nur ein wenig Fischei. Einige Umstehende quittierten das wenig subtile Treiben der Amerikanerin mit sauren Blicken, während Daisy dachte, los, Martha, schnapp ihn dir! Giacomos Benehmen hingegen bezweckte eindeutig, Daisy eifersüchtig zu machen. Er begriff gar nichts. Daisy seufzte. Giacomo blieb Giacomo. Und sie hatte kurzzeitig sogar geglaubt, ihn zu lieben. Wie wurde sie ihn los? Und Hugo? Wieder schaute sie zu Martha. Sie benötigte eine Komplizin für die Idee, die gerade in ihr heranreifte. Dazu gehörte, als Erstes ihr Kleid zu opfern, indem sie ein Glas Rotwein über den

Rock kippte: »Ach, herrje, wie ungeschickt! Martha, würden Sie mich kurz in den Puderraum begleiten?«

Im Puderraum tummelte sich ein halbes Dutzend Damen. Daisy griff nach einem Handtuch, feuchtete es an, und während sie ihr Kleid bearbeitete, steckten Martha und sie ihre Köpfe zusammen. Daisy erklärte ihr Dilemma, und die Amerikanerin erklärte sich sofort bereit, ihr zu helfen. Daisy ließ von ihrem Kleid ab, riss eine Seite aus ihrem Notizbuch und kritzelte ein paar Worte. »Bitte stecken Sie das Henry Roper-Bellows zu, ohne dass Hugo zu Trostberg etwas davon bemerkt. Danach bestellen Sie mir bitte ein Taxi. Schaffen Sie das?«

»Natürlich.« Martha grinste, als freute sie sich auf ein Abenteuer. Sie kehrten zum Fest zurück, und Hugo und Giacomo kreisten erneut um Daisy wie Haie auf der Jagd. Plötzlich erhielt Giacomo von hinten einen Stoß. Ein Kellner war ungeschickt gegen ihn gestolpert und verlor dabei sein beladenes Tablett. Gläser zerschellten, Flüssigkeiten spritzten. Reflexartig wichen die Umstehenden zurück, behinderten sich dabei gegenseitig, was für weitere Missgeschicke sorgte. Der Inhalt von Giacomos Glas ergoss sich auf Hugo. »Passen Sie doch auf!«, schimpfte der und trat Martha versehentlich auf den Fuß. Die schubste ihn kraftvoll zurück, worauf Hugo gegen Giacomo prallte. Es hatte nur diesen Auslöser gebraucht, und die schwelende Aggressivität zwischen den beiden Männern schlug Funken. Giacomo holte aus und schickte Hugo mit einem mächtigen Fausthieb auf die Bretter. Bis Daisys Schwager wieder richtig zu sich kam, war sie längst über alle Berge. Sie mied ihre Wohnung, weil Hugo und Giacomo sie dort zuerst suchen würden, und nahm sich ein Zimmer im *Kempinski* am Kurfürstendamm.

Schlaflos hockte Daisy im Dunkeln in einem Sessel und lauschte ihren eigenen Atemgeräuschen. Den Eindringling bemerkte sie erst, als er bereits an ihrem Bett stand. Die große, schattenhafte Silhouette ragte kaum zwei Meter entfernt von ihr auf. Im ersten Moment war Daisy vor Schreck wie paralysiert.

»Daisy?«, flüsterte eine Stimme. »Bist du wach?«

»Henry?« Ungestüm warf sie sich in seine Arme. Ihre Anspannung löste sich in Tränen auf. Henry küsste sie alle fort.

»Wie hast du mich gefunden?«

»In deiner Notiz batest du um ein Ablenkungsmanöver. Einer meiner Männer hatte Order, dich keine Sekunde aus den Augen zu lassen. Mmh, du riechst so gut.« Henrys Lippen liebkosten ihr Ohr, seine Hände glitten von ihren Schultern an ihrem Körper hinab und pressten sie fest an seine Hüften. Daisy konnte spüren, wie sehr er sie wollte. Hastig streiften sie ihre Kleider ab.

Sie verbrachten eine wundervolle Nacht. »Das ist noch viel besser als ein halbes Schäferstündchen in der Botschaft«, fand Daisy und rieb ihren Fuß an Henrys Schienbein. »Woher kennst du eigentlich Graf Pocci?«, fiel ihr ein.

»Er ist ein alter Freund.«

»Er betätigt sich als Agent?«

»Das habe ich nicht gesagt.«

»Schon gut, du großer, schweigsamer Brite.« Gerade konnte sie nichts aus ihrer guten Laune reißen. »Wie ging es denn mit Giacomo aus?«

»Dieser Italiener besitzt den Schlag eines Preisboxers. Er hat zu Trostburg ausgeknockt.«

Daisy freute sich. »Ich sollte Giacomo einen Geschenkkorb senden.«

»Schwierig.«

»Warum?«

»Weil er einsitzt. Hugo hat ihn kassiert. Angriff auf einen deutschen Beamten. Eigentlich drei, Giacomo de Luca hat bei der Verhaftung zwei weitere vermöbelt.«

»Brezel!«, entfuhr es Daisy, die nicht wirklich um den früheren Geliebten fürchtete. »Giacomo ist ein enger Freund Mussolinis. Attolico wird ihn *avanti* herausboxen.«

»Der italienische Botschafter? Wenn du dich da nicht irrst.«

»Warum sagst du das?«

»Eine kleine private Fehde. De Luca hat in Attolicos Garten gewildert.«

»Giacomo hat sich an dessen Frau herangemacht?«

»Jedenfalls«, meinte Henry weiter, »wird der Botschafter vorerst keinen Finger für seinen Landsmann rühren. Falls du jemandem danken willst, dann Martha Dodd. Sie hat alle Schuld an dem Vorfall auf sich genommen, indem sie jeden wissen ließ, dass die Herren sich wegen ihr in die Haare bekommen hätten.«

»Martha genießt ihre Rolle als Femme fatale.«

»*Sie*«, betonte Henry, »ist vor allem mit Vorsicht zu genießen. Unter ihrer geschwätzigen Oberfläche steckt einiges mehr. Die Amerikaner vermuten, dass die Dodd für die Russen spioniert.«

»Was?« Daisy hätte nicht verblüffter schauen können, wenn Henry ihr gesagt hätte, er habe Beweise für die Existenz kleiner grüner Männchen. Ihr fiel nun ein, was sie Henry unbedingt noch hatte mitteilen wollen: »Hugo hat behauptet, er wüsste über uns beide Bescheid. Du seist immer dort anzutreffen, wo ich auch hingehe.«

»Ich bin mir sicher, Liebling, dass Trostburg nur deine Reaktion dazu austesten wollte.« Henry lächelte aufmunternd. »Wir treffen gelegentlich bei Gesellschaften aufeinander, inmitten hundert weiterer Gäste. Er kann uns nicht das Geringste nachweisen.«

Kapitel 35

> Nichts ersetzt die beste Freundin.
>
> Daisy von Tessendorf

Mitzi dokumentierte die Stationen ihrer Weltreise fleißig mit Ansichtskarten und rief des Öfteren an. Aber es war einfach nicht dasselbe. Daisy fehlten die gemeinsamen Picknicke im Bett, ihre Gespräche und das Herumalbern und nicht zuletzt ihre Zwistigkeiten. Mitzi hatte sie stets zurechtgestutzt, wenn sie ihren Verstand verlegt hatte. Nichts ersetzte die beste Freundin. »Mitzi ist nur ein Jahr fort«, sagte sich Daisy in diesen Tagen oft. »Und ich habe Henry!« Das Wissen, dass er jetzt ein Teil ihres Lebens war, wenn auch ein heimlicher, wärmte sie von innen. Sie dachte ständig an ihn. Auch bei der Arbeit.

»Haben Sie sich neu verliebt, Daisy?«, fragte Speer, der urplötzlich vor ihrem Stehpult auftauchte. Seine Frage störte Daisy aus heißen Henryträumen auf. Speer las in ihrem Gesicht wie in einem Bauplan. »Sie sehen aus wie ein Eichhörnchen, das beim Nüssemopsen ertappt wurde! Also ist es wahr! Wer ist der Mann? Kenne ich ihn? Jemand aus der Dienststelle? Es würde mich nicht stören.«

Leugnen war zwecklos. Daisys Ohren fühlten sich so heiß an, als könnten sie jeden Moment lospfeifen wie ein Teekessel. »Ja und nein«, erklärte sie vage.

»Ja, Sie sind verliebt, und nein, es ist niemand aus der Dienststelle. Wer dann? Wer hat sich meine beste Kraft geschnappt? Darf ich hoffen, dass es diesmal kein Italiener ist?« Offenbar fürchtete er, sie könnte wieder Hals über Kopf nach bella Italia abdampfen… Daisy wand sich. »Bitte, Albert. Es ist alles noch sehr frisch.«

Er musterte sie, das Lächeln sickerte aus seinen Augen. »Falls Ihr Auserwählter verheiratet ist, weiß ich besser nichts davon. Sie kennen die Einstellung des Führers. Er duldet keinen Ehebruch.«

»Aber nein, Albert«, versicherte ihm Daisy betont entrüstet. »Er ist nicht verheiratet.« *Nur ein englischer Agent…*

***

Martin Bormann hatte gemeinsam mit Außenminister Ribbentrop die japanische Delegation hinausbegleitet und kehrte nun zum Führer zurück, der das Gastgeschenk der Japaner, zwei große Keramikschalen, in denen je ein Minibäumchen steckte, betrachtete. »Schauen Sie sich das an, Bormann!«, winkte er den Sekretär näher. »Ich verstehe die Japaner nicht. Sie sind doch ein stolzes Volk und unser Verbündeter im Geiste! Warum in Herrgotts Namen streben sie danach, aus Bäumen Zwerge zu formen und es Kunst zu nennen? Nur wer Großes denkt, wird auch Großes leisten! Es muss der natürliche Zweck eines Baumes bleiben, in Größe und Stärke in den Himmel zu wachsen. Man kann nur hoffen, dass die Japaner nicht irgendwann auf die Idee verfallen, auch den Menschen zu schrumpfen! Obwohl«, Hitler lächelte wie ein Barrakuda, »das nicht der schlechteste aller Gedanken wäre.« Er hob den Daumen und kniff ein Auge zu, als wollte er Maß an der Welt nehmen. Bormann verharrte in Ehrfurcht. Er wusste, sein Idol kam gerade erst in Schwung, weitere Führerperlen würden folgen. »Könnten wir die Juden zu Däumlingen schrumpfen«, schwadronierte Hitler, »so passten sie alle auf einen Passagierdampfer, und fort mit ihnen nach Palästina. Die Hebräer drängt es ohnehin zurück ins Gelobte Land, da täten wir an ihnen noch ein gutes Werk! Und dank der Briten, die dasselbe Pferd zweimal verkauft haben, hätten sie und die Araber das Judenproblem am Hals. Was haben Sie denn da für Papiere, Bormann?« Hitler hatte die Akte in Bormanns Fingern erspäht. Abwehrend wedelte er mit der Führerhand: »Bitte jetzt keine Beschlüsse. Was ich zuerst brauche, ist ein Spaziergang an der frischen Luft unter echten Bäumen. Schaffen Sie mir in der Zwischenzeit diese Baumwinzlinge fort.«

»Kein Beschluss, mein Führer. Ich habe hier wichtige Informationen zum Fräulein von Tessendorf.« Damit errang er Hitlers Aufmerksamkeit. Eifrig trug Bormann vor: »Ich habe zur Herkunft ihrer Mutter Yvette, einer Französin, Nachforschungen beauftragt. Sturmbannführer von Greiff hat herausgefunden, dass die besagte Person jüdischer Geburt sei und aus fragwürdigen Verhältnissen stammt. Aufgewachsen in einem Pariser Bordell namens *Chat noir*, wo sich ihre Mutter und sie als Hur...«

»Bormann!«, unterbrach ihn Hitler scharf. »Nun ist es aber genug! Wollen Sie mich für dumm verkaufen?«

»Nein, mein Führer! Ich würde niemals...«

»Wenn Sie mich nicht für dumm verkaufen wollen«, grollte Hitler weiter, »muss ich annehmen, dass sie vergesslich sind! Ich habe Ihnen gesagt, nein, befohlen habe ich Ihnen das, Sie sollen die Finger vom Fräulein von Tessendorf lassen. Das meinte ich sowohl wortwörtlich als auch metaphorisch! Wenn Sie überhaupt verstehen, was das heißt.«

»Aber, mein Führer, ich wollte doch nur...«, stotterte Bormann unsicher, worauf ihm Hitler das dritte Mal den Ton abdrehte: »Ich kenne das Fräulein und ihre Mutter und lege für sie beide Hände, hören Sie, beide Hände...«, er fuchtelte mit denselbigen,

»ins Feuer! Sie können mir ruhig zutrauen, dass ich Juden, wenn sie mir unter die Augen kommen, auch erkenne. Die genannten Damen sind von alter Rasse und Klasse, das drängt sich einem geradezu auf, der ein wenig vom Adel versteht! Merken Sie sich das, Sie Bauer!«

»Jawohl, mein Führer.«

»Geben Sie die Akte her!« Hitler schritt zum Tisch, griff einen Stift und schrieb quer über die erste Seite des Gestapo-Berichts: »Hiermit bezeuge ich, Adolf Hitler, die arische Herkunft von Yvette und Margarethe von Tessendorf.« Er unterschrieb schwungvoll. »Und jetzt nehmen Sie Ihre Akte, bevor ich Sie Ihnen und diesem unfähigen Greifvogel um die Ohren schlage!«

***

Daisy war sich darüber im Klaren, dass ihr Streich in der britischen Botschaft ein Nachspiel haben würde. Wer würde wohl zuerst bei ihr aufschlagen, Hugo oder Giacomo? Allerdings musste Letzterer dazu erst von Hugo freigelassen werden. Martha Dodd, die sich inzwischen als Daisys Freundin betrachtete, verfolgte die diplomatischen Hintergrundgeräusche zwischen Deutschland und Italien mit Interesse. Sie war es auch, die Daisy zehn Tage später anrief: »Pass auf, unser schöner Italiener ist frei. Lass mir noch was von ihm übrig, ja?«

Daisy traf Vorkehrungen. Sie wünschte, das Kapitel Giacomo endgültig abzuschließen, aber sie wollte unbedingt vermeiden, ihm allein zu begegnen. Ab sofort würde sie das Büro nur in Begleitung von Kollegen verlassen. Falls Giacomo ihr vor der Wohnung auflauerte, würde er umsonst warten. Seit Tagen hatte sie einen Koffer im Büro stehen, um jederzeit in ein Hotel umzuziehen. Der Italiener ließ sich an diesem Tag nicht blicken. Nervös rief Daisy abends bei Martha an und erfuhr vom Dienstmädchen, die gnädige Frau sei ausgegangen. Daisy hoffte inständig, dass sich Martha die Zeit mit Giacomo vertrieb. Kaum hatte sie aufgelegt, als das Telefon in ihrem Hotelzimmer klingelte. »Na, Marguerite? Wartest du auf deinen italienischen Liebhaber?«

»Was willst du, Hugo?«, fragte Daisy schroff. Natürlich bezweckte er mit seinem Anruf eine Machtdemonstration, es ärgerte sie dennoch.

»Fahr die Krallen wieder ein. Ich habe deinen Hengst gut verschnürt zurück nach Italien geschickt. Habe ich gern gemacht.« Er legte auf.

Eine Weile hatte sich Daisy frei von Hugo gefühlt, nun schien er sie wieder ins Visier genommen zu haben. Sie telefonierte mit Henry, und sie beschlossen, sich die nächste Zeit nicht zu sehen. Zudem befürchtete Daisy, Giacomo könnte plötzlich vor ihrer Tür stehen. Es fehlte nicht viel, und sie wäre der Versuchung erlegen, in Rom anzurufen, nur um endlich Klarheit zu haben. Aber vermutlich war genau das Giacomos Kalkül – sie zu diesem Schritt zu bewegen.

Währenddessen setzte sich das Jahr 1938 genauso ereignisreich fort, wie es begonnen hatte. Im September streckte Hitler seine Hand nach dem Sudetenland aus und beteuerte, dies sei die letzte deutsche territoriale Forderung. Seine Drohung, mit der Wehrmacht in der Tschechoslowakei einzumarschieren, zeigte seine Entschlossenheit. Das brachte die Diplomatie gehörig auf Trab. Auf Bitten der Briten übernahm der italienische Diktator Mussolini die Vermittlung, und die Premierminister aus England und Frankreich eilten nach München. Unter den Augen der Weltöffentlichkeit hielt Hitler mit Chamberlain, Daladier und Mussolini eine »Friedenskonferenz« ab. Das *Münchner Abkommen* besiegelte die Abtretung des Sudetengebiets an das Deutsche Reich. Henry sah das vorsichtige Agieren seines Premiers Chamberlain und seines französischen Amtskollegen Dadalier als Schwäche. »Der Fordernde hat nie genug! Mit unserer Beschwichtigungspolitik befeuern wir höchstens Hitlers Appetit«, erklärte er Daisy bei ihrem ersten Wiedersehen im Oktober. »Und es kostet uns enorm Vertrauen seitens der osteuropäischen Staaten. Das wird der Sowjetunion in die Hände spielen.«

Die Goebbels-Presse bejubelte die Wahrung des europäischen Friedens als das große Verdienst ihres Führers, und Goebbels' ausgeklügelter Propagandafeldzug verschaffte Adolf Hitler einen enormen Popularitätsschub beim deutschen Volk.

Henry schrieb einen Bericht, in dem er darlegte, dass das *Münchner Abkommen* allen Putschplänen gegen Hitler, die innerhalb der Wehrmachtsführung gärten, ein Ende bereitete. Die Verschwörer könnten nicht mehr auf die Unterstützung des Volkes hoffen.

Unterdessen dokumentierte Mitzi ihre Weltreise weiter mit bunten Ansichtskarten und schwärmerischen Briefen. Sie schrieb von der Insel Java, aus Malaysia und aus Indien. Während Mitzi in eine völlig neue Welt aus exotischen Gerüchen und Farben eintauchte, bestand Daisys Leben aus Berlin und der Reichskanzlei, am Wochenende aus Tessendorf, und hier und da musste sie auf dem Obersalzberg antanzen, weil Speer mit Familie dort inzwischen in einem hübschen neuen Haus Quartier bezogen hatte – wie so viele andere hohe Nazis, die die Nähe ihres Führers suchten. Nachdem man die Einheimischen vom Berg vertrieben hatte, spross ein Domizil nach dem anderen aus dem Boden. Hitlers

Hofstaat wuchs. Mitzi reiste, Daisy spionierte. Sie prägte sich alles ein, was Hitler von sich gab, notierte die Gäste, die er empfing, und ab und zu gelang es ihr, einen Blick auf herumliegende Papiere zu erhaschen. Sie leitete alles an Henry weiter, auch in ihrer Wahrnehmung scheinbar Unwichtiges. Henry hatte ihr versichert, Spionage funktioniere wie ein Mosaik, und ein Gesamtbild ergebe sich nur in der Summe.

Neben ihrer Arbeit hielt Daisy in diesem Jahr auch ihr Studium auf Trab. Sie legte ihre letzten Prüfungen ab und erhielt ihr Architekten-Diplom.

Nicht lange nach dem Münchner Abkommen kam eine Kette unglückseliger Geschehnisse in Gang. Zunächst verstärkten sich die Spannungen zwischen Deutschland und Polen. Auf beiden Seiten kam es vermehrt zu Grenzübertritten, und jede Seite beschuldigte die andere, damit angefangen zu haben. Es schaukelte sich hoch. Zu Beginn waren es nur Diebstähle und Fälle von Vandalismus, dann wurden ganze Weiler abgefackelt. Aus Prügeleien wurden Schießereien, und es gab die ersten Toten. Streitpunkt war der »polnische Korridor«, ein Landstreifen, der Ostpreußen vom übrigen Deutschland abtrennte, weil er nach dem verlorenen Weltkrieg an Polen abgetreten werden musste. Mittendrin schwamm wie eine Insel die Freie Stadt Danzig. Im Oktober überschlugen sich die Ereignisse. Polen erließ eine Verordnung, dass die Pässe aller länger als fünf Jahre im Ausland lebender Polen am 30. Oktober 1938 ablaufen würden. Im Deutschen Reich betraf das knapp zwanzigtausend Polen, die nun staatenlos waren. Deutschland stellte Polen ein Ultimatum, diese Menschen zurückzunehmen, was Polen erwartungsgemäß ablehnte. In der Folge holte die Gestapo die Betroffenen aus ihren Wohnungen, transportierte sie schwer bewacht zur deutsch-polnischen Grenze bei

Zbąszyń und jagte sie mit Waffengewalt über die dortige Grenze. Die überraschten polnischen Grenzbeamten verweigerten den Abgeschobenen den Übertritt und griffen gleichfalls zur Waffe. Schüsse von vorn, Schüsse von hinten, dazwischen die Staatenlosen, ohne Nahrung und Dach über dem Kopf im Niemandsland, bis die polnischen Behörden endlich ein Einsehen hatten.

Unter den aus Deutschland Vertriebenen befand sich auch die jüdische Familie Grynszpan. Ihr siebzehnjähriger Sohn Herrschel wohnte in Paris. Er erfuhr vom Schicksal der Eltern, verschaffte sich eine Pistole und schoss damit am 7. November in der Deutschen Botschaft in Paris auf den Legationssekretär Ernst vom Rath. Ob Zufall oder nicht, der 7. November war der Jahrestag der Oktoberrevolution, und Goebbels bot das Attentat den willkommenen Anlass, die Verschwörungstheorie zu verbreiten, Grynszpan habe im Auftrag des Weltjudentums gehandelt. Sofort setzte er die gesamte deutsche Pressemaschinerie in Gang, die den Volkszorn entfesseln sollte, und er ließ SA und SS von der Leine. Die jüdische Bevölkerung sah sich einer beispiellosen Hetzkampagne ausgesetzt, die in der Nacht vom 9. November in einer unvorstellbaren Gewaltorgie gipfelte. Zahlen, die das Ausmaß für Daisy fassbar machten, bekam sie durch Göring. Der stürmte Tage später mit dem Protokoll des Grauens in der Hand in die Reichskanzlei, als Speer und sie eben dort eintrafen. Sie ließen ihm den Vortritt und warteten in Bormanns Büro. Anders als Goebbels und Himmler, die Wert auf Vieraugengespräche mit Hitler legten und sich zu zügeln wussten, tobte Göring für alle hörbar. Tausendvierhundert geschändete und zerstörte Synagogen, Tausende Geschäfte und Wohnungen geplündert, demoliert und angezündet. Diese sinnlose Orgie der Zerstörung! Dieser Schaden an der Volkswirtschaft! Diese Vernichtung an Sachwerten! »Natürlich wollen wir Deutschland judenfrei machen, mein Führer, aber ihre Vermögen wollen wir behalten! An diesem Schlamassel trägt allein Goebbels Schuld! Ich verantworte die Wirtschaft, und ich lasse mir da nicht vom Propagandaminister hineinpfuschen.«

Görings Verhalten entsetzte Daisy. Sie hatte von niedergemetzelten Juden, Misshandlungen und Vergewaltigungen gehört, aber er bedauerte die Sachschäden! Hitler sagte irgendetwas, aber zu leise für ihre Ohren. Göring blieb laut. Mit eifriger Stimme trug er vor, dass die Juden für die Kosten der Novemberpogrome aufkommen sollten. Er nannte es »Judenbuße«. Daisy lauschte fassungslos. Ihre ganze Welt war auf den Kopf gestellt. Unrecht als Recht des Stärkeren! Plötzlich spürte sie Speers Hand auf ihrem Arm. Er schüttelte warnend den Kopf. Das brachte sie rechtzeitig zur Besinnung.

Kapitel 36

> Krieg ist Irrsinn, nur ein Irrer kann ihn befehlen.
> Krieg ist Mord, nur Mörder schicken Menschen in den Tod.
>
> Yvette von Tessendorf

Im März 1939 begleitete Daisy ihre Mutter für ein paar Tage nach Paris. Yvette hatte sie gar nicht lange zu dieser Reise überreden müssen. Ihre Arbeit beanspruchte sie sehr, aber weit mehr machte ihr die permanente Anspannung und Heuchelei zu schaffen. Dazu das ständige Gerede von Krieg. Wenigstens das Gespenst Giacomo war inzwischen zur Bedeutungslosigkeit geschrumpft, nicht ein Signal kam mehr aus seiner Richtung. In Paris erwartete Daisy eine wunderbare Überraschung. Henry! Offiziell weilte er in London, und Hugo verfügte nicht über die Ressourcen, ihn ständig im Auge zu behalten, zumal er selbst wegen »Sonderaufgaben« im Osten weilte.

Henry entführte Daisy kurzerhand ins Pariser Umland. Nachdem sie in den letzten beiden Jahren bestenfalls einige Stunden oder einmal eine Nacht miteinander hatten verbringen können, waren diese unbeschwerten Tage in einer kleinen Pension im Département Seine-et-Marne ein Geschenk. Henry plante reichlich optimistisch Ausflüge zur Klosterinsel Mont-Saint-Michel und nach Deauville, vielleicht noch zum Schloss Fontainebleau, aber am Ende reichte es nur zu einem Besuch der mittelalterlichen Stadt Provins. Den Rest der Zeit verbrachten sie in ihrem gemütlichen Hotelzimmer. Sie igelten sich ein in einen Kokon aus Liebe und genossen den ungeheuren Luxus von Zeit. Wenn sie sich nicht liebten, unterhielten sie sich. Henry erzählte Daisy von dem Ort, an dem er aufgewachsen war, ein Landgut in Somerset, das sich seit Heinrich VIII. im Besitz seiner Familie befand. »Er hat es meinem Ahnen vermacht, seither wird jeder Erstgeborene nach Henry Tudor benannt. Aber wenn du magst, können wir gerne mit der Tradition brechen.«

»Gerne. Ich weiß nämlich nicht, ob es mir gefällt, wenn meine Tochter Henry heißt.«

»Stimmt, aber seid gewarnt, Mylady«, meinte er nicht ganz ernst und küsste ihren Bauchnabel. »Ich entführe dich in ein scheußliches altes Gemäuer, in dem der Wind durch die Ritzen pfeift und die Heizung öfter kaputt ist, als sie läuft. Und es spukt.«

»Herrlich, ich liebe Gespenster ...« Sie gaben sich wieder sinnlicheren Beschäftigungen hin. Küssen statt reden. Lieben statt denken. Für einige wenige leuchtende Tage wurde das Zimmer zu ihrem Avalon, ein geschützter Ort der Liebe, der alles Böse ausschloss. Henry schlug vor, den Schlüssel ganz wegzuwerfen und für immer in ihrer Zuflucht zu bleiben. Im Grunde lernten sich Daisy und Henry jetzt erst kennen, mit den kleinen alltäglichen Eigenheiten, die bestimmten, ob eine Liebe Bestand haben würde. Anders als Daisy hatte es Henry gern ordentlich, getragene Kleider wurden sogleich weggeräumt, Handtücher landeten am Haken und nicht wie bei Daisy in der Dusche, und für den Nachtschlaf bevorzugte er gestreifte Flanellpyjamas. Daisy sorgte dafür, dass es das Flanell gar nicht erst aus dem Koffer schaffte. Jeden Morgen zog Henry bei geöffnetem Fenster eine gnadenlose Kombination aus Dehn- und Kraftübungen durch. Daisy schloss sich ihm spontan an. Während Henry scheinbar schwerelos dreißig Liegestütze hinlegte, klappte sie noch vor der zehnten zusammen. »Ich bin steif und kraftlos wie ein Brett«, jammerte Daisy.

»Du sitzt zu viel am Schreibtisch. Komm, leg dich hin, ich werde dir den Rücken massieren.« Bei der Massage blieb es nicht…

Die Idylle endete abrupt am 15. März. Henry erhielt die Nachricht vom Einmarsch der deutschen Wehrmacht in Prag. Damit brach Hitler das Münchner Abkommen und entlarvte sich selbst als Lügner. Er zerschlug die Rest-Tschechei und verleibte sich dazu das Memelgebiet ein.

»Nun dürfte auch dem letzten Politiker klar geworden sein, dass er sich von Hitler zum Narren halten ließ.« Henry holte den Koffer vom Schrank.

Daisy fahndete nach ihrem Büstenhalter und zog ihn unter einem Kissen hervor. »Ich befürchte, es wird nur keiner dieser Herren je zugeben wollen, dass er hereingelegt worden ist.«

»Auf jeden Fall bedeutet es das Ende der britischen Appeasement-Politik.« Es war auch das Ende der unbeschwerten Tage in Frankreich. Henry brach unverzüglich nach London auf. Daisy und ihre Mutter fuhren einen Tag später zurück nach Tessendorf.

Die Politik der folgenden Wochen war geprägt von gegenseitigen Beschuldigungen, Ultimaten und Täuschungen. Hitler versuchte in seinen Verhandlungen mit Großbritannien, Polen in Europa zu isolieren. Die Briten drehten den Spieß um und schlugen Polen, Frankreich und der Sowjetunion ein Viererbündnis gegen Deutschland vor. Wenige Tage später machte Polen mobil und lehnte jede weitere Verhandlung mit Deutschland ab. Hitler nahm die Absagen zum Anlass, um weiter zu eskalieren. Die Goebbels-Presse flankierte als Scharfmacher und forcierte die antipolnischen Ressentiments in der deutschen Bevölkerung mit täglichen Berichten über polnische Partisanen, die Morde und Gewaltakte an der deutschen Minderheit verübten. Die Empörung wuchs, die Rufe nach Vergeltung wurden mit jedem Tag lauter.

In diesen Monaten warf Hitler des Öfteren die Zurückhaltung ab, die er bisher in den Baubesprechungen mit Speer und Daisy an den Tag gelegt hatte, und ließ sich zu politischen Äußerungen hinreißen. Mitte August erklärte er Speer in Daisys Beisein: »Dieses Mal wird der Fehler von 1914 vermieden werden. Es kommt nun alles darauf an, der Gegenseite die Schuld zuzuschieben.«

Am 22. August gelang Daisy ein echter Coup. Sie funkte »Ribbentrop in Moskau« an Henry. Die Nachricht alarmierte die Briten. Von keiner Seite lag eine Information über eine geheime Russlandreise von Hitlers Außenminister vor. Derzeit waren die Blicke aller auf Hitlers Berghof gerichtet, wo sich die Oberbefehlshaber der Wehrmacht einschließlich der kommandierenden Generale und Admirale versammelten.

Nun begannen die dunklen Jahre. In den frühen Morgenstunden des 1. September 1939 überfiel Hitler-Deutschland Polen. Zwei deutsche Armeen rückten in einer Zangenbewegung auf die Hauptstadt Warschau vor. Aus tausend Flugzeugen hagelte es Bomben, Hunderte deutsche Panzer walzten alles nieder. Die polnische Armee kämpfte tapfer, aber aussichtslos. Am 17. September, mit dem Angriff der Sowjetarmee auf Ostpolen, war Polens Schicksal besiegelt. Die polnischen Soldaten konnten nicht an zwei Fronten gleichzeitig kämpfen. Hundertzwanzigtausend polnische Soldaten starben, eine Million ging in die Gefangenschaft. Deutschland feierte den Blitzsieg und die »geringen« Verluste von elftausend deutschen Soldaten.

Henry hatte die Zahlen vor sich liegen, hinter denen menschliche Schicksale standen. Unzählige Soldatenmütter beklagten den

Tod ihrer Söhne, und zehntausend polnische Zivilisten lagen totgebombt unter den Trümmern Warschaus. Alte, Frauen, Kinder. Die neuen Militärflugzeuge trugen den Krieg mitten hinein in die Städte – ein feiges Metzeln aus der Luft. Die Soldaten starben auf den Schlachtfeldern, hinter den Linien starben ihre Familien. Er war Diplomat geworden, um solche Katastrophen zu verhindern. Das Versagen lastete schwer auf ihm, und er fragte sich, wofür er noch kämpfen sollte. Mit zweiundvierzig wähnte er sich bisher in guter körperlicher Verfassung, er ritt, schwamm und segelte, wann immer die Zeit es ihm ermöglichte. Nun quälte er sich am Morgen aus dem Bett wie ein alter Mann, den jeder Knochen einzeln im Leib schmerzte. Er dachte an Adolf Hitler und dessen Siegesrede im Rundfunk. Wer den Tod so vieler Menschen bejubelte, musste wahrhaftig vom Teufel beseelt sein. Gottlos, so würde es seine Mutter bezeichnen. *Mutter...* Er sehnte sich mit einer Plötzlichkeit nach ihr, die ihn selbst überraschte. Er wollte weinen und trauern, aber er hatte kein Recht auf Mitgefühl mit den Toten, bloß um sich weniger schuldig zu fühlen.

Jahrelang hatten Diplomaten wie er tatenlos zugesehen, wie Hitler Stück für Stück den Versailler Vertrag aushebelte und sich die verlorenen Gebiete zurückholte. Rheinland, Saarland, der Anschluss Österreichs, das Sudetenland, die Rest-Tschechei, Memelland. Nicht ein Mal musste der deutsche Diktator Konsequenzen fürchten. Was waren Abkommen und Bündnisse wert, wenn sie jederzeit gebrochen werden konnten? Jetzt hatte er Polen an sich gerissen. Henry stand auf und genehmigte sich einen weiteren Whisky. Das Glas in der Hand trat er ans Fenster und sah hinab auf die Londoner Innenstadt. Seit dem 3. September befanden sich Großbritannien und Frankreich im Kriegszustand mit dem Deutschen Reich. Für den britischen Botschafter Neville

Henderson war es ein schwerer Gang gewesen, als er im Auswärtigen Amt die Kriegserklärung an Außenminister Ribbentrop übergeben musste. Bis zuletzt hatte Henderson die Ausreise hinausgezögert, in der vergeblichen Hoffnung, Hitler hätte ein Einsehen und ginge auf die Forderung der Alliierten ein, seine Truppen aus Polen abzuziehen. Stattdessen hatte ihnen Hitler die Gestapo geschickt, und Henderson, er selbst und der Rest des Botschaftspersonals wurden für mehrere Tage interniert, bis man sie am 7. September laufen ließ mit der Auflage, Berlin noch am selben Tag zu verlassen. Er war seinen heimlichen Bewachern entwischt und wählte Daisys Nummer von einer Telefonzelle aus. Er wollte sie mit nach England nehmen.

Das Schellen des Telefons riss Daisy aus unruhigem Schlaf. »*Chérie*«, sagte Yvette erstickt am anderen Ende.

»*Maman*, was ist passiert?« Daisy war sofort hellwach.

»Dein Vater hatte einen schweren Herzinfarkt.«

»Ich komme! In welche Klinik wurde er gebracht?«

»Er ist auf dem Gut. Doktor Seeburger hatte Bedenken wegen der längeren Fahrt nach Stettin.«

»Ich bin schon unterwegs!«

Knapp vier Stunden später traf Daisy in Tessendorf ein. Ihre Mutter umarmte sie. »Wie geht es Papa?«

»Er schläft jetzt. Doktor Seeburger ist bei ihm. Und unsere Frau Kulke.«

Daisy eilte an sein Krankenbett. Es erschreckte sie, wie klein und schmal ihr Vater unter den Decken aussah, selbst sein Gesicht schien geschrumpft zu sein. Frau Kulke schenkte Daisy ein Lächeln, in dem Zuversicht lag. Sie überließ Daisy ihren Platz und wechselte mit ihrem Strickzeug ans Fenster. Daisy sank auf die Bettkante, nahm die schlaffe Hand ihres Vaters und presste sie an ihre Wange. Er rührte sich nicht, aber sein Atem ging regelmäßig. »Ach, Papa«, murmelte Daisy. Ihre Mutter trat hinter ihr ins Zimmer: »Telefon für dich, *mon amour*. Es ist 'Enry!«

Daisy eilte nach unten und schnappte sich den Hörer. »Henry? Wo bist du nur gewesen? Ich habe dir mehrfach Nachrichten gesandt!«

»Es tut mir so sehr leid wegen deines Vaters. Ich hörte es eben von deiner Mutter. Hör zu, Darling. Die Gestapo hat alle britischen Botschaftsangehörigen verhaftet. Wir werden des Landes verwiesen. Ich wollte dich gerne mit mir nehmen. Henderson ist einverstanden.«

»Können wir bitte ein bis zwei Tage warten, bis es meinem Vater besser geht?«

»Nein, ich muss Berlin sofort verlassen. Tatsächlich bin ich der Gestapo kurz entwischt, um dich anzurufen.« In knappen Worten erklärte er Daisy seine Lage. Wenn er nicht innerhalb einer Stunde in der Maschine nach London säße, müsste er in Berlin untertauchen. Andernfalls würde ihn die Gestapo erneut kassieren.

»Mach dir keine Sorgen, Henry. Bitte flieg nach London. Ich verspreche dir, so schnell wie möglich nachzukommen.«

»Wie stellst du dir das vor? Mein Land hat deinem den Krieg erklärt! Du kannst nicht mehr einfach ein Flugzeug oder ein Schiff über den Kanal besteigen. Als deutsche Bürgerin wirst du für England kein Visum mehr erhalten!«

»Ich kann den Weg über Calais nehmen. *Maman* wird mir helfen. Geh du nach England. Es reicht, wenn ich mich um Vater sorgen muss, da brauche ich nicht zusätzlich einen britischen Helden im Untergrund. Warte in Calais auf mich.«

So schwer es Henry fiel, er willigte ein. Es würde keinem helfen, wenn er sich in Berlin vor der Gestapo verstecken musste.

Henry war fort, aber Daisy zögerte, Berlin und Deutschland zu verlassen, obwohl sich ihr Vater sichtlich erholte. Der Krieg galt zwar mit der offiziellen Kapitulation Polens als beendet, dennoch bestand die britische und die französische Kriegserklärung fort. Hier und da kam es vereinzelt zu Scharmützeln an den deutsch-französischen Grenzen, und es herrschte enorme Unsicherheit, wie sich die Lage weiterentwickeln würde. Krieg oder Frieden? Daisy wollte mehr herausfinden, und dazu musste sie im Umfeld Hitlers bleiben. Seit ihre Großmutter Sybille ihr angeboten hatte, über die Werft mit Henry zu telefonieren, war wenigstens die Kommunikation kein Problem. Ihre Leitungen würden nicht von der Gestapo überwacht, eine Anweisung vom Stettiner Gestapochef persönlich, Hagen von Tessendorf.

Der Vorschlag ihrer Großmutter hatte Daisy überrascht. »Du hast mir doch davon abgeraten, mich mit Henry einzulassen«, meinte sie.

»Ich weiß, wenn der Wind sich dreht. Derzeit hoffe ich, dass England und Frankreich endlich begriffen haben, dass man Hitler nicht mit Worten und Verträgen aufhalten kann.«

Daisy merkte auf. »Aber du kannst unmöglich wollen, dass die Briten und Franzosen Krieg gegen Deutschland führen!«

Ihre Großmutter wies auf eine riesige Weltkarte. Die war neu an der Wand. Sybille griff einen Stock und tippte auf markierte Punkte. »Das sind die Gebiete, die sich Hitler bisher scheibchenweise einverleibt hat. Nun hat er sich Westpolen genommen, Ostpolen hat er den Russen überlassen. Großbritannien und Frankreich erklärten Deutschland den Krieg. Sag mir, was an der Sache schief ist.«

Daisy studierte die Karte. Die schiere Dimension Russlands stach förmlich ins Auge. Selbst Hitlers frisch ausgedehntes Reich passte mehrfach hinein. Aber die Landmasse Russlands war nicht der Punkt. Daisy murmelte: »Warum haben England und Frankreich nur Deutschland und nicht auch der Sowjetunion den Krieg erklärt?«

»Das solltest du Henry fragen. Die Russen sind genauso in Polen einmarschiert und haben Land annektiert. Warum diese Zurückhaltung der Alliierten? Angst vor einer Eskalation? Wohin bewegt sich Stalin? Ich will den roten Teufel nicht hierhaben.«

»Wovon redest du?«, fragte Daisy verblüfft.

»Hast du Hitlers großmäuligen Reden einmal richtig zugehört? Sein Gefasel vom Lebensraum im Osten? Dieser Gefreite will mehr. Am Ende wird es ihm ergehen wie Napoleon, und wir baden seine Scheiße aus.« Ihre Großmutter sank in ihren Sessel am Fenster mit Blick auf das weitläufige Werftgelände.

Daisy verharrte vor der Karte. »Ich weiß nicht, aber mir scheint das zu weit hergeholt.«

»Es ist nur die logische Schlussfolgerung, wenn man Hitlers Plänen folgt. Überdies hat Hagen sich verplappert. Es ist mir ein Rätsel«, Sybille schnaubte verächtlich, »wie dieser Trottel Geheimpolizist sein kann, wo er nichts für sich behalten kann.«

»Hagen hat dir gesagt, Hitler plane den Einmarsch in die Sowjetunion?«

»Nein, er hat gesagt, der Führer baue ein Reich nach römischem Vorbild, Frankreich und Britannien werden deutsche Provinzen sein, und als Nächstes knöpfe er sich den Russen vor. Gut, ich gebe zu, er war schon ein wenig betrunken, aber *in vino veritas*. Na los«, sie wies auf ihr Telefon, »ruf deinen strammen Briten an, und erzähl ihm das.«

Daisy sprach mit Henry. Sie erklärte ihm, von wo aus sie anrief und was ihr Halbbruder über Hitlers weitere Pläne verlautbart hatte. Und dass sie mehr darüber herausfinden wollte.

Der Oktober verging. Henry drängte.

»Ich möchte dich bei mir haben, Daisy«, begann er das nächste Gespräch. »Ich möchte am Morgen mit dir aufstehen und am Abend mit dir zu Bett gehen, zusammen unsere Kinder aufziehen, mein Leben mit dir verbringen. Das sind doch normale Wünsche.«

»Derzeit ist nichts normal, Henry.«

»Ja, weil ein Wahnsinniger in Berlin mit seiner Ideologie Europa vergiftet und den Weltfrieden gefährdet«, meinte Henry verächtlich. »Und mich daran hindert, dich zu mir zu holen.«

Daisy wusste, dass er nur mit Erlaubnis seiner Vorgesetzten nach Deutschland übersetzen könnte, ansonsten käme er als Verräter vor Gericht. Aber ebenso hielt ihn sein Pflichtgefühl davon ab, ins Deutsche Reich zurückzukehren. Manchmal standen Pflicht und Verantwortung höher als die Liebe. Und darum war auch Daisy in Berlin geblieben. Wenigstens bis zum neuen Jahr wolle sie noch abwarten, erklärte sie Henry. In der Zwischenzeit arbeitete sie wie ein Berserker. Speer hatte seinem Führer die Fertigstellung der neuen Reichskanzlei für den 10. Januar versprochen, und er gedachte den Termin zu halten. Daisys Chef verfügte eine Urlaubssperre, und sowohl in der Dienststelle des Generalbauamts am Pariser Platz wie auch im Privatatelier in der Lindenallee wurde seit Monaten an den Wochenenden durchgearbeitet. Sie sahen aus wie Leichen. Im Dezember verkündete Speer, er würde zur Beschleunigung der Inneneinrichtung nach Wien fliegen und im Kunsthistorischen Museum Gemälde, Teppiche, Gobelins und so weiter aussuchen, während er Daisy bat, Anfang Januar eine weitere Einkaufstour in die skandinavischen Länder zu unternehmen, um zusätzliche Baumaterialien heranzuschaffen. Schweden, Europas größter Fabrikant von Fensterglas, stand als Erstes auf dem Reiseplan. Speers Auftrag war die Gelegenheit für Daisy, um nach England zu gelangen. Sie gab Henry durch, dass sie am dritten Januar in Malmö eintreffen würde, damit er sie dort abholen komme. Zwei Tage vor Weihnachten fuhr Daisy nach Tessendorf, um die Feiertage mit ihrer Familie zu verbringen. Anton erwartete sie am Bahnhof. Er sah fiebrig aus, und sein Husten klang zum Fürchten. Und er war nicht der Einzige. Innerhalb der nächsten achtundvierzig Stunden legte sich halb Tessendorf ins Bett. Waldos ältester Schwester Winifred ging es besonders schlecht, das Fieberthermometer kletterte über vierzig Grad. Ihre Schwester Clarissa saß bei ihr am Bett und sah kaum weniger elend aus. Sie siechte noch schneller dahin als Winifred und verschied wenige Tage vor ihr. Der Arzt hatte kaum die beiden Totenscheine ausgestellt, als Daisys Vater Kuno zu husten begann und das Fieber schneller als eine Flutwelle stieg. Daisy verschob ihre Abreise und informierte Speer und Henry.

Bei der traurigen Doppelbeerdigung der alten Tanten fehlte halb Tessendorf, zu viele hüteten krank das Bett. Selbst Waldo hatte sich den Virus eingefangen, er hustete und schniefte sich durch seine Trauerrede für seine Schwestern, auf die er sich mit hochprozentiger Medizin vorbereitet hatte. Er soff die Grippe innerhalb von drei Tagen nieder. Nicht alle wurden krank. Sybille, Franz-Josef und Frau Kulke blieben ganz verschont, und Stallmeister Zisch tröpfelte nur kurz die Nase. Kochmamsell Theres und ihre Küchenmädchen erwischte es indes hart, und nacheinander fiel der Rest der Bediensteten wie Dominosteine. Yvette und Daisy waren ebenfalls noch auf den Beinen und kümmerten sich um die Kranken, kochten literweise Tee und Brühe, maßen Fieber, verteilten Taschentücher, legten kalte Wickel mit Gänseschmalz, rannten treppauf, treppab. Zwei Wochen herrschte Ausnahmezustand, und erstmals seit dem großen Krieg musste der Silvesterball abgesagt werden. Kunos Zustand blieb unverändert, das Fieber kam und ging, und er war sehr geschwächt. Yvette stellte ihm Frau Kulke tagsüber als alleinige Pflegerin zur Seite, in der Nacht wechselte sie sich mit Daisy ab.

Daisy hatte zwischendurch mit Albert Speer telefoniert, der auf ihre baldige Rückkehr drängte. Sie vertröstete ihn und wollte erst abreisen, wenn ihr Vater gesichert auf dem Weg der Besserung sei. Nachdem das Gröbste geschafft war, erkrankte Yvette. Sie kam ähnlich schnell wieder auf die Beine wie Waldo, und das ganz ohne Alkohol. Mitte Januar stellte sich endlich eine Besserung bei Kuno ein, das Fieber sank auf ein erträgliches Niveau. Sie atmeten auf. Doch die letzten anstrengenden Wochen forderten ihren Tribut, Daisy war vollkommen erschöpft, und ihre Knochen fühlten sich an wie aus Glas. Das Grippevirus schnappte mit einer Heftigkeit nach ihr, dass sie sich erst wieder im Februar als genesen betrachten konnte. Sie hatte gerade erst die letzte Fieberattacke überwunden, als von Annas Großmutter Charlotte von Dürkheim eine Hiobsbotschaft eintraf. Was sie schon einmal befürchtet hatten, war nun eingetreten: Hubertus von Greiff hatte Anna verhaftet! Sie kauten noch an diesem Schock, als tags darauf überraschend Speer nach Tessendorf kam. Er konnte nicht verbergen, dass ihn Daisys Verfassung erschreckte; sie brach derzeit auch nicht in Jubelstürme aus, wenn sie ihr Spiegelbild sah. »Sie werden in Berlin vermisst, Daisy. Niemand behält den Überblick so wie Sie«, gestand Speer freimütig ein. »Und der Führer hat bereits mehrfach nach Ihnen gefragt. Seine Rede zur Eröffnung der Neuen Reichskanzlei war ein einziges Lob der deutschen

Schaffenskraft, des deutschen Tempos und meiner Wenigkeit – und damit auch der Ihren.«

Daisy beschloss eine Rückkehr nach Berlin, bis sich eine weitere Gelegenheit ergab, um gefahrlos über ein neutrales Land auf die britische Insel überzusetzen. Am Tag vor ihrer Abreise kam es zu einer unschönen Szene mit Hagen. Er rauschte im eigenen Flugzeug heran und brachte seine Frau Elvira mit, die nach vielen Jahren in Violettes und Hugos Potsdamer Haushalt nun wieder dauerhaft auf Gut Tessendorf einzog. Elvira hatte zuletzt mächtig zugelegt. Sie schaffte keine drei Schritte mehr, ohne zu schnauben wie eine Dampflok. Nachdem Hagen seine Frau abgeladen hatte wie ein unliebsames Gepäckstück, suchte er Yvette auf. Daisy hörte sie nebenan streiten und ging hinüber. Hagen gefiel sich, Yvette zu drohen, als Französin sei sie nun der Feind und er würde sie im Auge behalten.

Daisy platzte die Hutschnur. »Hast du zu viel Flugbenzin inhaliert?«, fuhr sie ihn an. »Du tätest gut daran, dich nach der Gesundheit unseres Vaters zu erkundigen, anstatt dich aufzuplustern wie ein Ochsenfrosch.«

»Halt du dich gefälligst raus, Daisy! Das ist eine Sache zwischen deiner Mutter und mir.«

»Das könnte dir so passen! Verkauf mich nicht für dumm, Hagen. Ich weiß genau, worauf dein Auftritt zielt. Ich habe dich und *Maman* in Paris gesehen, schon vergessen?«

»Fühl dich bloß nicht zu sicher, nur weil Speer dich verhätschelt und Hitler einen Narren an dir gefressen hat«, konterte er. »Das kann sich ganz schnell ändern, wenn der Verdacht auf Landesverrat im Raum steht.«

»Wovon zum Teufel redest du?« Daisy fühlte einen heißen Stich in der Magengegend. Er konnte unmöglich von Henry wissen!

»Von deiner kleinen Freundin Anna. Von Greiff hat sie zum Reden gebracht.«

Daisy befiel ein Zittern beim Gedanken, was der Satz »von Greiff hat sie zum Reden gebracht«, implizierte. Was hatte der einäugige Teufel dem zarten jungen Mädchen angetan? »Was weißt du von Anna? Wie geht es ihr?«, hakte sie erregt nach.

»Keine Ahnung, und es interessiert mich auch nicht, was aus dieser kleinen Verräterin wird.«

Daisy konnte der Schwätzer nichts vormachen. »Auch gut. Dann bleibt mir wohl nichts anderes übrig, als direkt bei Greiffs Vorgesetztem Heydrich nachzufragen.«

Das brachte Hagen auf Trab. »Du wirst das gefälligst unterlassen!«, blaffte er. »Bereits deine Verbindung zu Anna ist hoch problematisch, und sie fällt auf unsere Familie zurück.«

»Du wolltest sicher sagen, es fällt auf dich zurück. Du hättest mir das mit Anna nicht verraten dürfen, nicht wahr? Du hast mit Wissen geprahlt, für dessen Weiterverbreitung du nicht autorisiert bist. Wenn Heydrich davon erfährt, kannst du dich auf einen tüchtigen Besenklopfer gefasst machen.«

»Du wirst deinen frechen Mund halten. Sonst…«

»'Agen«, mischte sich Yvette erstmals in den Schlagabtausch. »Warum bist du hier?«

Hagen schaute, als fragte er sich das gerade selbst. Kurz betrachtete er seine Stiefelspitzen. Er trug SS-Uniform. »Ich habe Elvira hergebracht«, erklärte er.

»Non, 'Agen. Meine Frage ist, was willst du von mir?«

Hagen sah von Yvette zu Daisy, machte plötzlich kehrt, als sei ihm etwas eingefallen, das keinen Aufschub duldete, und verschwand. Waldo steckte just den Kopf zur Tür herein. »Soll ich den Hanswurst für euch vermöbeln?«

»Wenn es etwas nützen würde…«, seufzte Daisy. »Ich erkenne ihn nicht wieder. Als Kind mochte ich meinen Bruder gern.«

»Uniform verdirbt die Leute. Umso mehr, je weniger Hirn sie haben.« Waldo zupfte den Gürtel zurecht, den er um seine ausgefranste Djellaba geschlungen hatte. Hinter ihm schlich seine Katze Cäsar herein und sprang Yvette auf den Schoß. Die maß ihre Tochter mit einem tiefgründigen Blick. »Du solltest 'Agen ignorieren und bei diesem 'Eydrich nachfragen.«

Daisy fuhr nach Berlin. Heydrich war nicht da, sondern im Osten. Krakau oder Warschau, eine genauere Auskunft erhielt sie nicht. Dafür erhielt sie am zweiten Tag Besuch von Hugo. Er saß am Abend in ihrer Wohnung auf dem Sofa, als sie zur Tür hereinkam. Sie ließ sich ihren Schreck nicht anmerken. »Was willst du, Hugo?«

»Dich warnen. Anna von Dürkheim ist ein heißes Eisen, aber im Grunde nur ein kleiner Fisch. Unser Interesse gilt nicht ihr, sondern ihrem Großvater. Wir haben den alten Baron verhaftet.«

»Dann lasst ihr Anna laufen?«

»Das haben wir schon. Wir haben sie zu ihrer Familie ins Generalgouvernement verfrachtet.«

Aus Österreich war die Ostmark geworden, aus dem eroberten Teil Polens das Generalgouvernement. »Wieso ist ihre Familie in Polen? Soweit ich weiß, hat sie als Waise nur noch ihre Großeltern.«

»Sieh an, deine Freundin hat dir ihre wahre Herkunft verschwiegen. Ihre Mutter war ein polnisches Stubenmädchen. Das Flittchen hat den einzigen Dürkheim-Sohn verführt und ihm einen Balg angehängt, bevor er in Verdun den Soldatentod starb. Anna darf nie wieder deutschen Boden betreten. Damit kommt sie glimpflich davon. Von Greiff hätte sie am liebsten aufgehängt.

Aber ich führe keinen Krieg gegen Polackenmädchen.« Hugo erhob sich und streifte seine Lederhandschuhe über. »Ich hoffe, du weißt den Gefallen zu schätzen, den ich dir mit meinem Besuch erwiesen habe, Schwägerin.« Er wandte sich zum Gehen. Daisy wollte bereits erleichtert aufatmen, als Hugo sie unvermittelt attackierte. Er riss sie an sich, eine Hand krallte sich in ihren Po, die andere in ihr Haar. Kraftvoll presste er seine Hüften gegen ihre. Als er sie küssen wollte und sie ihm ihren Mund verweigerte, biss er zu, bevor sie es tun konnte. Sie schmeckte Blut. So plötzlich Hugo sie angefallen hatte, ließ er sie los. Er lachte, als er ging.

Daisys Herz schlug wie verrückt. Was für ein demütigender Moment! Sie fühlte sich erniedrigt und beschmutzt und wusste nicht, wohin mit ihrem Zorn. Sie hatte niemals zuvor alleine getrunken, doch jetzt verlangte es sie nach einem Schnaps. Sie zuckte zusammen, als ihr Mund mit dem Alkohol in Berührung kam. Es brannte höllisch, aber lange nicht so sehr wie ihre Wut. Dieser Mistkerl! Und morgen hatte sie mit Speer einen Termin beim Führer! Es war unabdingbar, so lange Normalität vorzutäuschen, bis sie zu Henry nach England flüchten konnte. Zunehmend ungeduldig wartete sie auf die Möglichkeit einer Geschäftsreise ins neutrale Schweden oder ein anderes der skandinavischen Länder. Dabei war es wie verhext. Speer überhäufte sie mit Aufträgen und beorderte sie überallhin, nur nicht mehr ins neutrale Ausland. Neben der Tätigkeit für das Amt »Schönheit der Arbeit« hatte er Daisy die Erweiterung der sogenannten Transportstandarte übertragen, eine der vielen von ihm gegründeten Dienststellen, die mit eigener Fahrzeugflotte Baumaterial von den deutschen Seehäfen nach Berlin heranschafften. Auch stand die Ost-West-Achse kurz vor der Vollendung und sollte dem Führer am 19. April übergeben werden. Daisy verantwortete hier die gesamte Logistik und jonglierte mit den Einsatzplänen mehrerer Tausend Arbeiter. Während sie Doppelschichten fuhr, nutzte sie die Zeit bis zu ihrer Flucht und hielt weiterhin Ausschau nach geheimen Informationen. Es tat sich viel. Einiges war offensichtlich, anderes bewegte sich in einer Art Spannungsfeld – Speer und die hohen Nazi-Tiere bis hinauf zum Führer muteten in ihren Augen an wie ein Kommandounternehmen, das auf seinen Einsatz wartete. In der Reichskanzlei gaben sich derzeit hohe Militärs die Klinke in die Hand. Der Führer bevorzugte Gespräche unter vier Augen. So konnte er jedem etwas anderes erzählen. Einmal gelang es Daisy, einen Blick auf eine Karte zu erhaschen, bevor Göring sie einrollte und General von Mahnstein reichte. Daisy merkte sich das darauf markierte Waldgebiet der Ardennen und gab die Information an Henry weiter. Sie registrierte auch zunehmende Ressentiments zwischen ihrem Chef Speer und Göring, die zeitlich einhergingen mit einer Verbrüderung Speers mit dem Reichsführer-SS Himmler. Reibungen entstanden auch mit der Organisation Todt, die die militärischen Bauten verantwortete. Speer trat nun auch immer häufiger in Uniform auf, viele Mitarbeiter taten es ihm gleich. Der April neigte sich dem Ende zu, der fünfzigste Geburtstag des Führers am 20. April geriet zur militärischen Machtdemonstration. Stundenlang war Berlin durch Paraden blockiert. Soldaten marschierten, Panzer fuhren, und am Himmel zischten die neuen Kampfflugzeuge vorüber. Das Volk jubelte.

Es wurde Mai. Daisy und Henry stritten am Telefon. Der Brite wollte nicht länger warten. Er schlug Daisy vor, sie könnte das kommende Wochenende nach Schweden übersetzen, indem sie mit dem Wagen die hundert Kilometer von Stettin nach Swinemünde führe und dort die Fähre nach Trelleborg bestieg. Er würde sie am Hafen abholen. Sie müsse einzig dafür Sorge tragen, dass ihr auf ihrem Weg nach Swinemünde niemand folgte. »Nenne mir die Zeit, Darling, und ich bin da.« Es war verlockend wie Sirenengesang, dennoch zögerte Daisy. Sie fühlte sich zwischen mehreren Kräften gefangen. Ihr Entschluss, Verantwortung zu übernehmen und als britische Agentin tätig zu werden, geschah nicht aus einer Laune heraus. Sosehr es sie zu Henry zog, so fühlte sie auch die Pflicht, Hitler und seine Trabanten aufzuhalten. Auch wenn sie nur ein winziger Splitter im Rad der Geschichte war, konnte sie im Zusammenwirken mit anderen Splittern den Lauf des Rades stören. Zudem sorgte sie sich um Annas Schicksal und hielt an der Hoffnung fest, von ihr zu hören. Und da war auch ihr Vater Kuno. Wie konnte sie einfach so gehen und ihre Mutter mit dem gebrechlichen Vater zurückzulassen? Was, wenn er sterben würde und sie sich nicht mehr von ihm verabschieden konnte?

Yvette ergriff die Initiative. Sie reiste zu Daisy nach Berlin. Sie redeten die ganze Nacht, und am Ende stand fest, dass Daisy nach England gehen würde. Daisy verlor nun keine Zeit mehr. Sie plante die Fahrt nach Swinemünde gleich für den Samstag und informierte Henry. Yvette blieb die Nacht zum Freitag bei ihr. Eng aneinandergeschmiegt lagen Mutter und Tochter auf dem Bett, die Stunden durch die bevorstehende Trennung von besonderer Innigkeit geprägt. Am Morgen nahmen sie Abschied. Yvette fuhr heim nach Tessendorf, und Daisy kehrte das letzte Mal an ihren Schreibtisch in der Lindenallee zurück. Sie absolvierte Termine, besichtigte eine Großbaustelle in der Wilhelmstraße und nahm anschließend an einer Besprechung am Pariser Platz teil. Kurz vor acht Uhr verließ sie das Büro. Zu Hause stand sie vor der Herausforderung, was sie in ihr neues Leben mitnehmen würde. Offiziell plante sie nur einen Wochenendausflug. Das hielt zwar die Größe ihres Gepäcks überschaubar, vereinfachte aber nicht die Auswahl. Am Ende war es dennoch einfach. Warme Kleidung und einige Andenken. Sie legte sich angezogen aufs Bett. Nur noch wenige Stunden bis zum Aufbruch. Morgen um diese Zeit würde sie bereits in Henrys Armen liegen. Nun, da sie ihren Weg gewählt hatte, kam eine große Ruhe über sie. Sie hatte in den letzten Jahren viele Stürme erlebt. Nun glitt alles von ihr ab.

Kurz vor Mitternacht klingelte ihr Telefon.

»Deine Mutter wurde verhaftet«, sagte die Stimme ihrer Großmutter.

»Hagen?«, fragte Daisy sofort.

»Natürlich Hagen!«

»Ich komme nach Tessendorf.«

»Bleib, wo du bist, und überlass das mir. Ich werde ein paar Strippen ziehen. *Servus!*«

Daisy war erschüttert. Hagen! Ihr Halbbruder wusste genau, wie sehr das seinen herzschwachen Vater aufregen würde! Womöglich lag es sogar in seiner Absicht, ihn endgültig umzubringen, um das gesamte Erbe an sich zu reißen. Bevor sie sich in Wut und Spekulationen verlor, verordnete sich Daisy selbst einen klaren Kopf. Zuerst galt es, Henry zu informieren. Ihr eigener Apparat kam nicht infrage, die Telefonzentrale im *Adlon* wurde von der Gestapo überwacht, und den Fernsprechzellen traute sie nicht. Sie würde etwas tun, was sie bisher vermieden hatte: das Telefon in der Dienststelle des GBA am Pariser Platz nutzen. Sie nahm ihre Schlüssel, öffnete die Tür und fand sich Auge in Auge einem Fremden mit Hut und Ledermantel gegenüber. Im ersten Reflex wollte sie die Tür zuschlagen, aber der Mann war schneller. Er packte sie, hielt ihr den Mund zu und drängte sie in die Wohnung. Daisy trat wild um sich. »Schh«, machte der Mann. »Erinnern Sie sich an Provins?«, raunte er in ihr Ohr. *Provins* war das mit Henry vereinbarte Codewort. Daisy wehrte sich nicht länger. Der Fremde ließ sie los. »Verzeihung, wenn ich Sie erschreckt habe, Madam. Aber Ihre Klingel scheint außer Funktion. Ich habe den Auftrag, Sie sofort nach Swinemünde zu bringen.«

»Warum die Eile?«

»Weil Deutschland vor wenigen Stunden die Westoffensive gestartet hat. Zurzeit werden die Niederlande, Belgien und Luxemburg überrollt. Frankreich ist das nächste Ziel.«

Es fühlte sich an, als würde sich ein Blitz in Daisys Kopf bohren. Sie atmete tief durch. »Gibt es eine Möglichkeit, mit Henry zu sprechen?«

»Nur über Funk. Die Deutschen haben die Telefonleitungen nach England bereits gekappt. Kommen Sie jetzt. Ihren Wagen können Sie stehen lassen, wir nehmen meinen. Ein Schnellboot erwartet uns an der Küste.«

»Nein! Ich brauche noch einen Tag. Vielleicht mehr.«

»Das wäre höchst unklug. Die Grenzen werden spätestens morgen alle dichtgemacht, und der reguläre Fährverkehr wird eingestellt. Außerdem kann das Boot nicht so lange warten. Wir müssen vor Sonnenaufgang auf See sein! Ich nehme Ihr Gepäck.« Er hob die Reisetasche im Flur auf.

»Tut mir leid, aber meine Mutter wurde heute verhaftet.«

Der Mann ließ erste Anzeichen von Ungeduld erkennen. Er zupfte an seinem blonden Oberlippenbart. »Verstehen Sie nicht? Wenn Sie jetzt nicht mit mir fahren, werden Sie kaum noch eine Möglichkeit haben, nach England überzusetzen.«

»Bringen Sie mich zu Ihrem Funkgerät. Ich werde es Henry erklären.«

Der Mann versteifte sich. »Tut mir leid. Die Lage des Funkgerätes ist geheim.«

»Verdammt, dann verbinden Sie mir die Augen! Oder möchten Sie Sir Roper-Bellows selbst erklären, warum Sie ohne mich zurückkehren?«

Der britische Agent sah aus, als plage ihn ein Magengeschwür. »Ist das Ihr letztes Wort?«

»In dieser Sache ja.«

Sie fuhren durch eine dunkle Stadt. Seit einer Woche galt Görings Verdunkelungsanordnung von Sonnenuntergang bis Sonnenaufgang. Die Stadt war ihrer Lichter beraubt, aber das hinderte die Berliner keinesfalls am Feiern. Der einzige Unterschied zur Vorverdunkelungszeit bestand darin, dass die Berliner vermehrt zu Fuß, auf Rädern und mit der Untergrundbahn unterwegs waren, was den abendlichen Verkehr auf ein Minimum reduzierte. Der Wagen stoppte, der Agent stieg aus, und Daisy hörte ihn ein Tor aufschieben. Sie fuhren hinein, und Daisy durfte die Binde abnehmen. »Ist das eine Autowerkstatt?« Der Agent blieb stumm und führte sie über zwei Treppen bis unters Dach. Sie stiegen über allerlei Gerümpel, scheuchten ein paar Mäuse auf und hielten vor einem schäbigen Schrankkoffer. Der Agent drückte die Rückwand des Koffers zur Seite, und dahinter öffnete sich ihnen eine Kammer, kaum größer als ein Eisenbahnabteil. Der Agent nahm sofort am Tisch mit dem Funkgerät Platz und begann, an den Reglern zu spielen. Er erklärte Daisy rasch die Handhabung. Ein Over am Ende des Satzes, der Switch zwischen Senden und Empfangen. Over and Out zur Beendigung des Gesprächs. Die Verbindung war schnell hergestellt, weit länger dauerte es, den Mann am anderen Ende zu bewegen, Daisys Verlobten zu informieren. Der Agent nutzte Codenamen. Erst neunzig Minuten später drang Henrys Stimme blechern und zerhackt durch den Äther. »Was ist los, Darling? Du müsstest längst auf dem Weg sein. *Over.*«

»Hagen hat *Maman* verhaftet. *Over.*«

»Mein armer Liebling. Das tut mir sehr leid.« Kurze Pause. »Hör zu. Das Risiko ist hoch, dass sie dich ebenso verhaften. Du musst dich jetzt selbst retten. Deine Mutter würde dir genau das sagen. Geh mit meinem Agenten, bitte! *Over.*«

»Das kann ich nicht! Sie ist meine *Maman!*« Sie vergaß das *Over*, aber sie drückte den Knopf.

Sofort drang Henry durch. »Bei allem Verständnis, Darling. Der Krieg ist in eine neue Phase getreten. Heute Nacht steht alles für deine Flucht bereit, und du könntest in spätestens zwölf Stunden in London sein. *Bei mir. Over.*«

Es war schwer, seinem Drängen nicht nachzugeben. »Ich bleibe. Du würdest deine Mutter auch nicht im Stich lassen. *Over.*«

»Natürlich nicht, nur ist es eine völlig andere Situation. Du…« Daisy knipste ihn weg und ging auf Senden: »Ich tue, was ich für richtig halte. So wie du tust, was du für richtig hältst. *Over.*«

»Was soll das heißen? *Over.*«

»Dass du nicht selbst nach Trelleborg kommst. Du schickst mir stattdessen Fremde, die mich nach London bringen sollen. Weil du in der Hauptstadt unabkömmlich bist. Ich bin hier ebenso unabkömmlich. Meine Mutter braucht mich. *Over and out.*«

Das war ein harter Abgang, und Henry hatte das sicher nicht verdient. Aber Daisy war längst eine Gefangene ihres Zorns. Ein weiterer Albtraum wurde wahr, diese Verrückten machten weiter mit dem Krieg! Und nun trugen sie ihn hinein nach Frankreich. Darum hatte Hagen ihre Mutter verhaftet. Dass sie Französin war, diente ihm nur als Vorwand. Hagens Absichten lagen woanders. Sie musste mit ihm sprechen.

***

Tausend Kilometer Luftlinie entfernt verharrte Henry vor dem Funkgerät. Sekundenlang kam er sich vor wie in einem luftleeren Raum. Gedanken rangen mit Gefühlen. Hatte sie das gerade wirklich getan? Er hatte Daisy die Hand entgegengestreckt, beinahe schon hatten seine Finger die ihren berührt, und nun entglitt sie ihm, als würde sie von Schatten verschluckt werden. Verstand sie denn nicht, dass es um Leben und Tod ging? Dass ein Luftkrieg kurz bevorstand? Schmerz pochte gegen seine Schläfen. Plötzlich sah er sich wieder als achtzehnjährigen Soldaten, der mit seinen Kameraden in den Krieg zog. Sie waren damals jung und dumm und von Patriotismus durchtränkt, träumten von Ruhm, Ehre und Heldentum. Sie ließen sich von jungen Mädchen Blumenkränze um die Waffen binden und stiegen lachend in den Zug Richtung Küste. Das Lachen sollte ihnen bald vergehen. Der Krieg schuf Bilder, die er seither nicht mehr aus dem Kopf bekam. Sterbende Kameraden in schlammigen Schützengräben, die verzweifelt nach ihren Müttern brüllten. Der Schrecken dauerhaften Artilleriebeschusses, der Mensch und Tier in Stücke riss und die Welt um sie herum in eine Mondlandschaft verwandelte. Was würden die neuartigen Bomben erst anrichten? Wie sollte er seiner Arbeit nachgehen, wenn er Daisy nicht in Sicherheit wusste?

***

Daisy raste nach Tessendorf. Als sie gegen vier Uhr morgens dort eintraf, kam ihr der alte Doktor Seeburger auf der Treppe entgegen. Längst in seinen Achtzigern, hatte er die Praxis inzwischen aufgegeben, kümmerte sich jedoch weiter um langjährige Patienten wie die Tessendorfs. »Ich musste Ihrem Vater ein Beruhigungsmittel verabreichen«, erklärte er seine Anwesenheit. »Er hat sich fürchterlich über den Hagen aufgeregt. Was ist bloß in den Jungen gefahren…?« Betrübt schüttelte der Doktor sein kahles Haupt. Daisy eilte weiter ins Haus. Franz-Josef wies ihr den Weg ins Musikzimmer. Sybille saß am Klavier und klimperte auf den Tasten. Spielen konnte sie wegen ihrer Arthritis längst nicht mehr. »Habe ich dir nicht gesagt, du sollst in Berlin bleiben?«, schimpfte sie.

»Ich musste kommen!«

»Da kannst du gleich wieder umkehren. Hagen ist mit Yvette nach Berlin unterwegs.«

»Verdammt!«, fluchte Daisy. »Dieser Mistkerl! Was ist mit Hugo? Warum hat er ihm nicht Einhalt geboten? Die Verhaftung könnte ein schlechtes Licht auf seine eigene glanzvolle Karriere werfen.«

»Vielleicht ist das ja Sinn der Sache. Hugo und Hagen sind sich seit Neuestem nicht mehr grün.«

»Weißt du, warum?«

»Hagen ist überzeugt, Hugo habe dafür gesorgt, dass er in der Stettiner Provinz versauert.«

Daisy sparte sich einen Kommentar. »Du siehst müde aus.«

»Das würdest du auch, wenn man dich um deinen Schlaf gebracht hätte.« Ihre Großmutter fixierte sie ihrerseits. »Stimmt es? Greift dieser verrückte Möchtegern Frankreich an?«

Daisy bestätigte es niedergeschlagen. Fortuné II. saß auf der Fensterbank und starrte in den grauen Morgen hinaus. Von Zeit zu Zeit gab er ein herzzerreißendes Jaulen von sich.

»Was ist bloß los mit unserem Militär?«, knurrte Sybille. »Abertausende Offiziere, die bereits 1914 dienten, und unter ihnen findet nicht einer den Mut, diesem kleinen Gefreiten eine Kugel in den Kopf zu jagen!«

»Ich fahre zurück nach Berlin«, sagte Daisy und stellte den Kaffee fort, den Theres aufgetragen hatte.

»Ich begleite dich!« Waldo hatte den kleinen Salon betreten. Er trug ausnahmsweise nicht seine Djellaba, sondern Kniebundhosen, Janker und einen Tirolerhut mit Feder. Er sah aus wie ein Gebirgsjäger. Seine Sphinx-Katze Cäsar strich ihm um die Beine. Er hob sie auf und setzte sie neben Fortuné. Das ungleiche Paar nahm keine Notiz voneinander.

Anton hatte das Cabriolet inzwischen aufgetankt. Daisy bedankte sich bei ihm, während Waldo seine massige Gestalt wie ein Maulwurf in das kleine Gefährt wühlte. Sie brachen auf. »Hat *Maman* dir gesagt, du sollst auf mich aufpassen?«

»*Oui, Chérie*«, kicherte Waldo auf eine Art, die an seiner Nüchternheit zweifeln ließ. »Auch ein Tütchen?« Er rollte sich einen Glimmstängel. Die Hälfte des Krauts rieselte in den Fußraum.

»Nein danke. Außer du willst, dass wir an der nächsten Kurve geradeaus fahren.«

Waldo rauchte. Daisy kurbelte ihr Fenster herab, bevor die Cannabisdämpfe sie zu sehr benebelten. Aber sie halfen ihr, ruhiger zu werden. Unterdessen versuchte Waldo vergeblich, irgendwie in eine bequemere Sitzposition zu finden, ohne dass sein Kinn gegen die Knie stieß.

»Hast du einen Plan?«, fragte Waldo.

»Ich werde meinen Chef Speer um Hilfe bitten.« Daisy hatte sich das auf der Fahrt nach Tessendorf überlegt. »Albert hegt ein Faible für *Maman*, und er ist bestens befreundet mit Himmler. Der im Übrigen auch nie einen Tanz mit Mutter versäumte.«

»Du willst dir die Naziwillkür zunutze machen? *Formidable!*«, jubelte Waldo.

Albert Speer hatte seiner Familie ein vergleichsweise bescheidenes Haus in Schlachtensee gebaut. Kurz nach acht Uhr morgens parkte Daisy vor dem Zaun. Sie hoffte, Albert dort noch anzutreffen, und wenn nicht, würde seine Frau Margarete ihr sicher verraten, wo sie ihn finden könnte. Daisy hatte Glück, die Familie saß noch beim Frühstück. Ein Dienstmädchen öffnete ihnen, auf ihrem Arm saß der jüngste von vier Speer-Sprösslingen. Das Haus roch nach Babypuder, saurer Milch und feuchten Windeln. Am Fuß der Treppe tauchte eben Margarete Speer im Morgenmantel auf, an ihr Bein klammerte sich ihr zweijähriges Töchterchen, das den frühen Besuch neugierig beäugte. Von irgendwoher drangen Kinderlärm und Alberts Stimme, der seinen Ältesten zur Ordnung rief. Szenen von beinahe absurder Normalität und völlig unvereinbar mit dem Gedanken an Krieg. »Daisy, was für eine schöne Überraschung!«, begrüßte Margarete sie. »Und wer ist das? Hast du einen Turm mitgebracht?«, lachte sie bei Waldos Anblick. Die beiden Frauen duzten sich seit vielen Jahren, seit ihrer ersten zufälligen Begegnung auf der Mecklenburger Seenplatte.

»Das ist mein Onkel Waldo. Ich müsste dringend mit Albert reden, Margarete«, bat Daisy.

»Wo brennt's denn, Daisy?« Speer war dem Klingeln und den Stimmen gefolgt und hatte Daisys Anliegen gehört. Er führte den Besuch in sein Büro.

»Meine Mutter wurde gestern Abend von der Gestapo verhaftet«, sagte Daisy ohne Umschweife. Alberts Augen weiteten sich ungläubig. »Ist Ihnen der Grund bekannt?«

»Es gibt keinen. Mein Halbbruder Hagen steckt dahinter. Er leitet die Stettiner Dienststelle der Gestapo.«

»Könnten familiäre Hintergründe eine Rolle spielen?«

»Ein wahres Wort«, grollte Waldo. »Der Holzkopf spielt Spielchen. Er nutzt dafür Yvettes französische Herkunft.«

»Zurzeit erfolgen einige Präventivmaßnahmen«, erläuterte

Speer. »Es werden Haftbefehle gegen französische Staatsbürger vollstreckt, die im Verdacht der Kollaboration und Spionage stehen. Im Kriegsfall ist das die übliche Vorgehensweise. Die Briten und Franzosen verfahren im Übrigen genauso.« Speer machte eine abwehrende Geste. »Aber im Falle Ihrer Mutter ist Ihr Halbbruder wohl weit übers Ziel hinausgeschossen.«

»Würden Sie sich für die Freilassung meiner *Maman* einsetzen?«

Speer zögerte nicht. »Selbstverständlich! Ich rufe Reichsführer Himmler an.«

Speer schickte sie in ihre Wohnung in Charlottenburg, wo sie auf Nachricht von ihm warten sollten. Zähe Stunden folgten.

Hinterher mochte Daisy es kaum fassen. Gemessen an den Turbulenzen und Fehlschlägen der letzten Jahre hatte sie sich mit Hoffnungen auf einen raschen Erfolg von Speers Intervention zurückgehalten. Deshalb glaubte sie zunächst an eine Fata Morgana, als es am Nachmittag an ihrer Wohnungstür klingelte und sie plötzlich ihrer Mutter Yvette gegenüberstand. Sie fielen sich stumm in die Arme. Yvette tätigte sofort einen Anruf in Tessendorf und sprach kurz mit Kuno und Sybille. Waldo brühte frischen Kaffee auf, und sie lauschten Yvettes Bericht. Viel gab er nicht her. Wie vermutet hatte Hagen die neue Kriegslage ausgenutzt, um mit ihr ein kleines Machtspielchen zu veranstalten.

»Danke«, sagte Yvette und: »Es tut mir sehr leid, *Chérie*.«

»Warum entschuldigst du dich?«

»Weil du wegen mir noch hier bist.«

Das hatte Daisy kurzzeitig ausgeblendet. Wäre gestern alles nach Plan gelaufen, wäre sie um diese Zeit bereits an der Küste Englands gelandet und spätestens am frühen Abend in London eingetroffen. *Bei Henry*. Himmel, wenn sie daran dachte, wie sie ihn per Funk abgefertigt hatte, wurde ihr flau im Magen. Man sollte nie über Drähte miteinander diskutieren, und schon gar nicht sollte man dabei wütend sein. Bloß, wie ging es jetzt weiter? Würde der junge Agent erneut Kontakt zu ihr aufnehmen? Wollte Henry überhaupt noch mit ihr reden? Daisy beschloss, den toten Briefkasten im Tiergarten für eine Entschuldigung zu missbrauchen, falls der Agent sich nicht bis zum Montag zurückmeldete.

Yvette drängte es heim nach Tessendorf. Daisy fuhr sie, während Waldo entschied, in Berlin zu bleiben. Er bezog das Zimmer, das vor ihm Mitzi bewohnt hatte. Daisy gab er eine kleine Liste von Dingen mit, die sie ihm mitbringen sollte. »Und vergiss Cäsar nicht!«, mahnte er.

Daisy war nicht unfroh über Waldos Gesellschaft, auch wenn er ihre Wohnung in eine Opiumhöhle verwandelte und ihr gleich am ersten Morgen nach ihrer Rückkehr einen Schreck verpasste. Sie wollte Frühstück bereiten und holte die Milchflasche herein. Hinter ihr drängte Waldo hinaus.

»Wo willst du so früh im Bademantel hin, Onkel?«

»Zum nächsten grünen Fleckchen.«

Daisy stutzte. »Du hast aber nicht etwa Nacktyoga vor?«

»Warum?«, fragte Waldo viel zu unschuldig.

»Wir sind hier nicht in Tessendorf. Du wirst schneller verhaftet werden, als du deinen Bademantel abwerfen kannst.«

Waldo stülpte die Unterlippe nach außen. »Diese Nazis können einem aber auch jeden Spaß verderben.« Er warf einen abschätzigen Blick durch den Flur zum Wohnzimmer mit dem kleinen Balkon.

»Denk nicht mal daran«, warnte Daisy.

Ihr Onkel seufzte wie ein asthmatischer See-Elefant. »Nun gut, weil du's bist. Dann behalte ich eben die Büchse an. Schade, ich hab's untenrum gern frei baumelnd.«

»Danke für das Bild, Onkel.«

»Gern geschehen.«

Später fragte er sie: »Was hast du jetzt vor, kleine Bumm?«

»Ich hinterlege eine verschlüsselte Nachricht für Henry. Solange ich auf seine Antwort warte, halte ich den Anschein aufrecht und gehe ganz normal weiter zur Arbeit.« Eine Woche verging, ohne dass Daisys Nachricht überhaupt abgeholt wurde. Waldo sprach Daisys Befürchtung aus: »Vermutlich ist Henrys Agent aufgeflogen.«

***

Waldo hatte eine Karte von Westeuropa an die Wand geheftet und den deutschen Vormarsch mit kleinen Fähnchen markiert. Selbst wenn man die Berichte in Presse und Wochenschau mit Vorsicht genoss, konnte die Westoffensive für den deutschen Führer kaum besser laufen. Seine Armeen eilten von Sieg zu Sieg, und für Franzosen, Niederländer, Belgier, Luxemburger und die verbündeten Briten lief es denkbar schlecht. Das bekam auch Premier Neville Chamberlain zu spüren. Am Tag nach dem deutschen Überfall wurde er ausgetauscht, und Winston Churchill zog in die Downing Street. Inzwischen walzten die deutschen Panzerverbände längst mitten durch die Ardennen. Schon am 14. Mai durchbrach die Wehrmacht bei Sedan die französische Front. General von Mahnsteins Operation *Sichelschnitt* war gelungen und die Franzosen damit von ihren Alliierten abgespalten. Am Folgetag kapitulierte die niederländische Armee, Belgien wurde annektiert, und die Franzosen bildeten ihre Regierung um. Schlag auf Schlag ging es weiter, und Waldo gingen die Fähnchen aus. Die Deutschen rückten vor, und die alliierten Soldaten wichen bis zur Küste nach

Dünkirchen zurück. Dreihundertsiebzigtausend Briten und Franzosen konnten sich nur durch eine konzertierte Rettungsaktion unter Einsatz aller verfügbaren Boote über den Ärmelkanal retten. Dabei mussten sie ihr gesamtes Material zurücklassen. Die Deutschen erbeuteten allein sechzigtausend Fahrzeuge.

Auch Benito Mussolini verfolgte aus der Ferne die deutschen Erfolge. Vier Tage bevor die deutsche Hakenkreuzflagge in Paris gehisst wurde, sprang die italienische Ratte aufs Boot, und der Diktator erklärte Großbritannien und Frankreich den Krieg. Kurz darauf besetzte Josef Stalin Estland, Lettland und Litauen. Zuvor schon hatte er Finnland siegreich überfallen und sich enorme Gebiete einverleibt.

Waldo sagte: »Jetzt fehlen nur noch die USA, und wir haben einen neuen Weltkrieg.«

»Mir reicht der, den wir haben«, meinte Daisy verdrossen. Seit gut einem Monat hatte sie nichts von Henry gehört. Dafür gab es Neuigkeiten von Mitzi. Ihre von Hitler aufgezwungene Reise war beendet, aber Werner von Blomberg wollte nicht nach Berlin heimkehren. Er hatte für sich und seine Frau ein Haus im bayerischen Bad Wiessee erworben. »Werner trägt schwer daran, dass Hitler sein Versprechen gebrochen hat, ihn im Kriegsfall zurückzuholen«, erklärte Mitzi am Telefon.

Aber Daisy interessierte sich wenig für die Befindlichkeiten des Feldmarschalls a.D. »Wann kommst du nach Berlin?«

»Warum kommst du nicht zu mir? Es ist schön hier. Berge, Wiesen und jede Menge Kühe. Wir können im Tegernsee baden!«

»Ich kann hier leider nicht weg. Viel Arbeit.« Sie konnte am Telefon schlecht verraten, dass sie auf eine Nachricht von Henry wartete.

Die Reichskanzlei war seit dem 10. Mai verwaist. Durch Speer erfuhr Daisy Tage später, dass der Führer sich im Hauptquartier *Felsennest* in Rodert aufhielt. Am 21. Juni sandte Hitler Speer eine Nachricht, er solle zu ihm in die *Wolfsschlucht* im belgischen Brûly-de-Pesche stoßen. Speer nahm Daisy und seine Architekten Giesler und Breker mit.

Früh am nächsten Tag startete Hitlers Chefpilot Hans Baur von da die Ju 52. Speer kauerte gleich hinter seinem Führer auf dem unbequemen Notsitz, Daisy als einzige Frau saß eingeklemmt zwischen den Fotografen Heinrich Hoffmann und Walter Frentz. An Bord herrschte lüsterne Eroberungsstimmung. Als einer der Architekten rief: *Heute Paris, morgen London!,* klinkte sie sich aus den Gesprächen aus. Seit sechs Wochen war sie ohne Nachricht von Henry, und langsam verlor sie den Mut.

Bevor sie in Paris landeten, gab es einen Abstecher nach Compiègne, ein kleines Städtchen in Nordfrankreich an der Mündung der Aisne. Speer hatte ihr den Zwischenstopp als »Moment der Geschichte« angekündigt, und der Führer hatte auf dem Flug ein paar markige Worte dazu beigesteuert. So erfuhr Daisy von Hitlers Anordnung, im Wald bei Compiègne die Kapitulation der Franzosen entgegenzunehmen. Die Junisonne schien warm und freundlich, dennoch hatte es Daisy am Schauplatz, einer Lichtung, gefröstelt. Zunächst verzögerte sich die Kapitulation um Stunden. Der Eisenbahnwaggon, in dem schon 1918 die Beendigung der Kampfhandlungen zwischen den Kriegsparteien unterzeichnet worden war, war nicht zeitgerecht verfügbar. Ein findiger Eisenbahner hatte ihn versteckt und die Türen verschweißt. Zudem hatte das alte Vehikel Rost angesetzt und diente allerlei Kleingetier als Tummelplatz. Die Franzosen verdrückten sich. Sollten die Deutschen den Putzwedel schwingen. Als der Waggon endlich präsentabel auf der Lichtung bereitstand, war Hitlers Geduld überstrapaziert, und er betrat ihn zum Zeichen seiner Verächtlichkeit nur so lange, wie er benötigte, um die Handschuhe aus- und wieder anzuziehen. Er ließ eine Erklärung verlesen und übergab die Formalitäten anderen.

In Paris angekommen, drängte es Hitler hinauf zur Aussichtsplattform des Eiffelturms, um seinen Herrscherblick über die gespenstisch leere Beutestadt schweifen zu lassen. Das wussten die abrückenden Franzosen zu verhindern, indem sie die Aufzugkabel gekappt hatten. Gemessen an der bereits eingetretenen französischen Kriegskatastrophe blieben diese Aktionen nur Mückenstiche, aber die konnten bekanntlich besonders jucken. Tatsächlich echauffierte sich der Führer mehr über diese belanglosen Episoden, als ihn die Verluste der Wehrmacht tangierten: Wenigstens siebenundzwanzigtausend deutsche Soldaten hatten ihr Leben für seinen Napoleonkomplex gelassen, die Franzosen beklagten den dreifachen Verlust.

Der Führer und seine Mannen ließen sich sodann in ihren langen Militärmänteln vor dem Eiffelturm ablichten, Bilder, die Albert Speer an Hitlers Seite zeigten und weltweit um den Globus gingen. Daisy hielt sich wie üblich im Hintergrund. Im Stillen weinte sie um die schönste Stadt der Welt, die ihre Freiheit verloren hatte.

Sie nahmen Quartier im *Ritz*. Daisy bezog im Hochparterre ein Zimmer mit kleinem Balkon, das zum Justizpalast hinausschaute. Ihr Chef Speer wollte zwei Tage in Paris bleiben, während der Führer mit einem Teil seiner Delegation die französische Hauptstadt noch am selben Abend verließ. Speer plante mit Daisy eine Inspektionsreise durch die eroberten Gebiete Frankreichs und Belgiens. Am Vorabend ihrer Abreise lud Monsieur Fleury, Direktor des *Ritz*, Daisy zu einem privaten Essen in seine Hotelwohnung. Sorgsam mieden sie jedes Wort zu Politik und Krieg. Gegen Mitternacht trennten sie sich, und obwohl das Bett lockte, fand Daisy keinen Schlaf. Sie konnte sich weiterhin nicht von den unwirklichen Stunden von Compiègne lösen.

Mit dem Glück des Teufels war Adolf Hitler innerhalb von sechs Wochen das gelungen, woran die kaiserliche deutsche Armee jahrelang in verlustreichen Schlachten gescheitert war: Er hatte Paris erobert. Den Führer umgab nun der Nimbus des Unbesiegbaren. Künftig würde Frankreich zweigeteilt sein – mit einer besetzten Zone im Norden und entlang der Atlantikküste und einer sogenannten freien Zone im Südosten mit Regierungssitz in Vichy unter Marschall Pétain, der mit den Deutschen kollaborierte, um den Anschein eines souveränen Frankreichs zu bewahren.

Nach ihrer ersten Begegnung 1929 hatte Daisy den Österreicher für einen Phrasendrescher gehalten, der bestenfalls einen im Tee hatte. Einer aus der Masse politischer Spinner, die die Zeit nach dem verlorenen Großen Krieg hervorgebracht hatte. Sie hätte besser auf Louis gehört, der Adolf Hitler von Beginn an als hochgefährlich eingestuft hatte. Louis, ihr wunderbarer sensibler Bruder, der nie einen Platz in dieser von Männern gesteuerten Welt gefunden hatte.

Heute gehörte Hitler Paris. Was gehörte ihm morgen? Wann wäre sein Machthunger gestillt? Wie ein fernes Echo hörte Daisy die Stimme ihrer Großmutter: »Wer unter den Offizieren findet den Mut, diesem Kerl eine Kugel in den Kopf zu jagen?« Daisy fragte sich, ob sie diesen Mut besäße. Dazu müsste sie den zugänglichen Teil von Adolf Hitler ausklammern, der ihr in der Reichskanzlei und auf dem Obersalzberg freundlich begegnete, und nur den Mann in ihm sehen, der Tod und Leid über die Welt brachte.

Es waren schwere Gedanken. Morpheus hatte irgendwann ein Einsehen und schickte sie in den Schlaf.

Spät in der Nacht schreckte Daisy auf. Irgendetwas hatte sie geweckt. Sie lauschte. »Hallo? Ist da wer?« Sie glaubte am Fenster eine Bewegung wahrzunehmen. Jäh flammte eine Taschenlampe auf und blendete sie. Sie wollte schreien, als sich eine dunkle Gestalt auf sie warf. »Leise, ich bin's«, raunte eine Stimme. Daisy hätte sie unter Tausenden erkannt. »Giacomo?«, flüsterte sie erschrocken.

Er griff an ihr vorbei und knipste die Nachttischlampe an.

»Geh sofort von mir herunter!«, forderte sie erbost. Sie versuchte ihn von sich zu stoßen, aber er griff nach ihren Handgelenken und drückte sie nieder. »Immer noch dieselbe Kratzbürste.« Er lachte heiser.

»Was willst du?«

»Dich mitnehmen. Du bist meine Frau.«

»Das bin ich nicht!«

»Das sind nur Feinheiten, *mio fiore*. Sobald wir in Rom sind, wird uns ein Priester trauen.« Seine Lippen strichen über ihre Halsbeuge. »Mmh, du schmeckst gut.«

Daisy brachte ein Stöhnen zustande und bot ihm die eigenen Lippen. Sobald er sie siegesgewiss küsste, biss sie kräftig zu. Aus eigener Erfahrung wusste sie, wie sehr das wehtat. Auf Giacomo hatte es den gegenteiligen Effekt. Er warf den Kopf zurück und lachte, während er sich das Blut ableckte. »Wenn du es so willst, kannst du es genau so haben.« Er grub ihr seine Zähne wie ein Vampir in den Hals. Daisy wollte schreien, aber Giacomos große Hand verschloss ihren Mund. »Ruhig. Außer du ziehst es vor, dass ich Direktor Fleury der Gestapo übergebe. Unser Monsieur betreibt seit Jahren emsig Spionage, und wie ich gehört habe, tauscht er sich gerne mit deiner Mutter Yvette aus. Ist sie nicht erst kürzlich verhaftet worden? Wirst du ruhig sein, wenn ich meine Hand fortnehme?«

Daisy nickte. Keuchend holte sie Luft. »Du Schuft!«

»*Ti amo.*« Er hielt ihre Handgelenke weiter gefangen und bedeckte ihr Gesicht mit Küssen. »*Facciamo amore.*« Lasziv bewegte er seine Hüften. Daisy wurde schlecht. Er würde sie vergewaltigen, und sie konnte nichts dagegen tun. Sie schloss die Augen. Kampflos würde sie nicht aufgeben. Sie bäumte sich unvermittelt auf, bekam eine Hand frei und nutzte das Überraschungsmoment, um nach der Nachttischlampe zu greifen. Bevor sie ihm die überbraten konnte, hatte Giacomo ihre Hand abgefangen. »Netter Versuch.« Wieder dieses unverschämte Lachen, das in Daisy Mordgelüste weckte. »Du Schwein!«, keuchte sie. Sie kämpften. Plötzlich klickte es metallisch, und jemand drohte: »Sofort runter von ihr, oder ich mach dich kalt!« Giacomo wurde starr wie ein Brett, während Daisy kaum ihren Ohren traute. Henry? *Henry!*

»Wird's bald?«, knurrte der Brite.

Aufreizend gelassen ließ sich Giacomo zur Seite gleiten. »Sieh an«, grinste er, »der englische Spion! Du pflegst schlechten Umgang, *mio fiore.*«

»Langsam aufstehen und Arme hoch.«

»Das ist nicht Ihr Ernst.« Giacomo wirkte erheitert.

»Daisy«, richtete Henry das Wort an sie, »nimm du die Waffe. Ich werde ihn fesseln.« Er hielt seine Krawatte parat.

Giacomo zeigte keine Anstalten aufzustehen. »Kommen Sie, *Henry*«, sagte er vertraulich, »im Hotel wimmelt es von Gestapo-Leuten. Wir wissen beide, dass Sie keinen Schuss riskieren können. *Sie* sind hier der Feind, wohingegen ich den Status eines willkommenen Verbündeten genieße.« Giacomo brachte sich in eine sitzende Position. »Um Margaritas willen gebe ich Ihnen eine

Chance. Ich werde jetzt bis zehn zählen, dann sind Sie verschwunden. Andernfalls werde ich nach Verstärkung rufen. Verstanden?«

»Nein!« Henry trat einen Schritt auf den Italiener zu. »Sowenig wie ich Sie erschießen kann, werden Sie jemanden rufen. Ihr heimliches Eindringen hat einen Grund: Sie wurden nach Ihrem Angriff in der britischen Botschaft auf den SS-Sturmbannführer Hugo zu Trostburg des Landes verwiesen! Wenn Daisy der Gestapo erzählt, Sie hätten sie in Ihrem Zimmer überfallen, wird ihr das zweifelsfrei geglaubt werden.«

»Und wenn ich das Risiko eingehe? Wie erklären Sie dann Ihre Anwesenheit in Margaritas Zimmer?«

Daisy schmeckte nicht, wie Giacomo die Situation steuerte. Er war sich zu sicher. Irgendetwas führte er im Schilde. »Wie ich das sehe«, Giacomo grinste, »haben Sie weit mehr zu verlieren als ich.« Er sah zu Daisy, sein Lächeln wurde breiter. Plötzlich ging alles rasend schnell. Giacomos Hand schnellte vor, ein Messer blitzte in der Luft, Daisy schoss im Affekt. Sie ließ die Waffe sofort fallen und stürzte zu Henry. Das Messer steckte unterhalb des Herzens. Henry zog es beherzt heraus. »Es ist nicht weiter schlimm«, beruhigte er Daisy. »Die Klinge ist an den Rippen abgeprallt. Sieh nach dem Italiener.« Giacomos Atem ging rasselnd, blutige Blasen bildeten sich im Mundwinkel. Ihre Kugel hatte Giacomo aus kaum zwei Meter Entfernung getroffen. Draußen auf dem Flur wurden aufgeregte Stimmen laut. »Woher kam der Schuss?« »Ich glaube, aus diesem Zimmer!« »Das ist das von der jungen Tessendorf!« Schon pochte es gegen Daisys Tür. »Du musst hier weg, Henry! Schnell!« Sie bugsierte ihn zum Fenster.

»Aber du...«

»Mir wird nichts geschehen. Jetzt geh!«, flehte sie.

»Ich komme wieder!« Er glitt hinaus in die Dunkelheit, im selben Augenblick flog die Tür mit einem Tritt auf, und zwei Uniformierte stürzten mit vorgehaltener Waffe herein.

Daisy musste ihre Rolle nicht großartig spielen, zitternd sank sie in den nächsten Sessel.

»Was ist hier los? Wer ist dieser Mann?«

Daisy sah zu Giacomo. Die mühsamen Atemgeräusche gingen ihr durch Mark und Bein. Giacomo ertrank in seinem eigenen Blut. Der Italiener hob den Kopf und versuchte zu sprechen. Ihre Blicke begegneten sich ein letztes Mal. Er fiel zurück, und das schreckliche Röcheln verstummte wie abgeschnitten. Einer der Uniformierten trat ans Bett: »Der ist hinüber.« Der andere entdeckte die Waffe auf dem Teppich und stieß sie mit der Stiefelspitze an. »Haben Sie ihn damit erschossen?«

Die Worte kamen wie von selbst. Daisy erklärte, der Mann habe sie mit einer Waffe bedroht und wollte ihr Gewalt antun. Bei ihrem Versuch, ihn abzuwehren, löste sich ein Schuss.

Speer erschien auf der Bildfläche, dicht gefolgt von Monsieur Fleury. »Himmel, Daisy!«, rief Albert. »Was ist passiert? Geht es Ihnen gut?«

»Nein, mir geht es nicht gut«, wisperte sie. »Ich habe einen Menschen getötet.« *Den Vater meines Sternenkindes.* Der Schock setzte ein.

Speer und Fleury übernahmen die Regie. Speer flößte ihr einen Cognac ein, Fleury sorgte für ein anderes Zimmer. Speer nutzte überdies die Privilegien seiner Führernähe und überzeugte die Sicherheitspolizei, dass die Komtess Tessendorf nach diesem schrecklichen Erlebnis Ruhe benötige und die Befragung bis zum nächsten Morgen warten könne. Speer ließ sie allein.

Daisy war ihm überaus dankbar. Sie trank einen weiteren Cognac zur Beruhigung, mit wenig Wirkung. Giacomo lag tot in einer Leichenhalle, und Henry war verletzt auf der Flucht. Wenn er heute Nacht starb, würde sie es jemals erfahren? Allein dieser Gedanke brachte ihr Herz fast zum Stehen. Das Geschehene war mit normalem Verstand kaum zu fassen. Fast wünschte sich Daisy den Wahnsinn herbei, um dem eigenen Fühlen und Denken zu entkommen.

Am Morgen fand die Befragung durch die Sicherheitspolizei statt. Speer begleitete sie in die Avenue Foch. Dort war die Inbesitznahme noch in vollem Gange, Uniformierte entluden Lkw und schleppten massenhaft Material und Kartons ins Gebäude.

Daisys Schilderung der Ereignisse wurde vorbehaltlos Glauben geschenkt. Dank deutscher Gründlichkeit lag der Inhalt von Giacomos Berliner Akte bereits vor, weshalb der Gestapo-Mann mit eigener Schlussfolgerung aufwartete: Der Italiener habe an Fräulein von Tessendorf Rache nehmen wollen, und da er in Deutschland Einreiseverbot hatte, habe er den Umweg über Frankreich genommen. Daisy stimmte ihrerseits dieser Version vorbehaltlos zu. Sie unterzeichnete ein Protokoll und war damit entlassen. Draußen bedankte sie sich bei Speer für seine Hilfe. Er grinste auf seine jungenhafte Art, mit der er die Menschen reihenweise für sich einnahm. »Reiner Eigennutz. Ich brauche meine beste Kraft.«

»Trotzdem möchte ich Sie bitten, ohne mich auf Inspektionsreise zu gehen. Ich fühle mich noch ein wenig wackelig und würde gerne einige Tage in Paris bleiben.«

Speer bedauerte, dass er auf sie verzichten musste, aber er gewährte ihr bereitwillig die zusätzliche Zeit.

Daisy hoffte in Paris auf Nachricht von Henry.

Am frühen Abend bemerkte sie in ihrem Zimmer ein merkwürdiges Geräusch. Als würden Mäuse zwischen den Wänden rascheln. Im *Ritz*? Da schwang wie von Zauberhand der Wandschrank auf, und Monsieur Fleury stieg heraus. »Bitte verzeihen Sie mein Eindringen«, sagte er leise. »Der Flur wird überwacht. Sicher eine Maßnahme zu Ihrem Schutz. Aber ich hielt es für angebracht, dass wir nicht zusammen gesehen werden.« Monsieur Fleury lächelte. »Ich habe eine Nachricht von unserem britischen Freund. Es geht ihm gut.«

Daisy bebte vor Erleichterung. »Wo ist er? Haben Sie mit ihm gesprochen?«

»Sie können selbst mit ihm sprechen. Kommen Sie, ich bringe Sie zu einem sicheren Fernsprechapparat. Vielleicht ziehen Sie sich zuvor etwas Warmes über? Es geht unter die Erde.«

Daisy griff ihren Trenchcoat und folgte Monsieur Fleury durch den Schrank ins Nebenzimmer. Ein weiterer Schrank führte in eine Besenkammer mit einer Bodenluke, durch die sie in den Keller des *Ritz* gelangten. Dort folgten sie einem Versorgungsschacht mit einer Vielzahl an Abzweigungen. Fleury fand unbeirrt seinen Weg und öffnete eine gut getarnte Tür. Daisy hatte den Geruch nach Abwasser schon eine Weile in der Nase, nun waberte ihr die geballte üble Luft menschlicher Ausscheidungen entgegen. Der Lichtkegel von Fleurys Taschenlampe hüpfte eine steile Steintreppe hinab. »Sie führt zur Kanalisation. Bleiben Sie dicht hinter mir und stützen sich an den Felsen ab. Die Stufen sind glitschig.« Ein schmaler Steg lief den Kanal entlang, in dem das dunkle, stinkende Abwasser gegen den Stein plätscherte, als wollte es nach ihren Füßen greifen. Hier und da sah Daisy kleine schwarze Schatten vor dem Licht flüchten. Nach einer gefühlten Ewigkeit sagte Fleury: »Wir sind da.« Er klopfte eine kurze Zeichenfolge an eine Stahltür, und ein schmaler junger Mann mit Nickelbrille nahm sie in Empfang. Über mehrere Treppen gelangten sie in einen engen Korridor, der in einem schummrigen Büroraum mündete. Ein

Gewirr an Kabeln wand sich kreuz und quer über den Holzboden. »Es ist alles noch sehr provisorisch«, erklärte der junge Franzose. »Ich bin Pierre.« Er stellte seine Gaslampe auf den Schreibtisch mit dem Telefon. Daisy trat darauf zu. »Welche Nummer?«

»Keine. Wir warten, bis es klingelt«, sagte Pierre und entkorkte eine Flasche.

»Wie lange?«

»So lange es dauert.« Er füllte drei Gläser mit dunklem Wein. »*À votre santé.*«

»*À la vôtre*«, antwortete Fleury. Daisy schloss sich ihnen an.

»Sprechen Sie nicht länger als fünf Minuten, und nennen Sie keinen Namen«, instruierte sie der junge Franzose.

»Es hieß, die Leitung sei sicher?«

Pierre zuckte fatalistisch die Achseln. »Nichts ist sicher, nur der Tod.« Zwei Stunden später rührte sich das Telefon. Es war so leise, dass Daisy es fast überhört hätte. Pierre nahm ab. »Oui?«, und übergab Daisy den Hörer.

»Hallo?«, fragte sie atemlos.

»O mein Liebes! Wie geht es dir? Hattest du Probleme mit der Gestapo?«

»Nein, alles in Ordnung. Wie geht es dir? Was macht deine Wunde?«

»Halb so wild. Nur ein Kratzer.«

»Wo bist du?« Daisy vergaß Pierres Mahnung.

»Besser, wenn du das nicht weißt. Was wollte der Italiener von dir?«

Daisys Kopf ruckte hoch. Die Frage war vermintes Gelände. »Ist das nicht offensichtlich gewesen?«

»Natürlich, aber dass er ausgerechnet bei dir auftauchen muss, als ich dich zu mir holen wollte...« Henry seufzte frustriert.

»Er ist tot.«

»Das tut mir leid, ich wusste es nicht. Wie fühlst du dich, Darling?«

Er verstand sie, und sie bemerkte erst jetzt ihre kurzzeitige Versteifung. »Schrecklich.«

»Es ist eine furchtbare Last, einem Menschen das Leben zu nehmen. Aber du hast in Notwehr gehandelt, Liebling. Es ist nicht deine Schuld, sondern die seine.«

So wahr seine Worte waren, sie änderten nichts an ihren Schuldgefühlen. »Du bist nicht mehr in der Stadt, oder?« Sie hätte jetzt seine Umarmung gebraucht.

»Nein. Ich konnte nicht bleiben. Ich…«, er stockte kurz, als überlegte er, wie viel er preisgeben konnte. »Ich war mit einer Mission betraut, als ich von deiner Anwesenheit hier erfuhr. Ich musste innerhalb eines bestimmten Zeitfensters handeln. Ein befreundeter Offizierskamerad deckte solange meine Abwesenheit. Wäre ich nicht rechtzeitig zurückgekehrt, hätte er dafür büßen müssen. Es ist Krieg, und die unerlaubte Entfernung vom Dienst gilt als Desertation.«

Der Franzose gab Daisy ein Zeichen. Ihre Gesprächszeit ging zur Neige. »Warum hast du dich nicht gemeldet? Ich habe dir eine Nachricht hinterlassen«, meinte sie.

»Mein Agent wird vermisst. Die toten Briefkästen sind nicht mehr sicher. War es sehr wichtig?«

»Für mich ja. Ich wollte dich um Verzeihung bitten, weil…«

»Geschenkt.« Seine Stimme barg ein Lächeln. »Bleib, wo du bist, Darling. Ich finde einen Weg, dich zu mir zu holen. Gib mir ein paar Tage Zeit. Mir fällt schon was ein.«

Daisy erlag einer spontanen Eingebung: »Vielleicht wäre es ratsam, wenn ich noch einige Wochen bei meinem Chef dranhänge?

Hitler und seine Leute haben ein paar Andeutungen über ihre nächsten Pläne gemacht. Vielleicht gelingt es mir, mehr herauszufinden.«

Henrys Erregung flog als geballte Energie durch den Äther: »Daisy, das ist doch verrückt! Bitte, setze dein Leben nicht aufs Spiel!«

»Du setzt dein Leben genauso aufs Spiel! Ihr braucht mich, niemand ist näher an Hitler dran als ich. Mit den Ardennen lag ich richtig, oder?«

Henry stöhnte.

Der Franzose gab Daisy erneut ein Zeichen, und diesmal fiel es um einiges hektischer aus. »Henry, ich muss Schluss machen.«

»Überlege es dir nochmals, Daisy. Bei der ersten Gelegenheit werde ich versuchen, zu dir zu kommen. Bitte warte auf mich. Ich liebe dich.«

»Ich liebe dich.«

Pierre drückte auf die Gabel.

Zurück im Hotel fiel Daisy in einen unruhigen Halbschlaf. Sie träumte, sie würde Hitler töten. Aber sobald sie die Schüsse abgegeben hatte, sah sie plötzlich wieder Giacomo tot in ihrem Bett.

Kapitel 37

> Manchmal erfordern es die Umstände,
> gegen die eigene Moral zu handeln.
>
> Sybille von Tessendorf

Früh am nächsten Morgen weckte Daisy Lärm. Von einer bösen Vorahnung getrieben, trat sie hinaus auf den Flur. Dort stieß sie auf zwei SS-Männer, die die Tür zum Treppenhaus bewachten. Einer wandte sich ihr zu: »Bitte gehen Sie zurück auf Ihr Zimmer!«

»Was ist denn los?«

»Wir heben ein Spionagenest aus.«

Später am Tag erfuhr Daisy von der Verhaftung Fleurys. Jemand erinnerte sich an ihr privates Abendessen mit ihm, und Daisy erhielt Besuch von Standartenführer Helmut Knochen, der ihr bereits in der Avenue Foch gegenübersaß. Knochen schien keinen direkten Verdacht gegen sie zu hegen, er wollte lediglich von ihr wissen, ob ihr etwas an dem Mann aufgefallen sei. Daisy verneinte. Dann lud Knochen sie selbst zum Abendessen ein. Daisys Herz schlug wie eine Trommel. Dennoch sagte sie zu, in der Hoffnung, mehr über Monsieur Fleurys Schicksal in Erfahrung zu bringen. Der Abend erwies sich als kompletter Reinfall. Knochen hielt sich bedeckt, er war kein Prahlhans wie Hugo, hegte allerdings ähnlich amouröse Absichten. Es kostete Daisy viel Mühe, sich aus dieser prekären Situation herauszuwinden, ohne das hohe Gestapotier vor den Kopf zu stoßen.

Später am Tag telefonierte Daisy mit ihrer Mutter. Sie konnte nicht offen mit ihr über die Ereignisse sprechen, aber allein ihre Stimme zu hören war Balsam für ihre verwundete Seele. Nach dem Gespräch überlegte Daisy, wie es weitergehen sollte. Sie wollte nicht an Fleury denken und was man ihm zur Stunde in der Avenue Foch antat. In der Nacht wurde sie von schrecklichen Bildern bedrängt. Der Überfall auf Polen und Frankreich, die Besetzung Norwegens und Dänemarks und so fort, ein Netz, gesponnen aus unzähligen Toten, das sich immer weiter über Europa breitete und dessen Fäden alle bei Adolf Hitler ihren Anfang nahmen. Und Sybilles Stimme: *Wer hat den Mut, diesem Kerl eine Kugel in den Kopf zu jagen?*

Henry hatte sie gebeten, in Paris auf ihn zu warten. Aber jedes Mal, wenn die Sehnsucht nach ihm zu übermächtig wurde, wurde auch die Frage in ihr laut: Durfte sie ihrer Liebe folgen, oder musste sie sich ihrer Verantwortung stellen? Eine Woche verging, ohne dass Henry kam oder eine Nachricht sandte. Als Speer einen Fahrer schickte, nahm sie es als Zeichen. Sie verließ Paris.

***

Erst Ende Juli kehrte Daisy nach Berlin zurück. Speer hatte sie mit Aufgaben überschüttet. Von Hitler hatte er sich die Bauvollmachten für Berlin, München, Linz, Hamburg und Nürnberg gesichert. Wer baut, braucht Steine. Daisy hielt sich lange in den Vogesen auf, wo roter Granit entdeckt wurde, den Speer unbedingt für das Deutsche Stadion in Nürnberg verwenden wollte.

Als sie bei ihrer Heimkehr in Charlottenburg aus dem Taxi stieg, hielt hinter ihr eine schwarze Limousine. Der Chauffeur eilte um den Wagen und öffnete einer eleganten Dame die Tür.

Erst als Daisy von dieser angerufen wurde, erkannte sie Mitzi. »Mitzi, dich schickt der Himmel!«, freute sich Daisy. Arm in Arm stiegen sie die Treppe zu ihrer Wohnung hinauf, der Chauffeur schleppte ihr Gepäck. Mitzi dirigierte ihn in ihr Zimmer und kam unmittelbar zurück. »Da schläft ein Bär in meinem Bett!«

»Herrje, Waldo! Den habe ich ganz vergessen!«, rief Daisy. »Er hat sich im Mai bei mir einquartiert. Wir müssen uns ein Bett teilen.«

»Großartig, wie früher!« Mitzi grinste.

Mitzi blieb eine Woche, und die Freundinnen genossen die gemeinsame Zeit. Es tat Daisy ungeheuer wohl, Mitzi ihr Herz auszuschütten. Die Geschehnisse von Paris, Giacomo, Henry – ihr konnte sie all ihre Gedanken und Nöte anvertrauen. Das tat sie gleich am ersten Tag. Ihr Vorhaben, Hitler zu töten, sparte sie sich für den zweiten Tag auf. Mitzi schaute schief: »Da stell dich mal lieber hinten an.«

»Es ist mein Ernst.«

»Habe ich schon verstanden. Trotzdem ist es eine Schnapsidee. Du bist keine Attentäterin. Lass das einen Profi erledigen.«

»Da hat die Mitzi recht.«

Die beiden fuhren zu Waldo herum. Er lehnte im Nachtgewand in der Tür und blinzelte wie eine Eule, der das Tageslicht zu schaffen machte. Er schielte zu Mitzi. »Was spricht denn dein Feldmarschall?«

Mitzis Katzenaugen wurden schmal. Daisy sah von ihr zu Waldo. Es war nur ein kleines loses Fädchen, aber Daisy schnappte nach ihm: »Nein!«, hauchte sie. »Ist etwas geplant?«

»Ich sage nur: Stell dich hinten an.«

»Wann?«

»Daisy!«, sagte Mitzi streng. »Lass es jetzt bitte gut sein. Denk nicht mehr daran. Geh nach England, und fang mit Henry ein neues Leben an.«

»Hast du dich mit *Maman* verbündet?«

»Ich weiß nicht, was die Frage soll. Aber ich habe eine an dich: Liebst du Henry?«

»Natürlich.«

»Da hast du deine Antwort.«

Am Wochenende fuhren die Freundinnen nach Tessendorf. Daisy lieh sich von einem Kollegen dessen Cabriolet.

Es war herrlich, die Stadt zu verlassen, die unter einer Hitzeglocke lag. Auf der Suche nach Abkühlung flüchteten die Berliner massenhaft in die Badeanstalten und umliegenden Gewässer. Glücklich, wer am Wannsee ein freies Fleckchen für sein Handtuch ergatterte.

Waldo zog es vor, in Berlin zu bleiben. Dem alten Wüstenfuchs konnte die Hitze nichts anhaben. Er trug seine Djellaba spazieren, auf der Schulter saß seine Katze Cäsar, die huldvoll Liebesbezeigungen von alten Damen und kleinen Mädchen entgegennahm. In kürzester Zeit reifte er im Charlottenburger Viertel zu einer Berühmtheit heran. Selbst der Blockwart hatte sich inzwischen an seinen speziellen Aufzug gewöhnt, nachdem Waldo sich bei einer gemeinsam geleerten Flasche Schnaps mit ihm verbrüdert hatte.

»Was treibt dein Onkel eigentlich genau in Berlin?« Mitzi hielt ihr Gesicht in den Fahrtwind.

»Er sagt, er knüpft an alte Bande an.«

»Indem er sich durch die Spelunken säuft?«

»Waldo ist genauso eine Sphinx wie seine Katze.«

Auf Tessendorf war die Ernte bereits eingefahren. Anders als sonst kehrten die polnischen Erntehelfer danach nicht wieder zu ihren Familien heim. Freiwillige Arbeit war durch Zwang ersetzt worden, die Männer und Frauen in der Schnitterkaserne eingesperrt und bewacht. Auch in der Helios-Werft und Lokomotive AG schufteten nun Kriegsgefangene. Ein gemischtes Völkchen aus Polen und Franzosen, die jeweils unter sich blieben, während man die deutschen Männer in Uniformen gesteckt und dorthin geschickt hatte, wo jene herkamen, die sie nun ersetzen sollten. »Wenn sie das nur täten!«, beklagte sich Sybille und schwang ihren Stock. »Ständig muss man ihnen bei der Arbeit hinterher sein. Sie stellen sich absichtlich dumm und sabotieren, wo sie können.« Sie hatte Daisy auf der hinteren Terrasse auf dem Weg zum Stall abgepasst. Ihr Blick fixierte die Enkeltochter. »Dabei kann ich's den Leuten kaum verübeln. Ich würd's genauso machen, wenn man mir erst die Heimat und dann die Freiheit genommen hätte.«

Das waren ja völlig neue Töne! Perplex fragte sich Daisy, ob unter Sybilles alter Drachenhaut vielleicht doch ein Herz schlug? Von der erhöhten Terrasse, auf der sich an Silvester die Gäste für das Feuerwerksspektakel versammelten, überblickte sie den Park. Danach begannen die Felder, reihte sich Acker an Acker und Weide an Weide, die sich Pferde, Kühe, Schafe und Ziegen friedlich teilten. Eine Idylle.

»Es bereitet keine Freude mehr«, seufzte Sybille leise. Daisy wartete. Ihre Großmutter wollte reden.

»Ich bin Unternehmerin, und das bedeutet zu expandieren. Mehr Menschen in Lohn und Brot zu stellen. Das ist es, was mich antreibt. Auf der Rampe zu stehen und zu sehen, wie meine Arbeit Früchte trägt.«

»Aber du erwirtschaftest mehr denn je, Großmutter. Umsätze und Belegschaft haben sich nahezu verdreifacht!«

»Korrekt. Unsere Werke werden mit Aufträgen zugeschüttet.

Unsere Lagerräume sind voll Material, und täglich trifft neues ein, das sie den eroberten Gebieten stehlen. Ein Anruf, und ich bekäme Tausende neue Arbeiter zugeteilt. Aber ein geschenkter Sieg ist nichts wert.«

Nun verstand Daisy es. »Dir fehlt die Herausforderung.«

»Wie gesagt, ich habe keine Freude mehr. Wenn ich wenigstens wüsste, wofür ich das Unternehmen am Leben erhalte.«

Geschickt gesteuert, Großmutter... »Kommt jetzt der Moment, in dem du mich um meine Rückkehr bittest?«

Sybille zeigte ein seltenes Lächeln.

»Du gibst wohl nie auf, Großmutter.«

»Ich lebe, ich atme. Warum sollte ich?«

Auch Daisy lächelte. »Ich gehe Orion satteln.«

***

Yvette gab am Sonntag eine kleine Gesellschaft, und Mitzi nahm zum ersten Mal an der Tafel im Hochparterre Platz. Sybille sprach sie mit Frau von Blomberg an und tat so, als wüsste sie nicht mehr, dass Mitzi einst als Magd ihre Gänse gehütet hatte. Mitzis Tante Theres glühte vor Stolz. Es war geradezu rührend, wie sie um ihre Nichte herumtänzelte. Mitzi war es peinlich, und sie schnitt Grimassen, wenn es niemand außer Daisy sehen konnte.

Tessendorf und Mitzi blieben nur eine kurze Ablenkung. Daisy wartete täglich auf eine Nachricht von Henry. Wenn sie nur nochmals mit ihm sprechen könnte! Ihm erklären, warum sie nicht in Paris auf ihn hatte warten können.

Daisy fuhr nach Berlin zurück und Mitzi an den Tegernsee. Yvette hatte Daisy versprochen, sich bei ihren eigenen Kontakten umzuhören. Sie vereinbarten einen Code. Wenn ihre Mutter sie *ma fille* nannte, gab es Neuigkeiten. »Acht Wochen, *Maman*! Warum meldet er sich nicht?«

»Du musst Geduld haben, *Chérie*.«

»Er hat mir meine Abreise nicht verziehen...«

»Nein, *ma puce*. Er ist nicht der Mann, der sich deshalb in beleidigtes Schweigen hüllen würde.«

Indessen ging der Krieg weiter. Mitte August startete die deutsche Luftwaffe ihren Großangriff auf die britischen Inseln. Die Royal Air Force wehrte sich erfolgreich, und Hitler verschob die geplante Invasion vorerst auf unbestimmte Zeit. Kurz darauf unterzeichnete er mit Italien und Japan das Dreimächteabkommen.

Zwölf Wochen ohne Nachricht von Henry.

Italien erklärte Griechenland den Krieg, und in Warschau riegelte die SS das jüdische Ghetto mit vierhunderttausend Menschen von der Außenwelt ab.

Sechzehn Wochen ohne Nachricht von Henry.

Weihnachten und Silvester verbrachte Daisy auf dem Gut. Sie nahm an den üblichen Festivitäten teil, die glanzvoll wie immer ausfielen. Es mangelte an nichts, der Krieg war fern in Tessendorf. Mitzi reiste aus Bayern an, und mit ihrer Hilfe gelang es Daisy, Normalität vorzutäuschen, die sie nicht empfand.

Sechs Monate ohne Nachricht von Henry.

Ende Januar starb Hagens Frau Elvira von Tessendorf. Küchenmamsell Theres erlitt den Schock ihres Lebens, als sie Elvira am Morgen leblos in der Vorratskammer fand. Hagen vergnügte sich derzeit mit seiner Geliebten in Warschau und ließ sich nicht einmal zur Beerdigung seiner Frau blicken. Daisy reiste aus Berlin an.

Als die Familie nach der Kirche aufs Gut zurückkehrte, passte Franz-Josef Yvette im Foyer mit einem aus England eingeschmuggelten Brief für Daisy ab. Yvette zögerte. Was mochte er enthalten? Freude oder Trauer? Ihre Tochter hatte die Wahrheit verdient. Sie winkte sie in die Bibliothek. Henrys indischer Freund Sunjay hatte die Zeilen verfasst, und sie hielten für Daisy noch mehr Ungewissheit bereit. Henry wurde bereits seit der Schlacht von Dünkirchen im Sommer 40 vermisst! Die neuntägige Evakuierungsmission an der Kanalküste hatte unter Dauerbeschuss der deutschen Luftwaffe gestanden. Henrys Einheit sollte den Rückzug sichern. Sunjay schrieb, Henry habe ihn ins nächste Boot befördert, als er sich am vierten Juni eine Kugel ins Bein eingefangen hatte. An jenem Tag habe er Henry das letzte Mal gesehen. Daisy ließ das Blatt sinken. »Am vierten Juni?«, hauchte sie verständnislos.

Auch Yvette wurde hellhörig. »'Enry tauchte erst Wochen später, nach dem Waffenstillstand bei dir in Paris auf, *n'est-ce pas?*«

»Was hat er in der Zwischenzeit getan? Wieso weiß Sunjay nichts davon?«, fragte Daisy nervös.

»Was genau hat 'Enry zu dir in Paris gesagt, *Chérie?*«

»Nichts, *Maman!* Das ist es ja! Wir konnten wegen Giacomos Überfall kaum ein Wort wechseln.« Daisy musste sich setzen. Der Brief entglitt ihr. Sieben Monate ohne Nachricht von Henry, und Sunjay schrieb, er würde vermisst!

Yvette hob den Brief auf. Nachdenklich lief sie ein paar Schritte und wandte sich mit einer raschen Drehung Daisy zu. »Sunjay glaubt, 'Enry sei seit Dünkirchen vermisst«, sagte sie laut.

Daisy blinzelte zu ihr auf. »Was willst du mir sagen, *Maman?*«

»Wenn 'Enry selbst Sunjay im Unklaren gelassen hat, kann das nur eines bedeuten: Er ist mit einer geheimen Mission betraut. Womöglich ist 'Enry in der freien Zone Frankreichs und organisiert den Widerstand.«

»Denkst du das wirklich, *Maman*?«

»Es wäre die beste Erklärung.«

»Sicher, *Maman*. Aber Henry könnte ebenso gut in Gefangenschaft geraten sein, oder er könnte...«

»*Non!*«, fiel ihr Yvette ins Wort. »Ich werde nicht zulassen, dass du das Schlimmste annimmst. Du darfst die Hoffnung nicht aufgeben, Liebes.«

Hoffnung war für Daisy gerade ein anderer Kontinent, aber sie wollte sich vor ihrer Mutter nicht gehen lassen. Weinen konnte sie später allein. *Wo bist du, Henry?* Plötzlich wünschte sie sich, sie könnte zu Henrys Mutter nach England reisen, um sich in die Arme jener Frau zu schmiegen, die ihn geboren hatte. Sie wollte sich von ihr Geschichten über Henry erzählen lassen und mit ihr in den Fotoalben ihres Sohnes stöbern, das Baby Henry bestaunen, den kleinen Jungen in Schuluniform und den Heranwachsenden im Kreis seiner Sportskameraden. Sie wollte in Henrys Zimmer gehen und sich auf sein Bett legen, um der bloßen Illusion willen, ihm nahe zu sein.

Nun begann das Warten. Daisy entfloh ihrem Gedankenkarussell, indem sie ihren Geist permanent mit Arbeit beschäftigte. Sie verbrachte viel Zeit in der Kaiserallee 25, Zentrale des Amtes »Schönheit der Arbeit«. Sie sprach mit den Arbeitern über ihre Wünsche und Nöte, entwarf detaillierte Musterpläne für Kantinen, Sport- und Sanitäranlagen und stritt sich mit Gewerbeaufsichtsämtern, denen ihre Vorschläge zu weit gingen. Sie verfasste Leitfäden und Informationsschriften und schrieb regelmäßig für die Monatszeitschrift »Schönheit der Arbeit«.

Im März erhielt Daisy in Berlin überraschend Besuch von Charlotte von Dürkheim, Annas Großmutter. Sie hatte endlich ein Lebenszeichen von ihrer Enkelin Anna erhalten! Es ginge ihr gut, sie sei bei den Verwandten ihrer Mutter in Krakau untergekommen. Daisy fand die Baronin dennoch sehr verhärmt. Sie saßen in Daisys Wohnung bei einer Tasse Kaffee, aber Annas Großmutter hatte ihn bisher nicht angerührt. »Kommt Anna zurück?«, fragte Daisy. Die alte Dame schüttelte resigniert den Kopf: »Ich fürchte, Anna bringt sich weiter in Schwierigkeiten.« Das junge Mädchen hatte sich dem Widerstand angeschlossen. Nach einer langen Zeit der Ungewissheit musste die Großmutter weiter um das Leben ihrer einzigen Enkelin bangen.

Der Besuch der Baronin hinterließ eine nachdenkliche Daisy. Seit Sunjays Brief hatte sie sich im Weghören geübt, nun nahm sie ihre Spionagetätigkeit wieder auf. Dafür würde sie künftig auf das Netzwerk zurückgreifen müssen, das Yvette mit der französischen Résistance geknüpft hatte.

Zwei Monate später, im Mai 41, informierte Daisy ihre Mutter über das Unternehmen »Barbarossa« – Hitlers Plan, die Sowjetunion anzugreifen.

Die Alliierten verfügten aus verschiedenen Quellen über ähnliche Erkenntnisse, und sie warnten Stalin, dass eine deutsche Invasion unmittelbar bevorstand. Auch die ausländischen Agenten des russischen Geheimdienstes FSB alarmierten die Moskauer Zentrale. Josef Stalin schlug die Warnungen allesamt in den Wind. Er glaubte unbeirrt an den deutsch-russischen Nichtangriffspakt und verbat sich, weiter mit Falschnachrichten belästigt zu werden.

Am 22. Juni 1941 überfiel Nazideutschland die Sowjetunion. Wieder war es ein Blitzkrieg, wieder überrannten die Deutschen ihre Gegner. Italien, Rumänien, Slowakei, Finnland und Ungarn schlossen sich dem deutschen Angriff an.

Henry war seit einem Jahr verschollen.

Am 7. Dezember, an Daisys dreißigstem Geburtstag, erlebten

die Amerikaner ihren eigenen »Stalin-Moment«. Japan bombardierte ohne Kriegserklärung den US-Luftwaffenstützpunkt Pearl Harbour auf Hawaii.

Bisher hatte Daisy nach jedem von Hitlers Siegen gehofft, dass der Krieg irgendwann ein Ende finden würde. Jetzt muss doch Schluss sein, hatte sie gedacht. Was will der Mann denn noch? Sie hatte den Krieg irgendwie überstehen wollen, um sich im Frieden auf die Suche nach Henry machen zu können. Und wenn es ein Grab sein würde, an dem sie weinen konnte. So hätte sie zumindest Gewissheit.

Nun ging die Welt endgültig in Flammen auf. Auch der Luftkrieg intensivierte sich. Nachdem Görings Luftwaffe Bomben auf London und Coventry geworfen hatte, begannen die Briten ihrerseits, Bomben auf Deutschlands Städte zu werfen. Berlin, Lübeck, Rostock, Köln und Hamburg bildeten den Anfang. Die ersten Fliegerangriffe im Sommer 1940 hatten nur wenig Schaden angerichtet, aber seit dem Frühjahr 1941 ging es rund. Noch mehr als vor Bomben und Flammen fürchtete man sich vor chemischen Waffen. In Daisys Büro lagerte nun eine Atemschutzmaske.

Henry war seit achtzehn Monaten verschwunden.

Ende 1941 befand sich Adolf Hitler auf dem Zenit seiner Macht. Die Führer-Verehrung nahm geradezu groteske Züge an. Das geblendete Volk sah nur eines: Hitler hatte seinen Reden Taten folgen lassen, Schmach und Elend des Schandfriedens von Versailles gerächt und die Ehre der deutschen Fahne wiederhergestellt. Das bisschen Krieg nahmen sie dafür in Kauf, schließlich standen sie auf der Siegerseite, und die diktierte den Frieden.

Doch das Kriegsglück wendete sich. Aus dem Vormarsch auf Moskau wurde ein Stillstand, dann ein Rückzug. Die Goebbels-Presse verkündete, der Führer begradige die Front.

Und dann kam Stalingrad. Kalte weiße Hölle und horrende Verluste auf beiden Seiten. Ganze Armeen wurden vernichtet, erstarrten im Eis, verhungerten, erfroren, und es hörte nicht auf. Kurz danach verkündete Josef Goebbels im Berliner Sportpalast den »totalen Krieg«.

Henry war seit sechsunddreißig Monaten verschwunden.

Für Daisy waren es Jahre wie im Nebel. Die Farben verwischten, die Freude verstummte. Manchmal fragte sie sich, warum ihr Herz überhaupt noch schlug, bei all der Leere, die sie empfand.

Trotzdem war es kein resigniertes Leiden wie damals, als sie ihr Kind verloren hatte und für eine Weile auch sich selbst. Daisy war sich bewusst, dass sie in diesen Kriegszeiten das Schicksal von Millionen Frauen teilte und es ihr vergleichsweise gut ging. Sie hatte eine Arbeit, die sie erfüllte, und musste keinen Reichsarbeitsdienst leisten, wie inzwischen fast jede Frau im Land. Sie besaß mit Tessendorf ein Refugium. Jedes Wochenende verbrachte sie nun auf dem Gut. Es war der einzige Ort, an dem sie noch etwas zur Ruhe kam – wenn sie ihrer Mutter im Gewächshaus zur Hand ging, wo nun statt Blumen Gemüse angebaut wurde, wenn sie ihren Vater auf seinen kurzen Spaziergängen durch den Wald begleitete und die Vögel beobachtete, die er so liebte, während sie ein Gespräch über Purpurschnecken führten, die er genauso liebte. Wenn sie an der Seite der guten Frau Kulke auf dem Sofa saß, ihr beim Stricken zusah und der sanfte Rhythmus der Nadeln sie so manches Mal in den Schlaf wiegte. Wenn sie Zisch in den erschreckend leeren Stallungen aushalf, in denen nur noch ein paar alte, lahme und sehr junge Pferde die Köpfe aus den Boxen streckten, weil die anderen mit den Soldaten in den Krieg geschickt worden waren. Wenigstens Orion war noch da, Nereides Sohn. Ohne jeden Skrupel hatte Daisy Speers Beziehungen genutzt, um ihr geliebtes Pferd vor dem Zugriff der Wehrmacht zu retten. Adolf Hitler hatte Albert Speer im Vorjahr zu seinem Rüstungsminister ernannt. Nie war seine Macht größer, nie hatte der junge Architekt höher in der Gunst des Diktators gestanden.

Yvette gab weiterhin glanzvolle Gesellschaften, sammelte Menschen und Informationen und knüpfte ihre Netze. Liederabende wechselten sich mit Sommertanzveranstaltungen ab, dem Kostümball folgten der Weihnachtsempfang und der alljährliche Silvesterball – Lustbarkeiten, die erst nach der Katastrophe von Stalingrad Einschränkungen erfuhren. Bei diesen Anlässen blieb es nicht aus, dass Daisy auch Violette und Hugo in Tessendorf begegnete. Nach wie vor war das Verhältnis der Schwestern unterkühlt. Daisy hatte nie eine Aussprache gesucht, ihr tat es nur für ihre Mutter leid, die sich eine engere Beziehung zwischen ihren Töchtern wünschte. Violette war inzwischen vierfache Mutter und ihrem gewölbten Bauch nach auf dem Weg zum fünften Kind.

Hagen hatte sich seit bald zwei Jahren nicht mehr in Tessendorf blicken lassen. Er lebte im Generalgouvernement, betraut mit »Sonderaufgaben«. Das umschrieb im Ungefähren auch Hugos Tätigkeiten in Berlin und Peenemünde, um die er ein großes Geheimnis veranstaltete. Manchmal fragte sich Daisy, was aus Einauge Greiff geworden war, sie konnte nur hoffen, dass er endgültig zur Hölle gefahren war.

Waldo befand sich einmal mehr auf Reisen. Und das in seinem Alter. Aber es hielt ihn einfach nie lange an einem Ort.

Immer mehr Männer wurden in Züge verfrachtet und nach Osten verschickt, und jene Juden, die aus verschiedensten Gründen in Deutschland ausgeharrt hatten, nahmen denselben Weg. Seit Oktober 41 war den Juden die Auswanderung verboten, und sie mussten als Kennzeichnung ihrer Verfemung einen gelben Stern tragen. Im Frühjahr 1942 hieß es, sie würden ins Generalgouvernement umgesiedelt. Es gab darüber böse Gerüchte, aber niemand wollte ihnen so recht Glauben schenken, am wenigsten die Juden selbst. Daisy wusste, dass ihre Mutter das Gold der Bouchon aus Paris darauf verwandte, mittellosen jüdischen Familien in Stettin die Auswanderung zu ermöglichen, doch mit Beginn des Krieges war dies ein fast aussichtsloses Unterfangen geworden, da die freien Länder kaum Visa ausstellten und ihre Grenzen für deutsche Juden schlossen. Die Mehrheit der deutschen Bevölkerung kümmerte das Schicksal ihrer jüdischen Mitmenschen nicht. Ihre eigenen Männer und Söhne waren im Krieg, in den Städten fielen vermehrt Bomben, Lebensmittel wurden rationiert, und ihrem Empfinden nach hatten sie genug mit sich selbst zu schaffen.

Als sich das Debakel von Stalingrad abzuzeichnen begann, bemerkte Daisy eine schrittweise Veränderung in der Grundstimmung der deutschen Bevölkerung. Mit dem künftigen Frieden hatten die Deutschen viele Träume verknüpft. Der Führer hatte ihnen das Dritte Reich versprochen, Wohlstand, Lebensraum im Osten und einen Volkswagen für jede Familie. Nun schrumpften die Wünsche, und anstatt »im kommenden Frieden« hieß es nun »nach dem Krieg«. Für Daisy hatte es nie etwas anderes als ein »nach dem Krieg« gegeben. Doch jetzt begann sie, darüber nachzudenken, dass ein »nach dem Krieg« auch ein Leben ohne Henry bedeuten könnte. Was blieb von einem selbst übrig, wenn man die Hoffnung verlor? Es geschah nicht über Nacht, es war vielmehr ein langsames Schwinden, ein Wegsickern der guten Gefühle, die Raum schufen für den Hass. Hass auf jenen Mann, der den Krieg angezettelt hatte und ihn immer weiterführte. Der nicht kapitulieren wollte. Mehrere geplante Attentate auf Hitler waren noch vor der Ausführung gescheitert, zuletzt zwei im März 43. Hitler besaß weiter das Glück des Teufels, war nie dort, wo er sein sollte, auch verließ mehrere Attentäter im letzten Moment der Schneid.

Daisys Hass machte auch ihr eigenes Versprechen vergessen. Sie beschloss, nicht mehr zu warten, sie würde Hitler selbst töten.

Yvette entging die Veränderung ihrer Tochter nicht. »Hass ist ein Gefängnis, *mon amour*. Wer sich darin einmauert, verkümmert. Man kann nur mit der Liebe wachsen.«

»Die Liebe ist tot, *Maman*.«

***

Sie würde es tun. Gleich bei ihrem nächsten Zusammentreffen. Sie durfte nicht zögern. Waffe ziehen und feuern. Und danach? Am besten, sie würde sofort selbst erschossen werden. Weiter konnte sie nicht denken, weiter wollte sie nicht denken. Wenn es nur bald geschehen würde…

Wo war der Führer? Der größte Feldherr aller Zeiten befand sich derzeit außer Reichweite von Daisys Attentatsplänen. Er hatte Berlin vor vielen Monaten verlassen und hielt sich überwiegend in Ostpreußen im Führerhauptquartier Rastenburg auf, wo er die Angelegenheiten des Krieges verfolgte. Oder sie verschlimmerte, wie geraunt wurde. Daisy musste auf Hitlers Rückkehr warten, und das machte sie wahnsinnig.

An diesem Wochenende vermied sie es, nach Tessendorf zu fahren, nachdem ihre Anspannung selbst den Kollegen im GBA aufgefallen war. Da konnte sie nicht obendrein das feine Gespür ihrer Mutter gebrauchen. Sie schützte Arbeit vor, aber Yvette ließ sich nicht täuschen. Samstag stand sie frühmorgens vor Daisys

Tür in Charlottenburg. »Du hast es versprochen, *Chérie*«, sagte sie. »Du hast es mir versprochen, zu überleben!«

»Nein, *Maman*, ich hatte nur versprochen, mich nicht wissentlich in Gefahr zu bringen.«

»Du betreibst Wortklauberei, *ma fille!* Ein Anschlag auf Hitler ist gefährlich!« Yvette hob ihre Hände in einer hilflosen Geste. »Du bist kein Attentäter.«

Das hatte Daisy schon von Mitzi gehört. »Niemand ist ein Attentäter, bevor er es getan hat.« Daisy wandte sich zum Fenster. »Da draußen sterben täglich Tausende, *Maman*. Das muss ein Ende haben.«

»Aber nicht durch dich! Ich werde es tun, ich werde 'Itler töten.«

»Was redest du da?« Wann war ihre Mutter verrückt geworden?

»Hör zu!« Yvette umriss ihren Plan. »Ich werde dich zur nächsten Besprechung mit 'Itler in die Reichskanzlei begleiten. Wir sagen, ich sei überraschend zu Besuch gekommen. Ich kenne den Führer so lange wie du, und er war mir immer gewogen. *Alors*, meine Wahl ist das Messer. Ich weiß bestens mit der Klinge umzugehen!«

Daisy steckten kurz die Worte in der Kehle fest. »Das ist … Wahnsinn!«, stotterte sie. »Ich werde bestimmt nicht zusehen, wie du …« Sie stoppte, ihre Augen wurden eng. »O, du bist gut, *Maman*. Du konfrontierst mich mit meinem eigenen Vorhaben!«

»Damit du begreifst, wie ich mich gerade fühle, *Chérie*. Lass die Militärs das erledigen. Es gibt ausreichend Freiwillige. Es wird nicht mehr lange dauern.«

»Aber sie waren bisher nicht erfolgreich!«

»Weil es auf den richtigen Moment ankommt. 'Itlers Tod allein genügt nicht, es muss die Führungsriege erwischen. Auf jeden Fall 'Immler und wenn möglich, auch Goebbels.«

»Was ist mit Göring?«

»Er ist Opportunist. Mit ihm kann man verhandeln. Bitte, *Chérie,* habe noch ein klein wenig Geduld.«

Es war verlockend, dem nachzugeben. Sie bräuchte ihre eigene Entschlossenheit nicht auf die Probe zu stellen, ihren Mut nicht zu beweisen. Nur warten, bis jemand anderes die Bürde übernahm. Ihre Anspannung ließ sofort spürbar nach. Es verriet viel über sie selbst. Womöglich hätte auch sie im entscheidenden Moment versagt.

»Quäle dich nicht, *ma petite.* Ich bin sehr stolz auf dich. Du bist eine mutige Frau, und ich hätte dich längst schon um Verzeihung bitten müssen.«

Reichlich verdutzt fragte Daisy: »*Maman…?*«

Yvette betrachtete verlegen ihre Hände. »Es geht um den Vorfall auf *le dragons* fünfundsiebzigstem Geburtstag.«

»Das Attentat auf Hindenburg?«, sagte Daisy sofort.

»Damals habe ich dir nicht geglaubt. Schlimmer, ich habe dir nicht glauben wollen, *mon amour.* Du musst verstehen, dass ich um dich gefürchtet habe. Du warst so jung und idealistisch. Ich wollte unbedingt verhindern, dass du in politische Machenschaften verstrickt wirst.«

»Also hatte ich recht! Hindenburg sollte ermordet werden!«

»*Non!*«

»Nein?«

Yvette holte Atem. Kurz verlor sich ihr Blick im Raum. Schließlich gestand sie gepresst: »Der Mann, der ermordet werden sollte, war 'Itler.«

»Was redest du da?«, rief Daisy ungläubig.

»Ich habe die Wahrheit erst später herausgefunden, als ich ein Gespräch zwischen 'Ugo und 'Indenburgs Adjutanten von der Schulenburg belauschen konnte. Es tut mir sehr leid, *Chérie*.«

»Geschenkt«, meinte Daisy leise. Sie dachte an ihr damaliges Gespräch mit Adolf Hitler auf Gut Tessendorf. Hitler hatte es gewusst! Darum hatte er ihr zum Dank das Jagdhorn geschenkt. Und ebendieses Horn hatte Mitzis Leben gerettet. *Ein Leben für ein Leben...* »Warum erzählst du mir erst jetzt davon, *Maman?*«

»Weil es nicht dein Schicksal ist, 'Itler zu töten. *N'est-ce pas?*«

Kapitel 38

> Wer kämpft, kann verlieren. Wer nicht kämpft,
> hat schon verloren.
>
> Bertolt Brecht

Fräulein von Tessendorf! Fräulein von Tessendorf!« Der Bürobote schwenkte einen Zettel. Widerwillig kletterte Daisy von einem Schuttberg in der Innenstadt herab, aus dessen Höhe sie sich einen Überblick über die jüngsten Schäden der alliierten Luftangriffe verschafft hatte. Mit Beginn des Jahres 1944 hatten sich diese verschärft. Rüstungsminister Speer lag seit Mitte Januar mit einem entzündeten Knie in einer Klinik in Hohenlychen. Er hatte seine Chefsekretärin Annemarie Kempf zu sich beordert, eine direkte Telefonleitung in sein Ministerium legen lassen und hielt seither seine Mitarbeiter zu jeder Tages- und Nachtzeit auf Trab. Seit sechs Wochen ging das nun so. Daisy hatte an diesem Morgen bereits zweimal mit ihrem Chef telefoniert, seitenlang Anweisungen von ihm notiert und war nach dem jüngsten Gespräch aus dem Büro am Pariser Platz geflohen, um sich eine kleine Atempause zu verschaffen. Und jetzt schickte ihr Speer einen Boten auf den Pelz! Ohne jede Eile ging sie dem Jungen entgegen und las die Notiz. Minuten später befand sie sich bereits auf dem Weg nach Tessendorf. Die kurze Nachricht stammte von ihrer Mutter: *Komm sofort nach Tessendorf, ma fille.* Ma fille? Ihr geheimer Code! Es bedeutete, Yvette hatte etwas zu Henry erfahren! Irgendwie überstand sie die Stunden bis Tessendorf.

»'Enry lebt, aber er ist in keinem guten Zustand«, nahm ihre Mutter sie in Empfang »Zisch fand ihn heute früh in Orions Box. Orion lag dicht bei 'Enry und hat ihn warm gehalten. Zisch hat ihn bei sich untergebracht.« Sie betraten den kleinen Anbau bei den Stallungen, in dem Zisch lebte. Auf dem schmalen Bett lag eine lange, abgemagerte Gestalt. »Henry!«, rief Daisy und warf sich neben ihn.

»Er kann dich nicht hören«, erklärte Zisch. »Er ist bewusstlos.«

»Was ist mit seinen Füßen passiert?« Beide lugten dick bandagiert unter der Decke hervor.

»Er keine Schuhe. Ihm Zehen erfroren. Doktor Seeburger hat …«

»*Mon dieu*, Zisch«, unterbrach ihn Yvette.

»Schon gut, *Maman*. Hauptsache, Henry lebt.« Daisy hatte ihren Kopf auf Henrys Brust gebettet, und sein Herz an ihrem Ohr schlagen zu hören, war der schönste Laut, den sie je gehört hatte.

Henry musste schreckliche Strapazen hinter sich haben. Sein eingefallenes Gesicht erinnerte an einen Totenkopf, und er hatte kein Fleisch mehr auf den Rippen. Regelmäßige Ernährung, gute medizinische Betreuung und nicht zuletzt Daisys Liebe und Pflege sorgten dafür, dass Henry innerhalb der nächsten Wochen wieder zu Kräften kam. Das Laufen bereitete ihm allerdings nach dem Verlust von vier Zehen noch Schwierigkeiten, auch wenn die Wunden an den Füßen gut verheilten. Bis in den Mai quälte er sich auf Krücken den Stallgang entlang, lernte, sein Gewicht zu verlagern, und baute wieder Muskeln auf. Die Geschichte seiner Odyssee begann im September 1940, als er den Deutschen bei Vichy in die Hände geraten war. »Ich habe mich als Franzose ausgegeben, da ich es sonst riskiert hätte, als britischer Spion hingerichtet zu werden. Wir wurden zu Hunderten in einen Zug gepfercht und erst Tage später in Ostpreußen wieder herausgelassen. Irgendein Lager im Memelland. Rundum nichts als endlose Felder und Äcker. Im Winter schufteten wir in einem Kalkwerk. Die Wachen hielten sich scharfe Hunde. Anfänglich wurden Fluchtversuche noch wie Kavaliersdelikte behandelt und mit Arrest bestraft. Später wurden die Deutschen drastischer und peitschten uns nach wiederholten Fluchtversuchen öffentlich aus.«

»Daher stammen die Narben auf deinem Rücken«, murmelte Daisy. Sie lagen eng umschlungen in Orions Box im Stroh.

»Ich habe es insgesamt sechsmal versucht«, gestand Henry und küsste sie. »Der Aufseher drohte, mich das nächste Mal zu erschießen. Darum musste mir der siebte Versuch unbedingt gelingen.« Und er hatte es geschafft, sechshundert Kilometer zu Fuß mitten im Winter bis nach Tessendorf.

Sie versteckten Henry weiter bei Zisch. Auch auf Gut Tessendorf gab es Zwangsarbeiter und Aufseher, und in diesen Tagen konnte man niemandem trauen. Waldo kehrte nach monatelanger Abwesenheit zurück, und die Nachrichten, die er mitbrachte, ließen hoffen. Sie deckten sich mit jenen, die Yvette durch ihr eigenes Netzwerk erhalten hatte. Ein Teil des deutschen Militärs war fest entschlossen, Adolf Hitler und die erste Riege der Nazis zu ermorden, und sie gewannen immer mehr Unterstützer in den eigenen Reihen.

Daisy fuhr nach Berlin, um sich weiter umzuhören. Sie hatte schon eine Woche nach Henrys geglückter Flucht nach Tessendorf ihre Arbeit im GBA wieder aufgenommen. Alles andere hätte Misstrauen geweckt. Auch Speer war inzwischen aus Hohenlychen zurückgekehrt. Sein Knie schien vollständig geheilt, und anders als bei Henry war ihm kein Humpeln anzumerken. »Wie geht es Ihrem Vater?«, erkundigte sich Speer. »Besser, danke.« Daisy hatte dessen Gesundheitszustand als Grund für ihren kurzfristigen Urlaub angegeben. Mitte Mai war Henry so weit wiederhergestellt, dass sie die strapaziöse Flucht wagen konnten. Yvette schmuggelte bereits seit Längerem französische Kriegsgefangene über die Niederlande und Belgien nach Frankreich. Fünfzig Kilometer nördlich von Calais, bei Dünkirchen, hatten die Franzosen zusammen mit den Briten eine Fluchtroute über den Kanal eingerichtet. Es blieb ein gefährliches Unterfangen, da die Deutschen den Atlantikwall in Erwartung einer alliierten Invasion nochmals verstärkt hatten. Die Schwäche des Atlantikwalls bestand in seiner schieren Länge von knapp zweitausendsiebenhundert Kilometern, die überwacht werden mussten. Sie setzten den 29. Mai als Fluchttag fest. Zwischenzeitlich hatten zwei weitere geflüchtete Franzosen Tessendorf erreicht, sie würden daher zu viert aufbrechen. Neben Zisch waren auch Sybille und Waldo in das Vorhaben eingeweiht.

Daisy traf sich einige Tage vorher mit Mitzi in Berlin. Die Beziehungen Werner von Blombergs erlaubten es ihrer Freundin, in die Hauptstadt zu fliegen. Während sie in Tempelhof auf Mitzi wartete, traf sie auf einen Bekannten, Generaloberst Friedrich Fromm. Sie unterhielten sich sehr nett, als Daisy schlecht wurde. Ihr Magen bereitete ihr schon seit Tagen Probleme. Für Sekunden verlor sie die Besinnung und wäre gestürzt, hätte der Oberst sie nicht aufgefangen. Er begleitete sie bis zum Raum für Damen und wartete mit ihr auf Mitzis Ankunft. Daisy dankte ihm für seine Hilfe, und sie tauschten Visitenkarten aus. Nach der Begrüßung in Tempelhof meinte Mitzi: »Du siehst schlecht aus, Daisy. Wie damals, als du Giacomo verlassen hast.«

»Ich weiß. Ausgerechnet jetzt muss ich mir den Magen verderben.«

»Das meinte ich nicht. Bist du wieder schwanger?«

Daisy hob es fast aus den Schuhen. Verflixte Mitzi! Ein Besuch beim Arzt brachte Klarheit. Daisy freute sich, leider wurde ihr in der Praxis wieder speiübel, und sie musste sich noch an Ort und Stelle übergeben. Der Doktor verschrieb ihr für die nächste Zeit strikte Bettruhe. Mitzi brachte sie mit dem Wagen nach Tessendorf.

Henry geriet völlig aus dem Häuschen, ungefähr eine Minute, dann setzte Ernüchterung ein. Yvette sprach es aus: »*Chérie,* in diesem Zustand überstehst du die anstrengende Flucht nicht.« Henry stimmte ihr zu. Daisy hingegen drängte darauf, den Termin einzuhalten. Dabei konnte sie kaum einen Bissen bei sich behalten, und die Welt unter ihren Beinen fühlte sich an, als würde sie davonrollen. Am selben Abend reiste Hugo mit der hochschwangeren Violette und den vier Rangen an. Zufall oder nicht, sie störten. Vor allem die Jungen schwärmten überall aus und machten auch vor den Stallungen nicht halt. Zisch sperrte sein Quartier ab, und Henry und die beiden Franzosen waren darin zwei lange Tage gefangen. Nervenaufreibende Stunden, in denen Hugo und Violette bewirtet, bespaßt und Normalität vorgegaukelt werden musste. Daisy verlangte der Besuch alles ab, ihre Erschöpfung und ihre Blässe unter der dicken Schminke waren offensichtlich, was die jüngere Schwester zu der Bemerkung veranlasste: »Du solltest nicht so viel arbeiten, Daisy. Es macht dich alt. Wenn ich du wäre, würde ich mich mehr schonen.«

Es war, als würde das gesamte Haus tief ausatmen, als Hugos dunkle Limousine mit der Familie vom Hof fuhr.

Erleichtert warf sich Daisy in Henrys Arme. Er bedeckte ihr Gesicht mit Küssen. Plötzlich ging er auf ein Knie, hielt ihr einen Ring entgegen, den er aus Draht geflochten hatte, und bat: »Heirate mich, Mylady.«

Einer der beiden geflüchteten Franzosen hatte sich als Priester herausgestellt, und er traute das Paar noch am selben Abend. Yvette ließ ihre Magie wirken und verwandelte Zischs bescheidenes Quartier in einen Frühlingsgarten. In einem einfachen hellen Kleid, das Haar mit duftigen kleinen Gänseblümchen geschmückt, trat Daisy vor Henry. Als sie sich das Jawort gaben und sie in seine leuchtende Augen sah, wurde Daisy von ihrem Glück schier überwältigt. Es war der schönste Tag in ihrem Leben. Die folgenden erwiesen sich als nicht ganz so harmonisch. Das junge Paar stritt sich wegen der geplanten Flucht, und am Ende setzte sich Daisy gegen Henry durch. Es war nicht zu leugnen, dass es Daisy besser ging. Waldo hatte ihr eine Kräutermischung zusammengestellt, die bei genauerer Betrachtung sicherlich auch Cannabis enthielt. So genau wollte Daisy das gar nicht wissen, solange es ihr half. In der Nacht vom 5. auf den 6. Juni brachen sie auf. Sybille hatte für sie die Mitfahrt auf einem Güterzug arrangiert, der Maschinen aus der Helios-Werft von Stettin nach Aachen transportierte, mit einem Halt in Burlo nahe der holländischen Grenze. In Burlo stolperten sie nach sechzehn eingepferchten Stunden auf die nächtlichen Gleise. Zu Fuß ging es entlang einer nördlichen Eisenbahntrasse weiter. Sie trafen wie verabredet auf holländische Widerständler, die sie über die Grenze bis nach Winterswijk und weiter nach Aalten lotsten. Eine andere Zweiergruppe schleuste sie nach Huissen, wo sie den Rhein im morgendlichen Nebel auf einem Nebenarm mit einer Fähre überquerten. Sie marschierten nur nachts, tagsüber verkrochen sie sich. Inzwischen hatten sie von der Landung der Alliierten in der Normandie erfahren. Henry ließ sich nichts anmerken, aber er versuchte, aus jeder Begegnung mit Menschen so viel Informationen wie möglich über den Kriegsverlauf an der französischen Kanalküste zu erfahren. Wie ein Jagdhund witterte er ständig in Richtung Atlantik. Er war Soldat, und dreihundert Kilometer nordwestlich von ihm schlugen seine britischen Kameraden und ihre Alliierten die entscheidende Schlacht. Zur gleichen Zeit war er rührend um Daisy bemüht. Sie konnte ihm noch so oft erklären, sie sei keine Prinzessin auf der Erbse.

Ende Juni erreichten sie Nimwegen. Ein Lkw schmuggelte sie über die belgische Grenze nach Hoogstraten, und in der Folgenacht überquerten sie die französische Grenze. Dort fanden sie endlich Gelegenheit, Daisys Mutter eine Nachricht zu senden, um sie von der Ungewissheit zu erlösen. Die letzten zweihundert Kilometer bis zum Ärmelkanal bewältigte die kleine Gruppe teils per Lkw, teils zu Fuß und zuletzt auf rostigen Fahrrädern, die ihnen von Franzosen zur Verfügung gestellt wurden. Für diese Route brauchten sie eine Woche, weil sie mehrfach deutsche Stellungen umgehen mussten. Daisy war völlig erschöpft, aber genauso euphorisch, als sie erstmals das blaue Band des Atlantiks vor sich erblickte. Sie lag mit Henry auf einer Klippe, und er zeigte hinüber auf seine Insel, wo die Freiheit lockte. Das Wetter, zuletzt meist bedeckt und regnerisch, zeigte sich heute von seiner besten Seite, und die Luft war so rein und klar, dass sie von ihrem Aussichtspunkt sogar meinten, die weißen Klippen von Dover zu erkennen. Der französische Priester, der sie in Tessendorf getraut hatte, verabschiedete sich nun von ihnen in Richtung Paris. Der zweite Geflüchtete war bereits kurz nach der Grenze in Richtung Lille davongeradelt. Daisy und Henry warteten den Sonnenuntergang ab und stiegen im Schutz der Dunkelheit nach Dünkirchen hinab. Ein alter Fischer, von der Arbeit auf See gegerbt, nahm sie in Empfang, und Henry quetschte ihn sofort zur Invasion aus. Sie dauerte seit nunmehr vier Wochen an. Fast eine Million Soldaten seien inzwischen in der Normandie gelandet, und im Hinterland seien Fallschirmspringer und Luftlandetruppen dabei, wichtige strategische Punkte unter ihre Kontrolle zu bringen. Die Deutschen seien von dem Angriff überrascht worden, da sie ihn bei Calais erwartet und dort das Gros ihrer Divisionen stationiert hätten. Mehr Details erfuhr Henry von dem Mann, zu dem der Fischer sie führte. Ihr Kontakt bewohnte eine winzige, tief in die Klippen gebaute Hütte. Auf ein verabredetes Klopfzeichen öffnete sich die Tür, und ein säbelbeiniger Geselle mit Zottelbart, aus dem eine Pfeife ragte, rief: »Da wird doch der Hund in der Pfanne verrückt! Henry, du langes Elend! Bist du es wirklich? Ich bin's, Harold!« Er packte Henry bei den Schultern, und die beiden Männer klopften sich tüchtig ab. Und zu Daisy gewandt: »Ich bin mit Henry in Indien gewesen. Hab da leider meine Hand gelassen.« Er hob kurz die Linke mit dem schwarzen Handschuh und winkte sie an einen Tisch. »Ich habe gerade frischen Tee gekocht. Ein bisschen Kuchen ist auch noch da.« Er wühlte in einer Blechkiste und füllte einen Teller mit großen braunen Krümeln.

»Haben wir denn so viel Zeit?«, fragte Daisy.

»Die Nacht ist zu klar für eine Überfahrt. Wir müssen auf Nebel warten. Die Deutschen sind auf Zack, und ihr wollt sicher nicht versenkt werden. Vermutlich werden wir auch den morgigen Tag miteinander verbringen. Das Wetter soll gut bleiben.«

»Wie steht es mit der Invasion?«, fragte Henry sofort und pickte eine Rosine aus den Kuchenresten. Daisy lauschte. Henrys Einheit, die bereits bei Dünkirchen gekämpft hatte, gehörte zu den gelandeten Truppen.

Das Wetter blieb schön, die Nächte sternenklar, kein Fitzelchen Nebel in Sicht. Nach vier Wochen in Bewegung und mit der Gefahr als ständigem Begleiter saßen sie nun mit dem Ziel vor Augen an der Küste fest. In einer kleinen Hütte mit Harold, dem Geschwätzigen, der so viel redete, wie er Pfeife schmauchte. Zumindest konnte Harold tagsüber raus, während Daisy und Henry in einer kleinen Kammer aufeinanderhockten und sich nur in der Nacht im Freien die Beine vertreten konnten. Sie genossen die Zweisamkeit, nur die ungewohnte Untätigkeit machte sie beide zappelig. Bei Daisy kam dazu, dass ihre Vorräte von Waldos Kräutern zur Neige gingen und sie Harolds Pfeifendämpfe nicht ertrug. Leider waren die Wände längst damit geteert. Zu essen gab es nur Fisch, der ihr schneller hochkam, als sie schlucken konnte. Aber sie sagte nichts. Ihre Gedanken waren mit anderem beschäftigt. Sosehr Henry sie nach England in Sicherheit bringen wollte, so sehr zog es ihn auch zu seiner Einheit. Er glühte geradezu vor Tatendrang. Männer, dachte Daisy, der Krieg steckte einfach in ihnen drin. Je länger sie darüber nachdachte, umso besser konnte sie ihren Mann verstehen. Als Gefangener der Deutschen waren ihm Jahre seines Lebens gestohlen worden, und nun, da er Freiheit und Selbstbestimmung zurückerlangt hatte, war er zum Herumsitzen verurteilt. Daisy verfluchte das schöne Wetter. Zehn Tage dauerte es an, bis endlich der ersehnte Nebel übers Meer kroch und Harold verkündete: »Heute Nacht setzen wir über! Zwei Stunden, und ihr seid in der Heimat!« Und es gab weitere gute Nachrichten. Das Gros der deutschen Soldaten sei in Richtung Normandie abgerückt, der Küstenstreifen würde nur mehr spärlich bewacht sein. Als es dunkel wurde, marschierten sie los. Sie hielten sich dicht an die Klippen und brauchten fast eine Stunde bis zu der kleinen, versteckten Bucht. Die Felsen ragten wie ein Dach über ihnen auf, sodass die Bucht von oben uneinsehbar war. Drei weitere Passagiere würden mit ihnen übersetzen. Harold machte mit Henrys Hilfe das Boot klar. Unter den Tarnnetzen verbarg sich ein kleiner Trawler, wie ihn die ortsansässigen Fischer nutzten, jedoch mit stärkeren Motoren ausgestattet. Daisy sah den Männern bei ihren Vorbereitungen zu und kam zu einem Entschluss. Sie winkte Henry beiseite. »Ich weiß, was dich beschäftigt und wie sehr es dich drängt, ins Geschehen einzugreifen.«

»Darling, das...«

»Nein, lass mich ausreden. Ich möchte, dass du zu deiner Einheit aufbrichst und diesen Scheißkrieg beendest! Tu es für mich und unser Kind. Es soll im Frieden geboren werden.«

»Nein, Darling, ich werde...«

Sie diskutierten, bis Harold sie ins Boot rief.

Kapitel 39

> Die Wissenschaft kennt kein Mitleid.
>
> Hugo Brandis zu Trostburg

Vorsichtig hob Hugo den flachen Gegenstand aus der kleinen Kiste und setzte ihn auf dem Schreibtisch ab. Beinahe liebevoll fuhr sein Finger über die silberfarbene Oberfläche.

»Oh, was für ein hübscher kleiner Koffer!«, sagte Violette hinter ihm.

Hugo zuckte herum. Wie ärgerlich, er hatte vergessen, die Bibliothek abzusperren! Violette musste nicht über alles Bescheid wissen. Zumal ihr hübsches Köpfchen kaum dafür geschaffen war, die Dimension des Ganzen zu erfassen. Der Nationalsozialismus war nicht angetreten, um das System zu verändern, sondern um einen neuen Typus Mensch zu erschaffen. Zu diesem höheren Zweck musste der natürlichen Auslese nachgeholfen werden, indem niedere Lebensformen eingedämmt und gewisse Störenfriede ausgelöscht wurden. Leider neigte Violette hier und da zu falschen Sentimentalitäten. Verständlich, als Mutter gehörte es zu ihrem naturgegebenen Instinkt, Leben zu erhalten. Andererseits, sollte sie ruhig sehen, wie viel Verantwortung er im neuen deutschen Reich trug. Er tippte auf den Koffer. »Er ist aus Aluminium, ein neuer, extrem leichter Werkstoff, den wir für den Flugzeugbau entwickelt haben.«

»Was hast du darin?«

Hugo lächelte. »Etwas, das für uns wertvoller ist als Diamanten.« Er hob den Deckel des Koffers. In Schaumstoff eingebettet enthielt er zwölf gläserne Ampullen in zwei Reihen zu je sechs Stück. Die obere Lage war rot markiert, die untere blau. »Es gibt dafür eine lateinische Bezeichnung, aber intern nennen wir es Wahrheitsserum.«

Violette entging nicht, wie häufig ihr Mann »wir« und »unser« sagte, als sei er an allen Errungenschaften der deutschen Ingenieure unmittelbar beteiligt. In letzter Zeit störte sie sich zunehmend daran. Sie sagte ja auch nicht: »*Wir* haben einen Kuchen gebacken«, nur weil sie ihrer Köchin die Zutaten bezahlte. »Sieh an. Die Wahrheit ist euch wertvoller als alles andere?«

Hugo, dessen Empfindsamkeit sich allein auf sich selbst erstreckte, entging ihre Missstimmung. Er entnahm der oberen Reihe ein Fläschchen und hielt es zwischen Daumen und Zeigefinger ins Licht. »Die rot markierten enthalten das Serum, die blauen das Gegengift. Das Serum kann injiziert oder in ein Getränk gemischt werden. Wir gewinnen es aus dem Gift einer Schlange, die nur im Kongo vorkommt. Die Wirkung setzt nicht sofort ein, sondern erst nach einigen Stunden. Erste Anzeichen sind blaue Flecken auf der Haut. Nach weiteren Stunden folgen Atemnot und Lähmung. Die Gliedmaßen werden zunehmend taub, und am Ende erstickt das Opfer qualvoll.«

»Klingt scheußlich. Wie seid ihr bloß auf eine Schlange aus dem Kongo gekommen?«

»Medizinmänner lassen sich dort von der Schlange beißen, um Visionen zu erlangen. Danach nehmen sie rechtzeitig das Gegenserum ein, das sie ebenfalls aus dem Gift der Schlange gewinnen.«

»Und wieso nennt ihr es Wahrheitsserum, wenn es dabei um Visionen geht?«

Hugo schaute gönnerhaft. Seine Frau erwies sich heute als besonders begriffsstutzig. »Wir nutzen das Serum, um Informationen aus Spionen herauszupressen. Folterungen sind mühsam, manche Verdächtige halten tagelang durch. Informationen sind aber meist nur verwertbar, wenn wir sie schnell erhalten. Seit wir den Gefangenen vorführen, wie das Serum an anderen wirkt, hat sich unsere Erfolgsquote verdoppelt.«

»Ich wünschte, Hugo, du hättest dieses gefährliche Zeug nicht hierhergebracht. Bitte sperr es fort, und nimm es morgen wieder mit. Ich will es nicht im Haus haben, in dem unsere Kinder leben.«

»Unter anderen Umständen wäre mir das nie eingefallen, Liebes. Leider sind das hier unsere letzten verbliebenen Ampullen. Eine Bombe traf gestern unser Forschungslabor, und es ging in Flammen auf. Alles ist verbrannt. Die Unterlagen, die Versuchstiere und die meisten unserer Leute. Der Koffer ist zu wertvoll. Ich konnte ihn nicht in meiner Dienststelle lassen.«

»Aber...«

»Es ist gut, Violette. Ende der Diskussion.« Er schob den Koffer in den Tresor und schloss die Tür. »Was gibt es zu essen? Ich habe einen Mordshunger.« Er fasste seine Frau am Ellenbogen und führte sie aus der Bibliothek.

Kapitel 40

> Es ist meine Schuld, meine ganz persönliche Schuld, dass die Welt elend ist.
>
> Fjodor Michailowitsch Dostojewski

In seiner geheimen Unterkunft in der Kurfürstenstraße, in Sichtweite des Reichssicherheitshauptamts, kauerte Henry vor dem Radio. Es war der 30. Januar 1945, und aus dem Äther quoll Adolf Hitlers Stimme. Der deutsche Führer hielt eine Rede anlässlich des zwölften Jahrestags seiner Machtergreifung. Henry hielt es nicht mehr aus. Mit der Handkante schlug er auf das Radio ein. Es fiel vom Tisch, ohne dass der Führer verstummt wäre. Wie von Sinnen kickte er das Gerät quer durchs Zimmer. Der Führer schnarrte munter weiter. Verdammte deutsche Ingenieure! Henry bückte sich, öffnete das Fenster und warf das Telefunkengerät kurzerhand hinaus. Es war alles verloren und er ein gebrochener Mann. Er hätte Daisy damals am Strand niemals nachgeben dürfen. Immer wieder quälte er sich selbst mit diesen letzten gemeinsamen Minuten mit seiner Frau. Er verstand nicht mehr, wie er sie hatte alleine gehen lassen können. Wie hatte sie ihn bloß dazu überredet? *Indem sie dir all das sagte, was du gerne hören wolltest, Henry...* Während er sich in Richtung Normandie aufgemacht hatte, war das Boot auf dem Wasser von den Deutschen aufgebracht worden. Verraten vom angeblichen französischen Priester! Ihn selbst hatte der Feind noch am selben Tag am Strand geschnappt. Erst im August war ihm die Flucht gelungen. Und darauf der Schock: Die Liebe seines Lebens saß im Todestrakt des Gestapo-Gefängnisses, angeklagt wegen Landesverrats und der Juli-Verschwörung zur Ermordung des deutschen Führers, und es gab nichts, was er dagegen unternehmen konnte. Er besaß keine Ressourcen, keinen Plan, keine Möglichkeiten. Er konnte sie nicht retten. Am besten wäre es, er schösse sich gleich eine Kugel in den Kopf. So starb ein anständiger Brite. Nicht durch Zyankali, das die Gestapo inzwischen wie Bonbons verteilte. Er stand auf und holte die letzte Flasche Cognac aus ihrem Versteck. Er hatte sie für den Tag des Sieges aufgehoben. Nun würde sie zum Symbol seiner persönlichen Niederlage werden. Er entkorkte sie, setzte sie an die Lippen und nahm einen tüchtigen Schluck. Der zwanzig Jahre alte Brandy war eigentlich viel zu schade, um ihn wie billigen Fusel durch die Kehle zu jagen. Der Alkohol sandte Wärme und Schwäche durch seinen Körper. Er trank weiter und überließ sich dem unbezwingbaren Gefühl von Sinnlosigkeit. Immer tiefer versank er im Sessel, als zöge ihn eine unbekannte Macht in eine andere Dimension hinab. Henry gab sich dem hin, wollte sich auflösen in einer sich auflösenden Welt.

Das Türklingeln hörte er nicht. Erst das wiederholte energische Klopfen schreckte ihn aus seinem Alkoholnebel auf. Er griff nach seiner Waffe und wankte zur Tür.

Kapitel 41

> Wird das Weib gleichgestellt, wird sie überlegen.
>
> Platon

Violette saß mit ihrer Schneiderin im Salon der Potsdamer Villa und blätterte in einem Exemplar der amerikanischen *Vogue*. »Das ist es!«, rief sie und tippte auf das abgebildete Kleid. »Das entspricht genau meinen Vorstellungen für die neue Abendrobe.«

»Sie haben recht, gnädige Frau. Es ist von besonderer Raffinesse. Wenn jemand dieses Kleid tragen kann, dann Sie«, schmeichelte die Schneiderin.

»Ach, Frau Wimmer, da fällt mir ein, ich habe Ihnen bisher nichts angeboten. Ich hätte jetzt Lust auf eine schöne Tasse Kaffee. Möchten Sie auch eine?«

Frau Wimmers Nasenflügel blähten sich allein beim Gedanken an Kaffee. Sie wusste, in diesem Haus gab es noch echten Bohnenkaffee, und allein dafür lohnte sich jedes Katzbuckeln.

»Sehr gern, gnädige Frau.«

Violette klingelte. Ein Dienstmädchen erschien. »Luise, bitte bringen Sie uns Kaffee und belgisches Konfekt.« Luise knickste.

Das Gewünschte kam. Die Schneiderin sog das Aroma des Kaffees in sich auf, wagte jedoch nicht, vor der Hausherrin nach der Tasse zu greifen. Violette streckte eben ihre Hand danach aus, als es an der Haustür schellte. »Nanu?«, fragte Violette und ließ Tasse Tasse sein. Die Schneiderin stöhnte innerlich. Luise erschien. »Gnädige Frau, eine Gräfin Hermine von Blomberg möchte Sie in dringender Angelegenheit sprechen.« Besagter Besuch schob sich bereits ungeniert an Luise vorbei. »Tag, Violette. Lange nicht gesehen.«

Violette stutzte kurz, bevor sie in der eleganten Dame im Pelzmantel Mitzi, ihr früheres Küchenmädchen, wiedererkannte. »Du bist das!«, rief sie verblüfft und sprang auf.

»Ich weiß, dass ich es bin.« Und an Violettes Besuch gewandt: »Und wer ist das?«

»Meine Schneiderin«, antwortete Violette perplex.

»Gut, Frau Schneiderin. Bitte gehen Sie, Sie werden nicht mehr gebraucht.«

Die Frau blickte unsicher zu ihrer Auftraggeberin. Die nickte. Mitzis anmaßendes Auftreten setzte Violette kurzzeitig außer Gefecht.

»Setz dich«, sagte Mitzi anschließend, als sei sie hier die Hausherrin und nicht Violette.

Es bedurfte zweier Stunden und mehrerer Fotoaufnahmen, um Violette davon zu überzeugen, dass alles, was Mitzi ihr berichtete, der Wahrheit entsprach.

Am Ende musste sich Violette eingestehen, dass es in den letzten Jahren mit Hugo durchaus Vorkommnisse gegeben hatte, die sie an der Richtigkeit der Dinge hatten zweifeln lassen. Wie die Sache mit Maria, dem Kindermädchen. Sie war eine überaus patente Person gewesen und hervorragend im Umgang mit ihren Ältesten Adolf und Hermann. Beide Jungen waren wild und ungestüm und trieben eine Menge Unsinn. Mit ihren dummen Streichen vergraulten sie jedes Kindermädchen. Bis Maria ins Haus kam. Wie sie es genau bewerkstelligte, blieb ein Rätsel. Nach wenigen Wochen schienen Adolf und Hermann wie ausgewechselt. Adolf verlangte es plötzlich danach zu zeichnen, und Hermann fand Freude an der Musik. Violette organisierte Mal- und Klavierunterricht, und das Personal atmete auf. Bis zu jenem Tag, als Hugo herausfand, dass Maria sie über ihre Herkunft belogen hatte. Maria hieß in Wahrheit Myriam. Hugo ließ sie verhaften. Violette hatte es damals nicht verstanden. Maria blieb ja dieselbe Person, nichts hatte sich über Nacht verändert. Und ihre Kinder brauchten sie! Adolf und Hermann konnten es ebenso wenig begreifen. Sie weinten, sie tobten und glitten in ihre alten Muster zurück. Wenig später steckte Hugo die Söhne in eine Kadettenschule, weil es nach seiner Überzeugung keine bessere Erziehungsanstalt gab als das Militär. Marias Verschwinden stellte bei Weitem nicht das einzige Vorkommnis in den letzten zehn Jahren dar. Dennoch hatte sie nie an ihrer Ehe gezweifelt. Hugo sorgte gut für sie und die Kinder – es mangelte ihnen an nichts, und trotz Lebensmittelknappheit bekamen sie alles, was sie brauchten. Hugo hatte nie mehr von ihr verlangt, als sie zu geben bereit war: ihm Kinder zu schenken, ein gemütliches Heim zu bereiten und seinen Gästen eine schöne und repräsentative Hausherrin zu sein. Sie hatte sich in allem stets auf ihren Mann verlassen und… weggesehen. Unsicher fragte Violette Mitzi: »Was schlägst du vor?«

Die Frage ließ Mitzi etwas leichter atmen. Für ihr Vorhaben musste Violette ihre sichere Insel verlassen und ihren Fuß auf eine treibende Eisscholle setzen. Sie erklärte es ihr.

An einem bestimmten Punkt ihrer Ausführungen meldete Violette Zweifel an. »Das wird niemals funktionieren. Dafür ist Hugo zu schlau. Und das, was du über die Kinder sagst, nein. Du irrst dich, Mitzi!« Violette schüttelte den Kopf. »Hugo mag kein Chorknabe sein, aber etwas Derartiges… Nein«, wiederholte sie, »das traue ich ihm niemals zu.«

»Trotzdem müssen wir auch das in unsere Planung miteinbeziehen. Das Gute am Bösen ist seine Berechenbarkeit. Gehen wir den Plan bis zum Schluss durch. Punkt für Punkt.«

Violette wirkte in sich versunken. Sie knabberte am Daumennagel, um plötzlich und wortlos das Zimmer zu verlassen. Mitzi befürchtete bereits, sie riefe Hugo an und überlegte sich, ob sie verschwinden sollte. Das fehlte ihr noch, dass sie hier von Violettes Dienstboten festgesetzt wurde, bis Hugo eintraf!

Da öffnete sich die Tür, und Violette kehrte mit einem kleinen silbernen Köfferchen zurück. »Ich glaube, ich weiß noch etwas viel Besseres«, sagte sie.

Kapitel 42

> Wir müssen lernen, entweder als Brüder miteinander zu leben oder als Narren unterzugehen.
>
> Martin Luther King

Brigadeführer Hugo Brandis zu Trostburg sichtete die letzten Meldungen auf seinem Tisch. Die Ardennenoffensive *Christrose* war nach drei Wochen endgültig gescheitert, sie hatten nahezu fünfhundert Panzer und tausend Flugzeuge verloren, sechzigtausend Wehrmachtssoldaten waren entweder tot oder verwundet. Die Liste der Verluste setzte sich endlos fort. Seit die Alliierten im Juni 1944 in der Normandie gelandet waren und die Rote Armee im Osten die Wehrmacht vor sich hertrieb, musste jedem, der sich nicht hinter blindem Fanatismus verschanzte oder an Wunderwaffen glaubte, klar sein, dass der Krieg für die Deutschen nicht mehr zu gewinnen war. Ihnen gingen die Ressourcen aus, Soldaten, Waffen, Stahl und Benzin. Kürzlich erst hatten sie die rumänischen Ölfelder in Ploesti verloren. Der Krieg war verloren, sie konnten ihn lediglich noch um einige Monate in die Länge ziehen. Wozu ihm jeglicher Ansporn fehlte. Einst hielt er Adolf Hitler für das richtige Pferd für seinen Aufstieg. Als es nach der Niederlage von Stalingrad anfing zu lahmen, erkannte er, dass es Zeit wurde, das Pferd zu wechseln. Lange bevor Himmler heimlich mit den Briten verhandelte, hatte er selbst Kontakt zum englischen Geheimdienst aufgenommen und Vorsorge getroffen, um sich rechtzeitig abzusetzen. Es wurde Zeit. Die Russen standen bereits achtzig Kilometer vor Berlin und lieferten sich ein Wettrennen mit den Amerikanern, die von Westen her anrückten. Die verzweifelte Bevölkerung floh in Richtung Hauptstadt. Berlin quoll inzwischen über von Flüchtlingen, trotz der Bemühungen der Alliierten, sie zu dezimieren. Die Amerikaner warfen ihre Bomben inzwischen am helllichten Tag über Deutschlands Städten ab; die Sowjets beschossen die Flüchtlingszüge mit Salven aus ihren Illjuschins und störten mit U-Booten die Evakuierungen an der Ostsee. Achttausend Flüchtlinge starben, die Hälfte davon Kinder, als die *Wilhelm Gustloff* versank. Bedauerlich. Er sah durchaus die Symbolik. Ganz Deutschland war ein sinkendes Schiff, und er hatte nicht vor, an Bord zu bleiben. Heute Nacht würde er seinen Plan umsetzen. Er besaß Passierscheine für sich und seine Familie, ausreichend Benzin für den Wagen und seit Jahren ein gut gefülltes Schließfach in der Schweiz. Mehr Gold und Devisen lagerten versteckt in seinem Heimatschloss in Südtirol, das er vor Kriegsbeginn mit allem Luxus hatte renovieren lassen. Er verschloss sein Büro in Oranienburg und verabschiedete sich von seiner Sekretärin Ingrid. Im Flur traf er seinen Stellvertreter, Sturmbannführer Falk Ebersbach. Was trieb der Mann hier? Um ihn aus dem Weg zu haben, hatte er ihn am Morgen mit einem unbedeutenden Auftrag nach Dresden beordert. Ebersbach hatte sich innerhalb der Behörde Eichmanns hochgedient, indem er sich massiv an der Lösung der Judenfrage beteiligte. Hugo hegte keine Ressentiments, wenn ein Mann sich die Hände beschmutzte. Aber es lief ihm zuwider, wie Ebersbach mit Babin Jar prahlte. Jemanden mit Genickschuss in die Grube zu befördern oder einen Gashebel in Auschwitz betätigen, konnte jeder brutalisierte Hilfsarbeiter.

»Heil Hitler, Brigadeführer«, begrüßte ihn Ebersbach schneidig und mit Blick auf die Uhr: »Schon auf dem Heimweg?«

»Die Arbeit eines guten Nationalsozialisten ergibt sich nicht aus der Summe der am Schreibtisch verbrachten Stunden, Sturmbannführer«, entgegnete er scharf. »Was machen Sie überhaupt hier? Was ist mit Ihrem Auftrag in Dresden?«

»Schon erledigt, Brigadeführer. Und ich stimme Ihnen voll und ganz zu. Die Arbeit eines guten Nationalsozialisten ergibt sich aus der Effizienz seiner Tätigkeit.«

»Gut, dann betätigen Sie sich und schreiben den Bericht zu Ihrem Einsatz in Dresden. Ich will ihn morgen früh um acht auf dem Tisch haben. Heil Hitler!«

Hugo ließ seinen Fahrer Otto wissen, dass er ihn heute nicht mehr benötigte, und lenkte seine Limousine selbst nach Potsdam. Als er vor seiner herrschaftlichen Villa ausstieg, schmeckte die Luft nach Schnee. Leichtfüßig nahm er die breite Freitreppe und stieß das Portal auf. Hinter der vorgeschriebenen Verdunkelung empfing ihn sein Heim mit Licht und Wärme und dem Duft nach frischem Braten. Eine andere Welt. Losgelöst von Chaos und Untergang, von Feuer und Ruinen. Hier in seinem Zuhause konnte er noch vorgeben, alles unter Kontrolle zu haben. Aber auch diese Welt war nun in Gefahr. Er ließ sich von Luise aus dem Mantel helfen, reichte ihr Handschuhe und Mütze und schnallte zuletzt seine Pistolenkoppel mit der schweren Luger ab. »Meine Frau?«

»Sie ist oben bei den Kindern, gnädiger Herr.« Seinem geschulten Auge entgingen weder Luises verheulte Augen noch ihre zittrigen Hände. Aber in diesen Tagen litt fast jeder Kummer, damit konnte er sich nicht beschäftigen.

Er fand Violette bei den beiden Jüngsten im Zimmer. Sie las ihnen ein Märchen vor. Egon zappelte mit den Füßen, konnte den Fortgang der Geschichte kaum abwarten, während der kleine Peter ruhig und konzentriert lauschte. Unbemerkt verharrte er kurz im Türrahmen. Ihm behagte dieses Bild des Friedens: Violette, die mit glockenklarer Stimme der Geschichte Leben einhauchte, während sich die beiden zarten Kinderköpfe ihrer Mutter vertrauensvoll zuneigten. Er überraschte sich bei dem Wunsch, dass es immer so sein sollte. Der Krieg hatte in den ersten Jahren durchaus seine Annehmlichkeiten gehabt, aber inzwischen war er ihn leid geworden.

Egon entdeckte ihn zuerst. »Vati ist da!« Der Vierjährige sprang auf ihn zu, dicht gefolgt vom knapp dreijährigen Peter. Er schloss die beiden in seine Arme. Über die Haarschöpfe seiner Jungen hinweg traf sich sein Blick mit dem seiner Frau. Er notierte Violettes Verwunderung, da er die Kinder entgegen seiner Art in ihrem Überschwang gewähren ließ. Zudem erschien sie ihm angespannt zu sein. Ahnte sie bereits, worüber er mit ihr sprechen wollte? Das Kindermädchen trat mit Baby Lotte ein.

»Bringen Sie die Kinder ins Bett«, beschied er ihr und fasste Violette am Ellenbogen. Sie versteifte sich, als sei ihr die Berührung unangenehm. »Komm, meine Liebe. Gehen wir nach unten in die Bibliothek. Wir müssen reden.«

»Das trifft sich gut! Ich muss auch mit dir reden!«

Ihm missfiel ihr ungewohnt vorwurfsvoller Ton. Dabei hatte es Violette den gesamten Krieg über nie an Vernunft mangeln lassen. Hugo beschleunigte seinen Schritt und bugsierte sie in die Bibliothek. »Es ist so weit«, sagte er. »Pack das Nötigste zusammen. Wir verschwinden noch heute Nacht.«

»Wann wolltest du mir das von Daisy sagen?«

Hugo unterdrückte einen Fluch. Wie viel wusste sie? Reichte eine Beschwichtigung? Er überlegte noch fieberhaft, als Violette ergänzte: »Spar dir deine Lügengeschichten. Mitzi war heute hier. Unser früheres Küchenmädchen auf dem Gut.«

»Die Blomberg? Was hat sie dir erzählt?« Er wurde nun auch ungehalten. *Weiber!* Mischten sich in Dinge, die sie weder verstanden noch etwas angingen.

»Alles! Ich weiß, dass meine Schwester hochschwanger in deinem Gefängnis sitzt und nach der Geburt hingerichtet werden soll. Wie konntest du mir das verschweigen?«

Hugo ging zum Barschrank und bediente sich am Cognac. Er ließ ihn im Schwenker kreisen und genoss sein in zwanzig Jahren gereiftes Aroma, bevor er trank. »Ich verstehe, dass du aufgebracht bist, Violette. Aber deine Schwester hat Hochverrat begangen. Darauf steht der Tod. Ich habe es dir verschwiegen, um dich zu schonen.«

»Als wenn es dir eine Sekunde lang um mich gegangen wäre. Du wolltest bloß nicht deine Karriere gefährden!«, höhnte Violette.

»Was ist nur in dich gefahren? Komm, beruhige dich, meine Liebe, und trink einen Cognac mit mir.«

Er reichte ihr ein Glas, sie schlug es ihm aus der Hand. »Ich verlange, dass du sie freilässt!«

»*Du verlangst?*« Den ersten Anflug von Ärger hatte er noch mithilfe des Cognacs hinuntergespült. Nun platzte ihm der Kragen. »Genug von dem Unsinn! Deine Schwester hat ihre Verbrechen gestanden und wurde vom Volksgericht rechtskräftig zum Tode verurteilt. Und jetzt will ich nichts mehr davon hören.« Er wandte ihr den Rücken und jagte sich einen zweiten Brandy durch die Kehle. Selbst der teure Alkohol schmeckte ihm plötzlich schal.

»Spar dir dein Gestapogehabe. Du hörst jetzt *mir* zu!«

Etwas an Violettes Ton machte ihn stutzig. Er stellte seinen Schwenker ab und drehte sich langsam um. »Ich verstehe nicht, was du mit deinem fragwürdigen Benehmen bezweckst, aber wenn du dich unbedingt streiten willst, so können wir das später tun. Jetzt sollten wir packen.«

»Ich gehe erst von hier fort, wenn ich Daisy in Sicherheit weiß.«

»Nein! Die Sicherheit unserer Kinder hat Vorrang. Als Mutter solltest du zuerst an sie denken.«

»Das sagt ausgerechnet du? Du und deinesgleichen habt sie doch erst mit eurem unsinnigen Krieg in Gefahr gebracht!«, konterte Violette. Sie nahm ein Buch vom Tisch und zog einen Umschlag heraus. »Der ist für dich.«

Hugo maß sie mit einem scharfen Blick, bevor er in den Umschlag fasste. Stirnrunzelnd starrte er auf die Fotos in seiner Hand. »Was ist das?«

»Einige hübsche Aufnahmen, die dich bei deinen geheimen Verhandlungen mit den Briten zeigen. Lange vor Himmler und Göring... Wie es aussieht, hast auch du mit dem Feind paktiert. Hast du nicht eben gesagt, darauf stünde die Todesstrafe?«

Hugo warf die Fotos ins Kaminfeuer. »Mach dich nicht lächerlich«, knurrte er.

»Das waren nur Abzüge. Die Negative befinden sich an einem sicheren Ort.«

Hugo packte Violette und schüttelte sie. »Du dumme Kuh. Was hast du getan?« Er legte die Hände um ihren Hals und drückte zu. Violette röchelte. Er ließ sie los. »Woher hast du die Bilder? Von der Blomberg? Falk Ebersbach?« Violette schüttelte stumm den Kopf. Er schlug ihr ins Gesicht und fasste sie erneut am Hals.

»Vater! Was tust du da mit Mutter?«, rief eine junge Stimme erschrocken. Der zehnjährige Adolf stand in der Kluft der Hitlerjugend in der Tür.

Hugo ließ Violette los und brüllte seinen Ältesten an: »Raus!

Auf dein Zimmer! Dort wartest du auf mich.« Er verriegelte das Schloss.

Violette lehnte am Schreibtisch und rang nach Luft.

Hugo schritt zum Telefon und wählte. »Hier spricht Brigadeführer Brandis zu Trostburg. Verhaften Sie sofort Hermine von...« Das Gespräch brach ab. Hugo hieb mehrmals ungehalten auf die Gabel. »Was ist denn jetzt wieder los?« Er sah den Stecker in Violettes Hand baumeln. »Was fällt dir ein?« Drohend kam er auf sie zu und sah jäh eine Pistole auf sich gerichtet. Er lachte erheitert auf. »Violette, willst du mich etwa erschießen?«

»Nein«, erwiderte sie rau und begrüßte den Schmerz in ihrer Kehle, da er ihre Entschlossenheit stärkte. »Aber ich schwöre beim Leben unserer Kinder, dir eine Kugel ins Bein zu jagen, wenn du dich nicht sofort hinsetzt und mir zuhörst.«

»Nur zu, schieß! Es ist genügend Personal im Haus.«

»Nein, ich habe sie alle weggeschickt, bis auf Käthe, und Luise wird jede Minute von ihrem Vater abgeholt werden. Er hat die Sonderfahrt angemeldet. Käthe habe ich instruiert, uns unter keinen Umständen zu stören. Und die Tür hast du eben selbst verriegelt.«

»Also gut. Ich bin ganz Ohr.« Hugo nahm im nächsten Sessel Platz und schlug lässig ein bestiefeltes Bein über das andere.

»Es wird folgendermaßen ablaufen«, begann Violette. »Du wirst meine Schwester noch heute aus dem Gefängnis holen. Sollte mir etwas zustoßen, wird ein Verbindungsmann einen Umschlag mit weiteren Abzügen unverzüglich dem Reichspropagandaminister Goebbels zukommen lassen. Dasselbe wird passieren, wenn mein Kontakt nicht binnen vierundzwanzig Stunden einen Anruf von mir erhält, dass meine Schwester frei und in Sicherheit ist.«

»Das hast du ja fein ausgeheckt. Zu dumm, dass daraus nichts wird. Deine Schwester ist eine ordentlich verurteilte britische Agentin. Das Deutsche Reich ist ein Rechtsstaat, und ich kann mich nicht über seine Gesetze hinwegsetzen.«

Violette verzog freudlos den Mund. »Verzeih, dass ich lachen muss, Hugo. Ich wiederhole, du hast vierundzwanzig Stunden. Besser, du machst dich auf den Weg. Die Zeit läuft.«

Hugo setzte eine reuige Miene auf. »Das mit deinem Hals tut mir leid, Violette. Ich wollte dir nicht wehtun, aber ich hatte einen harten Tag, und du hast mich provoziert. Bitte leg die Pistole fort, Liebes. Ich bin es, Hugo, dein Ehemann, wir haben fünf gemeinsame Kinder! Es ist unsere heilige Pflicht, zuerst an ihr Wohlergehen zu denken. Wir müssen Deutschland in dieser Nacht verlassen. Komm, gib mir die Waffe.« Er streckte die Hand aus. Im selben Moment trötete draußen eine Hupe. In der Halle wurden Schritte laut, die Haustür klappte auf und wieder zu. Ein Motor heulte auf, ein Wagen entfernte sich.

»Tick, tack«, sagte Violette.

»Das ist doch verrückt!« Hugo hieb auf die Armlehne. »Meine eigene Frau zielt mit einer Waffe auf mich! Pass auf, Violette. Ich kann unmöglich in die Dienststelle zurück. Mein Stellvertreter hat heute eine Andeutung gemacht, ich bin sicher, er ahnt etwas. Eile ist geboten! Wir müssen von hier fort, bevor es zu spät ist.«

»Wie armselig! Es geht dir gar nicht um unsere Kinder. Du willst nur deinen eigenen braunen Arsch retten!«

Hugos Wangenmuskeln mahlten in fassungsloser Wut, ein Mann, dem seine Welt zu entgleiten drohte. Er hatte es sich in seiner Hugo-Ecke bequem eingerichtet, eine steile Karriere hingelegt, Reichtümer angehäuft und eine vorbildliche Ehe geführt – um am Ende in den Lauf einer Waffe zu blicken, die seine eigene

Frau auf ihn richtete! Ausgerechnet die unbedarfte Violette, der er am wenigsten einen Verrat zugetraut hätte. Von sich aus wäre sie niemals auf diese hirnverbrannte Idee verfallen. Diese verdammte Mitzi hatte ihr den Wahnwitz eingeredet. Dafür würde er sie töten! Allerdings hatte es wenig Sinn, jetzt weiter mit Violette zu streiten, er musste seinen Zorn zügeln und sie stattdessen überzeugen, von ihrem verrückten Vorhaben abzulassen. »Ich verstehe, dass du deine Schwester retten möchtest, Liebes«, sagte er besänftigend. »Aber es ist zu spät. Selbst wenn ich es wollte, könnte ich nichts mehr für Marguerite tun. Die Hinrichtung ist für morgen früh acht Uhr angesetzt. Es tut mir leid.« Er ließ den Kopf in gespielter Anteilnahme sinken.

»Daisy hat ihr Kind bereits bekommen?« Violette, bisher zum Äußersten bereit wirkend, schien erstmals leicht verunsichert.

»Ja, es ist da. Ich bekam die Meldung gegen Mittag auf den Tisch. Ein Junge.«

Violette hob entschlossen ihr Kinn. »Dann wirst du eben beide da rausholen!«

»Hast du mir eben nicht zugehört? Dafür ist es zu spät! Es steht nicht in meiner Macht, die Hinrichtung auszusetzen!«

»Es ist mir scheißegal, wie du es anstellst«, entgegnete Violette grob. »Hol sie beide da raus!«

»Sei doch nicht so stur, Violette! Jetzt gib mir die Waffe. Wir wissen beide, dass du nicht schießen wirst. Oder soll ich etwa mit blutigem Bein in die Barnimstraße humpeln?«

»Genug der Ausflüchte. Bis zur Hinrichtung sind es noch elf Stunden. Dir bleibt also genügend Zeit. Übrigens, wie hat dir der Brandy geschmeckt?«, fragte sie unerwartet liebenswürdig.

Irritiert folgte er ihrer Kopfbewegung. Warum sah sie zum Gemälde, hinter dem sich sein Tresor mit dem Ampullenkoffer verbarg? Plötzlich wurde ihm die Brust zu eng, sein Körper reagierte noch schneller als sein Verstand. Gehetzt blickte er auf die Uhr, als zählte er bereits die ihm verbleibenden Stunden. Dennoch wollte er es nicht wahrhaben. »Du bluffst. Das würdest du niemals wagen…«, knurrte er.

»Das habe ich längst. Wie sagtest du so schön: Es ist stets von Vorteil, ein zweites Ass im Ärmel zu haben. Du erhältst die Negative und das Gegengift, sobald ich meine Schwester in Sicherheit weiß. Die Zeit läuft. Tick, tack«, wiederholte sie.

Er sah in Violettes triumphierendes Gesicht und wollte sie auslöschen. Dieses hinterlistige Aas! Dieses freche Miststück! Dieses billige Flittchen! Sie war wie alle Frauenzimmer, und am schlimmsten waren die Tessendorfweiber! »Das wirst du bereuen«, knirschte er.

»Nein, ich genieße deine Wut. Und jetzt mach dich, verdammt noch mal, auf den Weg, und erledige deinen Auftrag.«

»Und wenn ich es vorziehe zu sterben?« Er stand auf, stieß den Sessel zurück und kam einen bedrohlichen Schritt näher.

Violette umklammerte die Waffe mit beiden Händen und hielt sie damit ruhig. »Wir wissen beide, wie sehr du an deinem armseligen Leben hängst. Du würdest deine Kinder opfern, wenn es dir nützte.«

Das ernüchterte ihn. »Warum bist du so kalt?«

»Ich habe vom Besten gelernt.«

Sie hatte nicht mehr darauf geachtet, wie nah er ihr inzwischen gekommen war. In einem Handstreich entwand er ihr die Pistole und packte sie. »Törichtes Weib! Ich kann dich zwingen, das Versteck des Gegengifts zu verraten. Die Aufnahmen kümmern mich ohnehin nicht mehr. Ich bin dann längst über alle Berge. Wo ist der Koffer?«

Violette hob ihm ihr Gesicht entgegen. »Nur zu, tu dir keinen Zwang an! Foltere die Mutter deiner Kinder. Ich werde so lange durchhalten, bis es zu spät für dich ist.«

Er beäugte sie amüsiert. »Ich könnte auch eines der Kinder holen. Welches soll es sein? Der kleine Peter oder vielleicht Baby Lotte? Mal sehen, wie lange du das durchhältst...«

Etwas in Violette brach, und ihr Glashaus sprang in tausend Scherben. »Du Monster!«, stieß sie erstickt hervor. »Jetzt zeigst du dein wahres Gesicht! Mitzi hat es gewusst!« Sie taumelte, fing sich. »Sie hat gesagt, dass du deine eigenen Kinder opfern würdest. Ich wollte es ihr nicht glauben und habe dich noch verteidigt!«

»Wie edel! Am Ende kämpft jeder für sich allein.« Hugo schritt unbeeindruckt zur Tür und entriegelte sie.

»Das kannst du dir sparen. Die Kinder sind weg.«

Hugo versteifte. »Was soll das heißen, die Kinder sind weg?«

»Hast du die Hupe vorhin gehört? Das war das vereinbarte Signal. Luise und Käthe haben sie fortgebracht.« Eine neue Ruhe durchströmte Violette. Sie fühlte keine Angst mehr. Sie wusste ihre Kinder in Sicherheit, und Hugo hatte keine andere Wahl, als das zu tun, was sie von ihm verlangte, wollte er seinen eigenen schäbigen Hals retten.

In Hugos Gesicht arbeitete es sichtlich. Violette weidete sich an seinem Anblick. Mitzi hatte alles bedacht. *Das Böse ist berechenbar...* »Willst du deine verbliebene Zeit damit verschwenden, indem du mich folterst, oder endlich deinen Arsch in Bewegung setzen?«

Hugo ballte die Fäuste, in seinen Augen stand die pure Mordlust. Selbst jetzt wich Violette nicht vor ihm zurück.

Hugo ging seine Optionen durch. Während seiner Karriere

hatte er es im Gestapokeller mit einer Vielzahl an Delinquenten zu tun bekommen. Über die Jahre erwarb er ein Gespür dafür, bei wem es sich lohnte, ein Geständnis zu erpressen, und wer lieber sein Leben ließ, bevor er seine Geheimnisse preisgab. Er konnte einen entschlossenen Menschen erkennen, wenn er vor ihm stand. Trotzdem ahnte Violette nichts von den Schmerzen, die er ihr bereiten konnte. Würde sie schweigen, wenn er ihr nacheinander die Augen ausstach und die Brüste abschnitt?

Violette unterbrach seine Folterfantasien. »Tick, tack!«, erinnerte sie ihn ein drittes Mal, und Hugo entsann sich seiner Schläue. So leicht würde er nicht aufgeben! Er wollte überleben, um Rache nehmen zu können. Vielleicht konnte er bei den Instruktionen ansetzen, auch die Übergabe stellte stets einen Schwachpunkt dar… »Also gut«, fügte er sich scheinbar. »Wie lauten deine Anweisungen?«

»Sobald du Daisy und das Kind bei dir hast, suchst du das nächste Telefon auf und rufst diese Nummer an.« Violette reichte ihm den Zettel. »Erst dann erfährst du alles Notwendige für die Übergabe.«

»Warum so kompliziert? Nenn mir gleich den Ort, das spart Zeit.«

»Damit du deine Freunde von der Gestapo alarmieren kannst? Nicht doch. Der Austausch findet erst statt, wenn sichergestellt ist, dass dir niemand gefolgt ist. Dann erhältst du auch das Gegengift.«

»Welche Garantie habe ich, dass du dich an unsere Vereinbarung hältst?«

»Keine. Du wirst dich auf mein Ehrenwort verlassen müssen.« Violette lächelte gespenstisch. »Und jetzt geh mir aus den Augen. Du verschwendest deine Zeit, nicht meine. Und für den Fall, dass du weiterhin erwägst, mich zu foltern, werde ich die hier nehmen, und du erhältst das Gegengift niemals.« Violette hielt plötzlich eine Zyankalikapsel zwischen den Fingern und führte sie an ihren Mund.

»Das würdest du nicht tun!«

»Find's heraus.« Ihre Augen blitzten polarkalt.

Das war nicht mehr die Violette, die er erwählt hatte. Irgendein perverser Zauber hatte sein zahmes Mädchen in eine hinterhältige Metze verwandelt. Hugo sah ein, dass er fürs Erste geschlagen war. Von der eigenen Frau. Die Mordlust rumorte weiter in seinen Eingeweiden, und er stürmte hinaus, bevor er endgültig die Beherrschung verlor.

Draußen schneite es. Dicke, schwere Flocken. Das hatte ihm noch gefehlt. Schnee verhieß unpassierbare Straßen und Wege. Schnee bedeutete monatelanges Ausharren in einem engen, unzugänglichen Südtiroler Tal, eingesperrt in einer zugigen Burg mit einem prügelnden Vater, einer schwermütigen Mutter und einer schwachsinnigen Schwester, die sich mit achtzehn die Schuhe noch nicht selbst binden konnte. In seiner Kindheit war ihm ständig kalt gewesen. Das Holz reichte nie, und für Kohle war kein Geld da. Mari, so hieß seine Schwester, hatte stets versucht, ihn zu wärmen. Die Ältere schlüpfte zu ihm ins Bett, hielt ihn umschlungen und gab ihm von ihrer Wärme ab. Als das Feuer in der Küche endgültig ausging, hatte sie auf ein Stück Papier ein Lagerfeuer gezeichnet, und sie hatten so getan, als seien es echte Flammen. Sie rieben ihre Hände über der Zeichnung, und er spürte tatsächlich eine Wärme. In einer dunklen Winternacht, als ein heulender Sturm an den Fensterläden rüttelte und die Ziegel vom Dach fegte, hatten Mutter und Schwester das baufällige Gemäuer verlassen; ihre Leichen fand man erst im Frühjahr zu Beginn der

Schneeschmelze. Schnee bedeutete Wahnsinn. Kurz verlockte ihn ein Gedanke: Warum sich nicht in den Schnee fallen und die Flocken auf sich rieseln lassen, einschlafen und nicht mehr erwachen? So wie seine Mutter und Schwester. Er hatte ewig nicht an seine Familie gedacht. An Mari, die ihn gewärmt hatte. Warum jetzt? Angeblich sollte sich in Gegenwart des Todes das ganze Leben vor dem inneren Auge abspulen, und womöglich war dies gerade seine eigene närrische Version davon. Er wünschte, er könnte stattdessen einen Blick in seine Zukunft werfen. Er hob das Gesicht gen Himmel, und die kühle Feuchtigkeit brachte Ruhe in seinen Verstand. Verdammt, er hatte es nicht aus diesem engen Tal heraus geschafft, um nun von der eigenen Frau bezwungen zu werden! Seine Uhr zeigte kurz vor neun Uhr. Versuche hatten gezeigt, dass die Wirkung des Schlangengifts durch Alkohol beschleunigt wurde. Er rechnete nach, wann er die zwei Cognacs getrunken hatte, und stellte den Alarm auf sechs Uhr morgens ein. Neun Stunden Frist ab jetzt.

Er stieg in den Wagen und fuhr zurück nach Oranienburg. Sein Plan nahm Gestalt an. Für sein Vorhaben benötigte er einen ordnungsgemäßen Befehl mit zwei Unterschriften plus Passierschein. Dafür besaß er die Stempel, die Unterschrift seines Stellvertreters Ebersbach würde er fälschen. Er parkte vor seiner Dienststelle und bemerkte erst beim Aussteigen, dass er in der Eile zu Hause den Ledermantel vergessen hatte. Er fluchte laut. Sein Gestapo-Ausweis steckte in der Tasche! Nach dem gescheiterten Stauffenberg-Attentat auf den Führer hatte er die strikte Anweisung erteilt, absolut niemanden in die Dienststelle zu lassen, der sich nicht ausweisen konnte. Hugo grüßte den Wachposten. »Kalte Nacht heute, was, Kamerad?« Er bot ihm eine wertvolle Zigarette an.

Der Soldat wunderte sich über die ungewohnte Freundlichkeit seines Chefs und ließ ihn verblüfft und ohne Kontrolle passieren.

Zu Hugos Verdruss brannte im Büro von Falk Ebersbach noch Licht. Bis ihm einfiel, dass er ihn selbst zum Dresden-Bericht verdonnert hatte. Er betrat seine eigenen Diensträume und verriegelte die Tür. Im verwaisten Sekretariat zog er die Hülle von der Schreibmaschine und kramte nach Brief- und Kohlepapier. Zunächst hatte Hugo seine liebe Mühe damit, das Papier überhaupt einzuspannen. Es sah kinderleicht aus, wenn seine Sekretärin Ingrid das Rad drehte und am Bügel zog. Ihm geriet das Papier schief in die Walze, und versehentlich zerriss er es. Er begann die Prozedur von vorn. Ungelenk tippte er mit zwei Fingern, wobei ihm jeder Anschlag wie ein Schuss in den Ohren tönte. Zu viele Fehler, verdammt! Nächster Versuch. Bald stand ihm der Schweiß auf der Stirn, und ein Tropfen landete auf dem Formular. Er tupfte es mit dem Ärmel trocken und verwischte einige Buchstaben. Für einen weiteren Anlauf fehlten ihm die Nerven, schon jetzt wollte er die Triumph am liebsten durch den Raum schleudern. Er setzte seinen Namen unter die Anweisung, fälschte daneben den von Falk Ebersbach und versah das Formular mit den erforderlichen Stempeln. Inzwischen zeigte die Uhr halb elf an. Hugo steckte sich eine Zigarette zwischen die Lippen und ärgerte sich über seine zitternden Hände. Nervosität war ihm bisher fremd gewesen. Der Befehl allein genügte nicht, er benötigte zusätzlich eine plausible Erklärung. Einen letzten Besuch bei seiner zum Tode verurteilten Schwägerin konnte er rechtfertigen, ebenso wie ihr Kind persönlich abzuholen. Aber mit Sicherheit würde es Fragen beim Diensthabenden aufwerfen, wenn er die Verurteilte wenige Stunden vor der Hinrichtung mitnehmen wollte. Ein Anruf bei Falk Ebersbach genügte, und er flöge auf. Ihm blieb keine andere Wahl, als Falk vorher auszuschalten. Da er ihn nicht erschießen konnte, ohne Alarm auszulösen, musste er das Risiko eines Kampfes Mann gegen Mann eingehen. Hugo drückte die Zigarette aus und tastete nach seinem Hirschfänger. Er meinte, bereits eine leichte Schwäche in den Fingerspitzen zu fühlen. Mein Gott, in wenigen Stunden konnte er tot sein! Violettes Tick, tack hämmerte in seinem Kopf. *Verfluchte Violette, verfluchte Marguerite!* Wäre er ihnen nur nie begegnet! Irgendwo im Raum knackte ein Möbelstück, und er fuhr alarmiert herum. Nichts, doch der Laut ernüchterte ihn. Plötzlich zündete in ihm eine Idee, und er sah auf den Dienstplan. Er entdeckte den erhofften Namen und machte sich auf den Weg ins Tiefparterre.

Stabsarzt Johann Ohnestolz las an seinem Schreibtisch den neuesten *Stürmer*. Neben ihm dampfte eine Tasse Tee. Der Mediziner sprang sofort beflissen auf, als Hugo sein Büro betrat. »Heil Hitler, Brigadeführer!«

Hugo musterte den schmächtigen Mann, dessen Äußeres vage dem berühmten Chirurg Sauerbruch glich, der jedoch bei Weitem nicht an dessen Brillanz heranreichte. Ohnestolz war ursprünglich Pathologe gewesen, aber die Arbeit an Toten erwies sich für ihn letztlich als wenig sinnstiftend, wie er in seiner Bewerbung ausführte, weshalb er bei der Sipo anheuerte. In seine Zuständigkeit fiel es, Gefangene nach einem verschärften Verhör für das folgende wieder zusammenzuflicken.

Für Hugos Vorhaben war Stabsarzt Ohnestolz die ideale Wahl – obrigkeitshörig und leicht zu lenken. »Dr. Ohnestolz«, Hugo drosselte seine Stimme, »nehmen Sie Ihre Tasche und kommen Sie mit. Ich benötige Ihre Dienste für eine geheime Mission.«

Unterwegs erklärte Hugo dem Mediziner: »Die Aufgabe ist delikat. Sie sind über meine Schwägerin im Bilde?«

»Natürlich. Meinen größten Respekt, Brigadeführer. Die Schwester Ihrer Frau! Eine schwierige Lage, die Sie ehrenvoll und meisterhaft behandelt haben.«

»Ich habe nur meine Pflicht getan, Kamerad Stabsarzt. Dennoch muss ich um Ihre Hilfe ersuchen.«

»Sagen Sie mir, was ich tun kann, und betrachten Sie es als erledigt.«

»Meine Schwägerin hat gestern Nacht in der Zelle ihr Kind zur Welt gebracht.«

»Weshalb befand sich die Gebärende nicht auf der Krankenstation, wie in solchen Fällen vorgesehen?«, bekundete Ohnestolz Missfallen.

»Das Kind kam zwei Wochen vor dem errechneten Geburtstermin, und laut Wachhabendem blieb es in der Zelle die ganze Nacht über ruhig. Er hat die Niederkunft erst am Morgen bemerkt.«

»Unmöglich!«, mokierte sich Ohnestolz. »Der Mann muss taub sein, oder er hat während der Geburt geschlafen. Vermutlich trunksüchtig. Ich würde ihn sofort aus dem Dienst entfernen!«

»Schon geschehen. Ihre Aufgabe, Dr. Ohnestolz, besteht darin, den Säugling auf Erbschäden zu untersuchen. Eine hohe Persönlichkeit aus dem engsten Umfeld des Führers hat sich erboten, das Kind an Eltern statt anzunehmen. Zuvor muss die unbedingte Gesundheit des Neugeborenen bestätigt werden. Ich nehme an, Sie kennen die Gerüchte zur Vaterschaft?«

»Natürlich. Aber als Wissenschaftler gebe ich nichts auf Gerüchte. Für mich haben nur Fakten Relevanz.«

»Nun, dieses Gerücht entspricht der Wahrheit. Kann ich auf Ihre Verschwiegenheit zählen, Obersturmführer?«, fragte Hugo, indem er ihm vertraulich die Hand auf die Schulter legte.

»Selbstverständlich, Brigadeführer! Sie haben mein Wort.«

»Ausgezeichnet! Hören Sie, die Hinrichtung der Mutter wurde für morgen früh acht Uhr angesetzt. Es wurde entschieden, Mutter und Kind solange in der Zelle zu belassen. Die Gesundheit des Kindes hat Priorität, aber die künftigen möglichen Eltern möchten sich auch der Gesundheit der Gebärenden sicher sein, um spätere Komplikationen auszuschließen. Sie werden sie daher examinieren und einen Bericht verfassen. Falls Sie der Ansicht sind, eine Untersuchung von Mutter und Kind könne von Ihnen unter den gegebenen Umständen nicht mit der gebührenden Sorgfalt gewährleistet werden, sind Sie hiermit autorisiert, die Verlegung in Ihre Oranienburger Praxisräume anzuordnen.«

»Ihr Vertrauen ehrt mich, Brigadeführer!« Ohnestolz stand stramm.

Sie fuhren an der Gefängnisanstalt in der Barnimstraße vor. Hugo präsentierte den Befehl und verlangte, den Diensthabenden zu sprechen. Man führte sie zu ihm.

Der Offizier unterzog das Papier einer sorgfältigen Prüfung. Darauf erteilte er den Befehl, die Gefangene in den Besucherraum zu bringen.

Es dauerte, bis die Wache mit Daisy zurückkehrte. Sie hielt ihr Kind schützend an sich gepresst und konnte sich nur mit Mühe auf den Beinen halten. Ihr Gefängniskittel war blutbesudelt, die nackten Füße steckten in Holzpantinen. Sie war einmal eine Schönheit gewesen, aber in diesem verwahrlosten Zustand und von der Folter gezeichnet kaum mehr wiederzuerkennen. Hugo gefiel es, die Hure leiden zu sehen. Daisy sah ihn, wich zur Wand zurück und keuchte: »Nein! Du nimmst mir mein Kind nicht!«

Hugo beachtete sie nicht weiter. Er wandte sich an Ohnestolz. »Wie lautet Ihre professionelle Meinung, Herr Stabsarzt? Ist es

Ihnen möglich, Ihre Untersuchungen hier zu einem erfolgreichen Abschluss zu bringen, oder bestehen Sie auf eine kurzfristige Verlegung der Delinquentin?«

Dr. Ohnestolz setzte eine wichtige Miene auf, dachte an den Bericht, unter dem sein Name sichtbar prangen würde, und erklärte: »Dieser Raum genügt nicht einmal dem Mindeststandard. Als verantwortlicher Arzt bestehe ich darauf, Mutter und Kind in meine Praxis zu überführen.« Er entnahm dem Arztkoffer ein Etui mit Spritzen und Ampullen. »Ich werde die Gefangene ruhigstellen.«

»Nein, bitte keine Spritze! Ich will wach bleiben«, flehte Daisy.

Ohnestolz sah zu Hugo. Der nickte: »Ihre Entscheidung, Doktor.«

Ohnestolz pflanzte sich vor Daisy. »Wenn Sie mir hier und jetzt Ihr Ehrenwort geben, uns anstandslos zu folgen, stecke ich das Beruhigungsmittel fort.«

»Ich tue alles, solange Sie mir mein Kind nicht wegnehmen.«

»So kommen Sie.«

Hugo packte Daisys Arm, vorneweg lief der Doktor. Der Gang hallte von ihren Schritten wider. Das Mauerwerk zu beiden Seiten wirkte feucht und strahlte eine Eiseskälte ab. Hugo fröstelte es in seiner Uniformjacke.

»Halt!«, erscholl es hinter ihnen. Der kommandierende Offizier eilte ihnen nach. »Brigadeführer, bei allem Respekt! Es war nie die Rede davon, dass Sie die Tessendorf mitnehmen!«

Hugo trat ihm entgegen: »Keine Sorge, Kamerad Untersturmführer. Sie erhalten die Verurteilte rechtzeitig zurück. Punkt acht Uhr wird Sie in Plötzensee an einem Strang baumeln.«

»Ihr Vorgehen entspricht nicht der Vorschrift!«, blieb der Mann störrisch. »Die Gefangene obliegt meiner Verantwortung. In diesem Fall bin ich verpflichtet, Rücksprache mit meinem Kommandanten zu halten.«

Hugo bewahrte kaltes Blut. Er lief stets zu besonderer Form auf, wenn er sich gegenüber Untergebenen aufspielen konnte. »Ich habe eine bessere Idee. Wir rufen ihn gemeinsam an, und ich werde ihrem Kommandanten erklären, dass er die nächtliche Störung einem übereifrigen Erbsenzähler zu verdanken hat, der eine von höchster Ebene angeordnete Mission anzweifelt. Anschließend werde ich Reichsführer Himmler Bericht erstatten. Wo ist Ihr Telefon?«

Einige Sekunden kämpfte der Mann mit widerstreitenden Gefühlen, schließlich gab er den Weg frei.

»Gute Entscheidung, Untersturmführer! Ich werde Sie in meinem Bericht lobend erwähnen«, log Hugo dreist. Als sie ins Freie traten, nahm er einen tiefen Atemzug und badete kurz im Hochgefühl, die erste schwere Hürde gemeistert zu haben. Bis er die rieselnden Schneeflocken registrierte. Verdammt! Hugo verwünschte den Himmel. Mit dem Ärmel fegte er die Schneeschicht von der Frontscheibe seines Wagens, bevor er Daisy auf den Rücksitz stieß. Der Doktor nahm neben ihr Platz und behielt ein Auge auf sie.

»Das ist das Problem in unserem Reich«, erklärte Doktor Ohnestolz, als Hugo sich hinters Steuer klemmte. »Beflissene Beamte wie dieser Unteroffizier, deren Kleingeist niemals das große Ganze erfassen kann.«

»Darum sind *Sie* Stabsarzt«, schmeichelte ihm Hugo. »Und dennoch sind es gerade Männer wie er, die das Rückgrat unseres großen Deutschen Reiches bilden. In unserem speziellen Fall kann ich den Mann für seine Vorschriftentreue nicht tadeln. Er verdient vielmehr unser Lob. Stellen Sie sich vor, ich würde meine

Position missbrauchen, um meine Schwägerin vor dem Strang zu bewahren, und Sie fungierten dabei als mein ahnungsloser Komplize.« Hugo lachte, und Ohnestolz fiel keckernd darin ein. Hugo lenkte den Wagen mit Bedacht auf die rutschige Fahrbahn. Schaurig quietschend nahm der Scheibenwischer den Kampf gegen die Schneeflocken auf.

»Sagen Sie, Brigadeführer«, meinte der Doktor wenig später. »Hätten wir nach Oranienburg nicht eben links abbiegen müssen?« Er blickte aufmerksam aus dem Fenster. Flocken wirbelten vorbei, die verdunkelte Stadt wirkte abweisend.

»Ich kenne eine Abkürzung.«

»Ach so, ja.«

Kurz danach bog Hugo rechts ab, was den Doktor erneut auf den Plan rief: »Bitte verzeihen Sie, Brigadeführer, aber ist das nicht eben die Abzweigung nach Wilmersdorf gewesen?«

»Wirklich, Doktor. Wieso sollte ich nach Wilmersdorf fahren, wenn ich nach Oranienburg möchte? Es ist vermutlich der Schnee, der Sie in die Irre führt«, erklärte Hugo bestimmt.

»Sie haben gewiss recht, Brigadeführer.« Seine Stimme klang dünn.

Hugo stoppte den Wagen. Er musste den Quatschkopf loswerden. Die Stelle war gut gewählt, die Straße von Ruinen gesäumt und weit und breit keine Menschenseele auszumachen, Ausgangssperre und winterliche Kälte sei Dank. »Verdammt!«, fluchte Hugo. »Ich glaube, wir haben einen Platten!« Er stieg aus, gab vor, die Hinterreifen zu kontrollieren, öffnete den Kofferraum und zog seine Luger. Er klopfte gegen die Seitenscheibe. »Der Reifen ist platt! Sie müssen mir kurz helfen, Doktor.«

Ohnestolz stieg aus, kam um den Wagen herum, und Hugo schoss ihm sofort aus kurzer Distanz in die Brust. Der Arzt war tot, bevor er begriff, wie ihm geschah. Hugo zog ihm den Mantel aus und ließ den Mann an Ort und Stelle liegen. Eine menschliche Ruine inmitten jener aus Ziegel und Stein, die der stetig fallende Schnee in Kürze zudecken würde.

Hugo stieg wieder ein und warf Daisy den Mantel zu. »Hier, zieh ihn an für den Fall, dass wir in eine Kontrolle geraten.«

Daisy war kurz versucht gewesen, mit ihrem Baby in die Nacht zu flüchten. Aber wie weit würde sie kommen, in Hemd und Pantinen und mit einem frierenden Neugeborenen im Arm? Sie legte den Mantel um sich, das Loch in Brusthöhe kümmerte sie nicht. Über solche Befindlichkeiten war sie längst hinaus. Dieser Mantel bedeutete Wärme für ihr Kind. »Du bist ein Schwein«, sagte sie.

»Ein Schwein, das dich gerade rettet«, entgegnete Hugo und startete den Motor.«

»Wohin fahren wir?«

Hugo antwortete nicht.

»Warum tust du das?«

Hugo schwieg.

»Hat Großmutter dich geschickt? Wie viel bekommst du für deine Dienste?«

»Was interessiert es dich?«

»Ihr verliert den Krieg.«

»Nein, *wir* verlieren den Krieg. Dass du dich am Ende gegen das Reich gewendet hast, ändert nichts an der Tatsache, dass du zu Beginn von der Führernähe profitiert hast. Es geht niemals darum, wie es endet. Es geht immer darum, wie es beginnt! Komm mir also nicht mit moralischem Geschwätz. Du bist nicht besser als ich.«

»Sagt das Schwein, das gerade vor meinen Augen einen Unschuldigen kaltblütig ermordet hat!«

»Der Doktor? Unschuldig? Erlaube, dass ich schallend lache. Dieser Mann hat unzählige Menschenexperimente durchgeführt und gefolterte Gefangene so weit wieder zusammengeflickt, damit sie uns vor der nächsten Befragung nicht allzu schnell unter den Fingern wegstarben.« Der Wagen geriet auf der ungeräumten Fahrbahn kurz ins Schlingern. Hugo fluchte wie ein Kesselflicker.

»Wohin fahren wir?«, wiederholte Daisy ihre Frage.

»Zu Hagens Wohnung. Ich muss telefonieren.«

»Und dann?«

»Das erfährst du früh genug.«

Das Baby wimmerte vor Hunger. Daisy legte es an ihre schmerzende Brust. Im Gefängnis hatte ihr die Milch nicht einschießen wollen. Doch nun, als die Lippen ihres Kindes gierig nach der Warze suchten und fest daran saugten, spürte sie, wie es warm und lebendig aus ihr herausfloss. Dem Himmel sei Dank. Zum ersten Mal seit der Geburt durchdrang ein Hoffnungsstrahl die Nebel ihrer Verzweiflung. Und es widerfuhr ihr ausgerechnet in Hugos Limousine auf einer Fahrt ins Ungewisse.

Jäh flammten vor ihnen Scheinwerfer auf. Hugo trat in die Bremse, und der Wagen rutschte gefährlich nah auf die Lichtquelle zu. Eine Straßensperre. Zwei dick vermummte Gestalten mit Maschinenpistolen schälten sich aus dem nächtlichen Schneegestöber.

»Du hältst den Mund, ich rede«, zischte Hugo und kurbelte die Scheibe herab.

»Heil Hitler! Passierschein!«, sagte der eine Posten, während der andere die Waffe im Anschlag behielt. Hugo schaute in ein Milchgesicht und unterdrückte einen Fluch. Diese Jahrgänge, frisch rekrutiert aus der Hitlerjugend, waren die fanatischsten… Hart und dumm. Die konnte man noch nicht einmal überrumpeln. Die schossen zuerst und fragten später. Und er gondelte ohne seinen Gestapoausweis durch die Gegend. »Heil Hitler, Kamerad! Brigadeführer Hugo Brandis zu Trostburg. Ich bringe meine Schwester und ihren neugeborenen Säugling in ihr Elternhaus in Potsdam.« Er tastete seine Jacke nach dem Passierschein ab und fand nur Violettes Zettel mit der Telefonnummer.

Der Soldat lugte indessen durch die Scheibe und sah eine Mutter, die ihr Kind stillte. Hugo fahndete weiter nach dem Dokument. Wo war der verflixte Schein?

Der Wachposten wartete, während dicke Flocken auf ihn herabrieselten.

»Hören Sie, ich bin Chef der Sipo und trage die Uniform eines Brigadeführers«, versuchte es Hugo damit. »Ich habe den Passierschein vermutlich vorhin beim Schneeschippen verloren. Lassen Sie mich einfach durch, bevor wir alle völlig zugeschneit sind.«

»Bedaure, Sie sind mir unbekannt, und die Uniform kann gestohlen sein. Können Sie sich sonst wie ausweisen?«

Nein, du blöder Hornochse!

Der zweite Posten trat näher, beugte sich herab und stieß seinen Kameraden daraufhin an. »Mann, das ist wirklich der Brigadeführer! Ich kenne ihn von einem Vortrag. Lass ihn bloß durch. Heil Hitler, Brigadeführer.« Beide standen nun stramm, und Hugo pinkelte sich vor Erleichterung fast in die Hose. »Haben Sie hier ein Feldtelefon?«, schnarrte er.

»Natürlich.«

»Führen Sie mich hin, ich habe ein wichtiges Telefonat zu erledigen. Du wartest im Wagen, *Liebes*«, beschied er Daisy. Das Feldtelefon befand sich in einem Armeefahrzeug am Straßenrand. Hugo kletterte in das Führerhaus, in dem ein dritter Posten döste. Er warf ihn kurzerhand hinaus und wählte die Nummer.

Das Gespräch dauerte keine zwanzig Sekunden. Im Austausch für die Information, er habe Daisy und das Kind, erhielt er eine Adresse.

Hugo geriet gar nicht erst in Versuchung, seine Dienststelle zu kontaktieren. Nach dieser Aktion wäre er als Chef der Sipo sowieso erledigt. Falk Ebersbach wartete nur auf eine Gelegenheit, um ihn loszuwerden, und selbst wenn man ihm die Geschichte der Erpressung abnahm, gäbe er sich der Lächerlichkeit preis, sobald bekannt wurde, dass er von der eigenen Frau zum Narren gehalten wurde. Seine erste Priorität lautete, am Leben zu bleiben, die zweite: Rache.

Die restliche Fahrt verlief ohne weitere Zwischenfälle. Das Wetter ausgenommen. Die Flocken fielen immer dichter, Hugo rollte auf gut Glück durch einen weißen, wirbelnden Tunnel, und das Geräusch des Scheibenwischers sägte an seinen Nerven.

Die Uhr zeigte nach Mitternacht, als sie am Ziel hielten. Er ließ den Motor an, als fürchtete er, ihn nicht mehr zum Laufen zu bringen. Zu spät kam ihm der Gedanke, dass er Violettes Kontakt völlig ausgeliefert war. Die Person konnte ihn erschießen, sobald er Daisy und das Baby übergeben hatte. Welche Wahl blieb ihm? Jede Minute zählte, und er wollte nur das eine: seine Fracht loswerden und das Gegengift erhalten. Er zog seine Waffe, stieß die Fahrertür auf und rief Daisy über die Schulter zu: »Steig aus!«

Die junge Mutter sah unsicher in die dunkle Nacht. »Hier?«

»Du wirst abgeholt.«

Sie zauderte nicht, schloss den Mantel fest um ihr Kind und fasste nach dem Griff. Jemand kam ihr zuvor und riss die Tür von außen auf. Daisy fand sich aus dem Wagen gezogen und von starken Armen umfangen. Henry? *Henry!* Ihre Beine gaben nach, ihr Mann fing sie auf und trug sie mit ihrem Baby zu einem zweiten

Wagen. Sorgsam bettete er Daisy und ihr Kind auf die Rückbank in ein warmes Nest aus Decken. Erschöpft schloss Daisy die Augen. Endlich dem Schlaf nachgeben, ohne länger darüber wachen zu müssen, dass niemand ihr das Kind wegnahm.

***

Zum ersten Mal seit Monaten erwachte Daisy nicht vor Kälte zitternd auf einer harten Pritsche, sondern in einem weichen Bett unter einem kuscheligen Daunenplumeau. Wenn dies ein Traum war, so wollte sie ihn nicht verlassen. Sie starrte zur stuckverzierten Decke, über die ein langer gezackter Riss lief. Ein realer Riss. Innerhalb von Sekunden kehrte alles zurück. Die heimliche Geburt, die bevorstehende Hinrichtung, Hugos absonderliche Rettungsaktion und eine Schneefahrt durch die Nacht, an deren Ende Henry auf sie wartete.

Henry! Ihr Mann war kein aus Fieber und Schmerzen geborener Traum. Er saß an ihrem Bett, und ihr gemeinsamer Sohn schlummerte friedlich in seiner Armbeuge. Das Baby trug einen Strampler aus Wolle und eine Mütze auf dem empfindlichen Köpfchen. »Oh«, hauchte Daisy, von unsagbarer Liebe und Dankbarkeit erfüllt.

»Darling, du bist wach!« Henry nahm ihre Hand und presste seine Lippen darauf. »Ihr seid in Sicherheit.«

»Wo sind wir?« Noch leicht verwirrt richtete sich Daisy auf, und ihre Arme streckten sich sofort nach dem Kind aus. Sie musste seinen kleinen, zarten Körper spüren, sich selbst vergewissern, dass es ihm gut ging. Ihre Erschöpfung, ihre zerschlagenen Glieder nahm sie nicht wahr, dieser Augenblick gehörte ganz dem Glück, ihr Kind warm und sauber an sich halten zu können. Ihm endlich den Schutz zu gewähren, den dieses winzige Wesen verdiente. Sie konnte alles ertragen, jedes Leiden, jedes Übel, jeden Kummer, nur nicht, als Mutter das eigene Kind nicht schützen zu können. Das Baby rührte sich, öffnete den rosigen Mund und gab einen Laut von sich, der von völliger Zufriedenheit gesättigt war. Da endlich ließ Daisy ihre Tränen los, die sie so lange zurückgehalten hatte. Henry rutschte zu ihr aufs Bett und legte den Arm um sie. Während sie lautlos an seiner Brust weinte, lauschte sie seiner ruhigen Stimme und erfuhr die Umstände ihrer Rettung. Ein warmes und dankbares Gefühl durchströmte Daisy, als sie von Violettes Rolle in dem Drama erfuhr. Henry schloss mit den Worten: »Wir sind in der Villa meines alten Freundes Andrasz in Halensee untergeschlüpft.« Erstaunt hob sie den Kopf: »Wir sind bei Graf Pocci?«

»Ja, er brennt darauf, dir seine Aufwartung zu machen. Aber zuerst gebe ich Mitzi Bescheid.«

Wie aufs Stichwort öffnete sich leise die Tür, und Mitzi schaute herein. Ihr Mund verbreitete sich zu einem Lächeln. »Wie schön, du bist endlich aufgewacht!« Sie brachte ein Tablett mit. »Ich habe eine gute Brühe für dich gekocht.« Die Suppe duftete derart verführerisch, dass es Daisy vor Hunger schwindelte.

»Ich lasse euch kurz allein«, erklärte Henry.

Die beiden Freundinnen umarmten sich vorsichtig, zwischen ihnen regte sich das Kind. Mitzi fuhr ihm über die winzige Nasenspitze. »So ein süßer Fratz. Aber du siehst echt Brezel aus, Daisy. Du musst etwas essen und wieder zu Kräften kommen. Gib mir deinen Sohnemann, solange du isst.«

Daisy löffelte den Teller leer, und danach stillte sie ihr Kind.

»Wie heißt er denn?«, fragte Mitzi.

»Vorerst Klein Henry.« Klein Henry hatte seine Mahlzeit beendet. Daisy küsste sanft sein Köpfchen. Es klopfte. Henry kehrte an der Seite ihres Gastgebers zurück.

»So eine Freude, Sie wiederzusehen, Contessina!«, begrüßte Graf Pocci Daisy liebenswürdig. »Haben Sie und Ihr Putzerl alles, was Sie brauchen?«

»Danke, lieber Graf. Es tut gut, Sie wohlauf zu sehen.«

»Ganz meinerseits, Contessina, ganz meinerseits. Es ist eine solche Schande, was man Ihnen angetan hat. Es sind böse Zeiten. Und ich bringe keine guten Nachrichten. Eben traf eine Warnung ein. Meine Verhaftung steht bevor. Es tut mir leid, aber Sie sind hier nicht länger sicher.«

»Verdammt!«, rief Mitzi. »Und mit nach Bad Wiessee könnt ihr nicht, weil Hugo euch da zuerst suchen würde!«

»Denkst du, er wird Rache üben?«, fragte Daisy und übergab Henry den Säugling, bevor sie die Decke zurückschlug.

»Keine Ahnung, was sein krankes Hirn ausbrütet. An mich traut er sich wegen meines Mannes nicht heran. Wir hätten dieses Schwein verrecken lassen sollen.« Mitzi nahm einen Kleiderstapel vom Stuhl. »Hier sind warme Sachen für dich, Daisy.« Henry verkündete: »Ich gehe mich rasch nebenan umziehen.« Der Graf übernahm Klein Henry und wandte sich diskret ab, während Mitzi Daisy beim Ankleiden half. Zuletzt schlüpfte Daisy in einen weiten Wollmantel, unter dem Klein Henry in eine Decke gewickelt bequem Unterschlupf fand. Henry kehrte just in der Uniform eines ranghohen SS-Offiziers zurück. Auf seiner Oberlippe klebte ein Bart.

Mitzi reichte Henry eine Tasche mit Vorräten und Babysachen. Der Graf verabschiedete sie an der Hintertür, die in den Hof mit den Garagen führte. Als Henry, Daisy und Mitzi aus der Tür traten, versanken sie bis zum Knöchel im Schnee. Daisys und Mitzis

Wege würden sich hier trennen. Mitzi wurde von ihrem Mann, Werner von Blomberg, in einer Pension am Kurfürstendamm erwartet, kaum zehn Minuten Fußmarsch entfernt. Die Freundinnen umarmten sich mit Tränen in den Augen. Es war ungewiss, ob sie sich in diesem Leben wiedersehen würden. Mitzi löste sich als Erste und stapfte energisch davon.

Henry nahm Daisy bei der Hand.

»In Stralsund wartet ein Flugzeug. Wir fliegen nach Schweden, tanken da auf, und von dort geht es nach England.«

»Was ist mit meiner Familie? Mit Großmutter, Mutter und Vater?«

Henrys Finger in den ihren zuckten. Da wusste Daisy, dass er ihr etwas verschwieg. »Was ist passiert?« Statt einer Antwort ließ er sie los und schob das Tor der Garage auf. Darin parkte ein Stoewer, ein robustes Militärfahrzeug der Wehrmacht. Henry öffnete die hintere Tür, warf die Tasche hinein und hielt sie für Daisy auf. Sie ignorierte die Geste. Er seufzte ergeben. »Hagen hat deine Mutter im Juli verhaftet. Sie …«

»Nein!«, stieß Daisy entsetzt aus. So viele waren nach dem gescheiterten Stauffenberg-Attentat hingerichtet worden. Sie wurde von Schwäche geflutet, es fühlte sich an, als würde sie in den Schnee hinabgezogen. Henry umklammerte ihre Schultern. »Sie lebt, Darling, hörst du? Deine Mutter lebt!«

»Sie lebt?« Ihre Stimme war nur ein Hauch. Sie sah hinunter auf das verhüllte Köpfchen ihres Sohnes, der friedlich an ihrer Brust schlummerte. Ihr eigenes Herz schlug weiter.

»Es ist ihr gelungen, Hagen zu entwischen und nach Frankreich zu fliehen. Paris wurde im August befreit, sie ist dort sicher.«

Daisy spürte sein Zögern. »Und Vater?«

»Er ist tot, Liebes. Ein Herzinfarkt, am Tag, als Hagen deine

Mutter holen kam. Es ging ganz schnell. Deine Großmutter sagte mir, ihr Sohn habe nicht gelitten. Es tut mir sehr leid. Komm jetzt, Darling, steig in den Wagen. Ich erzähle dir alles Weitere während der Fahrt.«

»Wo ist Großmutter? Hat sie das Gut verlassen?«

»Nein, sie wollte dortbleiben. Dein Onkel Waldo, Franz-Josef und einige Bedienstete sind bei ihr.«

»Aber… im Gefängnis hörte ich davon reden, die Russen würden alles überrennen, und in Kürze stünden sie vor Berlin. Sobald sie über die Oder kommen, werden sie Stettin erreichen und somit auch Tessendorf!«, meinte sie verschreckt.

Henry holte Luft. »Deine Großmutter weigert sich, das Gut zu verlassen.«

»Wann hast du mit ihr gesprochen?«

»Gestern Abend von Poccis Apparat aus. Sie lässt dir ausrichten, keine Dummheiten zu machen und mit mir nach England zu fliehen.«

»Aber ich kann Großmutter unmöglich ihrem Schicksal überlassen! Hast du ihr von Klein Henry erzählt?«

»Natürlich. Bitte, komm jetzt, Darling.«

»Warte.«

Henry brach langsam der Schweiß aus. Wertvolle Minuten verstrichen, während sie hier standen und diskutierten. »Und wenn wir sie anrufen und du selbst mit ihr sprechen könntest?«, versuchte er es.

»Aber Tessendorf liegt auf dem Weg nach Stralsund! Wir könnten Großmutter abholen!«

»Es wären trotzdem fast dreißig Kilometer Umweg, und es schneit! Denk an unser Kind!«

»Das tue ich! Außer, du willst Klein Henry später erklären,

seine Eltern hätten seine Urgroßmutter im Stich gelassen. Und ich möchte mich an Papas Grab von ihm verabschieden!« Ihr Kleiner regte sich. Daisy gab ihm ihren Zeigefinger zum Nuckeln, doch das Baby drehte sein hochrotes Gesichtchen weg und kniff es fest zusammen. Die trompetenartigen Laute ließen keinen Zweifel: Klein Henry füllte seine Windel. »Ich muss ihn nochmals wickeln«, erklärte Daisy prompt.

»Das kannst du auch im Wagen erledigen. Bitte, komm.« Henry fasste nach ihrem Arm.

»Nein!« Sie entwand sich ihm und schritt durch den Schnee zurück zum Haus.

Er ahnte, was sie vorhatte: mit Sybille telefonieren! »Du verschwendest nur Zeit, Daisy! Deine Großmutter wäre die Erste, die dir dein verrücktes Vorhaben ausreden würde.«

»Dann soll sie es mir selbst sagen!«

Dieses sture Weib! Henry war so zornig, dass es ihn wenig gewundert hätte, wäre der Schnee unter seinen Füßen geschmolzen. Notgedrungen folgte er seiner Frau, nachdem er sich die Tasche vom Rücksitz wieder geschnappt hatte.

»Sie sind noch da? Mit Verlaub, Sie sind ein Narr!«, erklärte Pocci Henry.

»Verzeihung, Graf Pocci, es ist ein Notfall. Meine Frau muss dringend telefonieren.« Henry streckte die Arme nach seinem Sohn aus, und Daisy legte ihm das Bündel hinein.

Der Graf wies ihnen den Weg zum Studierzimmer. Eine brennende Kerze und ein Glas Rotwein auf dem Sofatisch verrieten, dass Pocci nicht vorhatte zu fliehen. Während Henry sich auf den Teppich kniete und seinen Sohn aus der Kleidung schälte, hob ihr Gastgeber den Hörer, wählte die Zentrale und ließ sich von Daisy die Nummer des Gutes diktieren. Es kam keine Verbindung nach

Tessendorf zustande, das Fräulein vom Amt bedauerte, aber die Leitung sei tot.

»Eh ein Wunder, dass das Telefon so lange funktioniert hat.« Pocci reichte Daisy sein Glas. »Trinken Sie einen letzten Schluck zur Stärkung, Contessina. Ist ein guter Tropfen aus meiner Heimat.«

Daisy nahm einen Schluck. Der Graf wirkte ehrlich betrübt. »Bitte, jetzt sollten Sie wirklich gehen. Das hier ist kein guter Ort für Sie und Ihr Putzerl.«

»Er hat recht«, meldete sich Henry, der die Operation frische Windel beendete und eben die Füße seines Sohnes in den Strampler fädelte. Daisy griff Klein Henrys Mützchen. »Reicht unser Kraftstoff?«, fragte sie nachdenklich.

Henry erstarrte. »Das ist jetzt nicht dein Ernst!«

»Die Verbindung nach Tessendorf ist tot. Versteh doch«, beschwor sie ihn. »Sie ist meine Großmutter. Ich kann sie, Waldo und Franz-Josef nicht im Stich lassen. Wenn ihnen etwas geschehen sollte… Bitte, Henry. Ich würde mir sonst ewig Vorwürfe machen. Außerdem hat es aufgehört zu schneien!«

Henry nickte. Hauptsache, sie verließen jetzt das Haus. An der Tür ließ Henry Daisy den Vortritt. Er selbst wandte sich nochmals an Graf Pocci und wies auf die Bibel auf dem Schreibtisch. Der Lauf eines Revolvers lugte darunter hervor. »Sie müssen das nicht tun, Graf. Warum kommen Sie nicht mit uns?«

»Ach, wissen Sie«, der Graf war seinem Blick gefolgt, »ich hab das Spiel lange genug mitgemacht und meinen letzten Zug getan. Das Ende des Krieges ist nahe. Um den Frieden sollen sich andere kümmern.«

Henry lenkte den Wagen durch die leeren Straßen von Halensee. Sie fuhren, aber es bedeutete nicht das Ende der Diskussion um ihr Fahrtziel. Henry kämpfte weiter, machte Daisy die Gefahren ihrer Flucht deutlich, aber seine Frau hatte auf alles eine Antwort.

»Hugo hat dem Wachhabenden erklärt, er würde mich pünktlich zur Hinrichtung abliefern. Jetzt ist es vier Uhr, das heißt, uns bleiben vier Stunden Zeit, bis Alarm geschlagen wird. Bis dahin haben wir Großmutter in Tessendorf eingesammelt und sind fast schon in Stralsund. Das muss doch zu schaffen sein!«

»Aber nicht mitten in einem Krieg! Die Straßen wimmeln schon jetzt vor Flüchtlingen aus den rückeroberten Ostgebieten. Davon abgesehen wird nach uns gefahndet!«

»Kein Mensch wird uns im Osten vermuten!«

»Stimmt! Nach Osten ziehen allein deutsche Kampfverbände. Du bist gerade erst dem Strang entkommen, Daisy. Niemand, der seine sieben Sinne beisammenhat, würde je sein Glück derart auf die Probe stellen!«

»Ich bin vor allem niemand, der seine Großmutter im Stich lässt, wenn die Möglichkeit besteht, sie zu retten!«

Sie waren beide wütend. Henrys Kopf sank für eine Sekunde aufs Lenkrad. Sie hatte gewonnen, und sie wusste es. Daisy lehnte sich nach vorn und rieb ihre Wange an seiner Schulter. »Und wenn es deine Großmutter wäre?«, raunte sie in sein Ohr.

Henry bog links ab in Richtung Pankow. Unbehelligt schafften sie es bis zur Autobahn nach Stettin. Ein Kontrollposten in Niederschönhausen winkte ihr Fahrzeug einfach durch, vielleicht in der Annahme, sie gehörten zum letzten Aufgebot, das in Richtung Ostfront zog. Vielleicht war er einfach nur müde und fror. Vielleicht war es ihm auch auf tausend andere Arten egal.

Erneut setzte Schneefall ein. Nichts, womit der robuste Stoewer nicht fertigwurde, doch die wirbelnden Flocken erschwerten die Sicht. Daisy sah aus dem Fenster und fühlte sich wie im Inneren einer Schneekugel gefangen.

Henry hatte es prophezeit. Auf der Straße wälzte sich ihnen eine endlose graue Kolonne von Flüchtlingen auf Pferdekarren entgegen. Erschöpfte Menschen und ihre erschöpften Tiere. Feldgendarmen auf Motorrädern preschten umher und drängten die Karren rücksichtslos an den Rand, um Platz zu schaffen für die deutschen Kampfverbände, die in Richtung Front zogen. Der Krieg hatte Vorfahrt. Henry hängte sich mit seinem Militärfahrzeug unmittelbar hinter die Soldaten. Auf diese Weise kamen sie tatsächlich voran, wenn auch oftmals nur im Schritttempo. Daisy beobachtete das Geschehen mit Grauen. Der armselige Treck zog durch Schnee und Kälte nach Westen ins Ungewisse, die Wehrmacht vermutlich in den Tod. Das Sterben begegnete einem auch im Straßengraben. Menschen, die auf der Flucht ihr Leben ließen und die man liegen ließ, weil niemand noch über die Kraft verfügte, die gefrorene Erde aufzuhacken. Mehr als fünf Jahre Krieg und Wahnsinn, und das war das Ergebnis.

Niemand hielt ihren Wagen auf oder kontrollierte ihre Papiere. Aber sie kamen viel zu langsam voran. Der Morgen dämmerte, und es schneite weiter, ein reines, unschuldiges Himmelsweiß, das heiter in der grauen Luft tanzte, Flocke für Flocke ein Leichentuch webte und es über die menschengemachten Gräuel breitete. Für eine Weile erhielten die Toten im Graben ihre Würde zurück.

Zwanzig Kilometer vor Stettin stieß plötzlich ein Flugzeug aus den Wolken herab. Es flog so tief, dass der rote Stern am Rumpf deutlich zu erkennen war. »Eine Iljuschin!«, schrie Henry. »Sofort raus!« Sie flüchteten in die verschneiten Felder und warfen sich flach auf den Boden. Wie ein Feuer spuckendes Ungeheuer mähte die Maschine mit Maschinengewehrsalven über den Treck hinweg, schoss Wagen und Karren in Brand, zerfetzte Mensch und Tier und verschwand genauso schnell wieder, wie es über sie hereingebrochen war. Sie hatten Glück, der Stoewer war mehr oder weniger intakt geblieben.

Vor Stettin überquerten sie die Oder, passierten Pritzlow, Möhringen, Brunn und Polchow. Wenige Kilometer trennten sie noch von Tessendorf. Acht Stunden hatten sie bisher gebraucht, eine schweigsame Fahrt, getränkt von ungesagten Worten. Im Gefängnis hatte Daisy von Henry geträumt und sich an die schwindende Hoffnung geklammert, dass ein Wunder geschehe und er sie retten würde. Nun, da es eingetreten war, sprachen sie nur das Nötigste miteinander. Daisy ersetzte es durch Selbstgespräche. Henry musste verstehen, dass sie nicht anders handeln konnte. Hatte sie nicht ebenso Verständnis für ihn aufgebracht, als es ihn nach jahrelanger Kriegsgefangenschaft dazu drängte, seinen Kameraden zu Hilfe zu eilen?

Die Gegend wurde Daisy immer vertrauter. Die Wälder, durch die sie mit Louis, Mitzi und Willi gestreift war. Die Wege, die sie auf Nereide und Orion unzählige Male entlanggeritten war. Der Hügel, auf dem sie rodeln waren und hinter dem der Tessensee lag. Süße Erinnerungen an eine unbeschwerte Zeit.

Das Gut kam in Sicht. Als sie sich dem Haupthaus durch die geschwungene Allee näherten, fiel es Daisy schwer zu glauben, dass Krieg herrschte. Der matte, weite Himmel, das hügelige, von Feldern umgebene Land und der unberührte Schnee, der so rein schien wie die Seele der Erde, alles strahlte einen herzzerreißenden Frieden aus. Bis auf die geschlossenen Fensterläden in den oberen Geschossen wirkte das Gutshaus unverändert, eine Insel inmitten einer untergehenden Welt. Aber nichts würde je mehr so sein wie zuvor. Als Daisy aus dem Wagen stieg, spürte sie eine Stille, die direkt nach ihrem Herzen griff.

Das Eingangsportal schwang auf. Als Daisy Franz-Josef in seiner stilvollen Butleruniform erkannte, hätte sie sich am liebsten weinend in seine Arme geworfen. Mit der ihm eigenen Nobilität schritt er die Treppe herab auf sie zu. »Willkommen zu Hause, Komtess. Wir haben Sie bereits erwartet. Mein Beileid zum Verlust Ihres Vaters«, nahm er sie in Empfang.

Ihre Großmutter saß aufrecht im Salon, im Hintergrund behütet durch Onkel Waldos mächtige Gestalt, auch wenn seine Schultern nun etwas nach vorne fielen.

»Nie tust du das, was man dir sagt, Marguerite«, grollte Sybille. »Dein armer Mann kann einem leidtun. Zeig mir meinen Urenkel.« Sie streckte die Arme aus. Daisy legte Klein Henry hinein und flüsterte erstickt: »*Papa...*«

»Ich weiß. Es ging schnell. Dein Vater hat nicht gelitten.«

Almut, die Zofe ihrer Mutter, erschien. »Du bist noch hier?«, fragte Daisy überrascht.

»Natürlich, Komtess. Wo sollte ich hin? Ich bin hier geboren, meine Familie lebt seit Generationen in Tessendorf. Mamsell Theres und Stallmeister Zisch sind auch noch da. Außerdem mein kleiner Bruder Friedhelm und zwei Küchenmädchen.«

»Und Anton?«

»Den hat der Volkssturm geholt.«

Nachdem Daisy Klein Henry gebadet und gefüttert hatte, bettete sie ihn in die herbeigeholte Familienwiege. Einige Minuten gab sie sich dem Luxus hin, ihren Kleinen beim seligen Schlummer zu betrachten. Gestern noch konnte sie von diesem fernen Glück nur träumen. Verrat und Hass hatten ihr Herz entzweigebrochen, doch dieses winzige, geliebte Wesen fügte die Teile wieder zusammen. Daisy erlaubte sich den Luxus, sich zu waschen und saubere Kleidung anzulegen. Sie nahm sich Zeit, zog es bewusst in die Länge. Sie hatte sich Henry gegenüber scheußlich benommen – wie ein verzogenes Kind, das seinen Willen durchsetzen wollte. Sie begab sich nach unten.

Im Speisesalon fand sie Sybille, Henry und Waldo versammelt.

Henry sprang bei ihrem Erscheinen sofort auf. »Ist dir kalt? Soll ich dir eine Decke holen?« Seine Hände ruhten warm und tröstlich auf ihren Schultern.

»Du... bist mir nicht böse?«, fragte Daisy beschämt.

»Nach allem, was du durchgemacht hast? Ich bitte dich, mein Liebling.«

Daisys Brust zog sich schmerzhaft zusammen. Das gedämpfte Licht und die Enge des geschlossenen Raums... Plötzlich glaubte sie sich zurück in der Zelle. Ihre Hand fuhr zur Kehle.

»Darling, was ist mit dir?«, rief Henry erschrocken.

»Bitte, wäre es möglich, kurz ein Fenster zu öffnen?«, stammelte sie.

»Natürlich!« Henry riss das Fenster auf und stieß die Läden zurück. Kalte Luft und bläuliches, vom Schnee reflektiertes Nachmittagslicht strömten herein.

Ihre Großmutter ergriff ihre Hand und drückte sie. »Nun bist du da und erholst dich erst einmal.« Sie klingelte, Franz-Josef erschien. »Gebt der Mamsell Bescheid, wir sind so weit.«

»Sehr wohl.«

Plötzlich öffnete sich die Tür erneut, und Zisch humpelte herein. Daisy begrüßte den Stallmeister warm. Verlegen wehrte der alte Griesgram sie ab, dabei ertappte ihn Daisy bei einem heimlichen Lächeln. Bevor sie sich nach Orion erkundigen konnte, hatte er ihr versichert, ihrem Pferd ginge es bestens.

Das Essen kam. Henry empfahl Daisy, wenig und in kleinen Happen zu essen. Nach all den Entbehrungen könnte sonst ihr Magen revoltieren.

»Großmutter, hast du etwas von meiner Mutter gehört?«

Sybille sah von ihr zu Henry. »Ich weiß nicht mehr als dein Mann. Seit Yvette Hagen im Juli entwischte und mit einer kleinen Gruppe französischer Kriegsgefangener aufgebrochen ist, habe ich nichts mehr von ihr gehört. Sie wähnte deine Flucht mit Henry geglückt, sonst wäre sie geblieben. Hagen ist übrigens überzeugt, deine Mutter sei mit einem der Franzosen durchgebrannt.«

»Hagen lag schon immer gern daneben. Wo steckt er, Großmutter?«

Sybilles Mund zuckte verächtlich. »Keine Ahnung. Vielleicht in Stettin, vielleicht tot. Oder er leckt in Berlin Stiefel. Er hat sich hier seit Oktober nicht mehr blicken lassen.«

»Und wo ist Frau Kulke?«

Sybille und Waldo sahen sich an. Waldo antwortete: »Sie ist am Tag der Beerdigung deines Vaters verschwunden.«

»Verschwunden? Aber wie...?«

»Wir haben überall nach ihr gesucht. Dann entdeckten wir, dass ihr Strickzeug fehlte. Wir glauben, sie ist einfach gegangen.«

Plötzlich sprang Henry auf und eilte mit gezogener Waffe zum Fenster.

»Was ist?«, fragte Daisy alarmiert

»Ich bin mir nicht sicher. Irgendetwas ist da draußen. Vielleicht nur ein Deserteur. Ich werde nachsehen. Waldo, du bleibst bei den Damen.«

Waldo nickte und griff zu einer bereitstehenden Jagdflinte. Zisch tat es ihm gleich. Henry schlüpfte zur Tür hinaus, und Franz-Josef trat ein.

»Franz-Josef«, sagte Sybille, »es könnte sein, dass wir Besuch bekommen. Ist alles bereit?«

»Selbstverständlich.«

»Gut, meine Waffe, bitte.«

»Sehr wohl.«

»Was ist denn los?«, wiederholte Daisy.

»Eure Ankunft könnte nicht unbeobachtet geblieben sein.«

»Du glaubst, Hagen lässt das Gut überwachen?«

»Das oder Verrat. Auf meine Leute kann ich mich verlassen. Allerdings sind auch Zwangsarbeiter und mehrere ausgebombte Stettiner Familien auf dem Gut untergebracht. In der Schnitterkaserne und im Verwalterhaus. Eine Anordnung Hagens.«

Henry platzte zurück in den Raum. »SS-Männer, ungefähr ein Dutzend! Hagen führt sie an. Es sind zu wenige, um das Haus ganz zu umzingeln.«

»Was hat er vor?«, fragte Daisy.

»Vermutlich plant er, das Überraschungsmoment zu nutzen und sich irgendwo heimlich mit seinen Leuten Zutritt zu verschaffen. So würde ich es machen.«

»So leicht kommt er nicht herein«, meinte Sybille. »Fenster und Terrassentüren im Erdgeschoss sind wegen der Verdunkelungspflicht fest von innen verriegelt. Egal, wo sich Hagen zu schaffen macht, wir würden es rechtzeitig merken.« Sybille prüfte die Trommel ihres Revolvers.

Henry sah es und erlaubte sich ein halbes Lächeln, bevor er sich seiner Frau zuwandte. »Darling«, wies er sie an, »hol Klein Henry, und geh mit ihm nach unten in die Küche. Dort seid ihr vor Beschuss sicher.«

Daisy stellte seine Autorität nicht infrage. Sie eilte die Treppe hinauf in ihr Zimmer. Während sie ihren schlummernden Sohn aus der Wiege nahm, unterrichtete sie Almut über die drohende Gefahr. »Pack ein paar Tücher und Decken ein, und folge mir in die Küche.« Sie nahmen den verkürzten Weg über die Dienstbotentreppe.

Franz-Josef hatte inzwischen die übrige Dienerschaft zusammengerufen und sie über die Lage in Kenntnis gesetzt. Der Ausgang im Souterrain, der zu einer kleinen Außentreppe führte, war bereits verrammelt und mit einem hochkant gestürzten Tisch verstärkt worden. Franz-Josef postierte Almuts zwölfjährigen Bruder Friedhelm mit einem Gewehr davor. Theres umklammerte eine Bratpfanne, bereit, sie auf jeden vorwitzigen Kopf niedersausen zu lassen, und gesellte sich zu Friedhelm. Die beiden Küchenmädchen hantierten eher nervös mit ihren Revolvern, mühten sich aber um tapfere Mienen.

Daisy beriet sich kurz mit Franz-Josef. Sie kamen überein, dass sich Almut mit Klein Henry im Weinkeller bereithalten sollte. Während Franz-Josef die Küchenmädchen nach oben brachte, kehrte Daisy in die Eingangshalle zurück. Ihre Großmutter saß dort unter dem riesigen Kronleuchter in ihrem Stuhl. Neben ihr stand Zisch und stützte sich auf sein Gewehr. »Wo sind die anderen?«, fragte Daisy.

»Waldo holt etwas aus seinem Labor, Henry behält aus meinem Schlafzimmer Terrasse und Gartenanlage im Auge, und Franz-Josef ist mit den Mädchen im Jagdzimmer. Sie laden alle Waffen und Munition zur Verteilung auf eine Schubkarre.«

Daisy besorgte sich eine Pistole und ging hinauf zu Henry. »Das habe ich mir gedacht«, begrüßte er seine Frau mit Blick auf ihre Waffe.

»Ich werde mich nicht kampflos ergeben!«

»Ich weiß, Darling.« Er schlang einen Arm um sie und drückte sie kurz an sich, während sein Augenmerk weiter auf draußen gerichtet blieb.

»Denkst du, Hagen hat vor, das Haus zu stürmen?«

»Möglich, dass er seine Leute vorschickt. Allerdings dürfte ihm klar sein, dass er mit Gegenwehr rechnen muss. Da er zu wenig Männer hat, wird er das Risiko genau abwägen.«

Ein Motorengeräusch und ein Hupen waren zu hören. Henry ruckte herum. Instinktiv schob er Daisy hinter sich. »Das ist vorne an der Auffahrt! Du bleibst hier und behältst die Terrasse im Auge. Es könnte ein Ablenkungsmanöver sein. Ich gehe nachsehen.« Er spurtete los. Minuten vergingen. Daisy wurde unruhig. Henry kehrte zurück. »Hagen gibt uns eine halbe Stunde. Wenn wir uns bis dahin nicht ergeben haben, lässt er das Haus stürmen.«

»Also liefern wir uns eine Schlacht?«

»Nein, das würde unsere Niederlage nur hinauszögern. Ich will nicht, dass jemand im Haus Schaden nimmt. Hagen kann jederzeit Verstärkung anfordern, wir haben nur uns.«

Sie las es in seinem Gesicht. »Du willst dich ihm ergeben?«, rief sie erschüttert.

Henry straffte sich wie zu einem Gelübde. »Er will mich, den britischen Spion, nicht dich. Das ist sein Angebot. Ich werde es annehmen.«

Daisy wurde wütend. »Oh, du verdammter Brite! Komm mir nicht in diesem feierlichen Ton! Ich werde nicht zulassen, dass du dich ihm auslieferst!«

»Sei doch vernünftig. Denk an Klein Henry!«

»Das tue ich! In welcher Welt soll unser Kind aufwachsen, wenn die Guten sich opfern und nur die Bösen übrig bleiben?«

»Kinder, Kinder! Hört auf rumzutrödeln. Streiten könnt ihr euch später noch genug.«

Sie fuhren herum. Waldo grinste sie an, eine fette Zigarre glomm in seinem Mundwinkel. Angesichts ihrer bedrohlichen Lage wirkte er geradezu obszön vergnügt. Er hob den Zeigefinger und sagte: »Ich habe einen Plan.«

»Was denn für einen Plan?«, fragte Daisy verdattert.

»Bumm«, antwortete Waldo.

Großmutter Sybille hatte stets befürchtet, Waldo lagere genug Chemikalien in seinem Labor, um eines Tages das gesamte Gut in die Luft zu jagen. Wie sich herausstellte, war das keine Untertreibung. Henry staunte. Waldo umriss dem Briten in knappen Worten seinen Plan. Das Ultimatum Hagens vor Augen legten sie mit den Vorbereitungen los. Als Erstes jedoch wurde der junge Friedhelm von Henry und Waldo mit einem wichtigen Auftrag losgeschickt. Durch ein Kellerfenster an der Stirnseite, das nicht überwacht wurde, weil es für einen Erwachsenen zu eng war, verließ der schmale Friedhelm das Haus. Die Übrigen folgten Henrys und Waldos Anweisungen, rollten Lunten aus und präparierten systematisch Türen und Fenster. »Keine Sorge, es wird tüchtig rumsen, aber der Schaden hält sich insgesamt in Grenzen«, versicherte Waldo Sybille.

»Solange die Küche intakt bleibt, ist mir alles recht«, erklärte Sybille mit bewundernswertem Gleichmut.

Waldo wollte die Detonationen als Kette auslösen, jeweils im Abstand von wenigen Sekunden. Sie dienten als Ablenkungsmanöver, während Henry den zugemauerten Eingang zum Schmugglerloch freisprengen würde. Von dort konnten sie direkt zur Scheune neben den Stallungen flüchten, in dem der Stoewer versteckt war. Während alle daran arbeiteten, Waldos Plan umzusetzen, behielten Sybille und Zisch weiterhin den Haupteingang im Auge. Daisy eilte kurz nach oben in Louis' früheres Zimmer. Sie holte seinen großen Rucksack und stopfte ihn mit warmer Kleidung voll. Sie selbst streifte noch eine Hose und einen Pullover über und schlüpfte in ihre gefütterten Stiefel. Sie war schon halb auf dem Weg nach unten, als ein Impuls sie ins Zimmer ihres Vaters trieb. Sie fand, was sie suchte, stopfte es ebenfalls in ihren Rucksack und kehrte in die Halle zurück. Zisch schien kurz verschwunden. »Hier, Großmutter, zieh das über.« Daisy reichte ihr warme Kleidung.

»Mir ist nicht kalt«, sagte Sybille.

»Aber du wirst die Sachen brauchen. Draußen ist es eisig.«

»Ich werde Tessendorf nicht verlassen. Hagen ist viel zu feige, um Hand an mich zu legen.«

»Aber Großmutter! Es geht nicht um Hagen allein! Die Russen werden bald hier sein. Du riskierst den Tod!«

Sybille lachte hart auf. »Ob hier, ob da, ich werde überall das Zeitliche segnen, oder? Solange ich es mir aussuchen kann«, ihr Stock klopfte energisch auf den Boden, »will ich hier sterben, auf meinem eigenen Grund und Boden.«

»Bitte, Großmutter«, rief Daisy der Verzweiflung nahe, da ihr dämmerte, wie wenig Hoffnung bestand, sie zur Flucht zu bewegen. Sie nahm Sybilles Hand und schmiegte ihre Wange hinein: »Komm mit mir und Henry, ich flehe dich an! Du hast einmal gesagt, du willst hundert werden. Bis dahin sind es noch neun Jahre! Bitte sei dabei, wenn dein Urenkel seine ersten Schritte tut.«

Sybille entzog ihr die Hand, allerdings nur, um ihrer Enkelin sacht über den Kopf zu streichen. Eine Geste, die sich leicht anfühlte, aber bereits die volle Schwere des Abschieds in sich trug. »Lass es gut sein, Marguerite. Mein ganzes Leben habe ich

Vabanque gespielt, und nun werde ich eben alles verlieren. Ich habe meinen Frieden damit gemacht. Geh du mit Henry, bevor es zu spät ist. Er ist ein guter Mann. Das Einzige, was jetzt noch Bedeutung hat, ist, dich und meinen Urenkel in Sicherheit zu wissen. Lebe ein glückliches und erfülltes Leben, Daisy. Mach es besser als ich.«

Henry kam. »Noch drei Minuten«, sagte er ernst. »Alles ist vorbereitet. Wir müssen jetzt nach unten!«

Daisy reichte ihrem Mann eine dicke Jacke. Während er hineinschlüpfte, sah er fragend von Daisy zu Sybille. »Großmutter wird uns nicht begleiten«, erklärte Daisy mit einer Stimme, als steckte ein glühendes Kohlenstück in ihrem Hals.

»Nun geht endlich! Rettet meinen Urenkel!«, mahnte Sybille. »Und vielleicht könnt ihr ihm eines Tages unsere Heimat Tessendorf zeigen... *Servus.*«

Über Daisys Wangen strömten Tränen.

Waldo kam angestiefelt. »Es kann losgehen! Alle sind auf ihren Posten.« Waldo zog Daisy ohne Umstände in seine Arme, und sie fand sich von einer Mischung aus Schießpulver, Zigarre und unvergesslichen Erinnerungen umfangen. »Leb wohl, kleine Bumm. Ich bin stolz auf dich!« Daisy warf einen letzten zögerlichen Blick zurück auf ihre Großmutter. »Nun verschwindet schon!«, sagte Sybille rau. Daisy eilte an Henrys Seite davon.

Durch die Eingangstür klang dumpf Hagens drohende Stimme: »Die dreißig Minuten sind um! Komm raus, du Verräter, oder wir stürmen das Haus! Dann gibt es Tote!«

Sybille straffte sich. »Hier spricht deine Großmutter! Noch drei Minuten, Hagen. Deine Schwester verabschiedet sich gerade von ihrem Mann.«

Rasch hob Waldo Sybille darauf aus ihrem Stuhl und brachte

sie zu ihrem Schutz ebenfalls nach unten in die Küche. Dann lief er davon, um die Sprengsätze zu zünden.

Almut kam herauf und übergab in der Küche Klein Henry an seine Mutter. Sie half Daisy, sich den schlummernden Kleinen wie eine Ackerbäuerin mit einem Wollschal vor die Brust zu binden. Darüber drapierte Daisy ihren weiten Mantel. Die Kochmamsell verstaute einen Beutel Proviant und eine Kanne Tee im Rucksack, bevor Henry ihn schulterte. Eine letzte Umarmung, ein letztes Lebewohl, und sie brachen auf. Sybille blieb mit Almut bei der Mamsell in der Küche. Henry eilte voraus durch den Weinkeller ins Schmugglerloch und entzündete die Lunte des Sprengsatzes. Dann rannte er zurück zu Daisy und verschanzte sich mit ihr hinter der Tür zum Weinkeller. Daisy hielt den Mantel fest über Klein Henry geschlossen, Henry schirmte sie zusätzlich mit seinem Körper ab. Im Erdgeschoss detonierten die ersten beiden Sprengsätze, nur Sekunden später folgten die nächsten Explosionen. Und dann ging auch schon das Dynamit am Schmugglerloch hoch. Ihr Fluchtweg war frei. Nun musste es schnell gehen. Geduckt rannte Daisy hinter Henry durch eine Wolke aus Staub und Rauch.

***

Hagen und zwei seiner SS-Männer hatten sich auf der steinernen Treppe des Eingangs positioniert, als Waldo ein Riesenloch in das Eichenportal sprengte. Die Druckwelle warf die drei um und verpasste ihnen ein paar Schrammen, ohne sie ernstlich zu verletzen. Hagen schüttelte sich wie ein Hund, rappelte sich hoch und starrte verblüfft auf die rauchenden Trümmer. Das Haus stand ihm offen! Er stürmte in die Halle. Der nächste Sprengsatz detonierte links im kleinen Salon. Die Druckwelle war heftiger als die vorherige. Erneut riss es Hagen von den Beinen. Eine dritte Sprengung folgte unmittelbar darauf. Der schwere Kronleuchter krachte zu Boden und verfehlte Hagen nur um Haaresbreite. Er erkannte seinen Fehler. »Raus hier«, brüllte er. »Das ist nur ein Ablenkungsmanöver! Sie versuchen, durch den Hinterausgang zu fliehen. Alle Mann in die Wagen!«

Sie hatten sich kaum in Bewegung gesetzt, als der Motor eines Lastwagens in der Auffahrt aufheulte und mit durchdrehenden Reifen die Allee entlangschlitterte. »Los, hinterher!«, schrie Hagen. Zwei seiner Männer spurteten los, sprangen in einen zweiten Lkw und jagten dem ersten nach. Hagen winkte einen SS-Gefreiten zu sich, als plötzlich eine weitere Serie von Detonationen hinter dem Haus erfolgte. Hagen zuckte herum. *Verdammter Waldo!* Er hätte den alten Schrat längst töten sollen! »Sie«, befahl er seinem Mann, »bleiben mit dem Rest der Männer hier. Erschießen Sie jeden, der versucht, aus dem Haus zu fliehen. Verstanden?«

»Jawohl, Herr Standartenführer.«

Hagen spurtete zu seiner Mercedes-Limousine und brauste davon. Erneut hatte Schneefall eingesetzt und schluckte das letzte Licht des Tages. Die Flocken verdichteten sich rasch zu einer weißen Wand. Er gab zu viel Gas, die Räder drehten auf der rutschigen Fahrbahn durch, der Graben drohte. Hektisch steuerte er gegen, streifte einen Baum und schlitterte zurück auf die Straße. Kurz vor dem Ort Tessendorf stieß er auf seine Männer. Der entwendete Lastwagen stand quer auf der Straße. Hagen stoppte. Im Scheinwerferlicht sah er die beiden SS-Soldaten mit vorgehaltenen Waffen ausschwärmen. Eine MP-Salve durchschnitt jäh die winterliche Stille. Hagen sprang aus dem Auto und rannte auf seine Männer zu.

»Wir haben das britische Schwein!«, rief ihm der Anführer der Verfolger zu.

»Wo?«

»Dort! Wir haben ihn erwischt, als er fliehen wollte.« Der SS-Mann zeigte ins Feld, in dem Hagen die Umrisse einer reglosen menschlichen Gestalt ausmachen konnte. Er stapfte durch den Schnee, drehte den Körper herum und starrte in die blicklosen Augen von Franz-Josef.

»Sie verdammter Idiot, das ist er nicht!«, fuhr er den Soldaten an. »Los, suchen Sie weiter!«

Sie fanden nichts als ihre eigenen Stiefelabdrücke und die Fußspur Franz-Josefs von der Fahrerseite zum Auffindeort. Der alte Kammerdiener war allein unterwegs gewesen. Noch ein Ablenkungsmanöver! Hagen entriss dem Soldaten die MP und jagte wie von Sinnen eine ganze Salve in Franz-Josefs Leichnam. Keuchend ließ er die Waffe anschließend sinken. Plötzlich traf ihn die Erkenntnis wie ein Blitz, ihm wurde heiß, ihm wurde kalt, und er verfluchte die eigene Dummheit. Verdammt! Die Heinkel! Er hatte die Heinkel vergessen!

»Mir nach!«, brüllte er. Er sprang in seinen Wagen, stieß zurück und raste los in Richtung Hangar.

***

Ungehindert erreichten Henry und Daisy die Scheune mit dem Stoewer, während in ihrem Rücken weitere Explosionen erfolgten. Henry stemmte das Tor auf. Der Schnee verriet ihre Spuren, aber das war nun ohne Belang. Sie mussten es nur bis zum Flugzeug schaffen. Waldo hatte es ihm für ihre Flucht vorgeschlagen und Friedhelm die zwei Kilometer zu Fuß vorausgeschickt, um es aufzutanken. Wenn der Junge es unbemerkt dorthin geschafft hatte, trennten sie nur zwei Kilometer von der Freiheit. Henry klemmte sich hinters Steuer, während sich Daisy mit dem Kleinen auf die Rückbank legte. Er lenkte den Wagen aus der Scheune, umfuhr die Stallungen und nahm den kürzesten Weg durch den Park. Erste Schneeflocken trafen die Frontscheibe. Verdammt! Zu viel Schnee verhinderte, dass die Flugzeugreifen auf der Rollbahn richtig griffen. Bisher hatten die Ablenkungsmanöver ihren Zweck erfüllt, aber er rechnete jeden Moment damit, dass ihnen Kugeln um die Ohren pfiffen. Seine Frau und sein Sohn waren sein wertvollster Besitz, und niemals zuvor in seinem Leben hatte er so viel Furcht verspürt. Wo war der Hangar? Er müsste doch längst zu sehen sein! Die Umrisse eines länglichen Gebäudes schälten sich aus der Dunkelheit. Endlich! Waldo hatte ihn gewarnt, dass ein umlaufender Zaun aus Stacheldraht und ein Tor den Flugplatz vor Unbefugten schützte. Eine Taschenlampe blendete zweimal kurz auf. Friedhelm mit dem verabredeten Zeichen! Der Teufelsjunge hatte es geschafft und das Tor für sie geöffnet! Ungebremst fuhr er hindurch und sprang aus dem Fahrzeug. Er riss sofort die Hintertür auf, schulterte den Rucksack und streckte die Arme nach dem Kleinen aus, aber Daisy rief: »Lauf! Starte das Flugzeug. Ich folge dir.«

Henry hastete zum offenen Hangar. Friedhelm kam ihm entgegen. »Die Maschine ist aufgetankt!«

»Danke dir, mein Junge!«

Henry musterte das Flugzeug. Eine Heinkel 70G. Militärische Ausführung, wendig, leicht zu fliegen und voll blindflugtauglich. Zwei Einstiegsluken. Er ruckelte an der vorderen Luke. Verschlossen.

»Verflixt, der Schlüssel ist noch im Büro«, rief Friedhelm.

»Ich hole ihn!«, versetzte Henry. »Such du die Einstiegsleiter, und kümmere dich um meine Frau!« Henry jagte zu einem kleinen, verglasten Raum, rüttelte an der Klinke und warf sich gegen die verschlossene Tür. Glas splitterte. Die Schlüssel an einem Wandbord waren schnell gefunden. Zudem entdeckte er den wertvollsten Schatz jedes Piloten: die Kartentasche. Er raste zurück und entsperrte die Luken. »Rasch!« Er half Daisy mit dem Baby in die hintere Luke und kletterte vorn ins Cockpit. »Schnall dich gut an!« Henry warf den Rucksack ab und klemmte sich in den Pilotensitz. Eilig überflog er die Instrumente, beschwor sein Glück und startete den Motor. Der sprang auf Anhieb an. Henry legte die Hände um den Steuerknüppel, prüfte die Anzeigen für Tank und Öl. Er löste die Bremsen, betätigte das Gas und steuerte das Flugzeug vorsichtig aus dem Hangar. Mit einen Schwenk rollte er auf die Piste. Entlang der Startbahn türmten sich Schneehaufen, die von regelmäßiger Räumung zeugten, allerdings beunruhigten Henry die frische Schneeschicht und das, was sich darunter verbarg. Falls es sich um blankes Eis handelte, würde er nur schwer Fahrt aufnehmen können und jederzeit riskieren, in einen der Haufen zu rutschen und darin stecken zu bleiben. Die Flocken fielen immer dichter, und die Scheibenwischer hatten ihre liebe Not. In diesem Moment erfassten Scheinwerfer den Rumpf der Heinkel. Das Licht floss an der Maschine vorbei und verlor sich vor ihm im Gewirr der wirbelnden Schneeflocken.

Die sich rasch nähernde Gefahr in seinem Rücken verleitete Henry dazu, den Gashebel zu heftig zu betätigen. Ein Zittern durchlief die Maschine, ohne dass die Räder griffen. Es folgte ein Augenblick banger Schwerelosigkeit, bis sich das Flugzeug jäh mit einem Satz in Bewegung setzte. Henry wiederholte seinen Fehler und gab erneut zu früh zu viel Gas. Wieder drehten die Räder durch, und die Maschine geriet auf der verschneiten Fahrbahn in gefährliche Schieflage, der linke Flügel streifte einen Schneehaufen. Henry nahm sofort das Gas zurück, brachte die Heinkel zurück auf die Spur, gab erneut und diesmal dosiert Gas. Ohne Ohrenschützer war der Lärm der 750-PS-Motoren gewaltig. Unmöglich, ein Geräusch von einem anderen zu unterscheiden. Wurden sie bereits beschossen? Nichts zu hören und nichts zu sehen. Trotz der Kälte stand Henry der Schweiß auf der Stirn. Der Geschwindigkeitsmesser zeigte knapp hundert Kilometer, zu langsam, um abzuheben. Vor ihm tauchten die schwachen Umrisse eines Waldes auf. Alles oder nichts. Er musste schneller werden, abheben und rasch an Höhe gewinnen, sonst würden sie es niemals über die Wipfel hinwegschaffen und zwischen den Bäumen zerschellen. Er drückte den Gashebel voll durch, und plötzlich lösten sie sich vom Boden. Er zog den Steuerknüppel nach oben, und die Heinkel legte sich kurz quer. Henry fluchte mit zusammengebissenen Zähnen, aber es gelang ihm, die Maschine unter Kontrolle zu bringen. Ihre Nase reckte sich in Richtung Horizont. Sie gewannen zwar an Höhe, aber als Henry das Fahrwerk einfahren wollte, klemmte es. Die Räder streiften einige Wipfel, und die Heinkel wurde tüchtig durchgeschüttelt. Dann lag nur noch der nächtliche Himmel vor ihnen, eine Masse aus dunkler, undurchdringlicher Watte, in die er völlig blind eintauchte. Henry rieb sich kurz den schmerzenden Nacken, in den sich die Anspannung wie ein glühender Nagel bohrte. Die Maschine stieg höher und höher, kämpfte sich durch schier endlose Wolkenbänke, und als sie endlich deren Decke durchbrach und das Mondlicht hereinflutete, löste sich ein erleichterter Seufzer aus Henrys Brust. Nie hatten ihn die funkelnden Gestirne mehr ergriffen als heute, da er die wertvollste Fracht überhaupt mit sich führte. Er kontrollierte zunächst die Anzeigen der Instrumente, bevor er dem Drängen nachgab, sich endlich umzuwenden und seine Familie zu betrachten. Völlig losgelöst von den Dramen dieser Welt schmiegte sich Klein Henry an Daisy, in der Gewissheit, dass es für ihn keinen sichereren Ort gab als an der Brust seiner Mutter. Seine Frau und sein Kind waren bei ihm, und seine Gefühle strömten über. Er wollte sie an sich reißen, sie halten und sie nie mehr loslassen. Es gab so vieles, was er Daisy sagen wollte, aber jetzt waren weder die Zeit noch der Ort dafür, und der Fluglärm machte ohnehin jede Konversation unmöglich. Er zeigte ihr den erhobenen Daumen, und seine Lippen formten die Worte »Alles ist gut«. Ihre Blicke trafen sich und verschmolzen mit einer Intensität, als würden sie einander berühren. Ein letztes zuversichtliches Nicken, und Henry nahm Kurs auf die Freiheit.

Epilog

Lebe ein erfülltes Leben, Daisy. Mach es besser als ich. Diese letzten Worte hat mir Großmutter mit auf den Weg gegeben, bevor sie mich damals aus Tessendorf fortschickte. Zwei kurze Sätze, gesprochen in der Zeitspanne eines Herzschlags, und dennoch trugen sie die gesamte Last ihrer einundneunzig Jahre Dasein in sich. Vorneweg: Meine Großmutter überlebte auch die Russen. Sie wurde hundertzwei Jahre alt und liegt in Tessendorf begraben. Ebenso wie Onkel Waldo. Er starb vermutlich so, wie er es sich selbst gewünscht hätte: mitten in einem Wodkagelage mit seinen russischen Freunden. Hagen selbst wurde am Tag nach unserer Flucht tot in seinem Wagen aufgefunden. Eine Stricknadel steckte in seinem Herzen… Wir wissen bis heute nicht, was aus unserer lieben alten Frau Kulke geworden ist, aber uns gefällt die Vorstellung, dass sie weiterhin wie ein Schutzengel über uns wacht. Meine *Maman* Yvette ist nach dem Krieg in Paris geblieben. Schon vor dem Ersten Weltkrieg hatte sie jahrelang Frühwerke bekannter Maler gesammelt und sie rechtzeitig in Sicherheit gebracht. Heute führt sie in Paris sehr erfolgreich ihre eigene Galerie. Sie besucht mich und ihre Enkelkinder Klein Henry, James und Caroline oft auf unserem Gut in Somerset. Meine Schwester Violette lebt mit ihrem zweiten Mann, einem amerikanischen Viehzüchter, im tiefsten Montana. Wir sehen uns einmal im Jahr und schreiben uns regelmäßig. Ihr Mann Hugo Brandis zu

Trostburg verschwand spurlos in jener Schneenacht Ende Januar 1945. Er wurde in Abwesenheit zum Tode verurteilt und später für tot erklärt. Mitzi verließ ihren Mann Werner ein Jahr nach dem Krieg und kehrte nach Berlin zurück. Als Künstlerin Eva Dotterblume führt sie das Leben, das sie sich immer erträumt hatte. Was aus unserer jungen und impulsiven Freundin Anna von Dürkheim geworden ist, das ist eine ganz eigene Geschichte. Nach dem Krieg erlangte sie weltweit Berühmtheit unter ihrem Künstlernamen Greta Jacob.

Nach Stalins Tod 1953 konnten Henry und ich das erste Mal nach Tessendorf reisen. Wir nahmen Klein Henry mit. Den vierjährigen James ließen wir bei seiner Großmutter Mary in Somerset, und Caroline war noch nicht geboren. Meine Großmutter Sybille, zu der Zeit neunundneunzig, war inzwischen vollständig auf den Rollstuhl angewiesen, ihr Verstand hingegen funktionierte messerscharf wie ehedem. Küchenmamsell Theres, Mitzis Tante, war inzwischen verstorben, jedoch stand ihr Almut, *Mamans* loyale Kammerzofe, weiterhin zur Seite und ebenso Zisch, inzwischen selbst stolze achtzig Jahre alt. Orion zählte nun vierundzwanzig Jahre und kam mir putzmunter auf der Weide entgegengetrabt. Zisch bat mich, Orion mit nach England zu nehmen. Er spürte wohl meinen Wunsch nach einem Stück alter Heimat. Orion durfte auf den grünen Wiesen Somersets weitere elf glückliche Jahre verleben. James und Caroline lernten auf dem alten Herrn reiten. Und ich konnte endlich Papas Grab besuchen und ihm erzählen, dass sein Lebenswerk über Flora und Fauna, insbesondere seine Forschung zu Purpurschnecken, veröffentlicht wurde und in wissenschaftlichen Kreisen große Anerkennung erfahren hat. Klein Henry brachte seinem Großvater ein Marmeladenglas mit, in dem er Blumen für ihn getrocknet hatte. Er ähnelt seinem Großvater in so vielem, und es steckt ein kleiner Forscher in ihm. Henry übernahm in den Nachkriegsjahren weiter politisch Verantwortung und rückte im Laufe seiner erfolgreichen Karriere zeitweilig bis in die Position des Innenministers auf. Natürlich gab es neben diesem mächtigen Glück auch Trauer, Tränen, Abschiede und Enttäuschungen. Niemand bleibt davon verschont. Die Jahre des Krieges ließen sich nicht so leicht abschütteln, und sein langer Atem reichte weit in den Frieden hinein. Man mochte die Toten begraben, die Trümmer beseitigen und die zerstörten Städte wieder aufbauen, aber was bleibt, ist der mahnende Gedanke an die Grausamkeiten, zu denen die Menschen fähig waren und immer sein werden. Der Krieg schuf tiefes Leid und schlug viele Wunden. Nach sechs Jahren Krieg und Entbehrungen brachten weder Henrys Familie noch sein Umfeld Verständnis dafür auf, dass er ausgerechnet eine Deutsche als seine Frau heimgeführt hatte. Allein Henrys Mutter, Sidonie, hieß mich willkommen, diese Frau war und ist ein Segen. Sie unterstützte mich, wo sie konnte, während sich Henrys Vater als der harte Brocken erwies, den mein Mann mir angekündigt hatte. Der Senior behandelte mich lange wie einen unliebsamen Gast, den er gerne loswerden würde. Klein Henry erwies sich letzthin als Geheimwaffe. Der Alte konnte dem Jungen nicht widerstehen, Klein Henry wurde unser Bindeglied. Liebe ist das Bindeglied.

Alles ist gut, Großmutter, mein Leben ist erfüllt.

Nachbemerkung/Danksagung

Schätzungsweise siebzigtausend Franzosen gelang während des Krieges die Flucht aus dem Deutschen Reich. Viele Helfer in vielen Ländern waren daran beteiligt. Sie riskierten nicht weniger als ihr Leben. Unter den Kriegsgefangenen aller Länder herrschte eine große Solidarität. Sie sammelten Lebensmittel und Kleidung und spähten die Gegend für mögliche Fluchten ihrer Kameraden aus.

Die Blomberg/Fritsch-Krise erschütterte 1938 Hitlers Regierung. Das innere Machtgefüge des Dritten Reiches verschob sich in der Folge maßgeblich. Für die neue Wehrmacht war es ein Wendepunkt bezüglich ihrer Einstellung zum Hitler-Regime. Es schuf die Weichen für die späteren Widerstandsaktivitäten innerhalb des Militärs, die im Stauffenberg-Attentat vom 20. Juli 1944 gipfelten. Bis heute fragen sich Historiker – genauso wie Daisys Großmutter Sybille im Buch –, warum sich niemand fand, der dem größenwahnsinnigen Gefreiten beizeiten eine Kugel in den Kopf jagte.

Die geheimnisvolle Frau, die Feldmarschall von Blomberg aus Liebe heiratete, hat es wirklich gegeben. Bis heute ist ihre Identität nicht völlig geklärt.

Albert Speer entging als Einziger der in Nürnberg angeklagten Nazi-Elite der Todesstrafe und wurde zu zwanzig Jahren Haft verurteilt. Im Kriegsverbrechergefängnis Berlin-Spandau verfasste er seine Memoiren und strickte an seiner Legende vom reuigen Edelnazi. Seine Frau Margarete kämpfte bis zuletzt um seine Begnadigung. 1966 kam Speer frei. 1981 erlitt er bei einem Schäferstündchen mit seiner fünfunddreißig Jahre jüngeren Geliebten im Londoner *Park Court Hotel* einen Schlaganfall. Er starb noch am selben Tag im St. Marys Hospital.

Zur Recherche habe ich wieder viele Quellen bemüht. Da historische Forschung aus den Erlebnissen, Erinnerungen und Aufzeichnungen anderer besteht, erheben meine Geschichten, so auch diese, niemals Anspruch auf die vollständige Abwesenheit von Fehlern. Ein historischer Roman, eingebettet in wahre Begebenheiten, ist wie eine russische Matroschka. In der großen Geschichte verstecken sich kleinere, fiktive Personen vermischen sich mit historischen Persönlichkeiten. Meine Protagonisten und Antagonisten sind in ihren Handlungen, Empfindungen und in ihrem Wortschatz dem damaligen Zeitgeist entsprechend abgebildet. Sie spiegeln weder meine Meinung noch meine Haltung wider.

Wie das Dritte Reich endete, ist bekannt. Wo nahm es seinen Anfang? In den zwei Bänden der *Am-Ende-der-Nacht-Saga*, *Honigland* und *Honigstaat*, gehe ich der Frage nach, wie aus einem Keim eine braune Saat erwachsen und fast ein gesamtes Volk blenden konnte. Wie das Böse nicht erkannt wurde und millionenfaches Leid und Tod schuf. Die einen wollten es nicht glauben, die anderen wollten es nicht sehen. Sie waren gegenüber der aufziehenden Apokalypse blind, weil es bequemer war, im System mitzulaufen, als dagegen aufzubegehren. Oder wie Mitzi es ausdrücken würde: »Zu viel Nachdenken strengt an, und es schafft bloß schlechte Laune.«

Am Ende bleibt die Frage, ob wir aus der Geschichte gelernt haben.

Die Reise mit Daisy ist zu Ende, und vielleicht ist sie Ihnen genauso ans Herz gewachsen wie mir. Im ersten Band fragte ich, ob wir nicht alle ein wenig Daisy sind. Wir suchen nach unserem Platz im Leben und versuchen, mit Fehlentscheidungen und Enttäuschungen umzugehen. Daisy ist nicht perfekt. So wie wir alle nicht perfekt sind, genauso wie unsere Welt keine gerechte ist. Umso wichtiger sind Verständnis und Vergebung, um nach vorne zu sehen und eine neue Zukunft zu bauen. Für unsere Kinder. Liebe statt Hass. Vergebung statt Rache. Frieden wird aus Willen gemacht, *n'est-ce pas?*

Das Wichtigste zum Schluss: jenen Personen zu danken, die mich während der Entstehung des Buches unterstützt haben. Mein Mann, mein Fels, hat mich mit Kaffee versorgt und Wärmflaschen für den Rücken und den alltäglichen Kleinkram erledigt. Danke, mein Schatz, dass du mich meinen Traum vom Schreiben leben lässt. Ich danke meiner Familie und insbesondere meiner lieben *Maman,* die ebenso viel Engelsgeduld aufbringen mussten. Wir haben in dieser Zeit weniger Kuchen zusammen verputzt als sonst, ich musste das Backen hintanstellen, dabei ist es eine meiner großen Leidenschaften. Innigen Dank schulde ich meinen wunderbaren Freundinnen und Freunden: den beiden Christines, Julie, Heike, Ro, Rami, Ludwig, Sabine, Martha, Andrea, Nico, Eva, Caro, Tine, Bettina, Geli, Barbara (tesoro mio!) und Claudi. Ihr schenkt mir Freude und Lachen, ihr seid in meinem Herzen!

Myriam, Seelenverwandte, Freundin und Lektorin, einzigartig und unbestechlich. Sie muss notorisch masochistisch veranlagt sein, da sie mich notorisch veranlagte Chaotin seit nunmehr fünfzehn gemeinsamen Büchern erträgt! Danke, dass du nie lockerlässt, mich unermüdlich antreibst und Schokoladensünden mit mir teilst. Du bist meine Mitzi!

Die famose Andrea Müller vom Piper Verlag, die mir jederzeit mit Rat und Tat zur Seite steht. Vermutlich schulde ich ihr und ihrem Team einen Lebensvorrat an Betablockern, weil ich nie meine Abgabetermine einhalte… An dieser Stelle möchte ich dem ganzen tollen Piper-Team danken. Sie leben und lieben Bücher!

Meiner einmaligen Agentin Lianne Kolf danke ich, dass sie immer ein offenes Ohr für mich hat. Ihre Tatkraft ist mitreißend! Sie und ihr Litag-Team sind grandios. Danke, dass es euch in meinem Leben gibt!

Meinem Seelenfell, der kleinen Toffi, danke ich, dass sie mir 24/7 zeigt, was im Leben wirklich zählt: Liebe, Kuscheln, Spielen und dazu ein Leckerli.

Nicht zuletzt gilt mein Dank Ihnen, liebe Leserinnen und Leser. Ihr wisst, ich schreibe und brenne für euch! Bitte bleibt gesund, glücklich und unverzagt in diesen herausfordernden Zeiten. Fühlt euch von mir auf diesem Wege von ganzem Herzen umarmt, diese Zeilen sind gefüllt mit guten Gedanken, Licht und Liebe. Denn Liebe ist das Einzige, was diese Welt heilen kann.

Herzlichst
Eure Hanni M., im Sommer 2024

Liebe Leserinnen und Leser,
    als Autorin ist mir der direkte Kontakt zu Ihnen besonders wichtig.
    Daher freue ich mich jederzeit über Anregungen, Kritik und Austausch unter: mail@hannimuenzer.de
    Hier können Sie Hannis NEWSLETTER abonnieren und wer-

den informiert, wenn eine Lesung stattfindet und ihr nächstes Buch erscheint:

www.hannimuenzer.com/newsletter/
https://www.facebook.com/hanni.muenzer
www.facebook.com/HanniMuenzerAutorin?fref=ts

Interview

Im Rahmen meiner Recherchen zu *Honigstaat* hatte ich die Gelegenheit zu einem langen und emotionalen Gespräch mit Dominik von Ribbentrop. Sein Großvater, Joachim von Ribbentrop, war unter Adolf Hitler Außenminister und gilt unter anderem als Architekt des geheimen Hitler-Stalin-Pakts von 1939.

Lieber Dominik, uns beide treibt eine Frage an: Wie entsteht das Böse, und wie kann man es verhindern? Dem gehst du in deinem Buch mit dem Titel *Verstehen! Kein Verständnis! Anmerkungen eines Enkels* über deinen Großvater nach, das voraussichtlich im ersten Halbjahr 2025 erscheinen wird. Er wurde 1946 als Kriegsverbrecher in Nürnberg gehenkt. Zwischen diesem Ereignis und deiner eigenen Geburt 1965 liegen knapp zwanzig Jahre. Du hast deinen Großvater nie kennengelernt, aber sein Schatten war in deinem Leben stets präsent.

Wann hast du selbst zum ersten Mal bewusst wahrgenommen, dass dein Nachname eng mit dem Dritten Reich verknüpft wird?
Dass es da eine Verbindung gibt, habe ich sicherlich irgendwie irgendwann ziemlich früh gehört. Ein bewusstes Verstehen, eine Einordnung, eine Bewertung war das aber bestimmt nicht. Sonst hätte ich eine konkrete Erinnerung daran. Nachdem mein Vater Adolf heißt, habe ich früh mitbekommen, dass sein Patenonkel

Adolf Hitler der Chef meines Großvaters war und es daher eine eindeutige Verbindung zum Dritten Reich gab. Doch das war es dann auch schon. Ein bewusstes Wahrnehmen geschah in der Schule, in der 9. Klasse, als wir in Geschichte den Nationalsozialismus durchnahmen. Der Hitler-Stalin-Pakt, oder auch Ribbentrop-Molotow-Pakt genannt, war ein zentrales Ereignis in den Tagen vor Kriegsbeginn 1939. Und so ziemlich jedes Geschichtsbuch hat ein Foto von den zufrieden dreinblickenden Stalin, Molotow und meinem Großvater. Ich kann mich erinnern, dass ich damals das unwohle Gefühl hatte, dass ich eigentlich alles bis ins kleinste Detail wissen und darüber referieren können sollte, doch viel zu wenig wusste.

Hast du wegen deines Namens Anfeindungen erlebt?

Nein, habe ich nicht. Vielleicht hin und wieder mal Skepsis – wobei das möglicherweise auch eher meine Interpretation war. In jungen Jahren ist das einfacher. Kinder und Jugendliche sind toleranter. Da wird noch nicht so viel nachgedacht, gemutmaßt und interpretiert. Die letzten fünf Jahre bis zum Abitur war ich im Internat St. Blasien im Schwarzwald, einem ehemaligen Kloster, geführt von Jesuiten – sehr gute Jahre in meiner Erinnerung. Ein paar Zimmer weiter wohnte Ferdinand von Schirach, einen Stock über mir ein Stauffenberg. Wer wie hieß und wer die Verwandtschaft in der Vergangenheit war, spielte damals keine große Rolle – eigentlich auch keine kleine. Wir waren jung, hatten das ganze Leben vor uns, machten Sport oder Quatsch, dachten ans Abi und an das Leben danach. Mein Nachname führte zu Schulzeiten weder zu Vorteilen noch zu Nachteilen. Es interessierte sich schlichtweg niemand dafür – zumindest kam es mir so vor.

Wie bist du mit einer möglichen voreingenommenen Bewertung umgegangen? Was hat das mit dir gemacht?

Die »pennäle« Leichtigkeit funktionierte im Internat gut. Unser sich kaum verändernder Mikrokosmos bestand über diese fünf Jahre aus mehr oder weniger denselben Mitschülern, Lehrern, Erziehern und Patres. Man kannte sich. Nach dem Abitur änderte sich das. Es gab viele neue Situationen, neue Begegnungen. Bei einigen dieser Zusammentreffen, ob es die Ausbilder bei meiner Banklehre waren oder später Professoren an der Uni, meinte ich einen genaueren, tiefer gehenden Blick auszumachen, als es anderen zuteilwurde. Ich denke nicht, dass es eine voreingenommene Bewertung war, eher Interesse, vielleicht Neugier. Ein Onkel von mir, Sohn des Ministers, sagte von sich, dass er sich des Öfteren wie ein bunter Hund vorgekommen sei. Man fällt auf, man steht unter stärkerer Beobachtung. Ungehöriges Verhalten, das im Internat schnell vergessen war, wurde nun registriert. Andererseits wurde auch positives Verhalten stärker wahrgenommen – so zumindest meine Empfindung. Als ich mit Mitte zwanzig begann, mich ernsthafter mit dem Dritten Reich zu beschäftigten, hatte ich mit keinem Thema so große Probleme wie mit dem des Antisemitismus. Zu unfassbar war mir das Thema, zu unbegreiflich. Ich fand keinen Zugang, keinen Ansatzpunkt, von dem aus mein Verstehen hätte einsetzen können. Viele Jahre habe ich auch im Ausland gelebt, in England und Frankreich studiert, gearbeitet, habe in all den Jahren eine sehr heterogene und diverse Gruppe an Freunden aus vielen Nationen und unterschiedlicher Hautfarbe erlebt. Nie hatte ich auch nur den Ansatz eines Gedankens, mich zu fragen, welcher Religion jemand angehören könnte. Mit meinem Nachnamen falle ich allerdings deutlich schneller auf, und es wäre ein Leichtes, mich – wie es Juden ab 1933 erging –

in eine Schublade, die Nazi-Schublade, zu stecken und mir mit Abwehr zu begegnen. Dass dies nicht geschehen ist, rechne ich meinen Freunden, insbesondere den internationalen jüdischen Freunden, hoch an.

Du hast selbst zwei Kinder im Alter von vierzehn und zehn. Wie hast du sie aufgrund deiner eigenen Erfahrungen auf dieses sensible Thema vorbereitet?

Bisher noch gar nicht. Die sollen erst einmal eine kindliche Unbeschwertheit genießen können. Ich denke, die Jahre zwischen fünfzehn und achtzehn sind wichtig. Da setzt das selbstständige Denken ein, es werden kritische Fragen gestellt, und eine Wissbegier bricht sich (hoffentlich) Bahn. Ich wollte ein Buch schreiben, wie ich es selbst als suchender Jugendlicher gerne gelesen hätte, aber nie fand. Beim Schreiben hatte ich meine Kinder und ihre Generation vor Augen. Ich fragte mich, welchen Beitrag ich zu leisten vermag, damit sie eines Tages Antworten auf jene Fragen finden können, die sie sich schon bald stellen werden. Auch wenn es überwiegend ein Geschichtsbuch ist, geht es mir auch um eine Interpretation der Vorgänge, um eine psychologische, manchmal auch philosophische Einordnung der Dinge. Und auch um die Frage, ob sich solche Dinge wiederholen können und, wenn ja (der Meinung bin ich nämlich), welche Voraussetzungen dafür vorherrschen müssen. Was wann passierte und wer was wo sagte, ist ziemlich eindeutig. Das ist sehr gut dokumentiert. Aber das ist nur die Oberfläche. Interessanter sind die Vorgänge im Hintergrund, die eigentlichen Beweggründe für die vordergründigen Handlungen oder auch Nichthandlungen, die Muster hinter den Dingen.

Könnte man dein Buch über den Großvater auch als eine Art von Versuch bezeichnen, um das Thema für dich aufzuarbeiten?

Eine Aufarbeitung in dem Sinne, eine Traumatisierung zu verarbeiten, ist es nicht. Weil es tatsächlich keinen Anlass dafür gibt. Ich bin ein Enkel, eine neue Generation, ich habe meinen Großvater nie kennengelernt, für mich ist er eine historische Person. Ich bin nicht traumatisiert, aber ich sehe Traumatisierungen um mich herum. Auch sehe ich eine teilweise verklemmte Gesellschaft und Politik, man kann es auch eine traumatisierte oder neurotische Gesellschaft nennen, die durchdrungen ist von bis ins Heute reichenden Gravitationswellen der Nazizeit und sich dadurch schwertut, mit Unaufgeregtheit, mit Maß und Mitte und einem Selbstbewusstsein ihre, unsere Zukunft zu gestalten. Das ist schade und schädlich, weil ein Übermaß an Ideologie uns weder damals gutgetan hat noch heute guttut. Ich wollte mich akademisch, also neutral und möglichst objektiv, den Dingen annähern. Schnell musste ich merken, dass mir des Öfteren unterstellt wurde, meinen Großvater exkulpieren, also verteidigen zu wollen. Seltsam, aber so ticken wohl viele. Projektionen und Vorurteile scheinen die Dinge einfacher zu machen. Gelesen habe ich vorwiegend Zeitzeugenberichte, je näher dran, desto besser. Tagebücher sind in dieser Hinsicht das beste Rohmaterial. Memoiren sind meistens schon geschönt. Interpretationen von Historikern mit ihren eigenen Bewertungen und Schlussfolgerungen habe ich eher gemieden. Auch wenn viele Vorgänge hoch spannend sind, ist es alles andere als erheiternd, in langen Tagen, Nächten und Wochen Bücher über Bücher und auch grauenhafte Detailberichte zu lesen, wie Schritt für Schritt die Dinge eskalierten. Zum Abschluss des Tages bin ich abends oft spazieren gegangen und habe mir Originalmitschnitte der Nürnberger Prozesse angehört. Ich habe schon fröhlichere Zeiten erlebt.

Habe ich große, neue Erkenntnisse erlangt? Nicht nur einmal dachte ich mir: »*Da steh ich nun, ich armer Tor, und bin so klug als wie zuvor…*« Und dennoch bin ich zufrieden mit dieser forschenden Auszeit, mit dieser Entdeckungsreise. Die Dinge bleiben schrecklich, doch man begreift einiges, wenn man sich mit ihnen intensiv und detailreich beschäftigt.

Literaturnachweise/Quellen

Marcus Aurelius Antonius: *Des Kaisers Marcus Aurelius Antonius Selbstbetrachtungen*. Übersetzt von Albert Wittstock, Verlag von Philipp Reclam, 1949
Bertolt Brecht: *Das Verhör des Lukullus*. Hörspiel, Suhrkamp Verlag, Berlin 1999
Magnus Brechtken: *Albert Speer*, Pantheon, Verlagsgruppe Random House GmbH, 2018
Winston S. Churchill: *Der Zweite Weltkrieg*, Scherz Verlag 1948/1992
Fjodor Michailowitsch Dostojewski: *Schuld und Sühne*, Jazzybee Verlag, 2012
Martin Luther King jr.: *Stride Toward Freedom: The Montgomery Story*, London 2011
Stanisław Jerzy Lec: *Motivation Zitate – die besten Zitate von Stanisław Jerzy Lec*, e.book
Platon: *Platons Werke*, Andhof, 2020
Wolfram Pyta: *Hindenburg*, Pantheon, Verlagsgruppe Random House GmbH, 2007
Rainer Maria Rilke: *Erste Strophe des Gedichts »Lieben – IV«. Traumgekrönt*, Verlag Friesenhahn, Leipzig 1897
Volker Ullrich: *Adolf Hitler – Die Jahre des Aufstiegs*, S. Fischer Verlag GmbH, 2013
Anton F. Schimmelpfennig (Hrsg.): *Tagebücher Joseph Goebbels*, Band 1 bis Nov. 1942, Sketec Verlag, 2016
Oscar Wilde: *Der Sozialismus und die Seele des Menschen. Ein Essay*, Diogenes Verlag, 9. Edition, 2004
Zitate und Sprichwörter, Edition XXL, Fränkisch-Crumbach

Von Hanni Münzer liegen im Piper Verlag vor:

Die Honigtot-Saga:
Band 1: Honigtot
Band 2: Marlene

Die Seelenfischer-Tetralogie:
Band 1: Die Seelenfischer
Band 2: Die Akte Rosenthal – Teil 1
Band 3: Showdown – Die Akte Rosenthal – Teil 2
Band 4: Das Hexenkreuz – Die Vorgeschichte zu »Die Seelenfischer«

Die Schmetterlings-Reihe:
Band 1: Solange es Schmetterlinge gibt (Eisele Verlag)
Band 2: Unter Wasser kann man nicht weinen

Die Heimat-Saga:
Band 1: Heimat ist ein Sehnsuchtsort
Band 2: Als die Sehnsucht uns Flügel verlieh

Am Ende der Nacht:
Band 1: Honigland
Band 2: Honigstaat